车辆工程导论

周万春 郑 路 陈 晓 李 静 主编

北京理工大学出版社
BEIJING INSTITUTE OF TECHNOLOGY PRESS

内容简介

本书根据高等教育发展的新要求，为推进高校转型发展和应用型人才培养改革创新，结合编者多年的教学经验及近几年的教学改革成果编写而成。

本书有如下3个特色：首先，行文顺序以学生接触和学习车辆工程专业的视角编写；其次，加强了汽车电子技术尤其是汽车网络部分的内容；最后，详细描述了电动汽车和智能网联汽车的主要概念和内涵。

全书共10章，主要包括：车辆工程专业导论、国外汽车工业及汽车品牌、中国汽车工业及汽车品牌、汽车构造、汽车电子技术、汽车设计、汽车制造、汽车试验、电动汽车、智能网联汽车。

本书可作为普通高等院校16～32学时的车辆工程导论课程教材，也可供高职高专、电大、函授等类型院校相关专业教学参考，同时还可供从事车辆工程专业的工程技术人员入门参考。

图书在版编目(CIP)数据

车辆工程导论／周万春等主编. --北京：北京理工大学出版社，2022.6

ISBN 978-7-5763-1389-5

Ⅰ. ①车… Ⅱ. ①周… Ⅲ. ①车辆工程-高等学校-教材 Ⅳ. ①U27

中国版本图书馆CIP数据核字(2022)第101760号

出版发行／北京理工大学出版社有限责任公司
社　　址／北京市海淀区中关村南大街5号
邮　　编／100081
电　　话／(010)68914775(总编室)
　　　　　(010)82562903(教材售后服务热线)
　　　　　(010)68944723(其他图书服务热线)
网　　址／http：//www.bitpress.com.cn
经　　销／全国各地新华书店
印　　刷／三河市龙大印装有限公司
开　　本／787毫米×1092毫米　1/16
印　　张／20
字　　数／470千字
版　　次／2022年6月第1版　2022年6月第1次印刷
定　　价／88.00元

责任编辑／李　薇
文案编辑／李　硕
责任校对／刘亚男
责任印制／李志强

主编简介

周万春，教授，河南省机械工程学会理事。

郑州市专业技术拔尖人才，郑州市教育局学术技术带头人。河南省工程实验室“电动汽车电池网络组合与维护技术实验室”负责人，郑州市“汽车人机关系与安全”重点实验室主任。郑州市精品资源共享课《材料力学》负责人，郑州地方高校优秀教学团队“机械设计制造及其自动化”带头人。

主持完成教育部及河南省教科研项目 3 项，编写教材 5 部，获国家发明专利和实用新型专利 20 余项，发表学术论文 30 余篇，获河南省科技进步三等奖 1 项。

前言

本书是根据高等教育发展的新要求，为推进高校转型发展和应用型人才培养改革创新，依照河南省应用型教材建设联盟汽车类专业应用型本科教材开发工作要求，并通过编者近年来的教学改革探索，在总结、凝练教学经验和成果的基础上编写而成。

本书的特色：

1. 汽车是人们日常生活中常见的一种交通工具，不少学生对于汽车或多或少、或深或浅地有一些了解。但对于多数车辆工程专业的新生来讲，什么是车辆工程专业，要学习哪些课程，如何学好这些课程等问题是比较陌生的。

基于上述考虑，本书章节顺序的编排站在新入学的大一学生的角度，从汽车的历史、现状和未来发展方向入手，先介绍了车辆工程专业的概况及课程体系，画出了课程地图，给出了车辆工程专业本科4年学习的全景画面；之后，详细介绍了世界各国主要汽车品牌以及汽车行业机械技术和电子技术的现状；然后，针对车辆工程专业的人才培养目标要求，介绍了汽车设计、汽车制造、汽车试验等内容；最后，结合当前及未来汽车发展的重点方向，又对电动汽车和智能网联汽车的概念和内涵进行了介绍。

2. 本书加强了对汽车电子尤其是汽车网络相关内容的介绍。当今世界汽车工业正处于大变革、大调整的时期，而变革的主线是汽车的电子化、信息化和智能化，关键技术是汽车电子控制技术。汽车电子控制技术的水平直接影响着汽车的动力性、经济性、安全性和舒适性。如今汽车电子装置的成本占整车成本的比重越来越高，以至形成了“软件定义汽车”的概念。

3. 本书紧跟汽车领域发展步伐，详细描述了电动汽车和智能网联汽车的主要概念和内涵。电动汽车和智能网联汽车分别反映了汽车动力源和操作方式的革命，从大一即开始学习，我们认为是必要的，也是必需的。

本书由郑州工程技术学院周万春、郑路、陈晓、李静主编，编写分工如下：周万春(第1、2章)，李静(第3、4、5章)，陈晓(6、7、8章)，郑路(第9、10章)。

限于水平，书中不当之处在所难免，欢迎读者批评指正。

编　者

2022年3月

目 录

第 1 章　车辆工程专业导论

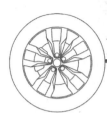

本章首先以时间为主线，简要介绍汽车发展的历史、现状和未来，同学们应认真体会，并从图书馆和互联网等渠道搜集资料，进行扩展阅读，了解汽车文化。其次，本章着重介绍车辆工程专业，同学们应了解本专业主干课程和综合实训，以及它们之间的关联，既不要畏难惰学，也不要仅凭热血，学习贵在踏实和坚持，打好基础，才能勇攀高峰。最后，本章结合全国大学生智能车大赛和方程式车大赛，谈一谈车辆工程专业的学习建议，愿同学们都能规划好车辆工程专业的学习之路。

1.1　汽车发展历史、技术现状与产业未来

1.1.1　汽车发展历史

1. 世界汽车发展历史

在众多制造业产品中，汽车作为社会生产发展到一定高度的必然产物，不仅是科技进步的体现，更是一种新兴生产方式的诞生和体验，汽车工业的发展蕴藏着经济运行的深层背景和动力。汽车工业曾被称为“工业中的工业”，至今也依然是全世界最大的制造业。自 1885 年世界上第一辆汽车诞生以来，世界汽车工业已经走过了一个多世纪的历程。在过去的 100 多年之中，全球汽车工业历经了不同的发展阶段，取得了令人瞩目的成就。

1）世界汽车工业的萌芽（1885—1908 年）

1766 年，英国发明家瓦特改良了蒸汽机，拉开了工业革命的序幕。1769 年，法国陆军工程师 N. J. 居纽制造出第一辆蒸汽机驱动的自动力车，如图 1-1 所示。这种车装着 3 个木制车轮，车驾前端装着一个大锅炉，是世界上最早的汽车，因为使用蒸汽机驱动，所以叫汽车。虽然蒸汽驱动被后来的燃油、燃气、电池等驱动方式淘汰，但“汽车”称谓沿用至今。18 世纪末到 19 世纪初，欧美国家出现了制造蒸汽汽车的热潮，各种用途的蒸汽汽车相继问世，此时的蒸汽公共汽车是最早的公共汽车雏形，如图 1-2 所示。

图 1-1　法国居纽制造的蒸汽汽车

图 1-2　蒸汽公共汽车

1885 年，德国人卡尔·本茨研制成功一辆装有 0.85 马力（1 马力=735.5 W）的汽油机三轮车，该车已具备现代汽车的一些基本特点，如火花点火、水冷循环、钢管车架、钢板弹簧悬架、后轮驱动前轮转向和制动手把等，被公认为世界第一辆真正意义上的汽车，拉开了世界汽车工业发展的帷幕。1886 年 1 月 26 日，卡尔·本茨向德国的曼海姆专利局提交申请，并获得了世界上第一项汽车专利权，标志着世界汽车工业的正式诞生。但是，卡尔·本茨制造的三轮汽车发动机性能低下，点火装置的可靠性也较差，因而没有投入商业使用。在此期间，戈特利布·戴姆勒研制出一辆用 1.1 马力汽油发动机作为动力源的世界上第一辆四轮汽车，该车的发动机采用了四冲程形式和更加可靠的点火系统，从而推动了汽车工业的商业化生产进程。世界上第一辆三轮汽车如图 1-3 所示。

图 1-3　世界上第一辆三轮汽车

汽车正式投入商业化生产之后，发明家和生产商不懈地寻求产品性能的改善、生产技术的突破和生产效率的提高，但从 1885 年至 1908 年的 20 多年期间，汽车生产技术仍然处于初始的摸索和积累阶段，手工生产和简单落后的设备一直都是汽车生产的主要手段，因此汽车生产的效率低下，产量难以迅速提高。

2）世界汽车工业的初步发展（1908—1945 年）

第一辆在生产线上生产的福特 T 型汽车于 1908 年在美国诞生，如图 1-4 所示。其一改以往类似马车的造型，在功能配置上进行创新和改进，成为当时城市的最佳个人交通工具，上市一年卖出近 2 万辆，到 1927 年停产时共生产了 1 500 多万辆。

亨利·福特发明的 T 型汽车开创了汽车工业的大量生产（Mass Production）时代，成为汽车工业史上一次具有划时代意义的革命。福特 T 型汽车简单实用、结实灵活、操作方便，而且可以大规模生产，从根本上影响了汽车工业的发展。

图 1-4　最早的福特 T 型汽车

1914 年，福特公司再次率先推出流水线装配大量作业方式，使汽车生产的效率迅速提高、产量大增。流水线作业方式将工人固定在某一个特定岗位上，零部件和原材料通过传送带在不同工种的工人之间进行转移。流水线生产方式提高了生产效率，从而降低了汽车的生产成本和销售价格。福特汽车公司进行的生产变革使美国出现了普及汽车的高潮，世界汽车工业发展的中心也从欧洲转向美国。20 世纪 20 年代初，通用汽车在大量生产方式的基础上推行产品多元化战略和进行全系列产品生产，进一步改善了汽车工业的生产方式和管理体制。与此同时，规模经济带来的竞争压力导致汽车生产迅速集中在少数的大厂商手中，而许多小规模的企业破产或者被兼并。

20 世纪 30 年代，福特制生产方式传播到欧洲。早期有一股“朝拜”的人流，包括安德烈·雪铁龙、路易·雷诺、赫伯特·奥斯汀，访问了海兰公园。而且，福特在达根汉和科隆建立的工厂在欧洲当地已直截了当地展示了大量生产方式的各个方面。因此，多年之前，在欧洲已经很容易了解到大量生产方式的基本概念。

图 1-5　大众甲壳虫汽车

福特 T 型汽车的销售纪录直到 1938 年大众甲壳虫车型问世才被打破。大众甲壳虫汽车外形由箱型变为流线型，如图 1-5 所示。

3）从发展走向成熟（1945 年到 20 世纪 80 年代初）

第二次世界大战期间（1939—1945 年），各国民用汽车工业的发展受到了很大的干扰。战争结束初期，德国、日本等国的汽车工业几乎陷入了全面的停滞。经过几年的调整，德国和日本的汽车工业迅速得到了恢复和发展，成为举足轻重的汽车生产和消费大国。欧洲和日本在产品设计以及生产组织方面发起了两次革新，推动世界汽车工业逐步走向成熟，美国、日本和欧洲全球三大汽车市场遂成鼎足之势。

20 世纪 50 年代，欧洲人率先实施产品差异化战略以满足不同顾客的各种需求，提高了汽车在欧洲的普及程度。1955—1966 年，欧洲汽车生产量以年均 10.6% 的速度增长，产量一举突破 1 000 万辆，超过美国成为又一个世界汽车工业发展中心。20 世纪 70 年代初期，欧洲汽车市场规模已经能够与美国相媲美，汽车生产总量甚至已经超过了美国。20 世纪 60 年代开始，日本的汽车工业进入快速扩张时期，尤其在 20 世纪 70 年代的两次石油危机期间，日本低油耗小型车在国际市场上大受欢迎，汽车出口量激增。日本汽车工业迅猛发展最重要的原因是：在丰田公司的带动下，日本汽车厂商大力缩短开发时间，采用并推广小批量生产方式和产品多元化战略，并且通过不断的学习和创新提高产品性能。1984 年，美国麻省理工学院的研究小组正式将日本汽车生产管理方式冠名为“精益生产”（Lean Production），并将其誉为“改变世界的生产方式”。

4）多极化发展（20 世纪 80 年代至今）

20 世纪 80 年代以来，全球汽车工业进入了美、日、欧三大成熟市场三足鼎立的时代，尤其以日本汽车工业的发展最为引人注目。20 世纪 70 年代末 80 年代初，经济危机使美国和欧洲汽车工业受到了一定的挫折，但日本汽车工业的发展一枝独秀。面对日本汽车巨头的全球扩张，欧洲和美国汽车厂商几乎难以招架。在贸易方面，欧美车商一方面加快优化设计，另一方面游说政府出面迫使日本签订自愿出口限制协议和强迫日元升值，从而抑制日本的汽车出口。为了绕开欧美的贸易壁垒，日本汽车公司加大了海外投资建厂的力度，本田、日产、三菱和富士公司相继在美国设厂。

20 世纪 90 年代以来，新兴汽车市场成为全球汽车工业的重要推动力，中国、印度、韩国、巴西和墨西哥已经成为全球重要的汽车工业国。相比于发达国家来说，新兴汽车市场的平均增长速度要快得多。尽管发展中国家的汽车工业获得了巨大发展，许多国家都建立了雄心勃勃的汽车发展战略，但它们仍然在很大程度上依赖跨国公司的技术和资本。汽车产业资本密集、技术含量高，采取“以市场换资金”和“以市场换技术”的战略虽然可以促进本国汽车工业的发展，但在资本积累和技术创新方面的效果并非很好。

2. 中国汽车发展历史

自 1949 年以来，中国汽车工业经历了从无到有、从有到优的曲折而辉煌的发展历程。2018 年，中国汽车产销量突破 2 800 万辆，连续十年排名全球第一，巨大的汽车市场给中国汽车工业由大变强、走向世界带来了极佳的历史机遇。然而，中国还远不是汽车强国，总体上中国汽车工业的技术水平与生产效率较低，能耗与污染较高，汽车工业转型升级的内在需求非常迫切。根据不同历史时期的发展特征，中国汽车工业大体上经历了以下 4 个发展阶段。

1）起步阶段（1949—1978 年）

此阶段中国百废待兴，汽车工业的基础非常薄弱。1953 年，在苏联的技术援助之下，中国第一汽车制造厂在长春成立，标志着中国第一家汽车制造企业诞生。1956 年 7 月 13 日，解放牌汽车在一汽成功下线，中国的汽车工业开始慢慢起步。随后，一汽在生产解放牌汽车技术积累的基础之上，于 1958 年生产出红旗牌轿车。红旗牌轿车在借鉴西方发达国家先进汽车技术的基础上，融合了中国传统文化之美，高端大气的风格让其顺利成为国家领导人的用车。20 世纪 50 年代末到 60 年代初，上海汽车制造厂先后制造出了凤凰牌和上海牌轿车，相比红旗牌轿车服务于国家领导人的定位，上海牌轿车则走平民化路线，是当时人民群众争先购买的汽车。20 世纪 60 年代，苏联撤走了所有对中国的援助，同时，美国构建第三岛链对中国进行封锁，中国汽车工业彻底被切断了外部支持资源，独立自主地发展汽车工业成了自上而下的共识。1969 年，中国第二汽车制造厂在湖北省十堰市筹备成立，全国各地的汽车工业优质资源支援二汽建厂，其中，一汽的贡献最大，出人、出技术、出资金。二汽建厂初期的主要产品是东风牌卡车。一汽和二汽的建成投产为中国的重工业化战略作出了不可磨灭的贡献。总之，起步阶段的中国汽车工业主要以军车和卡车为主，红旗牌汽车和上海牌汽车丰富了民用汽车产品领域。在起步阶段，中国汽车工业实现了“从 0 到 1”的突破。

2）引进合资阶段（1978—2001 年）

1978 年，中国开始实行改革开放，彻底加快了中国汽车工业的发展进程。虽然在起步阶段，中国汽车工业取得“零的突破”，但存在着生产水平低下、技术含量低、生产效率差等问题，特别需要向西方发达国家学习先进的汽车技术和管理水平。改革开放后，中国汽车工业开始进入引进技术、成立合资公司的进程。1983 年，中国第一家汽车合资企业——北京吉普成立；1984 年，经过多轮谈判，“姗姗来迟”的上海大众获批成立；1985 年，广州标致成立，等等。众多合资公司纷纷成立，中方人员开始接触到国际汽车企业，在学习先进汽车技术的同时，还借鉴其管理制度、法律体系和组织程序，为中国汽车工业的发展提供了制度基础。

总之，改革开放打开了中国汽车工业向西方学习的大门，让中国汽车从业者真正认识到了中国汽车工业和西方发达国家之间的差距，加速了中国汽车工业与国际先进水平接轨的进程。

3）市场化发展阶段（2001—2009 年）

2001 年，中国正式加入世界贸易组织（WTO）。作为加入 WTO 的条件，中方承诺在汽车工业方面实施降低进口关税、增加配额等一系列举措。随着改革开放的力度进一步加大，中国汽车工业迎来了快速发展时期。一方面，世界汽车巨头企业进一步进入中国市场，如丰田、福特、奔驰等企业纷纷与国内企业成立合资公司，实现在华本地化经营；另一方面，中国在“入世”前后，允许部分民营企业进入汽车市场，如吉利、长城等企业，民营企业进入后，大大提升了中国汽车市场的活力，民营汽车企业也在与合资企业的竞争中逐渐成长。随着汽车企业的增多，汽车产品也得到进一步丰富，人民群众可以以更低廉的价格买到更好的产品，极大地刺激和提升了中国消费者的消费欲望，中国汽车消费的市场急剧扩大。

总之，中国在“入世”之后，汽车工业呈现高度市场化发展的态势，企业间竞争态势进一步加剧，汽车产销量逐年快速增长，满足了消费者对高质量汽车产品的需求。

4）创新发展阶段（2009 年至今）

经过多年快速发展，中国已经成为全球最重要的汽车国家，自 2009 年中国汽车产销量超过美国、排名全球第一之后，中国不断巩固这种地位和优势。目前，据公安部统计，2021 年全国机动车保有量达 3.95 亿台，机动车驾驶人达 4.81 亿人，全国新注册登记机动车 3 674 万台，新领证驾驶人 2 750 万人。这意味着中国已经全面彻底地超过美国，成为全球机动车保有量最大的国家。预测到2022年年底，中国将成为全球第一个机动车保有量突破4亿台的国家，其中汽车保有量则必然超过3亿台。从技术水平来看，中国汽车工业初步摆脱了技术落后、产品质量差的帽子，在新能源汽车技术、整车平台技术等领域实现了一定的突破；从产品设计来看，中国汽车工业在吸收借鉴国外先进汽车产品造型的基础上，融合了东方因素，打造出了符合中国消费者审美的原创造型，如上汽荣威、广汽传祺、吉利博越等；从新能源汽车来看，中国目前处于跟发达国家并跑甚至部分领域领跑的阶段，中国新能源汽车销售市场全球第一，"三电"核心技术水平持续提升，比亚迪、北汽新能源等企业新能源汽车销量全球领先；从自主品牌来看，中国汽车工业自主品牌影响力持续提升，距离非主流外资品牌的差距已经不大，消费者逐渐认可并乐于购买自主品牌，哈弗、领克、WEY、五菱宏光等自主品牌已经成为质量好、性价比高的国产"神车"。

总之，在创新发展阶段，中国汽车工业产业规模全球领先，研发能力进一步提升，自主品牌价值进一步提高，实现了良性发展。着眼于未来"2030碳达峰/2060碳中和"时代背景下的新能源汽车和"5G+人工智能"新一代数字技术在汽车工业领域应用下的智能网联汽车，这两个热点方向对中国汽车工业的发展是个挑战，需要以更大的创新实现更高质量的发展。

1.1.2 汽车技术现状

汽车新技术未来的发展核心将围绕人类对汽车的需求展开。当前汽车行业的新技术包含环保节能技术、智能驾驶技术以及安全性能技术等。这些新技术的发展势必会让未来的汽车变得更加安全，更加人性化，更加符合大众对汽车的要求。

1. 发动机技术现状

汽油机由于功率密度较高、振动噪声小、成本较低且污染物控制比柴油机容易，因此是轻型汽车（包括乘用车和轻型商用车）的主要动力源；而柴油机制造成本高，且需要复杂的后处理系统来满足日益严格的排放标准，因此在中国轻型车上应用较少，在欧洲国家的应用也会逐步减少。

为介绍发动机技术，现对发动机工作过程（见图1-6）做简单概述。进气系统及燃油供给系统将空气和燃料分别引入到发动机内并形成空气-燃料混合气，混合气在发动机燃烧室内被点燃并发生燃烧，带动曲轴旋转对外输出动力。随着燃烧产生的产物有 H_2O、CO_2 以及空气中没有参与反应的 N_2，同时也伴有少量CO、HC、NO_x 和颗粒物等有害排放物。因此，对发动机工作过程的改善一般可以从如下几方面入手：最大限度地提高动力输出以及其与燃料输入的比值，即提高动力性及燃油经济性；依法合规降低有害物排放量；降低 CO_2 排放（碳排放）。

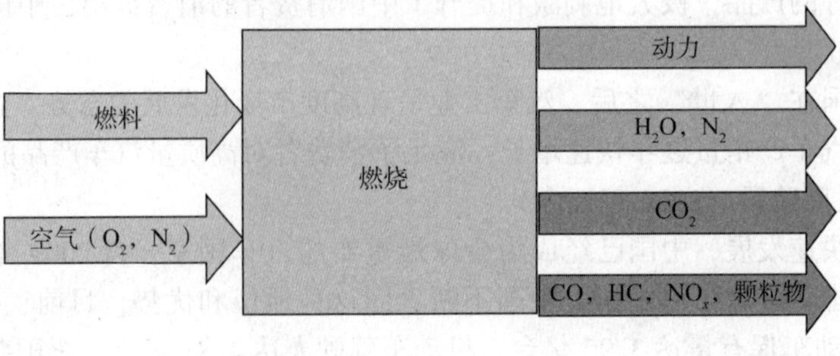

图1-6 发动机工作过程

1）进气技术

发动机动力性的提高可以通过提高发动机的充气效率来实现。提高汽油机充气效率的进气技术包括：采用 4 气门、可变进气管长度、可变进气正时（Variable Valve Timing，VVT）、可变进气升程（Variable Valve Lift，VVL）以及废气涡轮增压等技术，其中废气涡轮增压技术是当前提升汽油机动力性的主要手段。

废气涡轮增压技术可以利用废气能量驱动涡轮带动压气机工作，提升进气压力，提高发动机的充气量，继而大幅提升汽油机的动力性。由于动力性的提升，汽车可在保持与原有自然吸气发动机相同动力性的情况下，采用较小排量的涡轮增压发动机，利于发动机小型化和轻量化，从而有效降低燃油消耗量及有害物的排放量，实现节能、减排。因此，增压小型化也成为现今车用汽油机的主流趋势。但是，采用涡轮增压技术也存在一些问题：进气压力和温度的增加会导致压缩终了气缸内温度和压力升高，以及发动机热负荷增加，使发动机爆震倾向增大。一般可通过进气中冷、提高燃油辛烷值、降低压缩比、推迟点火角、加浓混合气、废气再循环（Exhaust Gas Recirculation，EGR）等技术手段来抑制爆震。

2）燃油喷射技术

早期汽油机通过化油器实现汽油供给，到 20 世纪 80 年代初期随着电子控制技术的兴起，开始普遍采用汽油气道喷射技术（Port Fuel Injection，PFI），从单点喷射到各缸多点喷射技术。到 20 世纪 90 年代中期，缸内直接喷射技术（Gasoline Direct Injection，GDI）得到了商业化应用。尽管几十年前人们几次尝试推出汽油直喷技术的产品（如福特汽车公司的 PROCO），但直到 1996 年日本三菱汽车公司率先在市场上推出直喷分层燃烧的汽油机汽车产品，才开启了现代汽油直喷技术的时代，经过十多年的发展，废气涡轮增压当量均质混合气直喷汽油机技术在国内外基本普及。为满足日益严格的排放标准，人们一直在改善燃油雾化和喷射控制，缸内直喷技术经历了从伞喷到多孔喷油器，喷射压力从 10 MPa 到 35 MPa，每循环单次喷射到多次喷射，喷雾油粒平均直径从 25 μm 到 10 μm 的进步。随着燃油喷射控制技术的进步，喷油离燃烧室越来越近，使得喷油量、喷射时间和喷射策略的控制也越来越精确，有利于对空燃比精确控制，进而实现对燃烧的精确控制；而且有利于对各缸空燃比的一致性控制，降低了各缸不均匀性。

3）整机技术

随着进气和燃油喷射技术的发展，汽油机整机技术也相应得到提高。以燃油喷射技术为特征的整机技术经历了从自然吸气 PFI 汽油机、废气涡轮增压 PFI 汽油机到自然吸气 GDI 汽油机，再到目前主流的废气涡轮增压 GDI 汽油机的发展历程。以上市产品为例，表 1-1 总结对比了国内外整机技术的发展历程。1967 年，德国大众汽车公司已有 PFI 汽油机上市；德国宝马汽车公司在 1973 年推出了 2.0 L 增压 PFI 汽油机。1996 年，日本三菱公司首先推出了现代 GDI 汽油机，应用在 Galant 车型上，该款发动机排量为 1.8 L，采用分层稀薄燃烧技术。2000 年，德国大众汽车公司推出了增压直喷汽油机，应用在 Lupo 车型上，该款发动机排量为 1.4 L，采用当量燃烧技术。

表 1-1　国内外整机技术发展历程

整机技术	国外		国内	
	车款	年份	车款	年份
自吸 PFI	大众 Type3 600TL/E	1967	长安、奇瑞等	2000
增压 PFI	宝马 2002 Turbo	1973	奇瑞瑞虎 5	2009

续表

整机技术	国外		国内	
	车款	年份	车款	年份
自吸 GDI	三菱 Galant	1996	—	—
增压 GDI	大众 Lupo	2000	奇瑞瑞麒	2010

反观中国自主品牌市场，在 2000 年左右，长安、奇瑞、昌河、华晨金杯和夏利等汽车公司生产的应用 PFI 发动机的汽车陆续批量上市。2009 年，奇瑞汽车推出瑞虎 5 车型，应用 2. 0 L 增压 PFI 汽油机；2010 年，奇瑞汽车又推出瑞麒车型，搭载 2. 0 L 直喷增压汽油机。从表 1-1 可以看到中国汽油机整机技术与发达国家相比较为滞后，这与中国汽车工业发展相对滞后直接相关。在增压直喷汽油机技术应用的时间上，中国比国外滞后 10 年左右，但目前总体上已经与国外技术基本拉平。在整机技术的发展过程中，除提高指示热效率的各种技术手段（常用的包括 VVT、VVL、EGR、Atkinson/Miller 循环等）以外，废气涡轮增压、发动机结构设计、轻量化材料、低摩擦材料、高效率可变附件等技术也是层出不穷，方兴未艾。

4）动力性

选取并对比历年美国沃德十佳发动机（自 1995 年开始）及中国心十佳发动机（自 2006 年开始）获奖名单中 4 缸汽油机产品的升功率（W_1）及升扭矩（T_1）指标，如图 1-7 ~ 图 1-10 所示。可以看出：采用增压技术可显著提高发动机动力性，且随着时间发展，增压发动机的动力性指标也取得了很大提升。国外发动机采用的增压技术包括涡轮增压、机械增压以及涡轮与机械双增压。以采用涡轮与机械双增压发动机的沃尔沃 S60 Polestar 汽车为例，其升功率和升扭矩已分别达到 135 kW/L 和 235 N · m/L。从总体上讲，在过去 20 年里，国外增压汽油机的平均升功率从 60 kW/L 提高到了 100 kW/L，提高了近 67%，同时升扭矩从 120 N · m/L 提高到 200 N · m/L，进步十分显著。对于涡轮增压发动机来说，中国自主品牌的动力性大概与国外品牌 10 年前的水平相当，但是在过去十几年里也取得了明显进步，平均升功率从 60 kW/L 提高到 88 kW/L 左右，提高了约 47%。对于自然吸气发动机的动力性，多年来并未有显著提高，国内外发动机的动力性基本相当，升功率保持在 50 ~ 55 kW/L。还需注意的是，由于车用动力的多元化发展，国外逐渐出现混动汽车专用发动机，且以自然吸气为主。

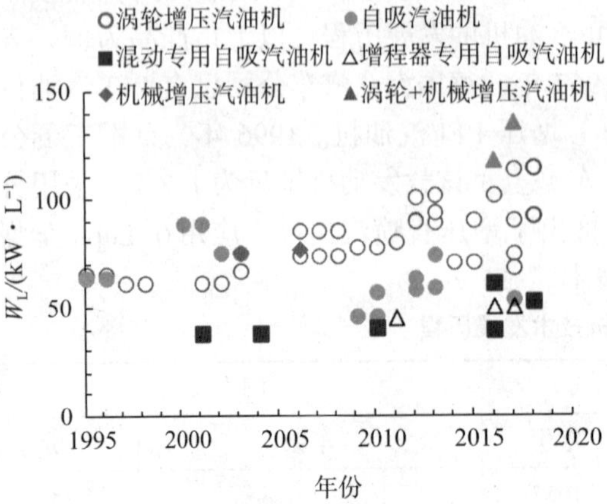

图 1-7　国外发动机升功率

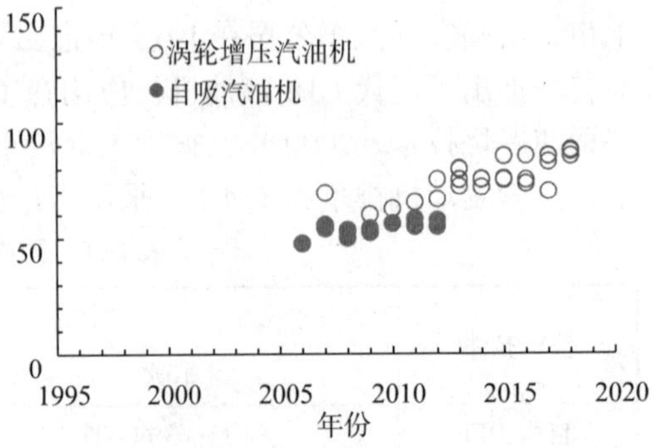

图 1-8　国内发动机升功率

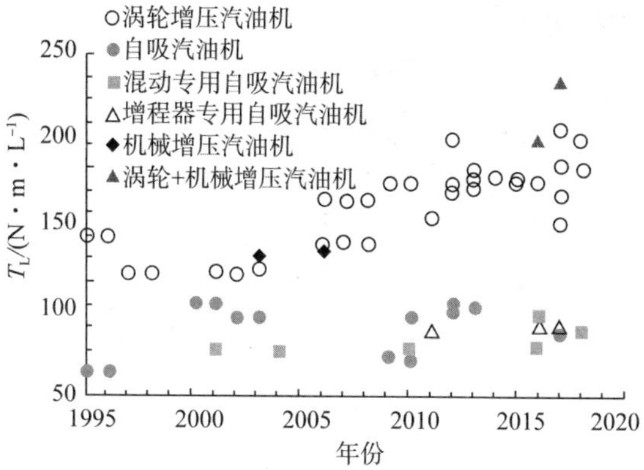

图 1-9　国外发动机升扭矩

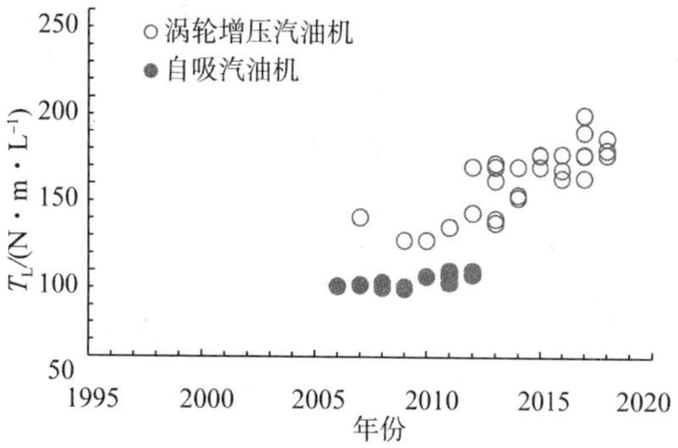

图 1-10　国内发动机升扭矩

5）发动机热效率和燃油经济性

在过去 30 年里，汽油机热效率也有较为显著的提高。图 1-11 给出了日本丰田汽车的汽油机热效率变化历史，该图也基本反映了国外汽车工业界的发展轨迹。从图 1-11 可以看出，过去 30 年里汽油机热效率从 33% 提高到 39%，目前有报道丰田公司量产的汽油机最高热效率为 41%，热效率提高了 8 个百分点，相对值提高幅度为 24.2%。

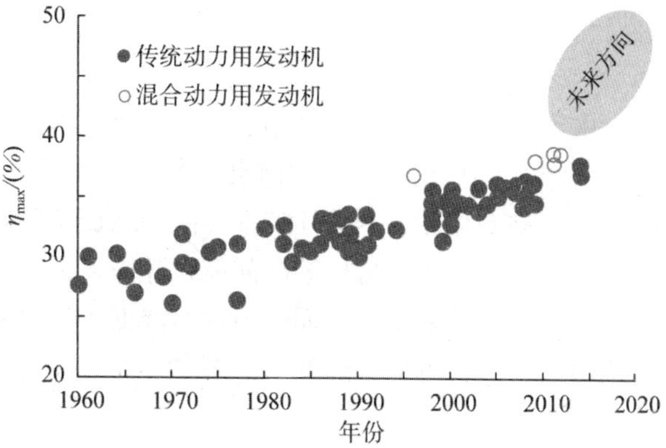

图 1-11　丰田汽车汽油机热效率变化历史

2005—2021 年间，中国先后实施了 4 个阶段的乘用车燃油消耗量限值法规，2021 年 7 月开始实施第五阶段。通过法规的实施，促使乘用车企业对其所销售车辆的平均油耗不断降低，到 2025 年，乘用车企业平均燃油消耗量第五阶段目标值需降低至 4 L/(100 km)。第四阶段油耗限值、第五阶段油耗限值分别如图 1-12、图 1-13 所示。

以手动挡变速器且具有三排以下座椅的车辆为例：

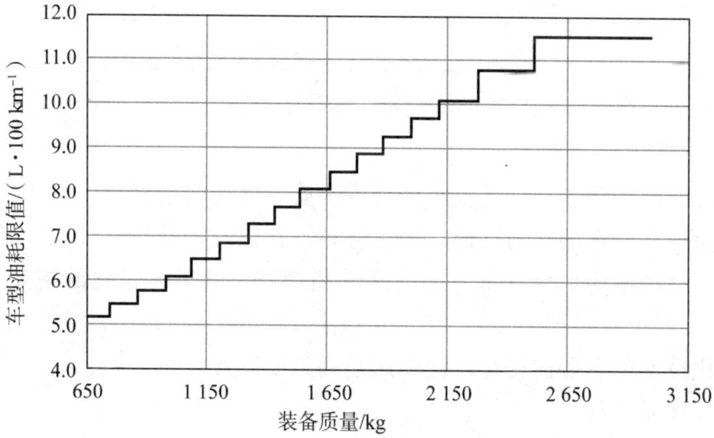

图 1-12　第四阶段油耗限值

以手动挡变速器且具有三排以下座椅的车辆为例：

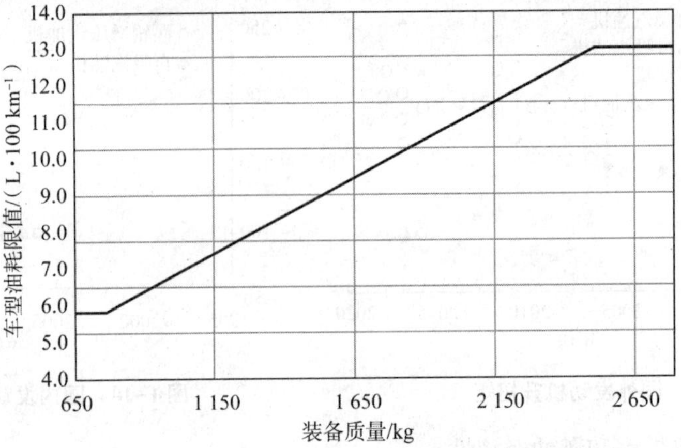

图 1-13　第五阶段油耗限值

6）CO_2 排放

由于 CO_2 气体的温室效应会造成全球气候变暖，欧盟、美国、日本等均制定了 CO_2 限值来限制汽车 CO_2 排放。中国也根据油耗法规折算出 CO_2 限值。表 1-2 给出了不同阶段各国 CO_2 排放限值。从表 1-2 看出，类似于其他汽车强国，中国制定的 CO_2 限值也越来越严格，且给予实现目标的时间越来越短。但是，目前中国对于 CO_2 排放的降低主要通过降低燃油消耗量来实现，而专门针对降低 CO_2 的技术并没有得到足够的重视。例如，发动机燃用低碳燃料可显著降低 CO_2 排放，但是对于低碳燃料在发动机中的应用还未引起广泛关注。

表 1-2　不同阶段各国 CO_2 排放限值

国家	$e\ [CO_2]/(g\cdot km^{-1})$		
	2006 年	2015 年	2020 年
欧盟各成员国	160	130	95
美国	249	154 *	131
日本	149	125	105
中国	188	167	120

注：* 表示 2016 年数据。

2. 车身技术现状

车身技术的发展趋势是在保证汽车的强度和安全性能的前提下，尽可能地降低汽车的整备质量，从而提高汽车的动力性能、减少燃料消耗以及降低排气污染。随着环保和节能的需要，轻量化已经成为世界汽车发展的潮流和趋势。汽车轻量化的主要途径如图 1-14 所示。

实现轻量化技术的主要途径是广泛使用超高强度钢板、铝合金、镁合金、塑料以及碳纤维复合材料等轻质材料。

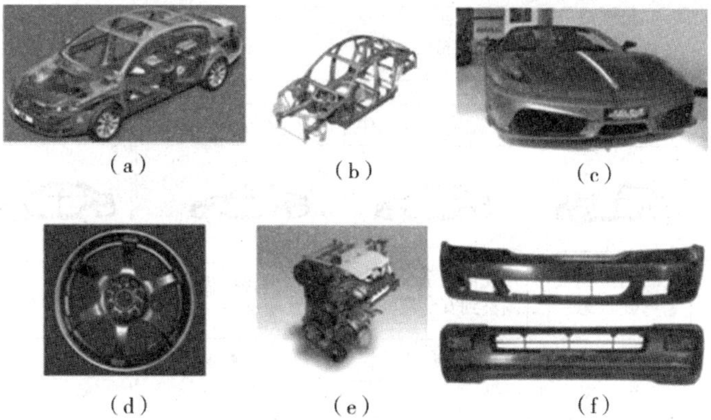

图 1-14　汽车轻量化技术主要途径

(a) 超轻高强度钢板车身结构；(b) 铝合金车身结构；(c) 碳纤维车身材料；
(d) 镁合金轮毂；(e) 全铝发动机；(f) 塑料保险杠

1）多材料混合轻量化车身

通过不同材料的组合可以更好地发挥不同材料的力学特性，既能改善结构的综合性能，又能大幅减轻结构的质量。多材料混合轻量化车身可以根据车身不同部位的受力变形情况，选用不同性能的材料，达到物尽其用的目的。在受力大、薄弱的部位，选用综合性能好的材料，以增加结构的耐撞性；在受力小、非敏感部位，选用质轻的材料，达到减轻质量的效果。近年来，多材料混合轻量化设计逐渐得到了行业的认可，在理论研究和工程应用方面都取得了一定的成果。在车身轻量化研究早期阶段，采用铝合金材料对车身结构件进行材料替代是常用的方法。相关试验结果表明，选用高强钢能有效提高结构的耐撞性并实现轻量化。对于多种材料而言，可以将材料类型作为变量，实现不同轻质高强材料类型和牌号的选择，在提高耐撞性的同时满足轻量化要求；除此之外，材料成本也可以作为设计变量，探求多材料混合轻量化下的成本控制。

2）基于材料—结构—制造一体化设计的碳纤维增强复合车身材料

碳纤维增强复合材料作为一种典型的轻质高强材料，在目前的复合材料体系中具有高比强度、高比模量的性能。相比传统钢材，复合材料在汽车中的应用能带来多种优势，如轻量化效果显著、冲击工况下比吸能大、结构承载能力强和整体成型性好等。在车辆设计中，削层结构的设计方法有望为结构的轻量化设计提供更加有效的手段。削层结构不仅可以提升车辆的轻量化水平，而且使得结构质量分布更为合理。除考虑削层结构设计外，基于材料、几何、拓扑和制造工艺的综合优化也将是未来汽车轻量化设计研究的重点。

3. 安全技术现状

在汽车安全性方面，车辆碰撞工况日益复杂，碰撞工况数量逐渐增多、车辆所用材料趋于多样化，从而激励着汽车安全技术的发展。从 20 世纪 50 年代首次出现汽车安全相关的研究，到 21 世纪越来越多的工程师和研究人员不断研究、发展新的汽车安全技术；从各种被动安全法规和新车碰撞测试体系的建立到各种主动安全技术的发明，汽车安全技术已经成为涉及力学、材料、机械、电子和控制科学等多个学科的交叉领域。图 1-15 所示为安全技术发展策略。

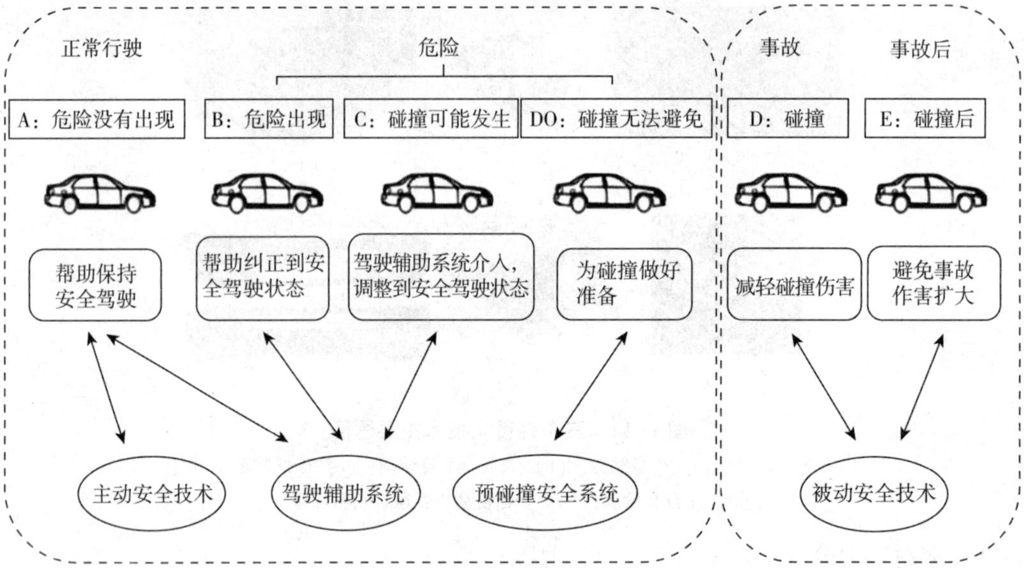

图 1–15　安全技术发展策略

1）小偏置被动安全性

随着计算机技术的不断进步，有限元仿真的理论和方法不断成熟，借助计算机、有限元方法及先进设计理论来进行汽车安全性设计已经成为目前车身设计最重要的手段之一。同时，随着国内外不断改进和完善的碰撞标准和法规，对车身安全性的评价指标也变得越来越高，这也给车身安全性设计和研究带来了更大的挑战。美国公路安全保险协会在 2012 年发布的高达 25% 重叠率的偏置碰撞测试方法，能更好地模拟汽车在实际交通事故过程中的小重叠率碰撞，当然也意味着更大的技术难度。该协会的小偏置碰撞与传统的 40% 正面重叠偏置碰撞不同，碰撞的重叠率仅有 25%，这就意味着在碰撞过程中整车的能量会通过更少的部件进行能量吸收，对吸能部件要求更高。同时，由于小偏置碰撞过程中的覆盖率过小，车身前部的结构件受力更加不均衡，容易对乘客造成较大的伤害。目前，该协会的小偏置碰撞是全球最严苛的碰撞法规之一，通过碰撞测试的车型比例最低。世界各大汽车企业和研究机构正在针对小偏置碰撞进行理论和试验研究。从根本上提高小偏置碰撞安全性的途径是进行更加有效的车身结构设计。

2）电动汽车的安全性

对于电动汽车的碰撞安全而言，不仅需要满足传统的燃油车碰撞安全要求，还需要考虑动力电池在碰撞过程中可能发生的电解液泄漏、高压短路、起火甚至爆炸等安全问题。随着电动汽车国家强制标准的出台，我国在电动汽车碰撞安全仿真模拟方面的研究逐渐增多。电动汽车安全结构件相对于传统内燃机车不同，特别是电动汽车的电池包通常布置在底板内，使得底板结构比传统内燃机车刚强度要大，因此对电池包的耐撞性优化设计成为当前的研究重点。

3）智能技术的车辆主动安全性

主动安全设计技术包括无人驾驶系统、车道偏离预警系统、驾驶疲劳检测等。随着近年来智能化时代的来临，无人驾驶汽车处于快速发展阶段，随之而来的关于无人驾驶汽车的安全性问题日渐凸显。而现阶段无人驾驶技术尚未成熟，技术研究主要集中在辅助驾驶阶段，即通过辅助驾驶来提高安全性。

1.1.3　汽车产业未来

随着新一轮科技浪潮的来临，叠加环境污染、交通拥堵和能源短缺对汽车工业的约束进一步趋紧，中国汽车工业已经发生了质的变化。在汽车行业内部，传统汽车企业仍然围绕着汽车技术进行创新；在汽车行业外部，蔚来汽车、小鹏汽车等互联网造车企业已经大举进入汽车市场，中国汽车产业链和产业格局发生了巨大的变化。展望未来，电动化、智能化、网联化、共享化是中国汽车产业发展的必然趋势和发展机遇。

1）电动化

发展新能源汽车是加快建设制造强国的重要内容，有利于保护环境，培育新的经济增长点和新动能。习近平总书记 2014 年在上海汽车集团考察时指出：发展新能源汽车是我国从汽车大国迈向汽车强国的必由之路。目前，中国已经成为全世界最大的电动汽车市场，汽车电动化已上升到国家战略。汽车电动化不仅意味着动力系统的变化，更是新能源汽车动力系统变化所导致的汽车产品成本结构的变化，乃至对材料、工艺、轻量化等核心技术的新需求，因此，电动化将会对传统内燃机汽车的产业结构造成重大冲击。近年来，中国汽车工业不断追赶，但与汽车产业强国相比，中国传统内燃机汽车的差距依然很大，较长时期内很难有所突破；而新能源汽车知识产权、技术专利的壁垒尚未形成，商业模式尚不清晰，国际标准尚不完善。目前，中国已经涌现出一批新能源汽车整车和核心零部件龙头企业，中国企业有能力、有信心在汽车电动化领域有所作为。

2）智能化

大数据、云计算、5G、人工智能等先进技术催生汽车行业向智能化方向发展，谷歌无人驾驶汽车的研究很早就已启动，苹果的造车计划也几度被报道，以百度、华为为代表的中国互联网和通信企业也已对汽车智能化领域进行布局。汽车作为重要的先进技术载体，正在由传统的移动出行空间向智能生活休闲娱乐空间转型，汽车智能化有助于打造更高效、更节能、更环保、更安全、更舒适、更便捷的汽车产品，更好地提升乘客体验。原来汽车行业内部主要以硬件为核心进行产品性能和技术水平的不断完善与提升，现在逐渐从硬件向软件方向扩展，各种设备、操作系统、芯片被应用到汽车产品上，汽车智能化水平显著提高。汽车的智能化水平分为 5 个等级，即驾驶辅助、部分自动驾驶、有条件自动驾驶、高度自动驾驶和完全自动驾驶。目前，中国部分汽车企业和互联网企业已经实现有条件自动驾驶。随着技术的不断迭代，智能化水平的不断提升，智能化将会是未来汽车工业技术创新发展的重点方向。

3）网联化

中国 5G 技术的发展举世瞩目，5G 具备超高带宽、超低时延、超大规模连接数密度的移动接入能力，其性能远远优于 4G，服务对象从人与人通信拓展到人与物、物与物通信，万物互联的时代正在来临。汽车是 5G 重要的应用场景，中国是全球第一大的汽车保有量国家，汽车网联化有着巨大的应用基础。V2X（Vehicle to Everything）是汽车网联化最重要的途径和手段，在现代通信技术与网络技术的支撑下，汽车可以实现与车、路、人、云端间的信息交换和共享。汽车网联化会产生大量的数据资源，通过对网联化汽车大数据的分析，可以在线上对车辆进行“体检”、预警、提供解决方案等，让汽车更加安全、便捷和高效。甚至可以将电动汽车通过物联网与电网相连接，实现“削峰填谷”的有序充电，为能源革命贡献力量。

4）共享化

2018 年年底，中国汽车千人保有量约为 170 辆，距离发达国家的汽车千人保有量还存在 2 ~4 倍不等的差距，但是中国的能源、环境、交通等因素严重制约着汽车保有量的持续扩大。在大城市的汽车使用成本居高不下，然而汽车的使用率反而不高，大部分时间均被闲置，成本和收益不成正比。汽车共享化有利于节约成本、节约资源和提升效率，因此，共享化将是中国汽车工业重要的发展趋势。随着移动互联网技术的应用和智能手机的普及，汽车共享化作为一个全新的商业模式正在蓬勃兴起，网约车、分时租赁汽车等已经逐渐被广大消费者所接受。私家车车主让渡汽车的使用权获取资金补偿，无车消费者付费使其出行需求得到满足，汽车共享化将成为未来使用汽车的新常态。各类网约车公司的服务越来越安全、专业、便利，更多的青年消费者会选择不购买汽车而是使用网约车服务。在智能化和网联化的带动下，汽车共享化将会呈现更为快速的发展。

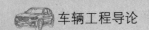

1.2 车辆工程专业简介

1.2.1 车辆工程专业简介

车辆工程专业培养德、智、体、美、劳全面发展，具备良好的人文素养和创新精神，掌握较扎实的科学基础理论知识，具有车辆工程专业的基本理论、基本知识和基本技能，具有较强的实践能力和创新意识，能在企业、高校及科研院所从事车辆设计、制造、实验、检测、管理、科研及教学等工作的应用型人才。

车辆工程专业学生应获得以下方面的知识、能力和素质。

1. 知识方面

(1) 自然科学与工程技术的基础知识和前沿知识。

(2) 数学、物理学与化学的基础知识。

(3) 机械学与力学专业领域内系统的核心知识。

2. 能力方面

(1) 在自然科学领域有比较扎实的基础知识，具有恰当运用数学的能力。

(2) 在车辆工程领域有比较扎实的专业知识和能力。

(3) 在车辆工程领域有迅速发现、分析和解决一般技术问题的能力。

3. 素质方面

(1) 具有坚定的政治方向和良好的思想品德、社会公德和优秀的职业素养，树立科学的世界观、正确的人生观和价值观。

(2) 具有一定的体育和军事基本知识，具有健全的心理和健康的体魄；掌握科学锻炼身体的基本技能，达到国家规定的大学生体育锻炼合格标准。

(3) 具有终身教育的意识和继续学习的能力。

1.2.2　车辆工程专业主干课程

车辆工程专业的主干课程有：工程图学、工程材料、互换性与技术测量、理论力学、材料力学、机械原理、机械设计、机械制造、电工学、电子学、单片机技术、自动控制原理、汽车构造、汽车电子学、汽车理论、汽车设计、汽车试验学、振动理论、有限元分析、车辆仿真分析、动力电池技术、驱动电机技术、智能汽车技术、网联汽车技术等，如表 1-3 所示。

表 1-3　车辆工程专业主干课程

专业方向	基础课	专业基础课	专业课	方向课
机械方向	大学英语、大学物理、大学化学、高等数学、线性代数、概率论与数理统计、常微分方程、随机过程、复变函数与积分变换、C 语言程序设计、Python 程序设计	工程图学、工程材料、互换性与技术测量、理论力学、材料力学、机械原理、机械设计、机械制造、电工学、电子学、单片机技术、液压与气压传动、自动控制原理	汽车构造、汽车理论、汽车设计、汽车试验学	振动理论、有限元分析
电子方向				车辆仿真分析、汽车电子学
新能源方向				动力电池技术、驱动电机技术
智能网联方向				智能汽车技术、网联汽车技术

要想把车辆工程专业学好，首先要有扎实的基础理论，英语至少通过四级，具备基础的大学物理和大学化学知识，拥有处理确定性理论的微分方程和不确定性现象的随机过程以及时域和频域分析的积分变换知识，能够把程序性思想转变为面向对象计算机程序的能力，所以需要掌握 C++语言和人工智能常用的编程语言 Python，了解对于工程实际的基于模型设计 MBD 的思想。

车辆工程是机械工程下属的二级学科，所以机械工程的主干课程对车辆工程都很重要，工程图学是工程师无声的交流语言；工程材料是实现工程实际的物质保障；互换性与技术测量是实现工业化生产互换、匹配的基础；理论力学和材料力学是工程计算的基础，机械原理和机械设计是设计新机械的理论来源；机械制造是设计的后续，是把思想转变为实际的途径；电工学、电子学是电子电气知识的基础；单片机技术是控制机械、实现自动化的电学工具；自动控制原理是自动化的理论基础。

车辆工程专业的主干课程是汽车构造、汽车理论、汽车设计、汽车试验学这 4 门课程。要想学好车辆工程，必须要了解汽车的构造，即了解发动机的构造、底盘的构造、车身的构造和电气系统的构造；汽车理论使我们能从理论力学和自动控制原理的视角上，理解汽车的物理运动；在经过机械设计课程的训练后，结合汽车构造知识和汽车理论知识，可以进行汽车设计课程的学习，并尝试根据设计指标，设计一辆汽车；而一辆汽车是否满足设计要求，是否满足法律法规，这就需要根据汽车试验课程所学内容来判断。

汽车工程师是受人尊重的职业，在实际的工作中，都需借助电脑进行设计工作。通过有限元仿真软件进行汽车机械系统的仿真能够缩短开发时间，并能减少产品的成本，在汽车设计中有广泛的应用。汽车电子装置的成本占整车成本的比例不断上升，甚至可达

60%，汽车电子学综合了汽车电子电器、控制理论，是设计汽车电子的课程。

汽车未来电动化、智能化、网联化、共享化是产业界的共识，新能源汽车中动力电池和驱动电机是必备知识、智能网联汽车中智能汽车和网联汽车课程是未来方向。

1.2.3 车辆工程专业设计、实训和实习

车辆工程专业的课程设计有：机械制图课程设计、计算机绘图课程设计、机械原理课程设计、机械设计课程设计、电工学课程设计、电子学课程设计、单片机课程设计、汽车电子学课程设计、汽车设计课程设计、毕业设计。

车辆工程专业的课程实训有：发动机构造整周实训、底盘构造整周实训、电动汽车构造整周实训、智能网联汽车构造整周实训、汽车试验学整周实训。

车辆工程专业的专业实习有：认识实习、金工实习、生产实习、毕业实习。

车辆工程专业设计、实训和实习的分类如表 1-4 所示。

表 1-4 车辆工程专业设计、实训和实习的分类

分类	基础类	专业类	综合类
机械类课程设计	机械制图课程设计、计算机绘图课程设计	机械原理课程设计、机械设计课程设计	汽车设计课程设计、毕业设计
电子电气类课程设计	电工学课程设计、电子学课程设计	单片机课程设计、汽车电子学课程设计	
课程实训	发动机构造整周实训、底盘构造整周实训	电动汽车构造整周实训、智能网联汽车构造整周实训	汽车试验学整周实训
专业实习	认识实习、金工实习	生产实习	毕业实习

手工绘图是机械类工程师的必备技能，计算机绘图是主流的设计形式，通过机械制图课程设计和计算机绘图课程设计可以很好的得到锻炼。机械原理课程设计是确定机构的运动方案并综合运用所学的理论对方案中的某些机构进行设计和分析。机械设计课程设计是机械类专业学生第一次较全面的设计能力训练，通过制订设计方案合理选择传动机构和零件类型，正确计算零件工作能力、确定尺寸和选择材料，以及初步考虑制造工艺、使用和维护等要求，进行结构设计。汽车设计课程设计则是综合应用汽车构造、汽车理论和汽车设计课程的知识进行车辆的设计工作，要学会查阅和应用国家标准，并掌握汽车结构设计方法和进行汽车结构设计的一般步骤。

电工学课程设计以了解和掌握强电气类元器件的安装、操作、维修、设计线路为目的，电子学课程设计是对基本电子器件的熟悉、设计结合生活实际的小电路。在学习完单片机课程即控制单元后，可以进行有控制单元小车的设计和制作，而学习完控制工程基础和汽车电子学课程后，可以进行汽车电子控制类的设计训练。

通过发动机构造整周实训和底盘构造整周实训可以对汽车的基本构造有实际的了解，电动汽车构造整周实训和智能网联汽车构造整周实训可以对新能源汽车和智能网联汽车的实车有真实的了解。在学习完汽车设计和汽车试验学后，进行的汽车试验学整周实训可以了解车辆设计的定性分析和车辆实际表现的定量分析之间的差异。

认识实习、金工实习、生产实习和毕业实习是所有工科类专业都有的实习，通过认识实习了解专业现状，激发学习兴趣；通过金工实习了解机械加工方法，亲手制作出机械成品；通过生产实习，加深专业认识；通过毕业实习，积累工作经历，体会职业感受。

1.3　车辆工程专业竞赛

学科竞赛旨在将学科理论与实践教学相结合，能够强化学生应用理论分析和解决实际工程问题的能力，它对跨学科人才的培养有显著的促进作用。车辆工程专业相关竞赛如表 1-5 所示。

表 1-5　车辆工程专业相关竞赛

竞赛名称	竞赛简介
全国大学生智能汽车竞赛	一项以“立足培养、重在参与、鼓励探索、追求卓越”为指导思想，面向全国大学生开展的具有探索性的工程实践活动；它以设置制作在特定赛道上能自主行驶且具有优越性能的智能模型汽车这类复杂工程问题为任务，激发大学生从事工程技术开发和科学研究探索的兴趣和潜能，倡导理论联系实际、求真务实的学风和团队协作的人文精神，赛事的开展对学生的知识融合和实践动手能力的培养，具有良好的推动作用
中国大学生方程式汽车大赛	由高等院校车辆工程或汽车相关专业在校学生组队参加的汽车设计与制造比赛。目前设有油车、电车、无人车、Baja 等 4 个类型
全国大学生节能减排社会实践与科技竞赛	由教育部高等教育司主办、唯一由高等教育司办公室主抓的全国大学生学科竞赛，为教育部确定的全国十大大学生学科竞赛之一，也是全国高校影响力最大的大学生科创竞赛之一；该竞赛充分体现了“节能减排、绿色能源”的主题，紧密围绕国家能源与环境政策，紧密结合国家重大需求，受教育部的直接领导，各高校积极协作下，起点高、规模大、精品多，覆盖面广，是一项具有导向性、示范性和群众性的全国大学生竞赛
壳牌汽车环保马拉松	一项独特且颇具挑战的全球教育创新项目，邀请科学、技术、工程和数学等学科的学生自己动手设计、制造和测试超级节能的车辆，并在赛道上以“用最少的燃料，跑最远的路”为目标一较高低；1985 年，壳牌汽车环保马拉松在法国正式启动；2019 年，中国大学生“壳牌汽车环保马拉松”挑战首次在北京举办，比赛分为“原型车”和“概念车”两个组别，每组又分内燃机、电动和氢燃料电池 3 个类别
Honda 节能竞技大赛	大赛以“有效利用有限资源，不破坏公共环境，为子孙后代造福”为核心，以“挑战一升，环保一生”为最高宗旨，目的是提高全社会的节能和环保意识；赛车在指定的赛道内跑完赛程，比赛谁消耗的燃油最少；Honda 中国节能竞技大赛各参赛队通过自我创意，设计出赛车参与角逐，在竞技比赛中，既体验“竞技”“创造”与“交流”的乐趣，还可体验到“低油耗就是环保”，为保护人类的生存环境贡献自身绵薄之力的崇高责任

大学生全周期创新训练与竞赛如图 1-16 所示。

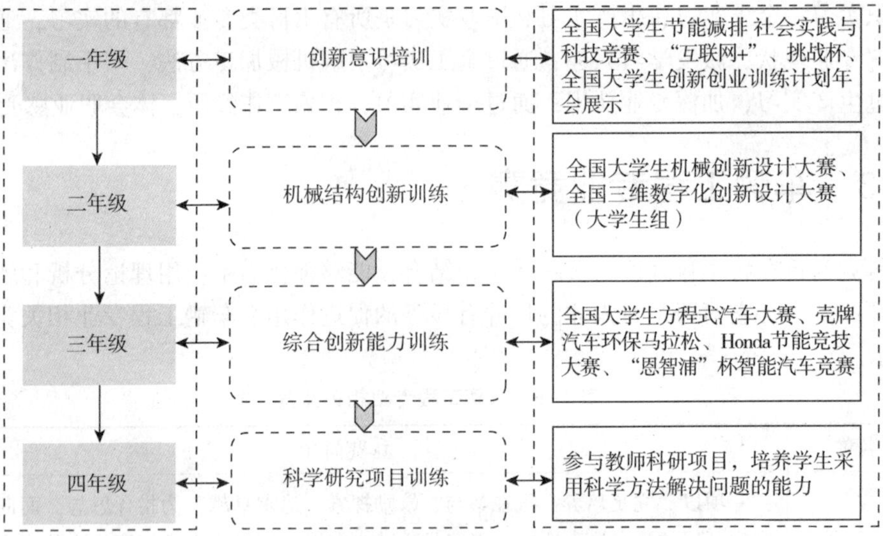

图 1-16　大学生全周期创新训练与竞赛

车辆工程专业学生可以参加的学科竞赛有许多，这里简要介绍全国大学生智能车竞赛和中国大学生方程式汽车大赛。

1.3.1　全国大学生智能汽车竞赛

全国大学生智能汽车竞赛是以智能汽车为研究对象的创意性科技竞赛，是面向全国大学生的一种具有探索性的工程实践活动，是教育部倡导的大学生科技竞赛之一。竞赛以“立足培养，重在参与，鼓励探索，追求卓越”为指导思想，旨在促进高等学校素质教育，培养大学生的综合知识运用能力、基本工程实践能力和创新意识，激发大学生从事科学研究与探索的兴趣和潜能，倡导理论联系实际、求真务实的学风和团队协作的人文精神，为优秀人才的脱颖而出创造条件。

竞赛以竞速赛为基本竞赛形式，辅以创意赛和技术方案赛等多种形式。竞速赛以统一规范的标准硬软件为技术平台，制作一部能够自主识别道路的模型汽车，按照规定路线行进，并符合预先公布的其他规则，以完成时间最短者为优胜。创意赛是在统一限定的基础平台上，充分发挥参赛队伍想象力，以创意任务为目标，完成研制作品，竞赛评判由专家组、现场观众等综合评定。技术方案赛以学术为基准，通过现场方案交流、专家质疑评判以及现场参赛队员和专家投票等互动形式，针对参赛队伍的优秀技术方案进行评选，其目标是提高参赛队员创新能力，鼓励队员之间相互学习交流。

竞赛过程包括理论设计、实际制作、整车调试、现场比赛等环节，要求学生组成团队，协同工作，初步体会一个工程性的研究开发项目从设计到实现的全过程。竞赛融科学性、趣味性和观赏性为一体，是以迅猛发展、前景广阔的汽车电子技术为背景，涵盖自动控制、模式识别、传感技术、电子、电气、计算机、机械与汽车等多学科专业的创意性比赛。本竞赛规则透明，评价标准客观，坚持公开、公平、公正的原则，保证竞赛向健康、普及、持续的方向发展。

全国大学生智能汽车大赛官网：https://smartcar.cdstm.cn/index

1.3.2 中国大学生方程式汽车大赛

中国大学生方程式汽车大赛（简称中国 FSC）是一项由高等院校车辆工程或汽车相关专业在校学生组队参加的汽车设计与制造比赛。各参赛车队按照赛事规则和赛车制造标准，在一年的时间内自行设计和制造出一辆在加速、制动、操控性等方面具有优异表现的小型单人座休闲赛车，能够成功完成全部或部分赛事环节的比赛。

2010 年，第一届中国 FSC 由中国汽车工程学会、中国二十所大学汽车院系、国内领先的汽车传媒集团——易车（BITAUTO）联合发起举办。中国 FSC 秉持“中国创造擎动未来”的远大理想，立足于中国汽车工程教育和汽车产业的现实基础，吸收借鉴其他国家 FSC 赛事的成功经验，打造一个新型的培养中国未来汽车产业领导者和工程师的交流盛会，并成为与国际青年汽车工程师交流的平台。中国 FSC 致力于为国内优秀汽车人才的培养和选拔搭建公共平台，通过全方位考核，提高学生们的设计、制造、成本控制、商业营销、沟通与协调等五方面的综合能力，全面提升汽车专业学生的综合素质，为中国汽车产业的发展进行长期的人才积蓄，促进中国汽车工业从“制造大国”向“产业强国”的战略方向迈进。

中国 FSC 是一项非营利的社会公益性事业，利在当代，功在未来。项目的运营和发展结合优秀高等院校资源、整车和零部件制造商资源，获得了政府部门和社会各界的大力支持以及品牌企业的资助。社会各界对项目投入的人力支持和资金赞助全部用于赛事组织、赛事推广和为参赛学生设立赛事奖金。

中国大学生方程式大赛官网：http：//www. formulastudent. com. cn

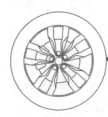

第 2 章 国外汽车工业及汽车品牌

从 1886 年世界上第一辆现代汽车诞生之日起，汽车工业至今已有 100 多年的发展历史。这段历史表明，汽车诞生于德国，成长于法国，成熟于美国，兴旺于欧洲，挑战于日本，在此期间，世界汽车经历了 3 次重大变革。第一次变革是美国福特汽车公司推出了 T 型汽车，发明了汽车装配流水线，使世界汽车工业的发展中心从欧洲转向美国；第二次变革是欧洲的汽车公司针对美国车型单一、体积庞大、油耗高等弱点，开发了多姿多彩的新车型，实现了汽车产品多样化；第三次变革是日本通过完善的管理体系，形成精益求精的生产方式，全力发展物美价廉的经济型汽车。下面就世界各国的汽车企业和汽车品牌进行介绍。

2.1 欧洲汽车企业和品牌

2.1.1 德国汽车企业和品牌

德国是最早发明和生产汽车的国家，世界上第一辆内燃机汽车、第一台汽油机、第一台柴油机都诞生于德国。德国的汽车企业主要有大众汽车公司、戴姆勒-奔驰汽车公司及宝马汽车公司等，德国是除中国、美国、日本之外的世界第四大汽车生产国。

1. 大众汽车公司

大众（Volks Wagen）汽车公司创建于 1937 年，创始人是著名的汽车设计大师费迪南德 · 波尔舍（Ferdinand Porsche），公司总部设在德国柏林。大众汽车公司取名为“大众”的意思是生产大众化的汽车。第二次世界大战使大众汽车公司遭到严重破坏，战争结束后公司总部迁到德国沃尔夫斯堡。

图 2-1 第一代甲壳虫汽车

大众公司创建初期生产由费迪南德 · 波尔舍设计的“甲壳虫”汽车，如图 2-1 所示，该车型到 1981 年已生产了 2 000 万辆，打破了福特 T 型汽车 1 500 万辆的最高纪录，后续又陆续推出了 Polo、高尔夫、帕萨特等畅销车型。

大众汽车公司于 1964 年收购了德国汽车联盟公司，1991 年收购了西班牙的西亚特汽车公司和捷克的斯柯达汽车公司，1998 年收购了意大利的布加迪、兰博基尼和英国的宾利等汽车公司。目前，大众汽车公司拥有大众和奥迪两个品牌群，大众品牌群包括大众商用车、大众乘用车、斯柯达（Skoda）、宾利（Bentley）、布加迪（Bugatti）、保时捷（Porsche）和斯堪尼亚（Scania）、MAN 等 8 个汽车品牌；奥迪品牌群包括奥迪（Audi）、西亚特（Seat）、兰博基尼（Lamborghini）和杜卡迪（Ducati）等 4 个品牌。现对部分品牌进行介绍。

1）大众

（1）品牌介绍。

大众汽车车标为圆造型，圆内叠加着“V”和“W”两个字母，是德文“Volks Wagen”两个单词的第一个字母，意思是“大众化车”，这是公司创建时的宗旨，大众汽车车标的演变如图 2-2 所示。

图 2-2　大众汽车车标的演变

（2）主要车型。

Polo 是德国大众旗下最负盛誉的运动型小车，自 1975 年推出以来，在全球已经创造了 700 万辆的销售佳绩，被称为德国大众的“神奇小子”，如图 2-3 所示。

大众高尔夫是一款由大众汽车在 1974 年推出的经典掀背小型家用车型，是大众汽车公司生产最多的品种，也是大众最畅销的车型，如图 2-4 所示。

图 2-3　大众 Polo

图 2-4　大众高尔夫

大众“黎明女神”——EOS 跑车，外观承袭大众新一代的家族风格，包括泪眼投射式头灯与亮面盾形水箱护罩。最引人注意的，当然是大众 EOS 采用了 CSC 五片式设计的车顶。大众针对 EOS 开发的 CSC（Coupe Sunroof and Cabriolet）车顶收折系统，开关篷时间仅 25 s，流线型车身设计，让全车四座都拥有最为宽敞的天空视野。EOS 还是全球首款同时兼具电动硬顶与天窗的敞篷车。大众还在敞篷车顶结构加入电动天窗，让车主在不同天候条件下，任意选择敞篷车、硬顶 Coupe 或仅开启天窗模式，方便快捷。大众 EOS 如图 2-5 所示。

宝来（BORA）是从德国大众高尔夫车系中衍生出来的，是大众 A 级车中的最新产品，在德国与高尔夫和甲壳虫共用一个平台。在欧洲市场，BORA 是针对宝马 3 系列、奥迪 A4、欧宝威达设计的一款具有竞争力的车型；而国内称之为新宝来的，是大众集团为了适应中国市场，特别为国内消费者生产的一款居家用车，如图 2-6 所示。

图 2-5　大众 EOS

图 2-6　大众 BORA

大众 CC 是一款标准的轿跑车，将轿车的稳定性与跑车的灵敏度完美结合。它采用 4 门设计，舒适动感；内饰具有明显运动风格，延续了大众汽车高档商务轿车系列车型的风格，色彩鲜明的高级真皮跑车座椅以及真皮智能运动型转向盘彰显了大众 CC 速度与动感的特征，如图 2-7 所示。

大众帕萨特（Passat）是一种由水冷发动机带动的前轮驱动轿车。Passat 本意是一股南美洲季风的名字，每年均匀而稳定地从大西洋南部吹向赤道方向，坚持而执着，恒久不变。和它的名字一样，几乎所有 Passat 的水滴状的外形都让人感觉到无与伦比的流畅。自从 1974 年首次面市以来，Passat 在欧洲取得了巨大成功。1999 年生产的全新帕萨特更是风靡世界，如图 2-8 所示。

图 2-7　大众 CC

图 2-8　大众 Passat

桑塔纳牌轿车是德国大众汽车公司在美国加利福尼亚州生产的品牌车，从 1985 年开始，经过 20 多年的生产历史，普通桑塔纳轿车的身影遍及全国。2012 年 10 月，上海大众宣布旧版桑塔纳停止生产；2012 年 12 月 16 日晚，上海大众全新桑塔纳在北京国家体育馆举行上市发布会。大众桑塔纳如图 2-9 所示。

大众辉腾是大众汽车公司生产的顶级豪华轿车，于 2002 年正式量产上市。经典手工工艺与现代尖端科技的完美结合，无与伦比的安全性，令人赞叹的细节工艺，低调的外观设计不但是该车历年不变的精髓，也树立了豪华轿车新的标杆。大众辉腾如图 2-10 所示。

图 2-9　大众桑塔纳

图 2-10 大众辉腾

夏朗自 1996 年第一代全面生产以来，一直占据着德国市场最畅销汽车的位置。在整个欧洲市场，夏朗在同级车中的销量也位列前三名。在购买夏朗的消费者中，有一半人此前驾驶的是其他厂家生产的车型。夏朗的超凡魅力足以证明大众汽车的设计和制造理念是多么深入人心，如图 2-11 所示。

图 2-11　大众夏朗

2）布加迪

（1）品牌介绍。

布加迪（Bugatti）起源于意大利，是由意大利人埃多尔·布加迪（Ettore Bugatti）在 1909 年创造的，专门生产运动跑车和高级豪华轿车。早期的布加迪品牌将艺术与技术相融合，以精巧的造车技术出名，并在赛场上战绩辉煌，但在第二次世界大战后渐渐衰落并几经转手。1998 年，大众集团收购并复兴了布加迪品牌，现在布加迪的总部设立在法国的莫尔塞姆。

（2）主要车型。

布加迪旗下多为千万级的豪华跑车，系列产品有 Veyron、Bugatti Veyron Grandsport、Bugatti Veyron Fbg Par Hermes、Supersport、Grand、Super 等，代表车型如图 2-12 所示。

图 2-12　布加迪威龙跑车

3）奥迪

（1）品牌介绍。

奥迪汽车以 4 个圆环作为标志，是因为在 1932 年奥迪公司与霍希、漫游者以及 DKW 3 家公司合并，成立了“汽车联盟公司”，其中每一个圆环代表一家公司。4 个圆环同样大小、并列相扣，代表 4 家公司地位平等、团结紧密，整个联盟牢不可破，如图 2-13 所示。1958 年 4 月 24 日，戴姆勒-奔驰公司以 4 100 万马克的价格收购了汽车联盟 88% 的股份。一年以后，1959 年，新汽车联盟剩下的股份也出售给了戴姆勒-奔驰公司。1964 年，新汽车联盟面临严峻的财政危机。因此，新汽车联盟被转售给了大众汽车公司，截至 1966 年，大众公司拥有了新汽车联盟的全部股份。

（2）主要车型。

奥迪现为德国大众汽车公司的子公司，总部设在德国的英戈尔施塔特，主要车型有奥迪 A1、奥迪 A3、奥迪 A4、奥迪 A5、奥迪 A6、奥迪 A7、奥迪 A8、奥迪 Q1、奥迪 Q2、奥迪 Q3、奥迪 Q5、奥迪 Q7、奥迪 Q8、奥迪 TT、奥迪 R8 以及 S、RS 性能系列等。奥迪车标及代表车型如图 2-13 所示。

（a）　　（b）

图 2-13　奥迪车标及代表车型

（a）车标；（b）代表车型

4）兰博基尼

（1）品牌介绍。

兰博基尼（Automobili Lamborghini S. p. A.）是一家意大利汽车生产商，是全球顶级跑车制造商及欧洲奢侈品标志之一，公司坐落于意大利圣亚加塔·波隆尼（Sant'Agata Bolognese），由费鲁吉欧·兰博基尼在 1963 年创立。兰博基尼早期由于经营不善，于 1980 年破产；数次易主后，1998 年归入奥迪旗下，现为大众集团（Volkswagen Group）旗下品牌之一。兰博基尼的标志是一头充满力量、正向对方攻击的斗牛，与大马力高性能跑车的特性相契合，同时彰显了创始人斗牛般不甘示弱的个性。

（2）主要车型。

兰博基尼专注于超级跑车市场，从成立之初至现在的产品有 350 GTV、Miura（穆拉）、Countach（康塔什）、LM002、Diablo（鬼怪）、Murcielago（蝙蝠）、Gallardo（盖拉多）、Reventon（雷文顿）、Aventador（艾文塔多）、Huracan（赫雷坎）、Veneno Roadster、Asterion 等。兰博基尼车标及代表车型如图 2-14 所示。

（a）　　（b）

图 2-14　兰博基尼车标及代表车型

（a）车标；（b）代表车型

2. 戴姆勒-奔驰汽车公司

1）企业简介

戴姆勒-奔驰汽车公司，简称奔驰公司，创立于 1926 年，总部设于德国斯图加特，创始人是卡尔·本茨和戈特利布·戴姆勒，它的前身是 1886 年成立的奔驰汽车厂和戴姆勒汽车厂，1926 年，两厂合并后改名为戴姆勒-奔驰汽车公司。

自从奔驰公司制造了第一辆世界公认的汽车后，汽车工业蓬勃发展，曾涌现出很多的汽车厂家，也有显赫一时的，但大多数最终不过是昙花一现。到如今，能够经历风风雨雨而最终保存下来的，不过三四家，而百年老店，仅有奔驰一家。

戴姆勒于 1909 年为三叉星标志申请专利权，这个标志来源于戴姆勒给他妻子的信，他认为他画在家里房子上的这颗星会为他带来好运，这颗三叉星还象征着奔驰汽车公司向海、陆、空 3 个方向发展。1909 年，戴姆勒先生为了纪念他的 VELO 型车大批量生产，将三叉星内的齿轮图案改为月桂枝，以示胜利，而标志内的“梅赛德斯”则取自埃米尔·耶利内克美丽女儿的名字，“梅赛德斯”在西班牙语中有幸运的含义。到了 1916 年，星形的标志与奔驰的名字终于合二为一，而随着这两家历史最悠久的汽车生产商的合并，厂方再次为商标申请专利权，而此圆环中的星形标志演变成今天的图案，一直沿用至今，并成为世界十大著名的商标之一。戴姆勒-奔驰汽车公司的商标演变如图 2-15 所示。

(a)　(b)　(c)

(d)　(e)

图 2-15　戴姆勒-奔驰汽车公司的商标演变

(a) 1886 年戴姆勒公司的商标；(b) 1899 年戴姆勒公司的商标；(c) 1886 年奔驰公司的商标；(d) 1926 年两家公司合并的商标；(e) 现在的商标

2）主要汽车品牌

（1）梅赛德斯-奔驰（Mercedes-Benz）。

梅赛德斯-奔驰是戴姆勒-奔驰汽车公司的起家品牌，该品牌涉及的车型主要有高档豪华轿车、大客车和重型载重车。在国外，梅赛德斯-奔驰通常被简称为梅赛德斯（Mercedes），中国内地称其为“奔驰”，而中国台湾和中国香港分别译为“宾士”和“平治”。

梅赛德斯-奔驰汽车目前已发展成 13 个系列共 122 个品种，奔驰轿车共分为 4 大类，即 A 级（微型轿车）、C 级（小型轿车）、E 级（中型轿车）和 S 级（大型豪华轿车）。奔驰跑车系列有 SLK、CLK、SL、CL。奔驰多用途厢式车系列有 M 和 V 级车等。图 2-16 所示为梅赛德斯-奔驰的代表车型。

图 2-16　梅赛德斯-奔驰的代表车型

（2）迈巴赫（MAYBACH）。

迈巴赫（MAYBACH）品牌首创于 20 世纪 20 年代。被誉为“设计之王”的威廉·迈巴赫（Wilhelm Maybach）不但是戴姆勒-奔驰公司的主要创始人之一，更是世界首辆梅赛德斯-奔驰汽车的发明者之一。1919 年，难舍汽车梦想的威廉·迈巴赫与其子卡尔·迈巴赫（Carl Maybach）共同缔造了“迈巴赫”这一传奇品牌——象征着完美和昂贵的轿车。

由于市场业绩不佳，该公司旗下的超级豪华品牌迈巴赫系列轿车于 2013 年全面停产。2014 年 11 月 19 日，梅赛德斯-奔驰在广州正式发布全新子品牌梅赛德斯-迈巴赫，同时，该品牌首款车型迈巴赫 S 级也正式全球首发亮相。梅赛德斯-奔驰将该车的上市时间设定在 2015 年年底。

而今，这个曾经显赫一时的超级品牌，已经在梅赛德斯-奔驰集团的强力支持下复出。首次推出的有迈巴赫 57 和迈巴赫 62 两款，由梅赛德斯-奔驰公司生产，售价分别为 31 万欧元和 36 万欧元。

具有传奇色彩的迈巴赫品牌标志由 2 个交叉的 M，围绕在一个球面三角形里组成。品牌创建伊始的 2 个 M 代表的是 Maybach Motorenbau 的缩写，而现在 2 个 M 代表的是 Maybach Manufaktur 的缩写。图 2-17 所示为迈巴赫的商标及代表车型。

（a）　　（b）

图 2-17　迈巴赫的商标及代表车型

（a）商标；（b）代表车型

（3）精灵（Smart）。

Smart 汽车公司于 1994 年成立，总部设在德国，是奔驰公司和世界手表业巨头斯沃琪（Swatch）公司创意合作的产物，字母“S”代表斯沃琪公司，“m”代表奔驰公司，而“art”是艺术的意思，在英语中 Smart 有灵敏、聪慧的意义。Smart 公司定位于生产轻便的四轮轿车，并开拓了全新的设计理念，生产了多种塑料材质的绚丽车身，让顾客可以像更换手机外壳那样随意变换车身颜色。图 2-18 所示为 Smart 的商标及代表车型。

（a）

（b）

图 2-18　Smart 的商标及代表车型

（a）商标；（b）代表车型

3. 宝马汽车公司

宝马汽车公司创建于 1916 年 3 月，总部位于德国南部的慕尼黑，原为飞机发动机生产厂家，名称为巴伐利亚飞机公司，缩写为 BFW。1917 年 7 月，BFW 重组为巴伐利亚发动机有限公司。1918 年，公司改制为 Bayerische Motoren Werke AG（巴伐利亚发动机股份公司），缩写为 BMW，从此宝马公司的正式名称诞生了。1923 年，宝马公司开始生产摩托车，并很快取得了成功。1925 年，宝马公司开始研制汽车；1928 年，宝马公司收购了当时在德国很有名的迪克森汽车。1929 年，宝马公司的“BMW”标志开始挂在迪克森汽车上，但直到 1933 年，第一辆真正的宝马“BMW303”才出现。二战期间，宝马公司转而为纳粹生产军工产品。第二次世界大战后，军火企业被关闭，BMW 这个品牌差点从人们的视线中消失。

1951 年，宝马公司重新开始生产轿车。20 世纪 50 年代，宝马公司曾出现财务危机，差点被戴姆勒-奔驰公司兼并。宝马的股东赫伯特 · 匡特经仔细分析后认为，公司主要问题是产品结构不合理，以宝马公司的技术实力，只要开发生产出适销对路的产品，宝马的未来之路将是光明的。于是他决定对宝马公司追加投资，从而成为宝马公司最大的股东，也保住了宝马公司的独立性。赫伯特 · 匡特确立了宝马的成功模式：生产买得起、高质量的休闲汽车。1961 年秋，宝马公司推出新款车型，从此该公司走上顺利发展的坦途，市场地位不断提高。

目前，宝马作为国际汽车市场的重要成员相当活跃，业务遍及全球 120 个国家。宝马最主要的销售市场是德国和美国；通过其全球范围内的 24 家公司来销售，拥有 120 个进口公司和 6 000 个贸易企业。现在公司的业务分为四大领域：汽车、摩托车、金融服务和其他业务。

宝马公司主要有轿车、跑车、SUV 等类汽车产品。轿车目前有 1、3、5、6 和 7 系列，1 系为两厢紧凑型车，3 系为紧凑型车，5 系为中级行政车，6 系为运动型轿跑车，7 系为大型豪华轿车。宝马 M 系列是宝马轿车中的高性能版本，在轿车基础上改进而来。宝马 Z 系列为跑车，如 Z3、Z4、Z8。X 系列为 SUV 车型，代表车型有 X3、X5。宝马标志中间的蓝白相间图案，代表蓝天、白云和旋转不停的螺旋桨，喻示宝马公司渊源悠久的历史，象征该公司过去在航空发动机技术方面的领先地位。图 2-19 所示为宝马的商标及代表车型。

（a）

（b）

图 2-19　宝马的商标及代表车型

（a）商标；（b）代表车型

2.1.2　法国汽车企业和品牌

法国是欧洲第二大汽车生产国，是全球汽车行业支柱之一。法国汽车工业的产品构成主要为乘用车。法国拥有 13 家汽车制造厂商，其中包括两大本土企业标致-雪铁龙集团、雷诺集团，以及大众、福特、菲亚特、戴姆勒-克莱斯勒、丰田、宝马和尼桑等国外厂商。法国本土汽车厂商在本国汽车市场占主导地位。

1. 标致-雪铁龙集团

标致-雪铁龙集团是一家法国私营汽车制造公司，由标致汽车公司拥有，旗下拥有标致和雪铁龙两大汽车品牌。在欧洲，标致-雪铁龙集团是仅次于德国大众汽车的欧洲第二大汽车制造商。标致-雪铁龙集团是一家以生产汽车为主，兼营机械加工、运输、金融和服务业的跨国工业集团，总部位于法国巴黎。

1）标致汽车

标致汽车公司是世界十大汽车公司之一，也是法国最大的汽车集团公司，创始人是阿尔芒·标致。1976 年，标致公司吞并了法国历史悠久的雪铁龙公司，成立了标致-雪铁龙集团。

标致汽车的徽标是一头站立的狮子。这头狮子出现在标致产品上已近 150 年，这尊小狮子非常别致，它那简洁、明快、刚劲的线条，象征着更为完美、更为成熟的标致汽车。2021 年 2 月 25 日，标致推出了全新标志，是其品牌历史上第 11 次更新 LOGO。第 11 代 LOGO 仍然是雄狮——主体是一个壮美的狮头，外层呈盾形轮廓设计，率先搭载新 LOGO 的全新一代标致 308 于 2021 年 3 月 18 日在欧洲亮相。图 2-20 所示为标致汽车的历代商标。

标致车型的命名采用 *X*0*Y* 格式，*X* 表明汽车的大小，也就是级别，*Y* 表明型号，数字越大，型号越新。这一传统是从 1929 年标致 201 下线开始的，并且从 101 到 909 的各个组合数字都被标致注册了，因此 1963 年保时捷不得不把它新的 901 改名为 911。现在标致汽车采用中间为两个 0 的四位数字来命名旗下 SUV 产品，标致汽车一直致力于与消费者建立信任和稳定的关系，通过产品及服务作为纽带，呈现给消费者可靠的、物有所值的产品。标致汽车公司部分代表车型如图 2-21 所示。

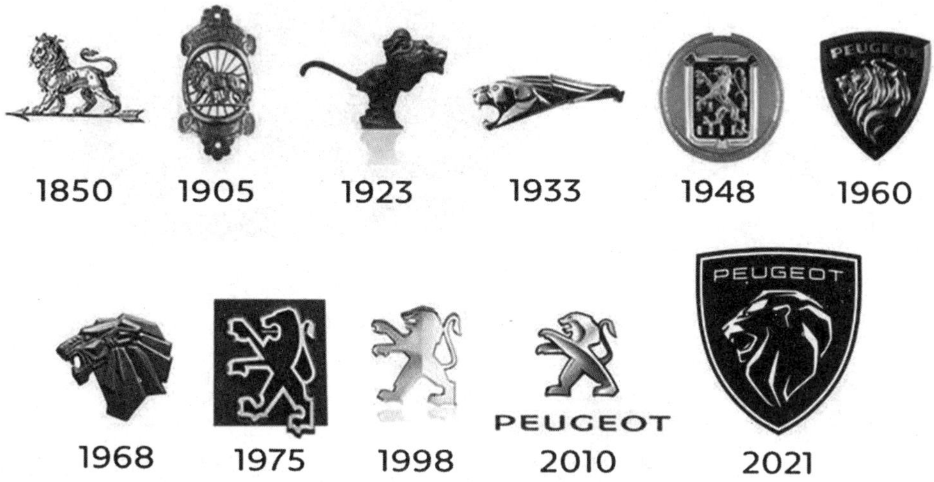

图 2-20　标致汽车的历代商标

图 2-21　标致汽车公司的部分代表车型

2）雪铁龙汽车

雪铁龙是法国汽车品牌，由安德烈·雪铁龙于 1919 年创建。雪铁龙一直以其超前技术扬名于世，主要产品是小客车和轻型载货车。1900 年，安德烈在波兰参观一家齿轮企业时看到了人字形齿轮，凭借自己的专业知识知道这种齿轮有很多优点，买断了这项发明专利，在回到巴黎后，立即将他买到的发明专利投入试生产，就这样，人字形齿轮不仅成为雪铁龙 1904 年创办的齿轮公司的主打产品，之后又成为雪铁龙汽车的商标。

1976 年，法国标致公司掌控了雪铁龙 89.95% 的股份，兼并了历史悠久的雪铁龙公司。自此，雪铁龙成为法国标致-雪铁龙集团成员之一，但它仍然有很大的独立性，其经营活动仍然由自己把握。

2009 年 2 月初，雪铁龙在巴黎举行盛大仪式，正式发布其全新品牌标志。新的品牌标志仍以双人字标为基础，同时整体采用富有金属感的色泽，轮廓更立体圆润，极富时尚、现代气息。双人字造型是雪铁龙标志永恒的主题，以此纪念发明了人字形齿轮传动系统的雪铁龙创始人安德烈·雪铁龙。与新标志同期发布的还有雪铁龙全新的品牌口号——CréAtive Technologie。全新品牌标志和口号的发布，体现了雪铁龙这一当时已拥有 90 年光辉历史的全球著名品牌迎来了新的发展阶段。雪铁龙的商标及代表车型如图 2-22 所示。

(a) (b)

图 2-22 雪铁龙的商标及代表车型

(a) 商标；(b) 代表车型

2. 雷诺集团

雷诺汽车（Renault）公司是法国第二大汽车公司，于 1898 年由路易斯·雷诺（Louis Renault）三兄弟在法国比昂古创建，生产的车辆种类包括小型车、中型车、休旅车及大型车等。

公司商标由 4 个菱形构成，象征着雷诺三兄弟与汽车工业融为一体，表示“雷诺”能在无限的空间中竞争、生存、发展。

1996 年开始，雷诺与日产结盟增加了欧日车厂的技术合作，为雷诺加注了新的血液，1999 年，成立了雷诺-日产联盟。2010 年，雷诺、日产与戴姆勒合组成了全球第三大汽车联盟。雷诺的商标及代表车型如图 2-23 所示。

(a) (b)

图 2-23 雷诺的商标及代表车型

(a) 商标；(b) 代表车型

2.1.3 英国汽车企业和品牌

自汽车发明以来，英国车一直被认为是代表着汽车工艺的极致，以及品位、价值、豪华、典雅在汽车上最完美的体现。英国的克鲁郡秉承着传统的造车艺术，经验丰富的工匠始终以手工进行装嵌。绝大部分的工匠都有超过 30 年的丰富经验，造车技术代代相传，工艺千锤百炼，品质完美无瑕，处处流露出英国传统造车艺术的精髓：优雅、灵动、恒久精炼。

在长桥，英国汽车工业的百年“教父”罗孚仍然在延续他们不变的英国气质。“买日本车，买的是工具；选择德国车，选的是机器；而拥有英国车，拥有的是艺术”，这句话从一个侧面反映出英国汽车品牌以一种超物质的精神存在于机械中。宾利、劳斯莱斯、捷豹、阿斯顿·马丁、斯柯达、路虎、罗孚、莲花、摩根都曾是英国的本土品牌，然而在这个最知道如何恪守传统，如何在“凝止的文化中找出韵味”的国家里，守旧一方面造就了英国车无人能及的王者地位，另一方面也终于成为英国汽车工业衰落的最直接原因。

从 1904 年，第一台英国轿车驶出当时世界最先进的考文垂汽车工厂，到 2005 年作为最后一家本土资本汽车企业罗孚的破产，一百年间英国竟然失去了自己所有的知名汽车企业。

赛车行业在英国研发领域中最有说服力，英国汽车产业对汽车性能的不断创新和极致追求，吸引了大批一级方程式赛车车队的青睐。11 支一级方程式赛车（简称 F1）车队中，有 8 支车队将其总部设在英国。英国拥有世界最大的赛车产业集群。

1. 宾利

宾利汽车公司成立于 1919 年 8 月，是举世闻名的豪华汽车制造商。宾利品牌是世界最顶端汽车品牌之一，总部位于英国克鲁郡。1931 年，宾利被劳斯莱斯收购，在 1998 年二者均被德国大众集团买下；同年 8 月，宝马以 6 800 万美元的价格购得劳斯莱斯的商标使用权。宾利的商标及代表车型如图 2-24 所示。

（a）　　　　（a）

图 2-24　宾利的商标及代表车型

（a）商标；（b）代表车型

2. 劳斯莱斯

劳斯莱斯（ROLLS-ROYCE）成立于 1906 年，总部在英国，是世界顶级豪华轿车品牌，它以豪华而享誉全球，在英国正式宣告成立后，次年推出的 SILVER GHOST（银灵）轿车，不久便被誉为“世界上最好的汽车”。劳斯莱斯的商标及代表车型如图 2-25 所示。

（a）　　　　（b）

图 2-25　劳斯莱斯的商标及代表车型

（a）商标；（b）代表车型

3. 捷豹

捷豹（JAGUAR）是深具历史荣耀的英国汽车公司，它成立于 1922 年，自诞生之初就深受英国皇室的推崇，从伊丽莎白女王到查尔斯王子等皇室贵族无不对捷豹青睐有加，捷豹更是威廉王子大婚的座驾。1989 年，福特公司以 25 亿美元的高价收购了“捷豹”品牌。捷豹的商标及代表车型如图 2-26 所示。

（a）　　　　　　　　　　　　（b）

图 2-26　捷豹的商标及代表车型

（a）商标；（b）代表车型

4. 阿斯顿·马丁

阿斯顿·马丁（ASTON MARTIN）成立于 1913 年，总部在英国，原是英国豪华轿车、跑车生产厂。公司上市后以生产敞篷旅行车、赛车和限量生产的跑车而闻名世界，参加车赛固然是发展轿车生产的重要手段，但耗资太大加上经营不善，1987 年被美国福特公司收购。阿斯顿·马丁的商标及代表车型如图 2-27 所示。

（a）　　　　　　　　　　　　（b）

图 2-27　阿斯顿·马丁的商标及代表车型

（a）商标；（b）代表车型

5. 路虎

路虎（LAND ROVER）是世界著名高端汽车品牌之一，也是世界著名的越野品牌，总部设在英国。路虎公司是世界上唯一专门生产四驱车的公司，或许正是由于这一点，才使得路虎的价值——冒险、勇气和至尊，闪耀在其各款汽车中。2008 年，印度塔塔集团从福特手中以 23 亿美元收购了路虎品牌。路虎的商标及代表车型如图 2-28 所示。

（a）　　　　　　　　　　　　（b）

图 2-28　路虎的商标及代表车型

（a）商标；（b）代表车型

6. 罗孚汽车

虽然捷豹、宾利、劳斯莱斯、路虎、迷你和罗孚等汽车品牌都曾隶属于著名的英国罗孚汽车公司（ROVER），但罗孚汽车已经消失在历史长河之中。它是一个拥有深厚文化底蕴的英国品牌，距离它的诞生已经过了一百多年。后来南汽集团在 2006 年收购了罗孚 75 全部知识产权及技术平台，随后上汽创造了荣威品牌，可以说荣威是罗孚的传承者。罗孚的商标及代表车型如图 2-29 所示。

（a）　　　　　（b）

图 2-29　罗孚的商标及代表车型

（a）商标；（b）代表车型

2.1.4　意大利汽车企业和品牌

意大利是全球汽车拥有量最高的国家之一，其汽车工业产品结构主要为乘用车和小型载货汽车。意大利汽车设计居世界领先地位，拥有一批被世界公认的汽车设计大师，还拥有法拉利、阿尔法·罗密欧、玛莎拉蒂、蓝旗亚、兰博基尼等蜚声世界的汽车品牌，在跑车和赛车领域颇有建树，都灵汽车工业园区已是世界汽车工业领域中最重要的中心之一。意大利仅有一家大型汽车制造商：菲亚特集团，旗下有菲亚特、蓝旗亚、法拉利（独立运营）、玛莎拉蒂、阿法尔·罗密欧等品牌。菲亚特集团中各个品牌均保持经济实惠、安全可靠的传统特色。蓝旗亚汽车保持一种高雅、尊贵的格调。阿尔法·罗密欧则是现代运动轿车的标志。玛莎拉蒂展现着意大利轿跑车的精华。法拉利更是世界跑车中的极品。

1. 菲亚特

菲亚特（FIAT）汽车制造厂，全称为意大利都灵无名氏汽车制造厂，是由 30 名来自各个行业的企业家和皮埃蒙特贵族在 1899 年共同合资创建的。创建之初生产的第一辆汽车是菲亚特 4HP，为了更好的发展，公司还旁及公共汽车、轮船和飞机发动机等项目。紧凑型轿车的系列主要有 501、502、510、500、508；豪华型轿车系列有 518、257；在 1983 年投产的乌诺轿车口碑甚好，被评为 1984 年的“最佳轿车”。菲亚特 500 是意大利首批面向普通百姓的家用轿车，身型小巧、价钱便宜、性能优良，深受大众的欢迎，一上市便出现了供不应求的局面。“FIAT” 在英语中具有 “法令” “许可” 的含义，因此在客户心目中，菲亚特轿车具有较高的合法性与可靠性，深得用户的信赖。菲亚特的商标和代表车型如图 2-30 所示。

（a）　　　　　　　　　　　　　　　（b）

图 2-30　菲亚特的商标及代表车型

（a）商标；（b）代表车型

2. 法拉利

法拉利（FERRARI）是一家意大利汽车生产商，主要制造一级方程式赛车、赛车及高性能跑车，1929 年由世界赛车冠军、汽车设计大师恩佐·法拉利创办，1964 年独立生产汽车，现在由菲亚特汽车集团拥有，总部位于意大利蒙地拿（MODENA）。

法拉利是世界上唯一一家始终将 F1 技术应用到新车上的公司，制造出了现今最好的高性能公路跑车。法拉利汽车主要以红色为主，因而有人称它为红色的跃马或红魔法拉利，法拉利车队是世界上最有名的车队，长期称雄各种汽车赛，最为中国观众熟知的赛车手舒马赫也曾为效力。

法拉利汽车的商标是一匹“跳马”，来源于恩佐·法拉利的朋友巴拉克伯爵的儿子费朗西斯科驾驶的战机上的黄色“跳马”图案。后来费朗西斯科战死，为了向他致哀，法拉利将跳马的颜色改成黑色，商标上的黄色底色代表摩德纳市，“跳马”下方为“FERRARI”字样。法拉利的商标和代表车型如图 2-31 所示。

（a）　　　　　　　　　　　　　　　（b）

图 2-31　法拉利的商标及代表车型

（a）商标；（b）代表车型

3. 玛莎拉蒂

玛莎拉蒂（MASERATI）是一家意大利豪华汽车制造商，1914 年 12 月 1 日成立于博洛尼亚（BOLOGNA），由玛莎拉蒂家族四兄弟创立，1926 年生产了 TIPO26 汽车，并以家族的名字命名，1993 年被菲亚特收购。1997 年 7 月 1 日，玛莎拉蒂与法拉利车厂合并，合并后生产的第一辆跑车是 3200GT，融合了两大跑车厂的传统与科技，凭借其优异的运动性能和与舒适性的完美结合，在后来的法国巴黎车展上引起极大轰动。这两个经典品牌构成了现今车坛绝无仅有的超级跑车集团。

玛莎拉蒂的商标是树叶形的底座上放置着一件三叉戟，这是公司所在地意大利博洛尼亚市的市徽，相传是罗马神话中的海神纳普秋手中的武器，显示出海神巨大无比的威力，商标及代表车型如图 2-32 所示。

（a）　（b）

图 2-32　玛莎拉蒂的商标及代表车型

（a）商标；（b）代表车型

2.2　美国汽车企业和品牌

汽车的发明地虽然不是美国，但美国却是世界上第一次汽车产业革命的发祥地，其中推动这一革命的代表性企业即为福特（Ford）和通用汽车（General Motors）。亨利·福特（Henry Ford）一直希望生产一辆普通大众都能负担得起的汽车，1908 年 10 月 1 日，代号为“T 型”的汽车在福特工厂下线，售价 850 美元，为当时美国汽车市场均价的 1/5，引起了很大的轰动，但 T 型车在初期还是采用较为传统的固定工位和“包干到底”的手工作坊组装方式，单辆要花费数百小时组装，年产量不到 3 万辆，无法满足庞大的市场需求。

1913 年，福特首创了汽车工厂流水线的生产方式，一辆汽车的组装时间下降到了 12.5 h，成本也随之降低，到 1925 年，一辆 T 型车的售价仅为 240 美元，还不到普通工人 3 个月的薪水。因此，T 型车在全美国以及全世界广受青睐。

20 世纪 20 年代，通用汽车采用了独立厂商联盟的经营方式，其中主要包括别克、雪佛兰、凯迪拉克等公司，提供了更广泛的产品序列，在每个细分市场都能满足消费者的需求，因此，美国汽车产业的优势地位逐渐从福特转移到了通用汽车。

随着美国经济的不断繁荣以及汽车市场的逐渐成型，美国汽车的排量和动力也不断升级。1925 年，马克斯威尔（Maxwell）公司经过一系列重组以“克莱斯勒”之名重新在美国诞生，并最终和通用、福特形成了三大“巨头”称霸美国汽车行业的格局。

1. 福特汽车公司

1903 年 6 月 16 日，亨利·福特和 11 位合伙人在密歇根州递交了成立公司的申请报告，福特公司成立，从此开始了福特走向世界的伟大历程。

1）福特汽车

福特汽车是福特汽车公司品牌家族的第一个成员，其发明的现代工业革命史上具有里程碑意义的流水线装配，奠定了大规模生产方式的基础，使 T 型车的足迹遍布世界每个角落，该车如图 2-33 所示。

1986 年，福特推出了融合世界各国精髓的“世界车”——蒙迪欧。1993 年，该车在欧洲上市，被公认为该类车中的先锋代表，并当选为 1994 年度最佳车型。在 1996 年，蒙迪欧进行了较大规模的翻新改进，此后，蒙迪欧的销量始终名列前茅，该车如图 2-34 所示。

图 2-33　福特的 T 型车

（a）　（b）

图 2-34　福特的商标和蒙迪欧汽车

（a）福特的商标；（b）蒙迪欧汽车

2）林肯汽车

林肯汽车公司（Lincoln Motors），由亨利·利兰于 1907 年创立，1922 年被福特公司收购，林肯是福特汽车公司拥有的除“福特”外的第二个品牌。

林肯汽车，借助林肯总统的名字来树立公司形象，显示该公司生产的是顶级轿车，林肯商标是一个矩形中含有一颗闪闪发光的星辰，表示林肯总统是美国联邦统一和废除奴隶制度的启明星，也喻示林肯轿车光辉灿烂。其商标及代表车型如图 2-35 所示。

（a）　（b）

图 2-35　林肯汽车的商标及代表车型

（a）商标；（b）代表车型

2. 通用汽车公司

通用汽车公司（General Motors Company）成立于 1908 年 9 月 16 日，前身是 1903 年由大卫·别克（David Buick）创办的别克汽车公司。1904 年，美国最大的马车制造商威廉·杜兰特买下了别克汽车公司并成为该公司的总经理。1908 年，杜兰特以别克汽车公司和奥兹汽车公司为基础成立了一家汽车控股公司——通用汽车公司，1909 年又合并了另外两家汽车公司——奥克兰汽车公司和凯迪拉克汽车公司。目前，通用汽车在全球生产和销售包括别克、雪佛兰、凯迪拉克、GMC、五菱、宝骏以及霍顿等一系列品牌车型并提供服务。

如今，通用汽车及其产品已触及全球无数消费者的生活，从 1908 年 9 月 16 日最不被看好到斯隆（Alfred Sloan）著名的“不同的钱包、不同的目标、不同的车型”战略；从全球第一款量产跑车到第一款燃油效率达到每百公里耗油 3. 53L 的汽车；从收购雪佛兰、欧宝、沃克斯豪这些世界著名汽车品牌到如今重点发展新型“绿色”动力推进技术，通用汽车发展的市场已远远超出公司诞生地。

1）别克

1903 年 5 月 19 日，大卫·别克在布里斯科兄弟的帮助下创建了别克汽车公司，该公司以技术先进著称，曾首创顶置气门、转向信号灯、染色玻璃、自动变速器等先进技术。1904 年，公司陷入困境，在同年的 11 月 1 日，别克转让给了威廉·杜兰特，从此，别克成为通用旗下的重要品牌。

别克的商标形似 3 颗子弹，被安装在汽车散热器格栅上，3 颗子弹以红、白、蓝 3 种不同的颜色依次在排列在更高的位置上，给人一种积极进取、不断攀登的感觉，它既表示别克分部采用顶级技术、刃刃见锋；也表示别克分部培养的人才个个游刃有余，是无坚不摧、勇于登峰的勇士。

别克旗下车型众多，有凯越、英朗、君威、君越、GL8 及昂科拉等，其商标及代表车型如图 2-36 所示。别克在美国的汽车历史中占有相当重要的地位，它是美国通用汽车公司的一大台柱，带动了整个汽车工业水平的进步，并成为其他汽车公司追随的榜样。

（a）　　　　　　　　　　　（b）

图 2-36　别克的商标及代表车型

（a）商标；（b）代表车型

2）雪佛兰

1909 年，威廉·杜兰特邀请声誉卓著的瑞士赛车手兼工程师路易斯·雪佛兰（Louis Chevrolet）帮助他设计一款面向大众的汽车，“雪佛兰”的名字便取自这位瑞士赛车手之姓。1911 年 11 月 3 日，杜兰特与雪佛兰合伙成立了以设计师名字命名的“雪佛兰汽车公司”。第一辆雪佛兰汽车——Class Six 于 1912 年在底特律面市，尽管该车价位过高（2 150 美元），但在 1912 年仍售出了 2 999 辆。1917 年，雪佛兰被通用汽车公司并购，一年后，雪佛兰汽车的销量就超过了通用汽车公司旗下其他品牌的汽车，并在以后的多数时间内保持了这样的优势。

雪佛兰的领结商标是由杜兰特本人创造的，其灵感来源于巴黎一家旅馆的墙纸设计。1908 年，杜兰特在一次环球旅行中，无意间在一间法国旅馆中看到了墙纸上无限延伸的图案，他撕下一块壁纸保留下来，并展示给朋友们看，认为它将成为绝佳的汽车标志。

雪佛兰旗下车系众多，涉及有轿车、SUV、跑车、皮卡等，如科鲁泽、迈锐宝、科沃兹、开拓者等，其商标及代表车型如图 2-37 所示。

（a）　　（b）

图 2-37　雪佛兰的商标及代表车型

（a）商标；（b）代表车型

3）凯迪拉克

1902 年，凯迪拉克（香港译作“佳得利”）诞生于被誉为美国汽车之城的底特律，创始人是新英格兰的机械制造商亨利 · 利兰，选用凯迪拉克之名是为了向法国的皇家贵族、探险家安东尼 · 门斯 · 凯迪拉克表示敬意，因为他在 1701 年建立了底特律城。在韦伯斯特大词典中，凯迪拉克被定义为“同类中最为出色、最具声望事物”的同义词。凯迪拉克被一向以追求极致尊贵著称的伦敦皇家汽车俱乐部冠以“世界标准”的美誉。

1906 年，凯迪拉克在底特律的工厂已成为当时世界上最大、最完善和装备最好的汽车厂，生产出来的汽车的品质也最好。1909 年，凯迪拉克加入通用汽车公司，从此凯迪拉克在设计汽车时更加重视汽车的豪华性和舒适性。至今，凯迪拉克汽车仍保持这一传统，以生产豪华轿车而闻名世界。

凯迪拉克原商标是凯迪拉克家族在古代的宗教战争中，使用的“冠”和“盾”型的纹章图案，“冠”上的七颗珍珠表示凯迪拉克家族具有皇家贵族血统，“盾”象征着凯迪拉克“军队”是一支金戈铁马、英勇善战、攻无不克、无坚不摧的英武之师。最新车标则取消了月桂装饰，仅保留盾牌部分，同时盾牌被压缩得更加扁平，更显舒展。其商标及代表车型如图 2-38 所示。

（a）　　（b）

图 2-38　凯迪拉克的商标及代表车型

（a）商标；（b）代表车型

3. 克莱斯勒汽车公司

克莱斯勒（香港译作“佳士拿”），是美国著名汽车公司，同时也是美国三大汽车公司之一。1918 年，马克斯威尔汽车公司聘请克莱斯勒来拯救面临破产的马克斯威尔公司，该公司在克莱斯勒的领导下恢复了生机，并于 1924 年推出非常有名的“克莱斯勒 6 号”车型，由于试销对路，公司发展很快，克莱斯勒看准时机将马克斯威尔公司彻底重组，并于 1925 年更名为克莱斯勒汽车公司。1928 年，克莱斯勒又买下道奇兄弟公司（Dodge）和顺风（Plymouth）公司，一举跃升为美国第三大汽车公司。

克莱斯勒旧商标像一枚五角星勋章，它体现了克莱斯勒家族和公司员工们的远大理想和抱负，以及永无止境地追求和在竞争中获胜的奋斗精神；五角星的五个部分，分别表示五大洲（亚、非、欧、美、澳）都在使用的汽车，克莱斯勒汽车公司的汽车遍及全世界。2010 年，克莱斯勒发布新版 logo，此次的变动保留飞翼，中间是克莱斯勒的英文衬以蓝底，更具有流线型美感。克莱斯勒的商标及代表车型如图 2-39 所示。

（a）　　　　（b）

图 2-39　克莱斯勒的商标及代表车型

（a）商标；（b）代表车型

2.3　亚洲汽车企业和品牌

在亚洲，除中国外日本既是最大的汽车生产国，又是最大的汽车消费市场，韩国紧随其后。由于日、美、欧多家著名汽车公司在泰国设置装配厂，因此，泰国的汽车产量近年来增长较快，成为东南亚重要的汽车产销基地。马来西亚的汽车工业虽然于 20 世纪 80 年代中期才起步，但由于每年均以较高的速度增长，也将成为亚洲重要的汽车生产国之一。此外，印度、印度尼西亚、越南等人口大国也都决定要大力发展汽车工业。接下来将对日本和韩国的部分汽车企业进行介绍，我国的汽车企业和汽车品牌将在第 3 章进行介绍。

2.3.1　日本汽车企业和品牌

1. 丰田汽车

丰田汽车公司是日本最大的汽车公司，创立于 1933 年，创始人是丰田喜一郎，现任社长为丰田章男（丰田喜一郎之孙），总部设在日本爱知县丰田市和东京都文京区。

丰田汽车公司的标志是 3 个椭圆，标志中的大椭圆代表地球，反映出要把自己的产品推向全世界，中间由两个椭圆垂直组合成一个“T”字，这是丰田汽车公司的英文名称“TOYOTA”的第一个字母。它象征丰田公司立足于未来，对未来充满信心和雄心，而且使图案具有空间感。它还象征着丰田公司立足于顾客，象征着用户的心和汽车厂家的心是连在一起的，具有相互信赖感，同时喻示着丰田的高超技术和革新潜力。

丰田旗下车型众多，主要车型有卡罗拉（Corolla）、凯美瑞（Camry）、ES、亚洲龙（Avalon）、RAV4、汉兰达（Highlander）等。丰田的商标及代表车型如图 2-40 所示。

（a）　　　　　　　　　　（b）

图 2-40　丰田的商标及代表车型

（a）商标；（b）代表车型

2. 本田汽车公司

本田（Honda）汽车公司全称为本田技研工业股份有限公司，创立于 1946 年，其前身是本田技术研究所，创始人是本田宗一郎。本田公司是世界上最大的摩托车生产厂家，汽车产量和规模也名列世界十大汽车厂家之列，公司总部在东京。现在，本田公司已是一个跨国汽车、摩托车生产销售集团，它的产品除汽车、摩托车外，还有发电机、农机等动力机械产品。

本田的商标是创始人本田宗一郎的姓氏，1960 年，“H”商标首次在 S500 跑车上使用；1969 年，本田公司为突出鹰的形象，而使用了纵长的“H”商标；1980 年，为了体现本田公司的年轻、技术先进和设计新颖的特点，使用形似三弦音箱的“H”商标，该商标把技术创新、团结向上、经营有力、紧张感和轻松感体现得淋漓尽致。

本田旗下的产品主要有思域（Civic）、雅阁（Accord）、CR-V、讴歌（Acura）等，其中讴歌是本田汽车公司旗下的高端子品牌，于 1986 年在美国创立，创立讴歌是为了进入包括美国、加拿大、墨西哥的北美高级轿车市场。本田的商标及代表车型如图 2-41 所示。

（a）　　　　　　　　　　（b）

图 2-41　本田的商标及代表车型

（a）商标；（b）代表车型

3. 日产汽车公司

日产汽车公司（NISSAN MOTOR Co. LTD）于 1933 年在神奈川县横滨市成立，其前身是户姻铸造公司和日本产业公司合并的汽车制造公司，1934 年开始使用现名“日产汽车公司”。该公司是日本的第二大汽车公司，也是世界十大汽车公司之一。

“NISSAN”是日语“日产”两个字的罗马音形式，是日本企业的简称，其含义是“以人和汽车的明天为目标”，图形商标是将 NISSAN 放在一个火红的太阳上，简明扼要地表明了公司名称，突出了所在国家的形象。

日产汽车是在很多方面均能与丰田一争高低的一家大汽车公司，“西有丰田、东有日产”的流行说法是对日产汽车集团实力的最现实的评价，如果说“丰田车”以销量见长，“日产车”则以技术著称，日产公司的汽车产品分实用型、豪华型和普通型。日产的商标及代表车型如图 2-42 所示。

（a）

（b）

图 2-42　日产的商标及代表车型

（a）商标；（b）代表车型

日本的汽车品牌还有很多，如马自达汽车、铃木汽车、三菱汽车、五十铃汽车、斯巴鲁汽车、大发汽车等，读者可以自行查阅相关资料。

2.3.2　韩国汽车企业和品牌

韩国的汽车工业始于 1955 年，将美军的二手军车回收过来改制为吉普车是韩国生产轿车的发端。在韩国汽车的起步阶段，主要是利用外国技术组装汽车，特别是受日本汽车技术的影响比较大。从 1967 年开始，韩国政府集中力量对汽车工业进行扶持，使汽车工业进入国产化阶段，形成了有特色的生产管理模式的产业发展格局。1972 年，韩国现代公司独立投资开发国产车，建设年生产能力为 8 万辆的汽车工厂，韩国汽车的国产化水平有了实质性的提高，生产技术开始由初期的简单组装转向国内独立开发，并为出口做了准备。到 1977 年，以现代汽车为首的各生产厂家开始把战略重点由国内市场转向国际市场。到 1982 年，韩国的汽车工业开始大规模进入车际市场。到 2004 年，汽车已成为韩国出口的主导产业，并形成现代、起亚、大宇、双龙四大汽车鼎足的国内市场格局。后来由于金融危机，汽车企业经过了兼并重组，使韩国汽车生产的集中程度进一步提高。目前，韩国的五大车企分别为现代汽车、起亚汽车、通用汽车韩国、双龙汽车和雷诺三星汽车。韩国汽车工业从起步至今，从无到有，从弱到强，仅用不到 60 年的时间成为当今世界汽车生产大国，其成就举世瞩目。如今，它已经发展成为世界第五大汽车制造国，第六大汽车出口国。

1. 现代汽车

现代汽车公司创立于 1967 年 12 月，创始人是原现代集团会长郑周永，公司总部位于韩国首尔。现代汽车公司成立之初是选择福特的英国分公司作为其合作伙伴，由福特公司向其提供生产轿车及轻型卡车所必需的技术。到了 20 世纪 70 年代，现代汽车决定不再仅仅依赖于外国车型的授权许可，而是要同步地开发自主拥有所有权的轿车车型。1974 年 6 月，第一个自主车型乘用车小马（PONY）上市与出口。小马在世界上是第 16 个，在亚洲是第 2 个自主研发的车型，标志着韩国进入了世界汽车工业国的行列。

1976 年，小马（PONY）进入了全世界最大的汽车市场——北美地区，为现代车厂打响了名号。

现代汽车公司的标志是椭圆内有倾斜的字母 H，椭圆表示地球，又可看作方向盘，意味着现代汽车以全世界作为舞台，进行企业的全球化经营管理；H 是现代汽车公司英文 HYUNDAI 的首个字母，同时又是两个人握手的形象化艺术表现，代表现代汽车公司与客户之间互相信任与支持。

现代汽车旗下主要车型包括索纳塔（SONATA）、伊兰特（ELANTRA）、胜达（SANTA）和途胜（TUCSON）等，伊兰特车款曾勇夺 1992 年和 1993 年澳洲越野大赛量产车组的冠军，并得到英国汽车专业杂志 WHAT CAR 最值得购买的中型房车荣衔。索纳塔于 1993 年年初登上中国大陆，很受消费者青睐。现代的商标及代表车型如图 2-43 所示。

（a）　　　　（b）

图 2-43　现代的商标及代表车型

（a）商标；（b）代表车型

2. 起亚汽车

起亚汽车是韩国最老牌的汽车公司，成立于 1944 年，其前身为京城精密工业，总部位于韩国首尔永登浦区。1952 年 3 月，起亚制造出韩国第一辆自行车，名为三千里号，公司改名起亚工业公司。1974 年，公司第一辆采用汽油发动机的小型轿车 BRISA 诞生。从此，起亚开始与世界车厂的发展方向接轨，并且介入竞争激烈的轿车市场之中。1994 年，起亚公司经营出现了问题。1998 年，起亚汽车公司与现代公司签定了股权转让协定，在 2000 年与现代汽车公司一起成为起亚-现代汽车集团。

起亚的名字，源自汉字，“起”代表崛起，“亚”代表在亚洲，因此，起亚的意思就是“崛起于东方”或“崛起于亚洲”。起亚汽车的标志是由白色的椭圆、红色的背景和黑体“KIA”三个字母构成，形似一只飞鹰，象征公司如腾空飞翔的雄鹰。

起亚的主要车型有狮跑（SPORTAGE）、K5、索兰托（SORENTO）、K3。起亚的商标及代表车型如图 2-44 所示。

（a）　　　　　　　　　　　　（b）

图 2-44　起亚的商标及代表车型

（a）商标；（b）代表车型

亚洲其他国家的汽车企业和汽车品牌，读者可以自行查阅相关资料进行了解。

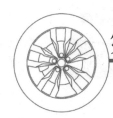

第 3 章 中国汽车工业及汽车品牌

3.1 国有车企和品牌

3.1.1 中国第一汽车集团有限公司

1. 集团简介

中国第一汽车集团有限公司（简称中国一汽）前身为第一汽车制造厂，1953 年在吉林长春动工兴建，现已构建了从东北到华北、华东，再到西南、华南的产业布局，业务覆盖红旗、解放、奔腾、合资合作、新兴业务、海外业务和生态业务等七大板块。总部直接运营红旗业务，对其他业务进行战略或财务管控，形成了面向市场、直达客户的全新运营和管控模式，构建了以长春为总部的“三国九地”全球研发布局。红旗、解放品牌价值在国内自主轿车和自主商用车中保持第一。红旗 L 系列是国家重大活动指定用车，H 系列轿车在细分市场增长迅速。解放中重型卡车是国内商用车领域的领航者。新能源汽车已经量产，红旗 E-HS3、红旗 E-HS9 等纯电动车型已投放市场。

中国一汽商标如图 3-1 所示，以“1”字为视觉中心，由“汽”字构成展翅的鹰形，构成雄鹰在蔚蓝天空的视觉景象，“1”代表第一，外围椭圆代表全球，寓意第一汽车集团公司展翅高飞，走向世界，勇夺第一的雄心壮志。

图 3-1 中国一汽商标

2. 品牌与产品

1）红旗

1958 年，红旗牌轿车诞生。从此，红旗成为国家领导人和国家重大活动的专用车。在 20 世纪 60—70 年代，红旗轿车是中国汽车工业的一面旗帜。改革开放之后，红旗在继续承担“国车”重任的同时，不断向市场化、商业化的方向迈进。

2018 年 1 月 8 日，中国一汽发布新红旗品牌战略，新红旗的品牌理念是中国式新高尚精致主义。新红旗采用全新家族设计语言，以“尚 · 致 · 意”为关键，畅情表达、充分演绎“中国式新高尚精致主义”的设计理念。未来，新红旗家族将包括 L、S、H、Q 四大系列产品。其中：L 系列，为新高尚红旗至尊车；S 系列，为新高尚红旗轿跑车；H 系列，为新高尚红旗主流车；Q 系列，为新高尚红旗商务出行车。

2018 年 10 月 30 日，红旗品牌发布 R. Flag“阩旗”技术品牌，并首次阐述未来的技术发展规划。R. Flag 分别代表 Rise 升起、Future 未来、Leading 领先、Autonomous 智能、Genes 基因，预示红旗品牌升起“代表未来领先的智能基因平台”的旗帜。红旗品牌重点围绕电动化、智能网联化、体验化、共享化四大方向，全力打造 R. Flag“阩旗”技术品牌。

红旗车标及部分车型如图 3-2 ~ 图 3-4 所示。

图 3-2　红旗车标

图 3-3　红旗 L5

图 3-4　新红旗 H9+

2）解放

1956 年 7 月 13 日，第一辆国产解放牌汽车 CA10 驶下装配线，结束了中国不能自制汽车的历史。20 世纪 80 年代，中国一汽在改革开放政策推动下，自主研发、生产了第二代解放牌卡车 CA141。20 世纪 90 年代末，中国一汽先后自主研发生产了第三代、第四代产品，实现了卡车生产柴油化和平头化转变。

2003 年 1 月 18 日，中国一汽对中重型卡车核心业务进行重组，成立了一汽解放汽车有限公司，并先后成功推出了解放第五代、第六代、第七代重卡产品。2014 年，中国一汽开始向轻型车领域拓展，实现了以重型车为主，中型、重型、轻型发展并举的产品格局。如今，一汽解放已经成为中国第一商用车制造企业。解放牌牵引车、自卸车和载货车分别如图 3-5（a）、图 3-5（b）、图 3-5（c）所示。

（a）　（b）　（c）

图 3-5　解放牌汽车

（a）解放牌牵引车；（b）解放牌自卸车；（c）解放牌载货车

3）奔腾

奔腾品牌创立于 2006 年 5 月 18 日。其创始车型是奔腾 B70，2018 年 10 月 17 日，一汽奔腾发布“新奔腾”品牌发展战略，并正式启用全新设计的奔腾新 LOGO“世界之窗”，如图 3-6 所示。

图 3-6　奔腾新 LOGO“世界之窗”

“世界之窗”的核心元素“1”来源于第一汽车，代表着奔腾品牌的历史与传承。第一是奔腾人工作的态度和标准，是新奔腾品牌永不放弃的精神和坚定不移的信仰。新奔腾矢志不渝、无所畏惧，具有敢为人先、勇争第一的远大志向。

新奔腾品牌的英文标志“BESTUNE”由“BEST”和“TUNE”共同组成：“BEST”象征着最好、最高、最适合，代表着新奔腾品牌为用户提供顶级标准的产品和服务的美好心愿；“TUNE”是节奏，是旋律，是潮流，伴随青春的节奏、运动的旋律、时代的潮流，消费者向往的汽车生活新篇章从此展开。

奔腾的部分产品如图 3-7 所示。

图 3-7　奔腾的部分产品

4）合资品牌与产品

以上为中国一汽的自主品牌，下面介绍中国一汽的合资品牌与部分产品。

（1）一汽大众。

一汽大众汽车有限公司（以下简称一汽大众）于 1991 年 2 月 6 日成立，是由中国第一汽车股份有限公司、德国大众汽车股份公司、奥迪汽车股份公司和大众汽车（中国）投资有限公司合资经营的大型乘用车生产企业。

一汽大众现有奥迪、大众、捷达三大品牌 20 余款产品，其中大众品牌的产品有揽境（Talagon）、探岳（Tayron）、探歌（T-ROC）、CC、迈腾、速腾、高尔夫、蔚领、宝来、探影；奥迪品牌的产品有奥迪 A 系列、奥迪 Q 系列、奥迪 e-tron 系列等；捷达品牌的产品有 VS7、VS5、VA3。一汽大众现已成为国内成熟的覆盖 A、B、C 级全系列乘用车型的生产企业，其部分产品如图 3-8 所示。

图 3-8　一汽大众部分产品

（2）一汽丰田。

一汽丰田由中国第一汽车股份有限公司与日本丰田汽车倾力打造，坚守“制造更好的汽车”的初心，已成为中国乘用车企业的中坚力量。

一汽丰田旗下产品涵盖轿车、SUV 和中型客车，其中轿车品牌有亚洲狮（ALLION）、亚洲龙（AVALON）、卡罗拉（COROLLA）、威驰（VIOS）品牌；SUV 品牌有皇冠（CROWN）、奕泽（IZOA）、荣放 RAV4；中型客车品牌为柯斯达（COASTER）。一汽丰田部分产品如图 3-9 所示。

图 3-9　一汽丰田部分产品

3.1.2　东风汽车集团有限公司

1. 企业简介

东风公司于 1969 年创立于湖北省十堰市，前身是“第二汽车制造厂”，1992 年更名为东风汽车公司。2017 更名为东风汽车集团有限公司（简称东风公司），总部位于武汉。

东风公司主营业务涵盖全系列商用车、乘用车、新能源汽车、军车、关键汽车总成和零部件、汽车装备以及汽车相关业务，事业部分布在武汉、十堰、襄阳、广州等国内 20 多个城市。

东风公司自主品牌乘用车已形成东风风神、东风风行、东风风光、东风启辰等多个子品牌齐头并进、协同发展的格局，产品涵盖轿车、SUV、MPV、CUV 等各类车型，覆盖高级、中级、经济型等各个级别；商用车涵盖重、中、轻、微、特全系列；新能源汽车涵盖纯电动、插电式混合动力、燃料电池等多个系列，纯电动车续驶里程达到行业领先水平等。

东风公司坚持开放发展，积极参与国际合作。目前，在整车、动力总成、零部件等领域与法国 PSA、日本日产、日本本田、韩国现代、韩国起亚、瑞典沃尔沃、法国雷诺等国际汽车企业开展了深入的合作。

东风汽车商标如图 3-10 所示，其以艺术变形手法，取燕子凌空飞翔时的剪形尾羽作为图案基础。主要含义是双燕舞东风。它格调新颖，寓意深远，使人自然联想到东风送暖，春光明媚，神州大地生机盎然，给人以启迪和力量。二汽的“二”字寓意于双燕之中。同时还象征着，东风汽车车轮滚滚向前永不停息，冲出亚洲走向世界。

图 3-10　东风汽车商标

2. 产品介绍

1）乘用车

东风乘用车有自主品牌岚图、东风风神、东风风行、东风风光、东风日产、东风本田以及合资品牌东风标致、东风雪铁龙、东风悦达起亚、东风英菲尼迪、东风启辰和东风裕隆，产品丰富。有些乘用车品牌旗下还有新能源汽车，具体品牌及车型如表 3-1 所示。

表 3-1　东风公司乘用车品牌及车型

品牌	商标	主要车型
岚图 FREE		岚图 FREE（纯电动）
东风风神	东风风神	奕炫、AX7、AX4、AX3、AX5、A9、E70
东风风行	东风风行	风行 CM7、风行 F600、风行 SX6、风行 T5、景逸 S50（燃油版、纯电版）、景逸 X6、景逸 X5、菱智 M3、菱智 M5、菱智 V3
东风风光	东风风光	IX5、580、S560、370S、S330
东风日产	NISSAN 东风日产	天籁、轩逸（燃油版、纯电版）、蓝鸟、西玛、骐达、骊威、劲客、奇骏、逍客、楼兰、途达
东风本田	东风 HONDA	INSPIRE、杰德、竞瑞、哥瑞、思铂睿（燃油版、混动版）、思域、UR-V、CR-V、XR-V、艾力绅
东风标致	PEUGEOT 东风标致	5008、4008、3008、2008、408、308S、308、301
东风雪铁龙	CITROËN 东风雪铁龙	C3-XR、C4 世嘉、C6、C5、C4L、天逸 C5、云逸 C4、爱丽舍

续表

品牌	商标	主要车型
东风悦达起亚	KIA 东风悦达·起亚	奕跑、K5（插混、燃油版）、KX3、KX7、KX5、智跑、福瑞迪、焕驰、凯绅、KX、K3、K2、华骐 300E
东风英菲尼迪	INFINITI	Q50L、QX50
东风启辰		T70、T90、D60、M50V
东风裕隆	LUXGEN	U5、优 6、纳 5、锐 3、大 7

2）商用车

东风商用车的品牌有东风、华神、乘龙以及合资品牌，每个品牌下又有不同系统的产品。其中，乘龙旗下有新能源商用车乘龙 L2EV。东风公司部分商用车如图 3-11 所示。

（a）　　（b）　　（c）

图 3-11　东风公司部分商用车

（a）东风天龙牵引车；（b）华神牵引车；（c）乘龙新能源车

3）特种车

20 世纪 70 年代，东风公司成功研制了 EQ240/EQ245 第一代中型防务车辆，在对越自卫反击战中一战成名，被军队誉为“功臣车”“英雄车”。

20 世纪 90 年代，东风 EQ2102 开启了东风第二代防务车辆服务国防的历史。自此，EQ2102 作为部队主力运输车型的地位一直延续至今，东风公司也成为我国军车的主要生产基地。

2006 年，东风公司自主研发的第三代高机动性防务车辆“东风猛士”成功问世，如图 3-12 所示，在部队训练使用、维和反恐、抗震救灾、国庆胜利日大阅兵中，“东风猛士”发挥巨大作用，凸显英雄本色。

图 3-12 “东风猛士”特种车

3.1.3 上海汽车集团股份有限公司

1. 公司简介

上海汽车集团股份有限公司（简称上汽集团）是从上海汽车装配厂发展起来的，1958 年 9 月，该厂试制成功了第一辆凤凰牌轿车，如图 3-13 所示。上汽集团是国内规模领先的汽车上市公司，总部坐落在上海，其商标如图 3-14 所示。

图 3-13 凤凰牌轿车

图 3-14 上汽商标

目前，上汽集团主要业务包括整车（含乘用车、商用车）的研发、生产和销售，正积极推进新能源汽车、互联网汽车的商业化，并开展智能驾驶等技术的研究和产业化探索；零部件（含动力驱动系统、底盘系统、内外饰系统，以及电池、电驱、电力电子等新能源汽车核心零部件和智能产品系统）的研发、生产、销售；物流、汽车电商、出行服务、节能和充电服务等移动出行服务业务；汽车相关金融、保险和投资业务；海外经营和国际商贸业务；并在产业大数据和人工智能领域积极布局。

上汽集团所属主要整车企业包括上汽乘用车分公司、上汽大通、智己汽车、上汽大众、上汽通用、上汽通用五菱、南京依维柯、上汽依维柯红岩、上海申沃等。

2. 品牌与产品

1）上汽荣威

2006 年，上海汽车以“世界为我所用”的旷世气魄和“创新传塑经典”的百年宏愿，基于 Rover（罗孚）75 技术核心，全新演绎英伦品质基因，全面汇融欧洲豪华车技术，推出了中国汽车工业的第一个国际化品牌——荣威（ROEWE），其商标如图 3-15 所示。

图 3-15　荣威商标

荣威品牌的诞生，既是对百年传奇经典的传承，更是对经典于现在和未来的重塑，荣威的产品包含轿车、SUV、新能源汽车等，如图 3-16 所示。

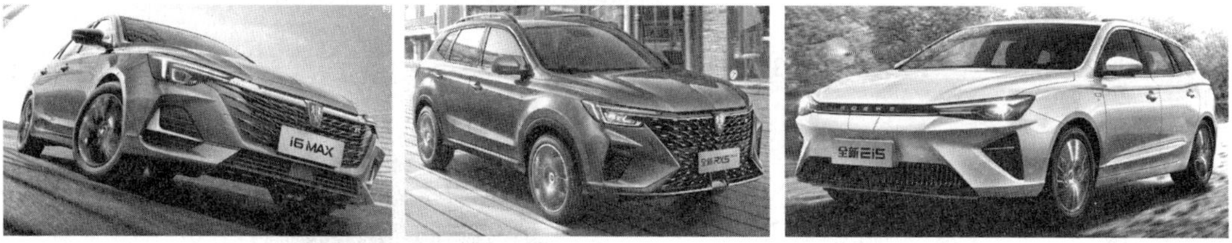

（a）　（b）　（c）

图 3-16　荣威的部分车型

（a）轿车；（b）SUV；（c）新能源汽车

2）上汽其他自主品牌

上汽集团旗下的自主品牌汽车还有上汽 R、上汽名爵、上汽大通、上汽智己、上汽跃进、五菱和宝骏。R 是上汽在 5G 技术和全面纯电化的大趋之下造就的纯电汽车。上汽大通 MAXUS 家族涵盖 MPV、SUV、皮卡、轻客、新能源汽车和房车，产品系列丰富。上汽智己汽车成立于 2020 年 12 月 25 日，是由上汽集团、张江高科和阿里巴巴集团共同打造的全新用户型汽车科创公司。智己汽车是智能时代出行变革的实现者，以更领先的智能驾驶解决方案，创造更美好的未来出行方式。上汽各品牌的商标及代表车型分别如图 3-17 ~ 图 3-23 所示。

（a）　（b）

图 3-17　上汽 R 商标及代表车型

（a）商标；（b）代表车型

（a）　（b）

图 3-18　上汽名爵商标及代表车型

（a）商标；（b）代表车型

（a）（b）

图 3-19　上汽大通商标及代表车型

（a）商标；（b）代表车型

（a）（b）

图 3-20　上汽智己商标及代表车型

（a）商标；（b）代表车型

（a）（b）

图 3-21　上汽跃进商标及代表车型

（a）商标；（b）代表车型

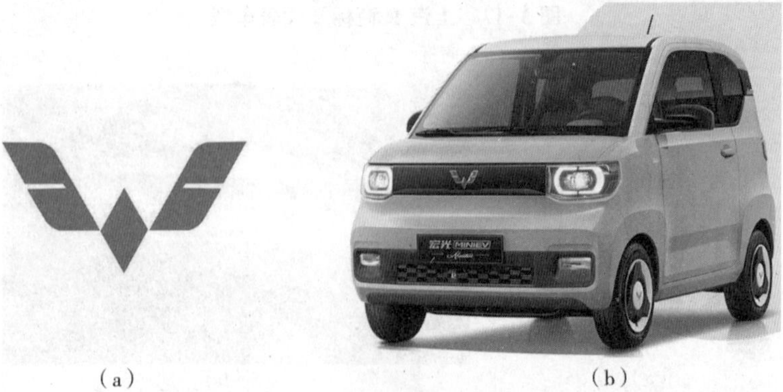

（a）（b）

图 3-22　上汽五菱商标及代表车型

（a）商标；（b）代表车型

（a）　　　　（b）

图 3-23　上汽宝骏商标及代表车型

（a）商标；（b）代表车型

3）上汽合资品牌

上汽集团的合资品牌有上汽通用五菱、上汽大众、上汽通用等。上汽通用五菱是由上海汽车集团股份有限公司、通用汽车（中国）公司、柳州五菱汽车有限责任公司三方共同组建的大型中外合资汽车公司，于 2002 年 11 月 18 日挂牌成立，旗下有五菱汽车和宝骏汽车两大品牌，涵盖了 SUV、MPV、轿车、新能源汽车、皮卡、微车，产品丰富。上汽通用五菱商标及代表车型如图 3-24 所示。

（a）　　　　（b）

图 3-24　上汽通用五菱商标及代表车型

（a）商标；（b）代表车型

上汽大众汽车有限公司（简称上汽大众）是一家中德合资企业，由上汽集团和大众汽车集团合资经营。公司于 1984 年 10 月签约奠基，总部位于上海安亭，并先后在南京、仪征、乌鲁木齐、宁波、长沙等地建立生产基地。上汽大众目前生产与销售大众、奥迪和斯柯达 3 个品牌近 30 款产品，覆盖 A0 级、A 级、B 级、C 级、SUV、MPV 等细分市场。其中，上汽大众品牌包括 Polo、桑塔纳家族、Lavida 家族、凌渡、帕萨特、辉昂、途铠、途岳、途观、途昂、途安、威然、ID. 3、ID. 4 X、ID. 6 X 产品系列；上汽大众斯柯达品牌旗下有 RAPID 家族、明锐 PRO、速派、柯迪亚克、柯珞克、柯米克等产品系列。同时，公司积极进军新能源汽车市场，已推出途观 L 插电式混合动力版、帕萨特插电式混合动力版、朗逸纯电、途岳纯电等车型。上汽大众商标及代表车型如图 3-25 所示。

上汽通用汽车有限公司成立于 1997 年 6 月 12 日，由上海汽车集团股份有限公司、通用汽车公司共同出资组建而成，目前拥有别克、雪佛兰、凯迪拉克三大品牌，三十多个系列的产品阵容，覆盖了从高端豪华车到经济型轿车各梯度市场，以及 MPV、SUV、混合动力和电动车等细分市场。上汽通用商标及代表车型如图 3-26 所示。

（a）

（b）

图 3-25　上汽大众商标及代表车型

（a）商标；（b）代表车型

（a）

（b）

图 3-26　上汽通用商标及代表车型

（a）商标；（b）代表车型

3.1.4　广州汽车集团股份有限公司

1. 公司简介

2005 年 6 月 28 日，由广州汽车工业集团有限公司、万向集团公司、中国机械工业集团有限公司、广州钢铁企业集团有限公司、广州市长隆酒店集团有限公司作为共同发起人，对成立于 1997 年 6 月的广州汽车集团有限公司进行股份制改造，以发起方式设立大型国有控股股份制企业集团，这是中国汽车行业首家在集团层面引入多家合资伙伴，进行改制设立股份公司的企业，其商标如图 3-27 所示。总部位于广州市天河区珠江新城，其产品涵盖乘用车、商用车和摩托车，有自主品牌也有合资品牌。

图 3-27　广汽集团商标

2. 品牌与产品

1）乘用车

广汽乘用车有自主品牌广汽传祺、广汽埃安、合创，以及合资品牌广汽本田、广汽丰田、广汽三菱。

广汽传祺已推出了覆盖轿车、SUV、MPV 三大领域的传祺 GA4、GA6、GA8、GS3、GS4、GS5、GS7、GS8 及 GM6、GM8 等车型，其商标和部分产品如图 3-28 所示。

广汽埃安是在 2017 年 7 月 28 日创立的新能源汽车有限公司，旗下产品有轿车埃安 S、SUV 埃安 LX、埃安 V、埃安 Y，其商标及代表车型如图 3-29 所示。

（a）　　　　　　（b）

图 3-28　广汽传祺商标及代表车型

（a）商标；（b）代表车型

（a）　　　　　　（b）

图 3-29　广汽埃安商标及代表车型

（a）商标；（b）代表车型

合创汽车由珠江投管集团、广汽集团和蔚来汽车共同投资，合创科技将以“合创”为理念，打造深度融合智能汽车出行和互联网体验的用户型企业。以汽车为入口，与用户合创愉悦有趣的生活方式，其商标及代表车型如图 3-30 所示。

（a）　　　　　　（b）

图 3-30　广汽合创商标及代表车型

（a）商标；（b）代表车型

广汽本田汽车有限公司是由广州汽车集团股份有限公司、本田技研工业株式会社和本田技研工业（中国）投资有限公司共同投资建设和经营的企业，量产车型包括 Honda 品牌旗下的冠道（AVANCIER）、雅阁（ACCORD）、奥德赛（ODYSSEY）、皓影（BREEZE）、缤智（VEZEL）、凌派（CRIDER）、飞度（FIT）七大系列车型，理念品牌旗下的纯电动 SUV VE-1，以及讴歌（Acura）品牌旗下的 RDX、TLX-L、CDX 系列车型，其商标及代表车型如图 3-31 所示。

广汽丰田汽车有限公司是由广州汽车集团股份有限公司和丰田汽车公司各出资共同组建的企业，位于广州南沙。旗下品牌车型有威兰达、凌尚、雷凌、汉兰达、凯美瑞、致炫、致享、C-HR、埃尔法等，其商标及代表车型如图 3-32 所示。

（a）　　　　　　　　　　　　　　　　（b）

图 3-31　广汽本田商标及代表车型

（a）商标；（b）代表车型

（a）　　　　　　　　　　　　　　　　（b）

图 3-32　广汽丰田商标及代表车型

（a）商标；（b）代表车型

广汽菲亚特克莱斯勒汽车有限公司（简称广汽菲克）是由广州汽车集团股份有限公司（简称广汽集团）、Stellantis 集团共同投资建设，公司总部位于湖南长沙国家级经济技术开发区，目前拥有长沙工厂和广州工厂两个整车工厂。长沙工厂主要生产车型包括全新 Jeep 自由光、大指挥官以及菲亚特菲翔、致悦；广州工厂目前已生产全新 Jeep 自由侠、全新 Jeep 指南者，其商标及代表车型如图 3-33 所示。

广汽三菱汽车有限公司是由广州汽车集团股份有限公司、三菱自动车工业株式会社、三菱商事株式会社三方合资经营的中外合资企业，旗下品牌车型有欧蓝德、新劲炫、奕歌、PAJERO、SPORT 等，其商标及代表车型如图 3-34 所示。

（a）　　　　　　　　　　　　　　　　（b）

图 3-33　广汽菲克商标及代表车型

（a）商标；（b）代表车型

（a）　　　　　　　　　　　　　　　　（b）

图 3-34　广汽三菱商标及代表车型

（a）商标；（b）代表车型

2）商用车

广汽集团旗下的商用车有广汽比亚迪和广汽日野。

广州广汽比亚迪新能源客车有限公司（简称广汽比亚迪）成立于 2014 年 8 月 4 日，由广州汽车集团股份有限公司和比亚迪股份有限公司合资成立的新能源客车有限公司，广汽比亚迪是集纯电动客车和商务中巴研发、生产、销售及充电配套服务为一体的新能源汽车企业。旗下有纯电动公交客车、纯电动公路客车和商务中巴，其商标及代表车型如图 3-35 所示。

（a）

（b）

图 3-35　广汽比亚迪商标及代表车型

（a）商标；（b）代表车型

广汽日野汽车有限公司（简称广汽日野）是由广州汽车集团股份有限公司与日野自动车株式会社共同设立的合资企业，成立于 2007 年 11 月 28 日，现主要生产日野牌重卡和驱动桥等关键总成，其商标及代表车型如图 3-36 所示。

（a）

（b）

图 3-36　广汽日野商标及代表车型

（a）商标；（b）代表车型

3.1.5　北京汽车集团有限公司

1. 企业简介

北京汽车集团有限公司（简称北汽集团）前身是创建于 1953 年的北京第一汽车附件厂，1958 年改名为北京汽车制造厂，总部位于北京。自 1958 年北京汽车制造厂生产出第一辆自主研发汽车——“井冈山”牌轿车以来，北汽集团先后自主研制生产了中国第一代轻型越野车 BJ212 和第一代轻型载货车 BJ130，建立了中国汽车工业第一家整车制造合资企业——北京吉普汽车有限公司。

北汽集团旗下现拥有北京汽车、北京奔驰、北京现代和福建奔驰 4 个整车品牌。

北汽集团的商标如图 3-37 所示，商标像一个“北”字，指北京，被简化成两个把手，连成一个转向盘，意指敞开大门、融世界、创未来、产品走向世界各地。

图 3-37　北汽集团商标

2. 品牌与产品

1）北京汽车

BEIJING 品牌是北汽集团整合旗下北汽新能源和北京汽车的产品与技术资源全力打造的核心品牌，以新能源、新技术为核心，推动北汽自主乘用车业务全面创新发展，旗下产品包括新能源汽车 EU5、EU7、EX5、EX3，内燃机汽车 U7、U5、X7、X5、X3 和插电式混合动力汽车 X7，其商标及代表车型如图 3-38 所示。

（a）　（b）

图 3-38　北京汽车商标及代表车型

（a）商标；（b）代表车型

2）北京奔驰

北京奔驰汽车有限公司（简称北京奔驰）成立于 2005 年 8 月 8 日，是北京汽车股份有限公司与戴姆勒股份公司、戴姆勒大中华区投资有限公司共同投资，旗下车型有：EQC 纯电 SUV、AMG A 35 L、长轴距 A 级轿车、长轴距 C 级车、长轴距 E 级车、长轴距 GLC SUV、GLB SUV 以及 GLA SUV，其商标及代表车型如图 3-39 所示。

（a）　（b）

图 3-39　北京奔驰商标及代表车型

（a）商标；（b）代表车型

3）北京现代

北京现代汽车有限公司成立于 2002 年 10 月 18 日，由北京汽车股份有限公司和韩国现代自动车株式会社共同出资设立，旗下产品有轿车系列名图、伊兰特、索纳塔、菲斯塔、悦纳和悦动；SUV 系列途胜 L、ix35、ix25 和昂希诺；新能源系列包括纯电动名图、菲斯塔、昂希诺，插电混动领动、索纳塔；MPV 有库斯途，其商标及代表车型如图 3-40 所示。

北京现代

（a）

（b）

图 3-40　北京现代商标及代表车型

（a）商标；（b）代表车型

4）福建奔驰

福建奔驰汽车有限公司（简称福建奔驰）成立于 2007 年 6 月，由戴姆勒轻型汽车香港有限公司、北京汽车股份有限公司和福建省汽车工业集团有限公司共同出资组建而成。目前，福建奔驰生产和销售梅赛德斯-奔驰 V 级、新威霆及凌特三大系列产品，其中 V 级为唯雅诺的换代产品，新威霆为威霆的换代产品，其商标及代表车型如图 3-41 所示。

Fujian Benz
福建奔驰

（a）

（b）

图 3-41　福建奔驰商标及代表车型

（a）商标；（b）代表车型

3.1.6　中国长安汽车集团有限公司

1. 公司简介

中国长安汽车集团有限公司（简称中国长安），其前身为长安机械厂，在 1958 年生产出国内第一辆越野汽车。2005 年 12 月 26 日，中国南方工业汽车股份有限公司成立，2009 年 7 月 1 日更名为中国长安汽车集团股份有限公司，2019 年 4 月更为现名。

长安集团现拥有 20 家二级企业，包括长安汽车、江铃汽车、东安动力、湖南天雁 4 家上市公司。业务板块涵盖整车、零部件、商贸物流等。

长安商用车的商标如图 3-42 所示，以天体运行轨迹——以椭圆为基础，捕捉长安拼音中的“C”“A”两个字母作为其造型设计的基本元素，经过抽象、组合、变形形成一个永恒运行的天体、一个攀升的箭头、一个精致的转向盘，又如一辆轻巧的汽车奔驰于纵横的公路之上。

长安乘用车的商标如图 3-43 所示，为蓝色背景配合大小方圆，寓意长安汽车畅行天下同时注意科技；核心的 V 形有 Victory 和 Value 之意，寓意长安汽车致力于打造世界一流汽车企业，为消费者和股东创造价值。

图 3-42　长安商用车商标

图 3-43　长安乘用车商标

2. 品牌与产品

1）长安汽车

长安汽车推出的 UNI 系列有 UNI-K、UNI-T；轿车系列有锐程、逸动、悦翔；SUV 系列有 CS55、CS75、CS95、CS85、CS75、CS35、CS15 等；新能源系列有 CS55、奔奔、CS15 和逸动等热销产品，坚持“节能环保、科技智能”理念，大力发展智能新能源汽车。其部分代表产品如图 3-44 所示。

图 3-44　长安汽车代表产品

2）长安福特

长安福特汽车有限公司（简称长安福特），成立于 2001 年 4 月 25 日，由长安汽车股份有限公司和福特汽车公司共同出资成立，坐落在重庆市北部新区。

长安福特生产销售的车型有福特金牛座、福特新蒙迪欧、福特福克斯、福特福睿斯和福特锐界、福特翼虎、福特翼搏、福特锐际，其商标及代表车型如图 3-45 所示。

（a）

（b）

图 3-45　长安马自达商标及代表车型

（a）商标；（b）代表车型

3）长安马自达

长安马自达汽车有限公司前身为长安福特马自达汽车有限公司南京公司，成立于 2005 年 4 月 19 日，并于 2007 年 9 月 24 日竣工投产，由重庆长安汽车股份有限公司、马自达汽车株式会社共同出资组建。2012 年 8 月 24 日，经国家发展改革委核准，长安马自达汽车有限公司成为具有独立法人资格的现代化合资汽车企业，旗下拥有次世代 MAZDA3 昂克赛拉、MAZDA CX-30、第二代 MAZDA CX-5、MAZDA CX-8 四大系列车型，其商标及代表车型如图 3-46 所示。

（a）　　　　　　　　（b）

图 3-46　长安马自达商标及代表车型

（a）商标；（b）代表车型

4）江铃控股

江铃控股是由长安和江铃集团共同出资组建的汽车企业，旗下有陆风品牌、JMC 品牌和全顺品牌，产品家族包括乘用车及江铃汽车股份有限公司的商用车等多系列多品种，其中陆风基地主要生产陆风 X6、陆风 X9 和陆风新饰界三大系列近 20 个品种；陆风风尚于 2005 年 12 月 30 日在昌北基地正式下线，2006 年 5 月上市，其商标及代表车型如图 3-47 所示。

（a）　　　　　　　　（b）

图 3-47　江铃控股商标及代表车型

（a）商标；（b）代表车型

3.2　民营车企和品牌

3.2.1　比亚迪股份有限公司

比亚迪股份有限公司创立于 1995 年，公司总部位于中国广东深圳，业务布局涵盖电子、汽车、新能源和轨道交通等领域。截至 2020 年年底，比亚迪电动车已驶入全球 50 多个国家和地区、300 多个城市，是首个进入欧、美、日、韩等发达市场的中国汽车品牌。

比亚迪汽车公司的商标在 2007 年由蓝天白云的老标换成了只用 3 个字母和一个椭圆组成的标志 BYD，如图 3-48 所示，BYD 的意思是 Build Your Dreams，即为成就梦想；外围的椭圆喻示着比亚迪汽车走向世界。

图 3-48　比亚迪汽车公司商标

在科技创新方面，比亚迪也是硕果累累，比亚迪插电式混合动力（DM）技术积累始于2006年，并在2008年推出旗下第一款DM车型——F3DM；2021年4月，比亚迪纯电乘用车全系开始切换刀片电池。

目前，比亚迪在售车型燃油版有唐、宋、秦、F3系列等；混动（DM）版有汉、唐、宋、秦系列；纯电动（EV）版有汉、唐、宋、秦、元、海豚系列，具体如表3-2所示，部分代表产品如图3-49所示。

表3-2　比亚迪在售具体车型

动力类型	品牌	主要车型
燃油	唐	唐
	宋	宋、宋Pro、宋PLUS、宋MAX
	秦	秦、秦Pro
	其他	F3
混动（DM）	汉	汉DM
	唐	唐DM、唐DM-i
	宋	宋PLUS DM-i、宋Pro DM、宋MAX DM
	秦	秦Pro DM、秦PLUS DM-i、
纯电动（EV）	汉	汉EV
	唐	唐EV
	宋	宋Pro EV、宋PLUS EV、宋MAX EV
	秦	秦EV、秦Pro EV、秦PLUS EV
	元	元EV、元Pro EV
	海豚	海豚

图3-49　比亚迪不同动力类型的代表产品

3.2.2　浙江吉利控股集团有限公司

浙江吉利控股集团（简称吉利控股集团）始建于1986年，从生产电冰箱零件起步，发展到生产电冰箱、电冰柜、建筑装潢材料和摩托车，1997年进入汽车行业，2003年3月24日，浙江吉利控股集团有限公司成立。

吉利控股集团现已发展成为一家集汽车整车、动力总成和关键零部件设计、研发、生产、销售和服务于一体，并涵盖出行服务、数字科技、金融服务、教育等业务的全球创新型科技企业集团。集团总部设在杭州，旗下拥有吉利、领克、极氪、几何、沃尔沃、极星、宝腾、路特斯、英伦汽车、远程新能源商用车、太力飞行汽车、曹操出行、钱江摩托、盛宝银行、铭泰等品牌，吉利控股集团是戴姆勒股份公司第一大股东，沃尔沃集团第二大股东。

吉利汽车公司商标如图 3-50 所示，源于 6 块腹肌的创意灵感，代表年轻、力量、阳刚和健康，寓意吉利年轻、向上、充满活力；图形为勋章/盾牌形状，给人安全感和信赖感，彰显吉利“安全呵护与稳健发展”的品牌特征；图形由 6 块宝石组成，蓝色代表天空，黑色代表大地，象征吉利汽车驰骋天地之间；6 个区域格局，昭示中正严谨、清晰醒目；色彩采用了蓝色、黑色及金色隔线，具有很强的科技感、品质感和现代感。

图 3-50　吉利汽车公司商标

吉利旗下整车系列有缤系、博瑞、博越、帝豪、远景、豪越、嘉际、星越和 ICON，在售具体车型如表 3-3 所示，部分代表产品如图 3-51 所示。

表 3-3　吉利在售具体车型

车系	车型
缤系	新缤越、缤越 ePro、新缤瑞
博瑞	博瑞、博瑞 ePro
博越	博越 PRO、博越亚运版
帝豪	帝豪 S、帝豪、帝豪 GL、吉利帝豪、帝豪 GSe、帝豪 EV Pro、帝豪 M100 甲醇车、帝豪 EV500、帝豪 GLPHEV
远景	远景、远景 X6、远景 X3 PRO
豪越	豪越
嘉际	嘉际、嘉际 ePro
星越	星越、星越 L、星越 S、星越 ePro、吉利星越
ICON	ICON

图 3-51　吉利不同系列类型的代表产品

3.2.3　奇瑞汽车股份有限公司

奇瑞汽车股份有限公司于 1997 年由 5 家安徽地方国有投资公司投资 17.52 亿元注册成立，经营范围包括生产、销售汽车产品，生产、销售发动机等。自成立以来，始终坚持自主创新，逐步建立起完整的技术和产品研发体系，产品出口到全球 80 多个国家和地区，打造了艾瑞泽、瑞虎、EXEED 星途等知名产品品牌。经过不断努力，奇瑞已建立起融合协同的“大研发”格局，形成了从传统汽车、新能源汽车、智能网联汽车、无人驾驶汽车等从研发到试制、试验较为完整的产品研发体系，取得多项核心技术突破。

奇瑞汽车公司商标如图 3-52 所示，“奇”在中文中有“特别的”之意，“瑞”有“吉祥如意”之意，合起来就是“特别吉祥如意”的意思。标志整体 CAC 是英文 CHERY AUTOMOBILE CORPORATION LIMITED（奇瑞汽车有限公司）的缩写，标志中间 A 为一变体的“人”字，预示着公司以人为本的经营理念；商标两边的 C 字向上环绕，如同人的两个臂膀，象征着一种团结和力量，环绕成地球形的椭圆状；标志中间 A 的钻石形构图，代表了奇瑞汽车对品质的苛求，以打造钻石般的品质为企业坚持的目标。蓬勃向上的人字形支撑，代表了奇瑞汽车执着创新、积极乐观、乐于分享的向上能量，支撑起追求品质、技术、国际化的奇瑞汽车不断前行，同时还喻示奇瑞汽车追求卓越和领先的决心和激情。

图 3-52　奇瑞汽车公司商标

奇瑞目前在售整车系列有瑞虎、艾瑞泽和新能源，其中瑞虎系列的具体车型有瑞虎 8（鲲鹏版、PLUS、特供版）、瑞虎 7（超能版、神行版）、瑞虎 5x（超级英雄版、高能版）、瑞虎 3x（PLUS、钻石版）。艾瑞泽系列的具体车型为艾瑞泽 5（包括 PRO、小 AI、小泽）；新能源系列有小蚂蚁 eQ1（301KM、408KM）、大蚂蚁和瑞虎 e，部分代表产品如图 3-53 所示。

图 3-53　奇瑞不同系列类型的代表产品

3.2.4　长城汽车股份有限公司

长城汽车股份有限公司（简称长城汽车）成立于 2001 年 6 月 12 日，是全球知名的 SUV、皮卡制造商。其前身是成立于 1984 年的长城汽车制造厂，经过 30 多年的发展，目前旗下拥有哈弗、WEY、欧拉、长城皮卡和坦克 5 个整车品牌，产品涵盖 SUV、轿车、皮卡三大品类，具备发动机、变速器等核心零部件的自主配套能力。

长城汽车公司商标如图 3-54 所示，椭圆外形寓意立足中国，走向世界，烽火台象征中国长城，剑锋箭头象征充满活力、蒸蒸日上、敢于亮剑、无坚不摧，立体“1”表示永争第一。

图 3-54　长城汽车公司商标

哈弗是全球专业 SUV 品牌，定位于“中国 SUV 全球领导者”。2013 年，哈弗品牌实现独立；WEY 品牌定位为中国豪华 SUV 品牌，创立于 2016 年，是第一个以创始人姓氏命名的中国汽车品牌；欧拉品牌隶属于长城汽车，是中国主流自主车企中第一个独立的新能源汽车品牌，于 2018 年 8 月 20 正式发布，同时推出品牌首款车型欧拉 iQ，欧拉品牌产品阵容不断扩大，目前已形成包括欧拉 iQ、欧拉黑猫、欧拉白猫、欧拉好猫在内的产品矩阵。

长城汽车始于长城皮卡。作为皮卡领导者，长城皮卡自 1996 年第一辆车下线以来，全球累计销售超 180 万辆。2018 年 9 月 28 日，长城皮卡宣布独立，产品包括风骏系列和长城炮系列车型；坦克品牌是长城汽车面向 SUV 新趋势推出的全球高端越野品牌，也是长城汽车品类创新的重要成果，致力于成为全球越野第一品牌。生而全球、全民共创的坦克基于当前消费潮流破局而来，以铁汉柔情的品牌主张开启了全新品类市场。长城汽车公司主要汽车品牌如表 3-4 所示，部分代表产品如图 3-55 所示。

表 3-4 长城汽车公司主要汽车品牌

品牌	商标	主要车型
哈弗	HAVAL	赤兔、H6、初恋、大狗、M6、H9、H7、F7、F7X
WEY	WEY	摩卡、VV5、VV6、VV7、VV7 PHEV、VV7GT、VV7GT PHEV
欧拉	ORA 欧拉汽车	好猫、白猫、黑猫、iQ
长城皮卡	长城炮	长城炮（乘用皮卡、商用皮卡、越野皮卡）、风骏 7、风骏 5
坦克	TANK	坦克 300

图 3-55 长城不同系列类型的代表产品

3.2.5 郑州宇通客车股份有限公司

郑州宇通客车股份有限公司（简称宇通客车）是 1993 年经河南省体改委豫体改字（1993）第 29 号文批准设立的股份有限公司，是中国客车行业上市公司，集客车产品研发、制造与销售为一体，产品涵盖公交客车、客运客车、旅游客车、企事业通勤客车、校车、公商务车、房车、景区车、机场摆渡车和专用车，主要服务于公交、客运、旅游、团体、校车及专用出行等细分市场。

宇通的商标及代表车型如图 3-56 所示。商标以“圆”为基本元素，通过 3 个半圆组成，形象表现成正在滚动的车轮，突出体现企业的行业特性；通过图形由小到大的造型，标志有如一轮红日缓缓升起在中原的上空，象征企业脚踏实地，稳定发展、稳步发展、不断壮大；主导色采用凝重的深蓝，象征成熟、睿智、前瞻未来。

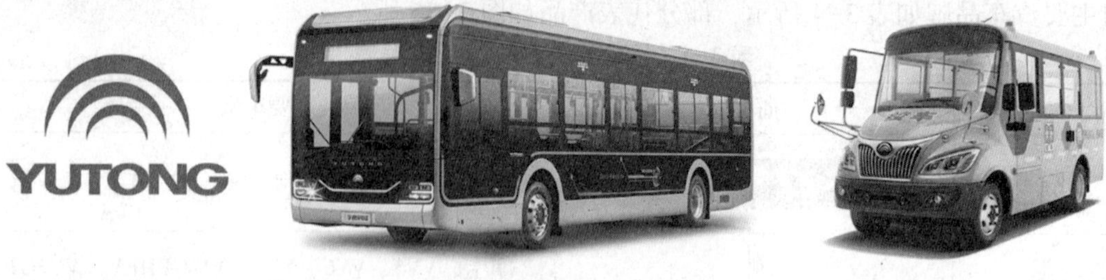

（a）　　　　　　　　　　（b）

图 3-56　宇通的商标及代表车型

（a）商标；（b）代表车型

3.3　新势力车企和品牌

3.3.1　理想汽车

理想汽车是一个豪华智能电动车品牌，公司于 2015 年 7 月创立，总部位于北京，自有的生产基地位于江苏常州。理想汽车的创始人是李想，李想也是汽车网站“汽车之家”的创始人。理想汽车的首款产品理想 ONE 在 2018 年 10 月 18 日推出，是一款智能电动大型 SUV，搭载领先的增程电动技术与智能科技，为家庭用户提供 6 座、7 座的舒适空间。该产品于 2019 年 11 月 20 日开始量产，2019 年 12 月开始向用户交付。

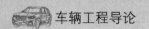

品牌 LOGO“Li”灵感来自英文名称 LEADING IDEAL（理想智造）的首字母。源于对用户需求的思考和对技术研发的投入，作为一个纯正的智能电动车品牌，将为用户打造没有里程焦虑的智能电动车，其商标及代表车型如图 3-57 所示。

（a）　　　　　　　　　　（b）

图 3-57　理想汽车的商标及代表车型

（a）商标；（b）代表车型

3.3.2　蔚来汽车

蔚来是全球化的智能电动汽车品牌，于 2014 年 11 月成立，由李斌、刘强东、李想、腾讯、高瓴资本、顺为资本等互联网企业与企业家联合发起创立，并获得淡马锡、百度资本、红杉、厚朴、联想集团、华平、TPG、GIC、IDG、愉悦资本等数十家知名机构投资。

蔚来汽车的商标如图 3-58 所示，上方是天空，象征开放、远见和美好的未来；下方是延伸向地平线的道路，象征方向、行动和前进的动力。

图 3-58　蔚来汽车的商标

蔚来旗下主要产品包括蔚来 ES6、蔚来 ES8、蔚来 ET7、蔚来 EC6，致力于通过提供高性能的智能电动汽车与极致用户体验，为用户创造愉悦的生活方式，部分代表产品如图 3-59 所示。

图 3-59　蔚来汽车的代表产品

3.3.3　小鹏汽车

小鹏汽车正式成立于 2015 年，致力于通过数据驱动智能电动汽车的变革，引领未来出行方式。其董事长、CEO 何小鹏是 UC 优视联合创始人及前阿里巴巴移动事业群总裁。自成立年以来，小鹏汽车完成了全球化布局，公司研发总部位于广州，并在北京、上海、深圳、硅谷、圣地亚哥、肇庆和郑州建立设计、研发、生产制造与营销机构，通过全球化布局组建了一支规模化、多元化、重自研的跨界团队。小鹏汽车商标主要以 Xpeng 首字母 X 为灵感设计而成，小鹏汽车旗下现有产品小鹏 P7、小鹏 P5、小鹏 G3 和小鹏 G3i，其商标及代表车型如图 3-60 所示。

（a）　　（b）

图 3-60　小鹏汽车的商标及代表车型

（a）商标；（b）代表车型

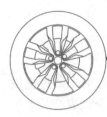

第 4 章 汽车构造

本章主要介绍传统内燃机汽车的总体构造及其行驶原理、汽车发动机构造、汽车底盘构造、汽车车身构造和汽车电气设备的相关知识。

4.1 汽车总体构造及其行驶原理

4.1.1 汽车总体构造

汽车是由成千上万个零件组成的结构非常复杂的交通工具，不同的车辆其具体构造可以有很大的差别，但总体构成主要包括发动机、底盘、车身和电气设备 4 个组成部分，也分别称为发动机总成、底盘总成、车身总成、电气与电子设备。典型的轿车总体构成如图 4-1 所示。

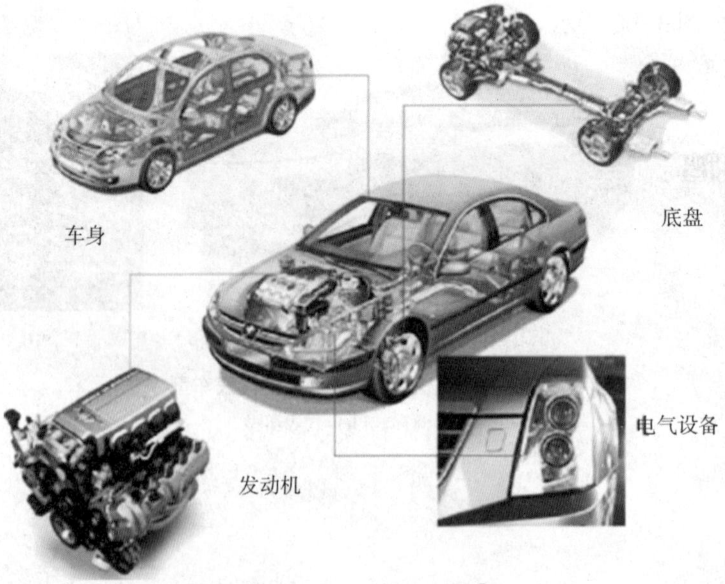

图 4-1 典型的轿车总体构成

1. 发动机总成

发动机是汽车的动力装置，被称为汽车的“心脏”。它负责将输进气缸的燃料进行燃烧，并将燃烧产生的热能转化为机械能，为汽车提供所必需的动力。现代车用发动机均为内燃机，内燃机有往复活塞式和旋转活塞式之分，现代汽车上广泛应用的是往复活塞式内燃机，主要由曲柄连杆机构、配气机构、起动系统、点火系统（汽油机所特有）、燃料供给系统、润滑系统和冷却系统构成。

2. 底盘总成

底盘是接受动力的装置，被称为汽车的“骨骼”，用来支承和安装发动机、车身、电气与电子设备以及其他各种附件，接受发动机的动力，使汽车按照驾驶员的意图进行行驶，主要由传动系统、转向系统、行驶系统和制动系统 4 部分组成。

3. 车身总成

车身主要用来覆盖、包装、保护汽车内的人和物，同时也为人和物提供相应的工作空间，被称为汽车的“皮肤”，集结构性功能和装饰性功能于一身。汽车车身分为承载式车身和非承载式车身，主要由发动机罩、车身主体、驾驶室、货箱以及特种作业设备等构成。

4. 电气与电子设备

电气与电子设备是对汽车动力传递进行控制、实时显示车辆信息，使车辆操纵简单方便，保证汽车行驶安全舒适的装置。它是汽车的“神经系统”，由电源和用电设备两大部分构成。电源部分包括蓄电池和发电机；用电设备包括电源系统、起动系统、点火系统、照明系统、信号系统、仪表系统、辅助电器等。此外，现代汽车上越来越多地装用各种电子设备，如微处理器、中央计算机系统及各种电控装置等，提高了汽车的使用性能。

4.1.2　汽车行驶基本原理

要使汽车能够正常行驶，需要具备两个基本行驶条件：驱动条件和附着条件。

1. 驱动条件

驱动条件是指汽车必须具有足够的驱动力，以克服汽车行驶过程中遇到的各种阻力，保证汽车的正常行驶。

汽车行驶所需的驱动力来自发动机，发动机发出的转矩经传动系统传至驱动轮上，其大小为 M_t，如图 4-2 所示。该转矩力图使驱动轮旋转，因此在驱动轮与地面接触处对地面施加 个向后的作用力 F_0，其方向与汽车行驶方向相反，大小为 M_t 与车轮滚动半径 r 之比，即

$$F_0 = \frac{M_t}{r} \tag{4-1}$$

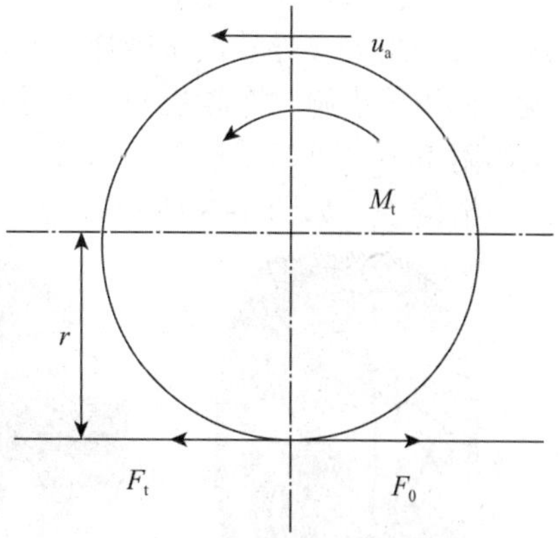

图 4-2　驱动力产生示意图

根据作用力与反作用力原理，地面同时会对车轮施加一个与 F_0 大小相同、方向相反的作用力 F_t，该力即为汽车行驶的驱动力。

汽车行驶的阻力包括滚动阻力 F_f、空气阻力 F_w、坡度阻力 F_i 和加速阻力 F_j，即

$$\sum F = F_f + F_w + F_i + F_j \tag{4-2}$$

滚动阻力 F_f 是由于车轮滚动时，轮胎与路面的接触区域产生法向、切向的相互作用力以及相应的轮胎和支承路面的变形而形成的，与汽车的总质量、路面的种类、行驶车速以及轮胎的构造、材料、气压等有关。

空气阻力 F_w 是汽车直线行驶时受到的空气作用力在行驶方向上的分力，与汽车的形状、迎风面积、汽车与空气的相对速度等有关。

坡度阻力 F_i 是汽车重力沿坡道的分力，与汽车的总质量、道路坡度有关。

加速阻力 F_j 是汽车在加速行驶时，所需要克服的其质量加速运动时的惯性力，与汽车的结构、质量、加速度等有关。

汽车行驶的过程是驱动力不断克服各种阻力的过程。当 $F_t = \sum F$ 时，汽车匀速行驶；当 $F_t > \sum F$ 时，汽车起步或加速行驶；当 $F_t < \sum F$ 时，汽车无法起步或减速行驶，直至停车。

2. 附着条件

当汽车在附着性能差的湿滑路面上行驶时，大的驱动力可能会引起车轮在路面上打滑，地面的切向反作用力并不大，动力性能也无法进一步提高。可见，汽车能否充分发挥其动力性能，不仅与驱动力有关，还受轮胎与地面之间附着条件的限制。

地面对轮胎的切向反作用力的极限值称为附着力 F_φ，其与驱动轮法向反作用力 F_Z 成正比，即

$$F_{X,\max} = F_\varphi = F_Z\varphi \tag{4-3}$$

式中，φ 为附着系数，主要取决于路面的种类和状况，行驶车速、车轮运动状况对其也有影响，在一般动力性分析中，只取其平均值。例如：在良好的混凝土或沥青路面上，路面干燥时 φ 取0.7～0.8，路面潮湿时 φ 取0.5～0.6；干燥的碎石路 φ 取0.6～0.7；干燥的土路 φ 取0.5～0.6，湿土路面 φ 取0.2～0.4。

地面对轮胎的切向反作用力 F_t 不能大于附着力 F_φ，否则驱动轮将发生滑转现象，因此附着力是汽车所能发挥驱动力的极限，汽车行驶的附着条件可表达为

$$F_t \leqslant F_\varphi \tag{4-4}$$

在冰雪或者泥泞路面上，由于附着力很小，汽车的驱动力受到附着力的限制而无法克服较大的阻力，导致汽车减速甚至不能前进。此时，即使采取增大节气门开度、将变速器换入低挡等措施，车轮也只会在地面上打滑而无法增大驱动力。为了提高车辆在冰雪路面上的附着力，可以采取如下措施：采用特殊花纹的轮胎、镶钉的轮胎或者在普通轮胎上缠绕防滑链等，如图4-3所示。

图4-3 不同类型的防滑轮胎

4.1.3　汽车的总体布局

汽车的总体布局是指如何合理安排发动机、传动系统、座舱、行李厢、排气系统、悬架系统、燃油箱、备胎等汽车各组成部分在整车中所处的相对位置。根据发动机的位置以及汽车的驱动形式可将汽车总体布局分为发动机前置后轮驱动（Front-engine Rear-drive，FR）、发动机前置前轮驱动（Front-engine Front-drive，FF）、发动机中置后轮驱动（Middle-engine Rear-drive，MR）、发动机后置后轮驱动（Rear-engine Rear-drive，RR）和四轮驱动（4-Wheel Drive，4WD）5 种类型。

1. 发动机前置后轮驱动（FR）

发动机前置后轮驱动的布置形式如图 4-4 所示，发动机布置于汽车前部，后轮为驱动轮，发动机发出的动力经过离合器、变速器、传动轴、主减速器、半轴等装置传至驱动轮。这种布置形式的优点是整车的前后质量分配均匀、操纵稳定性好、轮胎的附着力大；缺点是传动部件多、传动系统质量大、座舱空间小等。目前，这种布置形式主要应用于客车、货车、中高级轿车等。

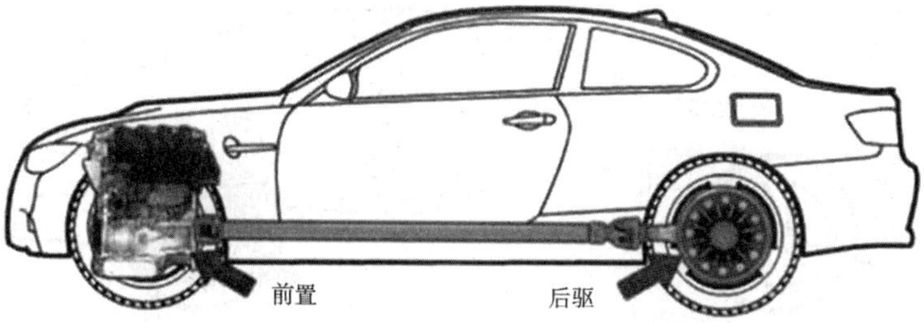

图 4-4　发动机前置后轮驱动的布置形式

2. 发动机前置前轮驱动（FF）

发动机前置前轮驱动的布置形式如图 4-5 所示，发动机布置于汽车前部，前轮为驱动轮。发动机发出的动力经过离合器、变速器、主减速器、半轴传至驱动轮。这种布置形式的优点是取消了传动轴，车身底板高度可以降低，有助于汽车高速行驶的稳定性；缺点是前轮结构比较复杂、驱动轮附着利用率低、发动机舱内布局拥挤等。目前，这种布置形式广泛应用在微型、小型轿车上，在中、高级轿车上的应用也日渐增多。

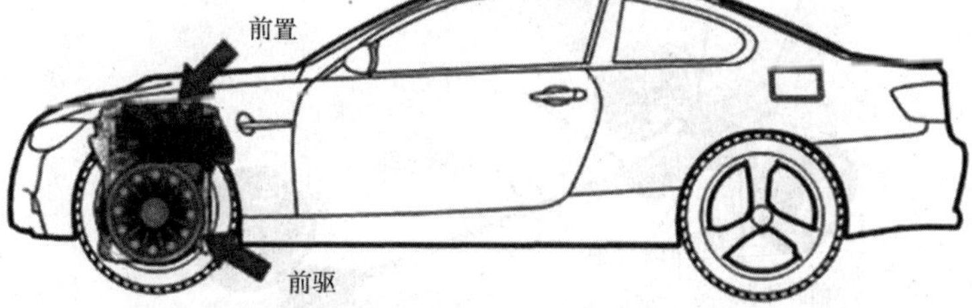

图 4-5　发动机前置前轮驱动的布置形式

3. 发动机中置后轮驱动（MR）

发动机中置后轮驱动的布置形式如图 4-6 所示，发动机布置在驾驶室后面的汽车中部，后轮为驱动轮。这种布置形式的优点是前、后轴重分配均匀、具有很中性的操控特性；缺点是发动机占据了座舱空间，空间利用率和实用性低。目前，这种布置形式多应用于赛车、跑车。

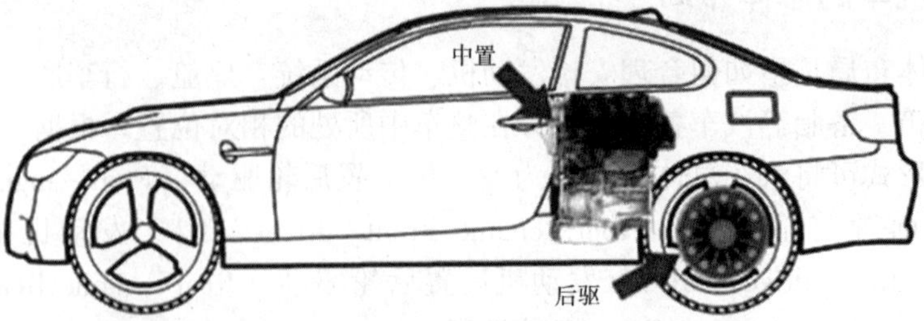

图 4-6　发动机中置后轮驱动的布置形式

4. 发动机后置后轮驱动（RR）

发动机后置后轮驱动的布置形式如图 4-7 所示，发动机布置在汽车后部，后轮为驱动轮。这种布置形式的优点是车内噪声小、空间利用率高等；缺点是发动机冷却条件差、操纵机械复杂、后轴重较大、高速转弯时稳定性差等。目前，这种布置形式多应用在大型客车上，采用这种布置形式可以使其更容易做到汽车总质量在前后车轴之间合理分配。

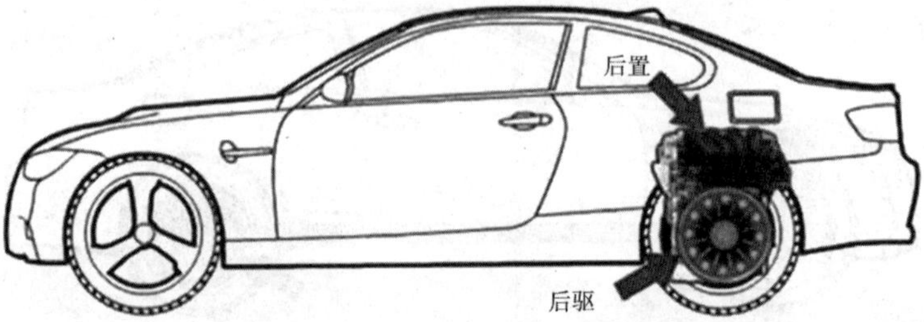

图 4-7　发动机后置后轮驱动的布置形式

5. 四轮驱动（4WD）

四轮驱动的布置形式如图 4-8 所示，发动机可以前置、中置或者后置，所有车轮均为驱动轮。这种布置形式的优点是附着利用率最高、通过性好、驱动力可以充分发挥；缺点是质量大、结构复杂、占用空间大等。目前，这种布置形式多应用于越野车、高性能跑车。

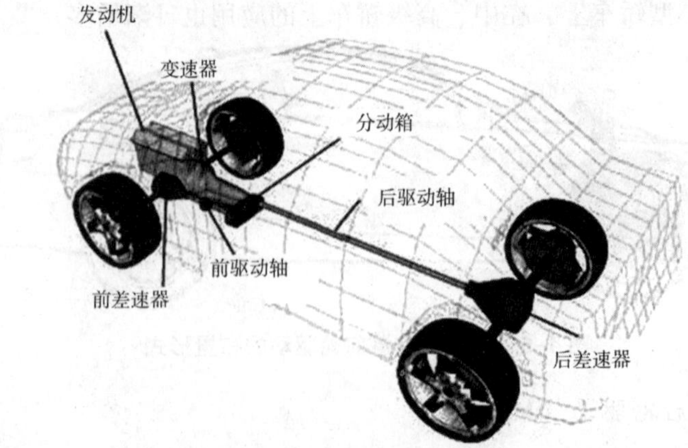

图 4-8　四轮驱动的布置形式

4.2　汽车发动机构造

4.2.1　发动机概述

1. 发动机的定义

发动机是将热能转变成机械能的装置，也称为热力发动机。热力发动机根据燃料在机外燃烧还是机内燃烧分为外燃机和内燃机。例如，蒸汽机是燃料在机器外部的锅炉内燃烧，通过将锅炉内的水加热而产生高温、高压的水蒸气输送到机器内部转化为机械能，是典型的外燃机。内燃机是将燃料直接输入机器内部燃烧产生热能，并将热能转变为机械能。内燃机具有体积小、质量轻、热效率高等优点，被广泛应用于飞机、轮船、汽车等各种机械上。

内燃机根据其将热能转变成机械能的工作原理不同，可以分为活塞式内燃机和燃气轮机。活塞式内燃机根据活塞运动方式的不同可分为往复活塞式内燃机和旋转活塞式内燃机。目前，汽车上广泛应用的发动机是往复活塞式内燃机。

2. 发动机的分类

汽车发动机按不同的分类标准可以分为不同的类别，如根据所用燃料的不同可分为汽油发动机、柴油发动机和其他燃料发动机；根据每一工作循环中活塞的行程数不同可分为四冲程发动机和二冲程发动机；根据冷却方式的不同可分为水冷发动机和风冷发动机等。更多的分类标准如表 4-1 所示。

表 4-1　汽车发动机的分类

分类方法	类别	定义
按行程数	二冲程发动机	活塞经过两个行程完成一个工作循环的发动机
	四冲程发动机	活塞经过 4 个行程完成一个工作循环的发动机
按着火方式	点燃式发动机	需要用火花塞点火燃烧的发动机
	压燃式发动机	利用气缸内气体被压缩产生的高温引燃燃料的发动机
按使用燃料	液体燃料发动机	燃烧液体燃料（汽油、柴油、醇类等）的发动机
	气体燃料发动机	燃烧气体燃料（液化石油气、天然气等）的发动机
	多种燃料发动机	能够使用着火性能差异较大的两种或两种以上燃料的发动机
按进气状态	非增压发动机	进入气缸前的空气或可燃混合气未经压气机压缩的发动机
	增压发动机	进入气缸前的空气或可燃混合气先经压气机压缩以增大充量密度的发动机
按冷却方式	水冷式发动机	用水冷却气缸和气缸盖等零件的发动机
	风冷式发动机	用空气冷却气缸和气缸盖等零件的发动机
按气缸数	单缸发动机	只有一个气缸的发动机
	多缸发动机	具有两个或两个以上气缸的发动机

续表

分类方法	类别	定义
按气缸中心线与水平面的夹角	立式发动机	气缸中心线与水平面垂直的发动机
	斜置式发动机	气缸中心线与水平面成一定角度的发动机
	卧式发动机	气缸中心线与水平面平行的发动机
多缸发动机按气缸间排列方式	直列式发动机	气缸成一列布置的发动机
	水平对置式发动机	气缸呈两列布置，且两列气缸的中心线夹角呈 180°，如图 4-9 所示
	V 形发动机	气缸呈两列布置，且两列气缸的中心线夹角呈 V 形，如图 4-10 所示

图 4-9　斯巴鲁的水平对置式发动机

图 4-10　V 形发动机

4. 2. 2　发动机工作原理

四冲程往复活塞式内燃机因具有功率大、热效率高、体积小、质量轻、操作简单、便于移动和起动等优点，被广泛用作汽车发动机，本节主要以四冲程往复活塞式内燃机为例进行讲解。

1. 常用术语

1）上、下止点与活塞行程

活塞在气缸内上下往复运动时，活塞顶部距离曲轴中心最远处，即活塞的最高位置，称为上止点；活塞顶部距离曲轴中心最近处，即活塞最低位置，称为下止点。上、下止点之间的距离 S 称为活塞行程，曲轴与连杆下端的连接中心至曲轴中心的距离 R 称为曲柄半径。活塞每走一个行程对应于曲轴转角 180°。活塞行程 S 为曲柄半径 R 的两倍。

2）气缸容积

活塞在上止点时，活塞顶部以上的容积称为燃烧室容积，用 V_C 表示。活塞从上止点到下止点所扫过的容积称为气缸工作容积，用 V_S 表示，气缸总容积是燃烧室容积与气缸工作容积之和，用 V_a 表示，即 $V_a = V_C + V_S$。多缸发动机各气缸工作容积之和称为发动机排量，用 V_L 表示。

3）压缩比

压缩比是气缸总容积与燃烧室容积之比，用 ε 表示，即

$$\varepsilon = \frac{V_a}{V_C}$$

压缩比表示缸内气体被压缩的程度，压缩比大，则压缩终了时缸内气体的温度、压力高，燃烧速度快，膨胀做功多，发动机功率大，油耗低。汽油机的压缩比一般为 7～12，柴油机的压缩比一般为 16～22。

2. 发动机的工作原理

由于汽油与柴油特性的不同，汽油机与柴油机的工作原理也不尽相同，下面分别介绍四冲程汽油机与四冲程柴油机的工作原理。

1）四冲程汽油机的工作原理

四冲程汽油机的每个工作循环是由进气行程、压缩行程、做功行程和排气行程组成的，如图 4-11 所示。

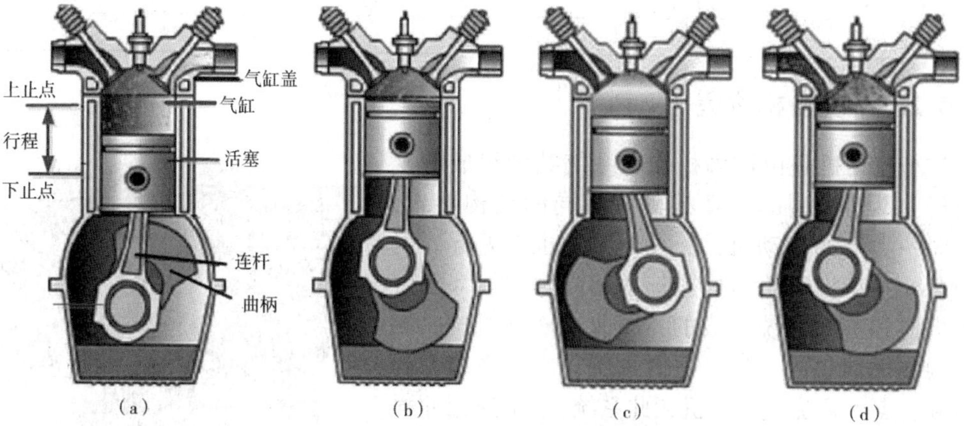

图 4-11　四冲程汽油机的工作原理示意图

（a）进气行程；（b）压缩行程；（c）做功行程；（d）排气行程

进气行程：在进气行程中，进气门打开，排气门关闭，活塞由上止点向下止点运动，缸内容积增大，形成真空，吸入混合气，如图 4-11（a）所示。

压缩行程：在压缩行程中，进、排气门均关闭，活塞由下止点向上止点运动，压缩气缸内的可燃混合气，使混合气的压力、温度升高，如图 4-11（b）所示。

做功行程：在做功行程中，进、排气门均关闭，在压缩行程活塞接近上止点时，火花塞产生电火花点燃气缸内的混合气，混合气燃烧产生巨大推力推动活塞向下止点运动，通过连杆带动曲轴旋转，产生转矩对外做功，如图 4-11（c）所示。

排气行程：在做功行程接近下止点时，排气门打开，进气门关闭，在曲轴飞轮惯性力的作用下，活塞从下止点向上止点运动，燃烧后的废气排出气缸，如图 4-11（d）所示。

当活塞向上运动到上止点附件时，进气门打开，排气门关闭，活塞从上止点向下止点运动，开始下一个工作循环。

2）四冲程柴油机的工作原理

四冲程柴油机的工作循环与四冲程汽油机类似，也是由进气行程、压缩行程、做功行程和排气行程组成的，所不同的是在进气行程中，柴油机吸入的不是空气与燃料的混合气，而是新鲜空气。由于柴油不易蒸发，采取在压缩行程终了时用喷油器将高压燃油喷入

燃料室的方式，与压缩空气混合。由于柴油自燃温度低，柴油机压缩比高，因此无须使用火花塞点火，可以自行燃烧。

3）多缸发动机的结构与工作特点

四冲程发动机在一个工作循环的4个行程中，只有一个行程是做功的，其余3个是做功的辅助行程，因此发动机运转不平稳。可以采用多缸发动机解决上述问题，因此汽车用发动机都是多缸发动机，但这些气缸共用一个机体、一根曲轴，且曲轴的曲柄位置应该使各缸做功行程均匀分布在720°曲轴转角内。

四缸发动机曲轴相邻工作缸的曲柄夹角为180°，曲轴每转180°便有一个气缸做功，其工作顺序有1-3-4-2和1-2-4-3两种，前者各缸的工作循环如表4-2所示。

表4-2 四缸发动机工作循环

曲轴转角/(°)	1缸	2缸	3缸	4缸
0～180	做功	排气	压缩	进气
180～360	排气	进气	做功	压缩
360～540	进气	压缩	排气	做功
540～720	压缩	做功	进气	排气

4.2.3 发动机构造

汽车发动机是由许多机构和系统共同组成的复杂机器，不同类型的发动机具有不同的结构形式，即使同一类型的发动机，其具体结构也有差异。但是，各种发动机的总体构造基本相同，它们都是由两大机构和五大系统构成的，即曲柄连杆机构、配气机构和燃料供给系统、润滑系统、冷却系统、起动系统、点火系统（柴油机无此系统）。奥迪四冲程汽油机结构示意图如图4-12所示。

图4-12 奥迪四冲程汽油机结构示意图

1. 曲柄连杆机构

曲柄连杆机构是将作用在活塞顶部的燃气压力转变为曲轴的转矩，输出机械能，将活塞的往复运动转变成曲轴的旋转运动并输出动力的装置，是发动机最主要的部分，也是其他系统和零部件的安装基础。曲柄连杆机构的主要零部件可以划分为机体组、活塞连杆组和曲轴飞轮组。

1）机体组

发动机的机体组主要包括气缸体、气缸盖、气缸垫和油底壳等部件，是发动机的“骨架”，如图4-13所示。

气缸体一般由铸铁或铸铝制造而成，作用是支承发动机的各组成部件，其上加工有气缸、曲轴箱、油道、水道等，活塞在气缸内做上下往复运动，为了保证发动机的正常工作，可以采用水冷或风冷的方式对气缸体和气缸盖进行冷却，汽车发动机广泛采用水冷的方式。

按照气缸排列形式的不同，气缸体可以分为垂直单列式、V形式和水平对置式3种。垂直单列式气缸排成一列，结构简单，加工容易，但发动机长度和高度较大，一般适用于气缸数不多于6的发动机，如图4-13所示；V形式气缸呈V字形排成两列，机体高度和长度有所降低，但宽度增加，形状复杂，加工难度大，一般适用于气缸数多于6的发动机，如图 4-9 所示；水平对置式气缸排成左、右两列并且两列气缸在同一水平面上，气缸体高度低，某些情况下可以使汽车的总体布置更方便，如图 4-10 所示。

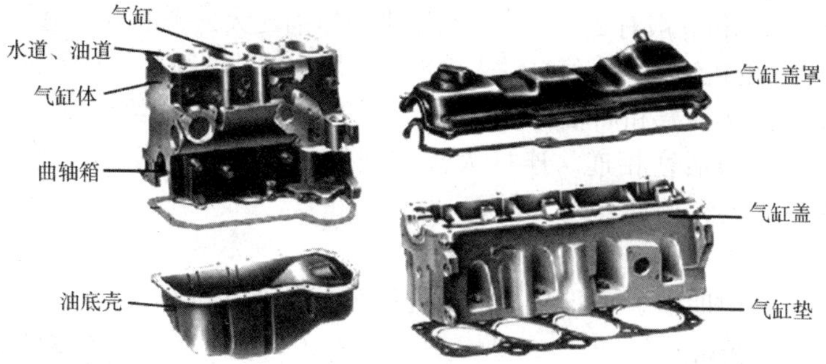

图 4-13　发动机的机体组

气缸盖安装在气缸体上部，密封气缸上部，其下部与活塞顶部和气缸壁共同构成燃烧室。气缸盖上加工有进/排气道、冷却水道，还装有进/排气门座和气门导管，用于安装进/排气门。汽油机气缸盖上加工有火花塞安装孔，柴油机气缸盖上加工有喷油器安装孔等。

气缸垫放置于气缸盖和气缸体之间，用于保证气缸盖与气缸体接触面密封良好，防止漏油、漏水和漏气，主要有复合型气缸垫和金属气缸垫两种。

油底壳是用来贮存润滑油和封闭曲轴箱的，一般采用薄钢板冲压而成，其与气缸体连接处放置有密封垫，以防止润滑油的泄漏。

2）活塞连杆组

活塞连杆组主要由活塞、活塞环、活塞销、连杆等构成，如图 4-14 所示。

活塞一般由耐磨、耐腐蚀、导热性好的高强度铝合金制成，主要作用是承受气缸中的气体压力，并将压力通过活塞销传给连杆，推动曲轴旋转。

活塞顶部与气缸盖、气缸壁共同构成燃烧室，其顶部被加工成各种形状，以便可燃混合气的形成和燃烧。

活塞头部一般加工有 3 ~ 4 道环槽，用来安装活塞环，上面 2 ~ 3 道用于安装气环，下面 1 道用于安装油环，如图 4-15 所示。

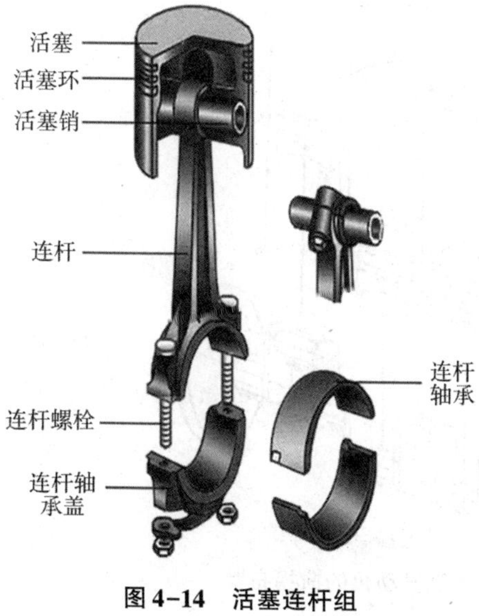

图 4-14　活塞连杆组

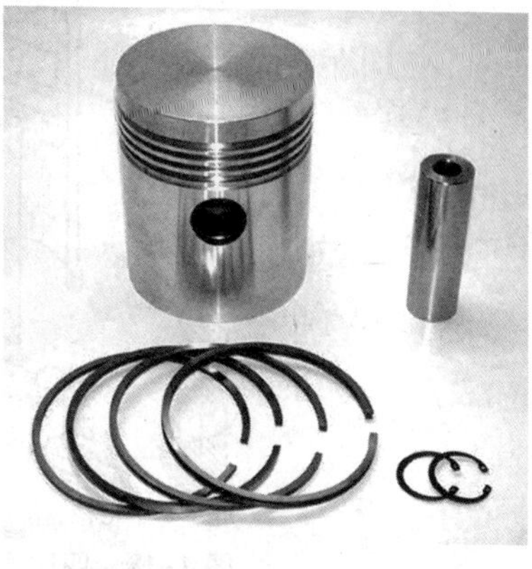

图 4-15　活塞与活塞环结构

活塞环是具有弹性的开口环，安装于活塞的头部，有气环和油环之分。气环的作用是保证活塞与气缸壁之间的密封，防止高温、高压的燃气进入曲轴箱，同时把活塞顶部的大部分热量传给气缸壁。汽油机一般有2道气环，柴油机因压缩比大，一般有3道气环。油环的作用是刮除气缸壁上多余的机油，并在气缸壁表面形成一层均匀的油膜，起到密封、润滑的作用。

连杆的作用是连接活塞和曲轴，将活塞承受的气体作用力传给曲轴，如图4-16所示。连杆小头通过活塞销与活塞相连。连杆大头与曲轴的连杆轴颈相连，连杆大头是分体式的，以便于与曲轴相连，用螺栓进行紧固。

3）曲轴飞轮组

曲轴飞轮组主要由曲轴、飞轮和其他附件组成，如图4-17所示。

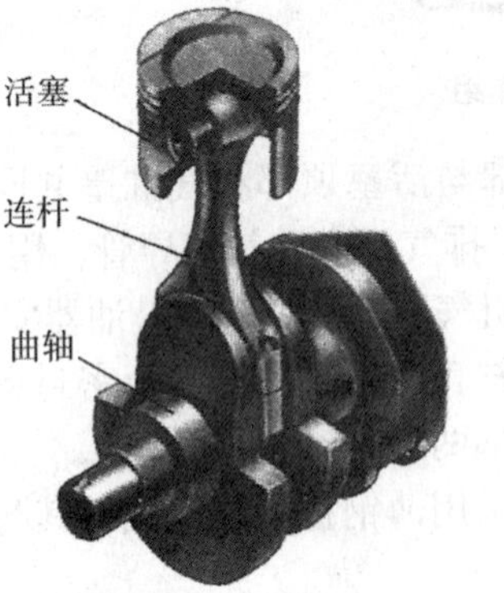

图4-16　活塞连杆与曲轴的连接

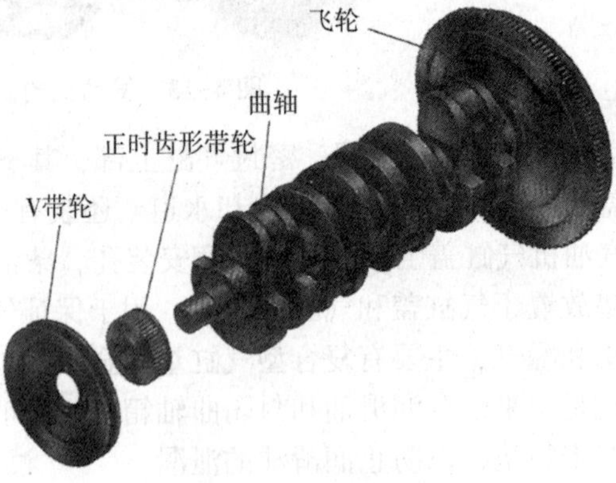

图4-17　曲轴飞轮组

曲轴一般由碳素结构钢或球墨铸铁制成，其前端轴上装有正时齿轮、V形带轮等，后端凸缘用来安装飞轮。

曲轴的作用是将发动机做功行程的动力传送给汽车底盘的传动机构，同时驱动配气机构和风扇、水泵、发电机、空调压缩机等辅助装置运转。

曲轴的形状和曲拐的相位位置取决于发动机的气缸数、气缸排列形式以及发动机的点火次序。四冲程直列四缸发动机的曲拐布置和四冲程直列六缸发动机的曲拐布置分别如图4-18、图4-19所示。

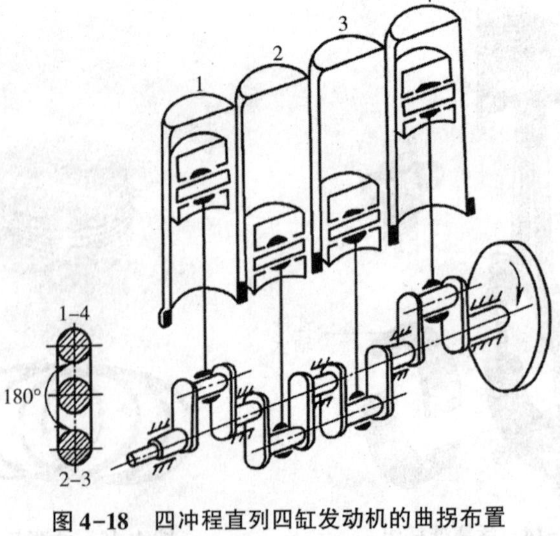

图4-18　四冲程直列四缸发动机的曲拐布置

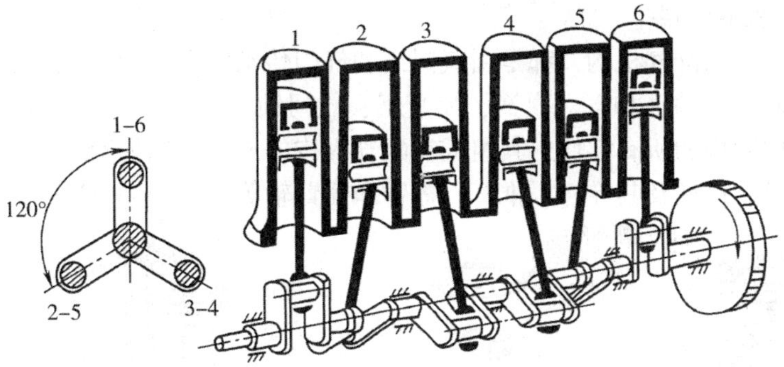

图 4-19　四冲程直列六缸发动机的曲拐布置

飞轮是一个转动惯量很大的圆盘，用来储存做功行程的能量，以便克服发动机进气行程、压缩行程和排气行程的阻力和其他阻力，保证曲轴的匀速旋转。飞轮外缘的齿圈在发动机起动时与起动机的驱动小齿轮啮合，起动发动机；离合器也装在飞轮上，利用飞轮端面作为驱动件的摩擦面，向底盘传动系统传递动力。

2. 配气机构

配气机构的作用是根据发动机各缸的工作顺序和工作过程，适时地开启和关闭各缸的进、排气门，使新鲜空气或者可燃混合气及时地进入气缸，并将燃烧后的废气及时排出，实现换气。

根据气门布置位置的不同，可将配气机构分为气门顶置式和气门侧置式。目前应用最广泛的配气机构形式是气门顶置式，即进气门和排气门都倒挂在气缸盖上，如图 4-20 所示。

图 4-20　气门顶置式配气机构

四冲程发动机的配气机构按凸轮轴的布置位置不同，又可分为凸轮轴下置式、凸轮轴中置式和凸轮轴上置式，分别如图 4-21（a）、图 4-21（b）、图 4-21（c）所示。

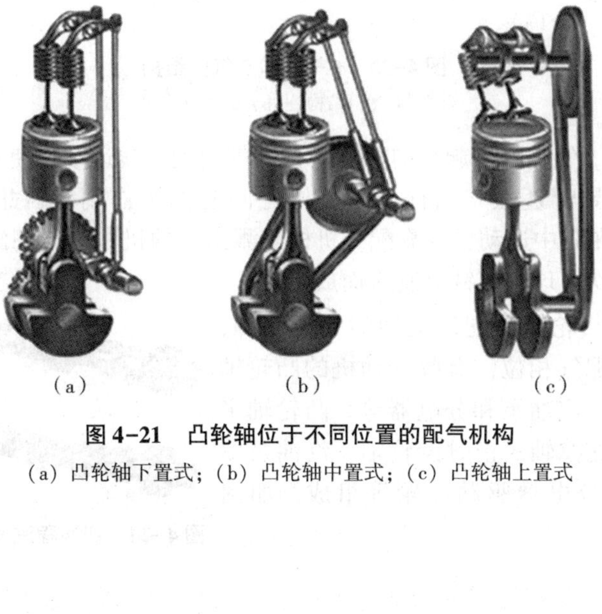

(a)　　(b)　　(c)

图 4-21　凸轮轴位于不同位置的配气机构

（a）凸轮轴下置式；（b）凸轮轴中置式；（c）凸轮轴上置式

1）配气机构的组成

不论哪种形式的配气机构，都是由气门组和气门传动组两部分构成的，气门组包括气门及与之相关联的零件（如气门弹簧、弹簧座、气门锁片等）。气门传动组是从正时齿轮开始至推动气门动作的所有零件，其组成视配气机构的形式不同而有所不同，主要包括凸轮轴、正时齿轮、挺柱及其导杆、推杆、摇臂和摇臂轴等，如图 4-22 所示。

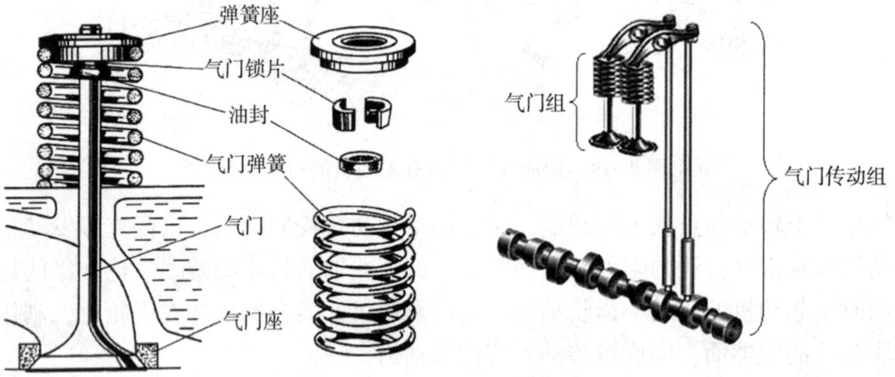

图 4-22　气门组和气门传动组

（1）气门。气门主要用来控制发动机进、排气道的开、闭，由气门头部和杆部组成。为了改善充气效果，进气门的头部直径一般比排气门的要大。不同发动机的气门数目会有所不同，一般的发动机都采用每缸两个气门，即一个进气门和一个排气门；在转速较高的发动机上，多采用每缸 4 个气门或者 5 个气门的结构，即 2 ~ 3 个进气门和 2 个排气门，如图 4-23 所示。

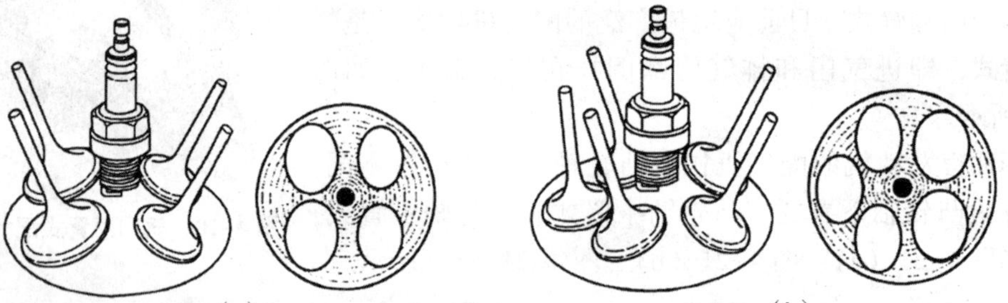

（a）　　（b）

图 4-23　4 气门和 5 气门结构

（a）4 气门结构；（b）5 气门结构

（2）气门导管。气门导管起导向作用，保证气门做直线运动，使气门与气门座能正确贴合。此外，气门导管还在气门杆与气缸体之间起导热作用，因此工作温度较高，约 226. 85℃。气门杆在其中运动，仅靠配气机构飞溅出来的机油进行润滑，易磨损，所以气门导管多采用灰铸铁、球墨铸铁等制造而成。

（3）凸轮轴。凸轮轴是配气机构的关建部件，它用于控制气门的配气相位，有些发动机的凸轮轴还用于驱动机油泵、汽油泵和分电器等。凸轮轴主要由进排气凸轮、支撑轴、正时齿轮轴、汽油泵偏心凸轮、机油泵及分电器驱动齿轮等组成，如图 4-24 所示。

图 4-24　四冲程汽油发动机的凸轮轴结构

（4）气门挺柱。气门挺柱的功用是将凸轮的推力传给推杆（或气门杆），并承受凸轮轴旋转时所施加的侧向力。气门顶置式配气机构的挺柱一般加工成筒式，以减轻质量。

（5）推杆。推杆的作用是将从凸轮轴经过气门挺柱传来的推力传给摇臂，它是气门机构中最易弯曲的零件，要求有很高的刚度，在动载荷大的发动机中，推杆应尽量做得短些。对于气缸体与气缸盖都是铝合金制造的发动机，其推杆最好用硬铝制造。推杆可以是实心或空心的，钢制实心推杆一般是同球形支座锻造成一个整体，然后进行热处理。

2）配气机构的工作特点

发动机工作时，由曲轴通过正时皮带或正时链条带动凸轮轴旋转。当进气凸轮轴某缸的进气凸轮克服了气门弹簧的作用力时，进气门打开，开始进气，直到进气凸轮轴转动凸轮的基圆段时，该气门在气门弹簧的作用下回位，进气门关闭，进气结束；排气的工作原理与进气类似。四冲程发动机每完成一个工作循环，曲轴需要转动两圈，而各缸只进、排气一次，因此凸轮轴转动一圈，即曲轴与凸轮轴的转速比为 2∶1。

发动机在工作过程中，为了使进气充分和排气彻底，进、排气门的开启和关闭时刻并不恰好在活塞的上、下止点，而是会适当地提前和推迟。把进、排气门实际开启和关闭的时刻用曲轴转角来进行表示，称为配气定时，也称为配气相位。常用配气相位图进行表示，如图 4-25 所示，其中 α 为进气门提前开启角，一般为 10°～30°；β 为进气门延迟关闭角，一般为 40°～80°，进气相位为（$180°+\alpha+\beta$）。γ 为排气门提前开启角，一般为 40°～80°；δ 为排气门延迟关闭角，一般为 10°～30°，排气相位为（$180°+\gamma+\delta$）。当进气门早开和排气门迟关时，二者同时开启所对应的曲轴转角称为气门重叠角，即（$\alpha+\delta$）。

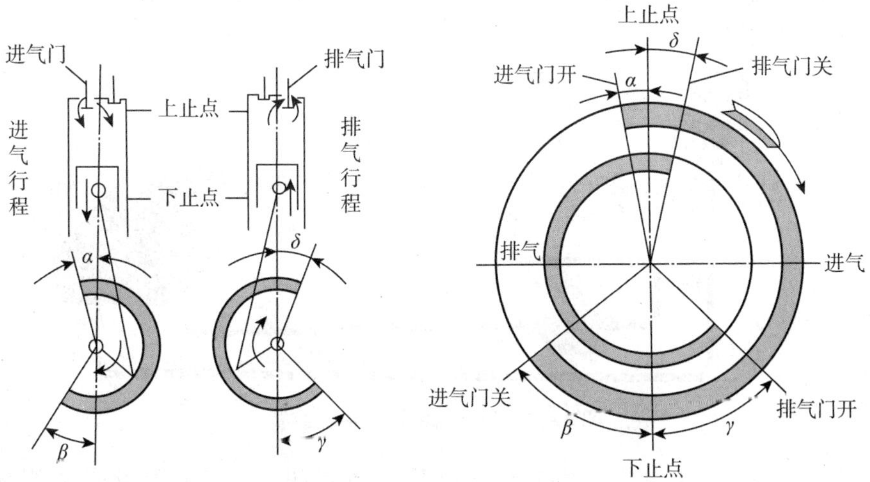

图 4-25　发动机的配气相位图

传统的发动机配气相位角是固定不变的，但理想的配气相位角应随着发动机的工况不同而不同，因此，为了提高发动机的动力性和经济性，现代很多轿车都采用具有可变气门控制技术的发动机。

3. 燃料供给系统

汽油机的燃料供给系统和柴油机的燃料供给系统有不同之处，现分别进行介绍。

1）汽油机燃料供给系统

汽油机燃料供给系统的作用是根据发动机不同工况的要求，向发动机供给一定数量雾化良好的清洁汽油，并与一定数量的清洁空气混合形成一定数量和浓度的可燃混合气，供入气缸，使之在临近压缩终了时点火燃烧而膨胀做功，最后将燃料燃烧后的废气排入大气中。

汽油机燃料供给系统主要包括空气供给装置、汽油供给装置、排气装置三部分。

空气供给装置主要由空气滤清器、进气管、进气歧管等组成，如图 4-26 所示。

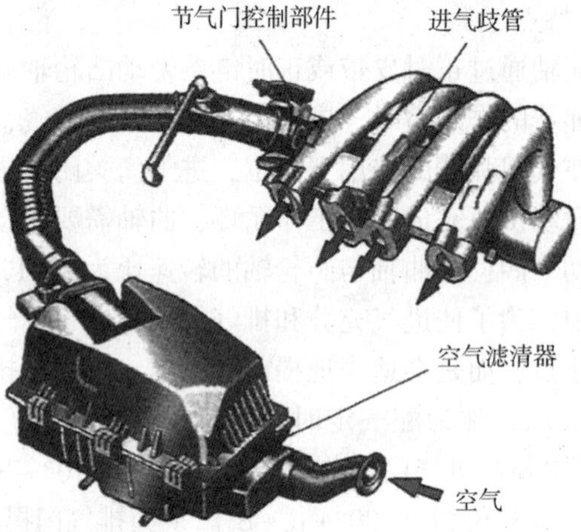

图 4-26　汽油机的空气供给装置

汽油供给装置主要由油箱、汽油泵、汽油滤清器、输油管、喷油器、油压调节器等组成，如图 4-27 所示。

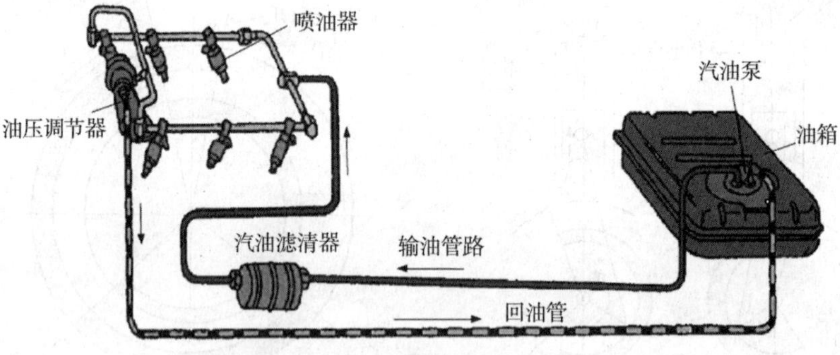

图 4-27　汽油机的汽油供给装置

排气装置主要由排气管、排气歧管、排气消声器和三元催化转化器等组成，如图 4-28 所示。

（1）空气滤清器。空气滤清器的主要作用是过滤空气中的杂质或灰尘，使清洁的空气进入气缸，另外，还有消减进气噪声的作用。空气滤清器有油浴式和纸滤芯式，油浴式空气滤清器常用于多尘条件下工作的发动机；纸滤芯式空气滤清器因具有质量轻、滤清效果好、成本低等优点，广泛应用于各种汽车发动机，其结构如图 4-29 所示。

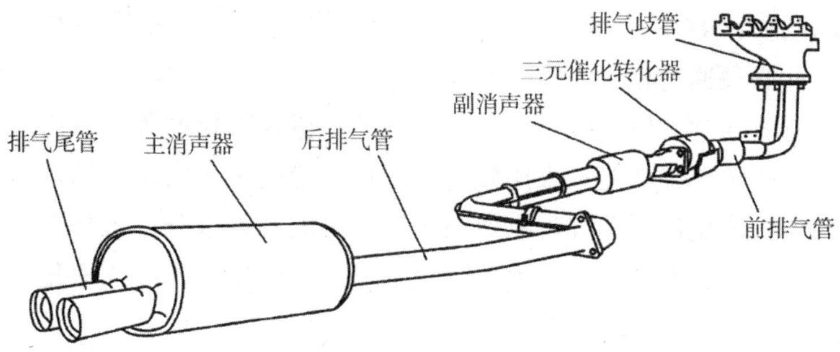

图4-28 汽油机的排气装置

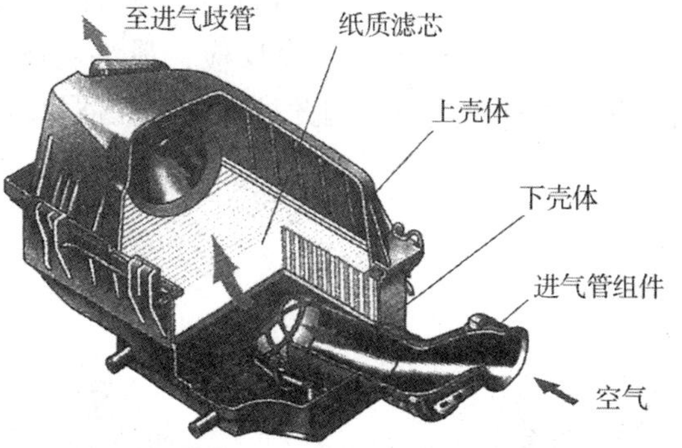

图4-29 纸滤芯式空气滤清器

(2) 进气歧管。进气歧管是把进气分配到各缸的通道，如图4-30所示。为了使进气歧管的汽油尽快雾化，常把汽油机的进、排气歧管放置在气缸的同一侧，这样可以利用排气热量给进气歧管加热，提高汽油的雾化效果。

(3) 排气歧管。排气歧管的作用是收集各缸燃烧后的废气，并集中到排气管排放，同进气歧管一样，也安装于气缸盖的一侧，如图4-31所示。为了使各缸排气不相互干扰和不出现排气倒流现象，按点火次序先后点火做功的两气缸的排气歧管不能过早合流，且各排气歧管要有足够的长度。

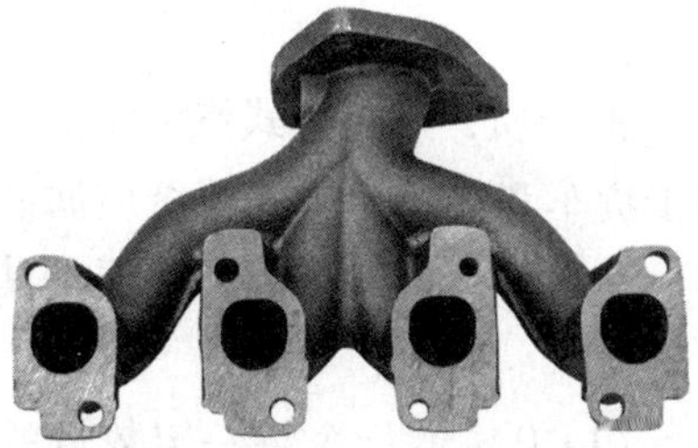

图4-30 进气歧管

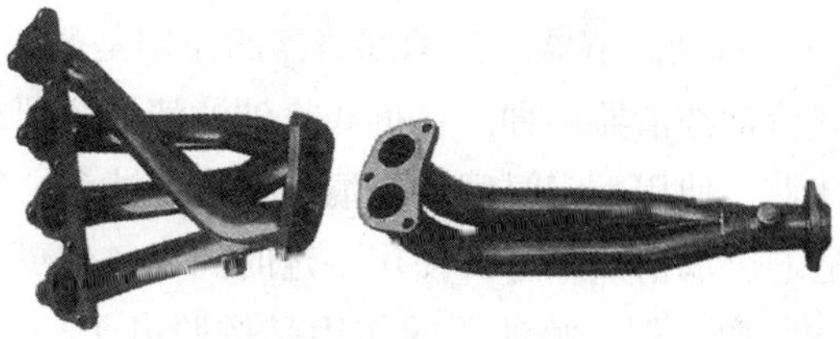

图4-31 排气歧管

(4) 排气消声器。排气消声器的作用是减少排气噪声和消除废气中残留的火焰，使废气安全地排入大气中。排气门打开时，废气压力为0.3~0.5 MPa，温度为600~800 ℃，能量比较大，并且由于排气的间歇性，使气流呈现脉动形式。如果让燃烧后的废气直接排入大气，会产生强烈的气流脉动噪声，并且高温气体也会污染环境，因此通过消声器的缓冲来降低、衰减排气压力，消减排气噪声。排气消声器的结构如图4-32所示。

(5) 三元催化转化器。废气中的有害成分主要有一氧化碳（CO）、碳氢化合物

(HC)、氮的氧化物（NO_x）、二氧化硫（SO_2）和炭黑等。这些物质会对人体和大气产生极大的危害，因此必须通过相应的措施对废气进行净化。

废气净化的方式通常有发动机机内净化和发动机机外净化两种，机内净化可以通过改善混合气的品质、改善燃烧状况、采用发动机新技术等措施来实现，如汽油机采用电控汽油喷射系统取代传统的化油器系统可有效减少废气中的有害成分；机外净化是通过在发动机外部增加排气净化装置来实现，目前使用最广泛的汽油机机外废气净化装置是三元催化转化器。

三元催化转化器串联在排气歧管和排气消声器之间，其结构如图 4-33 所示，在其内部的催化体上涂有含催化剂［如铂（Pt）、铑（Rh）、钯（Pd）］的涂层，这些催化剂可以使 CO 与 HC 产生氧化反应，与 NO_x 产生还原反应，最终生成无害的 CO_2、N_2、H_2O，此催化转化器因能净化 3 种主要有害成分，因此被称为三元催化转化器。

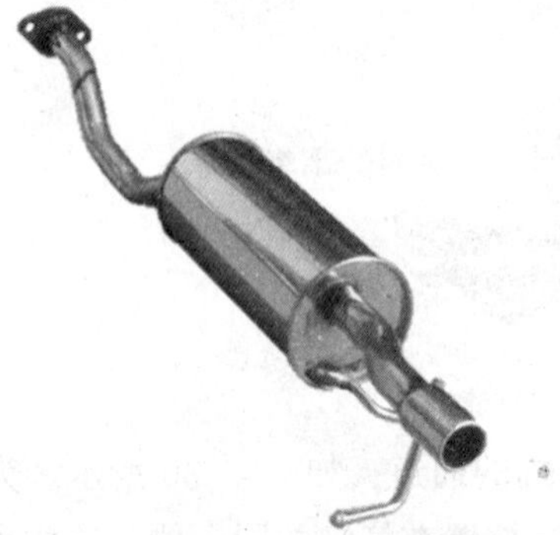

图 4-32　排气消声器

图 4-33　三元催化转化器

(6) 汽油泵。汽油泵的作用是将汽油从油箱中吸出，经输油管、汽油滤清器、喷油器等元件送入进气歧管或气缸内，其一般放置于油箱内，按驱动方式的不同，可分为机械膜片式汽油泵和电动式汽油泵，目前广泛采用电动式汽油泵。在工作时，汽油泵的流量除提供发动机运转所需的消耗外，还应保证有足够的回油流量，以保证燃油系统的压力稳定和足够的冷却。

(7) 汽油滤清器。汽油滤清器的作用是过滤汽油中的杂质，有可拆式汽油滤清器和不可拆式汽油滤清器两种。可拆式汽油滤清器主要应用于货车和客车上，采用纸质滤芯或烧结式滤芯，使用一定时间后应清洗或更换滤芯。轿车上常用不可拆式汽油滤清器，其采用纸质滤芯，滤清效果好，使用一定时间后整体更换。

(8) 喷油器。喷油器的作用是按照电子控制单元（ECU）的指令将一定数量的汽油适时地喷入进气管或气缸内，并与空气混合形成可燃混合气。喷油器由电磁线圈、衔铁、针阀、复位弹簧以及喷油器体等构成，如图 4-34 所示。喷油器的开启与关闭由 ECU 以电脉冲的形式进行控制，喷油量的多少取决于通电时间的长短，也称为喷油脉宽，喷油脉宽一般在 2 ~ 10 ms 的范围内。

(9) 油压调节器。油压调节器的作用是使燃油供给系统的压力与进气管压力之差即喷油压力保持恒定，其结构如图 4-35 所示。

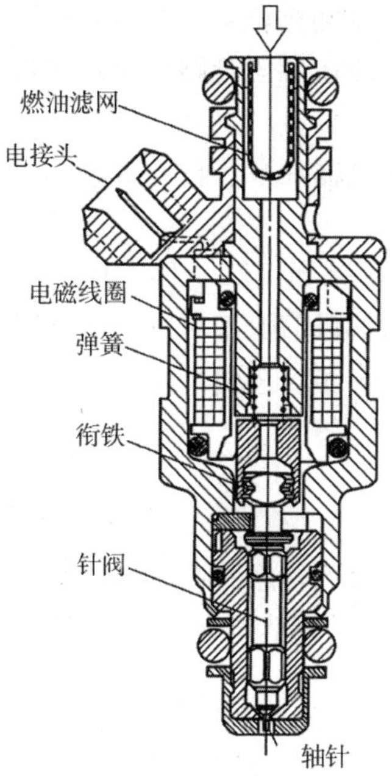

图 4-34　电磁式喷油器

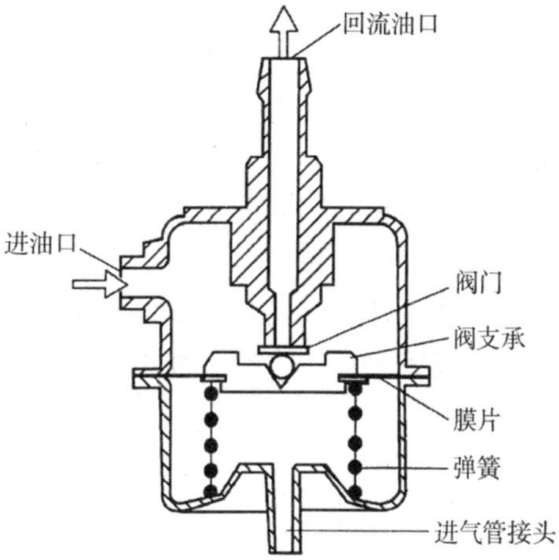

图 4-35　油压调节器

喷油器的喷油量除取决于喷油脉宽外，还与喷油压力有关。喷油脉宽相同的条件下，喷油压力越大，喷油量越多，反之亦然。所以，只有保持喷油压力不变的情况下，喷油量的多少才唯一地取决于喷油脉宽，才可以通过 ECU 对喷油量进行精确控制。

2）柴油机燃料供给系统

柴油机燃料供给系统的功用是根据柴油机不同工况的要求，将一定量的柴油以一定压力和喷油质量定时喷入燃烧室，使其与空气迅速混合并燃烧，并将燃烧后的废气排出气缸。

柴油机燃料供给系统主要包括空气供给装置、柴油供给装置、排气装置 3 部分。其中，空气供给装置和排气装置与汽油机一致。柴油供给装置主要由燃油箱、输油泵、燃油滤清器、喷油泵、喷油器等组成，如图 4-36 所示。

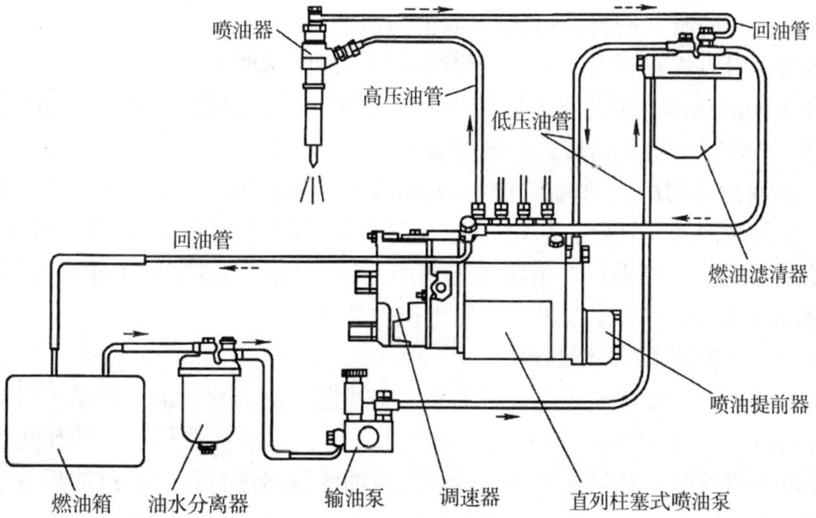

图 4-36　柴油机燃料供给系统示意图

(1) 输油泵。输油泵的作用是保证有足够数量的柴油自柴油箱输送到喷油泵，并维持一定的供油压力以克服管路及柴油滤清器的阻力，使柴油在低压管路中循环。输油泵的输油量一般为柴油机全负荷需要量的 3 ~4 倍。

输油泵根据结构的不同可分为齿轮式输油泵、膜片式输油泵、柱塞式输油泵、管道式输油泵等。

(2) 喷油泵。喷油泵的作用是按照柴油机的运行工况和气缸工作顺序，以一定的规律，定时、定量地向喷油器输送高压燃油。多缸车用柴油机的喷油泵应满足下列要求。

①各缸供油量相等，在标定工况下各缸供油量相差不超过 4%，需配有测量调节机构。

②各缸供油提前角相同，误差小于 1°。

③各缸供油持续角一致。

④能迅速停止供油，以防止喷油器发生滴漏现象。

喷油泵的种类很多，在汽车柴油机上广泛应用的有直列柱塞式喷油泵、转子分配式喷油泵以及泵-喷油器等，直列柱塞式喷油泵的结构及其油量调节过程如图 4-37 所示。

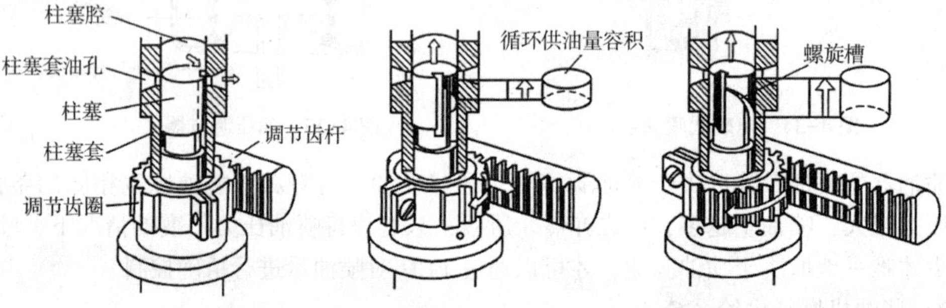

图 4-37　直列柱塞式喷油泵的结构及其油量调节过程

4. 润滑系统

1) 润滑系统的功用及润滑方式

润滑系统的主要功用是在发动机工作时连续不断地将数量足够、温度适当的洁净机油输送到传动部件的各摩擦表面，形成油膜，减小摩擦阻力，减轻机件磨损。此外，润滑系统还对传动部件起防腐、密封、清洁和冷却的作用。

发动机的润滑方式有压力润滑、飞溅润滑和润滑脂润滑 3 种。

(1) 压力润滑是以一定的压力把机油供入摩擦表面的润滑方式，主要应用于主轴承、连杆轴承以及凸轮轴承等负荷较大的摩擦表面。

(2) 飞溅润滑是利用发动机工作时运动件飞溅起来的油滴或油雾来润滑摩擦表面的润滑方式，主要用来润滑气缸壁、凸轮、挺柱、气门杆以及摇臂等负荷较轻的零件表面。

(3) 润滑脂润滑是指通过润滑脂嘴定期加注润滑脂来润滑零件工作表面的润滑方式，采用这种润滑方式的零件有水泵轴承、发电机轴承等。

2) 润滑系统的结构及工作原理

发动机润滑系统主要由油底壳、机油泵、集滤器、机油滤清器、油道、机油压力表和机油标尺等组成，如图 4-38 所示。当发动机工作时，润滑油在机油泵的作用下，从油底壳经集滤器进入机油泵，被机油泵加压后送入机油滤清器进行过滤，过滤后进入发动机主油道，之后进入各支路油道，继而到达各摩擦面表面进行润滑。润滑后的机油再经回油管路流回到油底壳，润滑油路如图 4-39 所示。

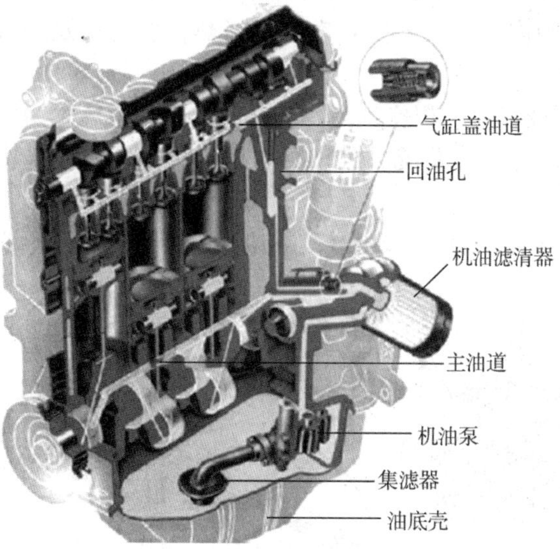

图 4-38　发动机润滑系统

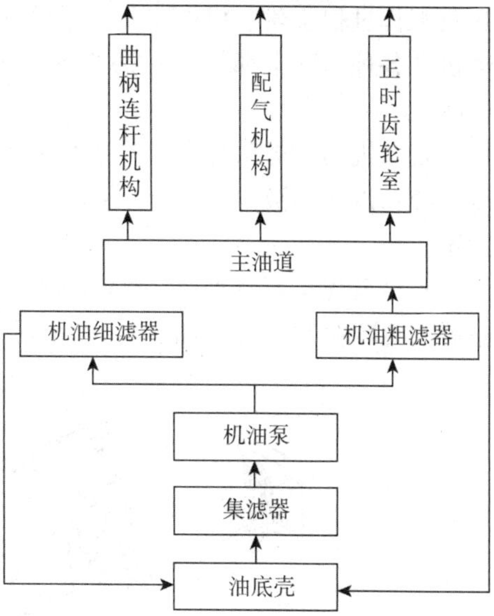

图 4-39　发动机润滑油路

机油泵的功用是保证机油在润滑系统循环流动，并在发动机任何转速下都能以足够高的压力向润滑部位输送足够数量的机油。机油泵按结构形式的不同可分为齿轮泵和转子泵，齿轮泵的内部结构如图 4-40 所示。

集滤器安装在机油泵进油管的进油口上，主要对润滑油进行一级过滤，防止润滑油中的较大杂质进入机油泵造成损坏。

机油滤清器的作用是滤除润滑油中的各种微粒杂质（如金属磨屑、机械杂质和机油氧化物等），其滤芯有纸质、金属质等形式，其中纸质滤芯由于价格低廉、滤清效果好而被广泛采用。机油滤清器如图 4-41 所示。

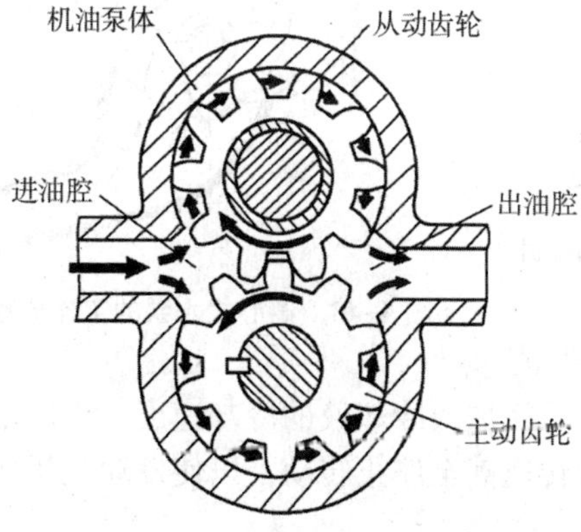

图 4-40　齿轮泵的内部结构

图 4-41　机油滤清器

油底壳是盛放润滑油的容器，还起冷却润滑油的作用，一般由钢板冲压而成，安装在气缸体的下面。插入油底壳内的带有刻度标记的尺杆是机油标尺，用来检查油底壳内润滑油的存量，并通过察看润滑油的颜色、黏度来判断润滑油的质量。

5. 冷却系统

发动机在工作期间，最高燃烧温度可能高达 2 500 ℃，即使在怠速或中等转速下，燃烧室的平均温度也在 1 000 ℃以上，这种情况下，如不进行适当冷却，将会产生发动机过热及工作过程恶化、机油变质、零件磨损加剧等负面效应。发动机冷却系统的功用是使发动机在各种工况下都保持在适当的温度范围内工作，既防止发动机过热，也防止发动机过冷。

发动机的冷却系统有风冷系统和水冷系统两种，以空气为冷却介质的冷却系统称为风冷系统；以冷却液为冷却介质的冷却系统称为水冷系统。汽车发动机广泛采用的是水冷系统。

水冷系统主要由水泵、气缸体水套、气缸盖水套、散热器、冷却风扇、膨胀水箱、节温器和百叶窗等组成，如图 4–42 所示。

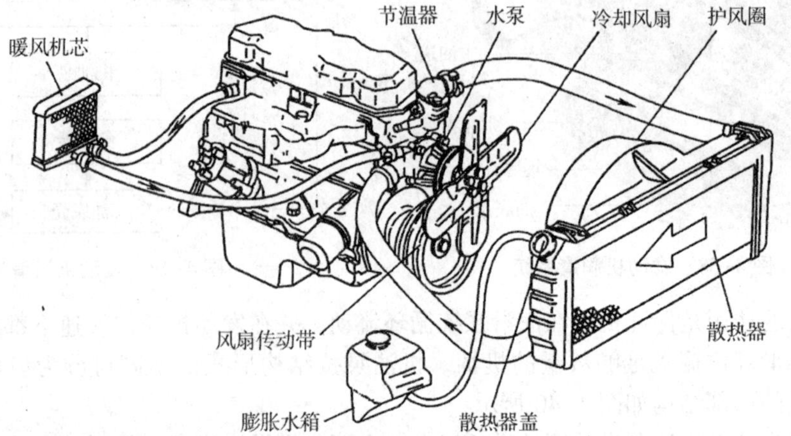

图 4–42　水冷系统

水泵的作用是对冷却液进行加压，强制冷却液在冷却系统内循环流动。汽车发动机广泛采用的是离心式水泵，此种水泵的特点是尺寸小、流量大、结构简单、成本低，其工作原理如图 4–43 所示。

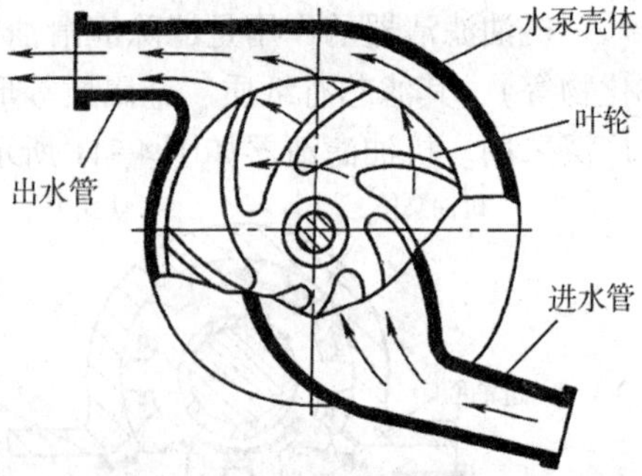

图 4–43　离心式水泵的工作原理

散热器的功用是对冷却液进行冷却，由进水室、出水室及散热器芯等构成。冷却液在散热器内流动，空气在散热器芯外通过，带走冷却液的热量而使冷却液温度降低，同时空气因吸收热量而升温，因此散热器是一个热交换器。

冷却风扇置于散热器后面，功用是旋转时吸进空气并使其通过散热器，以增强散热器的散热能力，加快冷却液的冷却速度。当冷却液温度较低时，其上的风扇离合器会降低冷却风扇的转速甚至停止转动，以使发动机尽快升温或保持在合适的温度范围内。

节温器是控制冷却液流动路径的阀门。当发动机的冷却液温度低时（如冷起动时、温度低于 70 ℃），节温器主阀门关闭，冷却液经水泵入口直接流入气缸体或气缸盖水套，而不经过散热器，这种循环方式也称为小循环，如图 4–44（a）所示；当冷却液温度高时（高于 85 ℃），节温器主阀门打开，冷却液在发动机水套、散热器、水泵之间流动，增强散热效果，这种循环方式也称为大循环，如图 4–44（b）所示；当冷却液温度介于两者之间时，节温器的主阀门和副阀门都处于半开状态，大、小循环都存在。

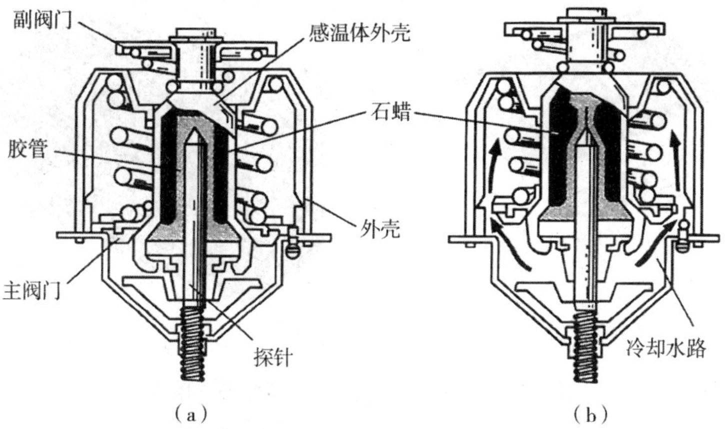

图 4-44　节温器的工作过程

(a) 小循环；(b) 大循环

冷却液是水与防冻剂的混合物，因为纯净水在 0℃时会结冰，一方面会使冷却水终止循环引起发动机过热，另一方面水结冰时体积膨胀，可能将机体气缸盖和散热器胀裂。因此，为了适应冬季行车的需要，在水中加入防冻剂以防止冷却水的结冰，常用的防冻剂是乙二醇，水与乙二醇的比例不同，其冰点也不同，如表 4-3 所示；冷却液中的水最好是软水，否则将在发动机水套中产生水垢，使传热受阻，造成发动机散热不良。防冻剂中通常还含有防锈剂、泡沫抑制剂以及着色剂，使冷却液呈蓝绿色或黄色等以便识别。

表 4-3　冷却液的冰点与乙二醇质量分数的关系

冷却液冰点/℃	乙二醇的质量分数/(%)	水的质量分数/(%)	密度/($kg \cdot m^{-3}$)
-10	26.4	73.6	1.034 0
-20	36.4	63.8	1.050 6
-30	45.6	54.4	1.062 7
-40	52.6	47.7	1.071 3
-50	58.0	42.0	1.078 0
-60	63.1	36.9	1.083 3

6. 起动系统

起动系统的功用是按照发动机的工作要求，通过起动机将蓄电池的电能转化为机械能，带动发动机以足够高的转速运转，使发动机进入自行运转过程。

发动机常用的起动方式有人力起动、辅助汽油机起动和电力起动机起动，目前汽车发动机均采用电力起动机起动。

发动机的起动系主要由蓄电池、起动机、起动开关等组成。

1）蓄电池

蓄电池是汽车上的一个化学电源，充电时将外接电源的电能转化为化学能储存起来，放电时，将内部储存的化学能转化为电能，输出给用电设备。蓄电池主要由极板、隔板、电解液、外壳、联条、极桩等构成，如图 4-45 所示。汽车上使用的蓄电池主要用来起动发动机，所以常称为起动用蓄电池；其内部正、负极板上的活性物质分别是纯铅（Pb）和二氧化铅（PbO_2），电解液是硫酸，所以又称为铅酸蓄电池。

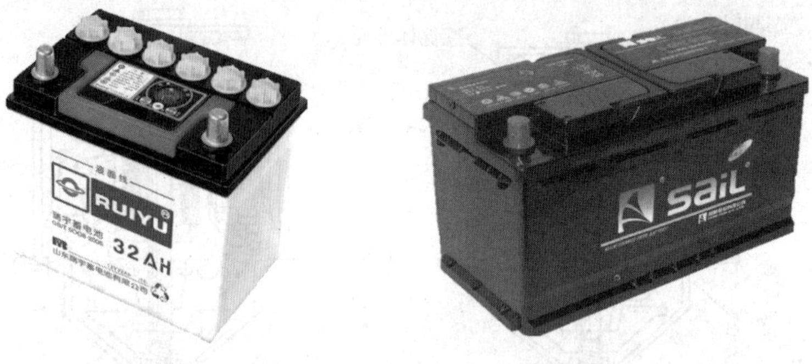

（a）　　　　　　　　　　　　（b）

图 4-45　普通铅酸蓄电池和免维护蓄电池

（a）普通铅酸蓄电池；（b）免维护蓄电池

蓄电池是几只单格电池串联而成的，每只单格电池的电压为 2 V，如汽油发动机选用的 12 V 蓄电池就是由 6 个单格电池串联而成的，而柴油发动机常用的 24 V 蓄电池是由两个 12 V 蓄电池串联成的。

2）起动机

起动机主要由直流电动机、传动机构和控制装置 3 部分构成，如图 4-46 所示。

（a）　　　　　　　　　　　　（b）

图 4-46　起动机及其内部结构

（a）起动机；（b）内部结构

（1）直流电动机。直流电动机在直流电压的作用下，产生旋转力矩。接通起动开关时，直流电动机电枢轴旋转，通过其上的驱动小齿轮与发动机的飞轮啮合，带动发动机转动，起动发动机。直流电动机主要由磁极、电枢、换向器、壳体和端盖等组成。

（2）传动机构。起动机的传动机构安装在直流电动机电枢的延长轴上，在发动机起动时，将驱动齿轮推出与飞轮齿圈啮合，带动飞轮旋转；起动后，将驱动齿轮与飞轮脱离啮合，防止电机超速。传动机构主要由驱动齿轮、单向离合器、花键套筒、弹簧、拨叉套等部分组成。

（3）控制装置。控制装置也称操纵机构，其主要作用是控制起动机主电路的通断和驱动小齿轮的前进、后退，主要由电磁线圈、活动铁心和拨叉等组成。

7. 点火系统

在汽油发动机中，缸内汽油和空气的混合气是由点火系统产生的电火花点燃的，因此，点火系统的功用是保证发动机在各种工况和使用条件下，能够在气缸内适时、准确、可靠地产生电火花，以点燃气缸中的可燃混合气，使发动机做功。

对点火系统的要求：能产生足以击穿火花塞两电极间隙的电压、电火花应具有足够的点火能量、点火时刻应与发动机的工作状况相适应。

发动机的点火系统按组成和产生高压电方式的不同可分为传统点火系统、电子点火系统和微机控制点火系统，目前汽车上广泛采用微机控制点火系统。此处主要以传统点火系统为例进行讲解，微机控制点火系统在第 5 章会进行详细介绍。

传统点火系统主要由电源（蓄电池和发电机）、点火开关、点火线圈、分电器、火花塞和电容器等组成，如图 4-47 所示。

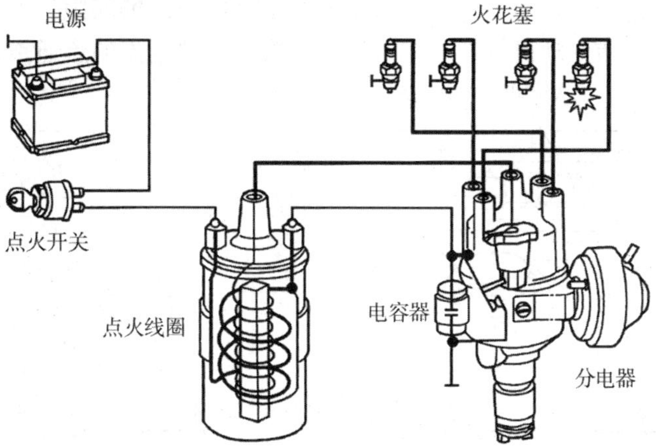

图 4-47　传统点火系统的组成

点火开关：用来控制点火系统初级电路的断开与闭合。

点火线圈：相当于自耦变压器，用来将电源供给的低压直流电变为 15～20 kV 的高压直流电，击穿火花塞两电极间的间隙，产生电火花。点火线圈主要由初级绕组、次级绕组、铁芯等组成。

分电器：由断电器、配电器、电容器和点火提前调节装置等组成，用来在发动机工作时接通与切断点火系统的初级电路，使点火线圈的次级绕组中产生高压电，并按发动机要求的点火时刻与点火顺序，将点火线圈产生的高压电分配到相应气缸的火花塞上。

火花塞：由中心电极和侧电极组成，安装在发动机的燃烧室中，用来将点火线圈产生的高压电引入燃烧室，点燃燃烧室内的可燃混合气。

电源：提供点火系统工作时所需的能量，由蓄电池和发电机构成。蓄电池在前面已进行介绍，这里主要介绍发电机，如图 4-48 所示。

(a)　(b)　(c)

图 4-48　三相交流发电机结构

(a) 外观；(b) 转子；(c) 定子

发电机是汽车上的主要电源，它是在发动机的驱动下，将机械能转变为电能的装置，其作用是在发动机怠速转速运行时为汽车上的电气设备供电，同时给蓄电池充电。发电机有直流发电机和交流发电机之分，交流发电机因具有体积小、质量轻、结构简单、维修方便、寿命长、低速性能好等优点被广泛应用在汽车上。汽车上的用电设备所需电能为直流电，汽车用交流发电机通过整流器将交流电整流为直流电，并配有电压调节器，以使输出电压在发动机转速变化时保持恒定。

点火系统的工作原理：接通点火开关，发动机开始运转，带动断电器凸轮不断旋转，使断电器触点不断地打开、闭合，当触点闭合时，初级线路接通，在点火线圈周围产生磁场；当触点被凸轮顶开时，初级电路被切断，在点火线圈的次级绕组中感应出高压电，此高压电经配电器分送到各缸的火花塞，击穿火花塞两电极间的间隙，产生电火花，点燃气缸内的可燃混合气，使发动机做功。初级线路和次级线路电流的流通路径如图 4-49 所示。

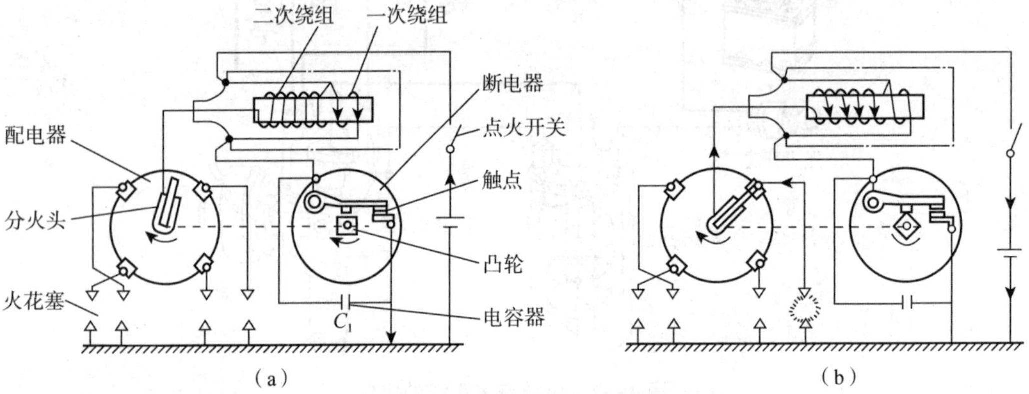

图 4-49　初级线路和次级线路电流的流通路径

（a）初级线路电流的流通路径；（b）次级线路电流的流通路径

4.3　汽车底盘构造

汽车底盘接受发动机的动力，使车辆正常行驶，它包括传动系统、行驶系统、转向系统和制动系统四大部分。图 4-50 所示为发动机前置后轮驱动汽车底盘的典型结构。

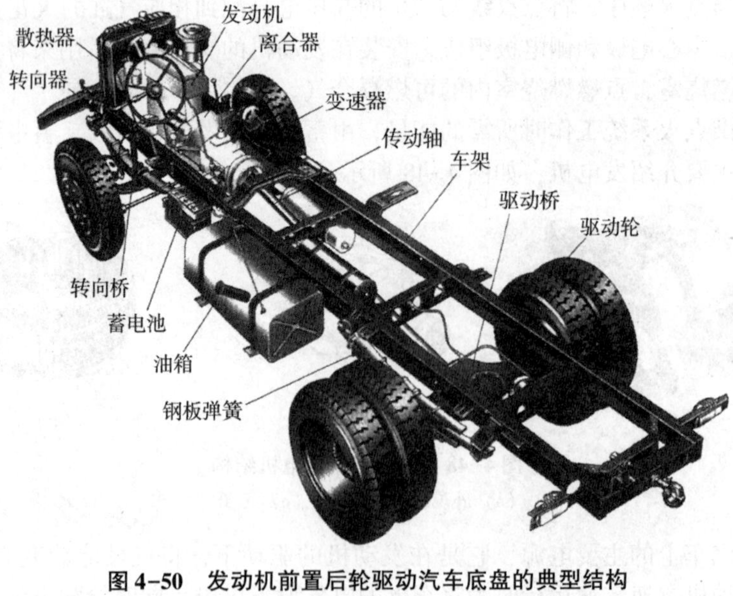

图 4-50　发动机前置后轮驱动汽车底盘的典型结构

4.3.1　传动系统

1. 功用

汽车传动系统的基本功用是将发动机发出的动力传给驱动轮，具体包括实现汽车减速增扭、实现汽车变速、实现汽车倒车、必要时中断传动系统的动力传递以及实现汽车减速等。

2. 组成

以发动机纵向布置在汽车的前部，并且以后轮作为驱动轮的机械式传动系统为例，其组成元件主要包括离合器、变速器、万向传动装置（包括万向节、传动轴）、驱动桥（包括主减速器、差速器、半轴）。如图 4-51 所示，发动机的动力依次经过离合器、变速器、万向节以及主减速器、差速器和半轴，最后传到驱动轮。

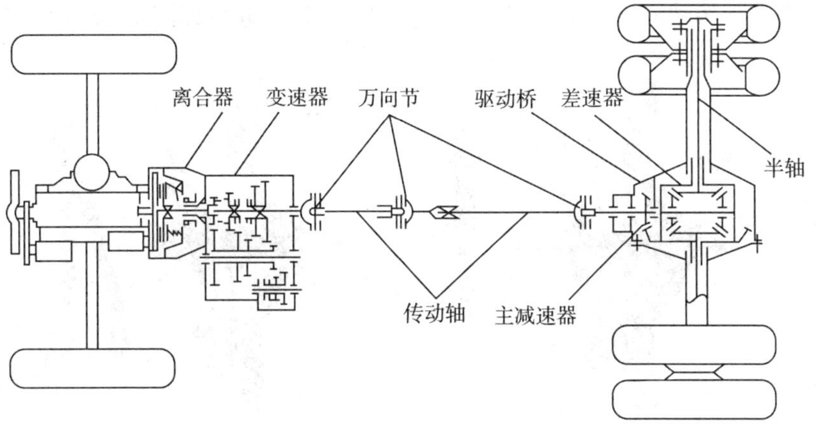

图 4-51　汽车传动系统

3. 离合器

离合器位于发动机和变速器之间，实现两者的分离和接合，其功用是保证汽车平稳起步、保证传动系统换挡时工作平顺、防止传动系统过载。

能够实现上述作用的离合器有摩擦离合器、液力耦合器、电磁离合器等，目前汽车上广泛使用的是摩擦离合器。

摩擦离合器按压紧弹簧结构形式的不同可分为螺旋弹簧离合器和膜片弹簧离合器，下面主要介绍使用比较广泛的膜片弹簧离合器，其结构如图 4-52 所示。

离合器是由主动部分（飞轮、离合器盖、压盘）、从动部分（从动盘）、压紧机构（膜片弹簧）、分离装置（分离轴承）4 部分构成的，其工作原理如下：

发动机飞轮、离合器盖和压盘作为离合器的主动部分，与发动机曲轴相连，位于飞轮与压盘之间的从动盘作为从动部分通过花键与从动轴（即变速器的输入轴）相连。压紧机构膜片弹簧通过压盘将从动盘压紧在飞轮端面上，发动机发动的转矩依靠飞轮与从动盘接触面之间的摩擦作用传到从动盘上，再由此经过从动轴和传动系统中一系列部件传给驱动轮，如图 4-53（a）所示。并且，压紧机构的压紧力越大，离合器所能传递的转矩也越大。

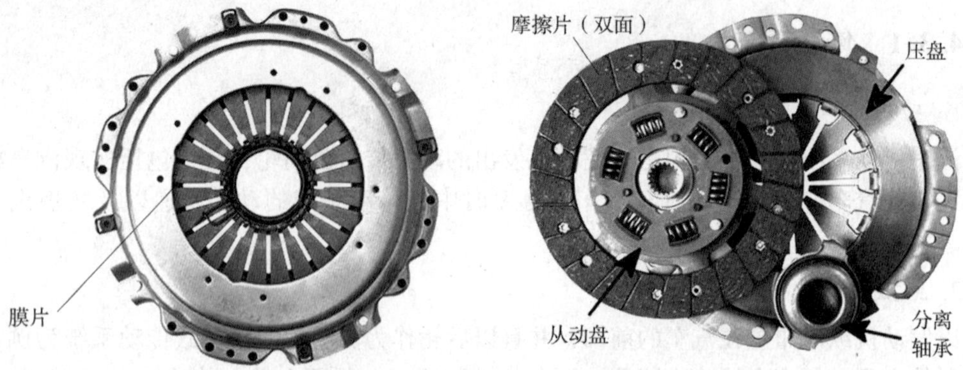

图 4-52　膜片弹簧离合器的结构

当驾驶员踩下离合器踏板时，通过传动元件克服膜片弹簧的压力，使膜片弹簧大端带动压盘向右移动，从动部分与主动部分分离，动力传递中断，如图 4-53（b）所示。

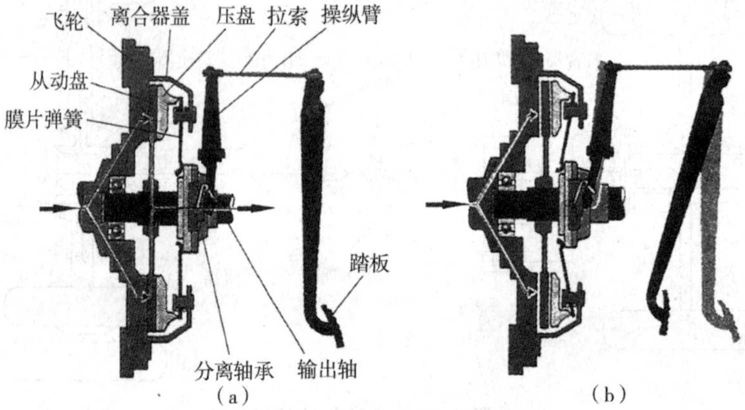

图 4-53　离合器的工作原理

（a）接合；（b）分离

当需要重新恢复动力传递时，为使接合平顺，需适当控制离合器踏板抬起的速度，让压盘逐渐压紧从动盘，相应的摩擦力矩也逐渐增加。当飞轮和从动盘之间的摩擦力矩比较小时，二者转速不等，离合器处于打滑状态，直到离合器完全接合，停止打滑，从动盘的转速与发动机转速一致。

摩擦离合器所能传递的最大转矩取决于摩擦面间的最大静摩擦力矩，而最大静摩擦力矩又由摩擦面间的最大压紧力和摩擦面尺寸及性质决定。因此，对于一定结构的离合器来说，静摩擦力矩是一定值，输入转矩稍大于此值，离合器将打滑，故而限制了传动系统所受转矩，防止传动系统过载。

4. 变速器

1）变速器的功用

往复活塞式内燃机作为汽车发动机，其转矩和转速的变化范围较小，无法满足汽车复杂的使用条件对其驱动力和车速要在相当大的范围变化的要求，为此，在汽车传动系统中设置了变速器，变速器的功用如下：

改变传动比，扩大驱动轮转矩和转速的变化范围，以适应汽车经常变化的行驶条件，同时使发动机在有利的工况下工作；实现倒挡，在发动机曲轴旋转方向不变的前提下，使汽车能倒退行驶；设置空挡，利用空挡中断动力传递，以使发动机能够起动、怠速，并便于变速器换挡或进行动力输出。

2）变速器的分类

按传动比的变化方式，变速器可分为有级式变速器、无级式变速器和综合式变速器 3 种。

有级式变速器有若干个定值传动比，通过齿轮进行传动，按所用轮系形式的不同又可分为轴线固定的普通齿轮变速器和轴线旋转的行星齿轮变速器。

无级式变速器的传动比可以在一定范围内连续变化，按变速实现方式的不同，又可分为电力式无级变速器、液力式无级变速器和机械式无级变速器。

综合式变速器是指由液力变矩器和齿轮式有级变速器组成的液力机械式变速器，其传动比可在最大值和最小值之间的几个间断的范围内作无级变化。

有级式变速器采用手动操纵方式，又称为手动变速器，它依靠驾驶员直接操纵变速杆进行换挡；无级式和综合式变速器采用自动操纵方式，也称为自动变速器，驾驶员只需操纵加速踏板，挡位的变换是借助反映发动机负荷和车速的信号系统来控制换挡系统的执行元件实现的。

3）普通齿轮变速器的工作原理

变速器由变速传动机构和操纵机构组成。

齿轮传动原理：如图 4-54 所示，一对外啮合的齿轮，两者的旋转方向相反，主动齿轮的转速与从动齿轮的转速之比或者从动齿轮的齿数与主动齿轮的齿数之比称为传动比。在这对齿轮中，若小齿轮为主动轮，大齿轮为从动轮，则实现减速增扭传动；反之，则实现增速减扭传动。

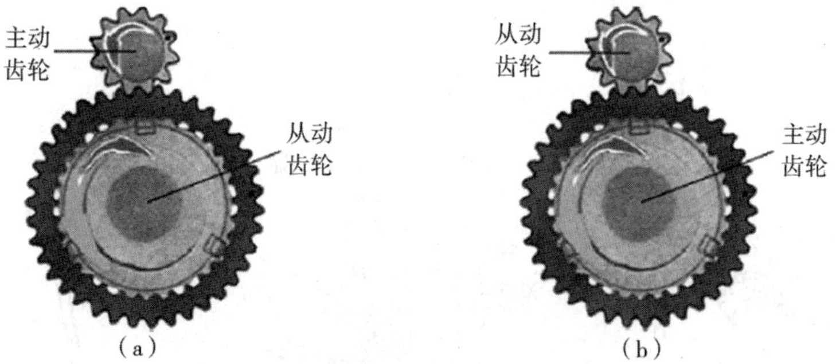

图 4-54　齿轮传动原理

（a）减速增扭；（b）增速减扭

由此可知，通过改变主动齿轮与从动齿轮的齿数，就可以得到不同的传动比，即在主动齿轮的输入转速和转矩不变的情况下，采用不同齿数的从动齿轮相啮合传动，就可以得到不同的输出转速和转矩。一个变速器内设有几组不同齿数的齿轮传动，该变速器便有几个不同的传动比，即有几个不同的挡位。一般轿车变速器设 3 ~ 5 个前进挡，客车和载货汽车设 4 ~ 6 个前进挡等，平常所说变速器有几个挡，是指几个前进挡，不包括倒挡和空挡，因为倒挡和空挡是标配。变速器的挡位数越多，汽车的适应性就越强，当然变速器的结构也会越复杂，成本也越高。

操纵机构：变速器操纵机构的功用是使驾驶员能够根据道路情况准确可靠地挂上或摘下变速器某个挡位，以保证汽车安全行驶。

变速器操纵机构按距离驾驶员座位远近的不同，可以分为直接操纵机构和远距离操纵机构。

如果变速器布置在驾驶员座位附近，则变速杆可以从驾驶室底板伸出，由驾驶员直接操纵，这种操纵机构称为直接操纵机构。它一般由变速杆、拨块、拨叉、拨叉轴以及安全装置等组成，多集装于变速器上盖或侧盖内，结构简单，操纵方便，如图 4-55 所示。

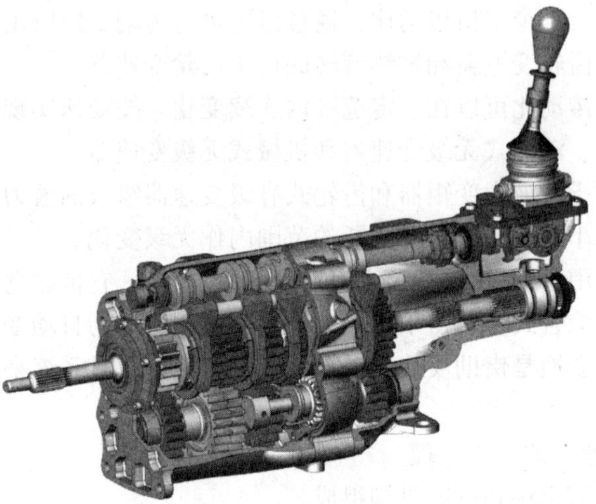

图 4-55　变速器的直接操纵机构

当变速器在汽车上布置的位置离驾驶员座位较远时，则需要在变速杆与拨叉等内部操纵机构之间加装一套传动机构或辅助杠杆进行操纵，这种操纵机构为远距离操纵机构，如图 4-56 所示。为保证换挡准确可靠，该操纵机构应有足够的刚度，而且各连接件间隙不能过大，否则换挡时手感不明显。

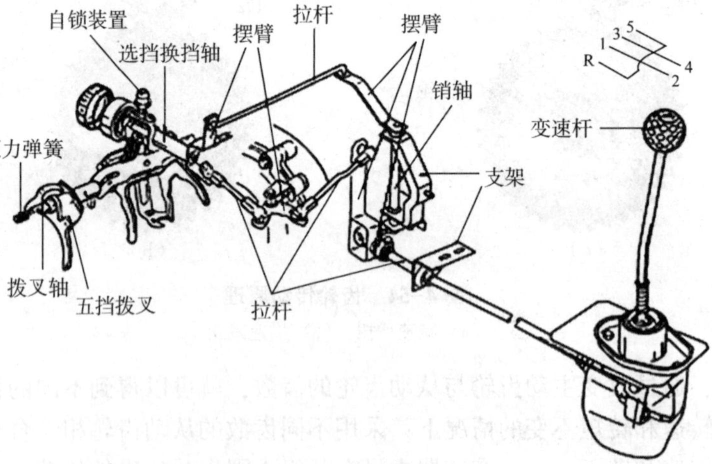

图 4-56　变速器的远距离操纵机构

4）自动变速器

自动变速器可以根据发动机负荷和车速等工况的变化自动变换传动系统的传动比，以使汽车获得良好的动力性和燃油经济性，并有效地减少发动机排放污染以及显著地提高车辆行驶的安全性、乘坐的舒适性和操纵的轻便性。

目前汽车上常用的自动变速器为电控液力自动变速器，它主要由液力变矩器、行星齿轮机构、换挡执行机构、液压控制系统和电子控制系统 5 部分组成，如图 4-57 所示。

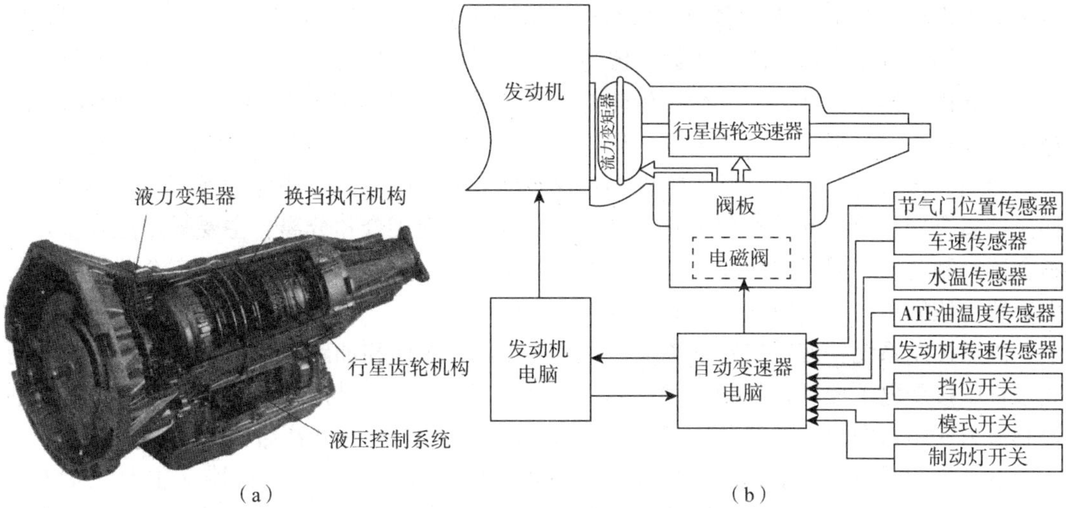

图 4-57　电控液力自动变速器

(a) 外观；(b) 电子控制系统

液力变矩器：液力变矩器属于动液传动装置，是依靠液体在循环流动过程中动能的变化来传递动力的，它能根据汽车行驶阻力的变化，在一定范围内自动地、无级地改变输入、输出之间的传动比和变矩比。

液力变矩器由可旋转的泵轮、涡轮和固定不动的导轮 3 个元件组成，泵轮与变矩器壳体连成一体，固定在发动机飞轮上，是主动件；涡轮通过从动轴与传动系统的其他部件相连，是从动件；导轮固定在不动的套管上，所有工作轮在装配后，形成断面为循环圆的环状壳体，环状壳体内贮有工作液，其结构如图 4-58 所示。

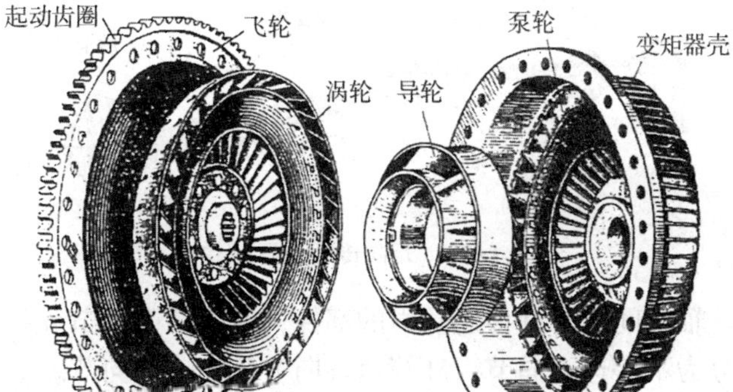

图 4-58　液力变矩器结构

在液力变矩器工作时，其中的工作液也被叶片带动一起旋转，由泵轮叶片带动的油液在离心力的作用下从叶片内缘向外缘流动，冲击涡轮叶片，把动能传递给涡轮，涡轮将运动和动力输出；油液再从涡轮叶片外缘向内缘流动，冲击导轮叶片，由于导轮固定不动，因此改变了液体的流动方向，使涡轮在泵轮转速和转矩不变的情况下，输出的转速和转矩随负荷而变化。

行星齿轮机构：自动变速器的变速机构通常由两排或三排行星齿轮机构组成，单排行星齿轮机构是由太阳轮、齿圈和行星架 3 个元件构成的，行星架上安装有行星齿轮，数目一般为3～4个。如果让太阳轮、行星架和齿圈3个元件中一个为主动件、一个为从动件、一个为固定件，就可以获得多种变速组合，从而得到低速挡、中速挡、高速挡、直接挡、倒挡、空挡等汽车变速器所需要的、传动比确定的挡位。把行星齿轮机构与液力变矩器串联在一起进行传动，则每一个行星齿轮挡位都有了一个传动比连续变化的无级变速范围，这些范围组合在一起，可以满足汽车从低挡到高挡、从前进挡到倒挡的各种工况需要。

换挡执行机构：要使行星齿轮机构实现多种变速组成，需要相应的换挡执行机构，包括换挡离合器、换挡制动器和单向离合器。离合器实现接合和分离，主要采用湿式多片式离合器；制动器实现固定和放松，有片式制动器和带式制动器两种；单向离合器是单向传力装置，依靠单向锁止原理来起固定或连接作用。

液压控制系统：液压控制系统由一系列液压阀、阀体和油路组成，其任务是在汽车行驶过程中接受电子控制系统的换挡信号，使相应的离合器、制动器动作，实现自动换挡；控制液力变矩器中液压油的循环和冷却；控制液力变矩器中锁止离合器的工作状态。

电子控制系统：电子控制系统包括传感器、电子控制单元、执行器（主要包括电磁阀，也包括换挡离合器、换挡制动器和单向离合器）以及各种控制开关等。电子控制单元根据传感器传来的电信号，按照设定的换挡程序对这些信号进行比较计算，判断是否需要换挡，当需要换挡时，通过电磁阀操纵液压的换挡阀去控制换挡执行元件的油路，实现换挡。

5. 万向传动装置

万向传动装置的功用是实现汽车上任何一对轴线相交且相对位置经常变化的转轴之间的动力传递，一般由万向节和传动轴组成，有时还需要加装中间支承，其结构如图4-59所示。万向传动装置在汽车上的应用场合有变速器与驱动桥之间、变速器与分动器之间、转向驱动桥中的主减速器与转向驱动轮之间。

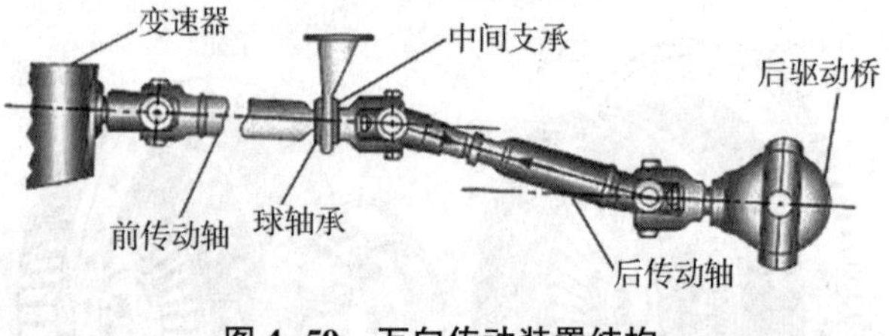

图4-59　万向传动装置结构

万向节是实现转轴之间变角度传递动力的部件，有刚性万向节和弹性万向节之分，其中刚性万向节又可分为不等速万向节、准等速万向节和等速万向节。

十字轴式万向节属于刚性不等速万向节，主要由十字轴和两个轴叉构成，因结构简单、承载能力大、寿命长，在汽车上应用广泛，其结构如图4-60所示。

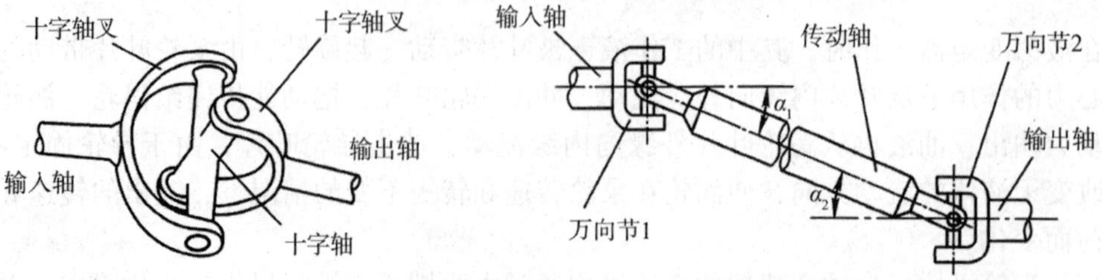

图4-60　十字轴式万向节结构

传动轴部件由传动轴及其两端焊接的花键轴和万向节叉组成。汽车在行驶过程中，变速器与驱动桥的相对位置经常变化，为避免运动干涉，传动轴用由滑动叉和花键轴组成的滑动花键连接，以适应传动轴长度的变化，为减少磨损，还装有用以加注润滑脂的滑脂嘴、油封、封盖和防尘套等，其结构如图 4-61 所示。

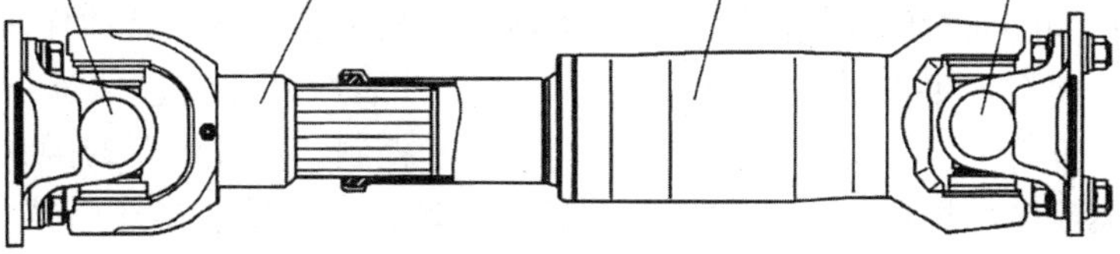

图 4-61　传动轴结构

6. 驱动桥

驱动桥为汽车传动系统中最末端的总成，包括主减速器、差速器、半轴和驱动桥壳等，其作用是将万向传动装置传来的动力进行减速增扭、改变传递方向后传给驱动轮，并使两侧车轮实现差速，其结构如图 4-62 所示。

主减速器：主减速器的功用是将输入的转矩增大并相应降低转速，还具有改变转矩旋转方向的作用。按参加减速传动的齿轮副数目的不同，可分为间级主减速器和双级主减速器。轿车和轻型、中型货车一般采用单级主减速器。单级主减速器由一对主从动锥齿轮副和主减速器壳体组成，主动小锥齿轮与万向传动装置相连，从动大锥齿轮与差速器壳体相连。

差速器：差速器的功用是当汽车转弯行驶或在不平路面上行驶时，使左、右驱动车轮以不同的转速滚动，即保证两侧驱动车轮作纯滚动运动，其主要由差速器壳、行星齿轮、行星齿轮轴和半轴齿轮组成，其结构如图 4-63 所示。

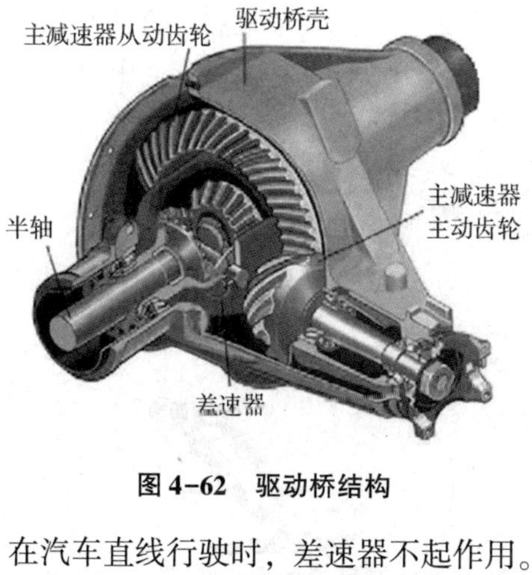

图 4-62　驱动桥结构

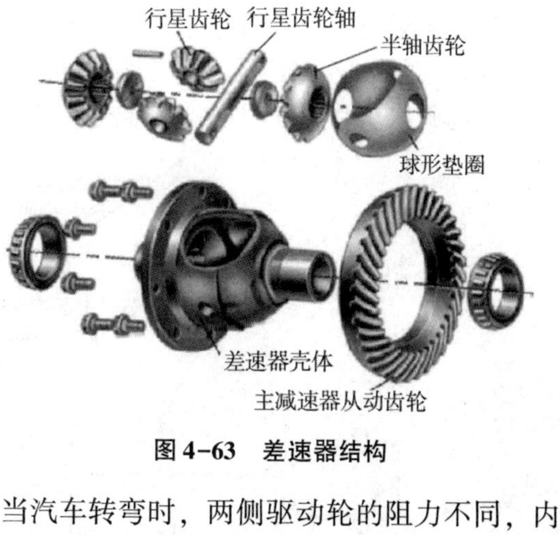

图 4-63　差速器结构

在汽车直线行驶时，差速器不起作用。当汽车转弯时，两侧驱动轮的阻力不同，内侧车轮的阻力比外侧车轮大，此时行星齿轮便产生绕自身轴的自转运动，结果使内侧半轴齿轮转速减慢，外侧半轴齿轮转速加快，由此便产生了差速功能。

半轴：半轴是实心轴，内端通过花键与半轴齿轮相连，外端的凸缘与驱动轮毂相连，其作用是将半轴齿轮上的转矩传给驱动轮。

驱动桥壳：驱动桥壳是一个空心壳体，用于安装主减速器、减速器，并盛放润滑油，两边是半轴套管，用于安装半轴。桥壳是承受巨大压力和弯矩的部件，汽车的重力通过钢板弹簧压在桥壳上面，因此，桥壳必须具有足够的强度和刚度。

4.3.2 行驶系统

汽车行驶系统的功用是支持全车并保证车辆正常行驶，具体包括：接受由传动系统传来的转矩，转化为路面对驱动轮的驱动力；支承全车，传递并承受路面作用于车轮上各方向的力和力矩；缓和不平路面对车身造成的冲击，并衰减其振动，保证汽车行驶的平顺性；与转向系统配合工作，实现汽车行驶方向的正确控制，保证汽车的操纵稳定性。

汽车行驶系统按结构形式的不同可分为轮式汽车行驶系统、半履带式汽车行驶系统、全履带式汽车行驶系统和车轮-履带式汽车行驶系统等，本书主要讲解应用最广泛的轮式汽车行驶系统。

轮式汽车行驶系统一般由车架、车桥、车轮总成和悬架组成，其结构如图 4-64 所示。

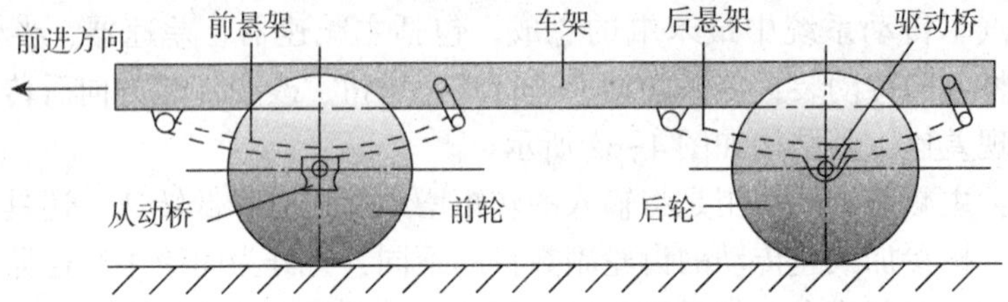

图 4-64　轮式汽车行驶系统结构

1. 车架

车架是汽车的骨架，是整个汽车的基本，其功用是支承连接汽车的各零部件，并承受来自车内外的各种载荷。汽车绝大多数部件和发动机、传动系统、悬架、转向、驾驶室、货厢等总成都是通过车架进行固定的。

车架按纵梁、横梁的结构特点，可分为边梁式车架、中梁式车架和综合式车架，如图 4-65 所示。边梁式车架广泛应用于各种类型载货、载客汽车和少量轿车，中梁式车架主要应用于越野汽车和少量轿车，综合式车架主要应用于轿车。

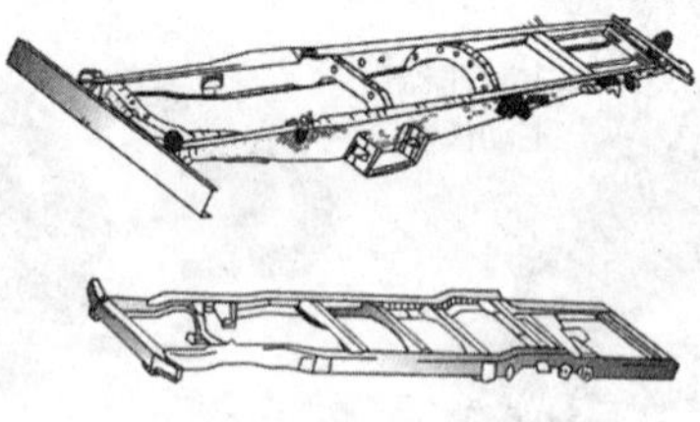

(a)

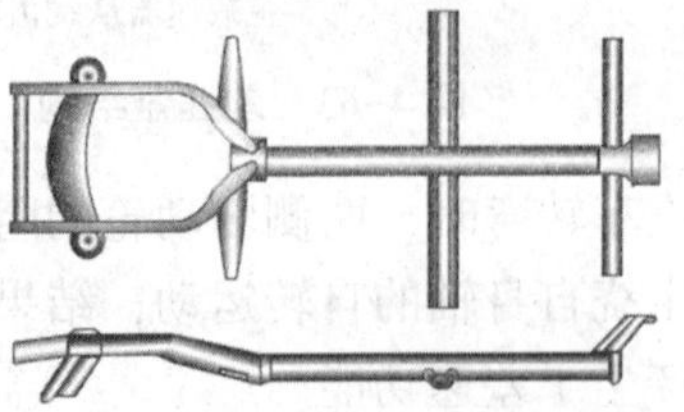

(b)

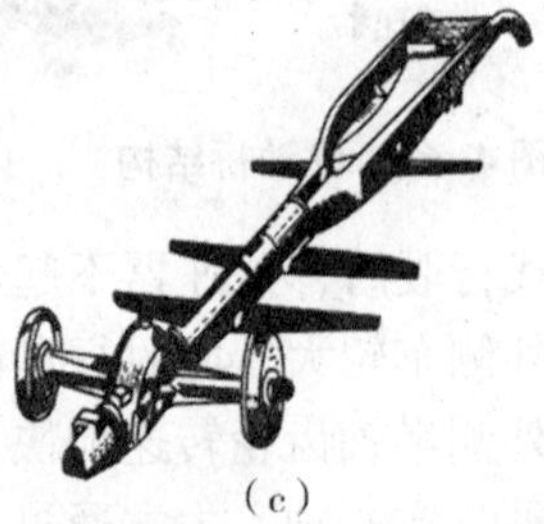

(c)

图 4-65　不同种类的车架

(a) 边梁式车架；(b) 中梁式车架；(c) 综合式车架

近年来，部分轿车和大型客车取消了车架，以车身兼起车架的作用，即将所有部件固定在车身上，所有的力也由车身来承受，这种车身称为承载式车身。承载式车身目前在轿车上广泛应用，如图4-66所示。

图4-66 承载式车身

2. 车桥

车桥通过悬架和车架或承载式车身相连，其两端安装车轮，功用是传递车架或承载式车身与车轮间各方向的力和力矩。

根据悬架结构的不同，车桥可分为整体式车桥和断开式车桥；根据车轿上车轮作用的不同，车桥又可以分为转向桥、驱动桥、转向驱动桥和支持桥4种。一般汽车多以前桥为转向桥，以后桥或中、后桥为驱动桥，越野汽车和大部分轿车的前桥为转向驱动桥。驱动桥在汽车转向系统中已介绍过，支持桥除不能转向外，其他功能和结构与转向桥相同，接下来主要介绍转向桥和转向驱动桥。

1）转向桥

转向桥利用车轿中的转向节使车轮可以偏转一定的角度，使汽车实现转向，另外还承受各方向的力和力矩。转向桥主要由前梁、左右转向节、主销和转向横拉杆等组成，结构如图4-67所示。

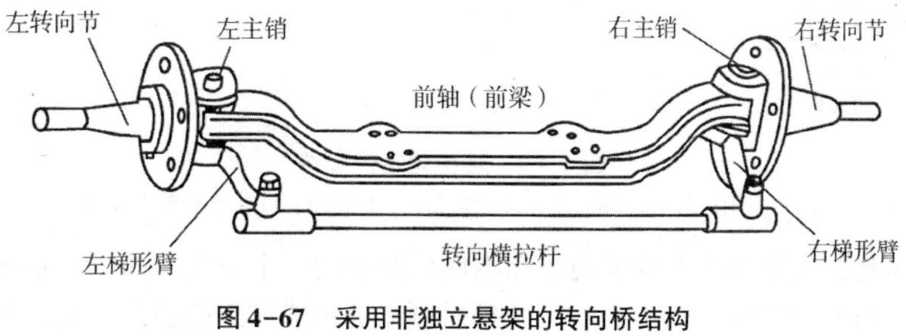

图4-67 采用非独立悬架的转向桥结构

在轿车和微型客车上广泛采用断开式转向桥，与独立悬架相配合，使发动机的质心高度降低，提高了汽车的行驶平顺性和操纵稳定性。

2）转向驱动桥

目前，许多现代轿车采用了发动机前置前轮驱动的布置形式，其前桥既是转向桥又是驱动桥，多与麦弗逊式独立悬架配合使用，桥内有主减速器和差速器，传动系传过来的动力经主减速器、差速器传至左、右半轴（左、右半轴间一般用等角速万向节相连），经万向传动装置传给驱动轮，其结构如图4-68所示。

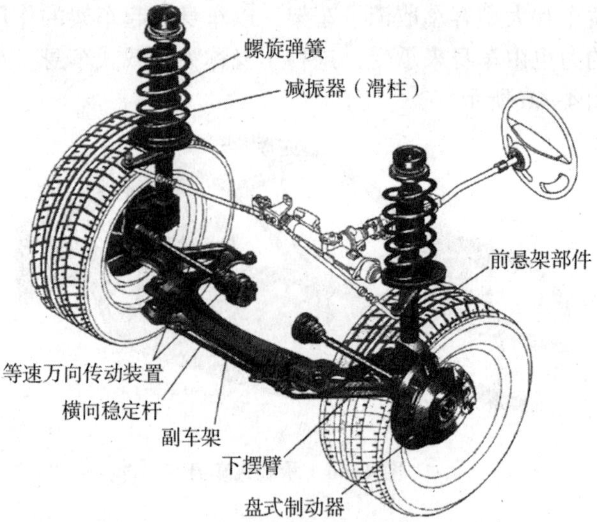

图 4-68　带独立悬架的转向驱动桥结构

3）转向轮定位参数

转向桥在保证汽车转向功能的同时，还应使车轮具有自动回正的功能，以保证汽车稳定的直线行驶。这种自动回正功能是由转向轮的定位参数，即转向轮、主销和前轴之间的安装应具有一定精确的相对位置来保证的。转向轮的定位参数有主销后倾角 γ 、主销内倾角 β 、车轮外倾角 α 和前轮前束 $A-B$ ，如图 4-69 所示。

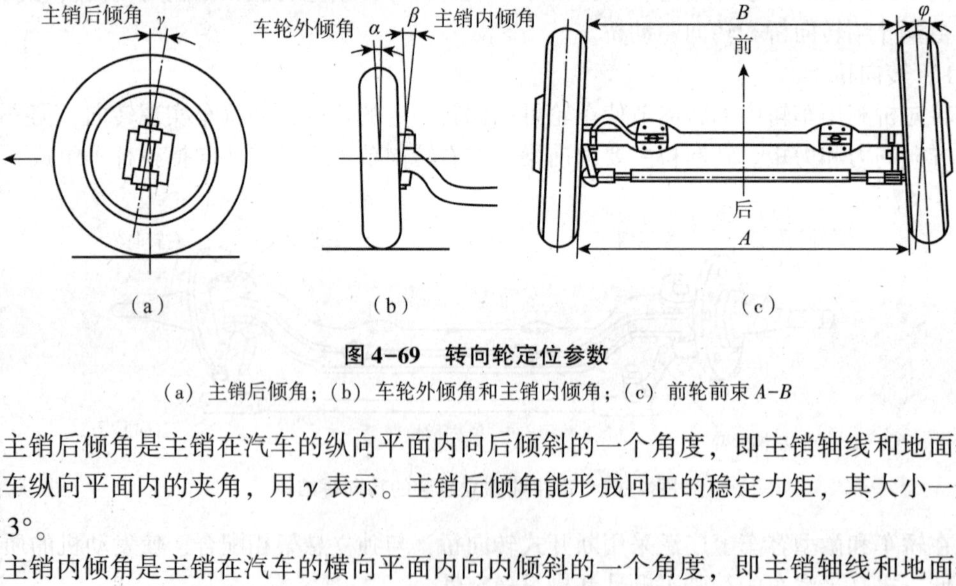

图 4-69　转向轮定位参数

（a）主销后倾角；（b）车轮外倾角和主销内倾角；（c）前轮前束 $A-B$

主销后倾角是主销在汽车的纵向平面内向后倾斜的一个角度，即主销轴线和地面垂线在汽车纵向平面内的夹角，用 γ 表示。主销后倾角能形成回正的稳定力矩，其大小一般不超过 3°。

主销内倾角是主销在汽车的横向平面内向内倾斜的一个角度，即主销轴线和地面垂线在汽车横向平面内的夹角，用 β 表示。主销内倾角也有使车轮自动回正的功能，其大小一般不超过 8°。

车轮外倾角是通过车轮中心的汽车横向平面与车轮平面的交线与地面垂线之间的夹角，用 α 表示，其大小一般为 1°。

前轮前束是从汽车上方俯视，左右两个转向轮的赤道平面不平行，前方距离 B 较小，后方距离 A 较大，$A-B$ 即为前轮前束值，一般为 0 ~ 10 mm。前轮前束可消除车轮外倾造成的车轮在地面上边滚边滑的问题。

3. 车轮总成

车轮总成由车轮和轮胎两大部分构成，其功用是缓和路面传来的冲击力；通过轮胎同路面的附着作用来产生驱动力和制动力；在汽车转弯时产生与离心力相平衡的侧向力；能够产生自动回正力矩，使汽车保持直线行驶等。

1）车轮

车轮是介于轮胎和车轴之间承受负荷的旋转组件，通常由轮毂、轮辋和轮辐组成。轮辋是车轮上安装和支承轮胎的部件；轮辐是介于车轴和轮辋之间的支承部件；轮毂与转向节或半轴连接，用于承载汽车与轮胎之间硬性转动惯量。

按轮辐结构形式的不同，车轮可以分为辐板式车轮和辐条式车轮两种，如图4-70所示。在轿车和货车上，这两种形式的车轮均得到广泛应用。

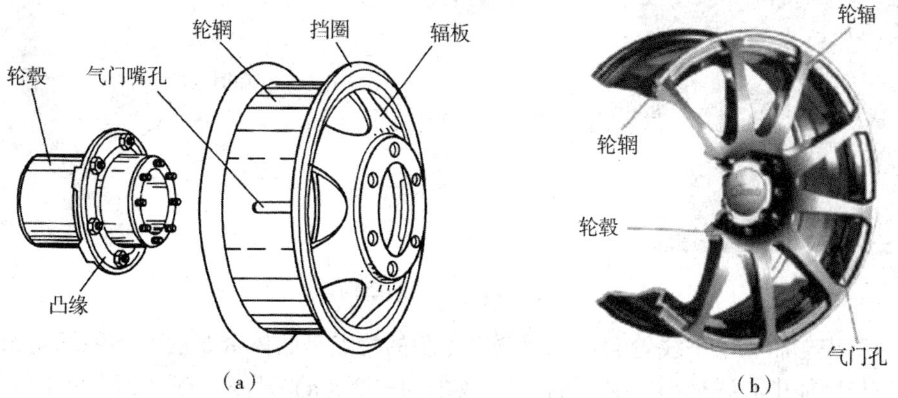

图4-70　辐板式和辐条式车轮

（a）辐板式车轮；（b）辐条式车轮

2）轮胎

轮胎安装在轮辋上，是汽车上直接与路面接触的部件，其作用有：缓和路面的冲击并衰减振动，保证汽车的乘坐舒适性和行驶平顺性；保证车轮和路面间有良好的附着性，提高汽车的牵引性、制动性和通过性；承受汽车的重力，并传递各方向的力和力矩。

现代汽车轮胎都是充气轮胎，其按组成结构的不同，可分为有内胎的轮胎和无内胎的轮胎；按胎体中帘线排列方向的不同，又可分为普通斜交轮胎和子午线轮胎。

轮胎通常由外胎、内胎、垫带3部分组成，也有不需要内胎的，其胎体内层有气密性好的橡胶层，且需配专用的轮辋，分别如图4-71（a）、图4-71（b）所示。世界各国轮胎的结构，都向无内胎、子午线结构、扁平（轮胎断面高与宽的比值小）和轻量化的方向发展。

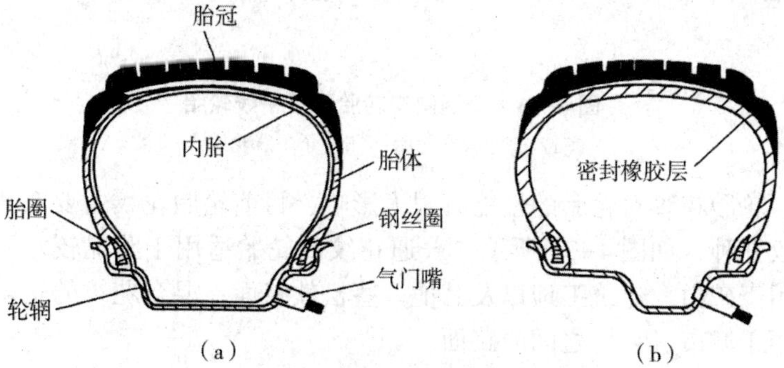

如图4-71　轮胎的内部结构

（a）有内胎的轮胎；（b）无内胎的轮胎

外胎由胎体、缓冲层（或称带束层）、胎面、胎侧和胎圈组成。外胎断面可分成几个单独的区域：胎冠区（胎面）、胎肩区（胎面斜坡）、屈挠区（胎侧区）、胎圈区，如图4-72所示。

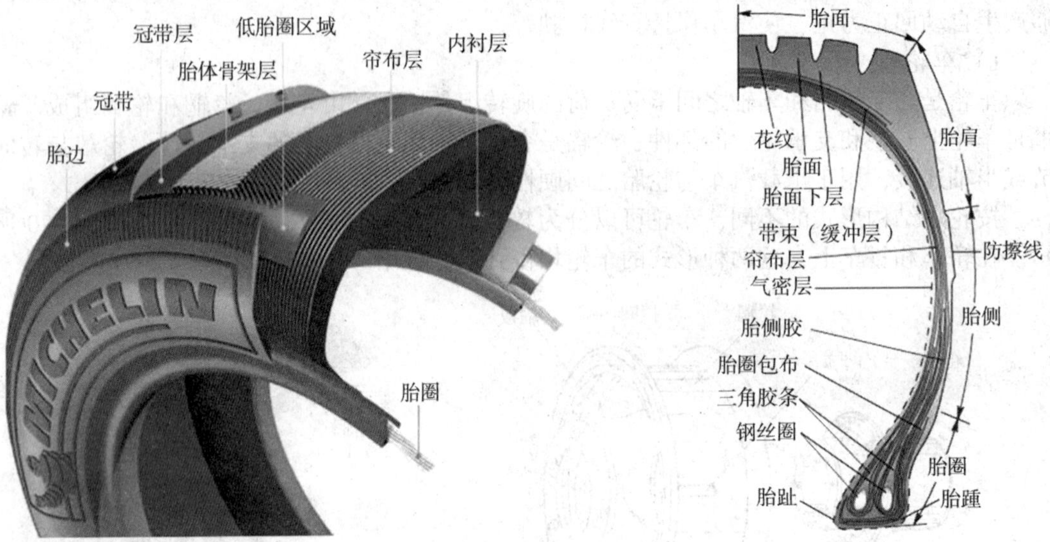

图 4-72　外胎的结构

普通斜交轮胎和子午线轮胎：普通斜交轮胎的特点是胎体帘布层的各相邻层帘线交叉排列，且与胎体中心线呈小于90°角排列，如图4-73（a）所示。子午线轮胎的特点是帘布层帘线的排列方向与轮胎的子午断面一致，如图4-73（b）所示。这种排列结构可以使帘线的强度得到充分利用。两种轮胎各有其优缺点，但子午线轮胎总体要优于普通斜交轮胎，因此在汽车上得到了广泛应用。

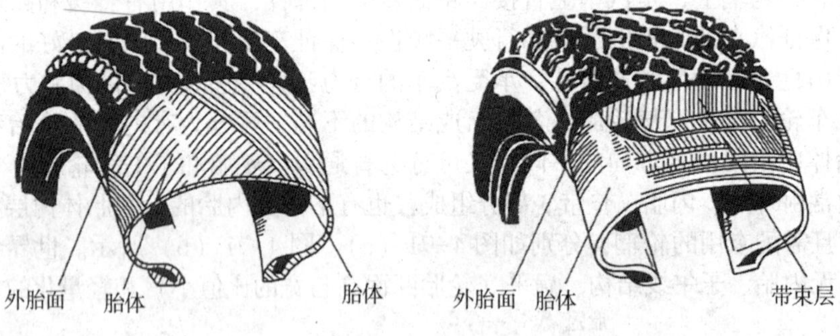

（a）　　　　　　　　（b）

图 4-73　普通斜交轮胎和子午线轮胎

（a）普通斜交轮胎；（b）子午线轮胎

轮胎花纹：轮胎花纹对轮胎的性能有很大影响，目前轮胎花纹主要有普通花纹、越野花纹和混合花纹几种，如图4-74所示。普通花纹的轮胎适用于路况较好的硬路面；越野花纹的轮胎适用于矿山、建筑工地以及其他一些松软路面；混合花纹的轮胎兼顾了两者的使用要求，适用于城市、乡村之间的路面。

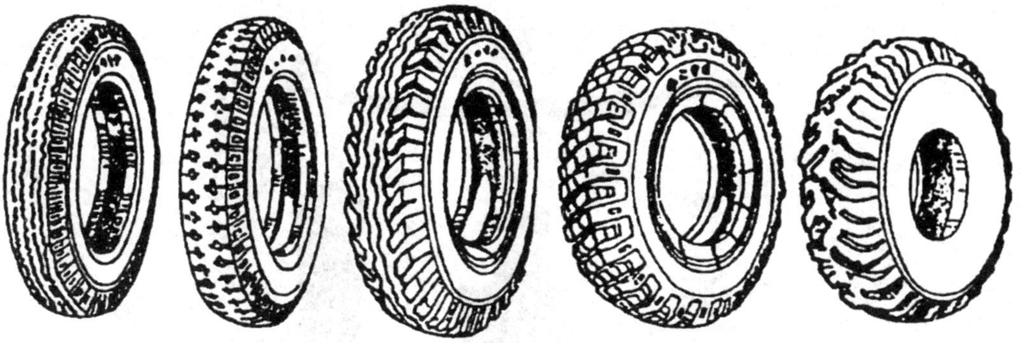
(a) (b) (c) (d) (e)

图4-74 不同花纹的轮胎

(a)、(b) 普通花纹；(c) 混合花纹；(d)、(e) 越野花纹

4. 悬架

悬架是车架或承载式车身与车桥或车轮之间的一切传力连接装置的总称，功用是把路面作用于车轮上的各种反力和其力矩传递到车架或承载式车身上，以保证汽车的正常行驶。

汽车的悬架是由弹性元件、减振器和导向机构3部分构成的，弹性元件用来缓和路面的冲击；减振器用来衰减系统的振动；导向机构用来使车轮按一定的运动轨迹相对车身跳动；三者共同的任务则是传力。

按悬架结构的不同，汽车悬架可分为非独立悬架和独立悬架两大类。

非独立悬架的结构特点是两侧的车轮由一根整体式车桥相连，车轮连同车桥一起通过弹性悬架与车架或车身连接。当一侧车轮因道路不平而发生跳动时，必须引起另一侧车轮在汽车横向平面内摆动，如图4-75（a）所示。非独立悬架结构简单、质量大、强度高、主要用于载货汽车。

独立悬架的结构特点是车桥做成断开的，每一侧的车轮可以单独地通过弹性悬架与车架或车身连接，两侧车轮可以单独跳动，互不影响，如图4-75（b）所示。独立悬架结构复杂、质量小，主要用于轿车。

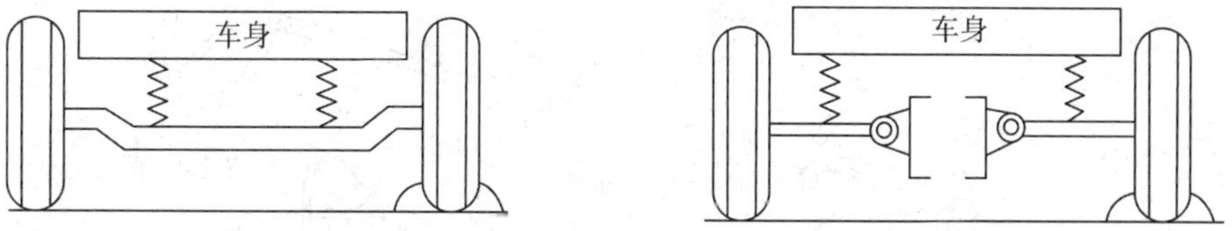

(a) (b)

图4-75 非独立悬架与独立悬架

(a) 非独立悬架；(b) 独立悬架

弹性元件：汽车悬架系统中采用的弹性元件主要有钢板弹簧、螺旋弹簧、扭杆弹簧、气体弹簧和橡胶弹簧等，如图4-76所示。

减振器：减振器是吸收振动能量而衰减振动的部件，和弹性元件并联安装。汽车减振器按功能的不同可分为单向作用式减振器和双向作用式减振器。目前汽车悬架中广泛采用的是液力双向作用筒式减振器，在悬架的压缩行程和伸张行程依靠油液的流动来消耗振动能量，起到减振作用。

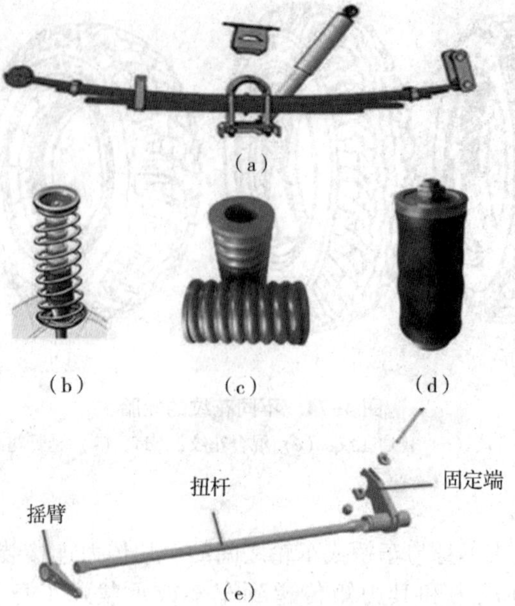

图 4-76　各种类型的弹性元件

(a) 钢板弹簧；(b) 螺旋弹簧；(c) 橡胶弹簧；(d) 空气弹簧；(e) 扭杆弹簧

4.3.3　转向系统

汽车转向系统的功用是保证汽车按照驾驶员的操作来改变行驶方向，按转向能源的不同分为机械转向系统和动力转向系统两大类。

1. 机械转向系统

机械转向系统以驾驶员的体力作为转向能源，其所有的传力件都是机械的，主要由转向操纵机构、转向器和转向传动机构 3 部分组成，如图 4-77 所示。

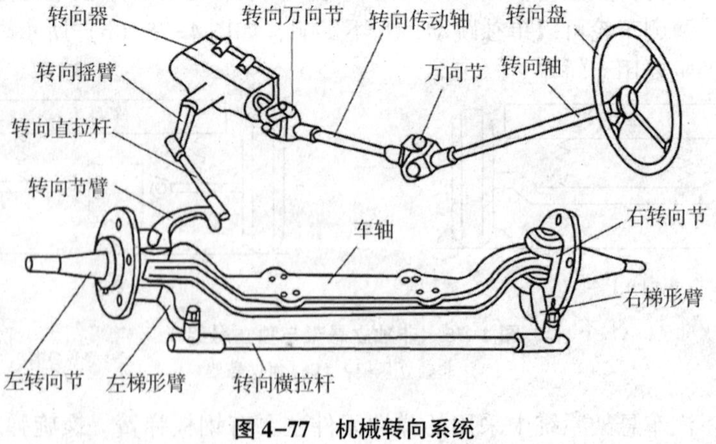

图 4-77　机械转向系统

当汽车转向时，驾驶员对转向盘施加一个转向力矩，该力矩通过转向轴、万向节和转向传动轴输入转向器，经转向器减速增扭后由转向摇臂、转向直拉杆、转向节臂传递至左转向节使左转向轮绕主销转动，再通过转向梯形（由固定在左、右转向节上的梯形臂和转向横拉杆、车轴组成）带动右转向节及其支承的右转向轮随之偏转相应的角度。

1）转向操纵机构

转向操纵机构是由从转向盘到转向传动轴这一系列零部件组成的，包括转向盘、转向柱、转向轴、上万向节、转向传动轴、下万向节等，其功用是将驾驶员转动转向盘的操纵力传给转向器。

现代汽车上一般都装有倾斜角度、长度可调整的转向柱，以适应不同身高和驾驶习惯的驾驶员，转向盘上还装有喇叭按钮、车速控制开关、安全气囊等。

2）转向器

转向器是转向系统中的减速增扭装置，用于改变转向力矩的传递方向，一般设置有 1 ~2 级传动副。根据传动副的结构形式不同，转向器可以分为很多种，目前在汽车上广泛采用的有齿轮齿条式转向器、循环球式转向器和蜗杆曲柄指销式转向器，如图 4-78 所示。

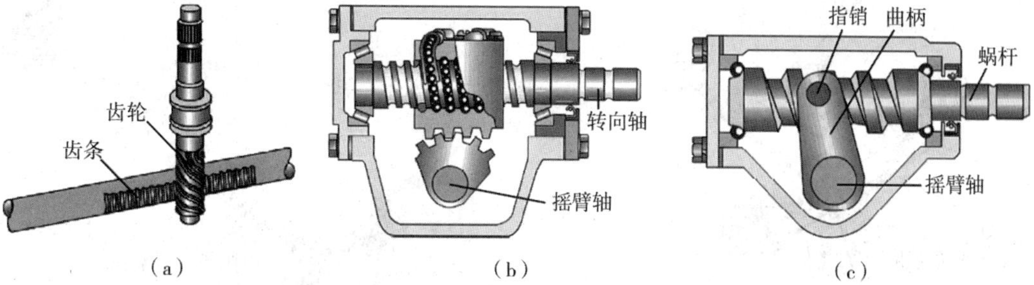

图 4-78 不同类型的转向器结构

（a）齿轮齿条式转向器；（b）循环球式转向器；（c）蜗杆曲柄指销式转向器

齿轮齿条式转向器结构简单、质量小、转向灵敏度高、制造成本低，广泛应用在轿车、微型和轻型货车上。循环球式转向器传动效率高、操作轻便、寿命长、工作平稳可靠，广泛应用于各级各类汽车上。蜗杆曲柄指销式转向器的特点是：全部是滚动摩擦，因而传动效率高、操纵轻便；结构较简单，制造、维修方便；逆转传动效率较低，路面冲击力传到转向盘上较小，稳定性好，常用于转向力较大的载货汽车上。

3）转向传动机构

转向传动机构的功用是将转向器输出的力和运动传给转向桥两侧的转向节，使转向轮偏转，并使两转向轮偏转角度按一定关系变化，以保证汽车转向时车轮与地面的相对滑动尽可能小。转向传动机构的组成和布置，因转向器位置和转向轮悬架类型不同而异。图 4-79 为与非独立悬架配用的转向传动机构，图 4-80 为与独立悬架配用的转向传动机构。

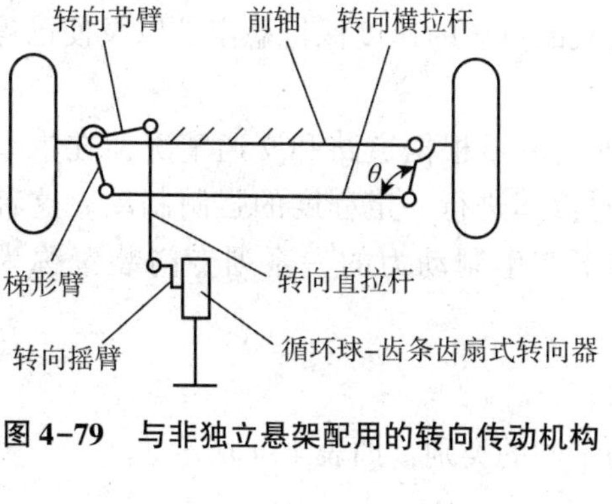

图 4-79 与非独立悬架配用的转向传动机构

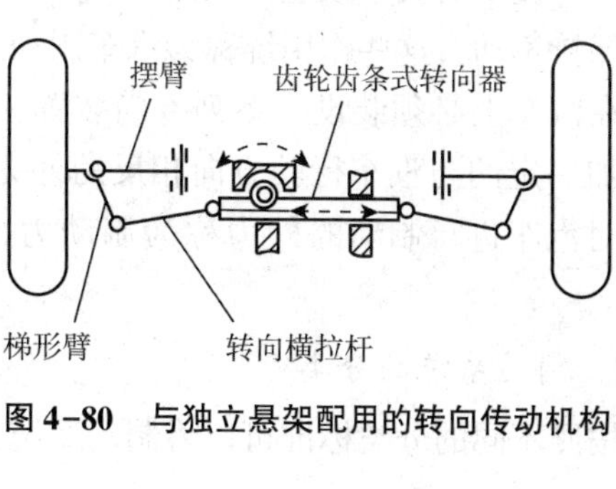

图 4-80 与独立悬架配用的转向传动机构

在独立悬架的汽车上，每个转向轮都需要相对车架做独立运动，因而转向桥必须是断开式的，相应地，转向传动机构中的转向梯形也必须是断开式的。

2. 动力转向系统

动力转向系统是将发动机输出的部分机械能转化为压力能或电能，并在驾驶员控制下，对转向传动机构或转向器中某一传动件施加不同方向的辅助作用力，使转向轮偏转以实现汽车转向的一系列装置。采用动力转向系统的汽车，转向所需的能量在正常情况下，只有小部分是驾驶员提供的，而大部分是发动机驱动的油泵、空气压缩机或发电机所提供的液压能、气压能或电能，从而减轻了驾驶员的劳动强度。

动力转向系统由机械转向器和转向助力装置组成，根据助力能源形式的不同可以分为液压助力转向系统和电动助力转向系统，如图 4-81 所示。

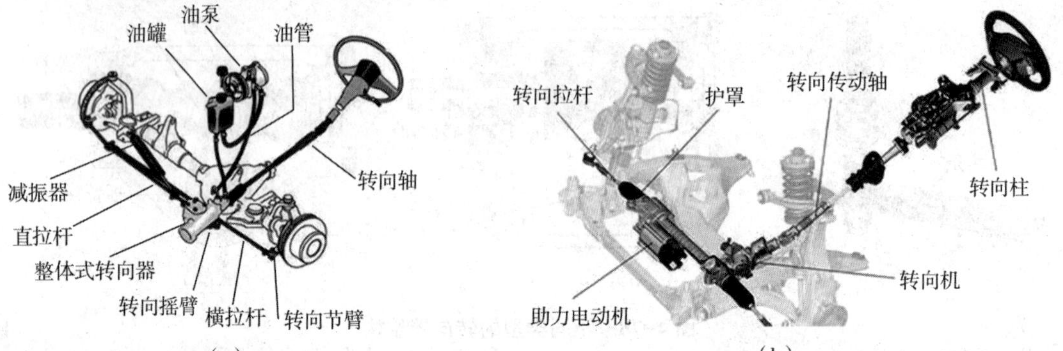

图 4-81　动力转向系统

(a) 液压助力转向系统；(b) 电动助力转向系统

液压助力转向系统的工作压力可高达 10 MPa 以上，部件尺寸小，无噪声，工作滞后时间短，而且能吸收来自不平路面的冲击，因此已在各级各类汽车上获得了广泛应用。气压助力转向系统主要应用于一部分其前轴最大轴载质量为 3 ~ 7 t 并采用气压制动系统的货车和客车上；因气压系统的工作压力较低，不宜用于装载质量特大的货车上。

在液压助力转向系统中，不管是否转向，油泵始终处于工作状态，另外，油泵的供油量还会随着转速的升高而增加，与实际所需供油量矛盾，能量消耗增加，为了克服上述缺点，电动助力转向系统出现并得到快速发展，目前已在各级各类车上得到广泛应用。

4.3.4　制动系统

使行驶中的汽车减速甚至停车，使下坡行驶的汽车的速度保持稳定，以及使已停驶的汽车保持不动，这些作用统称为汽车制动。

在汽车上必须装设一系列专门装置，以便驾驶员根据道路和交通情况，在汽车车轮上施加一定的与汽车行驶方向相反的外力，对汽车进行一定程度的强制制动。这种可控制的对汽车进行制动的外力称为制动力，用于产生制动力的一系列专门装置称为制动系统。

1. 制动系统的分类

按照不同的分类标准可以将制动系统分为不同的类别，如表 4-4 所示。

表 4-4　制动系统的分类

分类方法	类型	特点
按功用分类	行车制动系统	使行驶中的汽车减速甚至停车
	驻车制动系统	使已停驶的汽车驻留原地不动
	应急制动系统	在行车制动系统失效时保证汽车仍能实现减速或停车
	辅助制动系统	在汽车下长坡或在山区行驶时能够稳定车速
按制动能源分类	人力制动系统	以驾驶员的肌体作为唯一制动能源
	动力制动系统	完全依靠发动机动力转化成的气压或液压进行制动
	伺服制动系统	兼用人力和发动机动力进行制动
按制动能量传输方式分类	机械式制动系统	以机械传输制动能量
	液压式制动系统	以液压传输制动能量
	气压式制动系统	以气压传输制动能量
	电磁式制动系统	以电磁力传输制动能量
	组合式制动系统	多种制动能量传输方式的综合

以前还按制动回路将制动系统划分为单回路制动系统和双回路制动系统，目前所有汽车都采用双回路制动系统，如轿车的左前轮和右后轮共用一条制动回路，右前轮和左后轮共用另一条制动回路。当一个回路失效时，另一个回路仍可以工作，有效提高了汽车的行车安全性。

2. 制动系统的组成

不论哪一种制动系统，都由供能装置、控制装置、传动装置和制动器 4 部分组成，如图 4-82 所示。

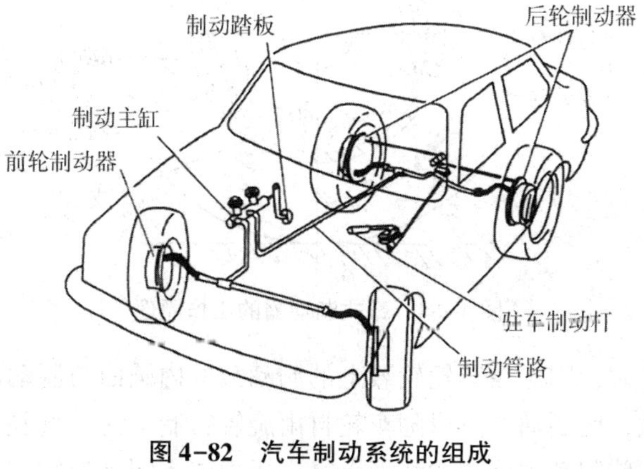

图 4-82　汽车制动系统的组成

供能装置包括供给、调节制动能量以及改善传能介质状态的各种部件，其中产生制动能量的部分称为制动能源，人的肌体亦可作为制动能源。

控制装置包括产生制动动作和控制制动效果的各种部件，如制动踏板、制动阀等。

传动装置包括将制动能量传输到制动器的各个部件，如制动主缸和制动轮缸等。

制动器是用于产生阻碍车辆的运动或运动趋势的力的部件，目前汽车上常用的制动器有鼓式制动器和盘式制动器，如图 4-83 所示。

较为完善的制动系统还具有制动力调节装置以及报警装置、压力保护装置等附加装置。

（a）

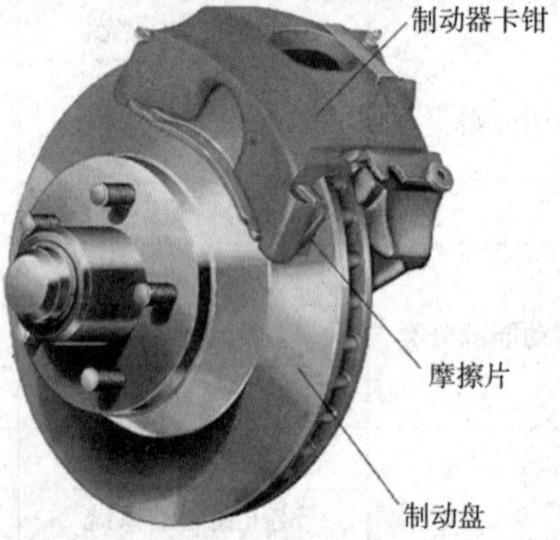

（b）

图 4-83　不同类型的制动器

（a）鼓式制动器；（b）盘式制动器

3. 制动系统的工作原理

下面介绍基于鼓式制动器的制动系统的工作原理，如图 4-84 所示。

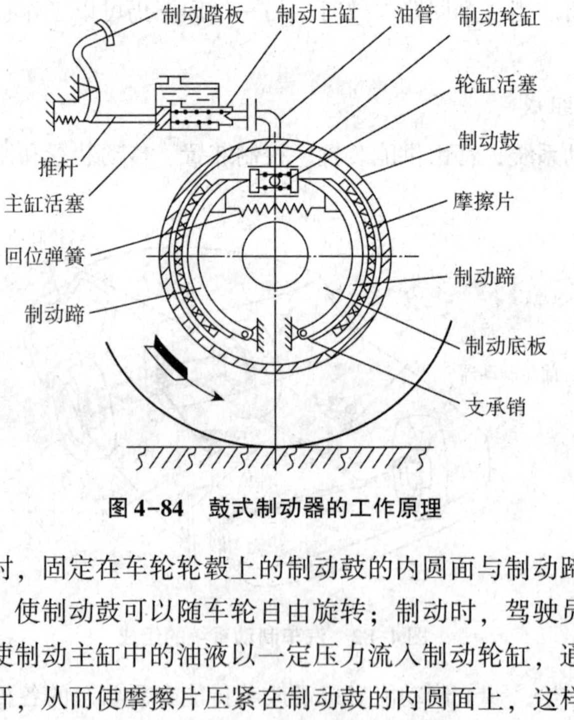

图 4-84　鼓式制动器的工作原理

制动系统不工作时，固定在车轮轮毂上的制动鼓的内圆面与制动蹄摩擦片的外圆面之间保留有一定的间隙，使制动鼓可以随车轮自由旋转；制动时，驾驶员踩下制动踏板，推杆便推动主缸活塞，使制动主缸中的油液以一定压力流入制动轮缸，通过轮缸活塞使两制动蹄的上端的向外张开，从而使摩擦片压紧在制动鼓的内圆面上，这样，不旋转的制动蹄就对旋转着的制动鼓产生一个与车轮旋转方向相反的摩擦力矩 M_μ，迫使车轮停止转动。当松开制动踏板时，制动蹄在回位弹簧的作用下恢复原位，制动作用解除。

基于盘式制动器的制动系统的工作原理与此类似，如图 4-85 所示，制动时，制动钳内的制动活塞在液压力作用下推动制动块压向制动盘表面，将制动盘的两侧面压紧，实现车轮制动。

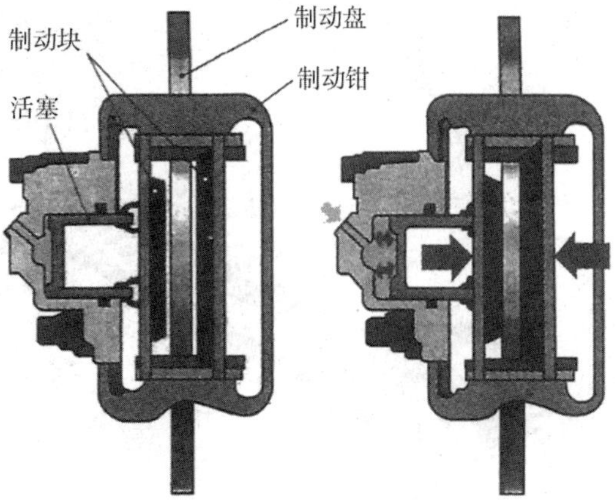

图 4-85　盘式制动器的工作原理

与鼓式制动器相比，盘式制动器尺寸小、质量轻、制动性能稳定、更容易控制；鼓式制动器在相同的踏板力作用下，能产生比盘式制动器更大的制动力，因此，轿车多采用盘式制动器，而载货汽车多采用鼓式制动器。

制动系统的制动间隙要合适：过小，易引起制动解除不彻底，加速摩擦片磨损；过大，使制动踏板行程太长，制动作用滞后。由于制动中摩擦片的磨损，会使制动间隙变大，因此应定期对制动间隙进行检查调整。

4.4　汽车车身构造

汽车车身是驾驶员的工作场所，也是装载乘客和货物的场所。车身应为驾驶员提供良好的操作条件，为乘客提供舒适的乘坐条件，并保证运载货物的完好无损和装卸方便，车身结构及附件还应保证行车安全和减轻事故后果。

汽车车身应当具有合理的形状，在汽车行驶时能有效地引导周围的气流，减小阻力，提高汽车的动力性、经济性、稳定性，并改善发动机的冷却条件和室内通风效果。此外，车身还应具有美观的外形和舒适的内部装饰，以及赏心悦目的色彩。

汽车车身包括车身壳体、车前板制作、车门、车窗、车身内外部装饰件、座椅和通风、暖气、空调装置等，也包括货车和专用汽车的货箱和其他装备等。

4.4.1　车身壳体、车门和车窗

1. 车身壳体

车身壳体是一切车身部件的安装基础，通常指横梁、纵梁和立柱等主要承力元件以及与它们相连的板件共同组成的空间结构，也包括在其上敷设的隔音、隔热、防振、防腐、密封等材料及涂层。

车身壳体按受力情况可分为非承载式车身、半承载式车身和承载式车身 3 种。

非承载式车身的特点是车架是支承全车的基础，车身通过橡胶软垫或弹簧与车架柔性连接，它只承受本身重力、所装载的客货的重力以及汽车行驶时所引起的惯性力和空气阻力，绝大多数货车驾驶室都采用这种结构，如图 4-86 所示。

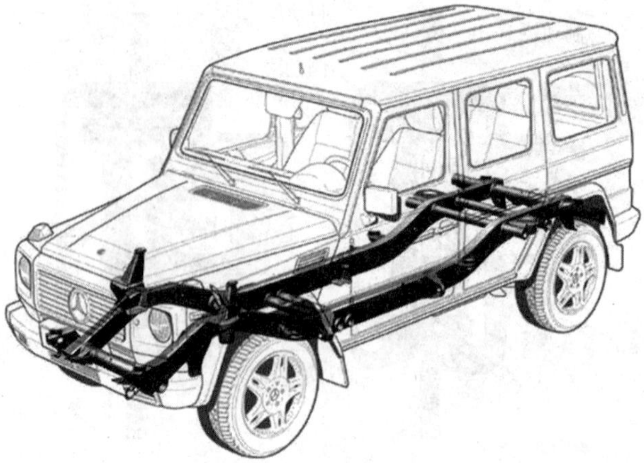

图 4-86　非承载式车身

半承载式车身的特点是车身通过焊接、铆接等方式与车架刚性连接，车架仍是承受各个总成载荷的主要部件，但车身可以分担车架所承受的一部分载荷，还对车架有加固作用，这种车身结构一般应用在客车上，如图 4-87 所示。

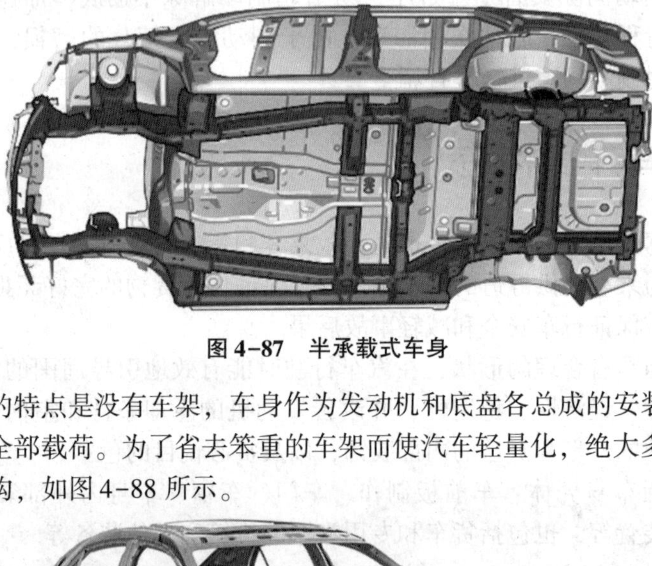

图 4-87　半承载式车身

承载式车身的特点是没有车架，车身作为发动机和底盘各总成的安装基础，车身兼有车架的作用承受全部载荷。为了省去笨重的车架而使汽车轻量化，绝大多数轿车车身都采用承载式车身结构，如图 4-88 所示。

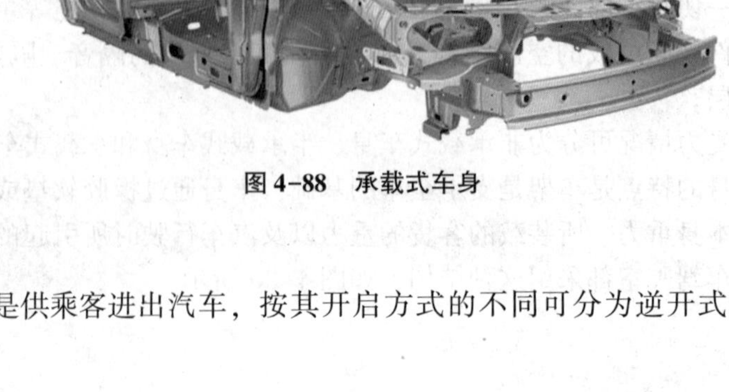

图 4-88　承载式车身

2. 汽车车门

车门的功能是供乘客进出汽车，按其开启方式的不同可分为逆开式车门、顺开式车门、水平滑移式车门、折叠式车门、上掀式车门、外摆式车门等。

顺开式车门在汽车行驶时可借助气流的压力关上，且在气流的作用下不易向外推开，安全性较高，因而被广泛采用；逆开式车门在汽车行驶时车门的开启方向与气流相同，易将闭合不严的车门剖开，应用较少；水平滑移式车门的优点是开闭车门时所用的空间较小；折叠式车门结构简单，在大、中型客车上应用广泛；外摆式车门与折叠式车门相比，其对车身表面的随形性好，在豪华大客车和公交车上应用较多；上掀式车门广泛应用于轿车和轻型客车的背门；有些大型客车上还有加速乘客撤离事故现场以及便于救援人员进入的安全门。

3. 汽车车窗

汽车车窗一方面可以使驾驶员和乘客有良好的视野，也可以起到通风换气的作用，按其安装位置的不同，可分为前窗、后窗、侧窗以及天窗等。

汽车的前、后窗通常采用视野宽阔又美观的曲面玻璃，玻璃可以借助橡胶密封条扣在窗框上或者采用专用胶粘剂粘在窗框上。为了便于自然通风，汽车的侧窗一般可以上下移动或前后移动，在移动玻璃与窗框之间装有橡胶密封槽，有些高级客车，通常将侧窗设计成不可打开的形式，以提高汽车的密封性；有些轿车为了提高车内的亮度，以及加强车内空气的流动，会在车顶设置电动天窗。

现代汽车所使用的车窗玻璃大多数都是钢化玻璃和夹层玻璃。钢化玻璃是将玻璃加热至接近软化点时，进行急速均匀冷却，或者进行特殊的表面化学处理而成的。其机械强度和稳定性比普通玻璃高得多，在遇到巨大冲击破碎时，常碎成直径小于10 mm的圆钝颗粒，不会伤人。

夹层玻璃是用高强度透明塑胶将两层形状相同的玻璃粘合而成的，这种玻璃强度高，遇到巨大冲击时只出现裂纹，即使破碎了，碎块也会被粘在中间的塑胶上，不会飞溅起来，造成人员伤害。另外，夹层玻璃具有较好的韧性，在承受撞击时能吸收冲击能量，起到缓冲作用。相比于钢化玻璃，夹层玻璃具有更高的安全性，因此广泛应用于汽车的前风窗玻璃。

4.4.2 车身安全防护装置

汽车的安全防护装置包括车外防护装置和车内防护装置两部分。

1. 车外防护装置

车外防护装置主要有保险杠和护条，其作用是在撞车时使汽车和被撞体间产生一定的缓冲，保护被撞体和车辆，另外还起到装饰作用。

保险杠由金属构架和包在其外面的弹性较大的泡沫塑料制成，能吸收部分撞击能量，安装在汽车的最前端和最后端；护条一般由半硬质塑料或橡胶制成，安装在车身左右两侧，在车辆侧面发生刮擦时起到防护作用。两者的安装高度应符合法规要求，保证在汽车相撞时首先接触被撞体。

能够使行人受到伤害的构件还有前翼子板、前照灯、发动机舱罩、车轮、风窗玻璃等，这些构件不应尖锐和坚硬，最好是平整、光滑而富有弹性的。

2. 车内防护装置

汽车发生碰撞时，其速度迅速下降，而车内成员的身体由于惯性作用仍以较高的速度向前冲，有可能撞到转向盘、仪表板、风窗玻璃等引起伤亡。安全带和安全气囊是避免人体与上述构件相撞的两种常用车内防护装置，除此之外，车内防护装置还包括头枕、安全玻璃、门锁和门铰链等。

1）安全带

安全带是最有效的防护装置，可以大幅度降低碰撞事故造成的人员伤亡。根据结构的不同，安全带有两点式、斜式、三点式、四点式之分，如图 4-89 所示。目前汽车上最常用的是三点式安全带。

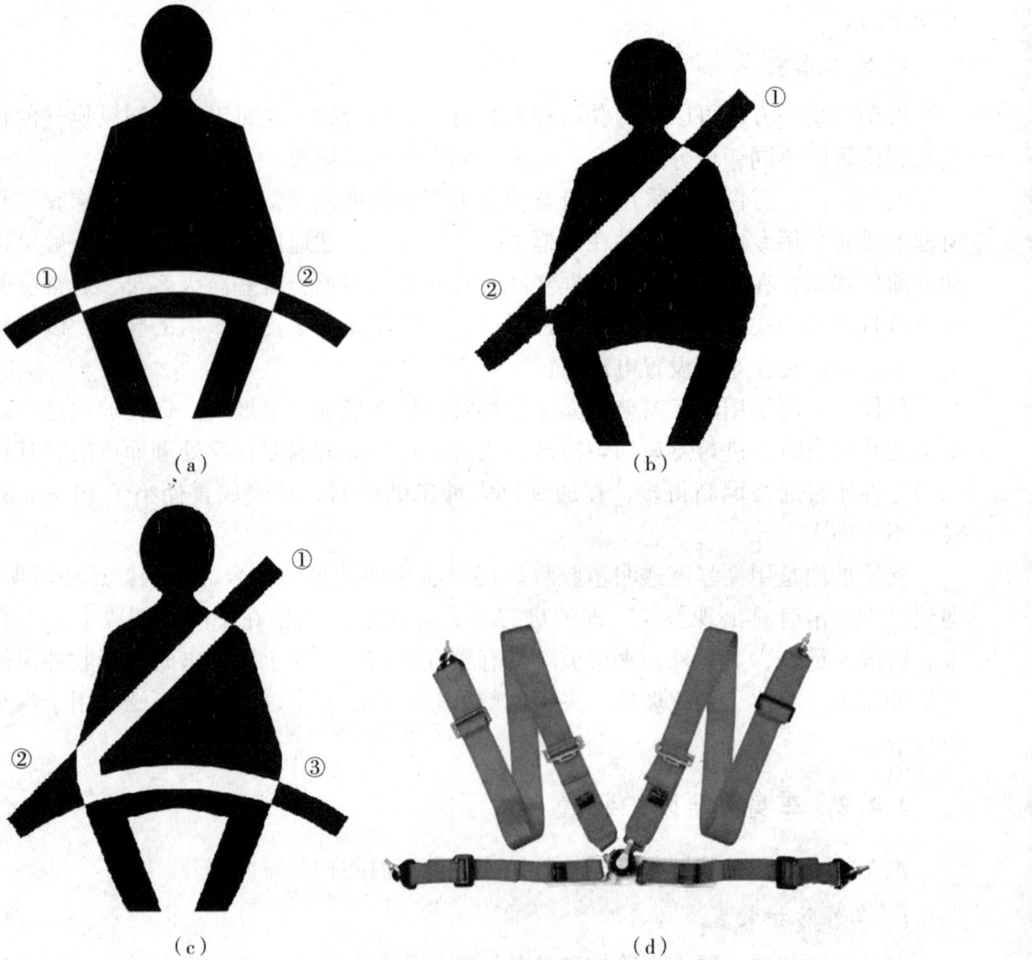

图 4-89　不同类型的安全带

(a) 两点式；(b) 斜式；(c) 三点式；(d) 四点式

三点式安全带带子由合成纤维织成，包括斜跨前胸的肩带和绕过人体胯部的腰带。在座椅外侧和内侧地板上各有一个固定点，第三个固定点位于座椅外侧车身支柱的上方。带子绕过导向板，并卷在下部的收卷器内，乘客胯部内侧附件有一个锁扣，当将带子上的插板插入锁扣时，即可将乘客约束在座椅上，按下锁扣上的红色按钮即可解除约束。收卷器在正常情况下对人体上部不起约束作用，在紧急情况下，如汽车减速度超过预定值或车身严重倾斜时，收卷器会将带子卡住而对乘客产生有效的约束。三点式安全带与头枕如图 4-90 所示。

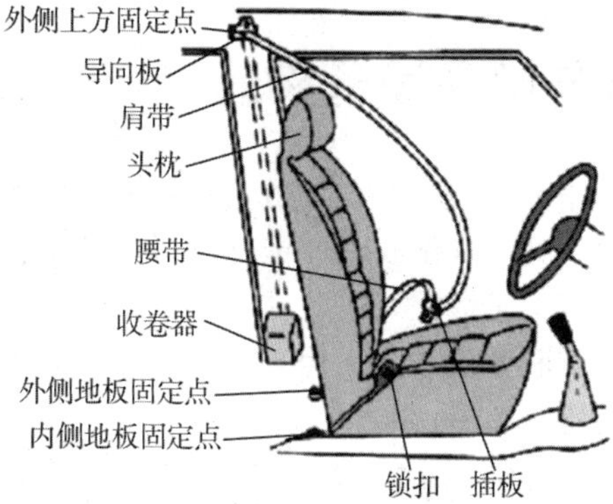

图 4-90 三点式安全带与头枕

2）安全气囊

安全气囊是汽车安全带的辅助装置，只有在使用安全带的条件下，安全气囊系统才能充分发挥保护驾乘人员的作用。

根据安装位置的不同，安全气囊可分为正面安全气囊、侧面安全气囊和顶部安全气囊。正面安全气囊安装在驾驶员和乘客的正面，驾驶员正面的安全气囊一般安装在转向盘中央的衬盖内，前排乘客正面的安全气囊安装在仪表板内；侧面和顶部安全气囊分别安装在驾驶员、乘客的侧面和头顶部，以降低汽车侧面碰撞和汽车倾翻对驾乘人员的伤害。

安全气囊系统主要由控制器、传感器、气体发生器和气囊等组成，其工作过程为：在发生碰撞事故时，碰撞强度通过传感器转化为电信号，被电子控制装置接收、分析并发出相应的指令。当轻度碰撞时，电子控制装置指令执行器收紧安全带，保护乘客；当碰撞达到一定强度时，电子控制装置指令气体发生器，使安全气囊急速膨胀，支撑驾乘人员的身体，之后安全气囊小孔排气，使气囊变软，加强缓冲作用。安全气囊的工作过程如图 4-91 所示。

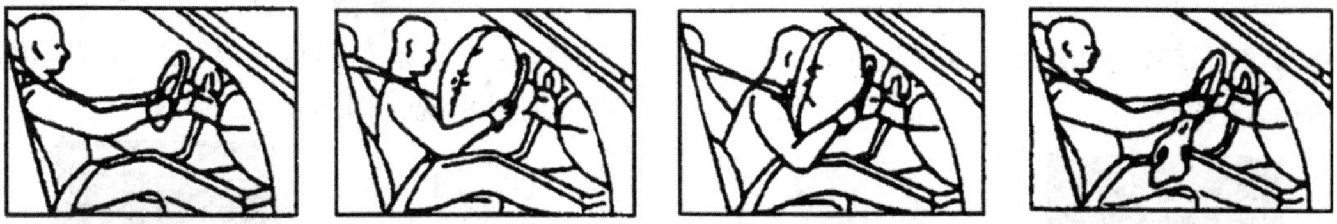

(a) (b) (c) (d)

图 4-91 安全气囊的工作过程

(a) 全气囊触发前；(b) 气囊充气膨胀；(c) 驾驶员头部陷入；(d) 气囊排气变软

3）头枕

头枕是重要的座椅配件，安装在座椅靠背的上部，做成固定式或高度可调式，如图 4-90 所示。头枕是在汽车尾部受碰撞或加速度过大时，限制人的头部向后运动的安全装置，它可避免或减轻乘客颈椎受伤。

4）门锁和门铰链

汽车的门锁和门铰链都应有足够的强度，能同时承受纵横两个方向的载荷而不致使车门开启，避免乘客被甩出车外而遭受重伤或死亡的危险，事故发生后，门锁不应失效，车门应仍能被打开。

此外，车身内部的一切可能受人体撞击的构件都不应有尖角、凸棱或小圆弧过渡的形状，车身内饰应广泛采用软材料垫，除了满足舒适性，更重要的是满足安全性。

4.5 汽车电气与电子设备构造

汽车电气设备是汽车的重要组成部分，随着汽车技术的进步，汽车电气设备的结构与性能也不断进步，特别是电子技术在解决汽车能耗、行车安全、减少排放等方面起着越来越重要的作用。

现代汽车的电气设备种类和数量很多，但总的来说可以分为三大部分，即电源、用电设备以及全车电路和配电装置。

1. 电源

汽车上有两个电源——蓄电池和发电机，其中发电机是主要电源，蓄电池是辅助电源，这两个电源前面已进行介绍，此处不再赘述。

2. 用电设备

汽车上的用电设备主要包括起动系统、点火系统、照明系统、信号装置、仪表及报警系统、辅助电器以及汽车电子控制系统，其中起动系统和点火系统前面也已介绍，汽车电子控制系统将在第 5 章进行介绍。

3. 全车电路及配电装置

全车电路及配电装置包括中央接线盒、熔断装置、继电器、电线束及插接件、电路开关等，使全车电路构成一个统一的整体。

汽车电气设备具有两个电源、低压直流、并联单线、负极搭铁的特点，接下来将对照明系统、信号系统、仪表及报警系统等内容进行介绍。

4.5.1 汽车照明与信号系统

为了保证汽车夜间行驶的安全，在汽车上装有多种照明设备，一般轿车有 15 ~ 25 个外部照明灯和约 40 个内部照明灯；为使其他车辆和行人注意本车的行驶状况，保证车辆和行人的安全，汽车上还装备有灯泡信号系统和声音信号系统，如图 4-92 所示。

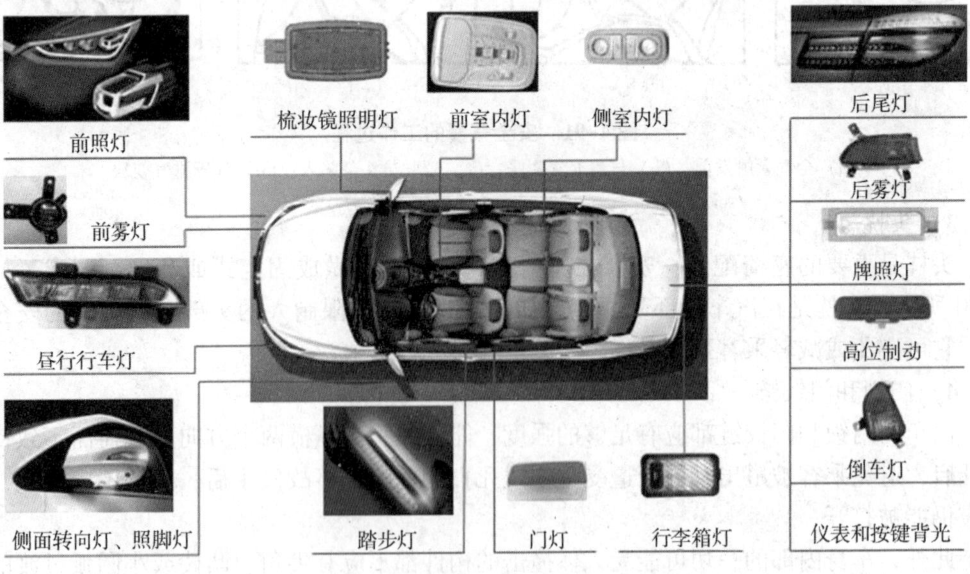

图 4-92 汽车照明与信号系统

1. 照明装置

汽车照明装置包括前照灯、雾灯、顶灯、牌照灯等，其作用是保证汽车在光线不好的条件下行驶安全，减少交通事故的发生，同时增强汽车驾驶的舒适度。对照明装置的要求是照明要好，同时不应使对面来车的驾驶员产生眩目。

2. 信号装置

汽车信号装置包括灯光信号装置和声音信号装置。灯光信号装置主要包括示廓灯、尾灯、制动灯、转向信号灯、倒车灯等，其作用是保证汽车在光线不好的条件下指示本车状况和行车意图，对其他车辆驾驶员、行人和交警等给出明确的信号，并提供具有一定亮度的照明；对灯光信号装置要求其灯光的颜色选择应兼顾灯具的数量、安装位置，并满足法规的要求。声音信号装置主要包括蜂鸣器、语音发声器、电喇叭等，其作用是引起其他车辆的注意，保证行车安全；对声音信号装置要求其信号强度要达标，信号指示要准确。

4.5.2　汽车仪表及报警系统

为使驾驶员能够掌握汽车及各系统的工作情况，在汽车驾驶室内的仪表板上装有各种指示仪表、指示灯及各种报警信号装置。汽车上常用的仪表有车速里程表、发动机转速表、机油压力表、燃油表、冷却液温度表等，它们通常与各种信号灯一起安装在仪表板上，称为组合仪表，如图 4-93 所示。

图 4-93　汽车组合仪表板

1. 车速里程显示系统

车速里程显示系统包括发动机转速表、车速里程表和车速报警装置。

发动机转速表：用来指示发动机当前的转速，便于驾驶员选择发动机的最佳速度范围，把握好换挡时机，提高汽车的燃油经济性。

车速里程表：由车速表和里程表两部分组成，用来指示汽车瞬时行驶速度和记录汽车行驶总里程、短程里程。

车速报警装置：为保证行车安全，一些车型的车速表电路中装有报警装置，当汽车行驶速度达到或超过某一限定车速时，车速表内的报警装置发出声响提醒驾驶员车速已超过限定值。

2. 机油压力显示系统

机油压力显示系统包括机油压力表和油压报警装置。

机油压力表：用来指示发动机工作时其主油道中机油压力的大小。

油压报警装置：当机油压力低于正常值时，报警灯会点亮，向驾驶员发出报警信号。

3. 燃油量显示系统

燃油量显示系统包括燃油表和燃油油面过低报警装置。

燃油表：用来指示汽车燃油箱内燃油量。

燃油油面过低报警装置：在燃油箱内的燃油量少于某一规定值时，发出报警信号，以引起驾驶员的注意。

4. 冷却液温度显示系统

冷却液温度显示系统包括冷却液温度表、冷却液温度警告灯和冷却液不足报警器。

冷却液温度表：俗称水温表，用来指示发动机水套中冷却液的温度。

冷却液温度警告灯：在冷却液温度超过一定值时，警告灯亮，发出报警信号，以引起驾驶员的注意。

冷却液不足报警器：当冷却液液面高度过低时，报警器发出声响以引起驾驶员的注意。

5. 充放电显示系统

充放电显示系统有电流表、充电指示灯等。

电流表：串联在蓄电池电路中，用来指示发电机向蓄电池充电时的充电电流和蓄电池向用电设备供电时放电电流的大小。

充电指示灯：通过充电指示灯由亮到灭的信号变化来判断发电机及其电压调节器的工作是否正常，汽车正常运行时若充电指示灯点亮，表明充电系统有故障，以引起驾驶员的注意。充电指示灯虽不能直接显示充、放电电流的大小，但结构简单、成本低，目前大多数汽车上的电流表都被充电指示灯所取代。

4.5.3 辅助电器

随着电子技术的发展，汽车上的辅助电器也是越来越多，如汽车空调、电动车窗、电动座椅、中控门锁、风窗玻璃清洗系统等，使车辆的安全性、舒适性、环保性都得到了提高。

1. 汽车空调

汽车空调系统是对车厢内的空气实现制冷、加热、换气和空气净化的装置，可以为驾乘人员提供舒适的乘车环境，降低驾驶员的疲劳强度，提高行车安全。

汽车空调系统由制冷系统、供暖系统、通风装置、空气净化装置以及控制系统组成，如图 4-94 所示。

1）制冷系统

汽车空调的制冷系统由压缩机、冷凝器、膨胀阀、储液干燥器以及蒸发器等组成，如图 4-95 所示。

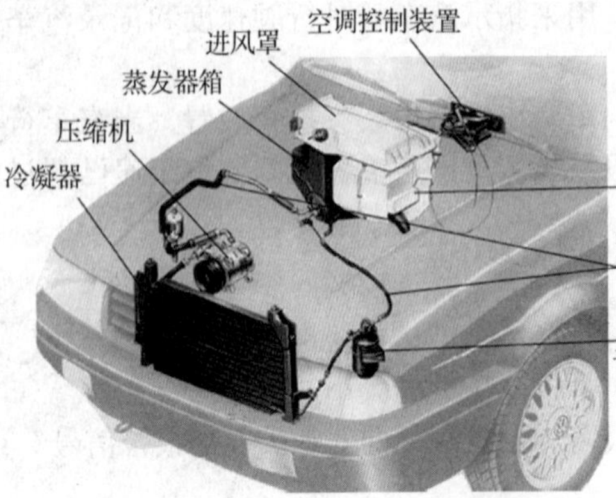

图 4-94　汽车空调系统

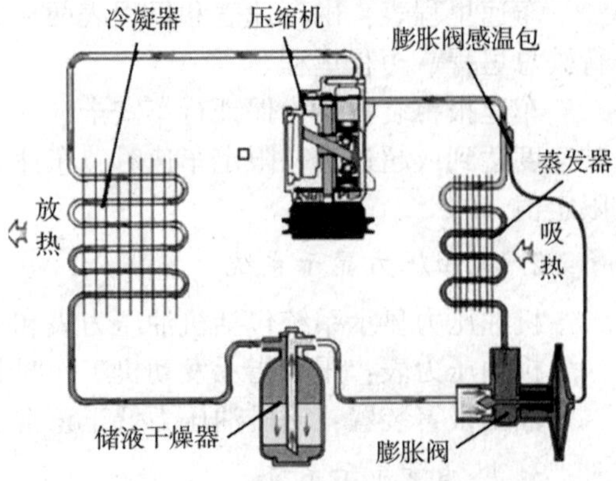

图 4-95　汽车空调制冷系统

制冷系统的工作过程如下。

压缩过程：由发动机通过皮带驱动的空调压缩机从蒸发器中吸入低温低压气态制冷剂，并将其压缩成高温（约65 ℃）高压（约1 300 kPa）气态制冷剂送往冷凝器冷却降温。

冷凝过程：高温高压气态制冷剂由发动机散热器前面的冷凝器散热，将其冷凝成高温（约55 ℃）高压（约1 300 kPa）液态制冷剂。

膨胀过程：冷凝后的高温高压液态制冷剂经热力膨胀阀节流降压后，将其转变成低温（约-5 ℃）低压（约150 kPa）的液态制冷剂送入蒸发器。

蒸发过程：低温低压液态制冷剂流经蒸发器时，不断吸收车内空气的热量而蒸发成低温（约为0 ℃）低压（约150 kPa）的气态制冷剂。从蒸发器流出的气态制冷剂又被压缩机吸入而进入下一次制冷循环。

2）暖风装置

水冷式发动机的暖风装置是一个利用发动机工作时产生的热量为热源的暖风机。图4-96所示为通风取暖联合装置，外部空气由鼓风机吸入；发动机的高温冷却水在循环途中，一部分被导入暖风机，经暖风机的热交换器（散热器）将空气加热；加热的空气被送入车内取暖、送回车窗玻璃除霜等。

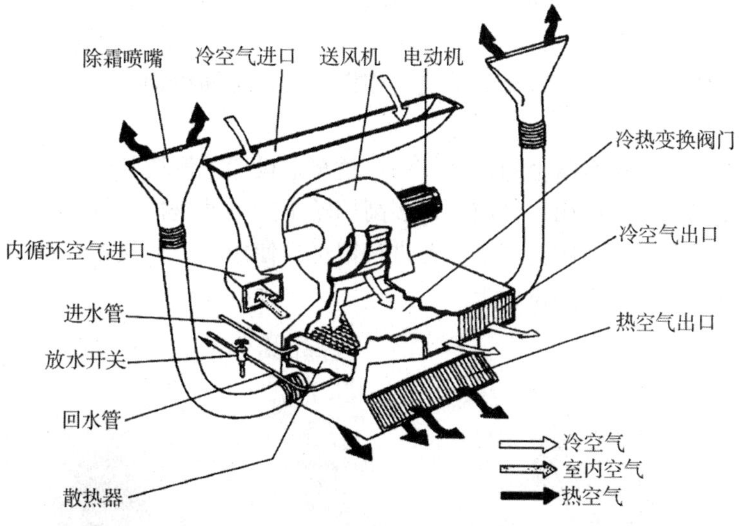

图4-96 通风取暖联合装置

通过调节输入暖风机的高温冷却水流量和鼓风机的转速来增减外部空气的吸入量，便可控制暖风的温度。通过冷热变换阀门可调节进入车内的冷、暖风的通风量，这种暖风装置多用于轿车或载货汽车驾驶室。

2. 电动车窗

为了方便驾驶员和乘客，许多轿车采用电动车窗（也叫自动车窗），它利用电动机来驱动玻璃升降器使车窗上下移动。驾驶员操作时，可以使4个车窗中的任意一个上升或下降，乘客只能使所靠近侧的车窗上升或下降。

电动车窗主要由车窗玻璃、玻璃升降器、车窗电动机、继电器、断路器和车窗控制开关等组成。车窗电动机、车窗控制开关及车窗继电器在车上的布置如图4-97所示。

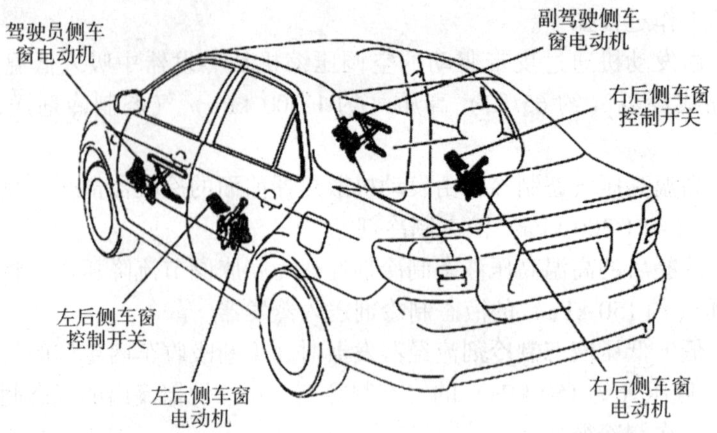

图 4-97 电动车窗

3. 电动座椅

电动座椅可以通过控制电动机的正反旋转方向来调节空间位置，改变驾驶员或乘客的坐姿，尽可能减小驾驶员及乘客长时间坐车的疲劳，提高乘坐的舒适性。电动座椅前后方向的调节量一般为 100 ~ 160 mm，上下方向的调节量一般为 30 ~ 50 mm，全程调节量所需时间一般为 8 ~ 10 s。

普通电动座椅一般由双向直流电动机、座椅开关、传动机构、执行机构及控制装置等组成，如图 4-98 所示。

为了改善驾驶员和乘客乘坐的环境，一些轿车上设置了座椅加热系统。随着计算机技术的发展及其在汽车上的应用，目前，许多高档轿车的电动座椅系统都带有存储器，具有记忆能力，它能够将设定的座椅调节位置进行记忆，使用时只要按指定的按键开关，座椅就会自动地调节到预先设定的位置上。

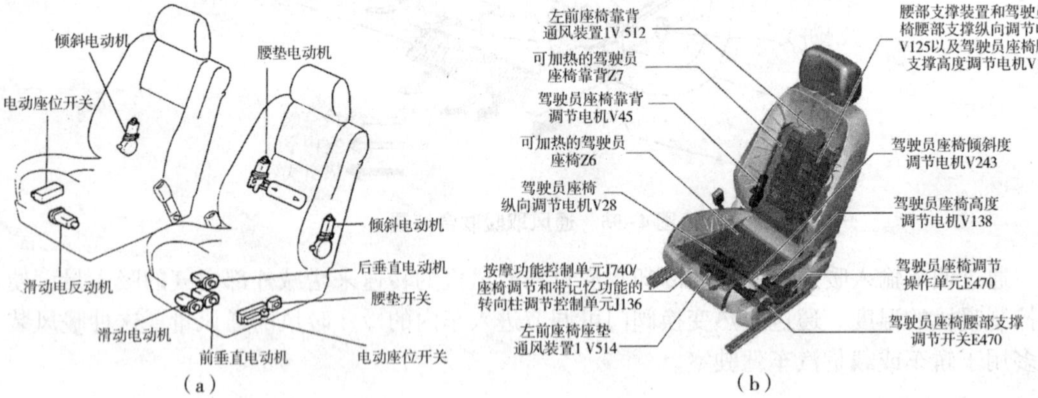

图 4-98 电动座椅

(a) 乘客座椅；(b) 驾驶员座椅

4. 中控门锁

为了方便驾驶员和乘客开关车门，现在大部分轿车都安装了中央控制门锁（简称中控门锁）系统。它具有以下功能。

(1) 中央控制功能：驾驶员可通过门锁开关同时打开各个车门，也可单独打开某个车门，当驾驶员车门锁住时，其他 3 个车门也同时锁住。

（2）速度控制功能：当行车速度达到一定值时，各个车门能自行锁定，防止乘员误操作车内门把手而导致车门打开。

（3）单独控制功能：驾驶员车门以外的 3 个车门设置有单独的弹簧锁开关，可以独立地控制一个车门的打开和锁住。

中控门锁系统一般由门锁控制开关、钥匙开关、门锁总成、行李厢门锁及门锁控制器等组成。图 4-99 所示为典型的中控门锁控制系统及其组件的安装位置。

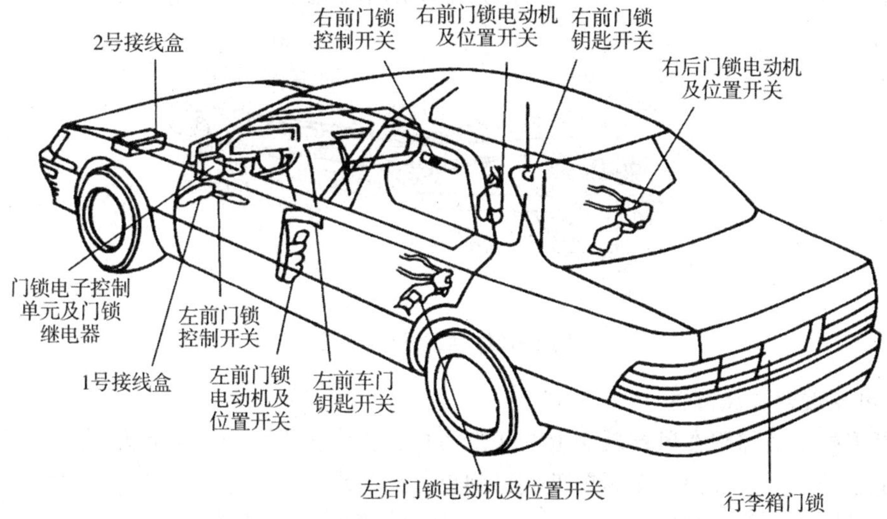

图 4-99　典型的中控门锁系统及其组件的安装位置

为了便于操作，现在很多汽车的中控门锁系统均配备了遥控发射器来实现锁门和开门等功能，其基本原理是通过遥控门锁的发射器发出微弱电波，此电波由汽车天线接收后送至中控门锁系统中的电子控制单元进行识别对比，若识别对比后的代码一致，电子控制单元将把信号送至执行器来完成相应的动作，其工作过程如图 4-100 所示。

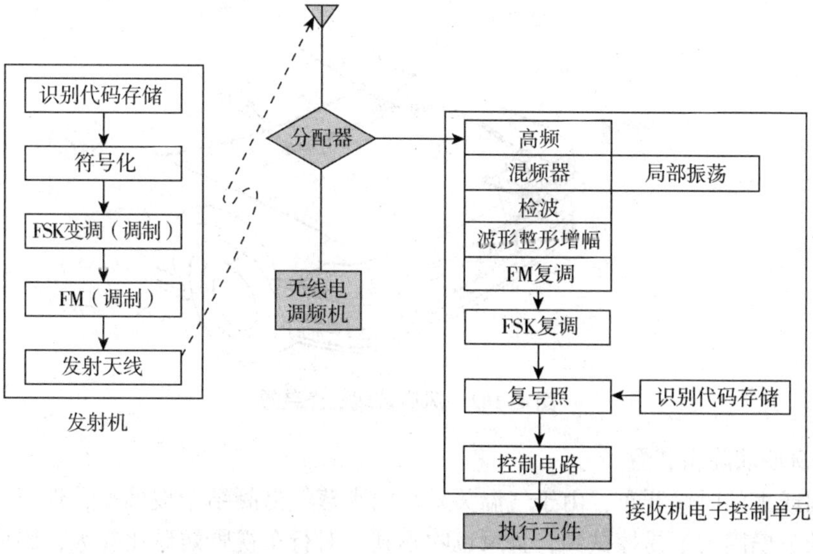

图 4-100　遥控门锁工作示意图

5. 风窗玻璃清洗系统

为了保证在各种使用条件下，驾驶室内的风窗玻璃表面干净、清洁，汽车上都装有风窗玻璃清洗系统，包括风窗玻璃刮水装置、风窗玻璃洗涤装置和风窗玻璃除霜装置。

1）风窗玻璃刮水装置

汽车在雨、雪天气行驶时，雨水或雪花落在汽车风窗玻璃表面，挡住驾驶员的视线，给行车安全带来隐患，因此必须安装风窗玻璃刮水装置。风窗玻璃刮水装置有真空式、气动式和电动式等，目前汽车上广泛采用的是电动刮水装置，其主要由直流电动机和一套传动机构组成，如图 4-101 所示。

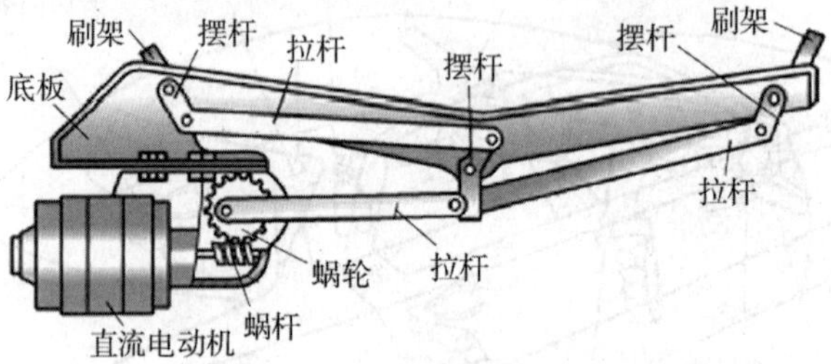

图 4-101　电动刮水装置

2）风窗玻璃洗涤装置

为了更好地消除附在风窗玻璃上的灰尘污物，在汽车上增设了风窗玻璃洗涤装置，与刮水器配合使用，可以使汽车风窗玻璃得到更好的清理。

风窗玻璃洗涤装置如图 4-102 所示，主要由储液罐、洗涤泵、输液管、喷嘴等组成。洗涤泵由永磁直流电动机和离心式叶片泵组装成为一体，安装在储液罐上或管路内，喷射压力达 70～88 kPa。洗涤泵的连续工作时间不应超过 1 min，对于刮水和洗涤分别控制的汽车，应先开洗涤泵，再接通刮水器。喷水停止后，刮水器应继续刮动 3～5 次，以便达到良好的清洁效果。

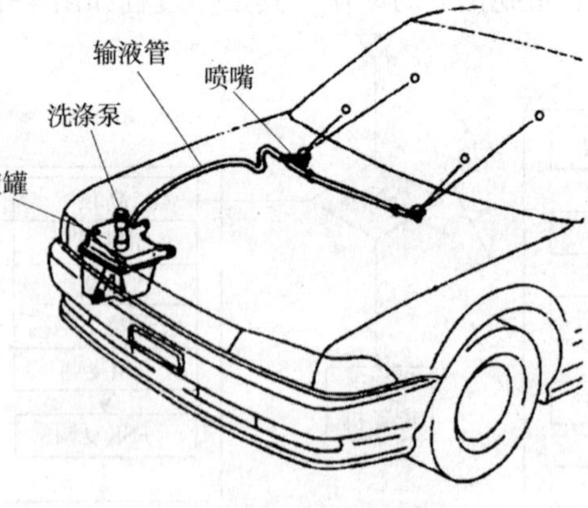

图 4-102　风窗玻璃洗涤装置

3）风窗玻璃除霜装置

在有雨或雪的时候开车，由于气温关系车内水蒸气易凝结于玻璃上，形成一层霜，尤其是后方的玻璃因为不易擦拭到，且风也吹不到，对行车视野妨碍比较大，因此在一些汽车上安装有除霜装置。汽车前、侧窗玻璃上的霜可以利用空调系统产生的暖气进行除霜，后窗玻璃多使用电热丝除霜。

电热丝除霜是把电热丝一条一条地粘在后窗玻璃内部，将两端相接成并联电路，只需要供给两端要求的电压，即可加温玻璃，从而达到除去结霜的目的。

除上述辅助电器外，汽车上的辅助电器还有电动后视、电动天窗、电动天线、汽车导航系统、汽车防盗系统等，读者可自行查阅相关资料，在此不再一一介绍。

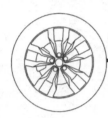

第 5 章 汽车电子技术

如今世界汽车工业正处于大变革、大调整的时期，而变革的主线是汽车的电子化、信息化和智能化，关键技术是汽车电子控制技术。汽车电子控制技术的水平将直接对汽车的动力性、经济性、安全性、舒适性等产生重大影响。世界性的能源危机、环境问题、交通安全问题等促进着汽车电子技术的快速发展，使汽车电子技术从 20 世纪 50 年代的萌芽阶段，到 20 世纪 80、90 年代的微机控制阶段，再到现在的大规模集成化发展，电子装置的成本占整车成本的比重越来越高，以至目前形成了“软件定义汽车”的概念。

5.1 汽车电子控制系统概述

5.1.1 汽车电子控制系统的组成

汽车电子控制系统是由传感器、电子控制单元和执行器 3 部分组成的，如图 5-1 所示。

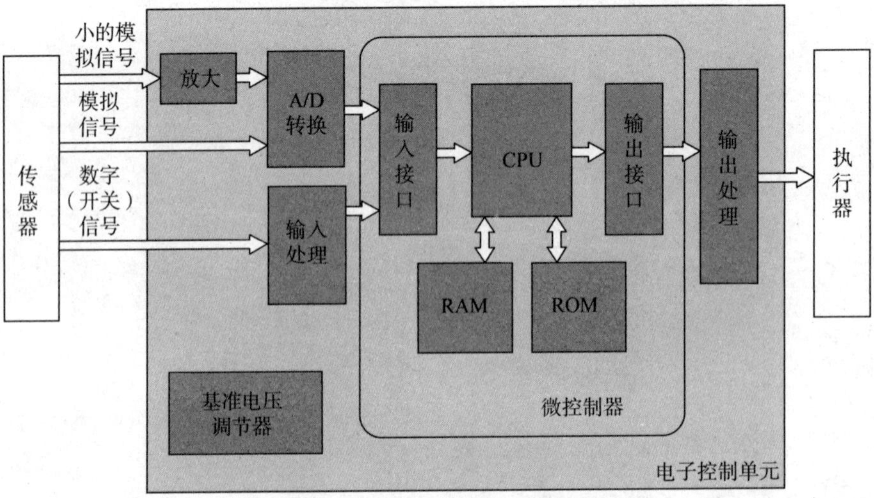

图 5-1 汽车电子控制系统的组成

1. 传感器

传感器是将某种变化的物理量转化成对应电信号的器件或装置，可以测量系统内部和外部的温度、压力、转速、位置、空气流量、气体浓度等物理量的状态及变化情况。目前一辆车的传感器一般有五六十个，分布在发动机控制系统、底盘控制系统和车身控制系统等总成上。汽车上常用的传感器如图 5-2 所示。

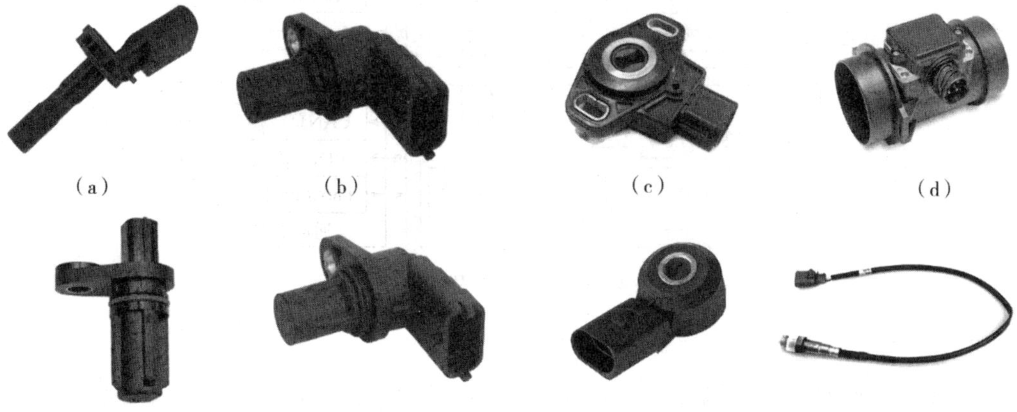

(a)　(b)　(c)　(d)

(e)　(f)　(g)　(h)

图 5-2　汽车上常用的传感器

(a) ABS 传感器；(b) 车速传感器；(c) 节气门位置传感器；(d) 空气流量计；
(e) 曲轴位置传感器；(f) 凸轮轴位置传感器；(g) 爆震传感器；(h) 氧传感器

2. 电子控制单元

电子控制单元（Electronic Control Unit，ECU）又称“行车电脑”“车载电脑”等，由传感器的接口电路部分、单片机及其外围电路（俗称数字核心）、驱动执行器的功率放大电路（俗称功率驱动）、对外通信电路（包括 K 线、CAN 总线、LIN 总线等）和给所有电路供电的电源部分 5 部分组成，汽车上常用的 ECU 如图 5-3 所示，其内部的基本硬件框架如图 5-4 所示。

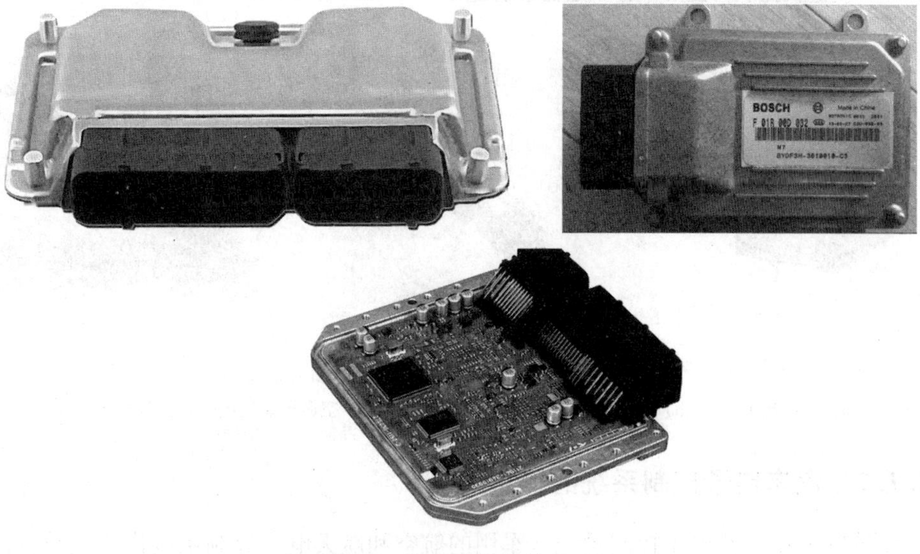

图 5-3　汽车上常用的 ECU

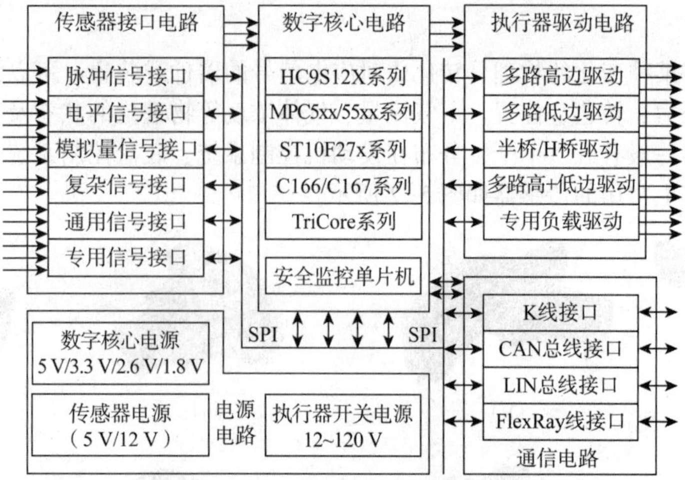

图 5-4　ECU 内部的基本硬件框架

3. 执行器

执行器是 ECU 指令的执行者，即将 ECU 发出的控制信号转化为力或者运动，是控制系统中的“手”和“脚”。目前一辆车上的执行器一般有四五十个，主要包括各种类型的电磁阀、各种类型的电动机、各种类型的继电器和各种提示信息用的状态指示灯。汽车上常用的执行器如图 5-5 所示。

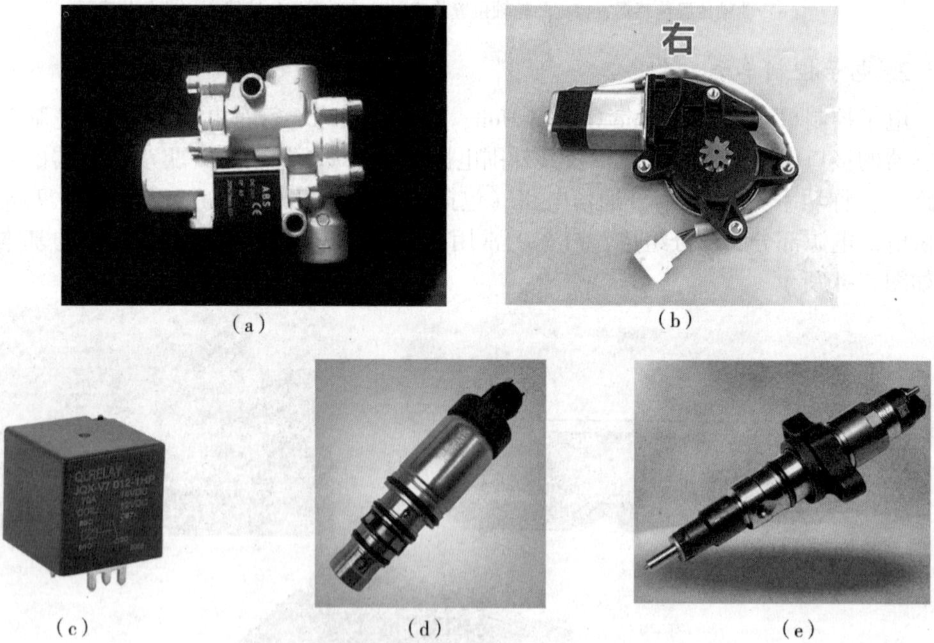

图 5-5　汽车上常用的执行器

（a）ABS 电磁阀；（b）车窗控制电机；（c）继电器；（d）空调压缩机电磁阀；（e）喷油器

5.1.2　汽车电子控制系统的特点

和传统的家用消费电子控制系统、军用的航空和航天电子控制系统进行比较，汽车电子控制系统显示出了较强的独立性，具有以下几个特点。

（1）部分控制系统的实时性要求非常高，以满足车辆高速移动时的安全性和发动机精确控制的需要。例如，对发动机点火正时和喷油脉宽的控制误差要求在±0.1°CA（曲轴转角）内，假设发动机此时的转速为 3 000 r/min，则该曲轴转角对应的时间为仅为±11.12 μs。而在该时间内，一架时速 1 000 km/h 的飞机的飞行距离只有 3.09 mm，因此，对汽车或者发动机的控制实时性要求并不比航空或者航天控制系统的低。

（2）控制系统必须能够满足苛刻和剧烈变化的环境要求。汽车电子控制系统工作环境复杂，不仅温度变化范围大，还受湿度、海拔高度、振动、腐蚀物质等的不利影响。汽车的电子控制系统必须能够适应这些剧烈而苛刻的外部和内部环境的变化，长期稳定地工作。

（3）控制系统须具有高度的灵活性和可靠性。控制系统既要能够满足各种法规、标准的要求，也要能够适应不同产品的定位要求，满足各种客户的不同偏好和需求。

（4）汽车电子控制系统具有很强的机电结合、复杂的软件和硬件结合以及控制算法和 MAP 图数据结合。因此，汽车电子控制系统知识高度密集、学科交叉程度大、投入开发周期长，需要投入较多的人力和物力，才能完成产品的开发过程。

（5）汽车电子控制系统要想得到广泛的应用，还必须实现系列化、规模化、大批量、低成本的生产。

5.1.3　汽车电子控制技术发展趋势

（1）集中综合控制。将发动机管理系统和变速器控制系统集成为动力传动控制系统的综合控制；通过中央底盘控制器，将制动、悬架、转向和动力传动等控制系统通过总线进行连接。控制器通过复杂的运算，对各子系统进行协调，将车辆行驶性能控制到最佳水平，形成一体化的底盘控制系统。

（2）汽车 12 V 供电系统向 42 V 转化，提高车载电源的供电能力，降低电源的功率损耗。通过提高供电系统的电压，可以获得如下的优点：减少电流裁量、减小线束线径，使电器装置轻量化、微型化；可以由电动机来驱动冷却风扇、水泵、空调压缩机等附件，减少发动机零件和质量，降低发动机的负荷；可将发动机内部的机械驱动元件改为电驱动，既可以进一步减少发动机的零件，降低负荷，还能提高控制精度；为汽车实现全面电控化提供了条件。

（3）采用 FlexRay、MOST、Bluetooth、以太网等高速、容错能力强的总线网络通信协议代替 CAN 总线。

（4）发展混合动力汽车、氢燃油电池汽车、纯电动汽车等新型动力源的新能源汽车技术。

（5）发展智能网联汽车。实现车与人、车、路、后台等智能信息交换共享，实现安全、舒适、节能、高效行驶。

5.2　发动机电子控制系统

5.2.1　汽油发动机电子控制系统

为了实现汽车发动机在所有行驶工况下都能保持低的排放污染物、良好的燃油经济性和极好的驱动性能，许多企业对发动机的机械设计（如燃烧室的形状、火花塞的位置、进气门的数目等）做了改进，但实现此目标的关键是要能够精确地控制空燃比和点火定时，因此，对于现代汽车的发动机必须使用简单的机械控制系统和发动机电子控制系统相结合的方法。

发动机电子控制系统由基于微处理器的 ECU、大量的电子电磁传感器和执行器组成，通过对空燃比、点火时刻、废气排放等实施精确控制，来实现对发动机动力性、经济性、排放净化等方面的最佳要求。

1. 空燃比控制

1）空燃比的相关知识

可燃混合气是指空气与燃料的混合物，其成分对发动机的动力性与经济性有很大影响。可燃混合气的成分可以采用空燃比和过量空气系数表示。

空燃比：可燃混合气中空气质量（A）与燃料质量（F）的比。

过量空气系数：$\alpha=\dfrac{\text{燃烧 1 kg 汽油实际消耗的空气量}}{\text{完全燃烧 1 kg 汽油理论上消耗的空气量}}$

理论上完全燃烧 1 kg 汽油所需要的空气量为 14.7 kg。

因此可得：空燃比=14.7 时，$\alpha=1$，为标准混合气；空燃比<14.7 时，$\alpha<1$，为浓混合气；空燃比>14.7 时，$\alpha>1$，为稀混合气。

可燃混合气浓度对发动机性能的影响如下。

理论上，当 $\alpha=1$ 时，混合气所含空气中的氧气正好足以使汽油完全燃烧，但实际上，由于时间和空间条件的限制，汽油细粒和蒸气不可能及时地与空气绝对均匀地混合，因此，即使 $\alpha=1$，汽油也不可能完全燃烧。

当 $\alpha>1$ 时，才有可能完全燃烧，因为此时混合气中有较多的空气，正好满足完全燃烧的条件，此混合气也称为经济混合气。对于不同的汽油机，经济混合气的 α 值也不同，一般在 1.05 ~ 1.15 范围内。

当 $\alpha<1$ 时，发动机有可能发出的功率 P_e 最大，因为这种混合气中汽油含量较多，汽油分子密集，燃烧速度高，热量损失小，因而可使得缸内平均压力最高，功率最大，此混合气称为功率混合气。对不同的汽油机来说，功率混合气 α 值一般在 0.85 ~ 0.95 范围内。

当 $\alpha>1.11$ 时，称为过稀混合气；当 $\alpha<0.88$ 时，称为过浓混合气。混合气过稀过浓都会使发动机功率 P_e 降低，燃油消耗率 g_e 增加。

由以上分析可知，发动机正常工作时，所用的可燃混合气 α 值，应该在获得最大功率和获得最低燃油消耗率之间，在节气门全开时，α 值的最佳范围为 0.85 ~ 1.15。一般在节气门全开条件下，$\alpha=0.85\sim0.95$ 时，发动机可得到较大的功率；当 $\alpha=1.05\sim1.15$ 时，燃油经济性较好，所以当 α 在 0.85 ~ 1.15 范围时，动力性和经济性都比较好。发动机功率 P_e、燃油消耗率 g_e 与过量空气系数 α 之间的关系曲线如图 5-6 所示。

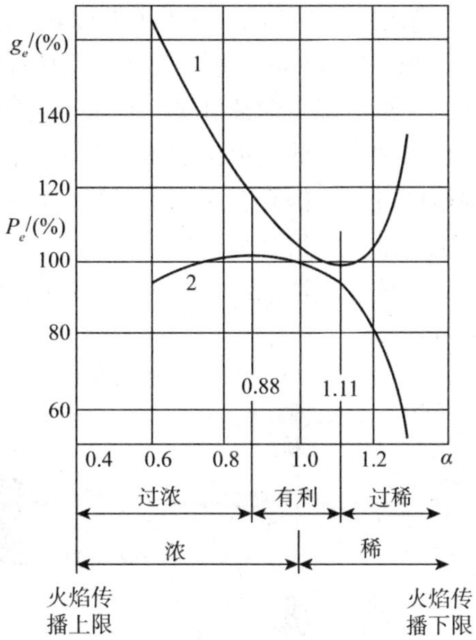

1—P_e-α 曲线；2—g_e-α 曲线。

图 5-6　发动机功率 P_e、燃油消耗率 g_e 与过量空气系数 α 的关系

不同工况下发动机对可燃混合气的要求如下。

作为车用汽油机，其工况（负荷和转速）是非常复杂的，如怠速、起步、加速、减速、停止等工况范围变化较大。不同运行工况下发动机的运转情况不一样，对可燃混合气的浓度要求也不同，如表 5-1 所示。

表 5-1　汽油发动机不同工况对可燃混合气成分的要求

工况	节气门开度	混合气 α 值	气缸内性能
怠速	接近关闭	0.6～0.8	废气含量大
小负荷	逐渐开启	0.7～0.9	废气含量减少
中等负荷	足够的开度	0.9～1.1	经济性较好
大负荷和全负荷	全开	0.85～0.95	最大功率

怠速和小负荷工况：怠速时节气门处于关闭状态，混合气燃烧后做的功只用于克服发动机内部阻力，使发动机保持最低转速稳定运转，由于吸入气缸内的混合气数量少，因此汽油雾化不良，为保证混合气能正常燃烧，就必须提高其浓度；在小负荷工况时，也要提供浓混合气，加浓程度随负荷增加而减小。

中等负荷工况：发动机大部分时间都工作在中等负荷工况，此工况下，节气门开度比较大，可提供较稀的混合气，以获得最佳的燃油经济性。

大负荷和全负荷工况：大负荷工况时，节气门开度已超过 75%，此时应随着节气门开度的加大逐渐加浓混合气，满足发动机的功率要求。实际上，在节气门未全开前如需更大的转矩，只要把节气门进一步开大就能实现，不需使用功率空燃比来提高功率，应继续使用经济空燃比；在全负荷工况时，节气门全开，此时需要提供功率混合气以获得最大功率。

2）电控汽油喷射系统

通过以上分析可知，混合气的空燃比对发动机的动力性、经济性和排放性有很大影响，单纯采用机械的方法，无法精确地控制空燃比，须采用带有电子控制的汽油喷射系统。

电控汽油喷射（Eletronic Fuel Injection，EFI）系统利用各种传感器检测发动机和汽车的各种状态，经微机的判断、计算，确定喷油脉宽、点火正时等参数，使发动机在不同工况下均获得合适空燃比的混合气和合适的点火提前角。在闭环控制系统中采用氧传感器反馈控制，可使空燃比的控制精度进一步提高，在汽车运行的各种条件下空燃比均可得到适当的修正，使发动机在各种工况下均能得到最佳的空燃比。

电控汽油喷射系统由进气系统、供油系统、控制系统和故障诊断系统（后续课程中进行介绍）组成，如图 5-7 所示。

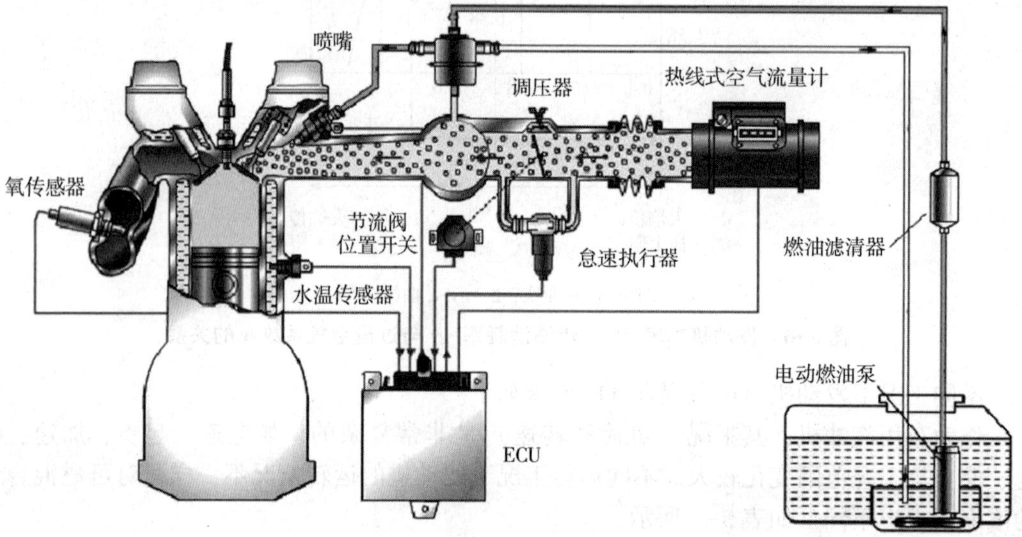

图 5-7　电控汽油喷射系统

进气系统：为发动机可燃混合气的形成提供必需的空气量，空气经空气滤清器、空气流量传感器、节气门、进气总管、进气歧管进入发动机。当发动机处于怠速时，节气门全闭，由怠速控制阀控制发动机的进气量。

供油系统：为发动机提供计量实时准确、喷油量动态范围宽的可燃混合气并使其顺利、均匀地进入每个燃烧室。电动燃油泵把燃油从油箱内泵出，经燃油滤清器进入喷油器，喷油量由喷油器通电时间的长短来控制。供油系统如图 5-8 所示。

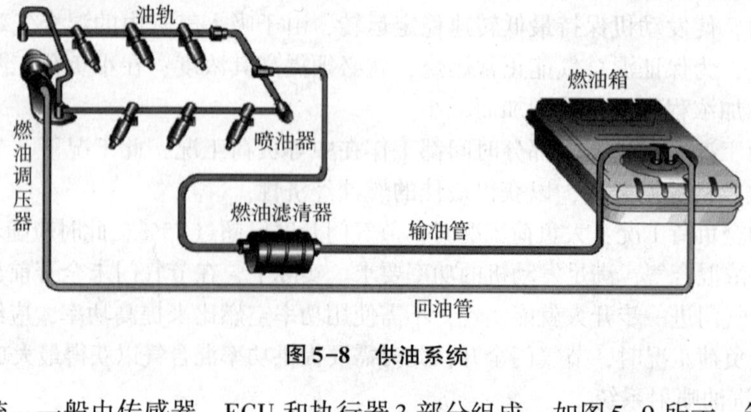

图 5-8　供油系统

控制系统：一般由传感器、ECU 和执行器 3 部分组成，如图 5-9 所示，箭头指向 ECU

的部件是传感器，ECU 所指的部件是执行器。发动机电子控制系统根据需要把各种传感器送来的信号进行分析处理，并把处理结果送给执行器，使执行器进行相应的动作。

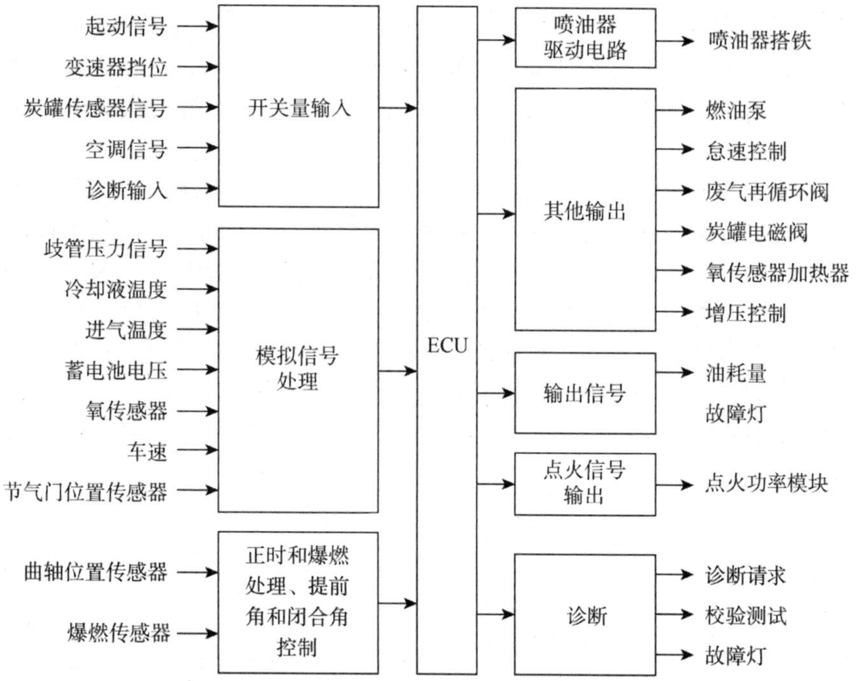

图 5-9 电控发动机电子控制系统的组成

（1）空燃比的控制策略。为了满足发动机各种工况的要求，混合气的空燃比须采用闭环和开环相结合的控制策略。冷起动和冷却液温度低时，采用开环控制方式，由于起动转速低、冷却液温度低、燃油挥发性差，因此需要对燃油进行一定的补偿，混合气稍浓，随着冷却液温度的升高，空燃比逐渐变大；部分负荷和怠速运行时，为了获得低的排放，并有较好的燃油经济性，须采用电控汽油喷射加三元催化转化器，进行空燃比的闭环控制，只有采用闭环控制方式，才能使混合气空燃比严格控制在理论空燃比附近很窄的范围内，使有害排放物转化效率最高；在全负荷时，节气门全开，为了获得最大的发动机功率和防止发动机过热，应采用开环控制，将混合气空燃比控制在 12.5 ~ 13.5 范围内；在大负荷时，为了避免发动机过热，可将混合气调浓，以降低发动机的温度。

（2）空燃比的控制流程。要实现上述空燃比的控制策略，应按下列步骤进行：

①精确确定发动机的空气质量流量，可用空气质量流量计直接测量空气质量流量或通过进气歧管绝对压力传感器、进气温度和发动机转速信号计算出空气质量流量；

②根据测量空气质量流量时的发动机转速，计算出每工作循环每缸的进气质量流量；

③测量发动机此工况下各种传感器的信号，根据这些数据查表获得理想的燃油和空气的比例，从而计算出每缸理想的燃油质量；

④根据喷油器标定数据计算出喷油器喷油时间（喷油脉宽）；

⑤根据发动机工况确定喷油定时；

⑥ECU 中的驱动器根据发火顺序，按上面已计算得到的喷油脉宽和喷油定时使喷油器工作。

2. 点火控制

为了保证发动机在各种工况下可靠并准确地点火，点火系统必须满足以下要求。

（1）提供足够高的次级电压，使火花塞电极间跳火。能使火花塞电极间产生电火花的电压称为击穿电压，发动机起动时需要的击穿电压为 17 kV 左右，发动机在低速满负荷运行时需要 8 ~ 10 kV 的击穿电压。为了使点火可靠，通常点火系统的次级电压要大于击穿电压，达 20 kV 以上。

（2）火花要具有足够的能量。火花的能量不仅和火花的电压有关，而且还和火花电流以及火花持续时间有关，点火能量越大，着火性能越好。在发动机起动、怠速及急加速等情况下要求较高的点火能量，目前采用的高能点火装置，点火能量都要求超过 100 mJ。

（3）点火系统应按发动机的发火顺序并以最佳时刻（点火提前角）进行点火。最佳点火提前角是由发动机的动力性、经济性和排放性要求共同确定的。

（4）当需要进行爆燃控制时，能使点火提前角推迟。

点火控制系统与电控汽油喷射系统一样，也是由传感器、ECU 和执行器 3 部分组成的，如图 5-10 所示。

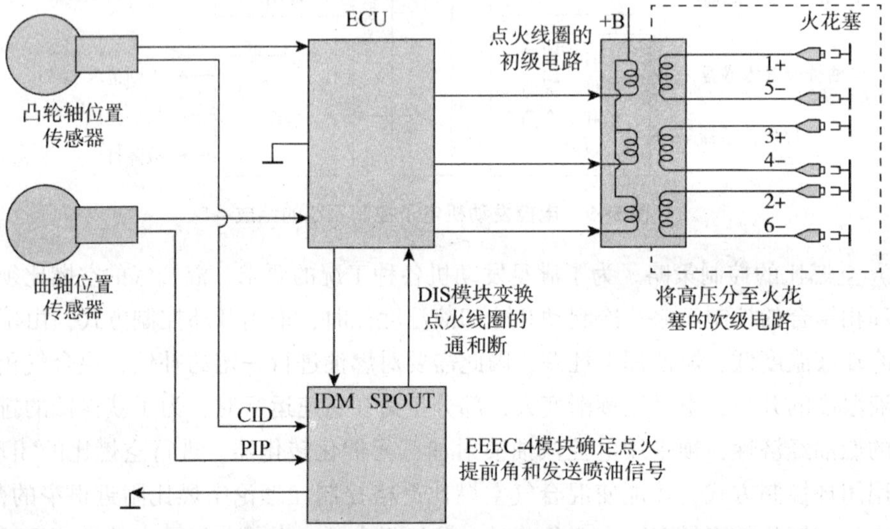

图 5-10 点火控制系统的组成

传感器用来检测与点火有关的发动机工作和状况信息，并将检测结果输入 ECU，作为计算和控制点火时刻的依据。点火控制用到的传感器除了与电控汽油喷射系统中一样的转速和曲轴位置传感器、节气门位置传感器、冷却液温度传感器和空气温度传感器外，还有专为点火控制用的爆燃传感器。

执行器有点火模块、点火线圈和火花塞，点火模块的主要作用是将 ECU 的输出信号送至功率管进行放大，并按发火顺序给点火线圈提供初级电流。

ECU 的作用是接收由传感器传来的各种模拟和数字信号，对这些信号进行运算、判断与处理，确定出最佳点火提前角和通电时间，然后向执行器发出控制指令。

目前汽车上最常见的点火系统为无分电器的微机控制点火系统，又称为电控点火系统，无分电器的电控点火系统用电子控制装置取代了分电器，将点火线圈产生的高压电直接送给火花塞进行点火。根据点火线圈的数量和高压电分配方式的不同，该点火系统又可分为独立点火方式、同时点火方式和二极管配电点火方式。其中，独立点火方式是每缸一个点火线圈，同时点火方式是 2 个气缸共用一个点火线圈，二极管配电点火方式是 4 个气缸共用一个点火线圈，其结构如图 5-11（a）、5-11（b）、5-11（c）所示。

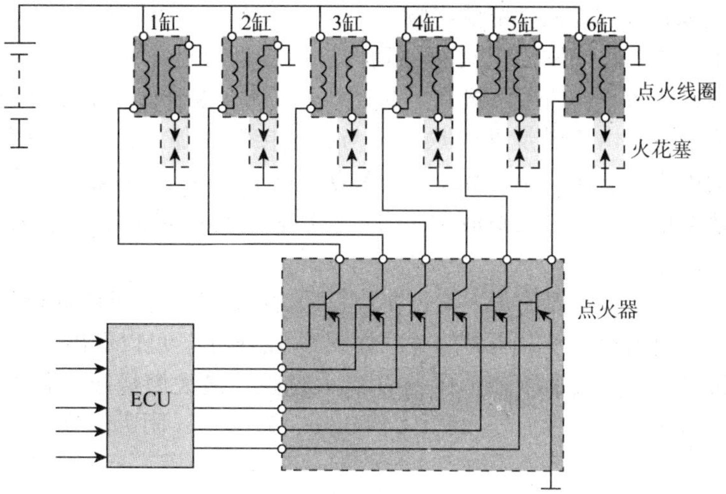

（a）

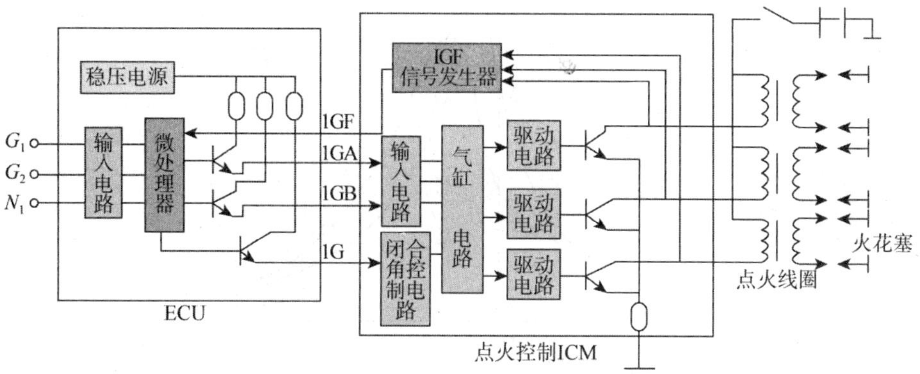

（b）

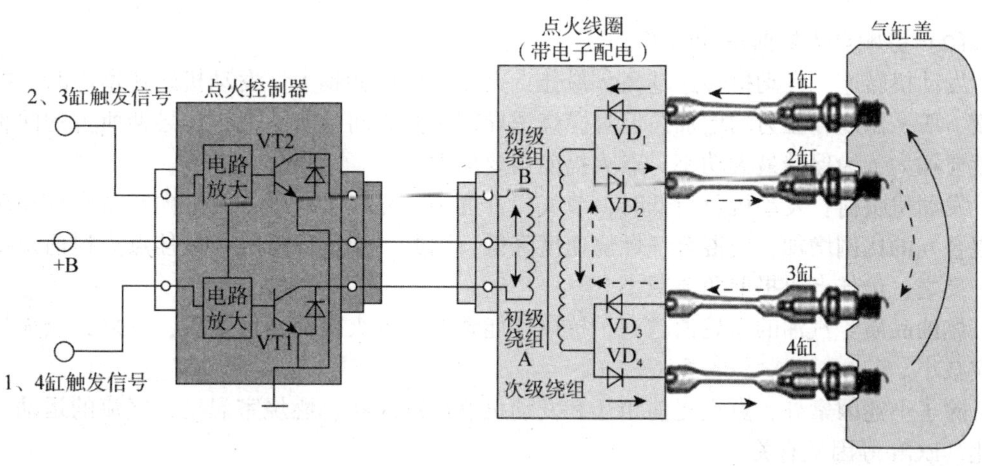

（c）

图 5-11　电控点火系统

（a）独立点火方式；（b）同时点火方式；（c）二极管配电点火方式

点火控制主要包括点火提前角控制、闭合角控制和爆燃控制 3 个方面。

1）点火提前角控制

（1）点火提前角对发动机性能的影响。

点火提前角是从火花塞发出电火花，到该缸活塞运行至压缩上止点时曲轴转过的角度。如果点火过迟，活塞在到达压缩上止点时点火，那么混合气在活塞下行时才燃烧，使气缸内压力下降，同时由于燃烧的炽热气体与缸壁接触面加大，热损失增加，发动机过热，从而使发动机功率下降，油耗增加；如果点火过早，混合气在活塞压缩行程中完全燃烧，活塞在到达上止点前缸内达到最大压力，使活塞上行的阻力增加，也会使功率下降，还会产生爆燃。

现代发动机的最佳点火提前角，不仅要使发动机的动力性、经济性最佳，还应使有害排放物最少。点火提前角与气缸压力的关系如图 5-12 所示。可以看出，在点 *B* 点火过早，最大燃烧压力最高，但出现了爆燃；在点 *D* 点火过晚，最大燃烧压力很低；而在点 *C* 点火，最大燃烧压力在上止点后 10°～16°CA 时出现，做的功（阴影部分）最多。

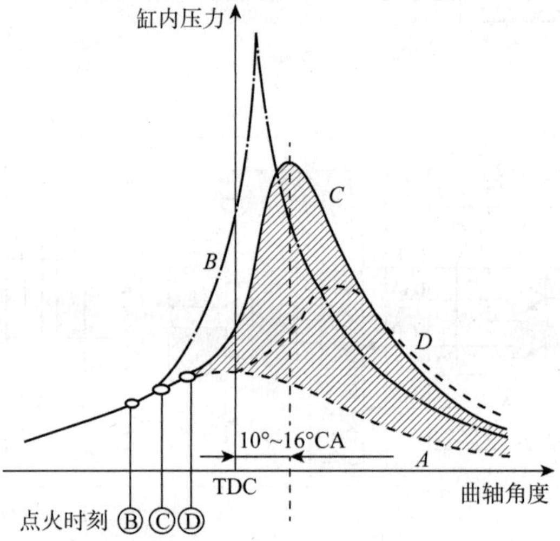

图 5-12　点火提前角与气缸压力的关系

（2）影响点火提前角的因素。

发动机转速：发动机转速越高，最佳点火提前角也就越大。发动机转速增高时，扰流强度、压缩温度和压力均增加，但对燃烧诱导期所需时间影响不大，诱导期所占的曲轴转角就要加大，为保持最大功率，点火提前角要加大。

发动机负荷：发动机负荷低时，节气门开度小，充气量减小，气缸内残余废气相对新鲜混合气的比例增加，使混合气燃烧速度降低，因此，当负荷低时，最佳点火提前角要增大；反之，最佳点火提前角要减小。

燃油品质：汽油的辛烷值越高，抗爆性能越好，点火提前角可增大；反之，点火提前角应减小。

除了上述因素外，点火提前角还和发动机燃烧室形状、燃烧室温度、气流的运动、空燃比、EGR 等因素有关。

（3）点火提前角的控制策略。

起动时点火提前角的确定：发动机起动时，按 ECU 内存储的初始点火提前角（设定值）进行控制，不同发动机的设定值会有不同，一般为 10°左右。因为在发动机起动过程中，进气歧管绝对压力传感器信号或空气流量计信号不稳定，所以 ECU 无法正确计算点火提前角，一般将点火时刻固定在设定的初始点火提前角。

起动后点火提前角的确定：发动机起动后进行正常运转时，由 ECU 根据发动机的转速和负荷信号确定基本点火提前角，并根据其他有关信号进行修正，最后确定实际的点火提前角，即起动后的点火提前角是由初始点火提前角、基本点火提前角和修正点火提前角共同确定的。

其中，基本点火提前角在怠速工况时是由 ECU 根据节气门位置传感器信号、发动机转速传感器信号和空调开关信号来确定的；在非怠速工况时是由 ECU 根据发动机的转速和负荷来确定的。不同的发动机控制系统，对点火提前角的修正项目不同，主要修正项目包括暖机修正、怠速修正和空燃比反馈修正等。

2）闭合角控制

在计算机控制的点火系统中沿用了传统点火系统闭合角的概念，是指初级电路接通的时间，即对闭合角的控制，就是对初级电路通电时间的控制。

（1）通电时间对发动机工作性能的影响。

在发动机工作时，初级电路断开时初级电流的数值与初级电路通电时间的长短有关，而点火线圈的次级电压和初级电路断开时的初级电流成正比，为了获得足够高的次级电压，必须保证点火线圈初级电路的通电时间，但如果通电时间过长，点火线圈又会发热并增大电能消耗，因此，需要根据发动机的运行工况对点火线圈初级电路的通电时间进行控制。

（2）通电时间的控制策略。

通常规定在发动机任何转速下电路断开时初级电流都能达到某一值，可以采用在点火控制电路中增加恒流控制电路或者采用多齿信号触发盘等方法，提高转速信号和曲轴位置信号分辨率来精确地控制通电时间；另外，蓄电池电压变化会影响初级电流的大小，因此须根据蓄电池电压的大小对通电时间进行修正。

3）爆燃控制

（1）爆燃的影响。

汽车发动机利用电火花将混合气点燃，并以火焰传播方式使混合气燃烧，如果在传播过程中，火焰还未到达时，局部地区混合气就自行着火燃烧，使气流运动速度加快，缸内压力、温度迅速增加，造成瞬时燃烧，这种现象称为爆燃。

点火提前角越大，燃烧的压力就越大，越容易产生爆燃。爆燃产生的压力会使气体强烈振荡，产生噪声，也会使火花塞、燃烧室、活塞等机件过热，严重情况下会使发动机损坏。在发动机结构参数已确定的情况下，推迟点火提前角是消除爆燃既有效又简单的措施之一，但是，试验表明发动机发出最大功率的点火时刻是在爆燃极限附近。因此，为了得到发动机的最大功率，又尽可能消除爆燃，须把点火提前角调到稍稍小于爆燃极限的位置。

（2）爆燃的控制方法。

爆燃一般发生在大负荷、中低转速（小于 3 000 r/min）情况下，爆燃传感器输出电压随发动机转速高低变化很大，因此不能单纯依靠爆燃传感器输出电压的绝对值进行判断。常用的方法是将发动机无爆燃时的传感器输出电压与产生爆燃时的电压进行比较来判断。

爆燃的分区控制：当发动机负荷低于一定值时，通常不出现爆燃。因此，可将发动机按转速和负荷分为两个区域，如图 5-13 所示。在不易出现爆燃的区域，采用开环控制点火提前角，并根据有关传感器进行适当修正。在大负荷区域中，ECU 检测并分析燃烧传感器的电压信号，进行爆燃控制。

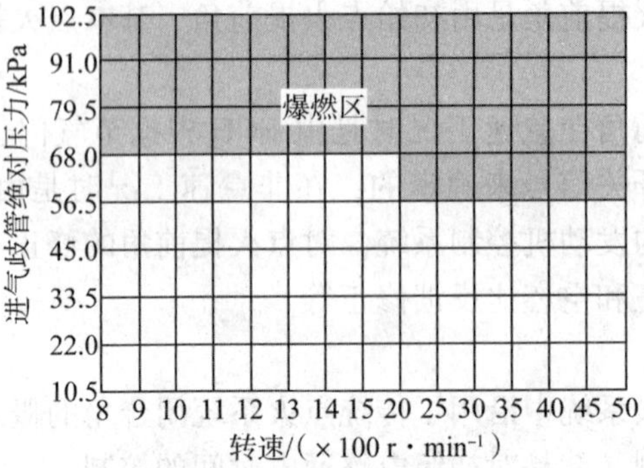

图 5-13　爆燃的分区控制

避免爆燃的误判：爆燃传感器检测到的是缸体表面的振动信号，但此信号也可以是由于气门的升起和落座造成的，因此必须将爆燃产生的振动和其他振动造成的电压信号区分开。由于爆燃通常只是出现在做功行程上止点至上止点后 70°～90°的曲轴转角范围内，如图 5-14 所示，因此，可在爆燃控制系统中设立了一个燃烧窗，在这个窗口范围内爆燃传感器检测到的电压信号才进行爆燃控制处理。

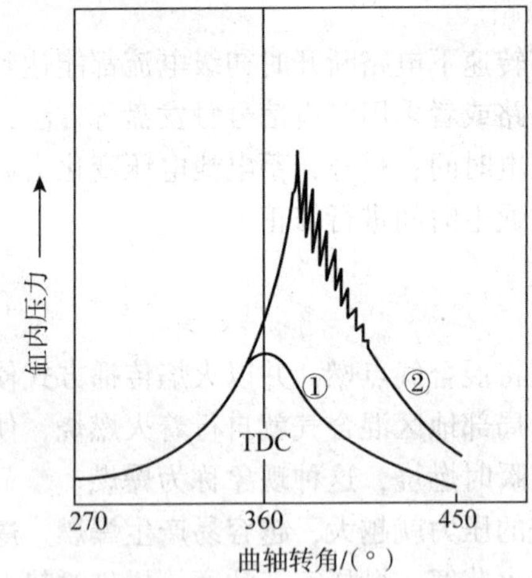

①—没有燃烧时缸内压力变化；②—出现爆燃时缸内压力变化。

图 5-14　爆燃经常出现的区域

根据爆燃程度的大小进行不同的控制：通常按爆燃程度大小分为若干等级，爆燃程度大的，点火提前角推迟角度大；反之，点火提前角推迟角度小，如图 5-15 所示。通常采用模糊控制算法来实现，爆燃程度大的，不仅推迟的角度大，而且是先快（5°），后慢（1°），直到爆燃消失为止。为了保证良好的发动机性能，爆燃消失后，又将点火提前角逐步加大，增加的速率也分为快、慢两种（T_1 和 T_2）。当发动机再次出现爆燃时，点火提前角再次推迟，这样的调速过程反复进行。

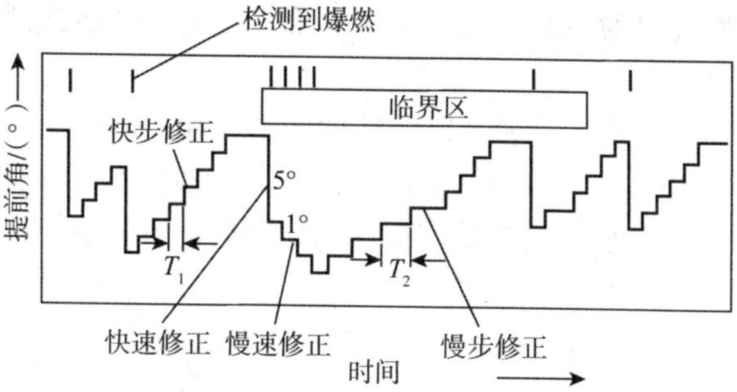

图 5-15　爆燃强度与频度对点火提前角控制的影响

汽车发动机的电子控制系统还会通过怠速控制、EGR 控制、燃油蒸发排放物控制等措施，以及不断开发节能减排新技术，如已经比较成熟且商品化的可变气门正时（VVT）、汽油机缸内直喷（GDI）和均质混合气压缩着火（HCCI）等手段，使汽车的动力性、经济性、环保性得到不断提高，在此不再一一进行讲述，读者可自行查阅相关资料。

5.2.2　柴油发动机电子控制系统

从 20 世纪 70 年代开始，随着微电子技术的发展，8 位微处理器开始在汽车电子控制系统应用，柴油机也开始了电子控制的进程。从结构和功能的角度看，柴油机的电子控制系统包括燃油系统的电子控制、空气系统的电子控制和排放后处理系统的电子控制。这些电子控制系统使得柴油机在动力性、经济性和排放性等方面都取得了巨大的进步。

1. 柴油机燃油系统的电子控制

在柴油机的电子控制系统中，最早研究并实现产业化的是电子控制的柴油喷射系统，随着排放法规的更加严格以及加工和制造技术的进步，先后出现了 3 代电控燃油喷射系统，分别是第一代的位置控制式电控燃油喷射系统、第二代的时间控制式电控燃油喷射系统和第三代的高压共轨式燃油喷射系统。

第一代位置控制式电控燃油喷射系统是将传统的机械式喷油系统作了局部改进，改用电子执行器来对喷油量进行调节，增加了反馈位置的传感器、转速传感器以及燃油温度传感器等，实现了对油泵的精确控制。实施了电子控制后，整个系统的优点在于不同转速与负荷下的喷油量可以灵活标定，因而在发动机的整个稳定工况范围，可以按照最佳的方式来确定其工作特性；而传统的机械式系统则只能保证个别点工况下的工作特性最佳，其他工况下的工作特性不能灵活改变。第一代位置控制式电控燃油喷射系统的最大优点是相对原有系统改动简单、成本低，但是由于喷射压力相对原有系统没有提高，因此对发动机的排放性能改善有限，只是对动力性和经济性以及整车的驾驶性能有所改善，将逐步退出市场。

相对于第一代通过控制齿条或者滑套的位置来间接调整发动机的工况，第二代时间控制式电控燃油喷射系统则通过电磁阀来直接调整发动机的工况。在每次喷射过程中，电磁阀关闭的时间决定喷油定时，电磁阀关闭的持续时间决定喷油量和喷射压力。由于电磁阀直接控制喷油量，使喷油量的控制精度和灵活性更高，因此发动机的性能改善幅度也比较大。第二代时间控制式电控燃油喷射系统的不足之处是仍然需要凸轮型线的驱动来产生喷射所需的高压，其喷射压力严重依赖于凸轮型线的设计，不仅喷射区间受到限制，而且也是脉动的，使得喷油压力控制、喷油速率控制和喷油定时控制都没有得到充分发挥，从而也限制了发动机性能的进一步改善。第二代时间控制式电控燃油喷射系统产业化的基础也是第三代高压共轨式燃油喷射系统实现的前提，第三代高压共轨式燃油喷射系统是目前应用最广泛的。

第三代高压共轨式电控燃油喷射系统的结构如图 5-16 所示，由以下 4 个部分构成。

（1）燃油低压子系统：包括油箱、低压输油泵、滤清器和低压回油管。

（2）共轨压力控制子系统：包括高压泵、高压油管、共轨管、共轨压力传感器以及提供安全保障的压力控制阀和流量限制阀。

（3）燃油喷射控制子系统：包括带有电磁阀的喷油器、凸轮轴位置和曲轴转角传感器。

（4）电控发动机管理系统：包括 ECU 和发动机的各种传感器和执行器。

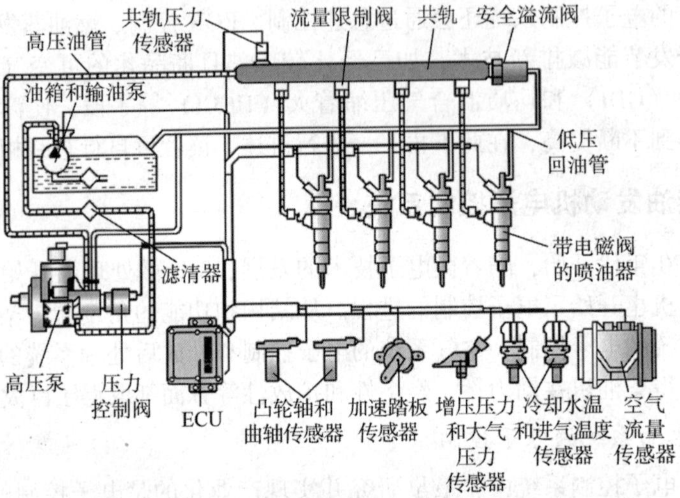

图 5-16　第三代高压共轨式电控燃油喷射系统的结构

第三代高压共轨式电控燃油喷射系统具有如下特点。

（1）共轨上的压力传感器实时反馈共轨中的压力，通过控制压力控制阀的电流来调整进入共轨的燃油量和轨道压力，形成独立的共轨压力闭环子系统，这是共轨系统特有的。

（2）喷油器电磁阀直接对喷油定时和喷油脉宽进行控制，结合灵活的预喷射、主喷射和后喷射以及共轨压力控制，实现对喷射速率、喷射定时和喷射压力以及喷油量的综合控制。

（3）高压泵的体积较小，而且一般采用齿轮驱动的方式，共轨中的蓄压就是喷油器的喷射压力，最高可达 150 MPa，因此叫高压共轨。

（4）共轨沿发动机纵向布置，高压泵、共轨和喷油器各自的位置相互独立，便于在发动机的安装和布置，对现有发动机生产进行改造时，安装共轨系统对缸体和缸盖的改动小。

（5）从技术总体实现难度上看，该系统组成较复杂，机械、液力和电子、电磁阀耦合程度高，加工制造、控制匹配要求的水平高，与第二代系统相比，具有更好性能的同时，开发难度也更大。

（6）该系统一方面在大量应用的同时，还在向更高的水平发展，如进一步降低高压泵的功耗、提高高压泵的高压能力、采用压电晶体式的喷油器电磁阀、降低 ECU 的驱动功耗等。

2. 柴油机空气系统和排放后处理系统的电子控制

随着排放法规的加严，要求柴油机的微粒和 NO_x 排放同时大幅度降低，这就要求柴油机也像汽油机一样要对空燃比进行控制，因此在柴油机上开始采用电子控制的空气系统，典型的空气系统电子控制的措施包括可变截面的涡轮增压压力控制系统、EGR 控制系统、排放后处理系统等。

1）可变截面的涡轮增压压力控制系统（Variable Nozzle Turbocharger，VNT）

采用排气涡轮增压的柴油机与自然吸气的柴油机相比，动力性、经济性和排放性能都有较大提高，但是普通的增压器不能够同时兼顾柴油机的高速工况和低速工况。在低速工况，废气流量和能量较小，很难将涡轮和增压器的转速提高到期望的水平，即最终的增压压力难以提高；而在高速工况，废气流量和能量又较高，使增压压力超过期望值，并且过高的转速会影响涡轮的寿命。

可变截面的涡轮增压器如图 5-17 所示，发动机燃烧产生的废气经环形入口进入，在导向叶片的作用下，经过喷嘴环截面冲击涡轮叶片，对其做功后从涡轮的废气出口流出。压气机轴和涡轮轴是一体的，因此在增压器的另一侧，压气机利用涡轮传递来的功压缩空气实现废气涡轮增压的过程。与固定截面涡轮增压器不同，可变截面的涡轮增压器的喷嘴环截面有圆周均布的导向叶片，导向叶片一方面能够调整喷嘴环的等效流通截面，另一方面能够调整废气冲击涡轮叶片的角度，因此也就调整了废气对涡轮做功的大小，即不同喷嘴环截面、不同叶片角度将不同的废气能量转换为对涡轮做功的效率，从而实现对增压压力的控制。发动机低速时，减小喷嘴环开度，涡轮进口截面积减小，废气流出速度相应提高，增压器转速上升，压气机出口压力增大，从而使发动机进气量增加；发动机转速高时，增大喷嘴环开度，涡轮进口截面积增加，废气流出速度减小，增压器转速减小，从而将增压压力控制在一定范围内，防止增压过量。在加速时，通过调节喷嘴环开度，也可以在短时间内提供足够的进气量，改善其加速性能。

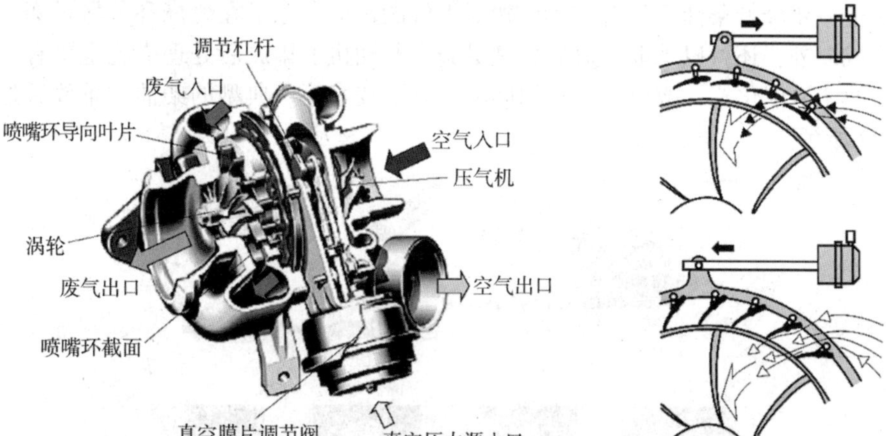

图 5-17　可变截面的涡轮增压器

在发动机上采用可变截面的涡轮增压器，用步进电动机作为电子控制系统的执行器，通过一个连杆与增压器涡轮的操纵环调节曲柄相连。电控系统采集发动机的节气门开度、增压压力、进气温度和发动机转速等信号，根据发动机工况的不同，采用不同的控制策略驱动步进电动机调节喷嘴环的开度到相应的最佳位置。

和传统的增压器相比，可变截面的涡轮增压器具有如下优点：

（1）在兼顾高速动力性、经济性和排放性的同时，能够大幅度提高低速大转矩区的空气量，从而提高柴油机的低速转矩储备，同时降低低速工况的排烟；

（2）可以加快空气动态过程，使空气系统的过渡过程和燃油系统的过渡过程较好匹配，从而避免柴油机加速冒烟的问题；

（3）结合 EGR 控制系统，可使柴油机的空气和燃油的配合过程更加精确，从而为同时降低柴油机的 NO_x 和微粒排放提供可能。

2）EGR 控制系统

为了控制柴油机在部分负荷下的 NO_x 排放，采用 EGR 控制可降低进入气缸的新鲜空气量的比例，使缸内的温度降低，从而抑制 NO_x 的生成。如图 5-18 为 VNT 和 EGR 联合控制时的柴油机空气系统结构，通过 EGR 阀调节进入气缸的废气比例。

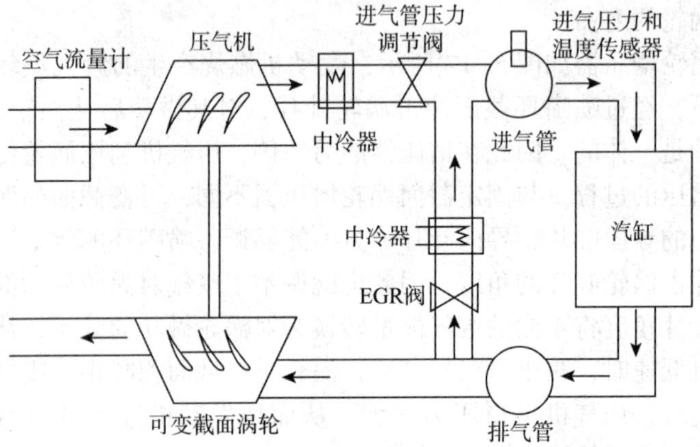

图 5-18　VNT 和 EGR 联合控制时的柴油机空气系统结构

3）排放后处理系统

为了进一步降低柴油机的有害排放物对大气的污染，除了在燃烧环节尽量降低有害排放物的生成以外，还可以采取排放后处理措施，柴油机的排放后处理措施主要有氧化催化器、NO_x 的还原催化器、微粒捕捉器和低温等离子技术等。典型的柴油机排放后处理系统如图 5-19 所示。

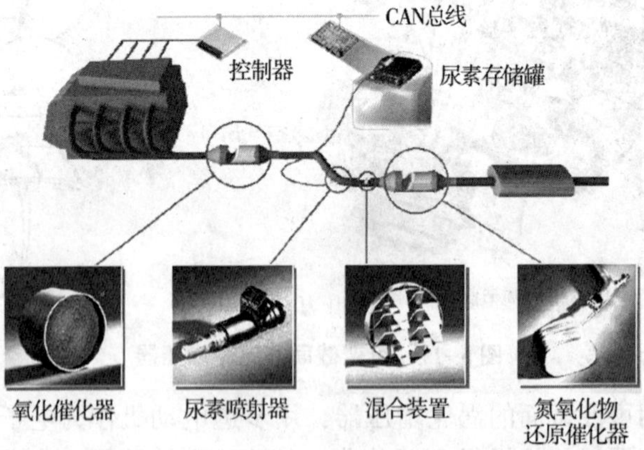

图 5-19　典型的柴油机排放后处理系统

（1）氧化催化器。氧化催化器的作用是将没有完全燃烧的 HC、CO 和部分微粒氧化，生成 CO_2 和 H_2O。如图 5-20 所示，多孔的蜂窝状结构使 HC 和 CO 与 O_2 的接触面积很大，保证氧化效率。

（2）NO_x 的还原催化器。目前降低 NO_x 排放的主要措施有选择性非催化还原法和选择性催化还原法，其中，以尿素为还原剂的选择性催化还原系统作为排放后处理装置得到广泛的应用。

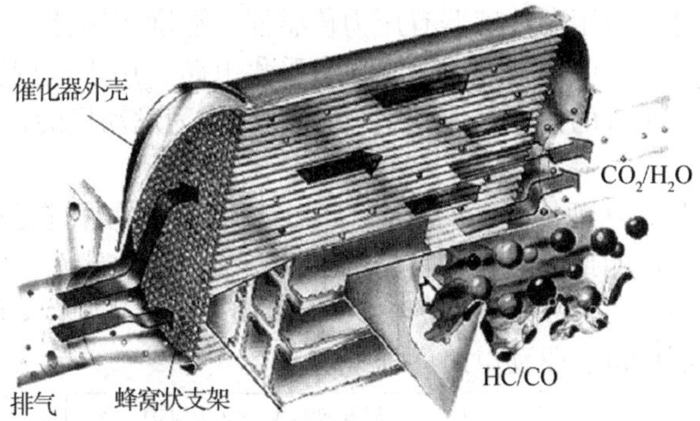

图 5-20　氧化催化器的基本结构

（3）微粒捕捉器。微粒是柴油机的有害排放物之一，可以采用如图 5-21 所示的微粒捕捉器进行处理。微粒捕捉器由过滤器和再生装置两部分组成，先由过滤器捕集颗粒物，然后再将过滤器捕集的颗粒物氧化燃烧以完成捕捉器的再生。

（4）低温等离子体技术。柴油机的排气微粒中有 70%～80% 是带电的，根据这一特性，可采用低温等离子体技术来捕集排气中的微粒。目前该技术的商业化，还在进一步的研究中。

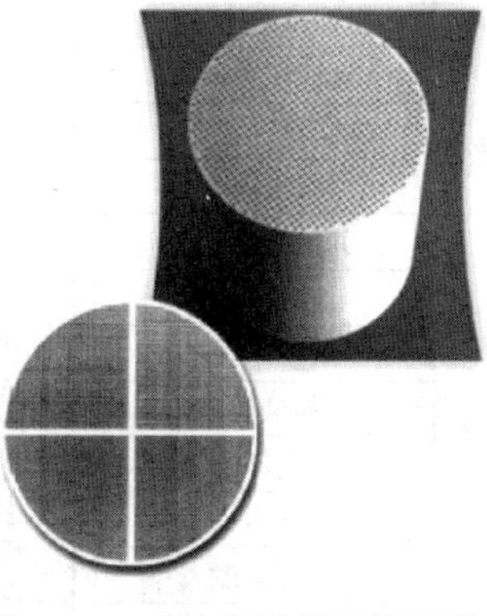

图 5-21　蜂窝状的微粒捕捉器

3. 柴油机电子控制系统的组成

为了实现柴油机的燃油喷射控制、空气系统及排放后处理系统的综合控制，柴油机的电子控制系统结构如图 5-22 所示，主要由传感器、ECU 和执行器 3 部分组成。

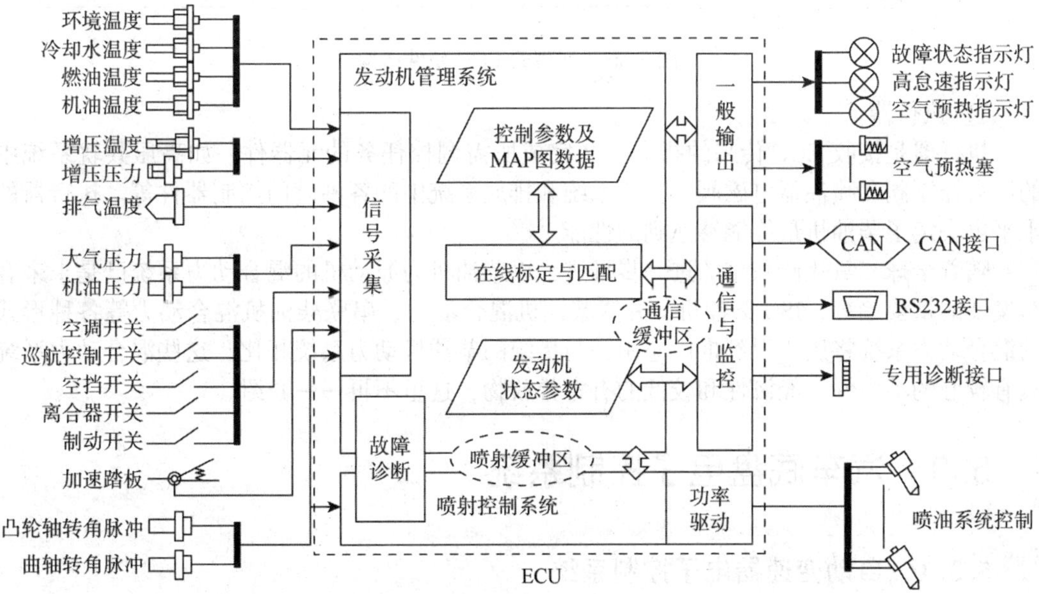

图 5-22　柴油机的电子控制系统结构

1）传感器

在柴油机电控系统中常用的传感器有压力传感器、温度传感器、位置传感器和转速传感器等，另外，在电控系统中还有专门的开关量采集电路，用于检测空调、挡位、离合器等开关量的状态信息。所有的信息经 ECU 采集处理后作为发动机的控制依据。

2）ECU

ECU 的作用是接收和处理传感器的所有信息，按照控制软件进行运算，并驱动执行器使发动机达到所需要的性能指标。它是发动机电控系统的核心部件，由微处理及其外围硬件和一整套的控制软件组成。一个典型的 ECU 硬件如图 5-23 所示，包括电源模块、信号处理、数字核心、通信接口、驱动电路等部分。

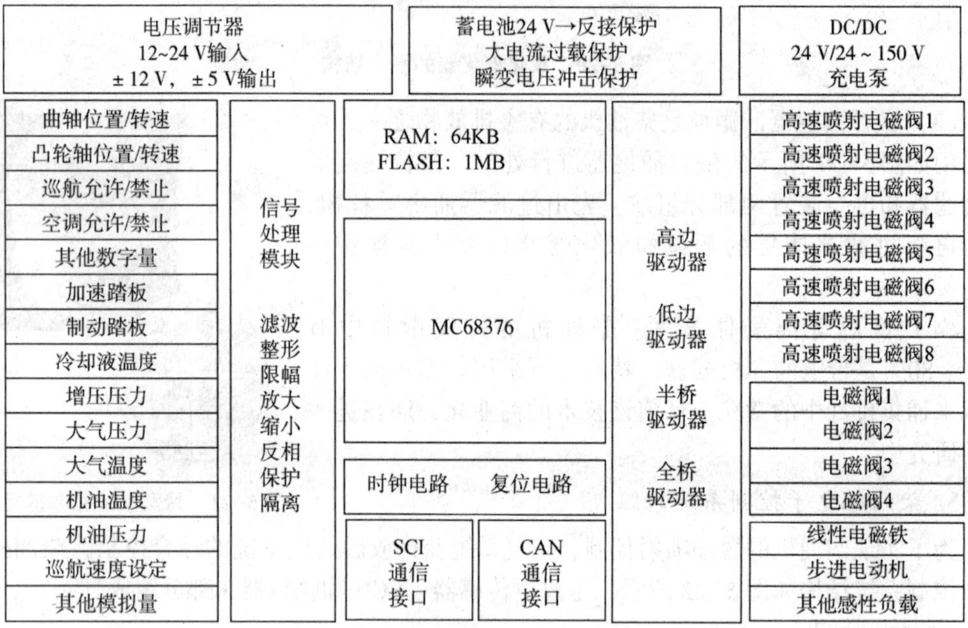

图 5-23　典型的 ECU 硬件结构

3）执行器

执行器是接收 ECU 传来的指令，并完成所需调控任务的元器件，如高压共轨系统中的压力控制阀和喷油器电磁阀、空气系统和排放系统中的各种阀门控制器件等。执行器的水平也决定了柴油机最终能够达到的性能。

随着全球二氧化碳减排的进一步推进，以柴油机为原动机的混合动力系统已是未来客车发展的重要趋势，ISG 柴油机、并联柴油机混合动力、串联柴油机混合动力等各种形式的混合动力系统将逐步得到推广应用，与传统的柴油机动力系统相比，这些混合动力系统具有较好的动力性、经济性和较低的有害排放物，这里不再一一介绍。

5.3　汽车底盘电子控制系统

5.3.1　自动变速器电子控制系统

1. 自动变速器的分类

自动变速器按不同的分类标准可以分为不同的类别，按控制方式的不同，可分为电控机械式自动变速器、电控液力自动变速器、电控无级变速器和电控双离合器自动变速器。

（1）电控机械式自动变速器：它是在机械变速器基础上改造而成的，保留了许多原有的总成元件，由传统的手动变速器和离合器以及相应的电控液压控制系统组成。控制过程是根据汽车行驶状况、路面状况和驾驶员的行驶意图，按预先设定的换挡规律、离合器接合规律和发动机节气门变化规律，控制变速器在最佳挡位工作，同时也对离合器、发动机的节气门进行控制，实现发动机、离合器及变速器的联合控制。

（2）电控液力自动变速器：它是一种能将发动机的输出动力平稳地传递到车轮的装置，主要由液力变矩器、行星齿轮变速机构和电子液压控制系统等组成。其控制系统根据汽车的负荷、路况和驾驶员的意图对电磁阀、执行机构发出指令控制升挡和降挡，使汽车在发动机动力性或经济性最佳的工况下工作，并调整管路油压，使得换挡更加平稳。

（3）电控无级变速器：无级变速器最主要的优点是传动比的变化是连续的，保证车辆在各种行驶工况下都能选择最佳的速比，其动力性、经济性和排放性等性能优于电控机械式自动变速器、电控液力自动变速器。它是由 V 形金属传动带、带轮、自动离合器和电液控制系统组成的。ECU 根据发动机的转速、车速、节气门开度、换挡控制器信号来控制液压系统，使动力在传动带和工作直径可变的主、从动带轮的相互配合下进行传递，实现传动比的连续变化，实现无级变速。

（4）电控双离合器自动变速器：它是一种机械式自动变速器，保持了电控机械式自动变速器的各种优点，但其动力传递是通过两个离合器连接两根输入轴，相邻各挡的从动齿轮交错与两输入轴齿轮啮合，配合两离合器的控制，能够实现在不切断动力的情况下转换传动比，从而缩短换挡时间，有效提高换挡品质。双离合器自动变速器既继承了手动变速器传动效率高、安装空间紧凑、质量轻等优点，而且实现了换挡过程中不中断动力，换挡品质好。

2. 自动变速器的特点

各种类型自动变速器的电子控制主要是对换挡点进行控制，根据汽车的行驶工况和驾驶员的意图，选择最佳的换挡点，实现发动机与传动系统的有效匹配，使发动机在动力性或经济性最佳的工况下工作。如图 5-24 所示为一发动机的万有特性曲线，由此可得出该发动机动力性或经济性较好的工作范围。

（1）节气门全开。发动机转速在最大功率转速 4 500 ~ 5 500 r/min 范围内，对应图中曲线 *IDC*，发动机功率接近 100%。汽车在各变速挡位下应尽量工作在这一转速范围内，以得到最大的加速度、爬坡能力和最高车速，使动力性最佳。

（2）图中 *GFHD* 为最佳经济燃油消耗曲线。发动机转速在 2 500 r/min 附近，负荷率为 70% ~ 80%，点 *F* 附近燃油消

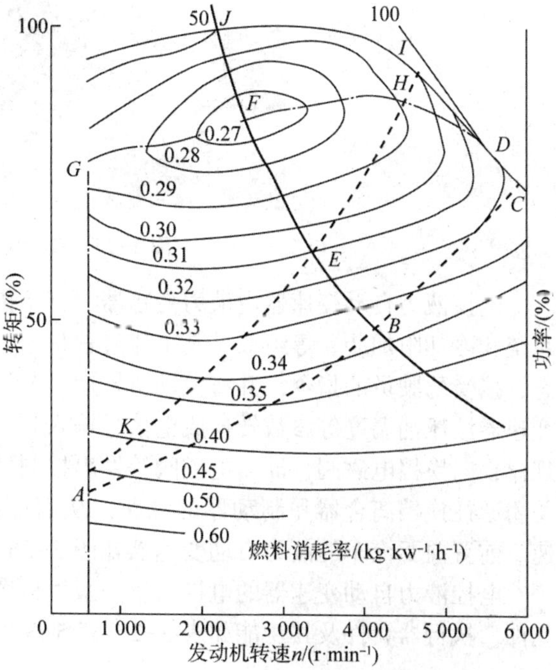

图 5-24　发动机的万有特性曲线

耗率最低，为0.27 kg/(kW·h)，在这个工况工作经济性最佳。

(3) 超过80%负荷率时，混合气加浓，燃油消耗率增大。在20%负荷率以下，机械摩擦损失功率几乎等于发动机的有效输出功率，在这些负荷率范围内工作经济性均较差。

(4) 低转速（1 200 r/min 以下）大负荷是恶劣工况，发动机工作不稳定，会熄火。

(5) 节气门关闭时发动机吸收功率，在较高转速时可有效进行发动机制动。

如果以燃油经济性最佳作为换挡控制目标，当汽车在某一低挡工作时，其行驶阻力曲线为*ABC*，驾驶员通过加速踏板选择了50%的发动机恒功率，则在点*B*实现了发动机驱动力与行驶阻力的平衡，汽车稳定行驶。此时，如进行升挡减小传动比，行驶阻力曲线变为*KEHI*，在点*E*达到新的平衡，油耗相对减少；若传动比能进一步降低，使平衡点移动到点*F*，则发动机转速会进一步降低，负荷率进一步提高，燃油经济性达到最佳。自动变速器的“经济模式”就是在不同车速、不同阻力工况下尽量调整传动比，使发动机沿着*GFHD*这条最佳燃油消耗曲线进行工作。下面以目前使用最为广泛的电控液力自动变速器为例进行介绍。

3. 电控液力自动变速器

电控液力自动变速器能根据不同负荷和车速工况选择最佳的传动比，使发动机工作在相应地最佳转速，所有换挡动作由变速器自行完成，驾驶员仅用加速踏板表达对车速变化的意图和通过选挡杆选择要求的运行状态。对4速变速器，SAE推荐的选挡杆挡位是PRND321，如图5-25所示。

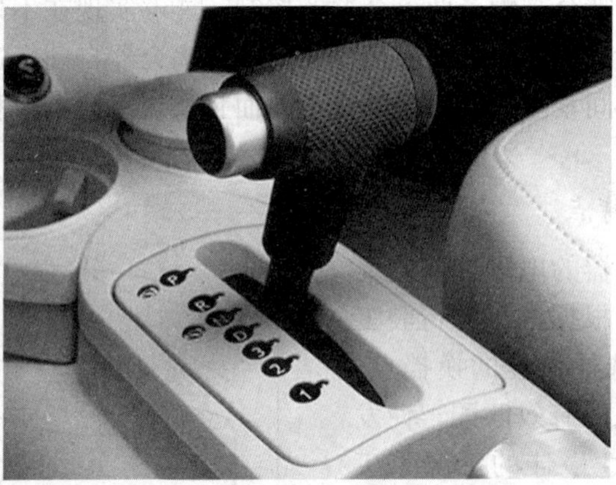

图5-25　自动变速器变速杆

电控液力自动变速器由液力变矩器、行星齿轮变速器、液压自动操作系统、电子控制系统和冷却附加装置等组成。其工作过程是通过传感器和开关监测汽车和发动机的运行状态，接受驾驶员的指令，并将发动机转速、节气门开度、车速、发动机冷却液温度、自动变速器液压油温度等参数转换成电信号输入到ECU，ECU根据这些信号，按照设定的换挡规律，向换挡电磁阀、油压电磁阀等发出控制信号，电磁阀控制液压换挡阀，使其打开或关闭通往换挡离合器和制动器的油路，从而控制换挡时刻和挡位的变换，以实现自动变速。前置前驱汽车的液力自动变速器如图5-26所示。

电控液力自动变速器的电控系统一般由传感器、ECU和执行器3部分组成，其传感器元件、执行器元件及其功能如表5-2、表5-3所示。

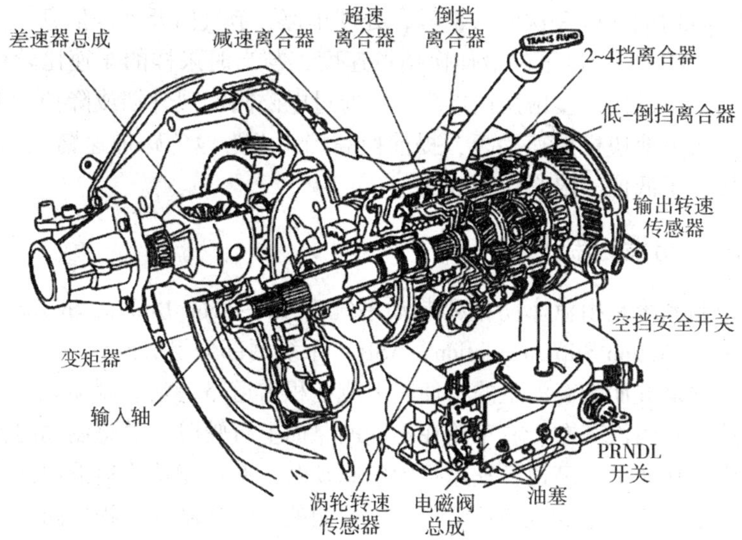

图 5-26　前置前驱汽车的液力自动变速器

表 5-2　电控液力自动变速器传感器元件及其功能

元件	功能	元件	功能
HOLD 开关	选择保持方式，改变驱动模式	A/C 信号	检测是否使用空调
空挡起动开关	检测变速杆挡位	发动机转速信号（NE1 信号）	检测发动机转速
节气门位置传感器	检测节气门开度角		
节气门怠速开关	检测节气门全闭状态	ATF 温度传感器	检测 ATF 温度
转速传感器 1	检测输出轴转速	大气压力传感器	检测大气压力
转速传感器 2	检测车速	O/D 限制信号（ASG）	从巡航控制系统（CCS）检测信号
脉冲发生器	检测输入轴转速		
停车灯开关	检测制动踏板是否被踩下	TAF 端（故障诊断）	TAF 接地，系统显示故障码
已减转矩信号	检测发动机 ECU 指示减转矩有效的信号		

表 5-3　电控液力自动变速器执行器元件及其功能

元件		功能
电磁阀	A、B	通过改变油路控制换挡
	控制油路压力	根据行驶情况调整液压泵输出压力
	锁定	与锁止信号电磁阀联合控制变矩器的锁止
	锁定控制	与锁止电磁阀联合控制变矩器的锁止
	控制超速	根据行驶情况控制发动机制动
降压电阻器		将电控液力自动变速器 ECU 的电信号转送至油压电磁阀
减转矩信号		向发动机 ECU 输出减转矩信号
车速信号		向四轮驱动 ECU 输出车速信号

ECU每隔一定时间接收一次输入信号，处理车速、节气门开度等信息，并从存储器中“读出”预置的该节气门开度下的最佳换挡点速度，与当时采样的车速比较后，判断是否换挡，如需换挡则通过接口发出换挡指令，再通过电磁阀实现升挡或降挡。电控液力自动变速器工作时，人为地快松加速踏板，提前换高挡；人为地急踩加速踏板，提前降低挡；人为地将变速杆置于低位，限制换挡范围。

5.3.2 汽车防滑控制系统

汽车防滑控制系统是由汽车防抱死制动系统（Anti-Lock Braking System，ABS）和汽车驱动防滑（Acceleration Slip Aegulation，ASR）系统两部分组成的。

当汽车在被雨淋湿而带有泥土的柏油路上或在积雪道路上紧急制动时，汽车会发生侧滑，甚至调头旋转；当汽车左、右车轮在不同的路面上行驶时，紧急制动时汽车就会失去方向控制；当汽车在弯道上高速行驶进行紧急制动时，有可能从路边滑出或闯入对面的车道。ABS就是为了防止或减少这些危险状况而研制的，它在制动过程中防止车轮被制动抱死，可以提高汽车的方向稳定性和转向操纵能力，缩短制动距离。

当汽车在附着系数比较低的路面上起步、加速和转弯时，驱动车轮会发生滑转甚至不能前进或出现侧滑等危险情况。ASR就是防止车轮发生滑转，提高汽车在驱动过程中的方向稳定性、转向操纵能力和加速性能的安全装置。

1. ABS

ABS在制动过程中通过传感器感知车轮与路面的滑移，由ECU做出判断，并通过电磁阀组成的制动器，调整制动力的大小，使轮胎滑移率保持在一个理想的范围，以保证车辆制动时有较大的纵向制动和抗侧向外力的能力，防止可能发生的后轮侧滑、甩尾以及前轮跑偏，提高汽车在制动过程中的方向稳定性和转向操纵能力，并提高附着系数的利用率，缩短制动距离，减少轮胎的磨损。

1）ABS的组成

不同汽车的ABS尽管采用的控制方式、结构形式有所不同，但基本上都是在常规制动系统的基础上增加了传感器、执行器以及ECU等结构。

（1）传感器：ABS中的传感器有获取车轮转速信号的轮速传感器，分电磁感应式轮速传感器和霍尔效应式轮速传感器两种，分别如图5-27、图5-28所示；还有用于测量汽车制动减速度的减速传感器，也称为G传感器，一般为水银开关型，如图5-29所示。

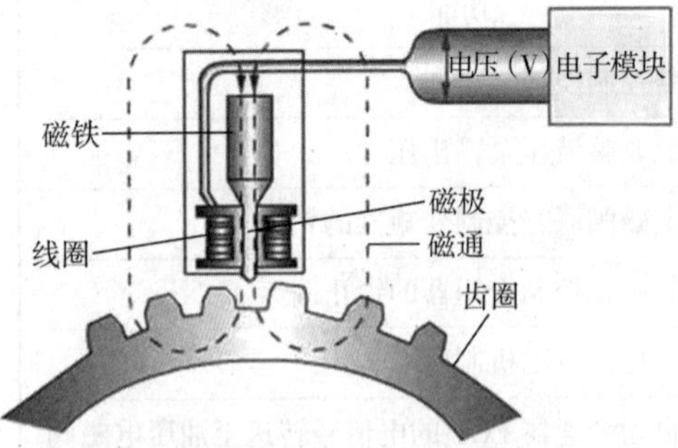

图5-27 电磁感应式轮速传感器

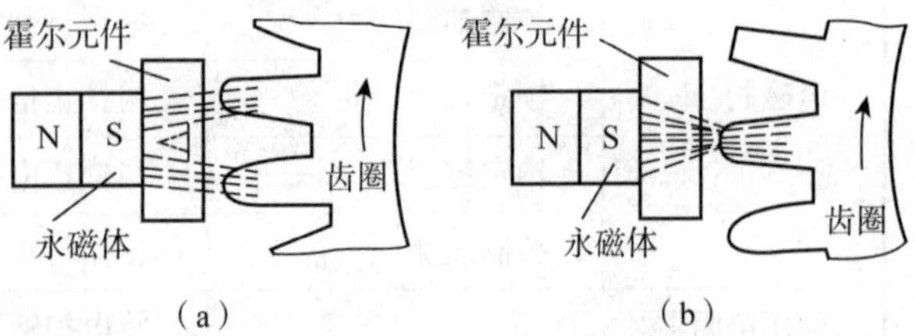

图5-28 霍尔效应式轮速传感器

（a）磁场较弱；（b）磁场较强

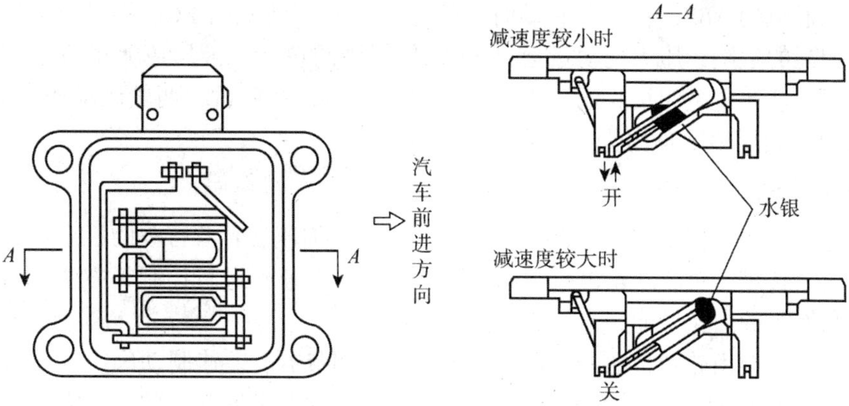

图 5-29　G 传感器的基本结构和工作原理

（2）执行器：ABS 的执行器用于接收 ECU 的控制指令，是由电磁阀、液压泵和储液器组成的制动压力调节器。通过电磁阀和液压泵产生的液压控制制动力，并由电磁阀的动作来自动调节制动器制动压力。

（3）ECU：用于接收车轮传感器以及其他传感器的信号，经过分析计算，按照特定的控制逻辑控制各个电路、压力调节装置以及其他装置，达到 ABS 所设定的目标，同时还会随时检测整个制动系统工作是否正常，当 ABS 失效时，会切换到常规制动系统。

2）ABS 工作原理

汽车在制动时，汽车本身速度 v 及其车轮圆周速度 ωr 下降，若车轮圆周速度低于汽车本身速度，则它们两者之差与汽车本身速度之比称为滑移率 S，即

$$S = \frac{v - \omega r}{v}$$

式中，ω 为车轮角速度，r 为轮胎半径。

当 $\omega r = v$ 时，$S = 0$，车轮处于纯滚动状态；当 $\omega = 0$ 时，$S = 1$，车轮处于完全抱死拖滑状态；当 $0 < S < 1$ 时，车轮处于边滚边滑状态。

滑移率描述了制动过程中车轮滑移的程度，滑移率值越大，车轮滑移越严重。地面附着系数与滑移率之间的关系如图 5-30 所示，从图中可以看出，当滑移率在 0.1～0.3 之间时，纵向附着系数和侧向附着系数都比较大，此时制动系统能传递最佳的制动力，车辆也具有较好的转向能力，这也是 ABS 的工作范围。

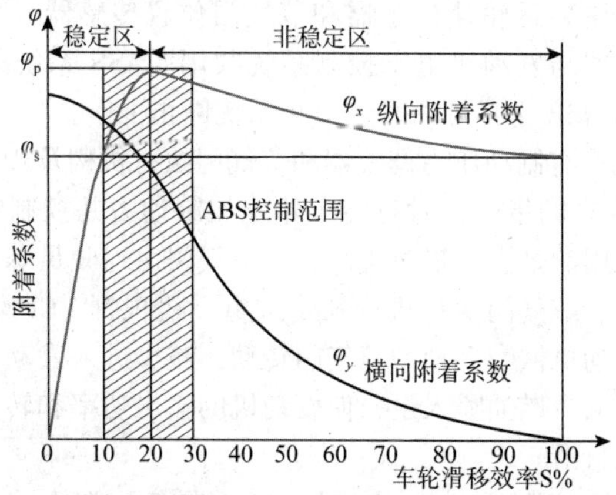

图 5-30　地面附着系数与滑移率之间的关系

对于三通道的 ABS，在汽车制动时，轮速传感器不断地向 ECU 传递速度信息，如果某车轮有抱死的危险，压力变动量通过 ECU 传至液压单元，液压单元里每个前轮的制动压力都单独地按照电磁阀接收的压力变动量进行调节；在后桥，两轮制动压力同时调节，ECU 通过电磁阀给两后轮调节出相等的制动力。

2. ASR 系统

ASR 系统是为了保证汽车在低附着路面上起步、加速、转弯行驶的稳定性，通过调节发动机的输出转矩、对驱动轮进行制动、对可变锁止差速器进行控制等方法，防止驱动轮打滑，提高汽车的加速性能。

ASR 系统主要由轮速传感器、ECU、制动压力调节器、差速制动阀、发动机控制阀等部分组成，如图 5-31 所示。ASR 系统是在 ABS 的基础上发展起来的，只需要增加一些输入信号元件和执行控制元件，系统便具有防滑功能。

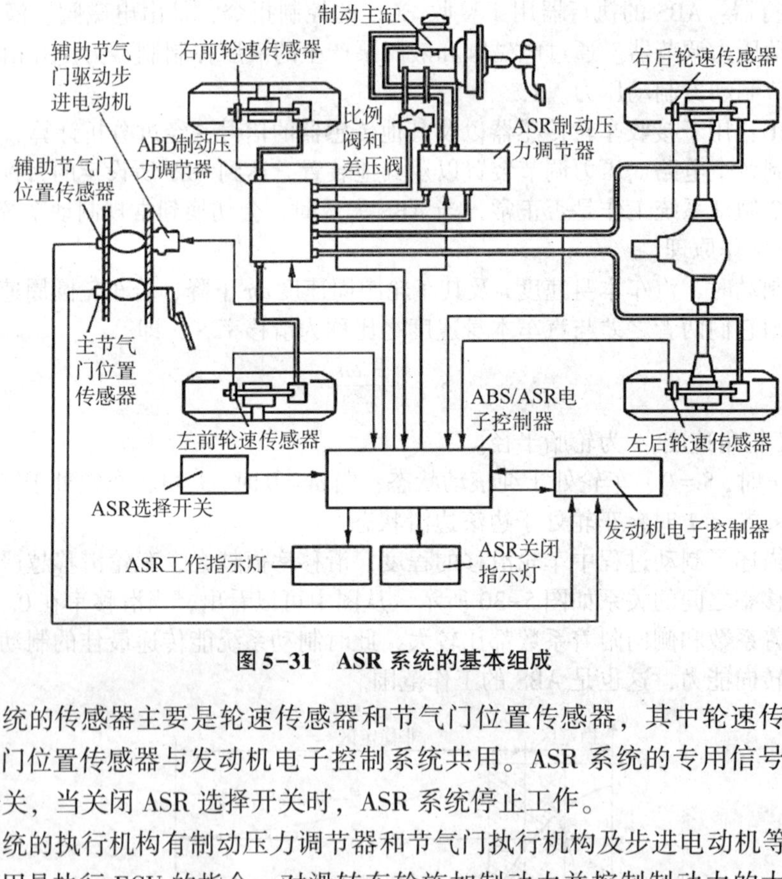

图 5-31　ASR 系统的基本组成

ASR 系统的传感器主要是轮速传感器和节气门位置传感器，其中轮速传感器与 ABS 共用，节气门位置传感器与发动机电子控制系统共用。ASR 系统的专用信号输入装置是 ASR 选择开关，当关闭 ASR 选择开关时，ASR 系统停止工作。

ASR 系统的执行机构有制动压力调节器和节气门执行机构及步进电动机等，制动压力调节器的作用是执行 ECU 的指令，对滑转车轮施加制动力并控制制动力的大小。发动机控制中的节气门控制采用的是主、辅节气门，主节气门由驾驶员踩加速踏板来控制，辅节气门由步进电动机控制。节气门执行机构及步进电动机根据 ECU 输出的控制脉冲信号转动规定的转角，通过传动机械带动辅助节气门转动，减少进入发动机的空气量，发动机管理系统根据得到的信息减少燃油喷入量，使发动机的输出功率和转速降低，使驱动轮的驱动力矩下降而避免车轮打滑。

ASR 系统制动控制的实现是在 ABS 中增加了 3 个隔离电磁阀，ABS 对每个车轮的制动力控制是由一个三位三通阀来实现的，在电动机的驱动下，泵产生一定的制动压力存储在蓄能器中，不进行驱动防滑控制时，蓄能器隔离电磁阀处于关闭位置，储液器隔离电磁阀也处于关闭位置，制动主缸隔离电磁阀处于开启位置，这时可进行常规制动和 ABS 的制动工作模式。当需要进行驱动防滑控制时，制动主缸隔离电磁阀处于关闭位置，蓄能器与储液器的隔离电磁均处于开启位置，此时 ASR 的 ECU 通过控制三位三通阀来控制后轮中轮缸的制动压力，其保压、加压、减压 3 种模式的实现与 ABS 是一样的。加压时，蓄能器隔离电磁阀打开，制动主缸及储液器隔离电磁阀关闭；保压时，蓄能器、制动主缸及储液器隔离电磁阀关闭；减压时，蓄能器及制动主缸隔离电磁阀关闭，储液器隔离电磁阀打开。

ASR 系统的控制目标包括驱动打滑和驱动方向稳定性，车速低时以驱动打滑控制为主，车速高时以驱动方向稳定性为主。ASR 系统是 ABS 的自然延伸，二者在技术上较为接近，部分软、硬件可以共用，通过把二者有机地结合起来，形成汽车 ABS/ASR 控制系统。

3. 汽车稳定性控制系统

当汽车在行驶过程中为躲避障碍物而急转弯时，或是在弯道上高速行驶时，抑或是在附着系数较低的弯道上行驶时，由于离心力的作用，会使车辆产生侧滑，如果前轮的侧滑程度大，将会造成转向不足，如图 5-32（a）所示；如果是后轮的侧滑程度大，将会造成转向过度，如图 5-32（b）所示。不论是转向不足还是转向过度都可能使车辆操纵失控，汽车将不能按照驾驶员的意图进行行驶，容易导致交通事故的发生。汽车稳定性控制系统（Vehicle Stability Control，VSC），BOSCH 公司称为汽车电子稳定程序（Electronic Stability Program，ESP），其功能就是当检测到汽车没有按照驾驶员的意图进行行驶时，通过有选择地制动或者干预发动机的工作来稳定车辆，以改善汽车的操纵稳定性，提高汽车的行驶安全性。

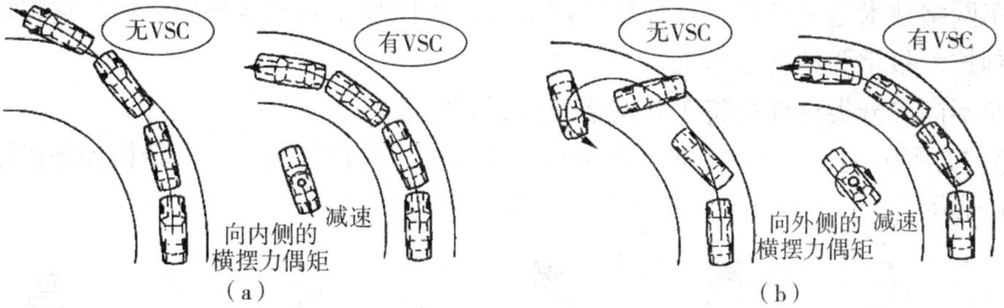

图 5-32　车辆稳定性的作用

（a）转向不足；（b）转向过度

车辆稳定性控制系统是 ABS 和 ASR 系统的发展，同时也是 ABS 和 ASR 系统的集成，该系统也是由传感器、ECU 和执行器组成的，其中大部分元器件是与 ABS 和 ASR 共用的，传感器与 ABS 和 ASR 相比增加了转向盘转角传感器、侧向加速度计、横摆角速度传感器和制动管路压力传感器。

ESP 工作时，首先通过转向盘转角传感器和轮速传感器信号识别转弯方向、角度、速度，从而判断驾驶员的意图，与此同时，通过横摆角速度传感器和侧向加速度传感器识别车辆绕其垂直轴转动的方向、角速度以及旋转角度等，从而确定车辆的实际运动方向。ECU 将车辆实际运动方向与驾驶员的意图进行比较，如果车辆实际绕其垂直轴转动的角度小于由转向盘转角和轮速确定的车辆应该绕其垂直轴的转角，则判断为转向不足，ECU 立即指令执行器使汽车内侧后轮制动，地面制动力将对汽车产生一个与转向方向相同的力矩，纠正转向不足，使汽车回到正常的路线。反之，如果车辆实际绕其垂直轴转动的角度大于由转向盘转角和轮速确定的车辆应该绕其垂直轴的转角，则判断为过度转向，ECU 立即指令执行器使汽车外侧前轮制动，地面制动力将对汽车产生一个与转向方向相反的力矩，纠正转向过度，使汽车按照驾驶员的意图行驶。

ESP 起作用时，如果单独制动某一车轮不足以稳定车辆，还可以根据情况同时对两个或多个车轮制动，对各个车轮的制动力也可以不同。此外，还可以根据情况对发动机的工作进行干预，降低发动机的输出转矩，达到迅速有效控制车辆稳定的目的。

在汽车底盘方面的电子装置还有很多，如汽车转向电子控制系统、主动避撞控制系统、悬架电子控制系统等，在此不一一介绍，读者可自行查阅相关资料。

5.4 汽车网络技术

5.4.1 汽车网络概述

汽车在最初采用 ECU 的时候，通常采用的是点对点的通信方式，通过导线将各 ECU 及电子装置连接起来，随着汽车电子设备的不断增加，若继续采用传统的点对点的通信方式，则会造成导线的数量越来越多，质量不断增加，复杂性也不断升高，可靠性却不断降低，一辆汽车上的 ECU 从几十个到几百个不等，而 ECU 之间的信息交互无法通过简单的导线连接进行实现。在这样的环境下，车载网络技术应运而生，通过汽车内部的总线网络，可以实现各电子控制系统之间的信息共享，减少布线、降低成本以及提高系统的可靠性。

汽车网络技术是通信技术及计算机技术与汽车控制理论相结合的产物，它将成为现代汽车控制技术最重要的技术基础。

按照不同的分类标准可将车载网络分为不同的类别。

（1）按网络拓扑结构的不同可将车载网络分为总线形结构、星形结构和环形结构，如图 5-33 所示。

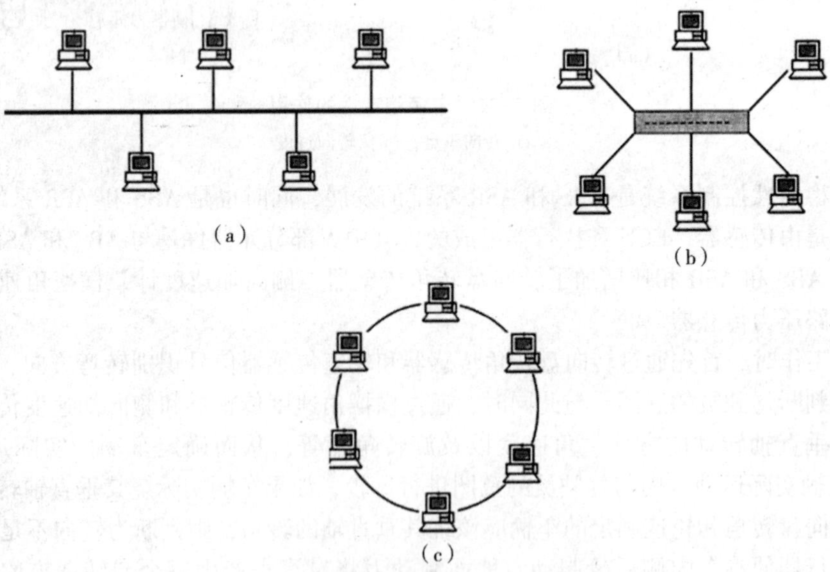

图 5-33 不同类型的网络拓扑结构

（a）总线形结构；（b）星形结构；（c）环形结构

其中，总线形结构是一种信息共享的物理结构，各个节点共用一个总线作为数据通道，结构简单、增删节点方便。总线能够进行信息的双向传输，一般采用双绞线或同轴电缆，普遍适用于控制器局域网的连接，车载网线多采用这种结构。

（2）美国汽车工程师学会按照系统的复杂程度、传输流量、传输速率、传输可靠性、动作响应时间等参考量，将汽车数据传输网络划分为 A、B、C、D、E 等 5 类。

A 类网络是面向传感器/执行器控制的低速网络，数据传输速率通常小于 10 kbit/s，主要用于车外后视镜调节、电动车窗及灯光照明等的控制。A 类网络通信目前首先的标准是局域互联网 LIN，LIN 是用于汽车分布式电控系统的一种新型低成本串行通信系统，它是一种基于 UART（Universal Asynchronous Receiver/Transmitter，异步接收/发送）的数据格式、主从结构的单线 12 V 的总线通信系统，主要用于智能传感器和执行器的串行通信，而这正是 CAN 总线的带宽和功能所不要求的部分。

B 类网络是面向独立模块间数据共享的中速网络，传输速率在 10～125 kbit/s 之间，主要应用于车身电子舒适性模块、仪表显示等系统。B 类网络通信中使用最广泛的标准是 CAN 总线，CAN 总线是德国 BOSCH 公司于 20 世纪 80 年代初为解决现代汽车中众多的控制与测试仪器之间的数据交换问题所开发的一种串行数据通信协议，它是一种多主总线，通信介质一般是双绞线，通信速率可达 1 Mbit/s。

C 类网络是面向高速、实时闭环控制的多路传输网络，传输速率在 125 kbit/s～1 Mbit/s 之间，主要用于发动机控制、ABS11898、ESP 等系统。在 C 类网络通信中，欧洲的汽车制造商大多采用的是高速通信的 CAN 总线标准 ISO 11898。ISO 11898 主要面向汽车（乘用车）ECU 之间的通信，信息传输速率大于 125 kbit/s，最高可达 1 Mbit/s。

D 类网络是智能数据总线 IDB（Intelligent Data BUS）网络，主要面向影音娱乐信息、多媒体系统，传输速率在 250 kbit/s～100 Mbit/s 之间。按照美国汽车工程师学会的分类，IDB-C 为低速网络，IDB-M 为高速网络，IDB-Wireless 为无线通信网络。

E 类网络是面向汽车被动安全系统的网络，传输速率为 10 Mbit/s。

目前，在车载网络系统中，上述几种网络技术相互组合，彼此协同工作。

5.4.2　CAN 总线

1. CAN 总线的一些基本概念

1）CAN 总线的定义

CAN 是 Controller Area Network 的缩写，是 ISO 国际标准化的串行通信协议。通俗来讲，CAN 总线就是一种传输数据的线，用于在不同的 ECU 之间传输数据。

CAN 总线有两个 ISO 国际标准：ISO 11898 和 ISO 11519。

ISO 11898 定义了通信速率为 125 kbit/s～1 Mbit/s 的高速 CAN 通信标准，属于闭环总线，传输速率可达 1 bit/s，总线长度不大于 40 m。

ISO 11519 定义了通信速率为 10～125 kbit/s 的低速 CAN 通信标准，属于开环总线，传输速率为 40 kbit/s 时，总线长度可达 1 000 m。

2）CAN 网络的拓扑结构

图 5-34（a）为高速 CAN 总线的拓扑结构，图 5-34（b）为低速 CAN 总线的拓扑结构。

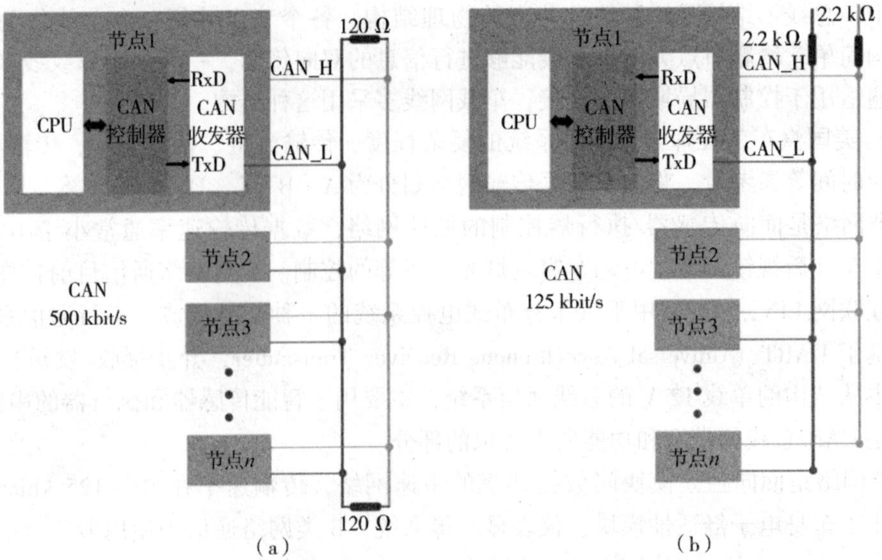

图 5-34　CAN 网络的拓扑结构

（a）高速 CAN 总线的拓扑结构；（b）低速 CAN 总线的拓扑结构

如图 5-34 所示，CAN 总线包括 CAN_H（CAN 高线）和 CAN_L（CAN 低线）两根线。节点通过 CAN 控制器和 CAN 收发器连接到 CAN 总线上。一般来讲，ECU 内部都集成了 CAN 控制器和 CAN 收发器，但是也有没集成的，需要自己外加。

3）CAN 信号表示

在 CAN 总线上，利用 CAN_H 和 CAN_L 两根线上的电位差来表示 CAN 信号。CAN 总线上的电位差分为显性电平和隐性电平。其中，显性电平为逻辑 0，隐性电平为逻辑 1。

ISO 11898 标准（125 kbit/s ~ 1 Mbit/s）和 ISO 11519 标准（10 ~ 125 kbit/s）中 CAN 信号的表示如图 5-35 所示。

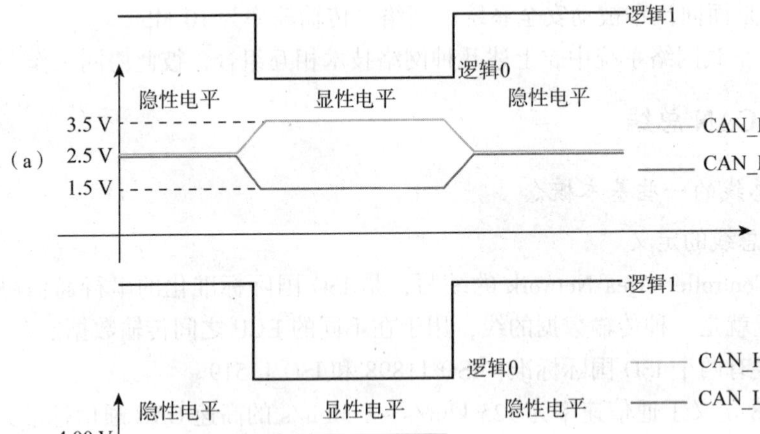

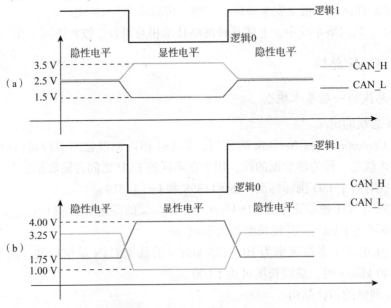

图 5-35　CAN 信号的表示方法

（a）ISO 11898；（b）ISO 11519

4）CAN 信号传输

（1）发送过程。CAN 控制器将 CPU 传来的信号转换为逻辑电平（即逻辑 0→显性电平或者逻辑 1→隐性电平）。CAN 发射器接收逻辑电平之后，再将其转换为差分电平输出到 CAN 总线上，如图 5-36 所示。

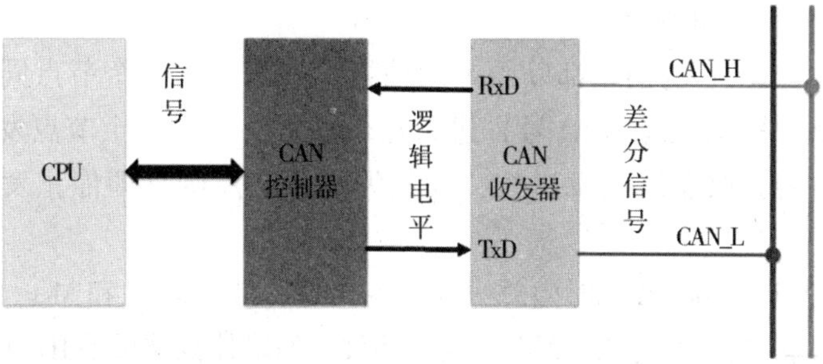

图 5-36　CAN 信号的发送过程

（2）接收过程。CAN 接收器将 CAN_ H 和 CAN_ L 线上传来的差分电平转换为逻辑电平输出到 CAN 控制器，CAN 控制器再把该逻辑电平转化为相应的信号发送到 CPU 上，如图 5-37 所示。

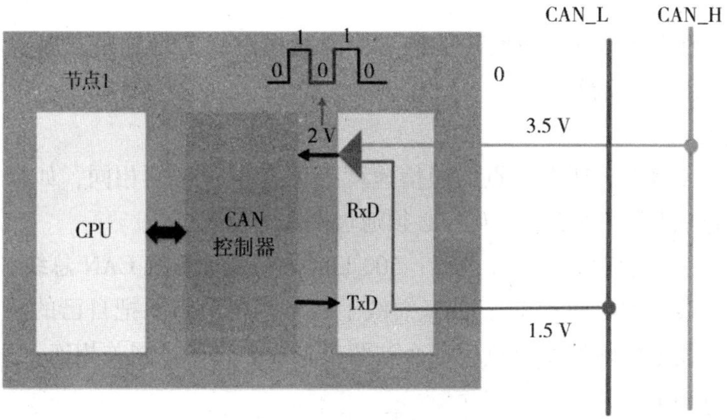

图 5-37　CAN 信号的接收过程

概括地讲，发送方通过使总线电平发生变化，将其信息传递到 CAN 总线上；接收方通过监听总线电平，将 CAN 总线上的消息读入自己的接收器。

2. CAN 通信的特点

1）多主工作方式

所谓多主工作方式，指的是：总线上的所有节点没有主从之分，而是都处于平等的地位。反应在数据传输上，即是：在总线空闲状态，任意节点都可以向总线上发送消息。

总线空闲状态是指总线出现连续的 11 位隐性电平时所处的状态，也就是说对于任意一个节点而言，只要它监听到总线上连续出现了 11 位隐性电平，那么该节点就会认为总线当前处于空闲状态，它就会立即向总线上发送自己的报文。

至于为什么连续出现 11 位隐性电平，就可以判定总线处于空闲状态，这个问题可以结合 CAN 协议的帧结构来进行理解。

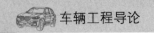

在多主工作方式下，最先向总线发送消息的节点获得总线的发送权；当多个节点同时向总线发送消息时，所发送消息的优先权高的那个节点获得总线的发送权。

例如：Node_A 和 Node_B 同时向总线发送各自的消息 Msg_1 和 Msg_2，如果 Msg_1 的优先级比 Msg_2 高，那么 Node_A 就获得了总线的发送权。

2）非破坏性位仲裁机制

在 CAN 协议中，所有的消息都以固定的帧格式发送。当多个节点同时向总线发送消息时，对各个消息的标识符（即 ID 号）进行逐位仲裁，如果某个节点发送的消息仲裁获胜，那么这个节点将获取总线的发送权，仲裁失败的节点则立即停止发送并转变为监听（接收）状态。

例如：Node_A 和 Node_B 同时向总线发送各自的消息 Msg_1 和 Msg_2，那么对 Msg_1 的 ID 号 ID_1 和 Msg_2 的 ID 号 ID_2 进行逐位仲裁，如果仲裁结果是 ID_1 的优先级比 ID_2 高，那么 Msg_1 在仲裁中获胜，于是发出 Msg_1 这条报文的节点 Node_A 就获得了总线的发送权。同时，Msg_2 在仲裁中失败，于是 Node_B 就转换到监听总线电平的状态。

这种仲裁机制既不会造成已发送数据的延迟，也不会破坏已经发送的数据，所以称为非破坏性仲裁机制。

3）系统的柔性

CAN 总线上的节点没有“地址”的概念，因此在总线上增加节点时，不会对已有节点的软硬件及应用层造成影响。

4）通信速度

在同一条 CAN 线上，所有节点的通信速度（位速率）必须相同，如果两条不同通信速度总线上的节点想要实现信息交互，必须通过网关。

例如，汽车上一般有两条 CAN 总线：500 kbit/s 的驱动系统 CAN 总线和 125 kbit/s 的舒适系统 CAN 总线，如果驱动系统 CAN 总线上的发动机节点要把自己的转速信息发送给舒适系统 CAN 总线上的转速表节点，那么这两条总线必须通过网关相连。

5）数据传输方式

CAN 总线可以实现一对一，一对多以及广播的数据传输方式，这依赖于验收滤波技术。

6）远程数据请求

某个节点 Node_A 可以通过发送“遥控帧”到总线上的方式，请求某个节点 Node_B 来发送由该遥控帧所指定的报文。

7）错误检测、错误通知、错误恢复功能

（1）所有的节点都可以检测出错误（错误检测功能）。

（2）检测出错误的节点会立即通知总线上其他所有的节点（错误通知功能）。

（3）正在发送消息的节点，如果检测到错误，会立即停止当前的发送，并在同时不断地重复发送此消息，直到该消息发送成功为止（错误恢复功能）。

8）故障封闭

节点能够判断错误的类型，判断是暂时性的数据错误（如噪声干扰）还是持续性的数据错误（如节点内部故障），如果判断是严重的持续性错误，那么节点就会切断自己与总线的联系，从而避免影响总线上其他节点的正常工作。

CAN 通信的上述特点都是基于 CAN 协议所定义的多种帧结构来实现的，因此，在对 CAN 的帧结构（参与下一节的内容）详细了解之后，再做进一步的详细解释。

3. CAN 通信网络结构

1）OSI 基本参照模型

实际上，CAN 总线网络底层只采用了 OSI 基本参照模型中的数据链路层、传输层。而在 CAN 网络高层仅采用了 OSI 基本参照模型的应用层，如图 5-38 所示。

7.应用层	
6.表示层	
5.会话层	
4.传输层	
3.网络层	
2.数据链路层	逻辑链路控制LLC
	媒介访问控制MAC
1.物理层	物理信令子层PLS
	物理介质连接PMD
	介质相关接收MDI

图 5-38　OSI 基本参照模型

2）CAN 协议网络层次

在 CAN 协议中，ISO 标准只对数据链路层和物理层做了规定。对于数据链路层和物理层的一部分，ISO 11898 和 ISO 11519-2 的规定是相同，但是在物理层的 PMD 子层和 MDI 子层是不同的，如图 5-39 所示。

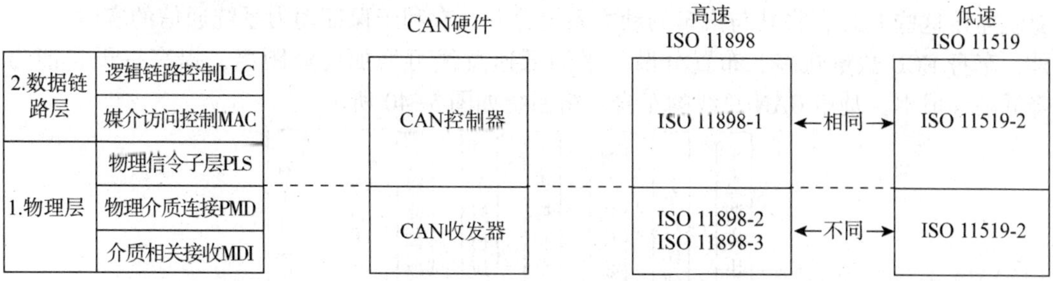

图 5-39　CAN 协议网络层次

在 CAN 总线中，数据链路层和物理层中定义的事项如表 5-4 所示。

表 5-4　数据链路层和物理层中定义的事项

数据链路层	逻辑链路控制 LLC	接收过滤	点到点，组播，广播
		过载通知	通知“接收准备尚未完成”
		错误恢复	再次发送
	媒介访问控制 MAC	数据打包/解包	数据帧、授控帧、错误帧、过载帧、帧间隔
		连接控制方式	竞争方式，支持多点传送
		仲裁方式	位仲裁方式，优先级高的 ID 可以继续被发送
		故障扩散抑制	自动判定暂时性错误或持续性错误，并切断持续性错误节点与总线间的联系
		错误通知	CRC 错误、填充位错误、位错误、AC 错误、格式错误
		错误检测	所有节点均可随时检测处错误
		应答方式	AC 应答，NAC 应答
		通信方式	半双工通信，串行通信
物理层	物理信令子层 PLS	位编码/解码方式	NRZ 方式编码，位填充
	物理介质连接 PMD	位时序	位时序、位的采样数（用户选择）
	介质相关接收 MDI	同步方式	根据同步段（SS 段）实现同步（并具有再同步功能）

5.4.3　LIN 总线

1. LIN 总线的基础知识

汽车车身 ECU 的执行器多为低速电动机和开关型器件，对实时性要求低，使用低速总线连接这些 ECU，将其与汽车的动力系统分开，有利于保证动力系统通信的实时性。此外，车身 ECU 数量众多、布置分散，采用低速总线可增加传输距离，提高抗干扰能力，降低硬件成本。基于 CAN 总线的车身网络系统如图 5-40 所示。

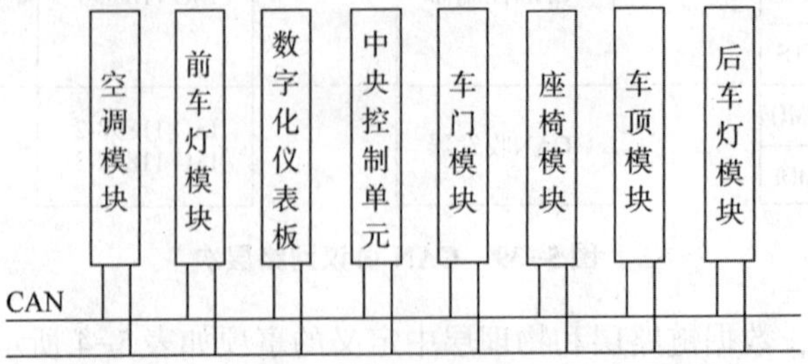

图 5-40　基于 CAN 总线的车身网络系统

由上图可以看出，由 CAN 总线构建的车身网络还是处于车身各模块间的连接，对于更低端的模块节点间的通信，没有采用网络技术来实现真正的分布式多路传输，依然是集中式控制模式。其原因是车身网络最低端电子设备多为低速电动机和开关型器件，对 CAN 总线的实时性要求不高，且数目众多、布置分散，对网络成本比较敏感，若采用 CAN 作为总线协议构建汽车车身低端通信网络实现分布式控制就变得不经济。所以，汽车车身网络需要建立一个统一的、低成本的低端通信网络标准，作为 CAN 总线的辅助总线，实现车身网络的层次化，以更低的成本实现车身网络。

在低速总线中，LIN 总线是首选标准。LIN 总线是一种新型的用于汽车分布式电控系统的低成本串行通信标准，定位于车身网络模块节点间的低端通信，主要用于智能传感器和执行器的串行通信。

1）LIN 总线的定义

LIN 是 Local Interconnect Network 的缩写，是基于 UART/SCI 的低成本串行通信协议，其最高速率为 20 kbit/s，完全可以满足低端的大多数应用对象对传输速率的要求，如车门、雨刮器、车灯等对通信速率要求不高的器件。

在汽车上 LIN 网络一般不独立存在，通常会与上层 CAN 网络相连，形成 CAN-LIN 网关节点，如图 5-41 所示。

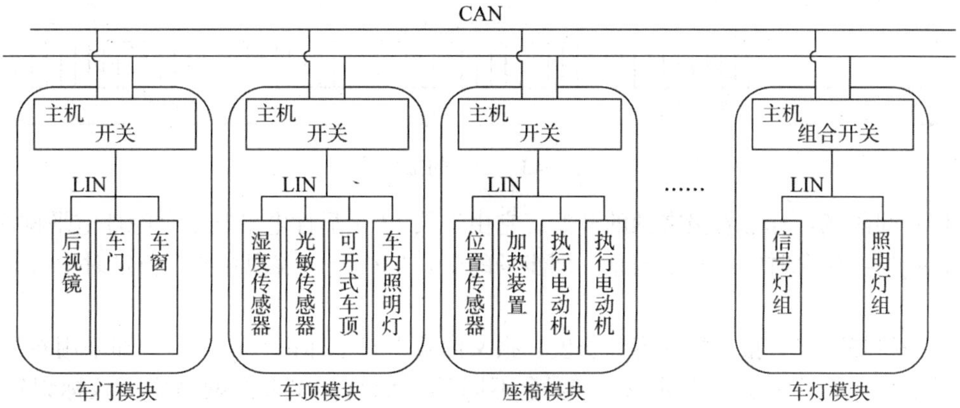

图 5-41　CAN-LIN 网关节点示意图

2）LIN 总线拓扑结构

LIN 总线拓扑为单线总线，应用于一主多从。总线电平为 12 V，速率最高为 20 kbit/s。由于物理层限制，一个 LIN 网络最多可连接 16 个节点，通常不超过 12 个，且主节点有且仅有一个。

主节点包含主机任务和从机任务，从节点只包含从机任务，如图 5-42 所示。

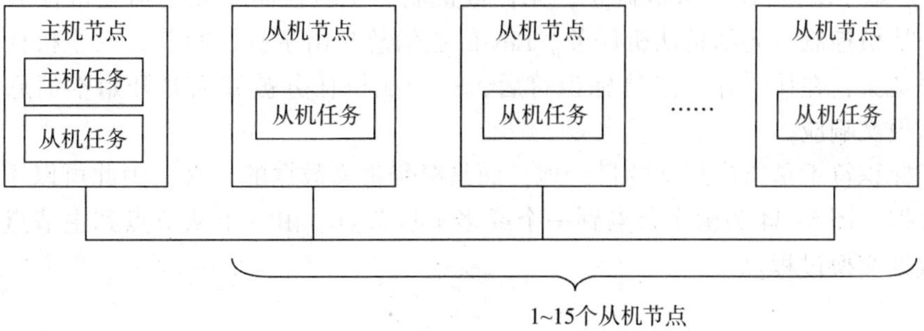

图 5-42　LIN 总线拓扑结构

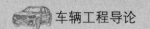

主机任务负责调度总线上帧的传输次序、监测数据、处理错误、作为标准时钟参考、接收从机节点发出的总线唤醒命令。

从机任务不能主动发送数据，需要根据接收到的主机的帧头信息进行判断。

3）LIN 总线特点

LIN 总线采用基于 UART（Universal Asynchronous Receiver/Transmitter）接口的单线传输，从节点不需要石英或陶瓷振荡器，最大传输速率可达 20 kbit/s，完全可以满足低端的大多数应用对象对传输速率的要求。因此，LIN 总线以较低的成本实现了汽车低端设备之间的网络通信，弥补了 CAN 在低端通信中成本高的不足之处，实现了车身网络的层次化。

2. LIN 报文结构

1）报文的格式

报文是以报文帧作为发送信息的基本单元，LIN 报文帧包括报文头与报文响应两部分。报文头包括同步间隔场、同步场和标识符场；报文响应包括数据场、校验和场，如图 5-43 所示。

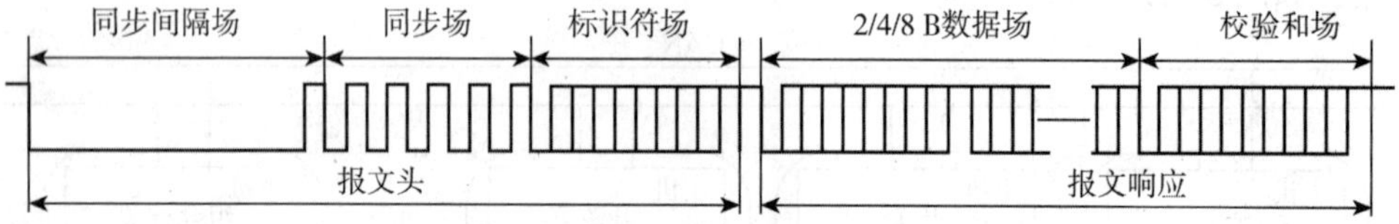

图 5-43　LIN 的报文帧

同步间隔场：标志着报文帧的开始。它由连续 13 个显性电平和 1 个隐性电平构成。

同步场：包含时钟的同步信息。同步场的格式是 0x55，表现在 8 个位定时中有 5 个下降沿。

标识符场：定义报文的内容和长度，报文内容由 6 个标识符位表示，即采用 6 位标识符对传送的数据作标记，共定义了 64 个不同的标识符，在整个网络中，该标识符是唯一的。

数据场：由多个 8 位数据的字节场组成。格式都是通常的 SCI 或 UART 串行数据格式。

校验和场：是数据场所有字节的和的反码。和按带进位加方式计算，每个进位都被加到本次结果的最低位，保证了数据字节的可靠性。

2）报文的传输

LIN 是基于单主机/多从机概念，无仲裁机制。主机控制单元包括主机任务和从机任务，每个从机控制单元都是从机任务。LIN 的通信总是由主机控制单元的主机任务发送一个起始报文头，在接受并且过滤标识符后，一个从机任务被激活并开始本消息的应答传输，发送报文响应。

由于标识符不是指出报文的目的地，而是解释报文数据的含义，因此可以用多种方式来交换数据。图 5-44 为由主节点到一个或多个从节点、由一个从节点到主节点或其他从节点的数据交换过程。

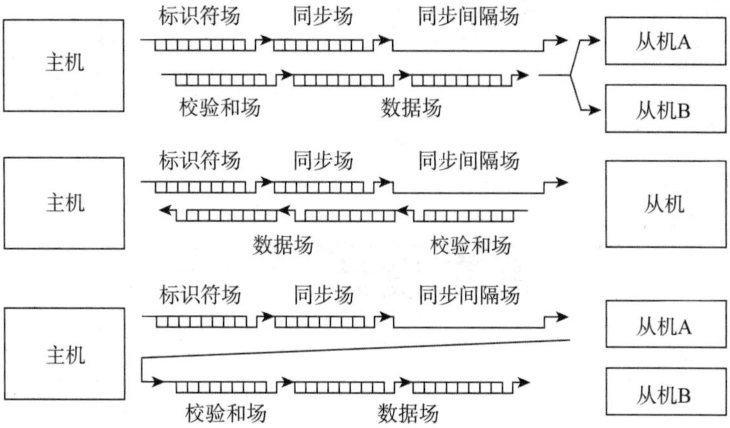

图 5-44　LIN 的数据交换方式

3. LIN 总线的应用

LIN 总线在汽车上得到了广泛的应用，具体如下。

(1) 转向盘附近：巡航控制、雨刮开关、温度控制、收音机等。

(2) 舒适度模块：温度、天窗、光线、温度的传感器等。

(3) 动力总成：位置、转速、压力传感器等。

(4) 发动机：小型电动机、冷却风扇的电动机等。

(5) 空调：电动机、控制面板等。

(6) 车门：后视镜、窗户、座椅控制装置、中控门锁等，如图 5-45 所示。

(7) 座椅：位置电动机、压力传感器等。

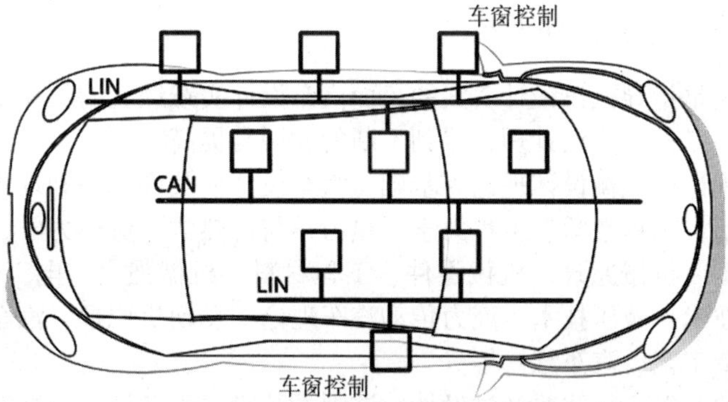

图 5-45　LIN 总线和 CAN 总线的窗户控制

此外，LIN 总线在家电、自动化等行业中也得到了广泛的应用。

第 6 章 汽车设计

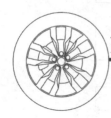

汽车设计是一个统称，所涵盖的领域、涉及的岗位特别多，包含很多的具体技术细节。汽车设计环节主要包括汽车产品规划策略、汽车造型设计、汽车工程数字化等，以及延伸到汽车制造中的冲压、焊接、涂装、总装等四大工艺环节。本章对汽车设计中的基本内容做简单介绍。

6.1 汽车设计概述

汽车作为当下主要的交通运输工具，与社会生产生活有着密切的关系，而一个成功的汽车产品的设计，应该在内涵上满足社会文化、经济、艺术造型等多方面的要求。一种汽车的设计，由于设计对象不同，考虑使用的出发点也不同，其最佳的适应范围也不同。

6.1.1 汽车设计的理论基础

汽车设计理论是指导汽车设计实践的，而汽车设计实践经验的长期积累和汽车生产技术的发展与进步，又使汽车设计理论得到不断的发展与提高。

汽车的设计理论以机械设计理论为基础。汽车设计涉及许多基础理论、专业基础理论及专业知识，包括：工程数学、工程力学、热力学与传热学、流体力学、空气动力学、振动理论、机械制图、机械原理、机械零件、工程材料、机械强度、电工学、工业电子学、电控与微机控制技术、液压技术、液力传动汽车理论、发动机原理、汽车构造、车身美工与造型、汽车制造工艺、汽车维修等。

一种新车型的开发，往往要经过设计→试制→试验→改进设计→试制→试验等二次或多次循环。电子计算机的出现和其在工程设计中的推广应用，使汽车设计技术飞跃发展，汽车设计过程完全改观。

6.1.2 汽车设计要求

汽车的设计开发工作，是从根据市场调查及使用要求而制订的设计任务书开始的。汽车总体设计又称为汽车的总布置设计，其任务是使所设计的产品达到设计任务书所规定的整车参数和性能指标的要求，并将这些整车参数和性能指标分解为有关总成的参数和功能。进行汽车总体设计工作应满足如下基本要求。

(1) 汽车的各项性能、成本等，要求达到企业在商品计划中所确定的指标。

汽车良好的使用性能是设计者要追求的目标，不同的汽车使用性能也是不同的。汽车的主要性能包括动力性、燃油经济性、制动性、操纵稳定性、平顺性、舒适性、通过性以及可靠性、耐久性等。某些性能之间有时是相互矛盾的，要在给定的使用条件下协调各使用性能的要求，优选各使用性能指标，使汽车在该使用条件下的综合使用性能达到最优。例如，高级乘用车的动力性、舒适性和安全性是首要的；对于微型汽车而言，经济性和机动性是首要的；在农林区、矿区、建设工地用的车辆和军用汽车要具备良好的通过性。

（2）汽车设计尽量满足标准化、通用化和系列化要求。

汽车生产量大，品种及型号多，设计中实行零件标准化、部件通用化和产品系列化，可以提高工效，保证产品质量，降低生产成本，减少配件品种，方便维修。

产品的标准化：汽车厂常从各专业化工厂选购零部件并进行总装，以完成整车的生产。各专业厂为了既能供应各种型号汽车所需的部件，又能进行大量生产，常把产品合理分档，组成系列，并考虑各种变型，分成几个不同等级的标准。

产品的系列化：汽车产品的系列化设计，就是要以最少品种的总成和零部件组合出最多品种的车型来满足市场的需求。用系列化的总成设计来提高总成内部零件的通用程度，从而使整车的通用化程度提高。

产品的通用化：所谓通用化就是在汽车总质量相近或同一系列的一些车型上，尽可能采用同样结构和尺寸的部件。

（3）满足广泛的社会性需要。

汽车车身外形和色彩设计应适应时代的特点、人们的喜好，起到美化环境的作用。设计中还要考虑乘坐舒适、操纵轻便、安全可靠，以减少交通事故，应有保护防伤措施，还应有净化装置和隔振减噪措施，以减少废气和噪声对环境的污染。设计汽车还要从政府法规、人机工程、制造工程、运营工程、交通工程与艺术设计等方面进行仔细的考虑。

（4）严格遵守和贯彻相关法规、标准中的规定，不侵犯专利。

汽车设计要在有关标准和法规的指导下进行。除设计图纸的绘制与标注应按有关国家标准进行外，汽车设计还应遵守与汽车有关的一些标准与法规。中国汽车工业标准包括国家标准、行业标准和企业标准。汽车标准又分为强制性标准和推荐性标准。强制性标准主要有：整车尺寸限制标准、汽车安全性标准、油耗限制标准、汽车排放物限制标准及噪声标准。

为使我国汽车产品进入世界市场，设计时也应考虑到国际标准化组织汽车专业委员会（ISO/TC22）制定的一些标准和美国国家标准协会、美国汽车工程师学会标准、日本工业标准以及联合国欧洲经济委员会、欧洲经济共同体所制定的汽车法规。

6.2　汽车车型设计

汽车车型的研发是一个非常复杂的系统工程，研发流程包括管理、设计、组织等方方面面的辅助流程。车型研发中的核心流程，也就是汽车新产品的开发流程，这一流程的起点为项目立项，终点为量产启动，主要包括方案策划、概念设计、技术设计、样车设计等阶段。

6.2.1　汽车新产品开发流程

新型汽车的开发工作比较复杂，动用的人力、牵涉的部门和单位都很多，用去的时间也很长，除此以外还必须有足够的资金保障。各部门、单位以及参加开发工作的全体人员必须协调一致地工作。为此，负责项目开发工作的组织者要制订如图 6-1 所示的新产品开发流程图。图中表明了从新汽车的规划阶段开始，经过开发阶段、生产准备阶段到生产阶段为止的各阶段内，规划部门、设计部门、试制试验部门、生产部门和销售部门等各自应承担的工作内容。

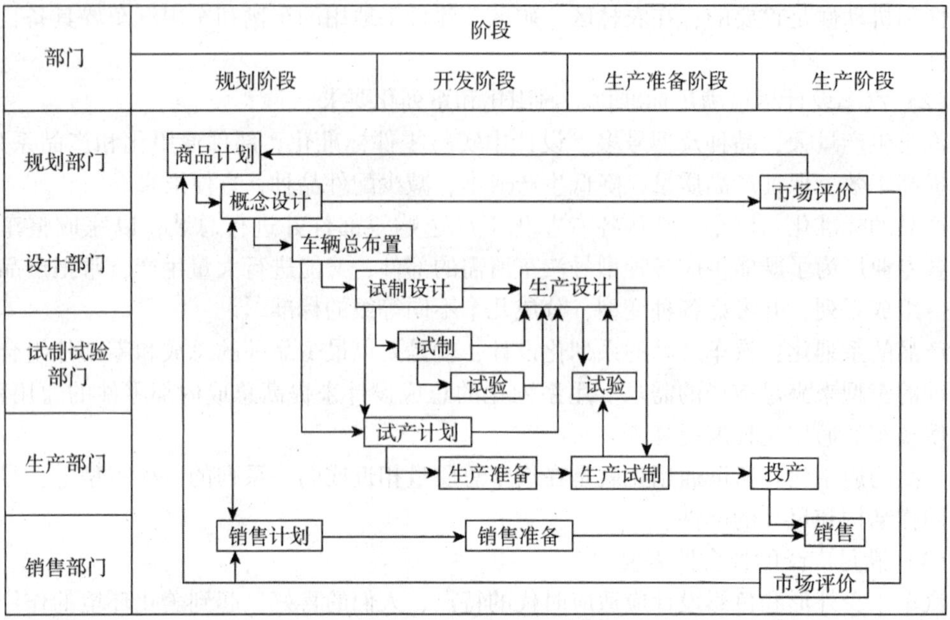

图 6-1　汽车产品开发流程

新产品开发过程 V 模型如图 6-2 所示，第一个 V 分支（左边）从上向下，最上层为整车需求（规格参数），中间层面为框架和系统设计，最低层面为零部件设计仿真以完成部件实现。第二个 V 分支（右边）从下向上，在最低层面，根据零部件相应的规格参数，进行零部件测试和验证；中间层面完成系统集成与测试，以及系统功能确认；最后通过整车集成完成功能确认。

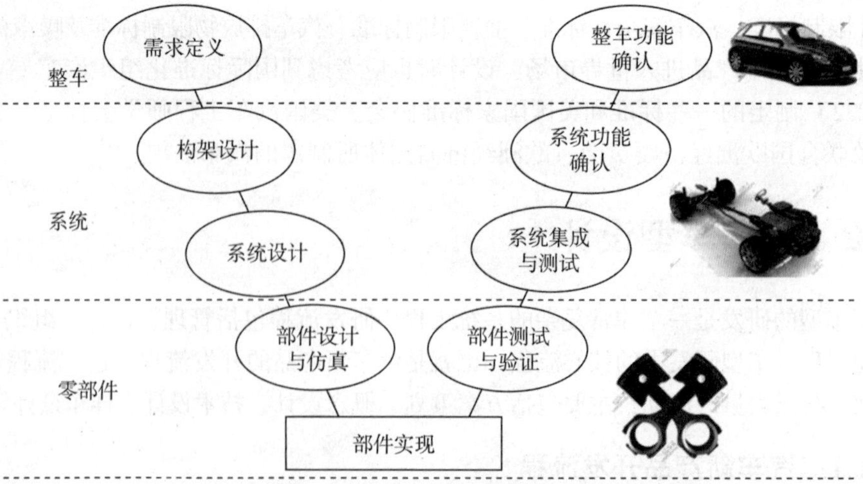

图 6-2　新车型开发过程 V 模型

与信息技术系统开发相比，汽车开发需要在不同开发阶段创建原型样车，并需要对生产过程的不同阶段进行产品性能测试与评估。原型样车是新产品自身的实现过程。因此，整车开发流程也包含了若干子系统的开发过程 V 模型。

6. 2. 2　汽车车型方案策划

通过市场调研对相关的市场信息进行系统的收集、整理、记录和分析，可以了解和掌握消费者的汽车消费趋势、消费偏好、消费要求的变化，确定顾客对新的汽车产品是否有需求，或者是否有潜在的需求等待开发，然后根据调研数据进行分析研究，总结出科学可靠的市场调研报告，为企业决策者的新车型研发项目计划提供科学合理的参考与建议。

在完成可行性分析后，就可以对新车型的设计目标进行初步的设定，设定的内容包括车辆型式、动力参数、底盘各个总成要求、车身型式及强度要求等。在方案策划阶段，基于产品策略得到的产品形象在细化后构成一个一致的目标框架。接下来，就能在这个框架中，对一个汽车项目的技术、经济可行性进行整体评估，如图 6-3 所示。当然，这个目标框架必须是可行且最优的。

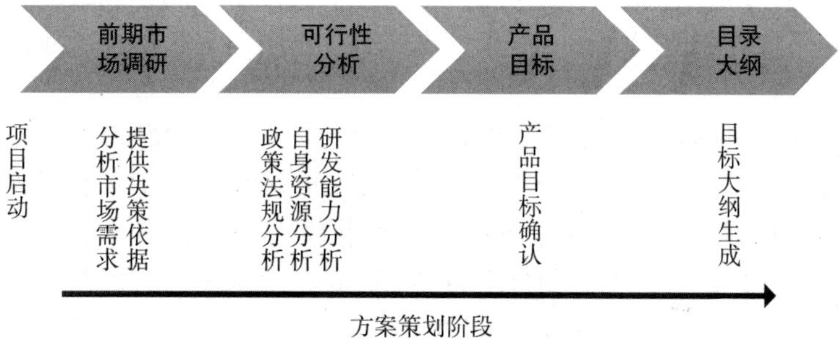

图 6-3　汽车车型方案策划

6. 2. 3　汽车概念设计

概念设计是指从产品创意开始，到构思草图、出模型和试制出概念样车等一系列活动的全过程。概念设计是将商品计划中确定开发的产品定义更具体化，使之达到能进行具体设计的程度。概念设计主要是指汽车的造型设计，包括外部造型、内饰设计和色彩设计。

1. *初步设计*

在前卫概念构思阶段，设计师可以抛开现实中的许多约束，展开思路，充分发挥自己的想象力进行创作，这有助于诞生新的想法和好的创意，非常有利于产品的创新性设计。经过概念发散阶段得到大致的设计方向后，从众多的设计草图中挑选出一些有发展潜力的方案进行深入探讨，包括各种造型细节、结构等都要在深入探讨阶段才能明确。

前卫概念车型的独立构思，体现了对于潜在新车型的创新性探索。受当前顾客偏爱、竞争优势分析、创新性材料和技术应用的刺激，分散在世界各地的设计工作室创作出前卫的汽车设计主题，最终应用在概念车中。虽然概念车一般不会马上投入实际生产，但是在国际车展陈列时引起的大众反应，会给管理层提供有价值的意见反馈，揭示了其前卫概念构思及其功能特点是否会吸引潜在顾客。汽车概念构思草图如图 6-4 所示。

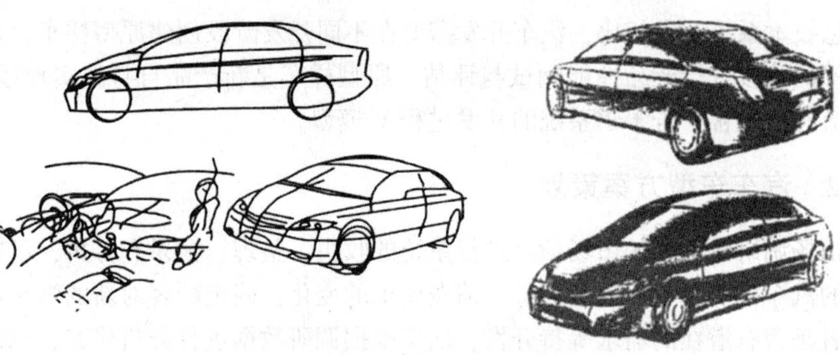

图 6-4 汽车概念构思草图

2. 整体布置草图

整体布置草图也称为总体布置草图、整车布置草图。绘制汽车总体布置草图是汽车总体设计和总布置的重要内容，其主要任务是根据汽车的总体方案及整车性能要求提出对各总成及部件的布置要求和特性参数等设计要求；协调整车与总成间、相关总成间的布置关系和参数匹配关系，使之组成一个在给定使用条件下的使用性能达到最优，并满足产品目标大纲要求的整车参数和性能指标的汽车。总体布置草图确定的基本尺寸控制图是造型设计的基础。

总体布置草图（见图 6-5）的主要布置内容包括：车厢及驾驶室的布置，主要依据人机工程学来进行布置，在满足人体舒适性的基础上，合理地布置车厢和驾驶室；发动机与离合器及变速器的布置；传动轴的布置；车架和承载式车身底板的布置；前后悬架的布置；制动系统的布置；油箱、备胎和行李厢等的布置；空调装置的布置。

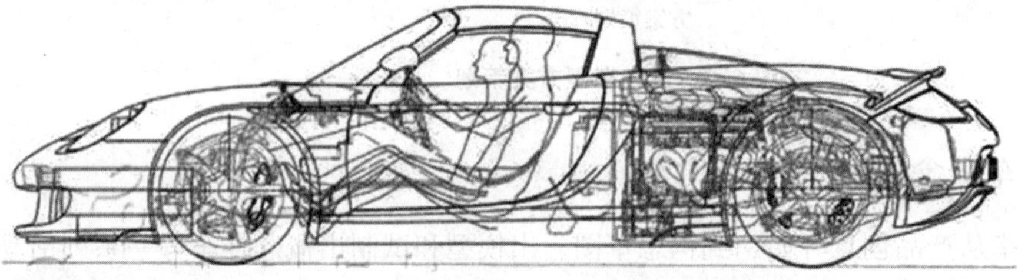

图 6-5

图 6-5 跑车总体布置草图

3. 整车造型设计

造型设计在总体布置草图设计之后，确定基本尺寸的基础上进行。汽车的造型设计是汽车研发中至关重要的环节，包括外形和内饰设计两部分。而造型设计过程也分为设计和模型制作两个阶段。汽车造型设计师根据要设计的车型，首先收集同类车型的图片资料，对同类车型进行造型上的比较，根据这些车型在市场上的受欢迎程度，总结出目前的流行的一些设计趋势以及时尚元素，作为设计的主题或关键词，如简洁、复古、前卫等。

设计阶段包括设计草图和设计效果图两个阶段，设计草图是设计师快速捕捉创意灵感的最好方法，最初的设计草图都比较简单，它也许只有几根线条，但是能够勾勒出设计造型的神韵，设计师通过设计大量的草图来尽可能多地提出新的创意。每个设计师都会对少数几个自己认为比较好的草图进行完善，包括绘制多个角度的草图，进一步推敲车身的形体，突出造型特征等。概念车手绘草图如图 6-6 所示，概念车电脑绘图如图 6-7 所示，概念车胶带图如图 6-8 所示。

图 6-6　概念车手绘草图

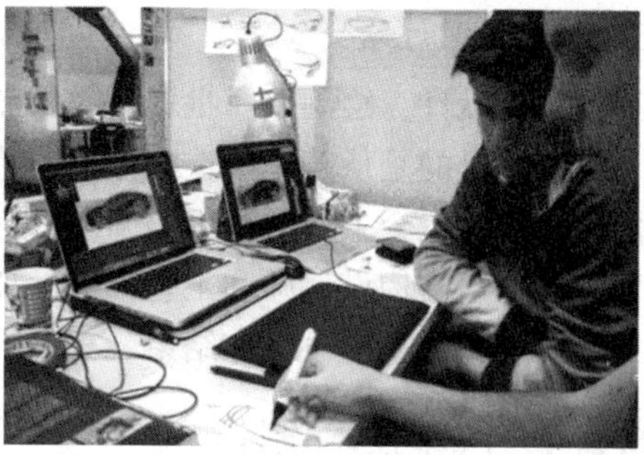

图 6-7　概念车电脑绘图

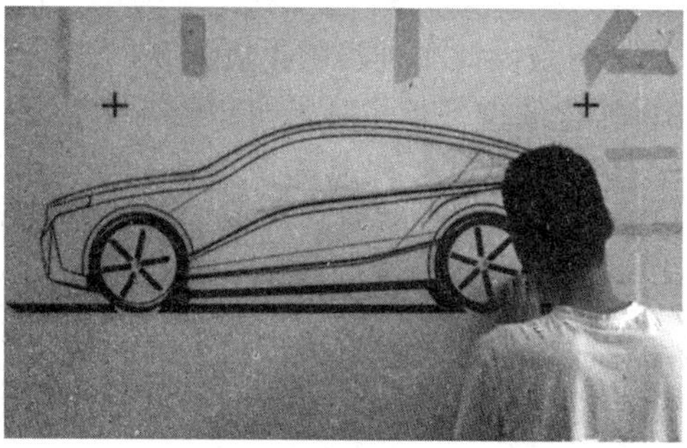

图 6-8　概念车胶带图

4. 制作缩小比例模型

缩小比例模型是在构架上涂敷造型泥雕塑而成的。轿车缩小模型常用 1 ∶ 5 的比例，也就是真车尺寸的 1/5。英、美等国采用英制尺寸，模型的比例是 3 ∶ 8。造型泥是一种油性混合物，又称油泥，在常温下有一定硬度（比肥皂硬些），涂敷前须经烘烤。缩小比例模型在彩色效果图的基础上更进一步表达造型构思，具有立体形象，比效果图更有真实感，要求比例严格、曲线流畅、曲面光顺。雕塑一个缩小比例汽车模型，需要从各个角度审视，反复推敲，精工细雕。汽车缩小模型制作如图 6-9 所示。

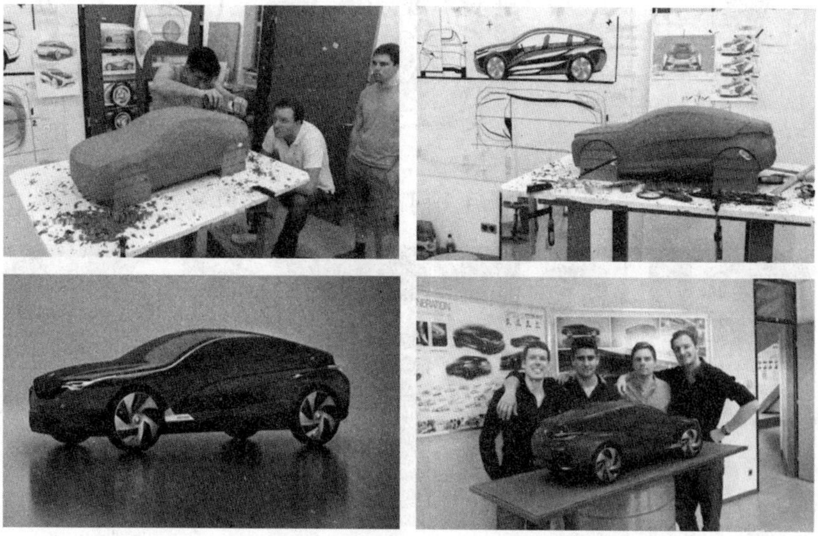

图 6-9　汽车缩小模型制作

5. 方案选型讨论会

经过初步设计，绘制出一批彩色效果图并塑制出几个缩小比例模型，然后召开选型讨论会。会议的目的是从若干个造型方案中选择出一个合适的车型方案，以便作为技术设计的依据。选型讨论会主要讨论审美问题，但也涉及结构、工艺等方面，故通常由负责人召集造型设计师、结构设计师和工艺师等参加会议。选型讨论会结束，选定车型的造型构思基本成熟，汽车的初步设计亦结束。

6.2.4 汽车技术设计

1. 绘制胶带图

在汽车设计行业中，胶带图是设计流程当中不可或缺的一部分，胶带图被广泛应用于汽车设计前中期从 2D 到 3D 转化的这一步。胶带可以贴出跨度很大的弧线并且易于修改，设计师可以亲手调试每一根线条的线形，直观感受车身上每一根线条之间的关系与趋势，非常适合直观地呈现 1∶1 汽车造型。胶带图的外形曲线数据取自选定的缩小比例模型，可用来审查整车外形曲线的全貌。如发现某条曲线不美观或不符合要求，可将胶带揭起重新粘贴，直到满意。胶带图完成后，缩小比例模型放大的曲线又可进一步修订。

在计算机技术不成熟的年代，胶带图成为卡板模型以及油泥模型的唯一参考标准。20 世纪末到 21 世纪初期，随着汽车工业的超大规模生产，胶带图在车企的使用频率达到空前的高度，如今我们所见到的多数经典车型都用到了胶带图来推敲设计。图 6-10 所示的内饰胶带图通常为全舱及部件标准视图，即全舱顶视图、后视图、正视图，门板侧视图，都是比例为 1∶1 的全尺寸胶带图。图 6-11 为汽车的外饰胶带图，图 6-12 为保时捷设计师在贴胶带图。

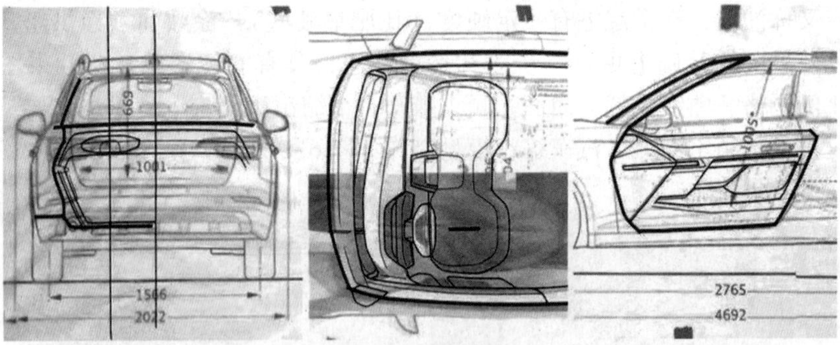

图 6-10 汽车 1∶1 全尺寸内饰胶带图

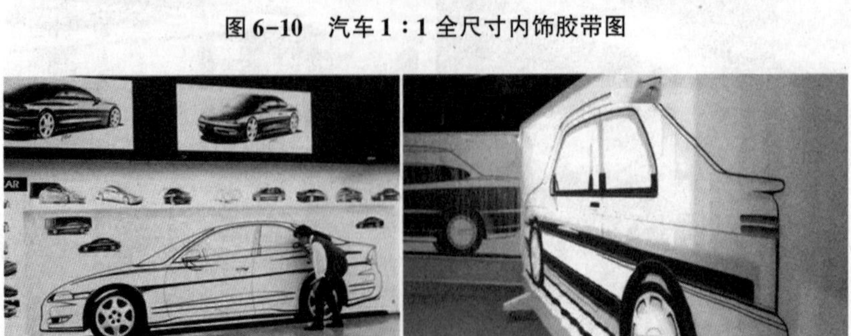

图 6-11 汽车的外饰胶带图

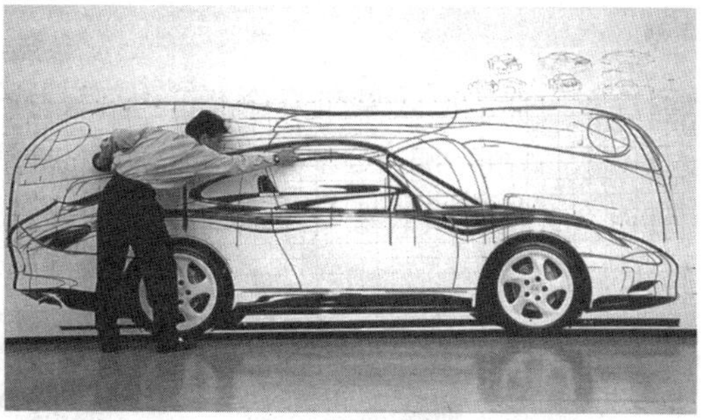

图 6–12　保时捷设计师在贴胶带图

2. 绘制 1∶1 整车车身效果图

单纯由缩小比例的绘画表达汽车的外形效果尚嫌不够，还需要绘制等大尺度（全尺寸）的彩色效果图。现代造型设计非常重视等大的尺度感。缩小比例图样和全尺寸图样的真实感是截然不同的。缩小比例模型上某些圆角或曲线看上去很小巧雅致，放大 5 倍后就显得笨拙臃肿。因此，汽车形状的最后确定，不能依据缩小比例的图样或将模型直接放大，而应经过 1∶1 效果图和 1∶1 模型的修正，以符合等大的尺度感和审美要求。图 6–13 为汽车 1∶1 车身效果图，图 6–14 为汽车内饰局部造型效果图。

图 6–13

图 6–14

图 6–13　汽车 1∶1 车身效果图

图 6–14　汽车内饰局部造型效果图

3. 制作 1∶1 外部模型

1∶1 外部模型是汽车车身定型的首要依据。根据缩小比例模型的放大数据，结合胶带图和 1∶1 效果图的修订情况，就可以制作 1∶1 外部模型。这个模型是在一个带有车轮的构架上涂敷造型泥而雕塑成的。因为要用数以吨计的造型泥，并雕塑得细致、平整、光顺，所以制造一个 1∶1 外部模型的时间很长，通常需要几个星期。图 6–15 为制作 1∶1 模型，图 6–16 为彩色 1∶1 模型。

图 6–15

图 6–16

图 6–15　制作 1∶1 模型

图 6–16　彩色 1∶1 模型

4. 制作 1∶1 内饰模型

1∶1 内饰模型用以审视汽车内部造型效果和检验汽车内部尺寸。1∶1 内饰模型与 1∶1 外部模型同时制作，其设计和尺寸相互配合。1∶1 内饰模型的形状、色彩、覆盖饰物的质感和纹理都应制造得十分逼真，使人具有置身于真车室内的感觉。图 6-17 为汽车 1∶1 内饰模型，图 6-18 为内饰模型制作。

图 6-17　汽车 1∶1 内饰模型

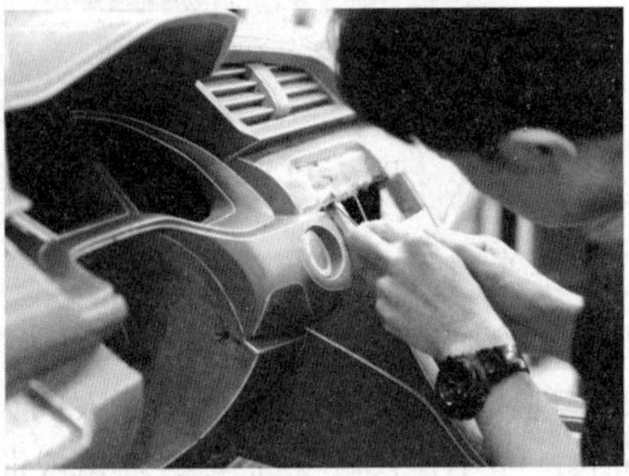

图 6-18　内饰模型制作

图 6-17

图 6-18

5. 造型方案的审批

1∶1 效果图、外部模型、内饰模型完成后，需要交付企业最高领导审批，使汽车最终定型。汽车造型设计是促进汽车销售的重要竞争手段，大公司为了击败对手会采用频繁更换车型的手段，这对汽车造型设计的需求就十分迫切，并在整个汽车设计过程中占有越来越重要的地位。

6. 样车模型制作

传统的全尺寸油泥模型都是完全由人工雕刻出来的，这种方法费时费力而且模型质量不能得到很好的保证，制作一个整车模型大约要花上 3 个月的时间。现在随着技术的进步，各大汽车厂家的全尺寸整车模型基本上都是由五轴铣削机床铣削出来的，油泥模型师只需要根据设计师的要求对铣削出来的模型进行局部的修改就可以了，这种方法制作一个模型只需要 1 个月甚至更少的时间。油泥模型制作完毕后，根据需要将进行风洞试验以测定其空气动力学性能；为了更直观地观察模型通常进行贴膜处理，以便检查表面质量和产生逼真的实车效果。这时，要进行一次全尺寸模型的评审会，从中选出最终的设计方案，并对其提出一些修改意见。油泥模型师根据修改意见调整油泥模型，修改完毕后再次进行评审，并最终确定造型方案，冻结油泥模型。至此，造型阶段全部完成，项目进入工程设计阶段。图 6-19 为样车模型铣削制作，图 6-20 为汽车样车模型。

图 6-19　样车模型铣削制作

图 6-20　汽车样车模型

6.2.5　汽车工程设计

在完成造型设计以后，项目就开始进入工程设计阶段。工程设计阶段的主要任务就是完成整车各个总成以及零部件的设计，协调总成与整车和总成与总成之间出现的各种矛盾，保证整车性能满足目标要求。工程设计阶段主要包括以下几个方面。

1. 总布置设计

在前面总布置草图的基础上，深入细化总布置设计，精确地描述各部件的尺寸和位置，为各总成和部件分配准确的布置空间，确定各部件的详细结构形式、特征参数、质量要求等条件。主要的工作包括绘制发动机舱详细布置图、底盘详细布置图、内饰布置图、外饰布置图及电器布置图。依据人机工程学与国标法律来进行布置，在满足人体的舒适性的基础上，合理地布置车厢和驾驶位。底盘布置包括离合器及变速器的布置，传动轴的布置，车架和承载式车身底板的布置，前后悬架的布置，制动系统的布置，油箱、备胎和行李厢等的布置等。图6-21为CATIA整车图，图6-22为车内布置。

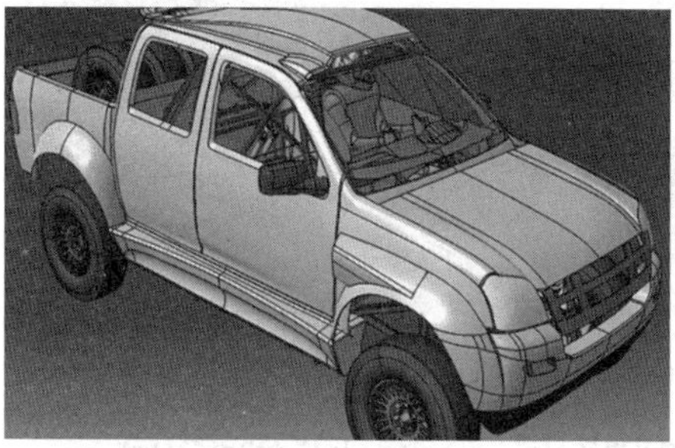

图6-21　CATIA整车图

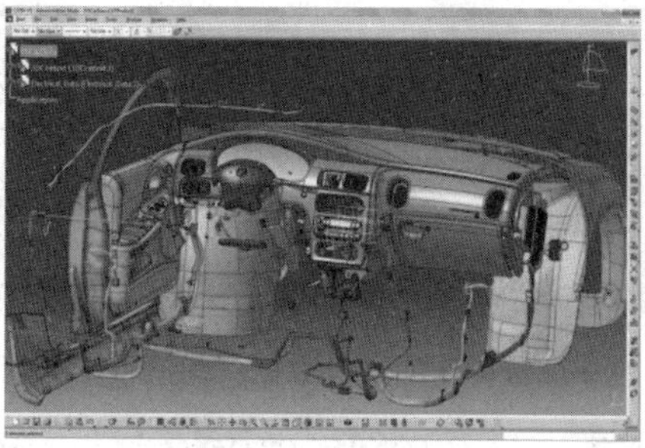

图6-22　车内布置

图6-21

图6-22

2. 车身造型数据生成

车身或造型部门在油泥模型完成后，使用专门的三维测量仪器对油泥模型进行测量，测量的数据包括外形和内饰两部分。测量生成的数据称为点云，工程师根据点云使用汽车A面制作软件，如Alias、Icem-surface、CATIA等来构建汽车的外形和内室模型。在车身造型数据完成以后，通常要使用这些数据来重新铣削一个模型，目的是验证车身数据是否有错误。这个模型通常使用代木或者高密度塑料来进行加工，以便日后保存。图6-23为车型模型三维数据扫描，图6-24为汽车油泥三维数据模型，图6-25为计算机车型数据分析，图6-26为汽车测量得到的点云数据，图6-27为使用CATIA软件制作车身表面。

图6-23　车型模型三维数据扫描

图 6-24　汽车油泥三维数据模型

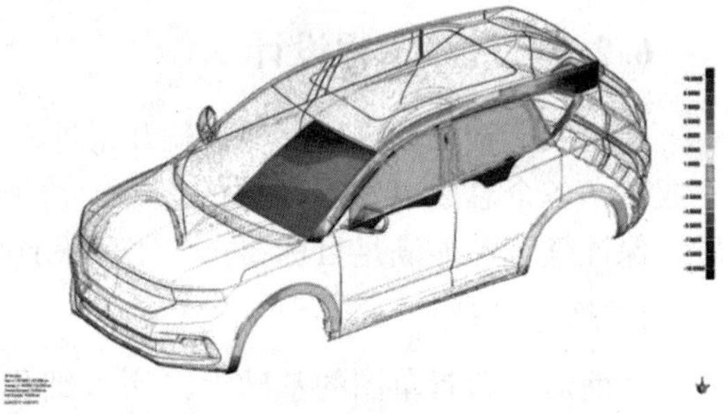

图 6-25　计算机车型数据分析

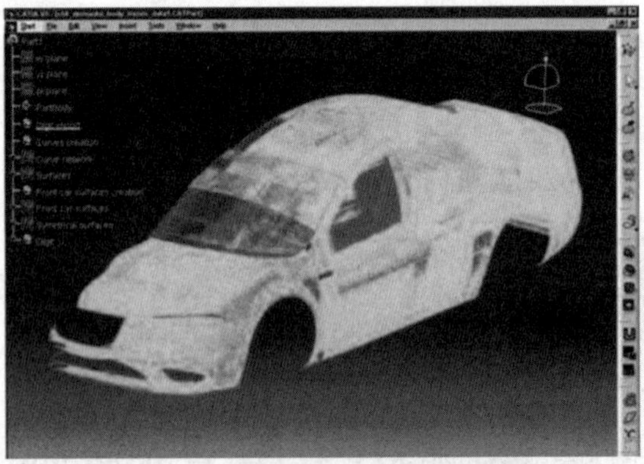

图 6-26　汽车测量得到的点云数据

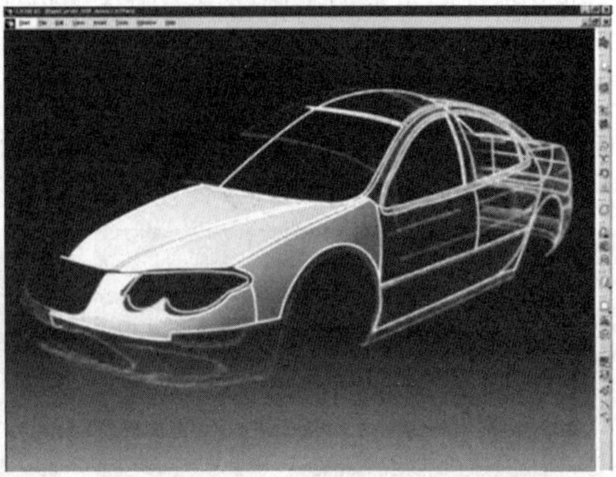

图 6-27　使用 CATIA 软件制作车身表面

图 6-24　图 6-25　图 6-26　图 6-27

3. 发动机工程设计

一般新车型的开发都会选用现有成熟的发动机动力总成，发动机部门的主要工作是针对新车型的特点以及要求，对发动机及附件等进行布置，并进行发动机匹配，这一过程一直持续到样车试验阶段，与底盘工程设计同步进行。

4. 白车身工程设计

所谓白车身指的是车身结构件以及覆盖件的焊接总成，包括发动机罩、翼子板、侧围、车门以及行李厢盖在内的未经过涂装的车身本体。白车身是保证整车强度的封闭结构，由车身覆盖件、梁、支柱以及结构加强件组成。因此，该阶段的主要工作任务就是确定车身结构方案，对各个组成部分进行详细设计，使用工程软件如 UG、CATIA 等完成三维数模构建，并进行工艺性分析完成装配关系图及车身焊点图。图 6-28 为轿车白车身，图 6-29 为白车身结构设计，图 6-30 为计算机分析车身受力。

图 6-28　轿车白车身

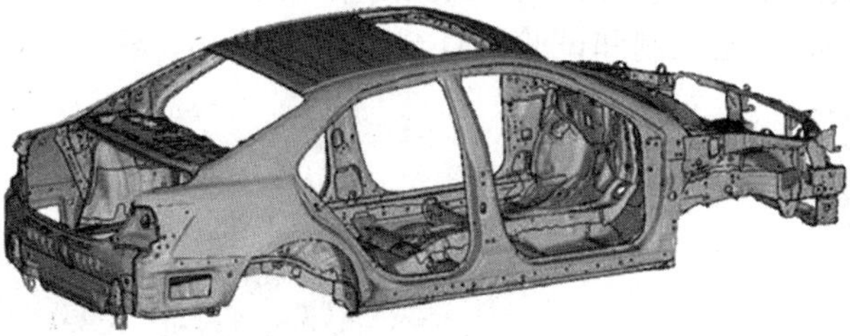

图 6-29　白车身结构设计

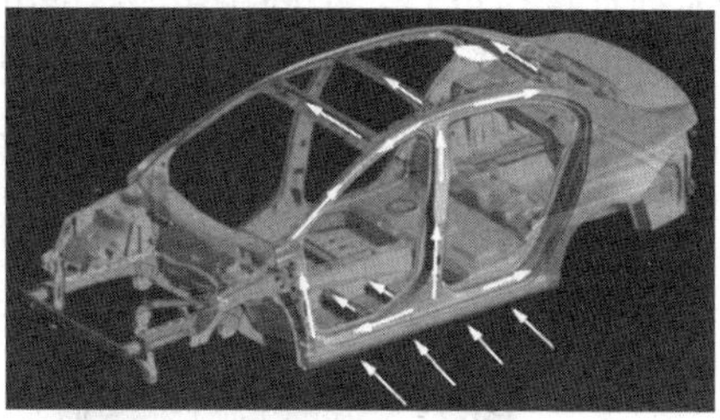

图 6-30　计算机分析车身受力

5. 底盘工程设计

底盘工程设计的内容就是对底盘的四大系统进行详细的设计，包括传动系统设计、行驶系统设计、转向系统设计以及制动系统设计，具体内容如下。

（1）对各个系统零部件进行包括尺寸、结构、工艺、功能以及参数等方面的定义。

（2）根据定义进行结构设计以及计算，完成三维数模构建。

（3）零部件样件试验。

（4）完成设计图和装配图。其中，传动系统的主要设计内容为离合器、变速器、驱动桥，行驶系统的主要设计内容为悬架设计，转向系统的主要设计内容为转向器以及转向传动机构的设计，制动系统的设计内容包括制动器以及 ABS 的设计。

6. 内、外饰工程设计

汽车内外饰包括汽车外饰件和内饰件，因其安装在车身本体上也称为车身附属设备。外饰件的主要设计包括前/后保险杠、玻璃、车门防撞装饰条、进气格栅、行李架、天窗、后视镜、车门机构及附件以及密封条。内饰件的主要设计包括仪表板、转向盘、座椅、安全带、安全气囊、地毯、侧壁内饰件、遮阳板、扶手、车内后视镜等。

7. 电气工程设计

电气工程负责全车的所有电气设计，包括雨刮系统、空调系统、各种仪表、整车开关、前后灯光以及车内照明系统。现代汽车电子技术在改善汽车动力性、经济性、安全性、行驶稳定性和乘坐舒适性等方面发挥着不可替代的作用。

经过以上各个总成系统的设计，工程设计阶段完成，最终确认整车设计方案。此时，可以开始编制详细的产品技术说明书、详细的零部件清单列表，以及验证法规。确定整车性能后，将各个总成的生产技术进行整理合成。

6.2.6 汽车样车试制

工程设计阶段完成以后进入样车试制和试验阶段，样车的试制由试制部门负责，他们根据工程设计的数据和试验需要制作各种试验样车。在一个整车设计项目中，整车制造商通常制作与测试两组原型车：一组是早期样车，用作概念车的评估，由此进行一些必要的设计修改；另一组原型车吸收这些修改并验证其可行性。

样车的试验包括两个方面：性能试验和可靠性试验。性能试验，其目的是验证设计阶段各个总成以及零部件经过装配后能否达到设计要求，及时发现问题，做出设计修改，完善设计方案。可靠性试验的目的是验证汽车的强度以及耐久性。试验应根据国家制定的有关标准逐项进行，不同车型有不同的试验标准。根据试制、试验的结果进行分析总结，对出现的各种问题进行改进设计，再进行第二轮试制和试验，直至产品定型。图 6-31 为汽车样车试验，图 6-32 为汽车样车路试。

图 6-31 汽车样车试验

图 6-32 汽车样车路试

6.3 汽车设计方法

在近百年中，汽车设计也经历了由经验设计发展到以科学试验和技术分析为基础的设计阶段。自 20 世纪 60 年代中期在设计中引入电子计算机后又形成了计算机辅助设计等新方法，并使设计逐步实现了半自动化和自动化。

6.3.1 传统汽车设计方法

最早的设计是由经验丰富、技术熟练的手工艺人进行的。这种设计只存在于手工艺人的头脑中，产品也是比较简单的。传统的汽车设计以经验设计为主，即以已有产品的经验数据为依据，运用一些带有经验常数或安全系数的经验公式进行设计计算的一种传统的设计方法。这种设计缺乏精确的设计数据和科学的计算方法，所设计的产品不是过于笨重就是可靠性差。一种新车型的开发往往要经过设计→试制→试验→改进设计→试制→试验等两次或多次循环，需反复修改图样，完善设计后才能定型，其设计周期长、质量差、消耗大。

6.3.2 现代汽车设计方法

电子计算机的出现和在工程设计中的推广应用，使得汽车设计技术飞跃发展，设计过程完全改观。汽车结构参数及性能参数等的优化选择与匹配、零部件的强度核算与寿命预测、产品有关方面的模拟计算或仿真分析、车身的美工造型等设计方案的选择和定型以及设计图样的绘制等，均可在计算机上进行。

现代汽车设计在传统方法的基础上，除了引进计算机辅助设计方法外，还引进了优化设计、可靠性设计、有限元分析等现代设计方法与分析手段。

1. 计算机辅助设计

计算机辅助设计技术主要包括 CAD、CAM、CAE、CAPP、CAT 和 FA（工厂自动化）等内容：CAD 就是计算机以某种模式和方法，按照人的意图去进行科学分析和计算，并作出判断和选择，最后输出令人满意的设计结果和生产图样；CAM 就是把计算机与工厂的设备联系起来，实现用计算机系统进行生产计划、管理、控制及操作的过程；CAE 是通过结构分析来评价汽车的性能，提高产品质量，减少开发时间，具有精确地描述各种工程现象、快速完成结构分析和综合评价各种性能的功能。

2. 优化设计

优化设计（Optimization Design）是把最优化数学原理应用于工程设计问题，在所有可行方案中寻求最佳设计方案的一种现代设计方法。进行工程优化设计时，首先需将工程问题按优化设计所规定的格式建立数学模型，然后选用合适的优化计算方法在计算机上对数学模型进行寻优求解，得到工程设计问题的最优设计方案。

汽车优化设计理论和方法已应用于汽车诸多领域中的很多环节。例如，汽车整车动力传动系统优化和匹配，汽车的发动机、底盘、车身各主要总成的优化设计，机械加工的优化设计，汽车车身 CAD/CAE/CAM 一体优化技术等，使汽车产品的性能和水平得到了整体提高。

3. 可靠性设计

所谓可靠性，则是指产品在规定的时间内和给定的条件下，完成规定功能的能力。汽车产品的可靠性不但直接反映汽车各组成部件的质量，而且还影响整车质量性能的优劣，是在产品设计过程中，为消除产品的潜在缺陷和薄弱环节，防止故障发生，以确保满足规定的固有可靠性要求所采取的技术活动。

汽车可靠性设计的主要特征就是把所有的设计变量如材料强度、载荷、应力等作为随机变量来考虑，它们在常规的设计中经常被作为常量。因此，通过可靠性设计，可使车辆设计变得更加精准和科学。

4. 有限元分析

有限元法（Finite Element Method）是以计算机为工具的一种现代数值计算方法，用于工程设计中对复杂结构的静态和动力分析，并能准确地计算形状复杂零件的应力分布和变形，是复杂零件强度和刚度计算的有力分析工具。

结构件是汽车的重要组成部分。这里所说的结构，主要是指由许多杆件、板或实体等组成的整体，其结构各异、形状复杂，它们或起承载作用，或承受、传送外部载荷，以保证整个汽车的正常工作，实现预期目的。载货汽车、大中型客车等的车架大都是板梁或框架结构；轿车车架常为承载板式结构，车身则为板壳结构。应用有限元法对汽车结构件进行分析，是提高汽车工作性能以及可靠性与寿命的主要途径之一，是一项综合性的工作。

有限元分析软件 ANSYS 将汽车部件分析对象扩大至总成系统直至整车，从而绕过了零部件内部复杂的受力关系这一难题，使得对汽车的分析结果更加符合实际。

6.3.3 汽车设计方法的发展趋势

在“绿色浪潮”的冲击下，减轻汽车废气排放及噪声污染已成为市场竞争的重要指标，而节能与减轻排气污染又紧密相关。因此，世界各大汽车制造厂家都在积极采取措施，改进设计，减轻污染，甚至提出了“零污染排放及节能汽车”目标。当前，在工业发达国家中，以环保为中心的设计思想，即所谓的“绿色设计”已被制造厂家普遍接受，其要点就是设计师在设计产品时，要考虑到当它达到使用寿命后可被重复利用，或可被安全地处理掉而无污染。

随着现代汽车向高速化和轻量化方向发展，振动和噪声控制日益成为汽车设计的一项关键技术。因此，国际上近十年来形成的一个新的工程领域——NVH（Noise，Vibration and Harshness）控制技术，已在汽车工业科技界的科研中占据了重要位置，以改善轿车的NVH控制性能。

随着电子计算机技术的飞速发展和广泛应用，汽车产品也和其他许多领域的产品一样，越来越多地引进了微处理器、各种传感器和调节装置，使汽车产品由单一的机械产品向机-电-仪一体化的产品过渡，并逐步向自动控制和智能化方向发展。现代汽车设计已不再是单一的机械设计，而是要综合运用多方面的基础理论和专业知识以及许多当代技术成就而进行的一种交叉学科的现代化设计。

汽车设计的发展主要来自制造工艺，目的是缩短生产时间、提高产品质量。总的趋势是采用轻质材料，如铝合金等。造型设计将不断变化，以符合制造工艺的限制。例如，用硅代替橡胶中的碳，或用棱镜作为视镜。这些工艺会产生许多新的设计概念。

6.4 概念车设计举例

6.4.1 概念车

概念车（Concept Car）是一种汽车公司或者设计公司用来展示自己的最新技术，或者为展示下一代车型开发方案而专门制作的车型。汽车设计师利用概念车向人们展示新颖、独特、超前的构思，反映人类对先进汽车的梦想与追求。这种车往往只是处在创意、试验阶段，可能不会投产，主要用于车辆的开发研究和开发试验，也可以为探索汽车的造型、采用新的结构、验证新的原理等提供样机。一般概念车会以它前卫的外形、创新材料的大胆运用、更完美的性能、全新的汽车室内设计等预示着汽车工业的发展方向。

概念车分为两种：一种是真正能跑的汽车，另一种是设计概念模型。前者比较接近批量生产，设计接近实用化。后者是更为超前的设计，只是未来发展的研究设想。

概念车是时代的最新汽车科技成果，代表着未来汽车的发展方向。概念车展示的作用和意义很大，能够给人以启发并促进相互借鉴学习。概念车有超前的构思，体现了独特的创意，并应用了最新科技成果，有很高的鉴赏价值。

世界各大汽车公司都不惜巨资研制概念车，并在国际汽车展上亮相，一方面是了解消费者对概念车的反映，从而继续改进；另一方面也是为了向公众显示本公司的技术进步，从而提高自身形象。

6.4.2　概念车举例

别克 YJob 是汽车工业界公认的世界第一辆概念车，它诞生于 1938 年，是由美国通用汽车艺术和色彩部首任主任、美国汽车造型之父——哈利杰·厄尔（Harley Earl）创作的。当时设计的瀑布式中网，在随后的别克车中得到了应用。图 6-33 为别克 YJob 概念车，图 6-34 为别克 RivieraⅡ“未来”概念车。

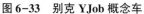

图 6-33　别克 YJob 概念车

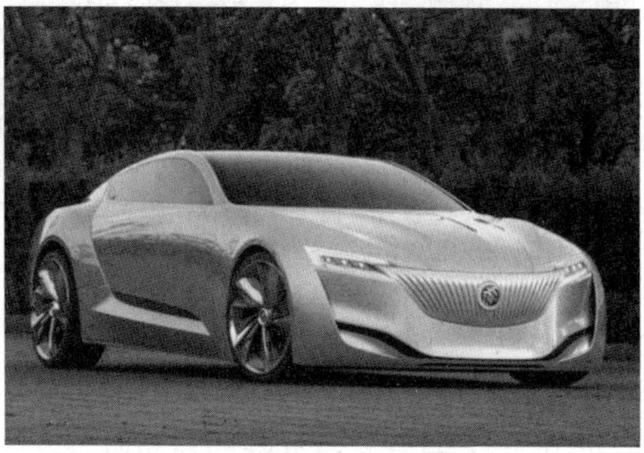

图 6-34　别克 RivieraⅡ“未来”概念车

红旗 HQD 概念车，在车身的造型上继承了第一代红旗前高后低的船型车身，在格栅的设计中融入中国传统建筑文化中的“九梁十八柱”的寓意；在继承老“大红旗”后部造型的同时又进行了局部调整，隐含天安门形象。图 6-35 为红旗 HQD 概念车，图 6-36 为红旗 Coupe 型概念车。

图 6-35　红旗 HQD 概念车

图 6-36　红旗 Coupe 型概念车

图 6-37 为奇瑞 SUV 概念车，图 6-38 为奇瑞概念车内饰。

图 6-37　奇瑞 SUV 概念车

图 6-38　奇瑞概念车内饰

品牌愿景概念车通常具有非常强的前瞻性和战略意义，如BMW集团在2016年发布的Next 100系列概念车，包括旗下品牌宝马、MINI、劳斯莱斯，甚至还有一台电动摩托车，表明BMW集团对未来移动出行时代的畅想。图6-39为宝马VISION NEXT 100概念车，图6-40为MINI概念车。

图6-39　宝马 VISION NEXT 100 概念车

图6-40　MINI 概念车

设计语言概念车是新一代设计语言的预告，在设计开发中起着非常重要的作用，通常伴随新的设计理念发布。1995年亮相法兰克福车展的奥迪TTS Concept，以其打破常规、不拘一格的饱满造型，赢得了人们的普遍关注，既是奥迪TT设计语言的预告，也是全新车系出现的标志。图6-41为奥迪TTS Concept概念车。

图6-41　奥迪 TTS Concept 概念车

现在很多厂商都采用少量量产概念车策略。发布轻量产概念车时，基本上设计已经敲定，单纯为了测试市场反应，也预热一下市场。比如，2018年发布的比亚迪E-SEED GT概念车，与量产后的比亚迪汉差异很小。图6-42为比亚迪E-SEED GT概念车，图6-43为比亚迪汉EV。

图6-42　比亚迪 E-SEED GT 概念车

图6-43　比亚迪汉 EV

当品牌在思考未来设计的大方向时，会通过概念车探索设计更多的可能性，这种概念车的设计通常不会用在未来的量产设计中（比如宝马 GINA 概念车），是在讨论一个关于未来汽车发展将会受到影响的特性的基本论述，它不仅仅回答了关于汽车外观的问题，还探索了其所能提供的创作自由，更像一个科研命题。图 6-44 为宝马 GINA 概念车及内饰。

图 6-44 宝马 GINA 概念车及内饰

特殊用途的概念车则是为了纪念游戏设计，或为致敬特定人物或历史事件，或为了宣传品牌在某一领域的突破或强势地位。比如，2015 年发布的奔驰 IAA Concept，cd 值 0.19，专为空气动力学研究设计，强化奔驰在空气动力学领域的引领地位。图 6-45 为游戏设计概念车，图 6-46 为奔驰概念车，图 6-47 为奥迪电动概念车及量产车。

图 6-45 游戏设计概念车

图 6-46 奔驰概念车

图 6-47 奥迪电动概念车及量产车

第 7 章 汽车制造

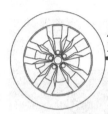

汽车制造包括汽车零部件制造及整车制造。汽车零部件制造包括坯料的生产，以及根据工艺要求对坯料进行各种机械加工、特种加工和热处理等。少数零件加工采用精密铸造或精密锻造等无屑加工方法。

用于汽车制造的材料主要包括金属材料、非金属材料及特种材料等。其中，金属材料是汽车制造业中使用的基本材料，汽车中大约 80% 的零件是用金属材料制造的，而金属材料中又以钢铁材料的用量为最多。非金属材料的种类很多，主要有塑料、橡胶、玻璃、木材等。汽车使用的特种材料主要包括粉末冶金材料、碳纤维、陶瓷等。本章主要介绍制造汽车零部件的材料、制造方法，以及汽车的整车制造工艺。

7.1 汽车制造概述

近年来我国汽车制造业快速发展，已成为带动经济发展的支柱产业。汽车制造业将影响并快速改变社会发展，汽车制造中的新技术和新概念，必将导致新车型的出现，以满足技术快速进步、高质量、高安全性、低排放和高性能方面的需求。

7.1.1 汽车制造产业发展

汽车产业在一百多年的发展历程中，经历了手工生产、大量生产、精益生产和现代生产 4 个阶段。每一次生产阶段的更替，不仅带来了生产方式及生产工艺的大变革，还带来了产业结构的大调整。

自 20 世纪 80 年代以来，追求“个性化”的汽车消费者越来越多，汽车产业靠“单一产品打天下”的时代已成为历史。任何一款汽车产品的累计产销量能够达到 100 万辆都已很不容易。国际性跨国汽车公司开始全面采用能适应多车型的柔性生产线，同时开始实施将附属于汽车公司的总成部件生产厂家剥离的产业结构大调整，这种变化使新的汽车生产与管理模式应运而生。

现代汽车制造实现了汽车零部件与汽车整车的同步开发，采用多品种、多车型共线生产的柔性生产方式。整车制造企业的生产内容主要包括四大部分，即冲压、焊装、涂装和总装。汽车制造按照专业协作的方式进行多品种、大规模的专业化生产，如此既可保证产品质量，又可大幅降低生产成本。

7.1.2 汽车制造生产特点

1. 生产模块化

20 世纪初，福特公司在制造 T 型车时创造出影响整个世界工业的生产工艺——生产流水线，大幅度降低了生产周期和成本，同时也降低了售价。流水线方式作为汽车生产的主流方式一直延续到 20 世纪 80 年代，并在生产线中引入“汽车平台”的概念。“汽车平台”是由汽车制造厂商设计的，几个车型共用的产品平台。

随着技术的发展产生“模块化”生产，汽车技术创新的重心在零部件方面，零部件要超前发展，并参与汽车厂商的产品设计。汽车分为各种模块，如座舱、接口盘制动、车门、前端、集成空气/燃油等模块，由对应零部件公司生产。汽车厂商方面以全球范围作为空间，进行汽车模块的选择和匹配设计，优化汽车设计方案，将汽车装配生产线上的部分装配劳动转移到装配生产线以外的地方去进行。“模块化”生产方式有利于提高汽车零部件的品种、质量和自动化水平，提高汽车的装配质量，并缩短汽车的生产周期。

2. 零件通用化

汽车零部件通用性以零件互换性为基础，零部件具有互换性，可以最大限度地采用标准件、通用件和标准部件，大大简化了绘图和计算工作，缩短了设计周期，有利于计算机辅助设计和产品的多样化。零部件通用化使汽车更多地共享关键零部件，推进零部件质量提升，提高汽车整体制造工艺水平，缩短产品研发周期，降低制造成本。

3. 生产过程自动化

汽车零部件厂和汽车总装厂实现高度自动化生产。工厂生产自动化是指不需要人直接参与操作，而由机械设备、仪表和自动化装置来完成产品的全部或部分加工的生产过程。生产自动化的范围很广，包括加工过程自动化、物料存储和输送自动化、产品检验自动化、装配自动化和产品设计及生产管理信息处理的自动化等。在生产自动化的条件下，人的职能主要是系统设计、组装、调整、检验、监督生产过程、质量控制以及调整和检修自动化设备和装置。

自动化与信息化融合，加上信息管理、生产管理自动化，形成生产自动化的高级形式，也称为无人化工厂。它是由计算机控制的集成自动化工厂，采用数控机床、工业机器人、厂内数据收集系统、智能化检测系统等，实现工厂全盘自动化，只需要少数巡视和保卫人员，全面实现计算机分级控制，用集成软件系统使厂内各个单元工作程序化和协调化。

4. 制造技术现代化

现代制造技术广泛应用于汽车设计、零部件制造、汽车制造的各个方面，包括现代数控技术、计算机辅助设计与制造技术、并行工程及虚拟制造等。

数控（Numerical Control，NC）技术，是用数字量及字符作为加工的指令，实现自动控制的技术。数控技术的核心是数字控制技术，用计算机来对输入的指令进行存储、译码、计算、逻辑运算，并将处理的信息转换为相应的控制信号，控制运动精度较高的驱动元件，使之按编程人员设定的运动轨迹来高效加工，从而克服了传统机械加工的缺点。

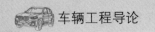

计算机辅助设计与制造（CAD/CAM）是计算机辅助设计（Computer Aided Design，CAD）与计算机辅助制造（Computer Aided Manufacturing，CAM）相结合而组成的系统。计算机辅助设计与制造技术依托强大软件来完成产品设计中的建模、解算、分析、虚拟模拟、加工模拟、制图、数控编程、编制工艺文件等工作。

并行工程（Concurrent Engineering，CE）是对产品及其设计过程和制造过程进行并行、集成设计的一种系统化工作模式。这种模式使产品开发人员从一开始就考虑到从概念形成到产品报废的全生产周期中的所有因素，包括加工的质量、成本、进度和产品的技术性能及使用性能需求等，减少加工制造中可能出现的问题，加速产品开发过程，缩短开发周期。

虚拟制造（Virtual Manufacturing，VM）是利用计算机技术、建模技术、信息处理技术、仿真技术对现实制造活动中的人、物、信息及制造过程进行全面的仿真模拟，以发现设计或制造中出现的问题，在产品实际生产前就改进完成，省略了产品的开发研制阶段，达到降低设计和生产成本、缩短产品开发周期、增强产品竞争力的目的。

7.2 汽车金属零部件制造

汽车制造从零部件开始，零部件的制造包括毛坯制造、机械加工、热处理、表面处理及装配等工艺。制造过程一般是先通过铸造、焊接、锻压、冲压等工艺将原材料制作为成型毛坯，再经过切削加工，达到所需尺寸形状，中间还要经过热处理工艺，才能成为符合产品图样要求的成品。毛坯是模锻件的零件约占全部制造零件的60%，金属板材冲压件数量占汽车零件总数的40%以上，而需要经过切削加工的零件则占汽车零件的绝大多数。

7.2.1 汽车零件铸造

铸造是指通过熔炼金属、制造铸型、液态金属浇注，待其冷却凝固后获得一定形状和性能的铸件的制造方法。铸件表面比较粗糙，尺寸精度不高，一般作为毛坯，需经切削加工才能成为所需零件。少数零件也可通过精密铸造而不需经切削加工就可直接成为成品。

铸造可以制成形状复杂，特别是内腔形状复杂的零件毛坯，如汽车发动机的气缸体、气缸盖、变速箱壳体、进排气支管、驱动桥壳体、车轮毂、制动鼓等。汽车铸造零件如图7-1所示。

铸造材料来源广泛，常用金属材料有生铁、废钢、铝合金、铜等有色金属，成品的制造成本较低。金属材料的铸造性能主要指金属或合金的流动性和收缩性。

流动性良好的金属或合金能铸造出薄而复杂的铸件，利于铸件的补缩以及气体和非金属夹杂物的上浮和逸出，铸件品质良好。反之，铸件上易出现浇不足、冷隔、气孔、夹渣和缩孔等缺陷。在常用铸造合金材料中，铸铁的流动性最好，铝硅合金次之，铸钢最差。

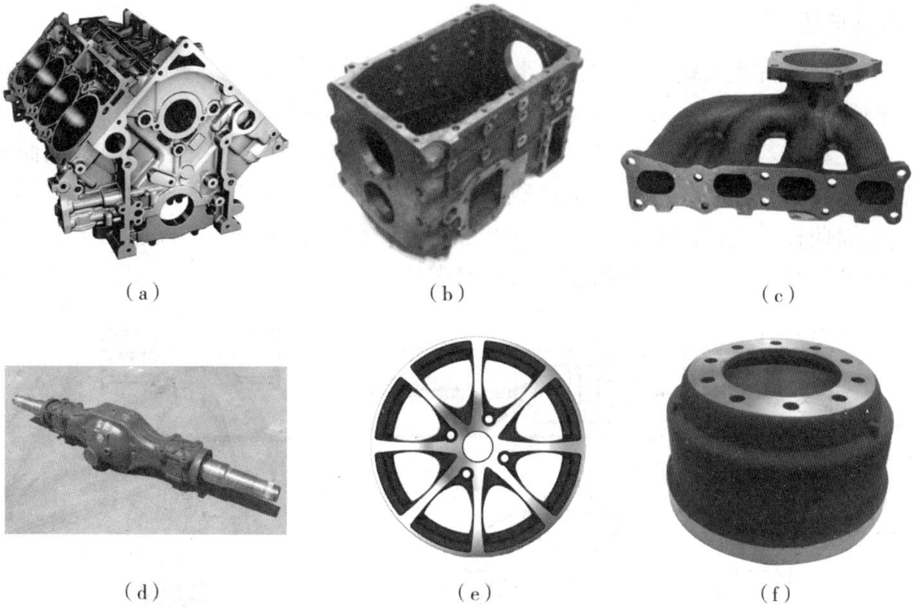

图 7-1　汽车铸造零件

(a) 发动机气缸体；(b) 变速箱壳体；(c) 进排气歧管；(d) 驱动桥壳体；(e) 车轮毂；(f) 制动鼓

1. *砂型铸造*

砂型铸造是用型（芯）砂制作铸型，将熔融金属注入铸型，待其冷却、凝固后，经落砂取出铸件的方法。钢、铁和大多数有色合金铸件都可用砂型铸造方法获得。砂型铸造所用的造型材料价廉易得，铸型制造简便，对铸件的单件生产、成批生产和大量生产均能适应，一直是铸造生产中的基本工艺。

砂型铸造又分为湿砂型铸造、壳型铸造、组芯造型铸造、自硬砂型铸造等，共同特点是铸型由砂和黏结剂组成。砂型铸造的工艺过程主要由以下几个部分组成：造型、制芯、砂型及型芯烘干、合型、熔炼金属、浇注、落砂、清理、检验等。图 7-2 为套筒的砂型铸造过程。在此需指出的是，对某个具体的铸造工艺过程并不一定包括上述全部内容，如铸件无内壁时无须造芯且砂型无须烘干等。

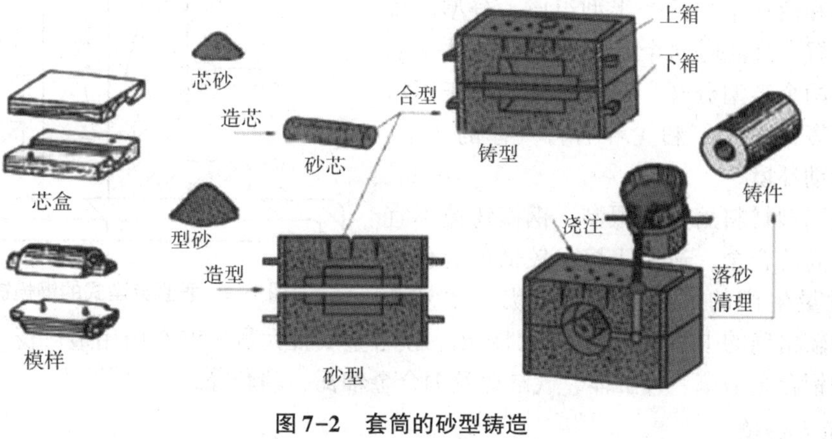

图 7-2　套筒的砂型铸造

2. 熔模铸造

熔模铸造是从古代失蜡铸造发展而来的一种精密铸造方法。它的工艺过程是：根据图纸设计、制造精确的压型；用易熔材料（蜡或塑料）在压型中制成精确的可熔性模样；在可熔性模样上涂以若干层耐火材料，经干燥、硬化成整体型壳；型壳经高温焙烧而成耐火型壳，熔化金属浇入型壳，冷凝后敲碎型壳即可取出铸件，如图 7-3 所示。熔模铸造工序繁杂，生产周期长，生产成本高，而且熔模易变形，型壳强度不高，仅适用于生产形状复杂、精度要求较高或难以进行切削加工的小型零件。

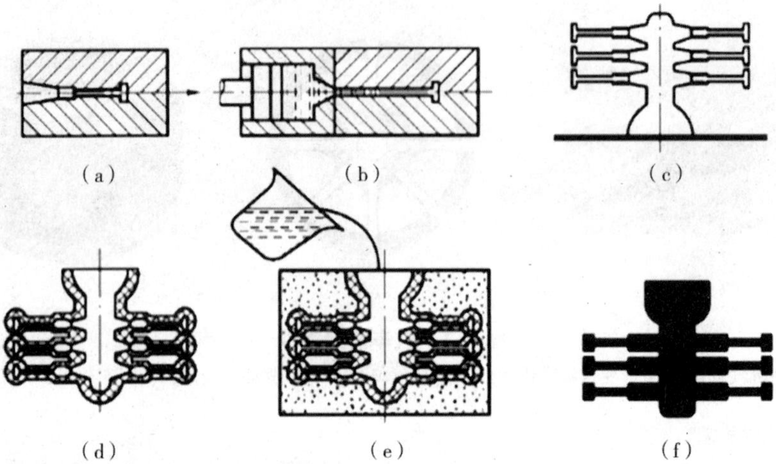

图 7-3　熔模铸造

(a) 压型；(b) 压制蜡模；(c) 焊制蜡模；(d) 结壳、脱模；(e) 浇注；(f) 带浇注系统的铸件

3. 金属型铸造

金属型铸造是让液态合金在重力的作用下注入金属模组成的型腔，获得铸件的方法。金属模一般由耐热钢制成。铸型用金属制成，可以反复使用多次（几百次到几千次）。金属型铸造所能生产的铸件，在质量和形状方面还有一定的限制，如对黑色金属只能是形状简单的铸件；铸件的质量不可太大；壁厚也有限制，较小的铸件壁厚无法铸出。

图 7-4 所示为垂直分型式的钢模铸造，由固定半型和活动半型两个半型组成，分型面位于垂直位置。浇注时两个半型合紧，液体金属凝固后将两个半型分开，取出铸件。由于不需要型砂，因此减小了粉尘和有害气体的污染，改善了劳动环境。

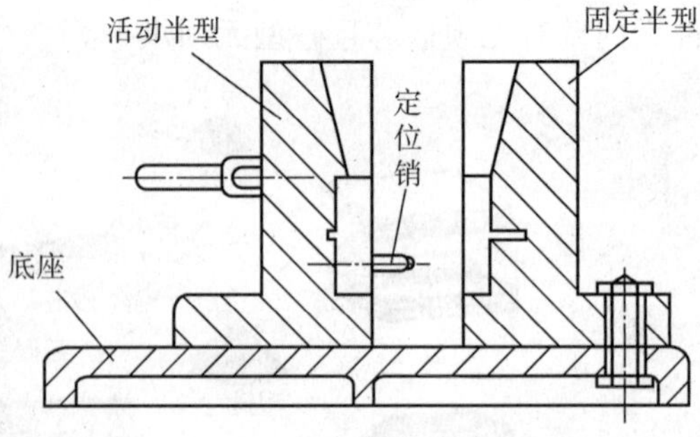

图 7-4　垂直分型式的钢模铸造

受金属型材料熔点的限制，钢模铸造不宜用于熔点高的合金，适用于熔点较低的有色金属的大批量生产的铸件，以及形状不太复杂的、尺寸较精确的中小型铸件，特别在铝、镁合金成批大量生产中应用最广泛，如汽车发动机中的铝合金活塞、气缸体、气缸盖及铜合金轴瓦、轴套等。

4. 压力铸造

压力铸造是一种将液态或半固态金属或合金，或含有增强物相的液态金属或合金，在高压下以较高的速度填充入压铸型的型腔内，并使金属或合金在压力下凝固形成铸件的铸造方法。压铸时常用的压力为4～500 MPa，金属充填速度为0.5～120 m/s。因此，高压、高速是压铸法与其他铸造方法的根本区别，也是其重要特点。压力铸造要在压力机上进行，适用于大批量生产的有色合金的中小型铸件。压力铸造如图7-5所示。

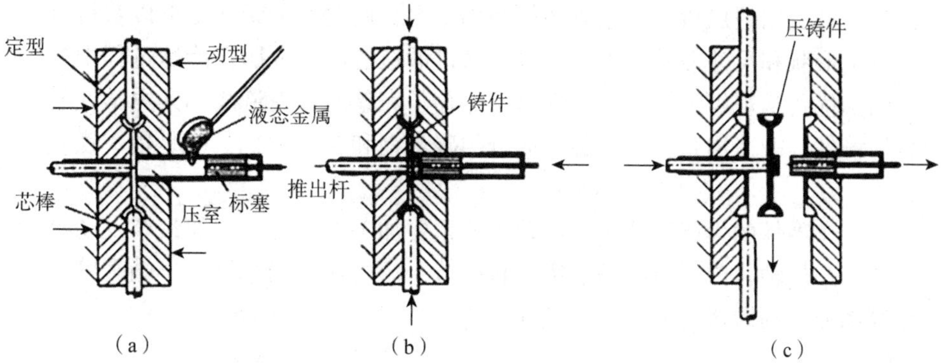

图7-5　压力铸造

（a）合型后向压型注入液态金属；（b）将液态金属压入型腔；（c）开型，推出铸件

压铸件组织致密，具有较高的强度和硬度；轮廓清晰，可在表面铸出清晰的文字及图案；材料利用率高。压铸还可制作零件组合，代替部分装配，经济效益高。但是，压铸机费用高，制造成本昂贵、工艺准备时间长，因此不适宜单件、小批量生产；也不适合压铸高熔点合金，如钢、铸铁等；压铸件内部常有气孔、缩孔和缩松等缺陷，不宜进行热处理和过多的切削加工。近年来出现真空压铸、加氧压铸、半固态金属压铸，以及局部冷却与局部加压工艺，扩充到黑色金属压铸工艺，目的是减少铸件气孔，减少厚壁处的缩孔，扩大压力铸造的应用范围。

5. 离心铸造

离心铸造是将液态合金注入高速旋转的铸型内，合金主要在离心力作用下充型、结晶形成铸件。离心铸造是在离心浇注机上进的，根据铸型旋转空间位置的不同，离心浇注机分立式离心浇注机（绕垂直轴旋转）、卧式离心浇注机（绕水平轴旋转）。立式离心浇注如图7-6所示。

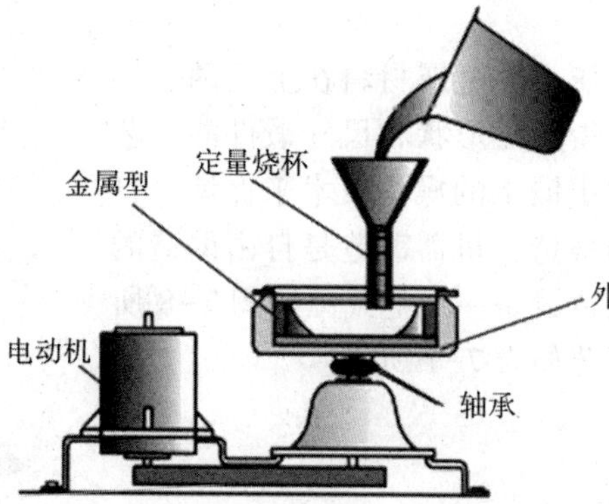

图7-6　立式离心浇注

由于离心力的作用，铸件组织致密，力学性能好，可以省去型芯，不设浇注系统，而

且便于铸造双金属铸件，但其内表面质量差，尺寸不准确。离心铸造已广泛用于制造铸铁管、气缸套、铜轴套、熔模铸造型壳，以及刀具、泵轮、蜗轮等。

7.2.2 汽车零件锻造

锻造是一种利用锻压机械对金属坯料施加压力，使其产生塑性变形以获得具有一定力学性能、一定形状和尺寸锻件的加工方法。通过锻造能消除金属在冶炼过程中产生的铸态疏松等缺陷，优化微观组织结构。锻件由于保存了完整的金属流线，其力学性能一般优于同样材料的铸件。锻造用料主要是各种成分的碳素钢和合金钢，其次是铝、镁、铜、钛等及其合金。

锻造是汽车零件的生产制造中不可缺少的重要加工方法之一，如汽车发动机所使用的曲轴、连杆、凸轮轴，前桥所需的前梁、转向节，后桥使用的半轴、半轴套管，桥箱内的传动齿轮等都要用到锻造，如图 7-7 所示。

图 7-7 汽车锻造零件

(a) 汽车转向节；(b) 连杆；(c) 摇臂；(d) 锻造曲轴

1. 自由锻造

自由锻造是用冲击力或压力使金属材料在上下两个砧块之间产生塑性变形，以获得所需形状和尺寸锻件的工艺方法。锻件成型形状和尺寸由锻工的操作技术来保证。自由锻造分为手工锻造和机器锻造，机器锻造是自由锻造的主要生产方法。常用自由锻造设备——空气锤如图 7-8 所示。常用锻造零件及锻造工艺如表 7-1 所示。

图 7-8 常用自由锻造设备——空气锤

表 7-1　常用锻造零件及锻造工艺

类别	锻造工艺方案	实例
空心类	（1）镦粗→冲孔 （2）镦粗→冲孔→扩孔 （3）镦粗→冲孔→芯轴上拔长	空心轴、法兰、圆环、套筒、齿圈等
饼块类	镦粗或局部镦粗	齿轮、圆盘叶轮、轴头等
弯曲类	先进行轴杆类工序→弯曲	吊钩、轴瓦、弯杆等
曲轴类	（1）拔长→错移（单拐曲轴） （2）拔长→错移→扭转（多拐曲轴）	各种曲轴、偏心轴等

2. 模锻

将坯料加热后放在上、下锻模的模膛内，施加外力，使坯料在模膛所限制的空间内产生塑性变形，从而获得与模膛形式相同的锻件。图 7-9 为热模锻压机。模锻工艺生产效率高，劳动强度低，尺寸精确，加工余量小，并可锻制形状复杂的锻件，适用于批量生产；但模具成本高，需有专用的模锻设备，不适合单件或小批量生产。根据模锻件的复杂程度和设备条件，锻模可分为单膛锻模和多膛锻模两种。单膛锻模的一副锻模上只具有一个模膛，多膛锻模的一副锻模上具有两个或以上模膛。对于形状复杂的锻件，要经过制坯、预锻、终锻等过程才能成型，最后还有切边等工序。

图 7-9　热模锻压机

3. 辊锻

辊锻是使坯料通过装有扇形模块的一对旋转的轧辊，借助模槽对金属的压力，使其产生塑性变形，从而获得所需要的锻件或锻坯的过程。图 7-10 为全自动辊锻机，图 7-11 为辊锻工字梁。辊锻变形的实质是坯料的延伸变形过程。坯料在高度方向经辊锻模压缩后，除一小部分金属横向流动而使坯料宽度略有增加外，大部分被压缩的金属沿着坯料的长度方向流动。被辊锻的毛坯，横截面积减小、长度增加，即坯料凡是经过辊锻的部位其横截面积就减小。由辊锻变形的实质可见，它适用于减小坯料截面的锻造过程，如杆件的拔长、板坯的辗片以及沿杆件轴向分配金属体积等变形过程。辊锻工作过程如图 7-12 所示。

图 7-10　全自动辊锻机

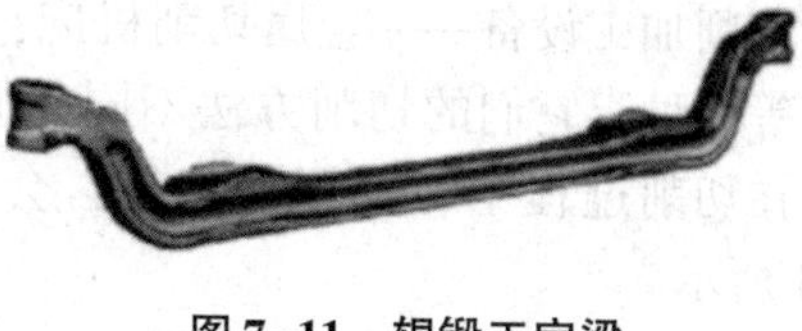

图 7-11　辊锻工字梁

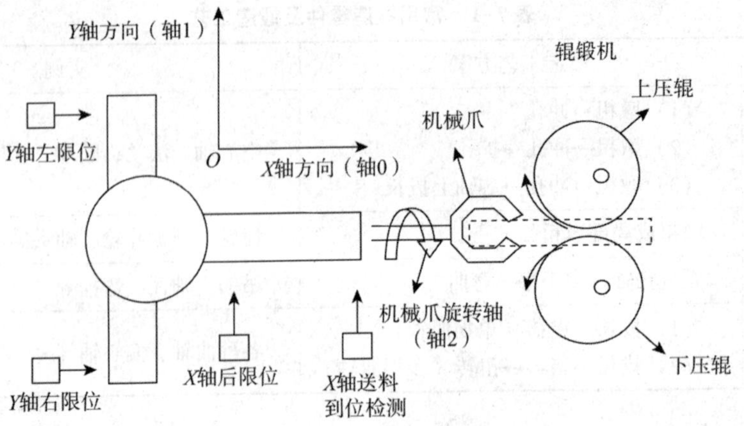

图 7-12　辊锻工作过程

7.2.3　金属切削加工

金属切削加工是利用切削工具和工件接触并作相对运动，从毛坯工件（铸件、锻件、型材等）上切除多余材料，从而获得形状、尺寸精度及表面质量等合乎要求的零件的加工过程。

汽车零件大多为金属材料，只有少数零件可通过精密铸造、精密锻造、冲压以及粉末冶金压制等方法直接获得，绝大多数零件都要通过切削加工才能获得。金属切削加工是制造汽车零件不可缺少的工艺。

1. 切削加工方法

传统金属切削加工分为机械加工和钳工加工两种，习惯上说的切削加工主要指机械加工。机械加工按所用切削工具的类型又可分为两类，一类是利用刀具进行切削加工，如车削、铣削、钻削、镗削、刨削、插削、拉削等；另一类是用磨料磨粒进行切削加工，如磨削、珩磨、研磨、超精加工等。严格来讲磨料也是一种刀具。常用切削方式如图 7-13 所示。

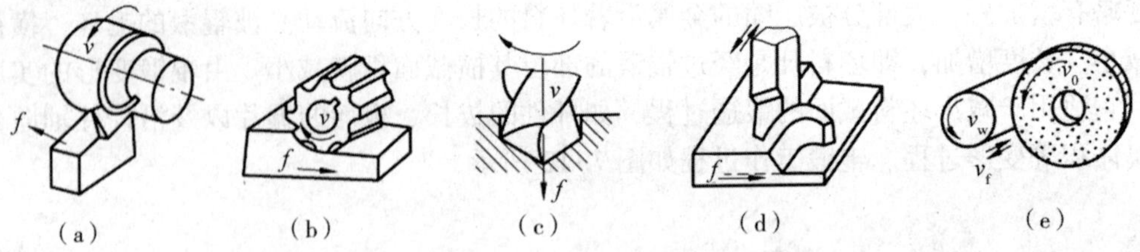

图 7-13　常用切削方式

（a）车削；（b）铣削；（c）钻削；（d）刨削；（e）磨削

2. 切削加工设备

切削加工设备——金属切削机床，简称为机床，有车床、钻床、刨床、铣床、镗床、磨床等品种，它们的切削方法不同，但其本质相同，都是采用刀具切除工件上多余的金属，在切削过程中有共同的特征，会出现同样的现象和规律。常用切削加工设备如图 7-14 所示。

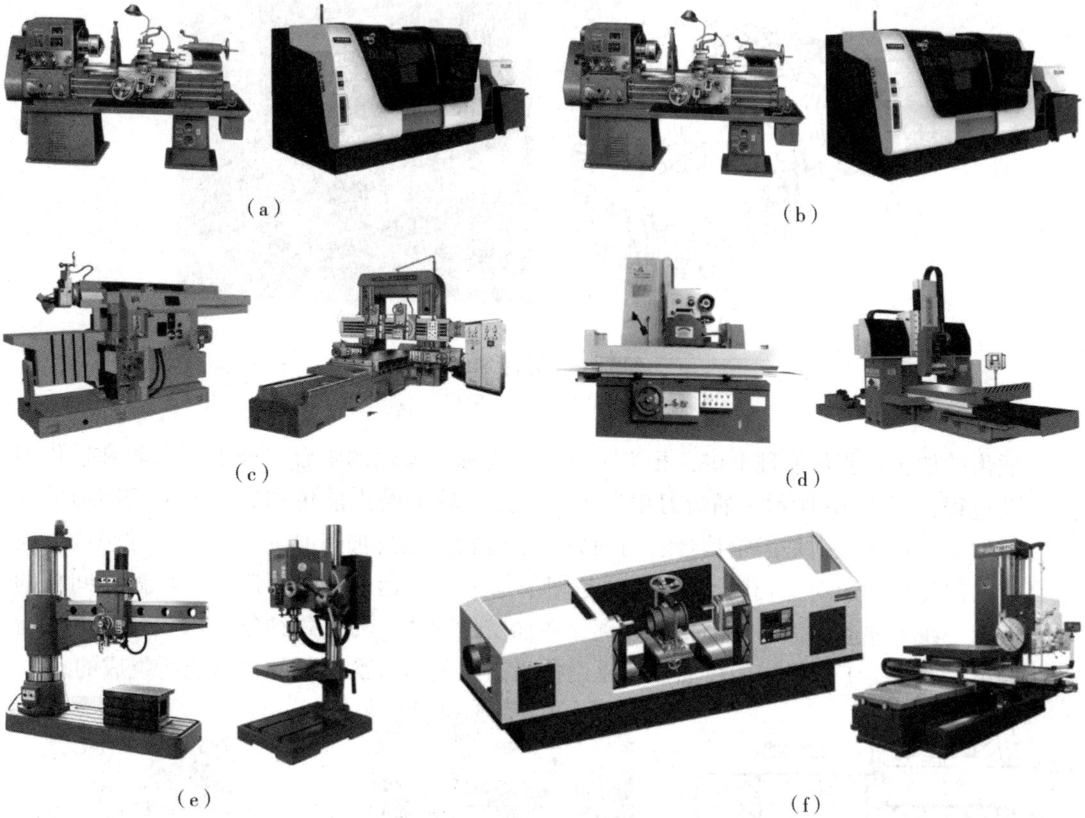

图 7-14　常用切削加工设备

(a) 车床；(b) 铣床；(c) 刨床；(d) 磨床；(e) 钻床；(f) 镗床

3. 圆柱齿轮的加工

齿轮不仅是汽车也是各类机械的主要传动部件，在任何一辆汽车上少则要用到十多个大小各异不同类型的齿轮，多则要用到数十个不同类型的齿轮。由于齿轮的用量特别巨大，为了适应大批量生产的需要，应针对不同结构和不同要求对齿轮进行加工。

齿轮的种类很多，汽车上常用的主要是内、外啮合的圆柱齿轮和锥齿轮，内啮合的圆柱齿轮与外啮合的圆柱齿轮，其加工方法和设备近乎完全相同。

1）滚齿

滚齿加工的过程，相当于一对交错轴斜齿轮互相啮合运动的过程，只是其中一个斜齿轮的齿数极少，且分度圆上的螺旋升角也很小，所以它便成为如图 7-15 所示的蜗杆。滚齿加工是用包络法加工的。滚切齿轮的过程与一对螺旋齿轮的啮合过程相似，其运动包括强迫啮合运动和切削运动两种，分别由齿坯、滚刀和刀架来完成。

2）插齿

插齿也是齿轮加工中较为常用的一种方法，能加工直齿圆柱齿轮，更适用于加工多联齿轮、内齿轮、扇形齿轮和齿条等。

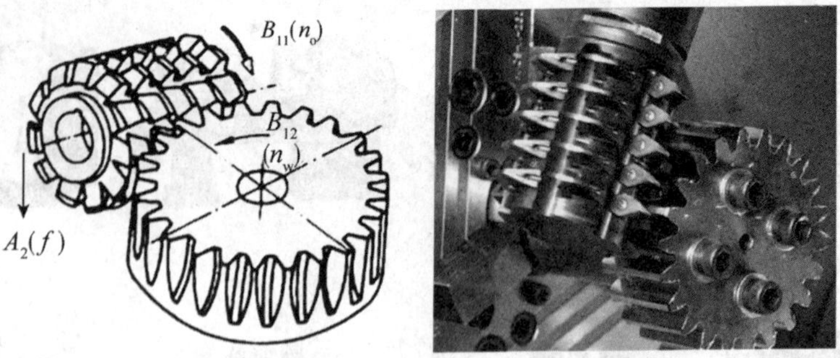

（a）　　　　　　（b）

图 7-15　滚齿加工

（a）原理图；（b）现场图

插齿的加工过程从原理上讲，相当于一对直齿圆柱齿轮的啮合。被加工齿轮和插齿刀的运动过程如图 7-16 所示。插齿刀相当于一个在齿轮上磨出前角和后角形成切削刃的齿轮，被加工齿轮齿坯则是齿轮啮合运动的另一个齿轮。插齿加工时，刀具沿工件轴线方向做高速的往复直线运动（切削运动），这是切削加工的主运动，同时还与工件做无间隙的啮合运动，在工件上加工出全部轮齿齿廓。在加工过程中，刀具每往复一次仅切出工件齿槽的很小一部分，工件齿槽的齿面曲线是由插齿刀切削刃多次切削的包络线所组成的。

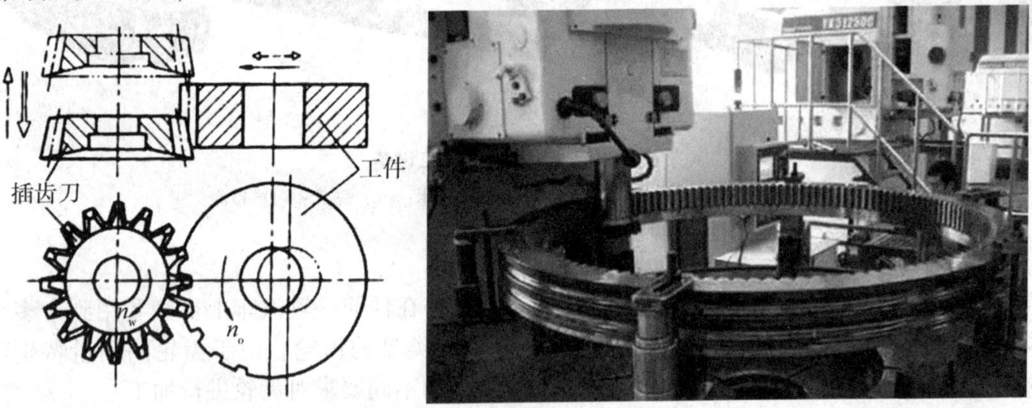

（a）　　　　　　（b）

图 7-16　插齿加工

（a）原理图；（b）现场图

3）剃齿

剃齿是齿轮精加工方法中的一种，主要用于对已加工齿轮的加工，以提高其加工精度和降低其表面粗糙度值。剃齿加工的原理是基于一对螺旋角不等的螺旋齿轮，由于轴线交错角的存在，齿面间沿齿向产生相对滑移，此滑移速度即为剃齿加工的切削速度，如图 7-17 所示。

剃齿刀为主动轮，被切齿轮为从动轮，其啮合为无侧隙双面啮合的自由展成运动。在啮合传动中，剃齿刀的齿面开槽而形成刀刃，通过滑移速度将齿轮齿上的加工余量切除。由于是双面啮合，剃齿刀的两侧面都能进行切削加工，但两侧面的切削角度不同，一侧为锐角，切削能力强；另一侧为钝角，切削能力弱，以挤压擦光为主，故对剃齿质量有较大影响。为使齿轮两侧获得同样的剃削条件，在剃削过程中，剃齿刀做交替正反转运动。

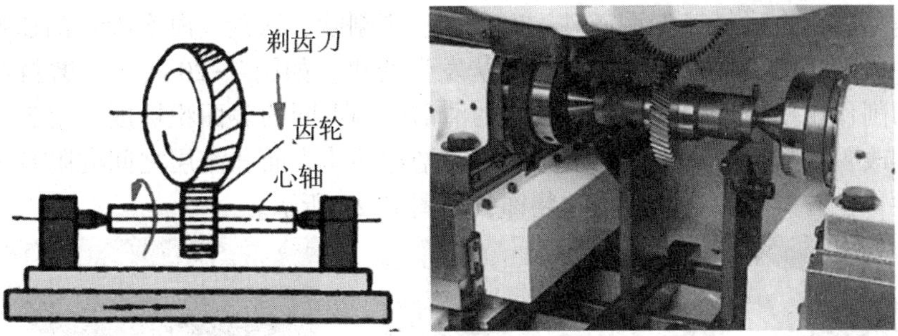

（a）　　　　（b）

图 7-17　剃齿加工

（a）原理图；（b）现场图

4）珩齿、磨齿

淬火后的齿轮轮齿表面有氧化皮，影响表面粗糙度，热处理的变形也会影响齿轮的精度。由于工件已淬硬，除可用磨削加工外，也可以采用珩齿进行精加工。

珩齿是利用珩轮对已淬火的齿轮齿面进行光整加工，可有效地改善齿面质量，能少量纠正热处理变形，某些珩齿方法还能在一定程度上提高齿轮精度。图 7-18 为双主轴珩齿机床。

磨齿是齿轮加工中精度最高的一种方法，适用于淬硬齿轮的精加工，加工精度可达到 3～6 级，加工后表面粗糙度值为 *Ra* 0.2～*Ra* 0.8。磨齿对磨前齿轮误差或热处理变形有较强的修正能力，故多用于高精度的硬齿面齿轮、插齿刀、剃齿刀等的精加工。图 7-19 为磨齿加工。

图 7-18　双主轴珩齿机床

图 7-19　磨齿加工

7.2.4　零件表面强化处理

腐蚀、磨损、断裂是机器零部件的三大失效模式，其中断裂失效带来的灾难与损失最大，且断裂失效中疲劳断裂所占比例最高。汽车中的一些重要零部件，如弹簧、轴、齿轮、连杆、车轮等承受循环交变载荷，易发生疲劳断裂失效。在这类零件的表面进行强化处理对提高其使用寿命最为有效。

1. *表面喷丸、喷砂处理*

表面喷丸处理，也称喷丸强化，是将高速弹丸流喷射到零件表面，使表层发生塑性变形，而形成一定厚度的强化层的过程。强化层内形成较高的残余压应力，可提高零件的疲劳强度和寿命。喷丸处理可以改善机械零件的疲劳强度、耐磨性和表面粗糙度等。

喷砂是利用高速砂流的冲击作用清理和粗化基体表面的过程，采用压缩空气为动力，以形成高速喷射束将喷料（如铜矿砂、石英砂、金刚砂、铁砂、海南砂）高速喷射到需要处理的工件表面，使工件表面的外表或形状发生变化，如图 7-20 所示。磨料对工件表面的冲击和切削作用使工件的表面获得一定的清洁度和不同的表面粗糙度，使工件表面的力学性能得到改善，从而提高工件的疲劳强度，增加共建表面和涂层之间的附着力，延长涂膜的耐久性，也有利于涂料的流平和装饰，如图 7-21 所示。

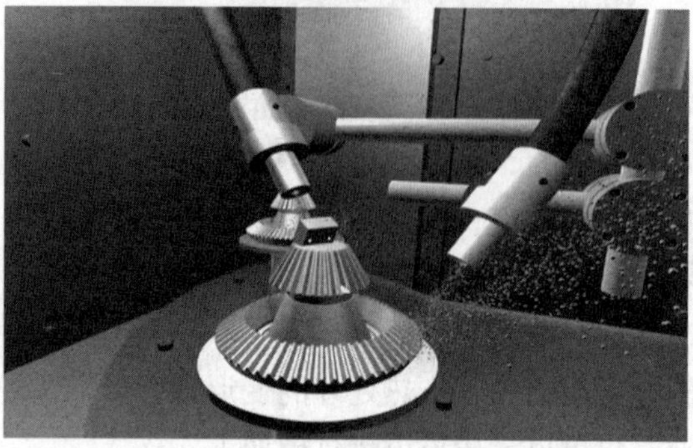

图 7-20　表面喷丸处理

图 7-21　零件喷砂处理前后

2. 化学热处理

化学热处理是将工件置于活性介质中加热和保温，使介质中活性原子渗入工件表层，以改变其表面层的化学成分、组织结构和性能的热处理工艺。根据渗入元素类别的不同，化学热处理分为渗碳、氮化和碳氮共渗等。化学热处理的主要目的是提高工件表面硬度、耐磨性、耐蚀性和疲劳极限，如表 7-2 所示。

表 7-2　常用化学热处理及作用

处理方法	渗入元素	作用
渗碳	C	提高工件的耐磨性、硬度及疲劳强度
氮碳共渗	C、N	
渗氮	N	提高工件的表面硬度、耐磨性、抗咬合能力及耐蚀性
渗硫	S	提高工件的减摩性及抗咬合能力
硫氮共渗	S、N	提高工件的耐磨性、减摩性、疲劳强度及抗咬合能力
硫氮碳共渗	S、N、C	
渗硼	B	提高工件的表面硬度、耐磨性及红硬性
渗硅	Si	提高工件表面硬度及耐蚀、抗氧化能力
渗锌	Zn	提高工件抗大气腐蚀能力

3. 表面淬火处理

利用快速加热将钢件表面加热到其共析温度以上转变为奥氏体，然后快冷，形成马氏体组织的硬化层，而心部仍保持其原始组织——珠光体、索氏体，硬化层与基体之间一般存在不完全淬火的过渡层，这种工艺常称为表面淬火。

表面淬火处理是为了在工件表面一定深度范围内获得马氏体组织，而其心部仍保持着表面淬火前的组织状态（调质或正火状态），以使表面层硬而耐磨，心部有足够塑性、韧性。

目前，表面淬火大多采用感应加热，少数用火焰加热。小批量生产的工件也可用盐浴炉、流态床高温快速加热。激光、电子束和等离子弧新技术出现后，也用于表面淬火加热，其特点是能量密度大、加热后自激冷却，淬硬层组织细、硬度高、变形小，可直接装配使用。表面淬火处理如图 7-22 所示。

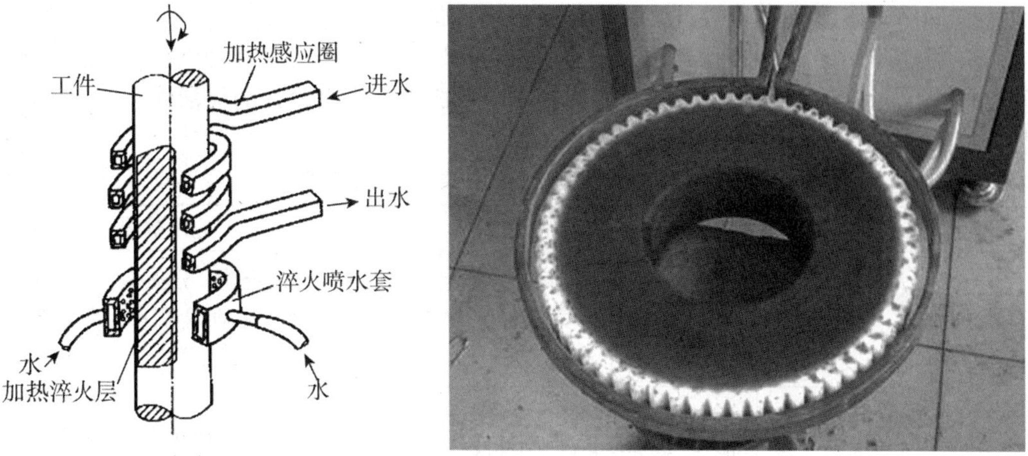

（a）　　　　（b）

图 7-22　表面淬火处理

（a）原理图；（b）结构图

7.3　汽车非金属零部件制造

汽车的非金属材料主要包括塑料、橡胶、玻璃、粉末冶金材料、碳纤维、陶瓷材料等，这些材料的应用满足了汽车轻量化的需求，同时特殊材料的应用也实现了车辆的一些特殊功能。

7.3.1　塑料零件制造

现代汽车的外饰件、内饰件，一些功能与结构件很多采用塑料制作。外饰件的应用特点是以塑代钢，减轻汽车自重，主要部件有保险杠外壳、挡泥板、车轮罩、导流板等；内饰件的主要部件有仪表板、车门内板、副仪表板、杂物箱盖、座椅、后护板等；功能与结构件主要有油箱、散热器水室、空气过滤器罩、风扇叶等，如图 7-23 所示。

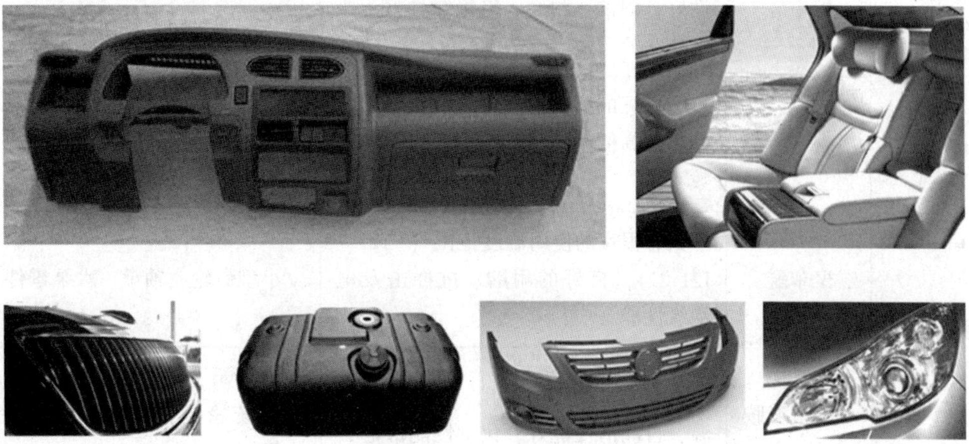

图 7-23　汽车塑料零件

汽车制造采用塑料件的最大优势是减轻车体的质量；塑料成型容易，使得形状复杂的部件加工十分便利；塑料制品能吸收大量的碰撞能量，对强烈撞击有较大的缓冲作用，可保护乘客和车辆；塑料耐腐蚀性强，局部受损不会腐蚀。

高功能塑料在汽车中正得到越来越多的应用。使用塑料有助于减轻汽车质量，汽车质量每减少10%，燃料经济性可提高5%，还可降低成本，提高设计的灵活性。汽车常用塑料的种类、特性及应用如表7-3所示。

表7-3　汽车常用塑料的种类、特性及应用

名称		主要特性	应用举例
一般结构零件	酚醛塑料	有优良的耐热、耐磨、电绝缘、化学稳定性、尺寸稳定性和抗蠕变性，但较脆、抗冲击能力差	分电器盖、分火头、水泵密封垫片、制动摩擦片、离合器摩擦片
	聚苯乙烯	有优良的耐蚀、电绝缘、着色及成型性，透光度较好，但耐热、抗冲击能力差	各种仪表外壳、汽车灯罩、电器零件等
	低压聚乙烯	强度较高，耐高温、耐磨、耐蚀、电绝缘性好	汽油箱、挡泥板、手柄、风窗嵌条、内锁按钮、乘用车保险杠等
	ABS	有较高的抗冲击性能，良好的强度、耐磨性、化学稳定性、耐寒性，吸水性小	转向盘、仪表板总成、挡泥板、行李厢、乘用车车身等
	有机玻璃	高透明度，耐蚀、电绝缘性能好，有一定的力学强度，但耐磨性差	油标尺、油杯、遮阳板、后灯灯罩等耐磨减摩零件
耐磨减摩零件	聚酰胺（尼龙）	有韧性、耐磨、耐疲劳、耐水等综合性能，但吸水性大、尺寸稳定性差	车窗升降摇把、风扇叶片、里程表齿轮、输油管、球头碗、衬套等
	聚甲醛	有优良的综合力学性能，尺寸稳定性好，耐油、耐磨、电绝缘性好，吸水性小	万向节轴承、半轴和行星轮垫片、汽油泵碗、转向节衬套等
	聚四氟乙烯	有极强的耐蚀性，良好的化学稳定性、耐高低温性、电绝缘性，摩擦因数小	汽车各种密封圈、垫片等
耐高温零件	聚苯醚	具有很宽的使用温度范围（-127～121 ℃），良好的耐磨、抗冲击及电绝缘性能	小型齿轮、轴承、水泵零件
	聚酰亚胺	有良好的力学性能，耐磨、耐高温，自润滑性能好，化学性能稳定	活塞裙、正时齿轮、水泵、液压系统密封圈、冷却系统密封垫等

续表

名称		主要特性	应用举例
隔热减振零件	聚氨酯泡沫塑料	相对密度小，质轻、强度高、热导率小、耐油、耐寒、防振和隔声	汽车内饰材料、坐垫、仪表板、扶手、头枕等
	聚氯乙烯泡沫塑料	相对密度小、热导率小、隔热防振等	各种内饰覆盖件、密封条、垫条、驾驶室地垫等

塑料成型加工是将各种形态的塑料（粉、粒、溶液或分散体）制成所需形状的制品或坯件。塑料成型方法选择主要取决于塑料的类型（热塑性还是热固性）、起始形态以及制品的外形和尺寸。加工热塑性塑料常用的方法有注塑成型、挤出成型、压延、吹塑和热成型等。加工热固性塑料一般采用模压、传递模塑，也用注塑成型。注塑成型和挤出成型用得最多，也是最基本的成型方法。

1. 注塑成型

注塑成型是利用注塑机将熔化的塑料快速注入模具中，并固化得到各种塑料制品的方法。注塑成型占塑料件生产的 30% 左右，它具有能一次成型形状复杂件、尺寸精确、生产率高等优点；但设备和模具费用较高，主要用于大批量塑料件的生产。

注塑成型机常用的有柱塞式和螺杆式两种。注塑成型原理：将粉粒状原料从料斗加入料筒，柱塞推进时，原料被推入加热区加热成熔融状，继而经过分流梭，通过喷嘴注入模腔中，冷却后开模即得塑料制品。注塑件从模腔中取出后通常需进行适当的后处理，消除其在成型时产生的应力，以稳定尺寸和性能。此外，还需进行切除毛边和浇口、抛光、表面涂饰等。图 7-24 为螺杆式注塑成型机结构，图 7-25 为塑料注塑成型机外观。

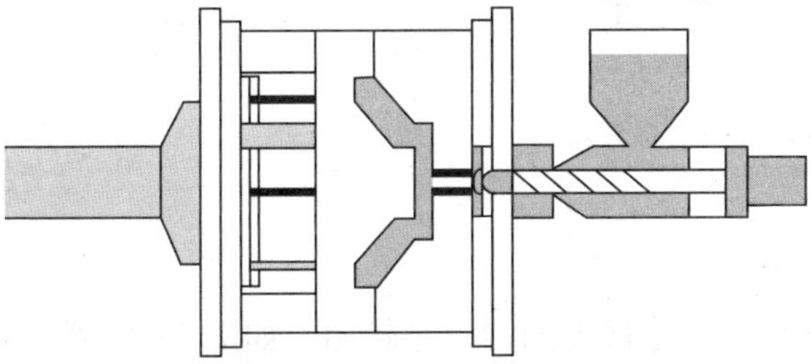

图 7-24　螺杆式注塑成型机结构

图 7-25　塑料注塑成型机外观

2. 挤出成型

挤出成型是利用螺杆旋转加压方式，连续地将塑化好的塑料挤进模具，通过一定形状的口模得到与口模形状相适应的塑料型材的工艺方法。挤出成型占塑料制品生产的 30% 左右，主要用于截面一定、长度大的各种塑料型材，如塑料管、板、棒、片、带、材和截面复杂的异形材。它的特点是能连续成型、生产率高、模具结构简单、成本低、组织紧密等。除氟塑料外，几乎所有的热塑性塑料都能采用挤出成型，部分热固性塑料也可采用挤出成型。

图 7-26 为螺旋挤出成型过程，粒状塑料原料从料斗送入螺旋推进室，然后由旋转的螺杆送到加热区熔融，并受到压缩；在螺旋力的作用下，迫使其通过具有一定形状的挤出模具，得到与口模截面形状相一致的型材；落到输送机皮带后用喷射空气或水使它冷却变硬得到固化的塑料制件。图 7-27 为双螺旋挤出机外观。

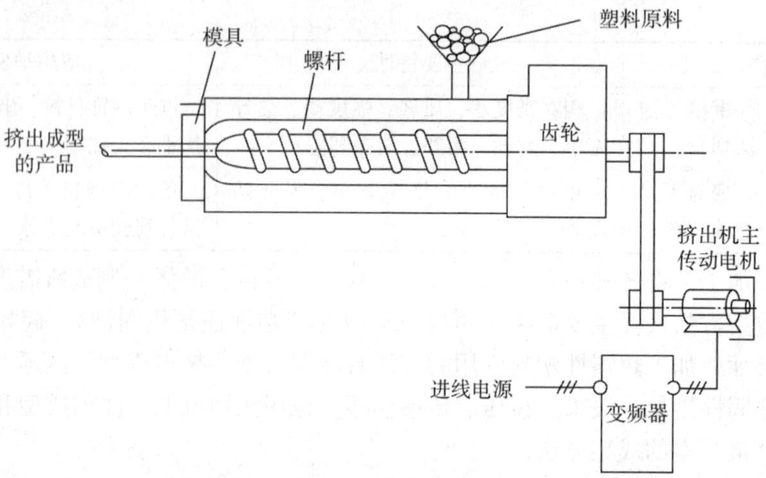

图 7-26　螺旋件挤出成型过程

图 7-27　双螺旋挤出机外观

7.3.2　橡胶材料制造

橡胶是一种有机高分子材料。橡胶在汽车上用量最大的制品是轮胎，如图 7-28 所示。目前全世界生产的橡胶约有 80% 为制造轮胎所用。此外，橡胶还广泛用于各种胶带、胶管、减振配件以及耐油配件等，如图 7-29 所示。

图 7-28　汽车的内外胎

图 7-29　汽车的橡胶衬垫、减振器

橡胶具有极高的弹性，可用于制造各种减轻冲击和吸收振动的零件；具有良好的热可塑性，良好的黏着性；具有良好的绝缘性，可制造导线、电缆等导体的绝缘材料。此外，橡胶还具有良好的耐寒、耐蚀和不渗漏水、气等性能。橡胶的缺点是导热性差、硬度和抗拉强度不高等，尤其是容易老化。橡胶老化是指橡胶在储存和使用中，其弹性、硬度、抗溶胀性及绝缘性发生变化，出现变色、发黏、变脆及龟裂等现象。引起橡胶老化的主要原因是受空气中氧、臭氧的氧化以及光照（特别是紫外线照射）、温度的作用和机械变形而产生的疲劳等。因此，为减缓橡胶制品老化、延长其寿命，在使用和储存中应避免与酸、碱、油及有机溶剂接触，尽量减少受热和日晒、雨淋。橡胶在汽车中的应用如表 7-4 所示。

表 7-4　橡胶在汽车中的应用

种类	主要特性	应用举例
天然橡胶	有良好的耐磨性、抗撕裂性，加工性能好；但耐高温、耐油、耐臭氧较差，易老化	轮胎、胶带、胶管及通用橡胶制品等
丁苯橡胶	有优良的耐磨性、耐老化性，力学性能与天然橡胶相近；但加工性能，特别是黏着性较天然橡胶差	轮胎、制动摩擦片、离合器摩擦片、胶带、胶管及通用橡胶制品等
丁基橡胶	有良好的耐气候、耐臭氧、耐酸碱及无机溶剂性能，气密性好，吸振能力强	轮胎内胎、导线、电缆、胶管、减振配件等
氯丁橡胶	有良好的物理性能、力学性能，耐臭氧、耐腐蚀、耐油、黏着性好；但密度大，电绝缘性差，加工时易黏辊、黏模	胶带、胶管、橡胶胶黏剂、模压制品、汽车门窗嵌条等
丁腈橡胶	优良的耐油、耐老化、耐磨性能，耐热性、气密性好；但耐寒性、加工性较差	油封、皮碗、O 形密封圈、油管等耐油配件

橡胶主要以生胶（生橡胶）为原料，加入适量的配合剂制成。生胶是橡胶工业的主要原料，按其来源可分为天然橡胶和合成橡胶两种。天然橡胶是将从热带橡胶树上采集的胶乳经凝固、干燥、加压等工序而制成的一种高弹性材料。合成橡胶主要以煤、石油和天然气为原料用化学合成方法获得。合成橡胶种类较多，常用的有丁苯橡胶、丁基橡胶、氯丁橡胶和丁腈橡胶等。

配合剂是为了提高和改善橡胶制品性能而加入的物质，主要有硫化剂、硫化促进剂、补强剂、软化剂、防老剂等。硫化剂的作用与塑料中的固化剂相类似，常用的有硫磺、氧化硫、硒等；硫化促进剂起到缩短硫化时间、改善橡胶物理力学性能的作用，常用的有氧化钙、氧化镁等；补强剂又称为活性剂，主要是提高橡胶的硫化效果，常用的有氧化锌和硬脂酸等；软化剂能提高橡胶的柔软性和可塑性；防老剂主要用于防止橡胶老化。汽车轮胎就是利用橡胶与棉、毛、尼龙、钢丝等，牢固地黏结在一起而制成的。轮胎在工厂中的制造如图 7-30 所示。

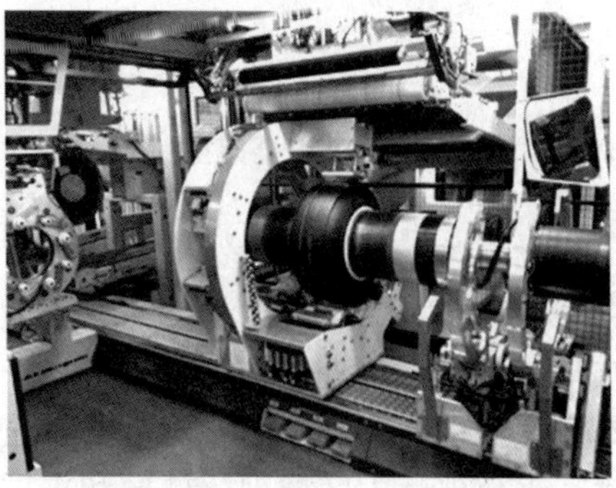

图 7-30　轮胎在工厂中的制造

7.3.3 其他非金属材料及制品

汽车上使用的填料和其他非金属材料有石棉、玻璃、木材、皮革等，主要起密封、保温、装饰等作用。

1. 石棉制品

石棉具有良好的柔软性，本身不会燃烧，而且有较好的防腐性和吸附能力，导热、导电性差。石棉在汽车上主要用于密封、隔热、保温、绝缘和制作摩擦材料等。

石棉板是用石棉、填料和黏结材料制成的，分耐油橡胶石棉板、衬垫石棉板、高压橡胶石棉板 3 种。石棉板通常用于制作有高温要求的密封衬垫及垫片内衬物，如气缸体、排气管接口垫圈内衬等。图 7-31 为石棉原材料，图 7-32 为汽车石棉衬垫。

图 7-31　石棉原材料

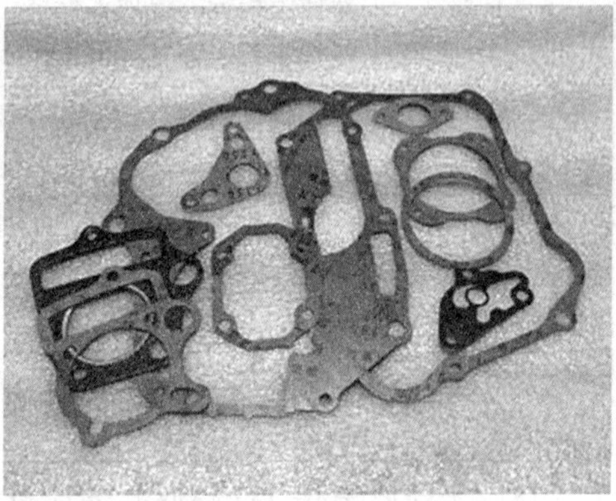

图 7-32　汽车石棉衬垫

石棉摩擦片是由石棉、辅助材料和胶黏剂经混合加热后压制而成的，具有硬度高、摩擦因数大、耐高温、耐冲击和耐磨损等特点，主要用于汽车的动力传递和制动系统，如制作离合器和制动器的摩擦片等。如图 7-33 为离合器摩擦片，图 7-34 为制动蹄摩擦片。

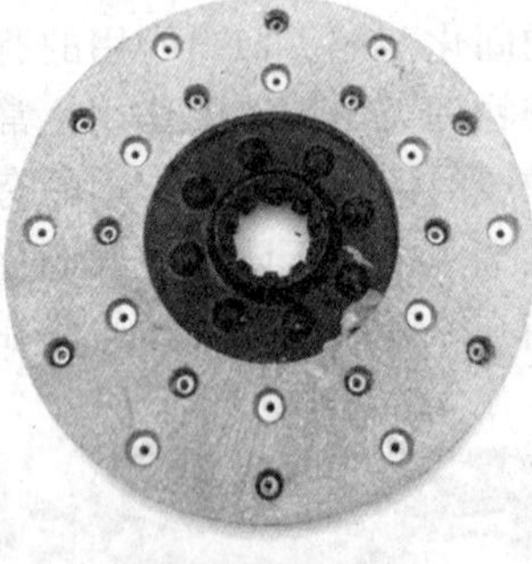

图 7-33　离合器摩擦片

图 7-34　制动蹄摩擦片

不过，由于石棉具有致癌性，多个国家已经禁止了石棉的使用。

2. 安全玻璃

玻璃是构成汽车外形的重要材料之一，它具有透明、隔声和保温的特点。汽车玻璃是汽车车身附件中必不可少的，能承受较强的冲击力，主要起防护作用。汽车玻璃主要有以下 3 类：钢化玻璃，区域钢化玻璃和夹层玻璃。汽车玻璃按所在的位置分为前挡风玻璃、侧窗玻璃、后挡风玻璃和天窗玻璃 4 种。

钢化玻璃其实是一种预应力玻璃，为提高玻璃的强度，通常使用化学或物理的方法，在玻璃表面形成压应力，玻璃承受外力时首先抵消表层应力，从而提高了承载能力，增强了自身抗风压性、寒暑性、冲击性等。

钢化玻璃的抗弯强度要比普通玻璃大 5 ~6 倍，热稳定性好，能承受的冲击强度较高，且破碎时会形成无锐锋的颗粒状碎片，对人体伤害小，早期曾广泛用于制作汽车的前挡风玻璃等；但钢化玻璃因制作时内应力大，容易产生自爆，整块玻璃呈稠密网状裂纹全面破碎，在行驶时会严重影响视线，容易引发二次事故。因此，汽车前挡风玻璃采用钢化玻璃实际上也是不安全的，不能保证安全驾驶，而只能用作侧窗、后挡风玻璃和车门玻璃。

区域钢化玻璃仅对局部区域进行钢化，主要用于车辆作前挡风玻璃。汽车挡风玻璃一旦破碎后，司机的前方或玻璃的中部区域成为较大的玻璃碎片，周边部分为较小的碎片，在视区内仍能保证一定的能见度，避免因玻璃碎片过小无法观察，发生二次事故。图 7-35 为汽车挡风玻璃安装，图 7-36 为挡风玻璃破碎。

图 7-35　汽车挡风玻璃安装

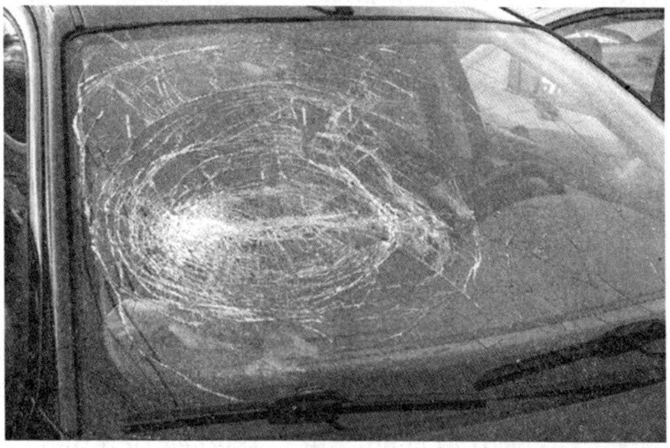

图 7-36　挡风玻璃破碎

夹层玻璃是由两片或多片玻璃之间夹一层或多层有机聚合物中间膜，经过特殊的高温预压（或抽真空）及高温高压工艺处理后，使玻璃和中间膜永久黏合为一体的复合玻璃。夹层玻璃的抗冲击性能虽然不及钢化玻璃，但其中间的安全膜有很好的弹性和吸振能力，破碎时碎片仍能黏附在安全膜上，因此具有很好的安全性，但价格要比钢化玻璃及区域钢化玻璃贵得多。图 7-37 为夹层玻璃结构，图 7-38 为夹层玻璃与钢化玻璃破碎后比较。

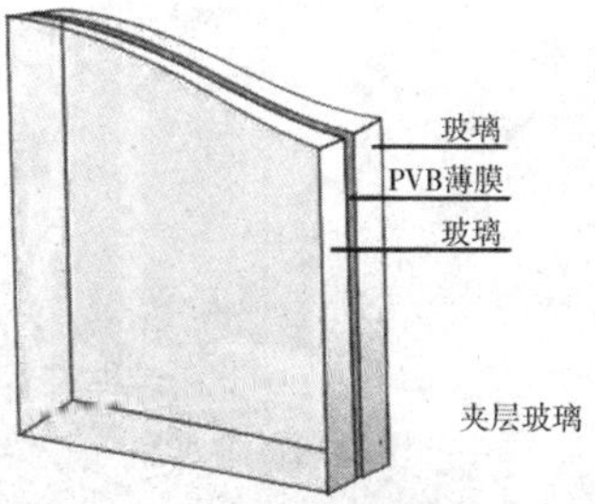

图 7-37　夹层玻璃结构

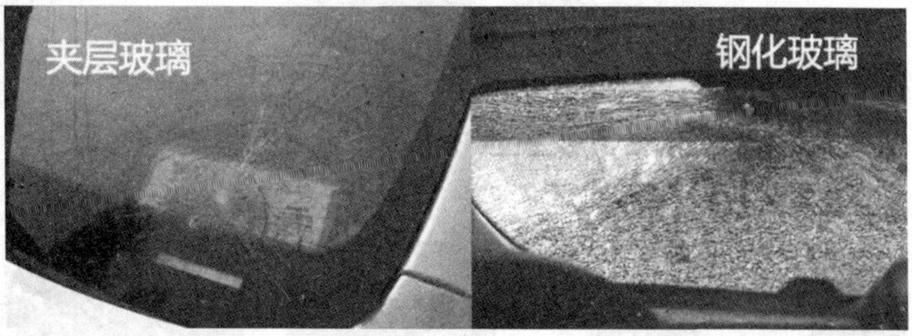

图 7-38　夹层玻璃与钢化玻璃破碎后比较

3. *皮革制品*

皮革是用牛、羊等牲畜的皮经加工制成的熟皮。在汽车上常用以包覆座椅、车门内板及扶手等，是高档的内部装饰材料。

豪华乘用车所用的真皮，是经过特殊加工的牛皮。它要经过一系列严格的工序：急速冷冻、干燥处理、紫外线消毒和电脑染色；然后根据座椅或其他被包覆部位的尺寸，精心缝制，紧紧包上。这样的真皮座椅具有坚韧耐磨、柔软防皱、冬暖夏凉、富有弹性、不褪色、透气好、抗老化、抗酸碱、抗紫外线、不易点燃等优点，但其价格也十分昂贵。图7-39为车用皮革材料，图7-40为红旗轿车的皮革内饰。

图7-39　车用皮革材料

图7-40　红旗轿车的皮革内饰

7.3.4　新兴材料制品

1. 碳纤维

碳纤维是主要由碳元素组成的一种特种纤维，其含碳量随种类不同而异，一般在90%以上。碳纤维具有一般碳素材料的特性，如耐高温、耐摩擦、导电、导热及耐腐蚀等，但与一般碳素材料不同的是，其外形有显著的各向异性、柔软、可加工成各种织物，沿纤维轴方向表现出很高的强度。碳纤维比重小，因此有很高的比强度。

碳纤维是一种力学性能优异的新材料，它的密度不到钢的1/4，碳纤维树脂复合材料抗拉强度一般都在3 500 MPa以上，是钢的7～9倍，抗拉弹性模量为23 000～43 000 MPa亦高于钢，其比模量也比钢高。

碳纤维的主要用途是与树脂、金属、陶瓷等基体复合，制成结构材料。碳纤维增强环氧树脂复合材料，其比强度、比模量综合指标在现有结构材料中是最高的。在密度、刚度、质量、疲劳特性等有严格要求的领域，以及要求高温、高化学稳定性的场合，碳纤维复合材料都颇具优势。碳纤维材料及碳纤维制造如图7-41所示。

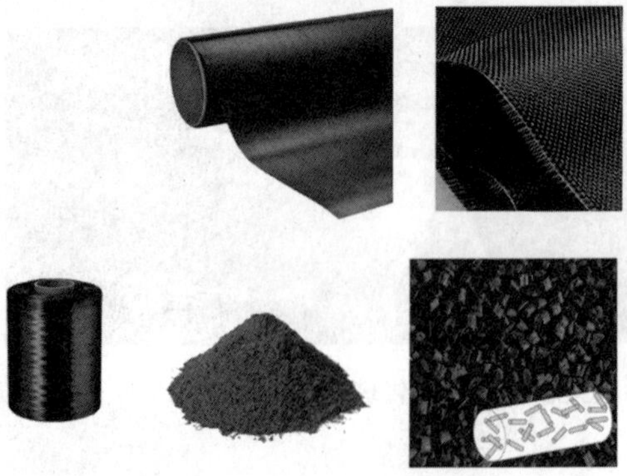

(a)

(b)

图7-41　碳纤维材料及碳纤维制造

(a) 碳纤维材料；(b) 碳纤维制造

F1（世界一级方程式锦标赛）赛车车身的大部分结构都用碳纤维材料。顶级跑车的一大卖点也是周身使用碳纤维，用以提高汽车起动性和结构强度。碳纤维材料在民用量产汽车，尤其是中档汽车应用也十分广泛，很多厂商也已经开始提供碳纤维材料的小组件，如后视镜壳、内饰门板、门把手、排挡杆、赛车座椅、空气套件等。碳纤维材料在汽车领域的应用越来越多也越来越广泛，相信在不久的未来，汽车排放越来越“低碳”，而汽车本身则会越来越“高碳”。图 7-42 为碳纤维进气歧管，图 7-43 为碳纤维驾驶座椅，图 7-44 为碳纤维车身。

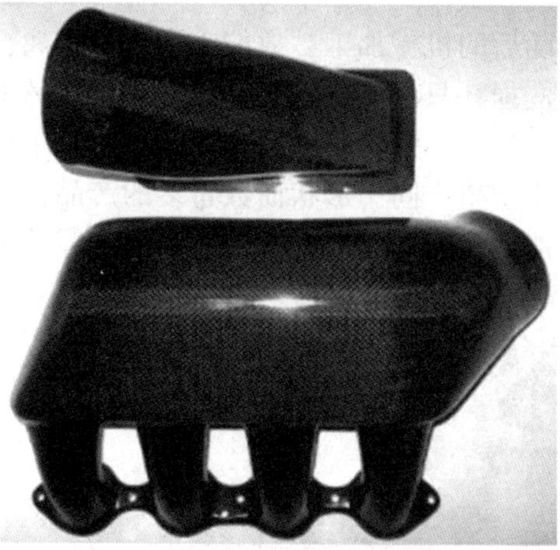

图 7-42　碳纤维进气歧管

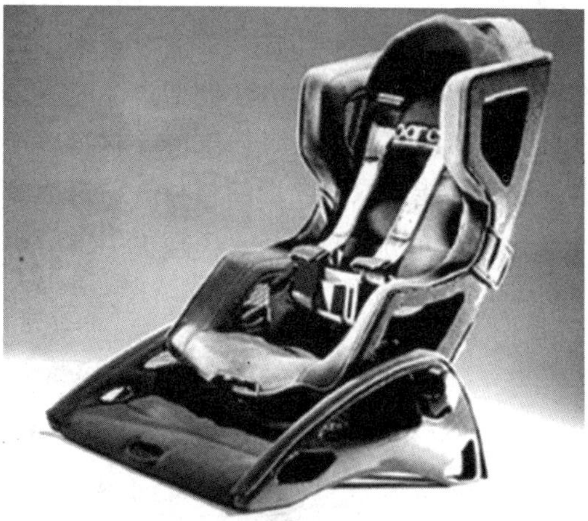

图 7-43　碳纤维驾驶座椅

图 7-44　碳纤维车身

2. 粉末冶金材料

用粉末冶金工艺制得的多孔、半致密或全致密材料（包括制品）称为粉末冶金材料，具有传统熔铸工艺所无法获得的独特的化学组成和物理、力学性能，如材料的孔隙度可控，材料组织均匀、无宏观偏析（合金凝固后其截面上不同部位没有因液态合金宏观流动而造成的化学成分不均匀现象），可一次成型等。用粉末冶金材料制成的汽车零件有刹车片，发动机中的导管、座圈、连杆、轴承座和排气管支座，变速器的离合器片、同步毂和行星齿轮架等零件。图 7-45 为粉末冶金材料，图 7-46 为离合器片，图 7-47 为刹车片。

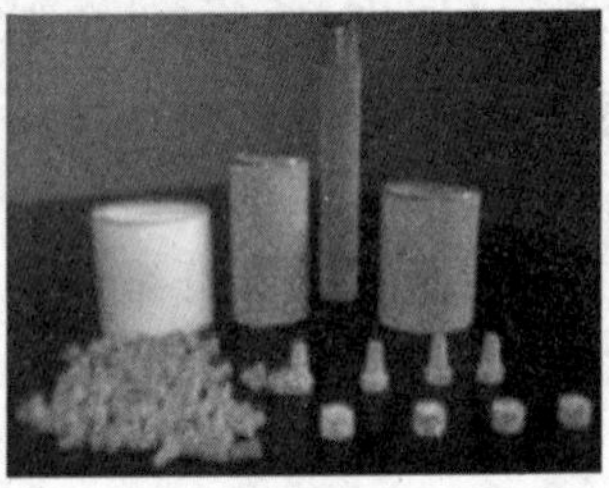

图 7-45　粉末冶金材料

图 7-46　离合器片

图 7-47　刹车片

由于粉末冶金方法压坯，不需要或很少需要随后的机械加工，故能大大节约金属，降低产品成本。用粉末冶金方法制造产品时，金属的损耗只有1%～5%，而用一般熔铸方法生产时，金属的损耗很大。粉末冶金材料生产过程中，不怕氧化，也不会给材料带来任何污染，故有可能制取高纯度的材料。粉末冶金适用于生产同一形状而数量多的产品，特别是齿轮等加工费用高的产品，用粉末冶金法制造能大大降低生产成本。粉末冶金零件加工过程如图 7-48 所示。

图 7-48　粉末冶金零件加工过程

（1）原料粉末的制备。现有的制粉方法大体可分为两类：机械法和物理化学法。机械法分为：机械粉碎法及雾化法。物理化学法分为：电化腐蚀法、还原法、化合法、还原-化合法、气相沉积法、液相沉积法以及电解法。

（2）粉末成型为所需形状的坯块。成型的目的是制得一定形状和尺寸的压坯，并使其具有一定的密度和强度。成型的方法基本上分为加压成型和无压成型。加压成型中应用最多的是模压成型。

（3）坯块的烧结。烧结是粉末冶金工艺中的关键性工序。成型后的压坯通过烧结使其得到所要求的最终物理力学性能。烧结又分为单元系烧结和多元系烧结。对于单元系和多元系的固相烧结，烧结温度比所用的金属及合金的熔点低；对于多元系的液相烧结，烧结温度一般比其中难熔成分的熔点低，而高于易熔成分的熔点。

（4）产品的后序处理。烧结后的处理，可以根据产品要求的不同，采取多种方式，如精整、浸油、机加工、热处理及电镀。此外，近年来一些新工艺如轧制、锻造也应用于粉末冶金材料烧结后的加工，取得了较理想的效果。

3. 陶瓷材料

陶瓷材料是指用天然或合成化合物经过成型和高温烧结制成的一类无机非金属材料。它具有高熔点、高硬度、高耐磨性、耐氧化等优点，可用作结构材料、刀具材料，由于还具有某些特殊的性能，因此又可作为功能材料。车用陶瓷材料制品如图 7–49 所示。

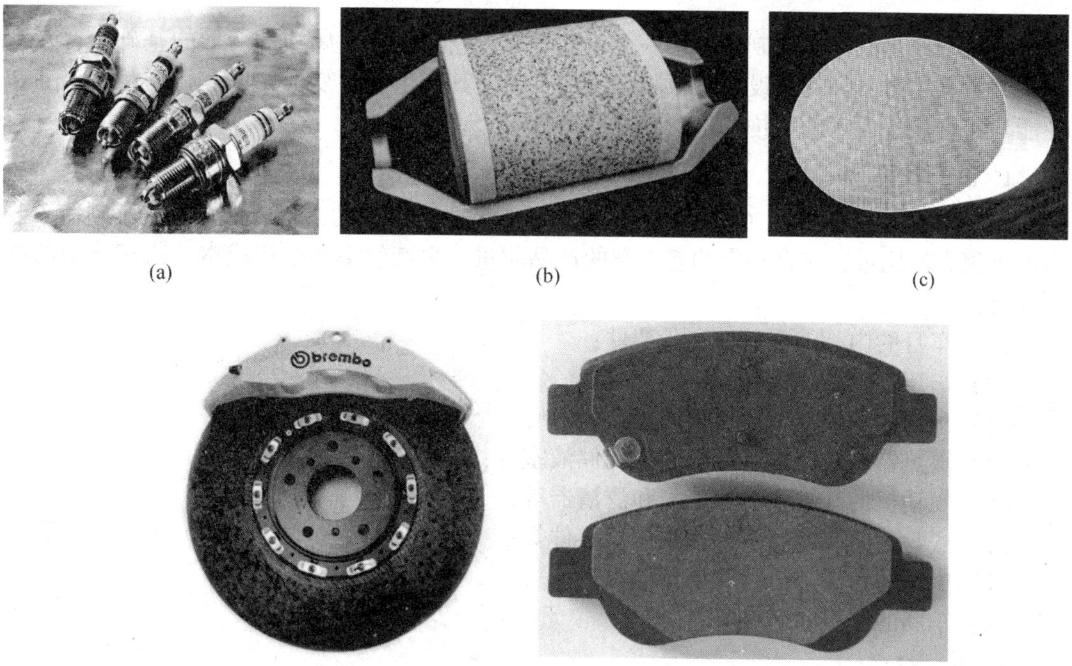

(a)　(b)　(c)　(d)　(e)

图 7–49　车用陶瓷材料制品

（a）陶瓷材料火花塞；（b）、（c）陶瓷材料消声器；（d）陶瓷材料刹车盘；（e）陶瓷材料刹车片

现代陶瓷可分为 4 类：电子陶瓷、结构陶瓷、涂层薄膜和复合材料。汽车上用的陶瓷材料多属于电子陶瓷和结构陶瓷。

1）电子陶瓷

电子陶瓷是先进陶瓷中最成熟的，占先进陶瓷市场份额的 65%，主要用作芯片、电容、集成电路封装、传感器、绝缘体、铁磁体、压电陶瓷、半导体、超导等。主要材料有：钛酸钡（$BaTiO_3$）、氧化锌（ZnO）、锆酸铅（$PbZrO_3$）、铌酸锂（$LiNbO_3$）、氮化铝（AlN）、二氧化锆（ZrO_2）和氧化铝（Al_2O_3）等。

2）结构陶瓷

结构陶瓷主要制作模具、耐磨零件、泵和阀部件、发动机部件、热交换器等。主要材料有：氮化硅（Si_3N_4）、碳化硅（SiC）、二氧化锆（ZrO_2）、碳化硼（B_4C）、二硼化钛（TiB_2）、氧化铝（Al_2O_3）和赛隆（SiALON）等。结构陶瓷的典型特性为：高硬度、低密度、耐高温、抗蠕变、耐磨损、耐腐蚀和化学稳定性好。

7.4 汽车整车生产

汽车总装厂负责制造完整的汽车白车身，从钢或铝卷开始，以完整的喷漆车壳结束。在总装区域，汽车的传动系统、底盘部件、内外饰等总成通过工艺顺序安装到白车身上，完成汽车的整车组装。汽车整车生产工艺主要包括冲压、焊装、涂装、总装和测试等。

7.4.1 冲压工艺

冲压工艺是汽车车身制造的第一个工艺环节，它建立在金属塑性变形的基础上，在常温条件下利用磨具和冲压设备对板料施压加工，使其产生塑性变形，以获得形状、尺寸和性能均符合设计要求的结构件或覆盖件。

1. 汽车冲压零件

汽车车身上有60% ~70%的零件是用冲压工艺生产出来的，冲压工艺在汽车制造工艺中占有很大的比重，它直接影响着汽车的产品质量、生产效率和生产成本。汽车典型的冲压件有：

（1）车身的内、外覆盖件和骨架件；

（2）车架的纵梁、横梁和保险杠等；

（3）车轮的轮辐、轮辋和挡圈等；

（4）散热器的散热片、冷却液管和储液室等；

（5）发动机的气缸垫、油底壳和滤清器等；

（6）底盘上的制动器零件、减振器零件等；

（7）座椅的骨架、滑轨和调角器等；

（8）车厢的侧板和底板等。

2. 冲压材料

钢板的强度高、工艺性能好，常作为汽车冲压材料。另外，随着汽车技术的发展，满足汽车轻量化的超高强度材料及新型耐热材料等也用作汽车冲压材料。汽车常用钢板件如表7-5所示。

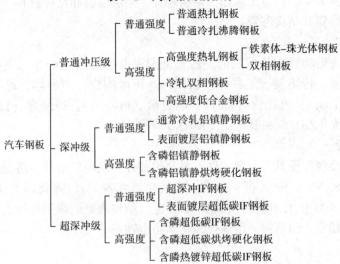

表7-5 汽车常用钢板件

- 汽车钢板
  - 普通冲压级
    - 普通强度
      - 普通热扎钢板
      - 普通冷扎沸腾钢板
    - 高强度
      - 高强度热轧钢板
        - 铁素体-珠光体钢板
        - 双相钢板
      - 冷轧双相钢板
      - 高强度低合金钢板
  - 深冲级
    - 普通强度
      - 通常冷轧铝镇静钢板
      - 表面镀层铝镇静钢板
    - 高强度
      - 含磷铝镇静钢板
      - 含磷铝镇静烘烤硬化钢板
  - 超深冲级
    - 普通强度
      - 超深冲IF钢板
      - 表面镀层超低碳IF钢板
    - 高强度
      - 含磷超低碳IF钢板
      - 含磷超低碳烘烤硬化钢板
      - 含瞵热镀锌超低碳IF钢板

3. 冲压模具与设备

汽车外观质量的好坏，在很大程度上取决于冲压件的质量。要想获得高质量的汽车冲压件，必须要有先进、科学、合理的冲压工艺和高技术水平、高精度的冲压模具与冲压设备。

冲压模具有拉深模、弯曲模和冲裁模 3 类。模具构造随零件形状、工艺、模具种类、自动化程度等因素而异。图 7-50 为重卡汽车顶盖拉延模，图 7-51 为汽车弯曲模。

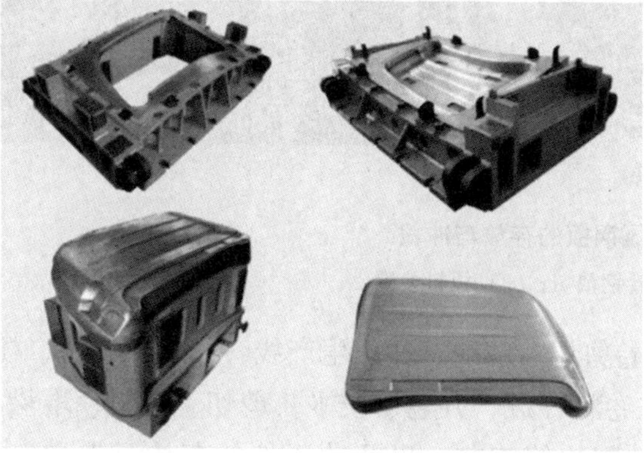

图 7-50　重卡汽车顶盖拉延模

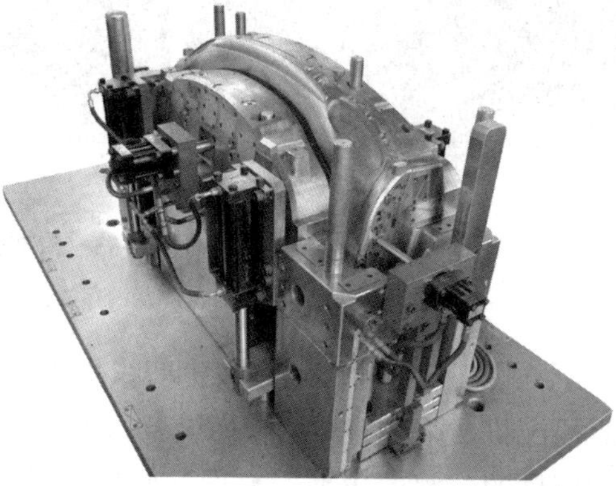

图 7-51　汽车弯曲模

汽车工业用的冲压设备具有吨位大、台面尺寸大、性能要求高、生产效率高等特点。覆盖件拉深多采用双动压力机。为了适应流水线生产的要求，减少换模时间，广泛采用活动台面的压力机。为了满足大量生产的要求，还采用多工位压力机。机械化、自动化的冲压生产线被广泛采用。

生产规模不同，所用的冲压设备也不一样。一般来说，冲压车间的规模越大、效率越高，所要求的冲压设备规模越大、自动化程度也就越高。图 7-52 为月产 4 万 ~ 5 万辆汽车的冲压车间所用设备的情况。

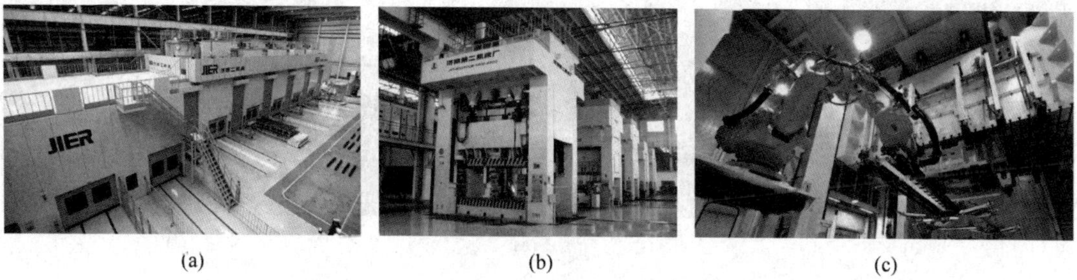

图 7-52　汽车冲压设备

（a）全封闭冲压车间；（b）冲压压力机；（c）冲压机器人

4. 冲压工序

冲压的 5 个基本工序包括冲裁、弯曲、拉伸、精冲、局部成型。冲裁是使板料实现分离的冲压工序（包括冲孔、落料、修边、剖切等）。弯曲是将板料沿弯曲线弯成一定的角度和形状的冲压工序。拉深是将平面板料变成各种开口空心零件，或把空心件的形状、尺寸作进一步改变的冲压工序。精冲是冲制精度较高的，对于尺寸、表面光洁度要求高的产品，通过精冲模具达到图纸要求的工序。局部成型是用各种不同性质的局部变形来改变毛坯或冲压件形状的冲压工序（包括翻边、胀形、校平和整形工序等）。图 7-53 为汽车冲压钢板的存放与冲裁。

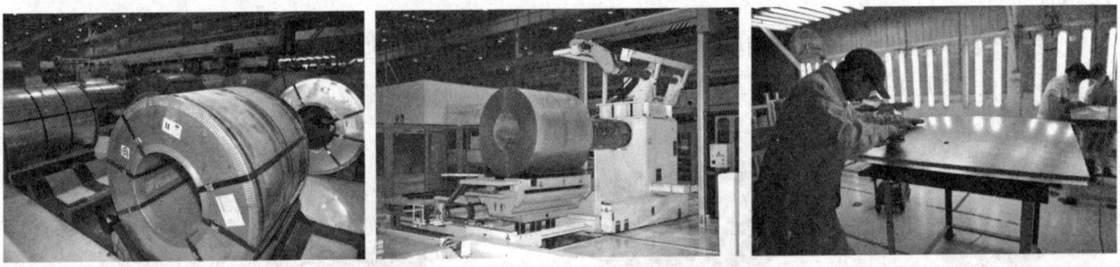

(a) (b) (c)

图 7-53　汽车冲压钢板的存放与冲裁

（a）卷钢存放；（b）卷钢裁切；（c）板料抽检

冲压工艺的生产设备及生产线主要有开卷剪切自动线、冲压生产线、垛料翻转机、模具研配机及适当的其他修模设备，可以完成卷料存放、开卷、校平、剪切、落料、堆垛，冲压件的拉深、成型、整形、修边、冲孔、翻边等工艺，以及冲压件的存放及发送等。图 7-54 为汽车钢板冲压设备及生产。

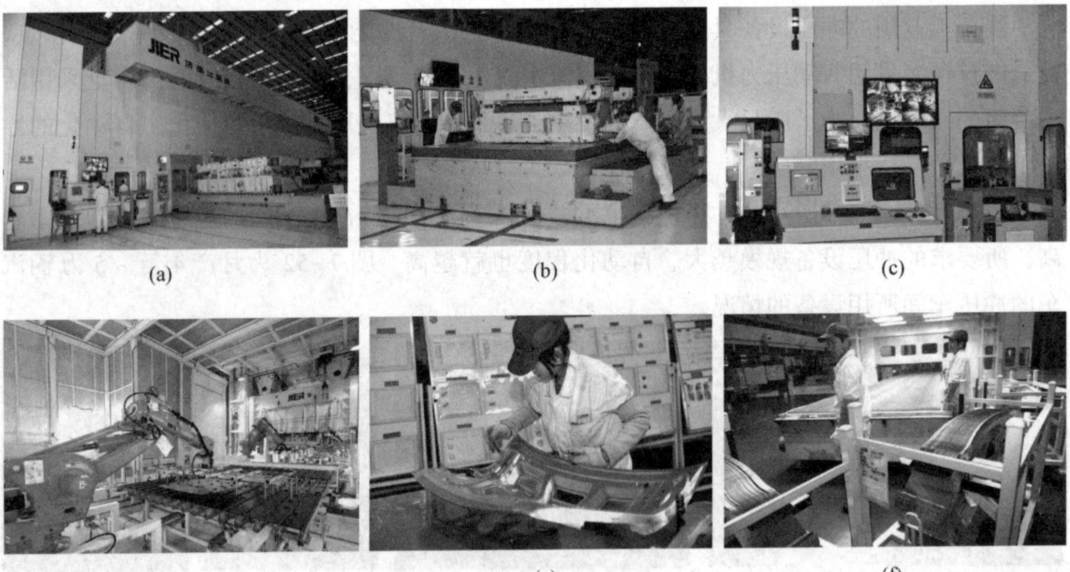

图 7-54　汽车钢板冲压设备及生产

（a）冲压生产线；（b）安装冲压模具；（c）冲压控制室；（d）板料冲压；（e）冲压件抽检；（f）冲压件整理

7.4.2　汽车车身焊装

汽车车身焊装是指在汽车车身制造过程中将经冲压成型的汽车车身结构件和覆盖件，用焊接加工的方式将其组合成不可拆卸的具有完整功能的结构件或汽车白车身的加工工艺过程。车身焊装质量决定了车身“承力、保护、美学”三大最基本要求的实现，车身焊装工艺水平直接关系着汽车产品的外观质量和使用性能。

轿车车身是各类汽车车身中结构最复杂、焊点和采用的焊接方式最多、对焊接质量要求最高的，是汽车焊装工艺中的典型代表。轿车车身是由数以千计薄板冲压成型的板壳构件通过焊接工艺方法组合在一起的形体复杂的高强度空间板壳结构，其焊装工艺过程十分复杂。

1. 车身焊装流程

为了便于焊接成型且获得准确的车身外形尺寸和优良的外观质量，常将由薄板冲压成型的片状冲压件焊装成具有一定强度或功能的分总成，再将分总成焊装成大总成，将大总成焊装在一起组成车身的六大片（车身底板总成、顶盖总成、左侧围总成、右侧围总成、前围总成、后隔板总成），然后将六大片合焊在一起构成车身焊接总成，装上车门、发动机罩、翼子板、行李厢盖便构成了整体焊接白车身，其组成如图 7-55 所示。

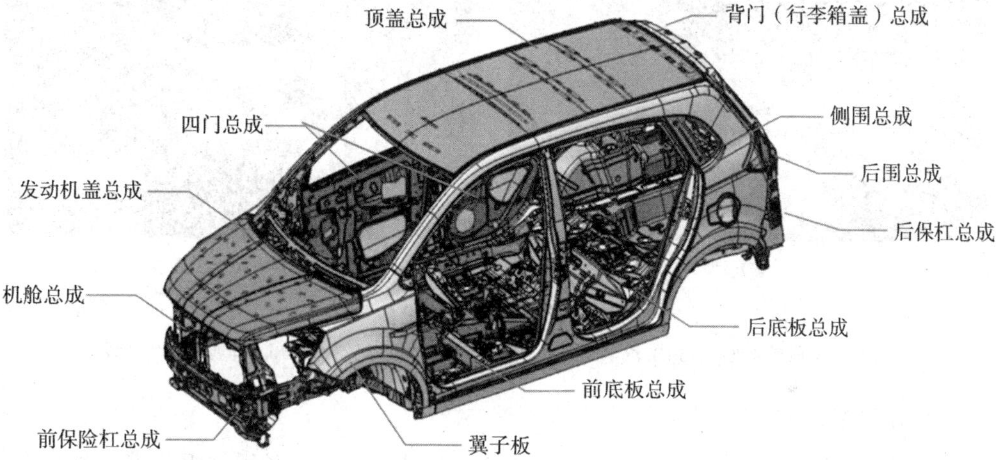

图 7-55 白车身组成

2. 车身焊接设备

在当今汽车制造公司的焊装车间，焊装生产线大多为柔性设计，且机械化、自动化程度通常都很高。为了提高生产效率，满足生产节拍的要求，车身焊装车间采用了大量与之相适应的焊装设备，构成了高效的焊装流水线，如图 7-56 所示。

轿车车身最重要的特点是，除极少数部件（前翼子板、灯板梁）外，90% 以上的车身组件都采用焊接工艺实现组装。因此，车身焊装工艺的内容多而复杂，为了使车身焊装作业能有序高效进行，需合理规划与布局焊装工艺。焊装工艺布局是否合理，有 4 项重要的评价指标，即：车身在焊线上的流动应顺畅，无效输送和辅助生产时间应尽可能短；物流配送方便；焊装线两侧有足够的工件摆放空间；便于产能的扩充和信息的导入。

(a)

(b)

(c)

(d)

图 7-56　汽车焊接设备

(a) 汽车顶焊装夹具；(b) 汽车侧围夹具；(c) 汽车焊装机器人；(d) 车身焊装生产线

3. 车身焊装工艺

车身焊装工艺是一个广义的概念，它是指将冲压成形的车身各组件组装成一个完整白车身的全部工艺过程，其内容主要有焊接、滚/折边、涂胶、合装、返修等。由于焊接工艺占整个车身组装工艺的比重超过 90%，因此将其统称为焊装。图 7-57 为汽车白车身组装。

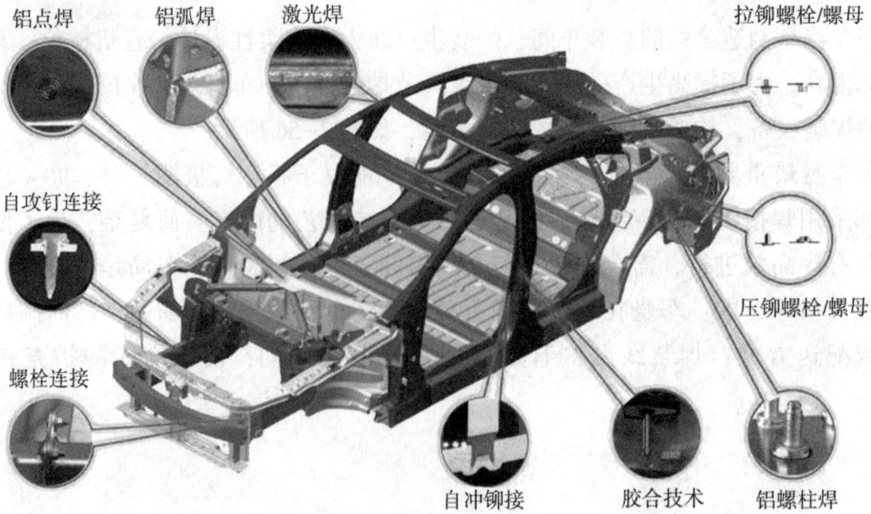

图 7-57　汽车白车身组装

焊接是通过加热或者加压或者两者并用，添加或不加填充材料，使两分离的工件在其接合表面达到原子间的结合，形成永久性连接的一种工艺方法。常用的焊接工艺有 5 类近 20 种不同的焊接方法，如表 7-6 所示。

表 7-6　焊接工艺种类和具体焊接方法

焊接工艺种类	焊接方法
电阻焊	单点焊、多点焊、缝焊
熔化焊	气体焊、电弧焊、TIG/MIG 焊（非熔化极/熔化极惰性气体保护焊）
压力焊	摩擦焊、爆炸焊、超声波焊、扩散焊、凸焊
钎焊	火焰铜钎焊、激光钎焊
特种焊	微弧等离子焊、电子束焊、激光焊

需特别指出的是，激光焊接在车身焊装工艺中的应用越来越普遍，究其原因，主要是激光焊接具有焊缝平整、焊接变形小、焊缝质量良好、能够焊接不同材质的工件、生产效率高等优点。汽车钣金件凡是有密封要求的焊缝大部分采用激光焊接。汽车的常用焊接方法介绍如下。

1）电阻焊

电阻焊是将被焊工件置于两电极之间加压，并在焊接处通以电流，利用电流流经工件接触面及其邻近区域产生的电阻热将其加热到熔化或塑性状态，使之达到金属结合而形成牢固接头的工艺过程。由于焊接所需要的热来自电流通过工件焊接处的电阻产生的热量，因此将其称为电阻焊。电阻焊有点焊、凸焊、缝焊、对焊等多种不同的焊接方法，如图 7-58 所示。白车身的大部分拼接工作都是通过电阻焊来完成的。

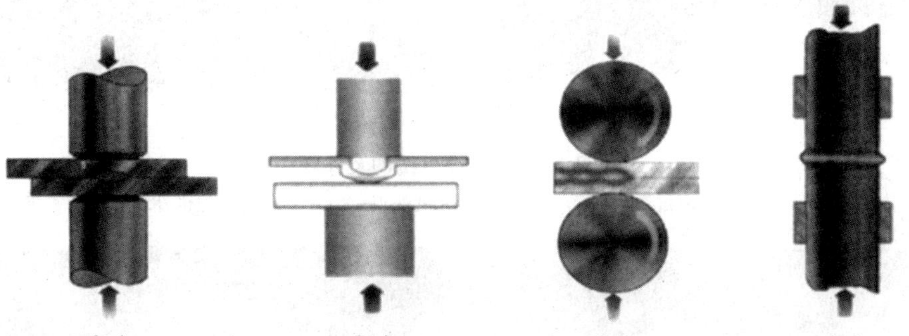

（a）　　（b）　　（c）　　（d）

图 7-58　电阻焊焊接方法

（a）点焊；（b）凸焊；（c）缝焊；（d）对焊

点焊是电阻焊最典型的代表，有单点焊、多点焊、单面点焊和双面点焊等多种。点焊由于具有生产率高、焊接质量好、焊接成本低、工作条件好、易于实现自动化生产等诸多优点，因此在车身焊接中被广泛应用。一般在汽车工厂中比较常见的是悬挂式点焊机和机器人点焊机。这两种点焊机的使用比取决于车间的自动化率，自动化率高的车间主要是以机器人点焊机为主。悬挂式点焊机主要应用在一些不方便使用机器人或者需要后期进行补焊的位置。图 7-59 为点焊机结构及外观，图 7-60 为车门处点焊效果图。

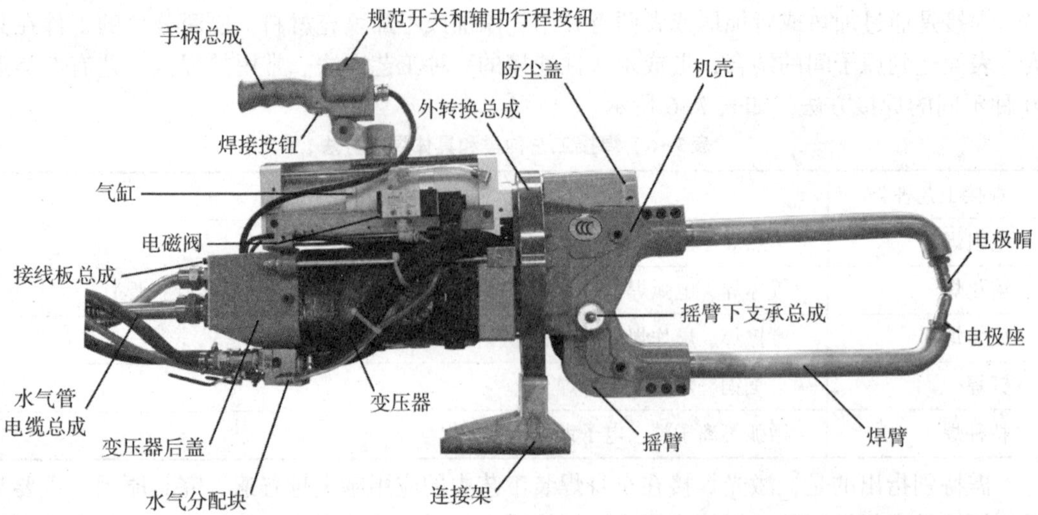

（a）

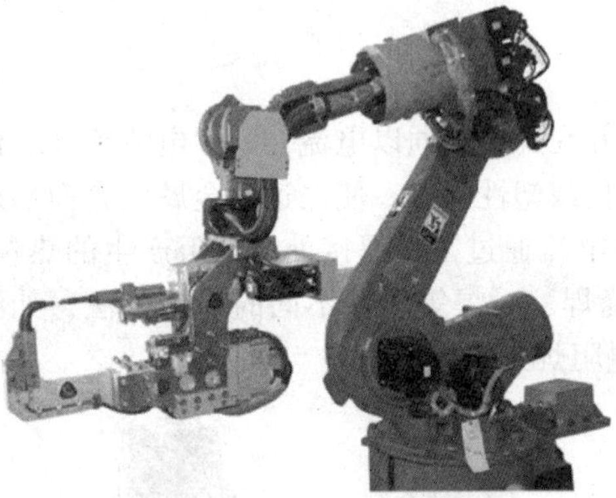

（b）

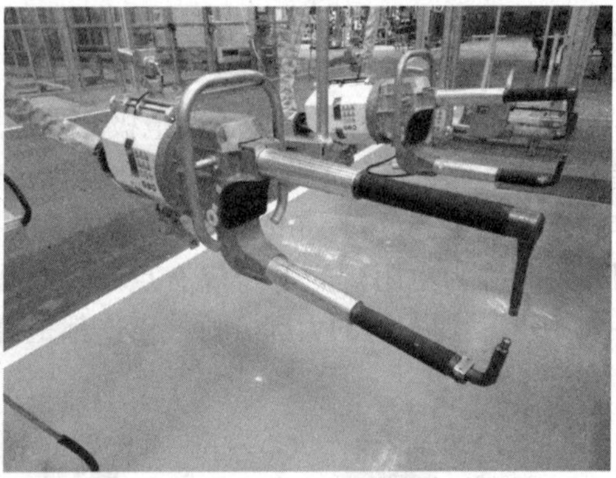

（c）

图 7-59　点焊机结构及外观

（a）点焊机结构；（b）机器人点焊机外观；（c）悬挂式点焊机外观

图 7-60　车门处点焊效果图

2）熔化焊

在焊接过程中将工件接口处加热至熔化状态，不加压力完成焊接的方法，称为熔化焊。进行熔化焊时，热源将待焊两工件接口处迅速加热熔化，形成熔池。熔池随热源向前移动，先熔化的部分冷却后形成连续焊缝而将两工件连接成为一体。熔化焊也有多种不同的焊接方法，其中 CO_2 气体保护焊、混合气体保护焊（MAG 焊）是使用较多的两种熔化焊，它们的优点是：生产效率高；焊接质量好，抗锈能力强；成本低；操作性能好；适应性强，应用范围广；易于实现机械化和自动化生产。缺点是：怕风，露天作业受到一定限制；弧光及热辐射强；不能采用交流电源。

CO_2 气体保护焊是一种熔化极气体保护的电弧焊接，它利用焊丝与工件间产生的电弧热熔化填充料及工件接口处的金属，采用 CO_2 气体作为保护气体。焊丝在高温电弧的作用下不断地熔化并过渡到熔池，从而形成连续良好的金属焊缝。图 7-61 为 CO_2 气体保护焊原理，图 7-62 为半自动熔化焊，图 7-63 为自动气体保护焊，图 7-64 为车身气体保护焊。

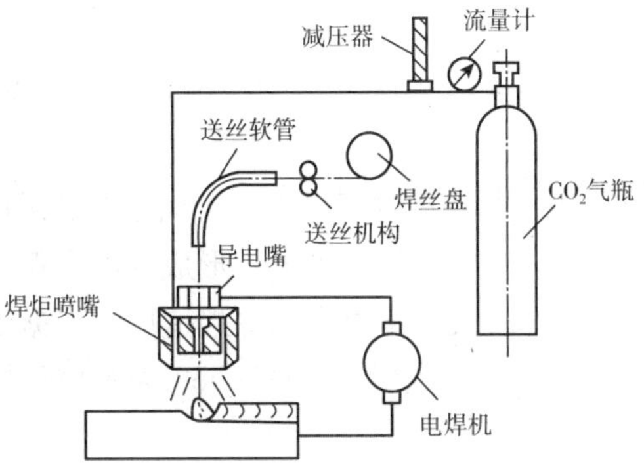

图 7-61　CO_2 气体保护焊原理

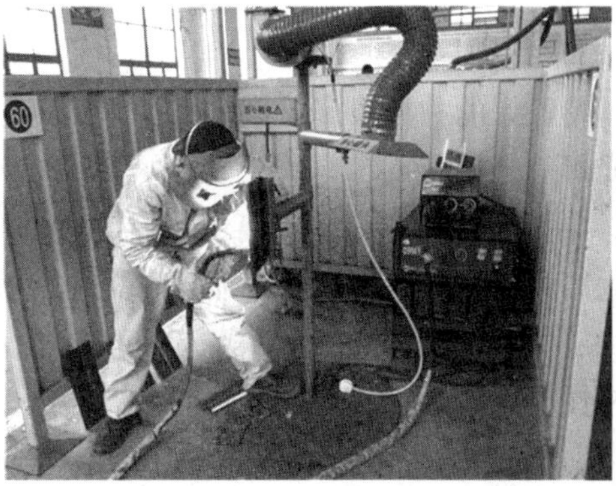

图 7-62　半自动熔化焊

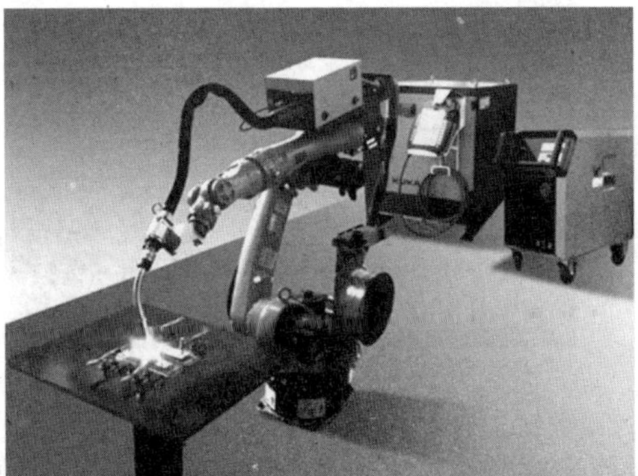

图 7-63　自动气体保护焊

图 7-64　车身气体保护焊

混合气体保护焊使用的保护气体是由惰性气体和少量氧化性气体（如 CO_2 或其他气体）混合而成的。熔化极惰性气体保护焊使用的保护气体主要有氩气（Ar）或氦气（He），在汽车车身焊装工艺中，主要用于车身顶盖后部两侧接缝处的焊接。

钎焊是指低于焊件熔点的钎料和焊件同时加热到钎料熔化温度后，利用液态钎料填充固态工件的缝隙使金属连接的焊接方法。钎焊时，首先要去除母材接触面上的氧化膜和油污，以利于毛细管在钎料熔化后发挥作用，增加钎料的润湿性和毛细流动性。根据加热方式的不同，钎焊可分为激光钎焊、火焰钎焊、电阻钎焊、感应钎焊等多种。钎焊在车身焊装工艺中主要用于焊接散热器，其在汽车维修业的应用却十分广泛。图 7-65 为钎焊原理，图 7-66 为汽车激光钎焊。

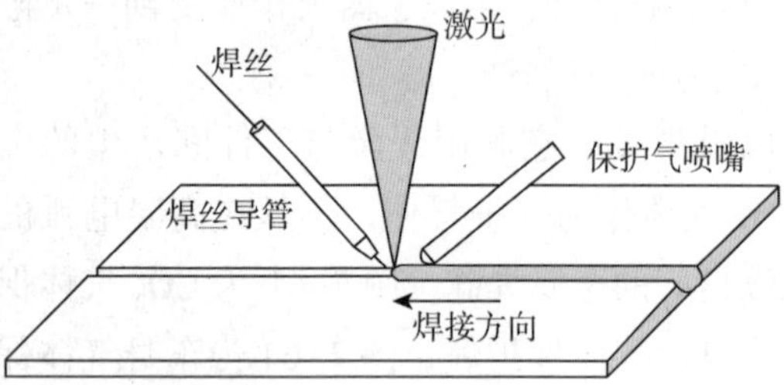

图 7-65　钎焊原理

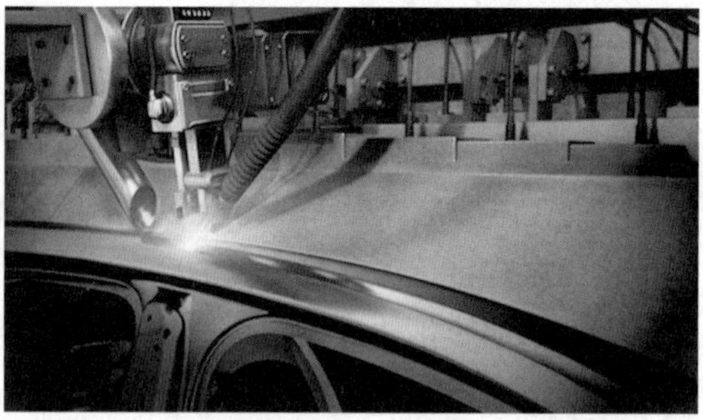

图 7-66　汽车激光钎焊

3）特种焊

特种焊的种类很多，汽车车身焊接工艺中用得较多的主要是等离子弧焊、电子束焊、激光焊等。

（1）等离子弧焊。等离子弧焊是利用等离子弧作为热源的焊接方法。气体由电弧加热产生离解，在高速通过水冷喷嘴时受到压缩，增大能量密度和离解度，形成等离子弧。它的稳定性、发热量和温度都高于一般电弧，因而具有较大的熔透力和焊接速度。根据工件材料性质的不同，可选用不同的保护气体，如氦或氩氦、氩氢等。图 7-67 为等离子焊原理，图 7-68 为等离子焊效果。

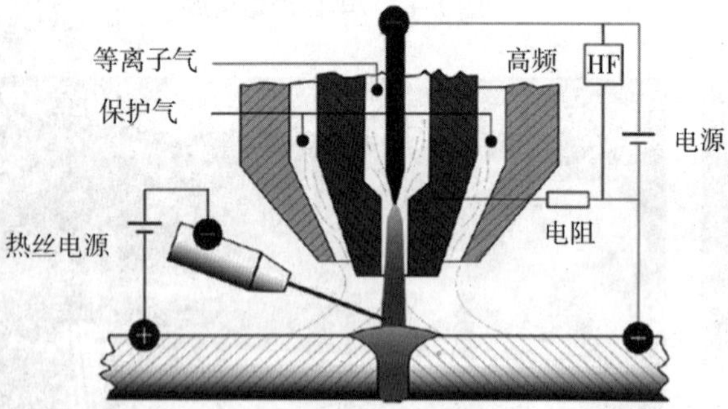

图 7-67　等离子焊原理

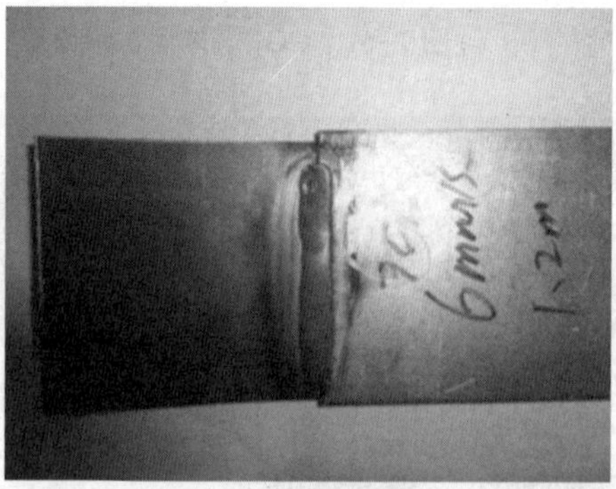

图 7-68　等离子焊效果

（2）电子束焊。电子束焊是一种利用电子束作为热源的焊接工艺。电子束发生器中的阴极加热到一定的温度时逸出电子，电子在高压电场中被加速，通过电磁透镜聚焦后，形成能量密集度极高的电子束，当电子束轰击焊接表面时，电子的动能大部转变为热能，使焊接件接合处的金属熔融，当焊件移动时，在焊件接合处形成一条连续的焊缝，如图 7-69 所示。

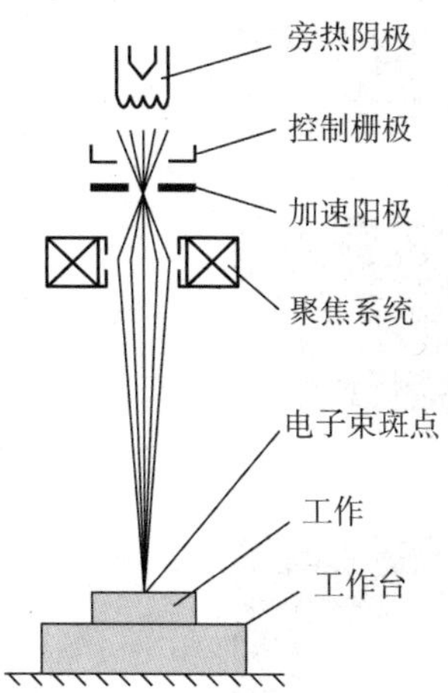

(a)

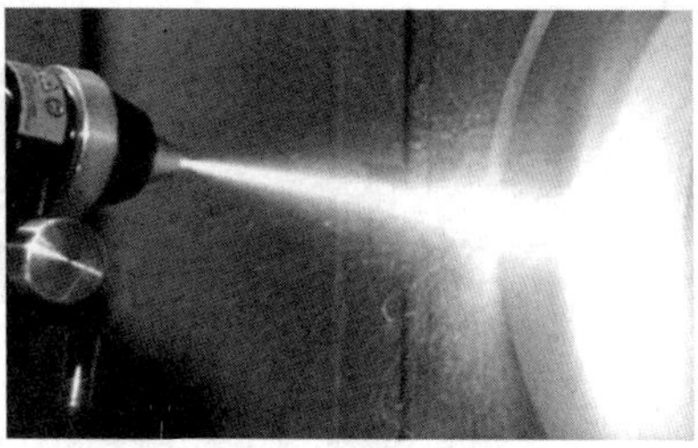

(b)

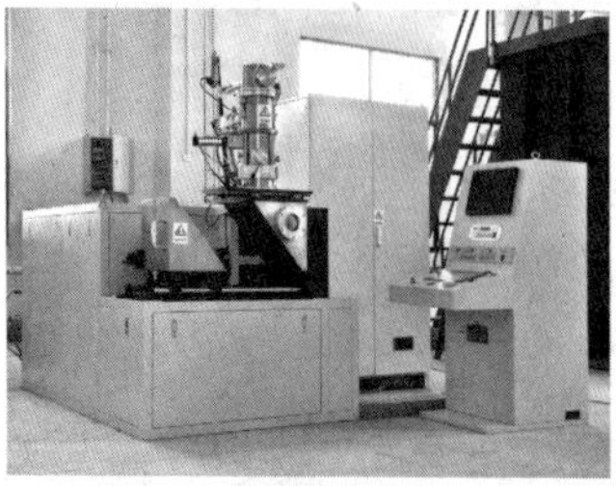

(c)

图 7-69　电子束焊

（a）电子束焊原理；（b）电子束焊；（c）齿轮电子束焊机

（3）激光焊。激光焊是一种利用激光作为热源的焊接工艺。激光焊可以采用连续或脉冲激光束等不同的激光光源。激光焊有热传导型激光焊和深熔型激光焊两类。功率密度小于 105 W/cm^2 的激光焊称为热传导型激光焊，由于功率小，因此熔深浅、焊接速度慢；功率密度大于 105 W/cm^2 的激光焊称为深熔型激光焊，具有焊接速度快、深宽比大的特点。深熔型激光焊一般采用连续激光光束完成材料的焊接，其冶金物理过程与电子束焊接极为相似。

激光焊由于具有能量集中、热影响区小、应力变形小、深宽比大、适应性强、可达性好、易传输、不受电磁干扰、不辐射对人体有害的射线等许多优点，因此在汽车车身焊接工艺中应用得越来越广泛。激光焊主要运用在汽车顶盖、后盖和底板焊接上。图 7-70 为激光焊工作原理，图 7-71 为车身激光焊应用。

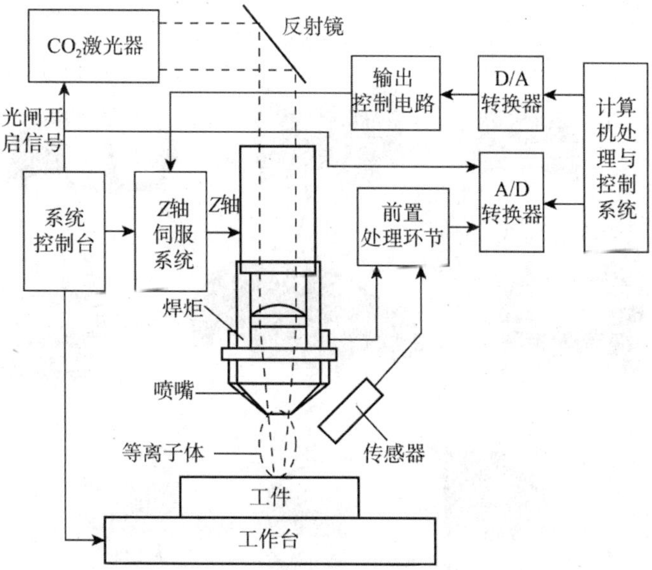

图 7-70　激光焊工作原理

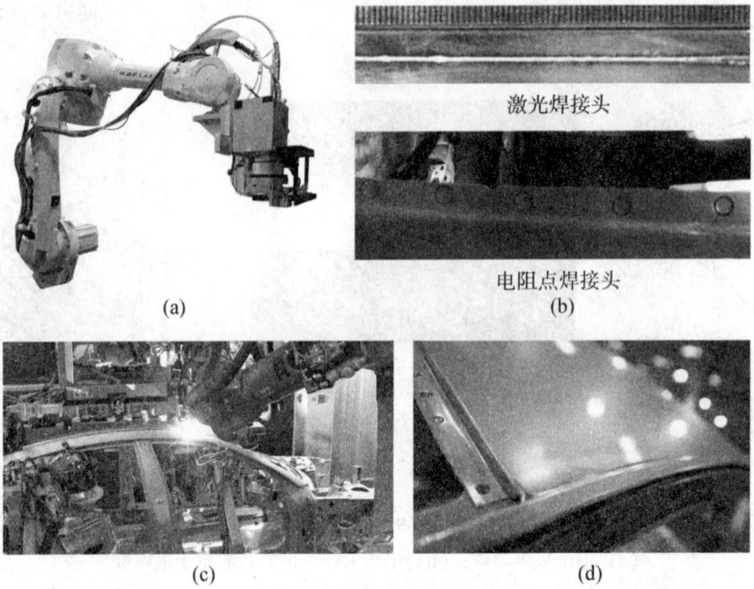

图 7-71　车身激光焊应用

(a) 机器人激光焊机；(b) 激光焊与电阻焊接头对比；(b) 汽车车顶激光焊；(d) 车顶激光焊效果

4. 车身焊装流程

为了适应车身焊装高效、高精度、多种车型共线柔性化生产的需要，汽车焊装工艺常根据车身总成部件结构特征的不同，将数百个焊装工序归类后分为若干个作业区，如车身分总成焊装生产作业区、车身主焊装生产作业区、车身门盖生产作业区和白车身总成调整区等。由于各汽车制造公司的具体情况存在一定的差异，因此其作业区的划分会略有不同。尽管常将车身焊装工艺划分为若干个区，但除白车身总成调整区外，其他各焊装作业区的焊装工艺方法均很相近。对于搭接焊接部位，大多采用电阻定位焊工艺。图 7-72 为白车身焊装组成，图 7-73 为白车身焊装流程。

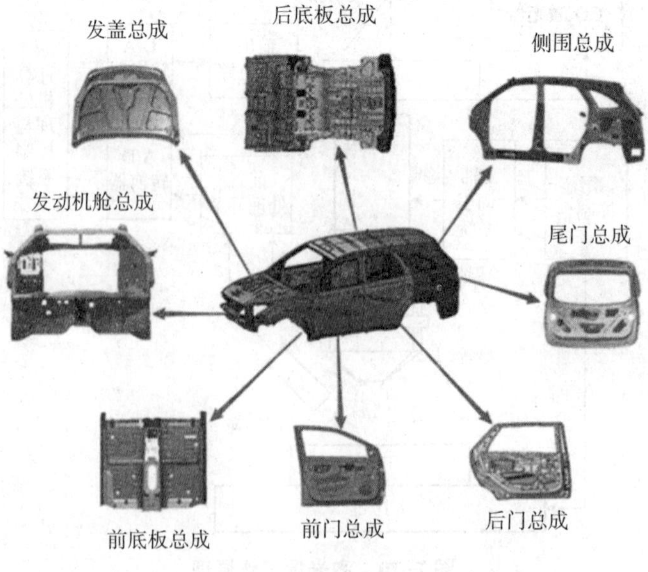

图 7-72　白车身焊装组成

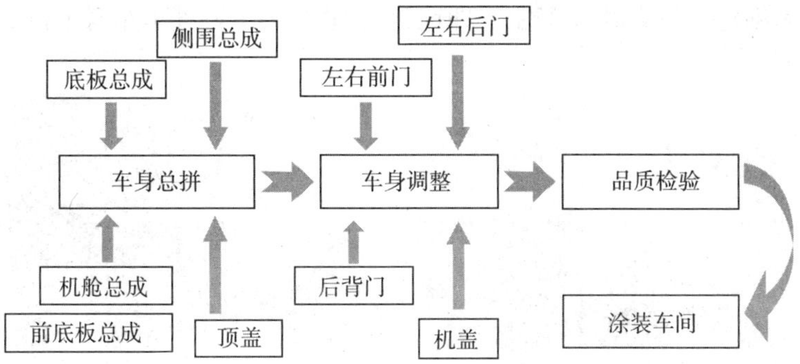

图7-73 白车身焊装流程

7.4.3 汽车涂装工艺

汽车涂装应具有防护和装饰两大功效。涂装可以保护汽车不受到腐蚀，增加汽车的高耐划伤性、弹性、耐污染性等。汽车涂装颜色提升汽车美观度，给人以美感。汽车涂装工艺的重点就在于：在低污染、低成本的前提下实现对汽车车身及其他各总成部件最有效的防护并达到最佳的美化效果。

对于轿车生产企业来说，涂装车间通常是自动化程度最高、生产环境要求最严格的场所。涂装工艺主要由“漆前处理-电泳-中涂-面漆”系统等组成。全线工件输送系统多采用空中悬挂和地面滑橇相结合的机械化输送方式。图7-74为车身涂装工艺流程。

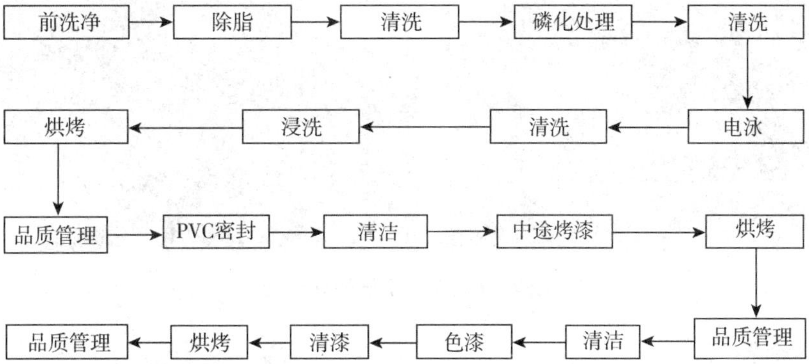

图7-74 车身涂装工艺流程

1. 清洗、磷化处理

汽车车身的前处理通常需要经历预清洗、预脱脂、脱脂、水洗、表调（在金属车身表面形成一层有利于生成磷化膜的均匀结晶核）、磷化、水洗、纯水洗、翻转沥水等十多道工序，磷化是其中重要的一环。

早期生产的汽车，新车出厂时涂层外观非常漂亮，但过不了多久就会出现漆面起泡、涂层表面冒出星罗棋布的锈蚀斑点，即涂层的寿命太短，通常每隔2~3年就需要重新涂一次油漆。究其原因就是漆膜的附着能力不够、耐腐蚀能力差。为了有效提高涂层寿命，经过不懈努力，人们找到了一种十分有效的方法，即磷化，利用磷酸的离解（平衡）反应在洁净的金属表面析出不溶性的磷酸金属盐膜（简称磷化膜）。

在磷化前需进行十分彻底的除脂、除锈和表调处理；磷化处理后，还需彻底清除残留在车身表面上的磷化液及磷化膜表面的疏松层，并对磷化膜不完全的部分空穴进行封闭，使磷化膜的结晶细化，提高其致密性（即钝化）。图 7-75 为汽车车身清洗，图 7-76 为车身清洗磷化处理。

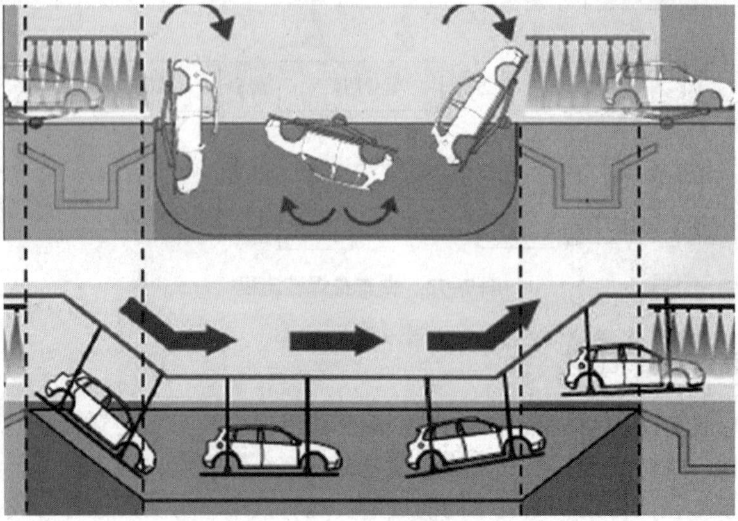

图 7-75　汽车车身清洗

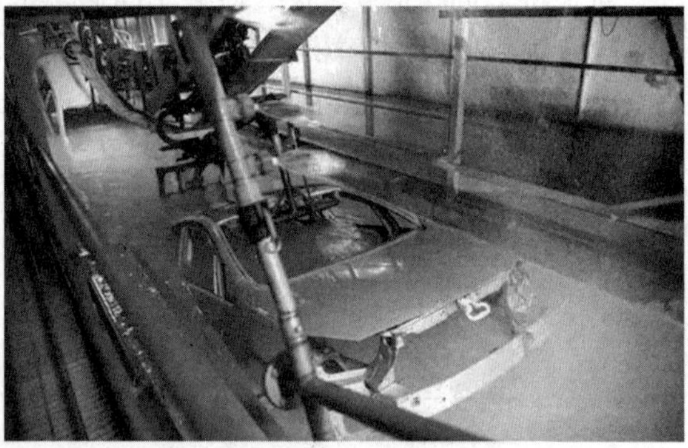

图 7-76　车身清洗磷化处理

2. 电泳涂装

电泳涂装是一种特殊的涂膜形成方法，仅适用于涂装专用水溶性或水乳液涂料（或称电泳涂料）。将具有导电性的被涂工件浸渍在装满用水稀释过的低浓度电泳涂料槽中，被涂工件作为一个电极（阳极或阴极），在槽中另设置一个与之相对应的电极（阴极或阳极），两极间通一定时间的直流电后，在工件表面析出一层均匀的水不溶性涂膜，这种涂装方法称为电泳涂装法。现阶段，我国汽车产业和国际有影响的汽车公司一样，大多采用阴极电泳工艺。

电泳涂装工艺由电泳、电泳后清洗、吹干和烘干（涂膜固化）等工序组成。电泳过程由摆杆链式输送系统在输送过程中自动完成。电泳后的车身经长达近 40 min、190 ℃高温的烘烤，车身温度远远高于后续涂防石击密封胶工艺所要求的温度，为了使后续工序能按照生产节拍连续进行，须迅速降低车身温度，即对电泳烘干后的车身进行强冷处理。图 7-77 为车身电泳涂装。

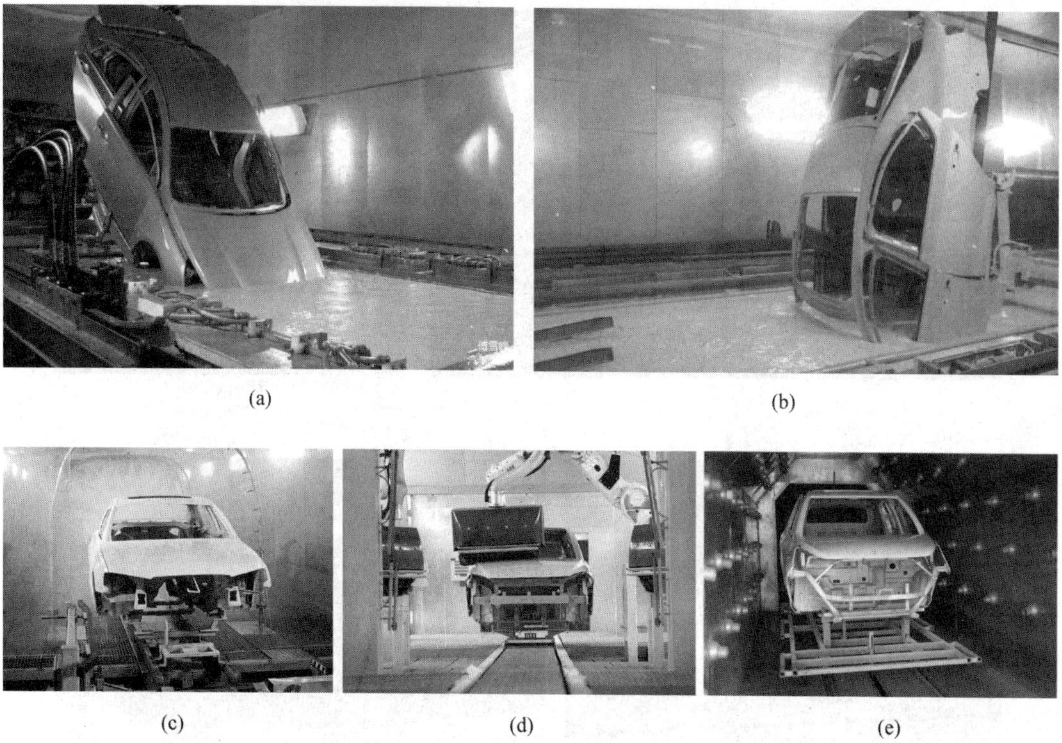

图 7-77　车身电泳涂装

（a）白车身进入电泳池；（b）白车身离开电泳池；

（c）车身清洗；（d）车身清洁处理；（e）电泳烘干

3. PVC 涂装与防振隔声材料装贴

PVC（Ploy Vinyl Chloride）是聚氯乙烯英文首字母的缩写，PVC 在汽车涂装工艺中的应用有两种不同的形态：一是 PVC 密封胶，主要用于焊缝的密封；二是 PVC 方式的涂料，其喷涂到汽车车身的底部，可以防止汽车行驶时车轮甩起的砂石对汽车底部的损害。

我国早期生产的汽车，由于没有采用 PVC 密封胶工艺，因此经常发生漏风、漏雨、焊缝淌黄锈等质量问题。20 世纪 80 年代，我国开始学习和引进国外先进的 PVC 涂装工艺，车身密封性和使用寿命均有质的改变。PVC 密封胶的涂装部位主要是那些有密封要求的焊接部位。防石击涂料主要喷涂在汽车轮罩下表面、车底板下表面、纵梁、悬架摆臂下部等极易受石击而损伤部位，喷涂膜厚度为 500 ~ 800 μm。

PVC 密封胶与 PVC 涂料的主要成分是 PVC 树脂、增塑剂、填充料（碳酸钙白色粉末）和附着力增强剂。由于 PVC 密封胶与 PVC 涂料的流动性、涂装方式与设备均存在较大差异，因此，PVC 密封胶与 PVC 涂料中各组成物质的比例存在较大差异。图 7-78 为 PVC 涂装与防振隔声材料装贴。

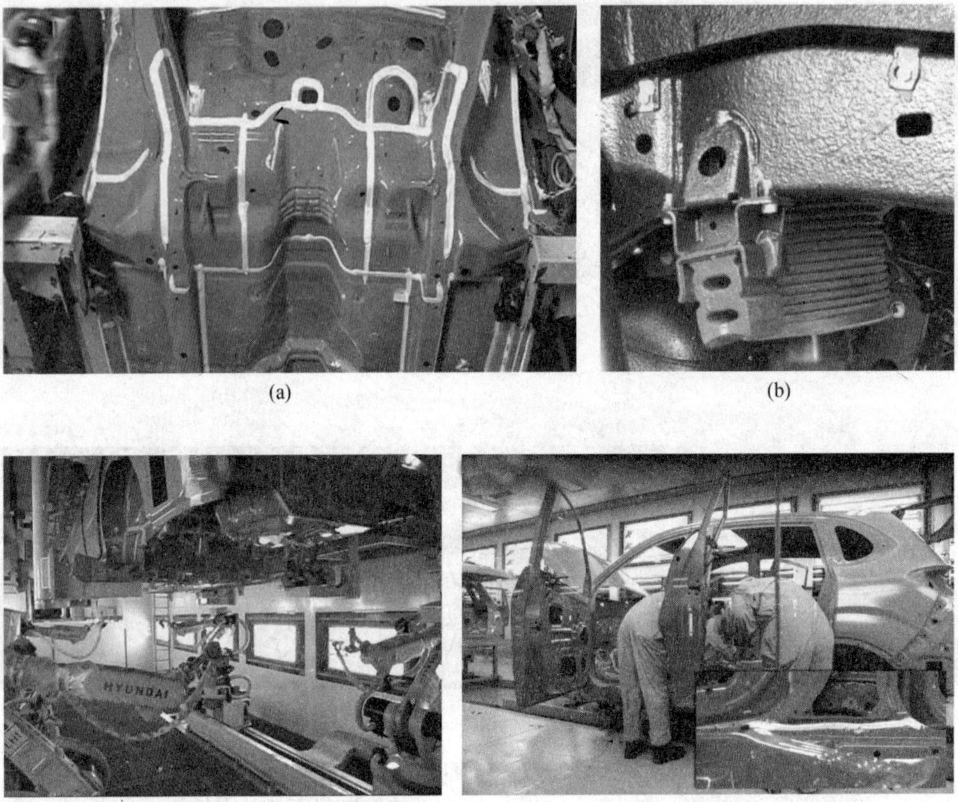

(a) (b) (c) (d)

图 7-78 PVC 涂装与防振隔声材料装贴

（a）汽车底部密封胶；（b）汽车底盘喷涂效果；（d）机器人做 PVC 喷涂；（d）接缝处喷涂密封材料

4. 中涂、色漆、清漆

尽管中涂、色漆、清漆是 3 种不同类型的涂料，且分设在汽车涂装工艺的不同阶段，但由于其所采用的涂装设备及工艺方法较为相近，因此将其放在一起讨论。

1）中涂工艺

中间涂层简称中涂层，其主要作用是改善被涂车身表面和底漆的平整度，为面漆层创造良好的基底，提高面漆涂层的鲜映性、丰满度和抗石击性，以达到良好的外观装饰效果。中涂工艺主要包括底漆打磨、擦净、喷涂、晾干（流平）、烘干、强冷等工序，如表 7-7 所示。

表 7-7 中涂工艺内容

序号	工序名称	作用与功能
1	底漆打磨	消除表面缺陷、形成良好的喷涂基面、增强涂层附着力
2	擦净	去掉车身表面杂质、确保车身表面清洁、保证中涂层质量
3	喷涂	形成良好、鲜映性好、丰满度高的漆膜
4	晾干（流平）	在自然流平的过程中，挥发多余的溶剂、形成平整的漆膜
5	烘干	使漆膜完全固化，避免后续工序对车身外观的不良影响
6	强冷	降低车身温度，便于后续工序的连续进行

中涂工序的作用是充分利用中涂层的填平性能，消除底漆涂层表面的微小不平和缺

陷。中涂层有良好的展平性和打磨性，经过湿打磨能得到平整光滑的表面，在不打磨时仍能靠本身的展平性形成平整光滑的表面。目前大批量生产时，中涂已普遍采用静电喷涂工艺。图 7-79 为车身外部中涂，图 7-80 为中涂烘干。

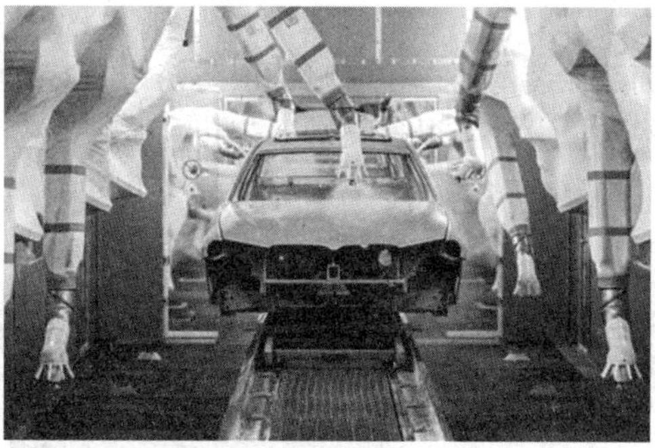

图 7-79　车身外部中涂

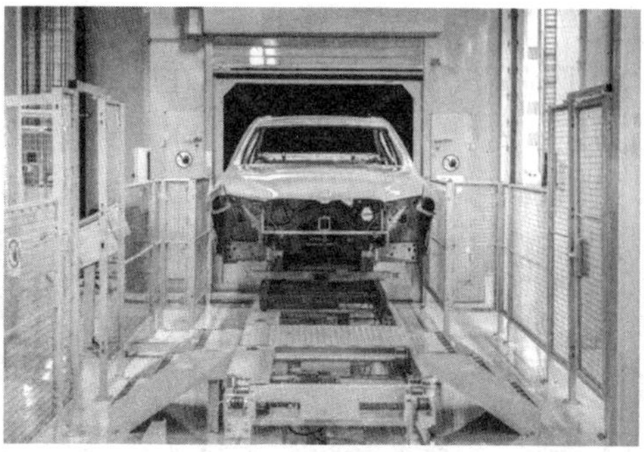

图 7-80　中涂烘干

2）色漆、清漆喷涂工艺

色漆喷涂工艺，是指获得所要求的颜色且色彩鲜艳饱满、无外观质量缺陷的全过程。清漆又称罩光漆，是一种无色透明，固化后有很好的耐气候特性和足够的抗划伤、抗石击的能力。色漆和清漆加在一起统称为面漆。

清漆喷涂工艺与前面介绍的中涂工艺完全相同，色漆喷涂工艺在细节上与中涂工艺略有不同。色漆有本色漆、金属漆和树脂漆等多种。金属漆多采用机械手自动喷涂。金属漆自动喷涂的第一道喷涂工序一般采用高压静电旋杯喷涂，第二道喷涂工序采用非静电空气喷涂。这是因为金属漆中含有金属粉，空气喷涂可以使金属粉排列规则，能避免色差。图 7-81 为车身面漆喷涂。

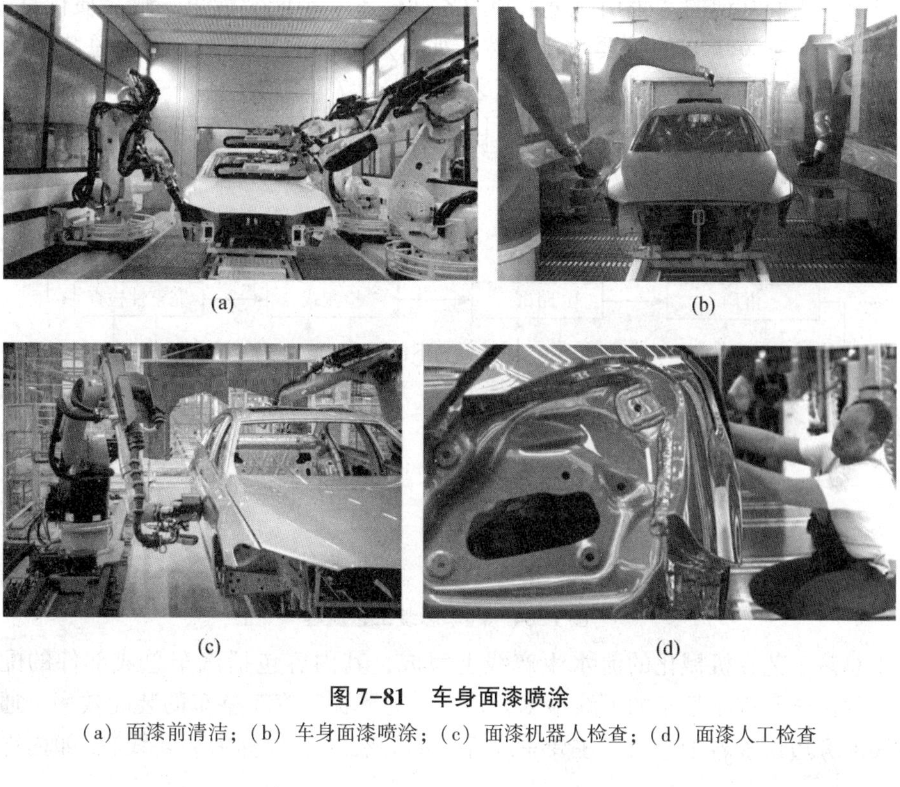

(a)　(b)　(c)　(d)

图 7-81　车身面漆喷涂

（a）面漆前清洁；（b）车身面漆喷涂；（c）面漆机器人检查；（d）面漆人工检查

3）面漆修饰与喷蜡

面漆修饰的目的在于消除操作人员、喷涂设备、涂料、操作方法、作业环境等原因所导致的颗粒、脏污、流痕等涂装缺陷，使车身外观达到所要求的视觉效果。修饰的工艺方法主要有打磨、抛光、修补等3种。

为了提高汽车的防腐性能，在底漆薄弱及面漆涂装薄弱部位灌喷一层防锈蜡，形成憎水层。为便于实现防锈蜡的喷涂，在车身空腔结构部位设计有很多喷蜡工艺孔。喷蜡工艺完成后，用专用堵头密封喷蜡工艺孔。图7-82为面漆修饰，图7-83为空腔喷蜡人工喷涂。

图7-82　面漆修饰

图7-83　空腔喷蜡人工喷涂

7.4.4　汽车总装工艺

汽车总装工艺是将来自汽车零部件生产企业的数以万计的总成部件组装成一辆完整汽车的全部工艺的总称，是汽车整车制造四大工艺过程中的最后一个环节，是汽车整车质量的重要保证。人们常说的“采用质量上乘的零部件不一定能装配出一辆品质优良的汽车”充分揭示了汽车总装工艺的重要性；当然，如采用劣质的零部件，无论总装工艺何等先进，也绝对装不出一辆好车。汽车总装工艺流程如图7-84所示。

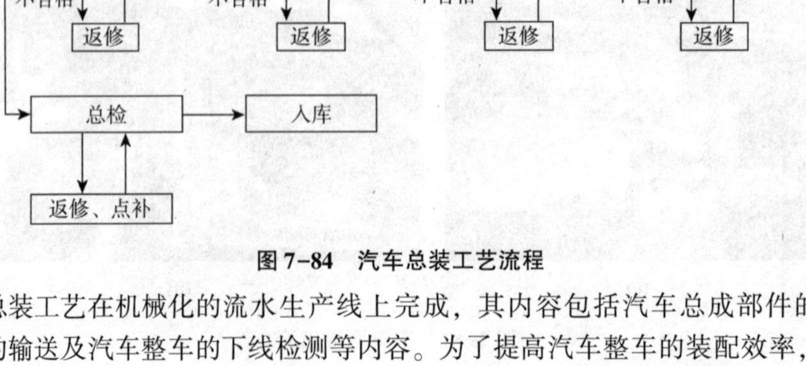

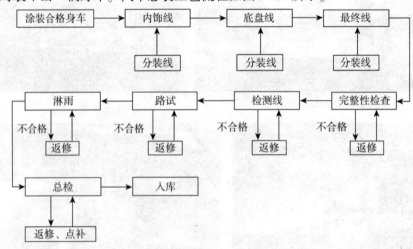

图7-84　汽车总装工艺流程

汽车总装工艺在机械化的流水生产线上完成，其内容包括汽车总成部件的配送、装配、车身的输送及汽车整车的下线检测等内容。为了提高汽车整车的装配效率，通常在汽车总装线的旁边设置若干个汽车主要总成部件的分装线（也称为部装线），如内饰线、车身合装线、机械分装线、动力总成分装线、车门分装线、车桥分装线和仪表总成分装线等。下面简要介绍几个典型工段的作业内容和作业方法。

1. 车身（车架）的导入

车身（载货汽车的车架）是汽车各总成部件的装配基础，车身在流水线上移动时，将全部总成部件装配到车身上便完成了汽车的总装。由此可见，车身的导入是汽车总装工艺的起点。

总装线的起点处设置一个升降机将涂装好的车身转挂到总装线上，并赋予车身一些必要的信息，如车型、各总成部件配置等。图 7-85 为车身的自动分类储存，图 7-86 为车身升降传送系统，图 7-87 为进入总装线的车身。

图 7-85　车身的自动分类储存

图 7-86　车身升降传送系统

图 7-87　进入总装线的车身

2. 装饰一线

装饰一线的作业内容主要有车门拆卸、车内线束及内饰的安装、车门分装和仪表台分装。

1）车门拆卸

涂装合格的车身进入总装车间的装饰一线后，第一项工作是将车门和车身分离，如图 7-88、图 7-89 所示。在涂装作业过程中，将车门与车身装在一起整体涂装是为了保证车身的颜色一致，而到总装车间后将两者分开则是为了便于各种部件在车身上的安装及避免在总装过程中造成车身涂层的破坏。车门和车身通过空中运输通道送到各自的装配线，仪表和动力总成的分装也同时进行。

图 7-88　拆汽车铰链

图 7-89　拆汽车车门

2）车内线束及内饰的安装

车门从车身上拆下后，就可以非常方便地进行车内线束及内饰的安装，如图 7-90～图 7-97 所示。为了提高效率、尽可能减小人为因素对汽车装配质量的影响，汽车总装过程中需人工调整的内容越来越少，除门锁、铰链、车轮定位参数外基本都由机器自动调整。

图 7-90　发动机线束安装

图 7-91　安装后的隔热垫

图 7-92　车内线束安装

图 7-93　天窗安装

图 7-94　地垫安装

图 7-95　挡风玻璃安装

图 7-96　前挡风玻璃安装

图 7-97　安装内饰件及密封胶条

3）车门分装

图 7-98、图 7-99 分别是车门密封条安装和安装好的车门。车门分装的内容包括：车门限位器、车门线束、门把手、车门锁、玻璃升降器、车门玻璃、车门封条、防水帘、后视镜、车门内防护板、扬声器、电检等。

图 7-98　车门密封条安装

图 7-99　安装好的车门

4）仪表台分装

仪表台是一个多总成集成的装配模块，包括仪表板、仪表、转向柱、空调机组与通风管道等。图 7-100、图 7-101 分别是仪表台安装和仪表台生产线。仪表台安装的主要设备是可翻转的仪表台专用装配台架，其主要装配工艺过程是依次将仪表台安装横梁、仪表台线束、风道、空调机组、仪表台面板及仪表台附件等装到仪表台装配架上。

图 7-100　仪表台安装

图 7-101　仪表台生产线

3. 底盘的分装

关于汽车底盘，在不同的场合有着很不相同的定义。例如，在《汽车构造》和《汽车设计》此类教科书上，对底盘的定义是汽车上除发动机、车身和电气设备之外的部分，由传动系统、行驶系统、转向系统和制动系统 4 个部分组成。由于汽车结构上的差异，底盘装配模块的组成往往各不相同。事实上，即便是同一个厂牌型号的汽车，若分别在两个不同的工厂生产，由于工厂建设年代的差异，底盘装配模块的组成也会有所不同。

图 7-102、图 7-103 分别是发动机总成和发动机与变速器总成安装；图 7-104、图 7-105 分别是底盘总成托架和商用车底盘安装；图 7-106、图 7-107 分别是轿车底盘集成安装和轿车底盘传送。

图 7-102　发动机总成

图 7-103　发动机与变速器总成安装

图 7-104　底盘总成托架

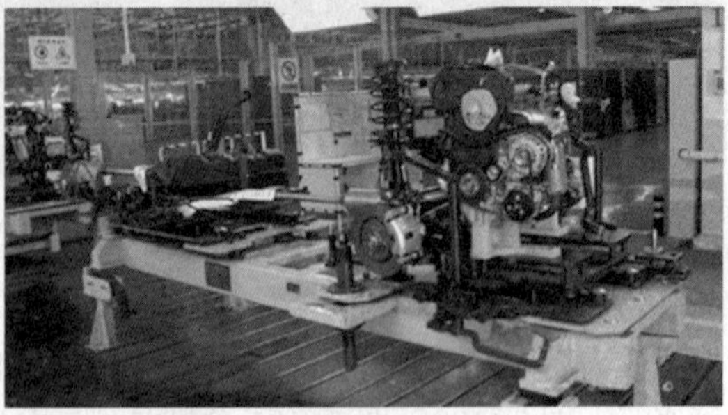

图 7-105　商用车底盘安装

图 7-106　轿车底盘集成安装

图 7-107　轿车底盘传送

4. 车身合装

车身合装的主要内容是将前面各分装工艺过程所得到的底盘装配模块、车门装配模块、车轮装配模块装配到车身上，如图 7-108 ~ 图 7-113 所示。

图 7-108　底盘安装

图 7-109　底盘紧固安装

图 7-110　轮胎安装

图 7-111　座椅安装

图 7-112　车门吊装

图 7-113　转向盘安装

5. 装饰二线

装饰二线的主要装配内容包括合装后车身底部管路连接、散热器风扇机组装配、汽车制动/冷却/空调/助力转向等系统管路的装配、前/后灯装配、前/后保险杠装配、管路的密封检查、发动机/变速器润滑油加注、制动液/空调液加注、发动机冷却液/助力转向液/玻璃清洗液加注等，如图 7-114 ~ 图 7-119 所示。

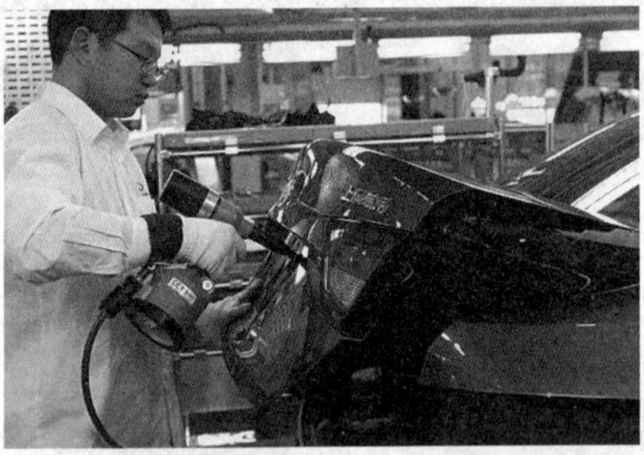

图 7-114　大灯安装

图 7-115　汽车前罩安装

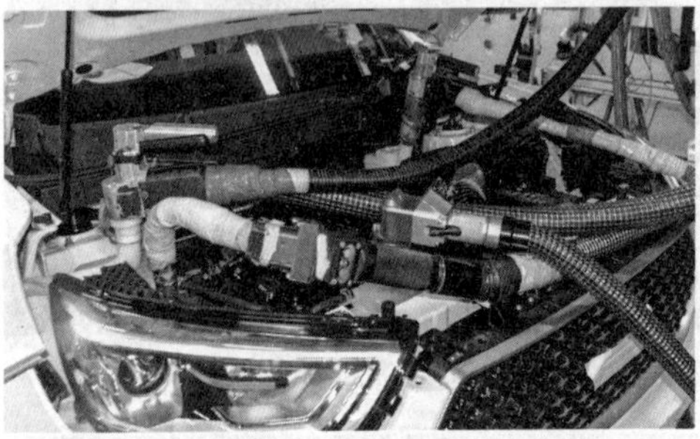

图 7-116　润滑油、刹车油加注

图 7-117　防冻液、玻璃水加注

图 7-118　车辆清单检测

图 7-119　车载电脑初始化

7.4.5　整车出厂性能测试与调整

汽车制造公司除对汽车制造过程每一道工序的作业内容、操作方法和工艺要求均作出了详细与严格的规定，以及用大量现代化高精度的生产设备以保证其产品质量外，在出厂前还要对汽车进行全面的检测和调试，以避免存在质量问题的汽车产品流入市场。

汽车出厂前的性能检测与调整，包括室内台架检测和室外道路检测两部分。其中，室内台架检测常将具有各种不同检测功能的汽车检测设备组合在一起用于汽车整车的性能检测，以达到控制产品质量的目的，这种组合在一起的汽车检测设备统称为汽车整车出厂检测系统。由于该检测系统采用的是流水式的检测方式，因此，汽车制造公司常将其称为整车检测线。整车检验的内容主要包括：排放、侧滑、轴重、制动、车速表校正、灯光等。图 7-120 为车辆外观及装配间隙检查，图 7-121 为四轮定位检测，图 7-122 为淋雨检测，图 7-123 为测试台架。

图 7-120　车辆外观及装配间隙检查

图 7-121　四轮定位检测

图 7-122　淋雨检测

图 7-123　测试台架

室外道路检测都在专门建设的试车场地上进行，因此将其称为场地测试或道路测试。汽车合资公司均建有包含各种特征路面的专用汽车试验跑道。轿车生产企业，试车跑道总长多为 1 000 ~ 1 500 m，设有高速直行路面、蛇形路段、涉水池、低附着系数路面（路旁有喷水设备）、高附着系数路面、起伏路面、鱼鳞坑路面、卵石路面、扭曲路面、冲撞路面等，检验内容包括：汽车起动、灯光与信号装置的工作有效性、加速、制动、转向、ABS 与 ESP 系统性能、汽车跑偏等。图 7-124 为试验路面，图 7-125 为路面溅水试验。

图 7-124　试验路面

图 7-125　路面溅水试验

第 8 章 汽车试验

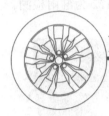

汽车试验是指在专用试验场地或试验室内，使用专用的仪器设备，依照试验大纲及有关标准，对汽车或总成部件进行各种测试的过程。也可根据需要在常规道路上或典型地域进行相关的试验，如限定工况的实际行驶试验和地区适应性试验等。

现代汽车是一种大批量生产、产品性能质量要求高、结构复杂及使用条件多变的产品。影响汽车质量的因素很多，所涉及的技术领域也极为广泛。任何设计制造缺陷都可能造成严重的后果，必须经过试验来检验。对于汽车而言，若不进行大量广泛的试验，人们就不可能知道其质量、性能优劣。通过试验可以发现汽车在制造和使用过程中的缺陷及薄弱环节，深入了解汽车在实际使用中各种现象的本质和规律，保证产品性能，提高汽车的品质和市场竞争力，并推动其技术进步。

8.1 汽车整车性能道路试验

汽车整车性能道路试验是指在室外修建的专用性能试验道上，对反映汽车各项性能的技术参数进行测试的工作的总称。汽车整车性能有动力性、燃料经济性、制动性、操纵稳定性、行驶平顺性、通过性等多项。汽车整车性能道路试验是汽车质量控制和产品研发的重要环节。

8.1.1 动力性试验

汽车的动力性是指汽车在良好路面上直线行驶时，由受到的纵向外力决定的，所能达到的平均行驶速度。从获得尽可能高的平均行驶速度的观点出发，汽车的动力性主要由汽车的最高车速、加速时间和能爬上的最大坡度这三方面的指标来评价。

汽车的动力性是汽车最基本、最重要的性能之一。通过动力性各项评价指标的测定，可以考察汽车是否符合设计要求，是否满足用户的使用要求，为改进设计提供依据。图 8-1 为 AM2020 型第五轮仪及汽车车速测量，图 8-2 为乘用车爬坡试验，图 8-3 为负荷拖车试验。

图 8-1　AM2020 型第五轮仪及汽车车速测量

图 8-2　乘用车爬坡试验

图 8-3　负荷拖车试验

8.1.2　燃料经济性试验

汽车的燃料经济性是指在保证动力性的条件下，以尽量少的燃料消耗量经济行驶的能力。燃料经济性常用一定运行工况下汽车行驶百公里的燃料消耗量，或一定燃料消耗量能使汽车行驶的里程数来评价。

汽车燃料消耗量的测量有直接测量和间接测量两种。直接测量法只需将油耗仪串接在发动机供油管路中，实时测出消耗的燃油量。间接测量法通过测取表征燃油消耗的特征参数，经计算得出消耗的燃油量。目前间接测量法比较成熟的方法是碳平衡法。碳平衡法依据的基本原理是质量守恒定律——汽（柴）油经过发动机排气中碳质量的总和与燃烧前的燃油中碳质量总和应该相等。碳平衡法对较复工况下的汽车燃油消耗量测量比较准确。

我国现行汽车燃料消耗量试验标准主要有：GB/T 12545.2—2001《商用车辆燃料消耗量试验方法》，GB/T 19233—2020《轻型汽车燃料消耗量试验方法》，GB/T 12545.1—2008《汽车燃料消耗量试验方法 第1部分：乘用车燃料消耗量试验方法》和GB/T 27840—2021《重型商用车辆燃料消耗量测量方法》。

8.1.3 制动性试验

汽车的制动性是指汽车行驶时能在短距离内停车且维持行驶方向稳定性和在下长坡时能维持一定车速的能力。制动性能是汽车的重要使用性能之一，制动性能的好坏直接关系到行车的安全。汽车制动性能的道路试验主要包括制动距离试验、热衰退和恢复试验、应急制动性能试验，以及装有ABS的制动性能试验等。图8-4为汽车制动性能测试，图8-5为汽车ABS性能测试。

图8-4 汽车制动性能测试

图8-5 汽车ABS性能测试

我国汽车制动性能的道路试验主要按照以下标准进行：GB 21670—2008《乘用车制动系统技术要求及试验方法》，GB 12676—2014《商用车辆和挂车制动系统技术要求及试验方法》和 GB/T 13594—2003《机动车和挂车防抱制动性能和试验方法》。在进行制动性道路试验时，应先进行静态检查，后进行动态试验。动态试验包括空载试验和满载试验。

8.1.4　操纵稳定性试验

汽车操纵稳定性是指在驾驶者不感到过分紧张、疲劳的情况下，汽车能遵循驾驶者通过转向系统及转向车轮给定的方向行驶，且当遭遇外界干扰时，汽车能抵抗干扰而保持稳定行驶的能力。它是汽车转向操纵性能与汽车行驶稳定性的总称。图 8-6 为汽车操纵稳定性试验仪器系统。

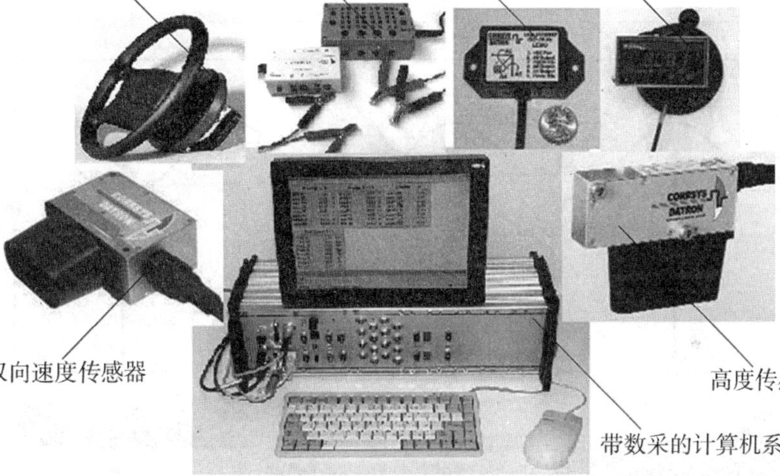

图 8-6　汽车操纵稳定性试验仪器系统

汽车操纵稳定性试验项目较多，主要有：低速行驶转向轻便性试验、稳态转向特性试验、瞬态横摆响应试验、汽车回正能力试验、转向盘角脉冲试验、转向盘中间位置操纵稳定性试验等。对汽车操纵稳定性的主要道路试验常采用蛇行试验。

汽车操控稳定性蛇形试验的主要原理是让汽车连续通过预先设置的障碍桩，通过对汽车前进车速、汽车转向盘转角、汽车横摆角度、汽车侧向加速度和车身侧倾角等数据的测量与监测，以考察汽车操控稳定性的性能好坏。表 8-1 为蛇形试验变量范围及误差，表 8-2 为车辆绕桩基准车速及标桩间距，图 8-7 为车辆绕桩蛇形试验。

表 8-1　蛇形试验变量范围及误差

测量变量	测量范围	测量仪器的最大误差
汽车前进车速	0～50 m/s	±0.5 m/s
汽车转向盘转角	±360°	±2°，<180° ±4°，>180°

续表

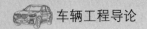

测量变量	测量范围	测量仪器的最大误差
汽车横摆角速度	−50°～+50°/s	±1°/s
汽车侧向加速度	9.0～19.8 m/s^2	±0.15 m/s^2
车身侧倾角	±15°	±0.15°

表 8-2 车辆绕桩基准车速及标桩间距

汽车类型	标桩间距/m	基准车速/（km·h^{-1}）
轿车、轻型客车及最大总质量小于或等于 2.5 t 的货车和越野汽车	30	65
中型客车及最大总质量大于 2.5 t 而小于或等于 6 t 的货车和越野汽车		50
大型客车及最大总质量大于 6 t 而小于或等于 15 t 的货车和越野汽车	50	60
特大型客车及最大总质量大于 15 t 的货车和越野汽车		50

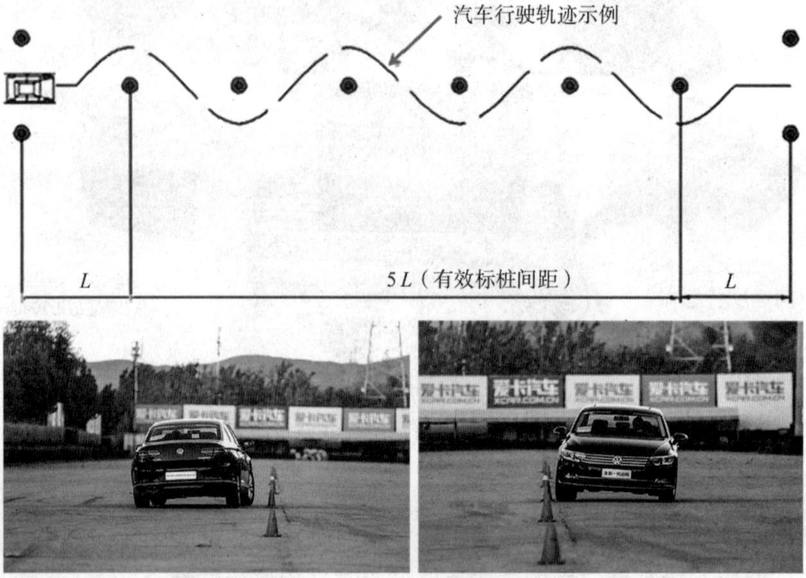

图 8-7 车辆绕桩蛇形试验

试验方法如下：

（1）在试验场地上按图 8-7 及表 8-2 的规定，布置标桩 10 根。

（2）接通仪器电源，使之预热到正常工作温度。

（3）试验驾驶员应具有较丰富的驾驶经验。在正式试验前，按图 8-7 所示路线，练习 5 个往返。

（4）试验汽车以近似基准车速 1/2 的稳定车速直线行驶，在进入试验区段之前，记录各测量变量的零线，然后蛇行通过试验路段，同时记录各测量变量的时间历程曲线及通过有效标桩区的时间。

（5）提高车速（车速间隔自行选择），重复步骤（4），共进行 10 次（撞倒标桩的次数不计在内)。最高车速不超过 80 km/h。

通过试验仪器系统、陀螺仪、转向盘力矩传感器等，计算出每次试验的蛇行车速、平均转向盘转角、平均横摆角速度、平均车身侧倾角、平均侧向加速度、平均侧偏角。拟合出平均转向盘转角、平均横摆角速度、平均车身侧倾角、平均侧向加速度、平均侧偏角与蛇行车速的关系曲线。

8.1.5　行驶平顺性试验

汽车的行驶平顺性主要指保持汽车在行驶过程中产生的振动和冲击环境对乘客舒适性的影响在一定界限之内，对于载货汽车还包括保持货物完好的性能，它是现代高速汽车的主要性能之一。汽车行驶过程中，由于路面不平、车速的变化等因素激起振动，影响驾驶员及乘客的舒适性、工作效能和身体健康。

汽车行驶平顺性试验又可分为主观感觉评价试验和客观物理量评价试验两种。主观感觉评价试验依靠试验人员乘坐的主观感觉进行试验评价，同时也包括通过测定有关人体生理学、心理学变化的情况进行分析的内容。客观物理量评价试验是在主观感觉评价试验基础上进行的，主要包括悬架系统振动特性参数测量、汽车随机输入行驶试验和脉冲输入行驶试验 3 项试验。图 8-8 为汽车鹅卵石路面平顺性测试，图 8-9 为汽车平顺性测试平台。

图 8-8　汽车鹅卵石路面平顺性测试

图 8-9　汽车平顺性测试平台

8.1.6　通过性试验

汽车的通过性是指汽车能以足够高的平均车速通过各种坏路和无路地带以及各种障碍的能力，根据地面的影响，它又分为支承通过性和几何通过性。支承通过性主要取决于地面的物理性质和汽车的牵引能力；几何通过性主要取决于汽车本身的结构参数和几何参数。同时，汽车的通过性还与汽车的其他性能，如动力性、行驶平顺性、机动性、操纵稳定性等密切相关。

汽车通过性试验的内容主要包括汽车通过性几何参数的测量、汽车最大拖钩牵引力和行驶阻力试验、特殊路面通过性试验以及主要针对越野汽车进行的地形通过性试验，如图 8-10 所示。

图 8-10　汽车通过性试验

8.2　汽车可靠性行驶试验

汽车在使用过程中承受多种负荷，评价车辆各个单元在这些负荷作用下，在规定时间内是否完成目标功能的过程，称为汽车可靠性试验。汽车可靠性与汽车零部件的失效、寿命、安全性、维修性等密切相关。目前，很多汽车零部件的寿命为 16 万 km，在一大批汽车零部件中，达到设计寿命时，要求有 90% 的产品还能正常工作。

汽车可靠性试验的目的主要是对汽车产品进行可靠性预测和可靠性验证，另外也用于发现汽车产品质量中存在的问题，以便及时采取措施进行改进。在汽车产品设计、制造和试用的各个阶段可能都需要进行可靠性试验。

汽车可靠性行驶试验根据车型及用途不同，试验方法和要求也不相同。常规可靠性行驶试验按 GB/T 12678—2021《汽车可靠性行驶试验方法》执行；试验场内快速可靠性试验按各试验标准要求执行。汽车可靠性行驶试验按试验方法可分为常规可靠性试验、快速可靠性试验、特殊环境可靠性试验和极限条件可靠性试验 4 种。

1. 常规可靠性试验

常规可靠性试验是在公路或一般道路上，使汽车以类似或接近实际使用条件进行的试验。该试验是最基本的可靠性试验，试验周期较长，但试验结果最接近实际状况。

2. 快速可靠性试验

快速可靠性试验是将对汽车寿命产生影响的主要条件集中实施（载荷浓缩），使其在尽可能短的时间内获得相当于常规试验长时期内得到的试验结果，即在专门的汽车强化试验道路上进行的具有一定快速系数的可靠性试验。这类试验通常在试验场进行。常用的试验道路有石块路、卵石路、鱼鳞坑路、搓板路、扭曲路、凸块路、沙槽、水池、盐水池以及高速环路、沙土路和坡道等，如图 8-11 所示。

图 8-11　汽车快速可靠性试验

8.2.1　特殊环境可靠性试验

特殊环境可靠性试验是评定汽车在严寒、高温、低气压、盐雾等特殊环境下性能及某些功能的稳定性而进行的试验。特殊环境试验一般在实际环境下进行，也可以在气候试验室进行。表 8-3 列出了特殊气候地区的主要环境因素及主要的可靠性问题。图 8-12 为气候试验室汽车环境可靠性测试，图 8-13 为汽车高原测试，图 8-14 为汽车夏季高温测试。

表 8-3　特殊气候地区的主要环境因素及主要的可靠性问题

地区	环境	可靠性问题
严寒地区	低温 冰雪	冷起动、制动性； 冷却液、润滑液、燃油的冻结； 非金属零件的硬化失效、采暖除霜装置的性能、特殊维修性问题
高原地区	低气压 低温 长坡 辐射	冷却液沸腾、供油系气阻； 动力性下降； 起动性能恶化； 人的体力下降，增加维修困难
湿热地区	高温 高湿度 高辐射 雨水 盐雾 霉菌	冷却液沸腾； 供油系气阻； 金属零件的腐蚀； 非金属零件的老化、变质、发霉； 电器元件的故障

图 8-12　气候试验室汽车环境可靠性测试

图 8-13　汽车高原测试

图 8-14　汽车夏季高温测试

8.2.2　极限条件可靠性试验

极限条件可靠性试验是指对汽车在实际使用条件下施加可能遇到的少量极限载荷时所进行的试验，如发动机超速运行、冲击沙坑等试验。它主要针对车身及其附件进行，是对寿命试验的一种补充，不考核产品与时间因素有关的可靠性指标，而是观察汽车在较短时间内承受极限应力的能力。表 8-4 列举了一些极限试验的例子。

表 8-4　极限条件可靠性试验举例

试验项目	试验目的	试验说明
泥地脱出试验	判断传动系的强度	后轮置于沙槽，前进、后退使汽车冲出
泥泞路试验	判断驾驶室、车架的锈蚀及橡胶件的损坏	在深 300 mm、长 50 m 的泥水槽中行驶

续表

试验项目	试验目的	试验说明
急起步试验	判断传动系及悬架、车架的强度	在平路及坡路上，拖带挂车，由发动机最大转矩转速急起步，反复操作
急制动试验	判断制动器、前轴转向系的强度	在路面摩擦因数高的混凝土路面上直行及转弯时，以最大强度急制动
垂直冲击试验	判断悬架、车身的强度	汽车以较高速度驶过单个长坡或连续长坡
急转向试验	考核转向机构的强度	以可能的速度、最大的转向角进行前进、倒退，反复行驶
空转试验	考验传动系的振动负荷	原地将驱动桥支起，以额定转速的 110% ~115% 连续运转，传动轴有一定的不平衡量

8.3　整车碰撞安全性试验

碰撞安全技术属于汽车被动安全范畴，它研究如何在事故中最大可能地避免或减轻对车内驾乘人员造成的伤害，以确保驾乘人员的生存空间、缓和冲击、防止火灾发生等为目的。实车碰撞试验与真实的汽车碰撞事故情形最接近，其试验结果最具说服力，是综合评价汽车碰撞安全性能的最基本的试验方法。

按事故统计结果，汽车碰撞事故主要可分为正面碰撞、侧面碰撞、追尾碰撞和翻车等几种主要类型。目前，我国强制执行的碰撞安全试验标准主要有 GB 11551—2014《汽车正面碰撞的乘员保护》、GB 20071—2006《汽车侧面碰撞的乘客保护》和 GB 20072—2006《乘用车后碰撞燃油系统安全要求》。

碰撞试验假人，又称为拟人试验装置（Anthropomorphic Test Dummy），是用于评价碰撞安全性的标准人体模型。假人的尺寸、外形、质量、刚度和能量吸收性能与人体十分相似，所以当假人处于模拟的碰撞事故条件下，它的动力学响应与吸收性能与相应的人体十分相近。在假人上装备有传感器，可用于测量人体各部位的加速度、负荷、挤压变形量等。通过对这些物理量的分析、处理可以定量地衡量汽车产品的碰撞安全性。

根据碰撞试验不同，假人又可分为正面碰撞假人、侧面碰撞假人、后面碰撞假人及行人保护等试验用假人，前三者为坐姿假人，后者为站姿假人。图 8-15 为假人“全家福”，图 8-16 为碰撞试验中的假人。

正面碰撞试验是将车辆加速到指定碰撞速度，然后与固定壁障进行碰撞的试验。汽车的碰撞方向与固定壁障垂直。在碰撞瞬间，车辆应不再承受任何附加转向或驱动装置的作用。试验车在撞击固定壁障之前处于匀速行驶状态，纵向中心平面垂直于固定壁障，其到达壁障的路线在横向任一方向偏离理论轨迹均不得超过 15 cm。

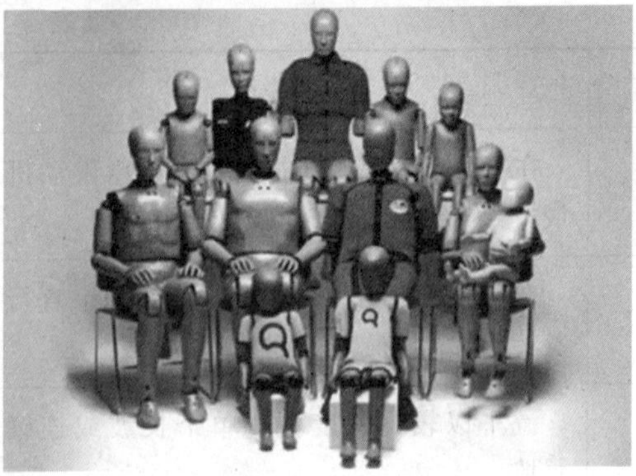

图 8-15　假人“全家福”

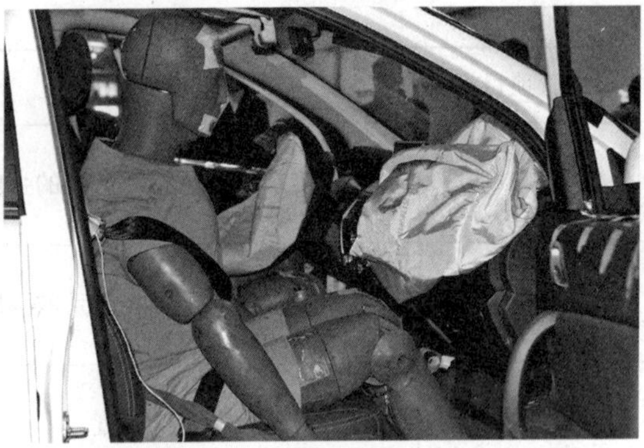

图 8-16　碰撞试验中的假人

侧面碰撞试验时，试验车辆静止，移动变形壁障正面中垂线对准试验车辆驾驶员座椅 R 点，以一定的速度垂直撞击车身侧面。我国规定的碰撞瞬时移动壁障的速度为（50±1）km/h，且该速度至少在碰撞前 0.5 m 内保持稳定。

追尾碰撞试验采用碰撞装置与试验车辆后部碰撞的方式，模拟与另一行驶车辆发生后碰撞的情况。碰撞装置可以为移动壁障或摆锤。试验时，碰撞装置以一定速度与试验车辆后部碰撞，根据燃油系统的泄漏情况评价汽车后碰撞的安全性。图 8-17 为驾驶室正面撞击试验，图 8-18 为驾驶室侧顶部撞击试验，图 8-19 为车辆正面碰撞，图 8-20 为车辆侧面碰撞，图 8-21 为追尾试验，图 8-22 为侧翻试验。

图 8-17　驾驶室正面撞击试验

图 8-18　驾驶室侧顶部撞击试验

图 8-19　车辆正面碰撞

图 8-20　车辆侧面碰撞

图 8-21　追尾试验

图 8-22　侧翻试验

8.4　汽车环保特性试验

8.4.1　汽车排气污染物测量试验

汽车排气污染物包括从发动机排气管排出的有害气体，如一氧化碳（CO）、碳氢化合物（HC）、氮氧化合物（NO_x）等；从发动机曲轴箱泄漏出的废气（主要为 CO、HC、NO_2）；从发动机燃料供给系统蒸发到大气中的汽油蒸气（CH）；从柴油发动机排气管排出的颗粒物。

汽车排气污染物测量试验包括生产一致性检查试验、新生产汽车检测试验、在用汽车检测试验等，依据的是 GB 18285—2018《汽油车污染物排放限值及测量方法（双怠速法及简易工况法）》和 GB 3847—2018《柴油车污染物排放限值及测量方法（自由加速法及加载减速法）》。装用点燃式发动机的汽车排放检测内容：怠速、高怠速及简易工况的排气污染物浓度；装用压燃式发动机的汽车排放检测内容：发动机自由加速及加载减速过程的烟度。

测量柴油车排气污染物的测量仪器主要有滤纸式烟度计和不透光烟度计两种。滤纸式烟度计用于柴油车的烟度测量，不透光烟度计用于柴油车的可见污染物测量。图 8-23 为滤纸式烟度计，图 8-24 为不透光烟度计，图 8-25 为汽车年审尾气检测，图 8-26 为汽车排放检测。

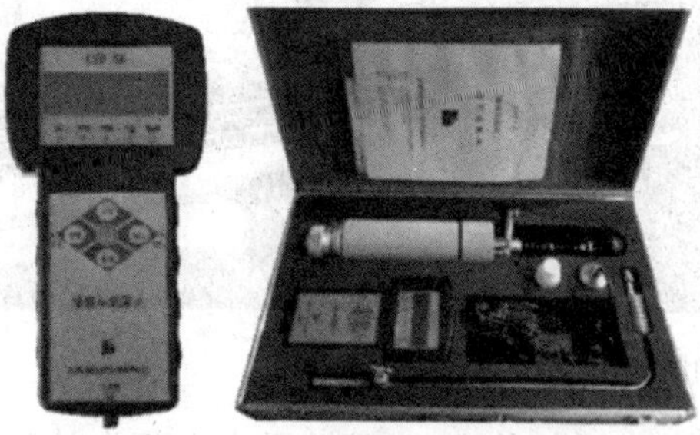

图 8-23　滤纸式烟度计

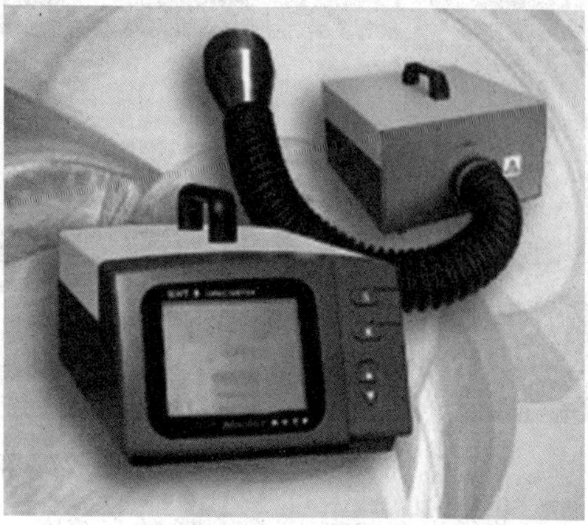

图 8-24　不透光烟度计

图 8-25　汽车年审尾气检测

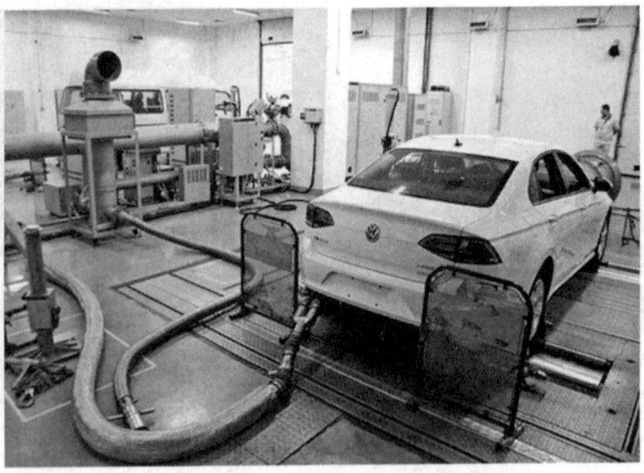

图 8-26　汽车排放检测

8.4.2　汽车噪声测量试验

随着汽车工业的迅速发展，人们对汽车的舒适性和振动噪声控制的要求越来越严格。相关资料表明，城市噪声的70%来源于交通噪声，而交通噪声的80%是汽车噪声。汽车发动机和传动系工作时产生的振动、高速行驶中汽车轮胎在地面上的滚动、车身与空气的作用是产生汽车噪声的根本原因。

汽车噪声可简要分为以下几种，即发动机噪声、进/排气系统噪声、风扇噪声、传动系统噪声、轮胎噪声、制动噪声、起动噪声、车身结构噪声等。

汽车噪声测量试验是汽车噪声控制与评价的重要组成部分，常用设备是声级计。声级计是一种能将汽车噪声，如机动车的行驶噪声、排气噪声和喇叭声音响度等按人耳听觉特性近似地用数值测定的仪器。图 8-27 为车内噪声测试。

图 8-27　车内噪声测试

为了获得汽车 NVH 性能试验的高精度，汽车及零部件 NVH 试验需在专门设计建造的 NVH 试验室内进行。汽车 NVH 性能试验场地主要有整车及零部件消声室、混响室、模态试验室和声学风洞等。图 8-28 为整车吸声消声室，图 8-29 为声学风洞测试。

图 8-28　整车吸声消声室

图 8-29　声学风洞测试

8.5　汽车典型总成与零部件试验

汽车是一个由多总成部件构成的十分复杂的机电一体化系统，任何一个总成部件的质量与设计缺陷，都会对汽车整车性能构成极大的危害，为此汽车厂商都十分重视汽车总成部件的试验工作。此外，汽车总成部件的种类、数量繁多，其试验设备必然十分繁杂，且试验设备的种类、数量和试验内容比整车试验要多得多，现介绍汽车典型总成与零部件试验。

8.5.1　发动机台架试验

发动机台架试验是通过相关仪器设备，对发动机被测系统中所存在的相关参数进行测试和数据处理的全部过程。无论是发动机新产品、新技术的开发，还是技术改进，都需要经过试验来检验。通过发动机台架试验，可检验其设计思想是否正确，设计意图能否实现，设计的产品性能是否符合使用要求等。

在工程实际中，发动机台架试验通常在发动机台架试验室内进行。发动机台架试验系统是一个集机械、仪器仪表和试验技术为一体的综合性系统，主要用于检测发动机的功率、扭矩、效率、油耗和排放等性能参数，按照相关标准的试验方法对发动机的动力性、经济性、可靠性和排放性进行评定，为发动机的研发、优化、选型、诊断、产品验收及整车匹配等提供翔实的数据支撑。图 8-30 为发动机试验台，图 8-31 为试验台控制。

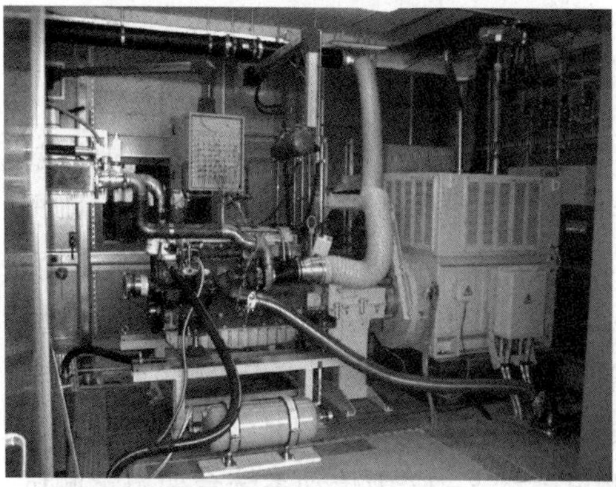

图 8-30　发动机试验台

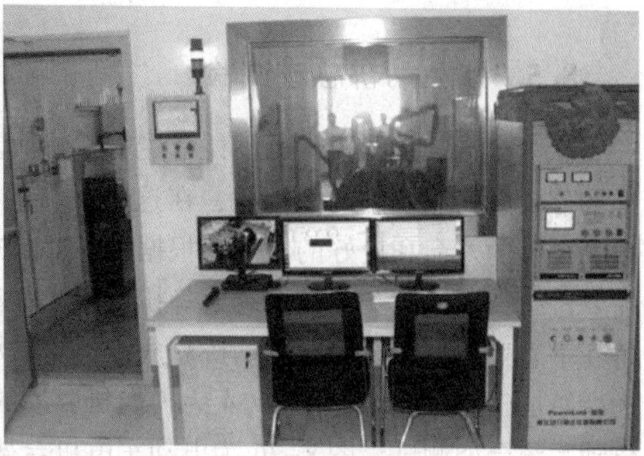

图 8-31　试验台控制

发动机性能试验的主要内容有：功率试验、部分负荷特性试验、性能匹配试验、使用特性试验、各种专项试验及出厂试验等。GB/T 18297—2001《汽车发动机性能试验方法》与 GB/T 19055—2003《汽车发动机可靠性试验方法》对发动机的性能试验和可靠性试验的试验条件和试验方法作出了明确的规定。

8.5.2 变速器总成试验

变速器是汽车传动系统中的重要总成之一。目前，变速器设计工作中许多计算都需经过试验来验证，以判断新产品在可靠性、寿命、性能等方面是否达到预期结果，并找出其薄弱环节，作为改进设计的依据；对于已定型并投入批量生产的产品，在生产过程中也要通过试验来保证产品的质量；对产品进行局部结构改进，重大材料和工艺变更时，同样要通过试验做出是否可行的判断。因此，变速器总成试验是一项十分重要的工作。

变速器总成试验中，最接近实际情况的方法是把试验变速器装于汽车上，在运输行驶中进行使用试验；其次是试验车在特定行驶条件下进行的道路试验。使用试验和道路试验是必不可少的试验，但试验周期长、耗费大。室内台架试验具有试验周期短和不受天气、季节、时间以及交通道路条件等限制的优点，而且可在很大程度上排除人为错误，全部试验条件可准确地复现，方便不同试验的对比。图 8-32 为变速箱敲击噪声台架测试，图 8-33 为变速箱动力传动台架测试。

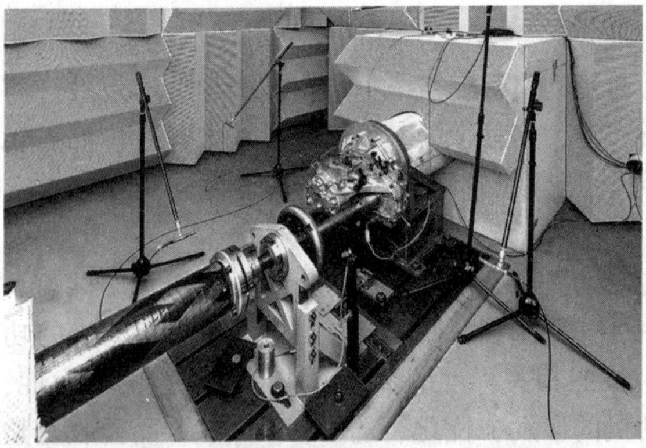

图 8-32 变速箱敲击噪声台架测试

图 8-33 变速箱动力传动台架测试

8.5.3 驱动桥总成试验

在汽车行驶过程中，驱动桥承受着繁重而复杂的载荷，如转矩、垂直的或纵向的或横向的静动载荷以及制动力矩等，在这些载荷的作用下，驱动桥必须有足够的强度和刚度，以及足够的寿命和良好的性能。根据 QC/T 533—2020《商用车驱动桥总成》，汽车驱动桥需要进行如下试验：驱动桥总成静扭试验、驱动桥桥壳的刚度试验和静强度试验、驱动桥桥壳垂直弯曲疲劳试验、驱动桥总成锥齿轮支承刚性试验、驱动桥总成齿轮疲劳试验和驱动桥总成噪声试验等。图 8-34 为内燃机驱动的传动系统台架测试，图 8-35 为电机驱动的传动系统台架测试，图 8-36 为电动车电机台架测试，图 8-37 为传动系统台架声学测试，图 8-38 为多轴驱动系统动力测试。

图 8-34　内燃机驱动的传动系统台架测试

图 8-35　电机驱动的传动系统台架测试

图 8-36　电动车电机台架测试

图 8-37　传动系统台架声学测试

图 8-38　多轴驱动系统动力测试

8.5.4　车轮及悬架性能试验

近年来，随着汽车技术水平的提高，汽车车轮对汽车的行驶安全性和操纵稳定性的影响日益受到人们的关注。鉴于此，SAE、JASO 以及 ISO 等标准和我国标准均对汽车车轮作出了详细的技术要求，其中动态弯曲疲劳试验、动态径向疲劳试验、冲击试验是汽车车轮最基本、最主要的性能试验。

我国汽车车轮的性能试验主要参照以下 3 个标准进行，即 GB/T 5334—2021《乘用车　车轮　弯曲和径向疲劳性能要求及试验方法》、GB/T 5909—2021《商用车　车轮　弯曲和径向疲劳性能要求及试验方法》，以及 GB/T 15704—2012《道路车辆　轻合金车轮　冲击试验方法》。

汽车悬架的减振装置大多数都采用体积小、质量轻、散热快、振动能够迅速衰减的筒式减振器。目前，国内汽车行业筒式减振器试验标准主要有 QC/T 491—2018《汽车减振器性能要求及台架试验方法》。汽车减振器特性试验主要包括示功特性试验、速度特性试验、温度特性试验和耐久性试验等。图 8-39 为轮胎动态性能测试，图 8-40 为车辆减振器性能测试。

图 8-39　轮胎动态性能测试

图 8-40　车辆减振器性能测试

第 9 章 电动汽车

汽车为满足人们的出行需求做出了重大贡献，是现代社会的标志，是现代工业的重大成就。汽车工业是世界经济的支柱，同时提供了大量就业岗位。人们在享受汽车带来的舒适便捷服务的同时，也在承受着大气污染、全球变暖、原油枯竭等生态环境恶化的后果，这些矛盾，引发了汽车技术的变革。

传统内燃机汽车消耗化石能源，会排放二氧化碳和水，因其燃料无法充分燃烧，还会产生一氧化碳（CO）、碳氢化合物（HC）、氮氧化物（NO_x）和颗粒物（碳烟）。大气中的二氧化碳会吸收因地面反射太阳光中的红外线，即红外辐射，而致使大气温度升高，即产生温室效应，进而导致生态环境的破坏和自然灾害，如“厄尔尼诺现象”的起因就是全球变暖。发动机内燃料未充分燃烧会产生一氧化碳，一氧化碳一旦被人体吸入，会迅速与血红蛋白结合，降低人体供氧量，产生眩晕，特别严重时还需在压力舱中治疗，持续吸入一氧化碳将导致死亡。发动机内燃料不完全燃烧也会产生碳氢化合物，而日光中的紫外线会引发碳氢化合物和大气中的一氧化氮相互作用，产生臭氧及其他生成物，臭氧无色，还能引发人快速死亡。发动机内高温高压又利于氮氧化物的产生，排放到大气中会形成二氧化氮，与雨水反应，会形成酸雨，损害植被及建筑物。机动车排放中的颗粒物会增加大气中的 PM2.5 的数量，形成雾霾，同样危害人体健康。不可再生的化石能源日益减少，加重能源危机。这些是全人类共同面临的难题。

面对日益严峻的环境和能源压力，提升内燃机效率、减少有害气体排放治标不治本。寻找新的动力来源、发展电动汽车成为必由之路。

电动汽车分为纯电动汽车、混合动力电动汽车和燃料电池电动汽车 3 类。纯电动汽车的动力来源为单一电能。混合动力电动汽车通常指以汽油或柴油和电能作为动力来源的双动力汽车，广义上也包括其他复合动力来源汽车，如天然气发动机与电动机组合。燃料电池电动汽车只携带高压氢气，通过与空气中的氧反应生成电能同时只排放水。一般认为，混合动力电动汽车是新能源汽车的过渡形态，纯电动汽车是当下和未来的目标，燃料电池电动汽车是新能源汽车的终极形态。

本章首先介绍电动汽车的概念、结构和我国发展电动汽车的政策。然后，从电动汽车“三纵三横”战略，介绍燃料电池电动汽车、混合动力电动汽车和纯电动汽车这“三纵”路线，以及多能源动力总成控制、驱动电机和动力蓄电池这“三横”技术。混合动力又可分为串联、并联和混联，其不仅仅是动力来源的多样化，同时也为车辆能量流控制开辟了新的思路。最后，以特斯拉、普锐斯为典型车型进行详细分析。

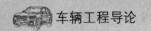

9.1 电动汽车概述

电动汽车属于新能源汽车，后者包括的范围较广，大致可分为纯电动汽车、混合动力电动汽车、燃料电池电动汽车、燃气汽车、生物燃料汽车（BFV）等类型。

本节由国家相关文件给出电动汽车的概念，分析纯电动汽车、混合动力电动汽车、燃料电池电动汽车 3 种典型电动汽车的特点，并介绍我国新能源汽车产业战略。

9.1.1 新能源汽车概念

目前，国际上尚未对新能源汽车这一名词有一个权威的界定，我国国内对新能源汽车的定义主要是来源于 2007 年 10 月 17 日颁布的《新能源汽车生产准入管理规则》（以下简称《规则》），《规则》指出：新能源汽车系指采用非常规的车用燃料作为动力来源（使用常规的车用燃料、采用新型车载动力装置），综合车辆的动力控制和驱动方面的先进技术，形成的技术原理先进、具有新技术、新结构的汽车。此《规则》中的新能源汽车主要是指：混合动力电动汽车、纯电动汽车（包括太阳能汽车）、燃料电池电动汽车、氢发动机汽车、其他新能源（如高效储能器、二甲醚）汽车。直至 2012 年 6 月 28 日，国务院颁布《节能与新能源汽车产业发展规划（2012—2020 年）》（以下简称《规划》）再次定义新能源汽车为：采用新型动力系统，完全或主要依靠新型能源驱动的汽车。此《规划》中所说新能源汽车主要是指：纯电动汽车、插电式混合动力电动汽车及燃料电池电动汽车。而将混合动力汽车划分到节能汽车。

9.1.2 电动汽车分类

1. 纯电动汽车

纯电动汽车以车载储蓄电池作为能量来源，以电力驱动车轮行驶。具体是以电池提供能量给电动机，电动机运转驱动车轮，由电能转化为动能。电能的来源多样，可以是核能、潮汐能、太阳能、地热和火力发电等，而传统内燃机汽车只能通过燃烧石油作为唯一能量来源。

2. 插电式混合动力电动汽车

插电式混合动力电动汽车以车载动力电池和汽油为动力来源，可以单独运用电池为电动机提供能量，进而使车辆前行，亦可同时运用电池和汽油作为能量来源，分别驱动电动机和发动机带动汽车前行。这类汽车作为纯电动汽车和传统内燃机汽车的过渡产品，优点在于既能用电又能用油，可以很好地解决人们对纯电动汽车的续航焦虑，降低日常使用成本，并且能够在相同的价格水平上给予客户更好的驾驶性能；缺点在于一辆车上配备两套动力系统，会使得汽车的质量大大增加，提高制造成本，并且还会加大维护费用。

3. 燃料电池电动汽车

燃料电池电动汽车以氢气和甲醇为燃料，添加到电池里，在电池阴极输入氧气，发生化学反应从而产生电能为电机提供能量。燃料电池电动汽车的优势在于补充燃料快捷，一般能在几分钟内完成，缺点在于生产成本高，配套设施不完善。因此，目前在中国只有在客车和专用车领域有燃料电池汽车的身影，2017 年燃料电池电动汽车产量仅为 1 272 辆，2016 年产量为 629 辆，虽然增长率达到 102. 22%，但是基数太低，离大规模商业化还有待时日。2016—2020 年，中国氢燃料电池汽车保有量逐年上升，标志着我国氢燃料电池汽车正在进入商业化初期。2020 年，受到疫情影响，氢燃料电池汽车销量有所下滑，氢燃料电池汽车年销量 1 177 辆，同比下降 56. 8%；保有量 7 352 辆，同比增长 19. 1%。2016—2020 年中国氢燃料汽车新增销量及保有量情况如图 9-1 所示。表 9-1 为各式新能源汽车对比。

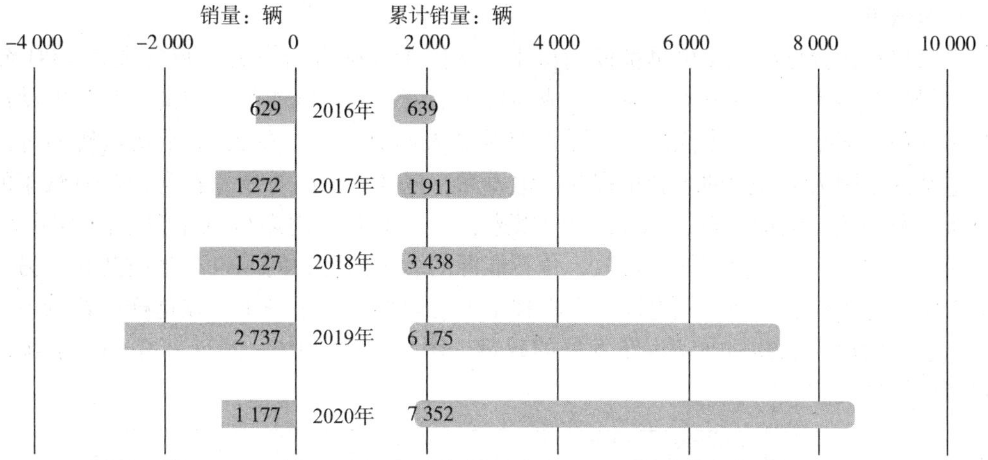

图 9-1　2016—2020 年中国氢燃料汽车新增销量及保有量情况

表 9-1　各式新能源汽车对比

项目	纯电动汽车	插电式混合动力电动汽车	燃料电池电动汽车
能量来源	电	汽油	氢气、甲醇等
驱动方式	电机	内燃机和电机	电机
排放量	无排放	低污染物排放	排放物无污染
需要的基础设施	充电桩和充电站	充电桩、充电站和加油站	加氢站或加甲醛站
补贴力度	中	低	高
续驶里程	短	长	长
加油、电所需时间	长	短	短
燃料成本	低	低	高

9. 1. 3　我国电动汽车战略

我国很早就提出可持续发展的经济模式，早在 2002 年将“可持续发展能力不断增强”作为全面建设小康社会的目标之一。2015 年 10 月 29 日，习近平总书记提出创新、协调、绿色、开放、共享的发展理念。新能源汽车以清洁能源为动力，对环境污染较小，成为我国汽车行业发展的趋势。

新能源汽车产业是我国七大战略性产业之一。我国的新能源汽车产业起步于 21 世纪初。在 2001 年，我国将新能源汽车列入“十五”期间“863 计划”（国家高技术研究发展计划)，规划以内燃机汽车为起点，向氢动力汽车目标前进的战略。目前，我国政府非常重视新能源汽车的研发，主要发展以电能为动力的新能源汽车，引导新能源汽车行业向规模化、产业化发展。我国政府出台了许多扶持新能源汽车发展的政策，在政策的支持下，车企自主研发，我国新能源汽车开始飞速发展，技术不断进步；设置新能源汽车购置补贴，一定程度上减少消费者购买新能源汽车的费用，让消费者更加愿意购买新能源汽车，有利于新能源汽车的快速发展。虽然新能源汽车在国内汽车市场占的比重还比较小，但其增长速度却是迅猛的。从 2015 年起，我国在新能源汽车销量、增速、市场份额 3 个方面均位居全球第一。

电动汽车比内燃机汽车更早被发明出来，法国工程师古斯塔夫 · 特鲁夫在 1881 年发明了以铅酸电池为动力的电动三轮车，成为世界上第一辆以电能为动力的汽车。电动汽车因具有安静、无尾气等诸多优点，深受上流社会人们的喜爱。在 20 世纪初短暂的辉煌之后，电动汽车因为其较短的续驶里程和电池寿命，以及充电的不便，在与内燃机汽车的竞争中被逐渐淘汰。然而，自进入 21 世纪以来，一方面随着内燃机汽车数量的不断增加，它们带来的空气污染、温室气体排放、化石能源的大量消耗的问题也越来越凸显；另一方面，以特斯拉为代表的新一代电动汽车在技术上也取得了不小进步。在这样的背景下，各国政府也陆续出台了鼓励电动汽车发展的政策。图 9-2 为 2016—2021 年中国新能源汽车销量及产量情况。

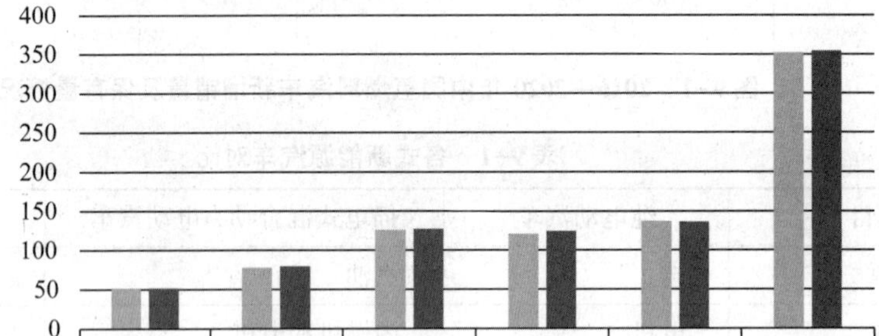

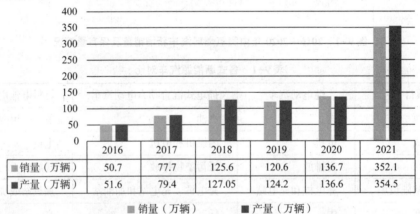

	2016	2017	2018	2019	2020	2021
■销量（万辆）	50.7	77.7	125.6	120.6	136.7	352.1
■产量（万辆）	51.6	79.4	127.05	124.2	136.6	354.5

■ 销量（万辆）　■ 产量（万辆）

图 9-2　2016—2021 年中国新能源汽车销量及产量情况

当前，全球经济面临百年未有之大变局，产业形态、商业模式和企业组织形式等产生重大变化。在此背景下，全球汽车产业既迎来新的增长机遇，也迎来产业变革的阵痛，传统汽车企业纷纷向科技企业、移动出行服务转型，汽车行业的产业格局和分工产生巨大变化，产业链的重组势在必行，中国汽车强国之路面临前所未有的机遇与挑战。这一轮变革和发展，是中国汽车行业从“跟随”到“并跑”到“赶超”的最后机遇。国家《新能源汽车产业发展规划（2021—2035 年）》《智能汽车发展战略》等相关政策的出台为汽车产业健康发展指明了方向。

1. 新能源汽车“三纵三横”战略

从 2000 到 2015 年的 15 年间，由工信部、科技部、财政部等国家几大部委在新能源汽车领域已累计投资近 200 亿元，建立了“三纵三横”总的研发布局，以燃料电池电动汽车、混合动力电动汽车、纯电动汽车为“三纵”，多能源动力总成控制、驱动电机、动力蓄电池为“三横”，按照汽车产品开发规律，全面构筑我国电动汽车自主开发的技术平台。

国务院办公厅 2020 年 11 月 2 日印发的《新能源汽车产业发展规划（2021—2035 年）》第 3 章第 1 节提出：“深化‘三纵三横’研发布局”“以纯电动汽车、插电式混合动力（含增程式）电动汽车、燃料电池电动汽车为‘三纵’，布局整车技术创新链”“以动力电池与管理系统、驱动电机与电力电子、网联化与智能化技术为‘三横’，构建关键零部件技术供给体系。”

2. 新能源汽车“新四化”发展方向

汽车行业的“新四化”是指：电动化、网联化、智能化、共享化。在当前产业发展新形势下，“新四化”已成为汽车产业发展重点战略方向。

（1）电动化：指的是新能源动力系统领域。

（2）网联化：指的是车联网布局。

（3）智能化：指的是无人驾驶或者驾驶辅助子系统。

（4）共享化：指的是汽车共享与移动出行。

在“新四化”当中，以“电动化”为基础，以“网联化”为纽带实现大数据的收集，逐渐达到“智能化”出行，或许将成为汽车实现自动驾驶终极目标的可行途径。

2017 年，上汽集团率先在国内提出“新四化”概念，上汽表示，在“新四化”当中，“电动化”是基础和关键，而“网联化”则是消费者的需求和累积大数据的渠道。中国是最大的新能源汽车市场，也是最大的应用数据市场，而在目前上汽集团的产品矩阵里，互联网车型占比很高，未来，上汽将以互联网汽车收集到的大数据为基础实现“智能化”，进而向自动驾驶迈进。

9.2　纯电动汽车、插电式混合动力电动汽车和燃料电池电动汽车

受国家政策影响，最近几年新能源汽车的企业迅速增加，产业链条在快速完善，各企业也开始探寻各自的发展方向和技术研究。吉利汽车在市场进行全面布局，打造有微型，高端和豪华等多种品牌车型。比亚迪则一边利用电池优势，大力发展电池产业，完善电池技术、电控技术和充电设施；一边钻研新能源汽车整车制造的核心技术。奇瑞、上汽等选择纯电动汽车、插电式混合动力电动汽车和燃料电池电动汽车 3 种类型新能源汽车技术共同发展。

本节介绍 3 种新能源汽车行业发展现状及其相关技术水平现状，简析了新能源汽车未来发展方向。未来新能源汽车市场发展可能会以纯电动汽车为主，插电式混合动力电动汽车和燃料电池电动汽车为辅。随着纯电动汽车电池和电控技术的进一步突破，纯电动汽车实现快充电、长续驶，高安全性和耐用性，未来很有可能完全代替燃油车在全国范围使用。而插电式混合动力电动汽车会在纯电动汽车技术发展过程中充当过渡产品，在纯电动汽车遍及全国之前，作为长续驶版本的新能源汽车使用。燃料电池电动汽车虽然没有传统燃油车和纯电动汽车的缺陷，但是仍要攻克许多技术难点。

9.2.1　纯电动汽车

1. 纯电动汽车概念和特点

纯电动汽车是指完全由动力蓄电池提供电力驱动的电动汽车，其以车载电源为动力，

用电动机驱动车轮行驶。纯电动汽车具有胜过传统内燃机车辆的许多优点，如零排放、高效率、与石油无关以及运行安静平稳。两者之间的差异表现为汽油箱对应于蓄电池组、内燃机对应于电动机的应用以及不同的传动装置的要求。

2. 纯电动汽车典型车型参数

美国特斯拉公司的纯电动汽车市场起步较早，产品具有较高性能，在国内外市场中具有良好的口碑。2019 年 3 月上市的 Model 3 2019 款，续驶里程为 600 km，电池容量为 75 kW · h，快充时间仅需 4.5 h，电动机总功率为 220 kW，百公里耗电量为 12.5 kW · h，最高车速为 225 km/h，整车性能不输传统内燃机汽车。日产 LEAF 作为日本纯电动汽车的代表车型，全新 LEAF e-Plus 搭载 60 kW · h 电池包，续驶里程可达 440 km，最高 100 kW 的直流快充，0 ~ 96 km/h 加速时间仅为 6.6 s。我国纯电动汽车产品主要集中于 A00 级、A0 级和 A 级，以北汽 EC 系列为例，2018 款 EC 220 标准版搭载磷酸铁锂电池，电动机总功率 30 kW，工业及信息化部（工信部）数据表明续驶里程 206 km，最高车速 100 km/h。表 9-2 为 2021 年纯电动汽车代表性车型主要技术参数对比。

表 9-2　2021 年纯电动汽车代表性车型主要技术参数对比

参数	车型						
	宏光 MINI EV 轻松款	Model 3 后轮驱动版	Model Y 后轮驱动版	秦 PLUS EV 400KM 豪华型	小鹏 P7 480 版	蔚来 ES6	ID. 4X
生产企业	五菱汽车	特斯拉中国	特斯拉中国	比亚迪	小鹏汽车	蔚来汽车	上汽大众
轴距/mm	1 940	2 875	2 890	2 718	2 998	2 900	2 765
整备质量/kg	665	1 625	1 997	—			1 960
电机功率/kW	20	194	194	100	196	320	125
电机扭矩/(N · m)	85	340	340	180	390	610	310
电池容量/(kW · h)	9.3	—	—	47.5	—	75	57.3
最高车速/(km · h^{-1})	100	225	217	—	170	200	160
百公里加速时间/s	—	6.1	6.9	—	4	4.7	—
百公里综合工况电耗/(kW · h)	—	—	—	—	—	—	15.2 (NEDC)
续驶里程/km	120	556 (CLTC)	545 (CLTC)	400	480 (NEDC)	455 (NEDC)	402 (NEDC)

注：NEDC 全称为 New European Driving Cycle，即欧洲驾驶循环；CLTC 全称为 China Light-duty vehicle Test Cycle，即中国轻型汽车行驶循环，其包含了轻型乘用车工况（CLTC-P）与轻型商用车工况（CLTC-C）。

3. 我国纯电动汽车技术路线

目前，我国纯电动乘用车技术取得重大进展，续驶里程、可靠性、安全性、动力性水平不断提高，车辆整体技术水平与国际一流产品之间差距逐步缩小，我国《节能与新能源汽车技术路线图》规定，2020 年整车质量小于 1 200 kg 的小型纯电动汽车工况每百公里电耗小于 12 kW · h，2025 年、2030 年在 2020 年指标的基础上降低 10%。我国纯电动汽车技术发展路线是从紧凑车型入手，逐步发展至中型、中大型等各个等级，覆盖乘用车、客车、货车、专用车等多个车型，力争逐步降低车辆电耗，提升动力电池比能量、降低成本，从电池、电机、电控等多个角度提升技术水平。表 9-3 为 2020—2030 年我国纯电动汽车技术路线。

表 9-3　2020—2030 年我国纯电动汽车技术路线

<table>
<tr><th>时间节点</th><th>2020 年</th><th>2025 年</th><th>2030 年</th></tr>
<tr><td>应用领域</td><td>在紧凑型及以下乘用车的城市家庭用车、租赁服务、公务车实现批量应用；在公交客车、市政货车、短途物流车以及其他特定市场、特定用途等领域实现大批量应用</td><td>在中型及以下乘用车的城市家庭用车、租赁服务、公务车实现大批量应用</td><td>在乘用车和短途商用车上实现大批量应用</td></tr>
<tr><td rowspan="2">关键指标</td><td>乘用车：典型小型纯电动汽车（整备质量<1 200 kg）法规工况每百公里电耗小于 12 kW · h</td><td colspan="2">乘用车：法规工况整车电耗在 2020 年指标基础上降低 10%</td></tr>
<tr><td>公交客车：法规工况每百公里整车电耗小于 3.5 kW · h</td><td>公交客车：法规工况每百公里整车电耗小于 3.2 kW · h</td><td>公交客车：法规工况每百公里整车电耗小于 3.0 kW · h</td></tr>
<tr><td>典型车型</td><td>乘用车：典型 A0 级，整备质量 1 200 kg 以下，综合工况续驶里程达到 300 km，法规工况每百公里电耗小于 12 kW · h</td><td>乘用车：典型 A0 级，整备质量 1 150 kg 以下，综合工况续驶里程达到 400 km，法规工况每百公里电耗小于 11 kW · h</td><td>乘用车：典型 A0 级，整备质量 900 kg 以下，综合工况续驶里程达到 500 km，法规工况每百公里电耗小于 10 kW · h</td></tr>
<tr><td rowspan="4">关键技术提升</td><td colspan="2">先进驱动方式（包括集中式和分布式驱动）</td><td>高效、高性能驱动方式</td></tr>
<tr><td colspan="2">高性能、高安全、低成本电池系统，高精度电池管理系统</td><td>新体系电池系统</td></tr>
<tr><td>底盘电动化，电驱动与电制动系统集成</td><td>底盘电动化，电驱动与地盘系统集成</td><td>基于下一代动力系统的全新概念纯电动汽车底盘设计技术</td></tr>
<tr><td colspan="3">整车能效优化控制技术、轻量化技术</td></tr>
</table>

9.2.2　插电式混合动力电动汽车

1. 插电式混合动力电动汽车概念和特点

传统内燃机汽车提供了良好的运行性能，并利用石油燃料高能量密度的优点可实现远距离行驶。然而，传统内燃机汽车具有有限的燃油经济性和污染环境的缺点，形成其有限的燃油经济性的主要原因在于：

（1）发动机燃油效率特性与实际的运行要求不相匹配；

(2) 制动期间车辆动能的消耗，当车辆在市区中运行时尤为明显；

(3) 在采用停车—起动运行模式的现代汽车中，其液压传动装置的低效率。

配置蓄电池的纯电动汽车具有一些优于传统内燃机汽车的优点，如高能量效率和零环境污染。但是，相比于汽油的能量密度，蓄电池组的能量密度较低，因此纯电动汽车性能远远不能与内燃机汽车性能相竞争，尤其体现在蓄电池每次充电所对应的行驶里程性能上。插电式混合动力电动汽车利用了两个能源（一个基本能源和一个辅助能源），它具有内燃机汽车和纯电动汽车两者的优点，并克服了它们的缺点。

插电式混合动力电动汽车的驱动系统通常由不多于两个的动力系统组成，多于两个动力系统的结构将使驱动系统非常复杂。插电式混合动力电动汽车通常有两条能量传递路线，一条是能量单向传递路线，如内燃机动力通过传动系传递到车轮；另一条是能量双向传递路线，如动力电池到电动机到传动系到车轮为驱动状态，或者车轮到传动系到电动机到动力电池为能量回收状态。

由于车辆的频繁加速、减速、上坡和下坡，其载荷功率在实际运行中是随机变化的。事实上，载荷功率由两部分组成：一是稳定的平均功率，它为一恒定值；另一为具有零平均值的动态功率。在插电式混合动力电动汽车控制策略设计中，一个动力系统支持稳态运行，如内燃机可用于供给平均功率；另一动力系统如电动机可用于供给动态功率。在整个行驶循环中，来自动态动力系统的总能量输出将为0。这意味着动态系统的能源在行驶循环结束时，不失去能量的容量，其功能仅作为功率的调节器。

在插电式混合动力电动汽车中，稳定的功率可由内燃机等提供。因为动态功率取自于动态功率源，故所采用的内燃机比单动力系统设计中的内燃机要小的多，于是便能令其稳定地运行在最佳效率区。动态功率可由配置蓄电池组的电动机、超级电容器组或飞轮组提供，或可由它们组合配置提供。图 9-3 为载荷功率分解为稳定分量和动态分量。

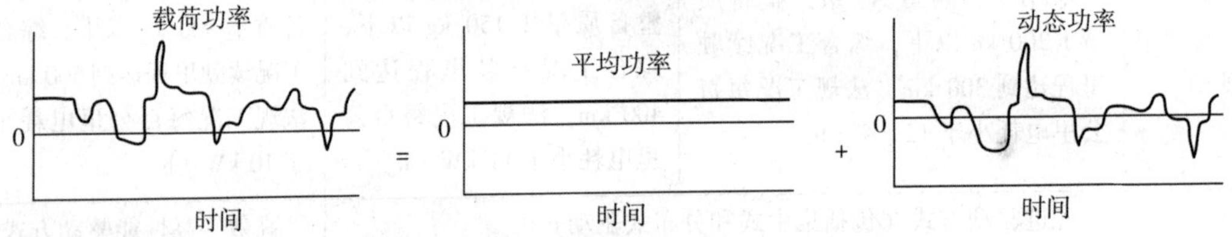

图 9-3　载荷功率分解为稳定分量和动态分量

2. 插电式混合动力电动汽车典型车型参数

新蒙迪欧插电式混合动力电动汽车是美系车中亲民省油的代表，52 km 纯电续驶里程，135 km/h 纯电极速，百公里油耗 4.2 L，家用 220 V 电压 5 h 充满。日本丰田、本田、三菱、马自达等企业均开拓了插电式混合动力电动汽车市场，2018 年丰田普锐斯销量占据日系插电式混合动力电动汽车榜首，其内置 1.8 L 发动机和 60 kW 交流电机，每百公里综合油耗为 1.64 L。欧洲的插电式混合动力电动汽车突出的代表是新宝马 5 系，系统最大输出功率 185 kW，百公里加速时间 6.9 s，综合续驶里程 650 km，每百公里综合油耗 1.6 L。比亚迪作为我国插电式混合动力电动技术的龙头企业，其第三代 DM 双模技术，百公里加速时间仅需 4.3 s，纯电动模式续驶里程 100 km，每百公里综合油耗 1.6 L 等技术指标，使我国插电式混合动力电动技术位居世界前列。表 9-4 为 2021 年混合动力电动汽车代表性车型主要技术参数对比。

表9-4　2021年混合动力电动汽车代表性车型主要技术参数对比

参数	车型			
	全新雷凌双擎进取版	秦PLUS DM-I 55KM尊贵型	比亚迪宋PLUS DM-I 51KM尊贵型	理想ONE
生产企业	广汽丰田	比亚迪	比亚迪	理想汽车
轴距/mm	2 700	2 718	2 765	2 935
整备质量/kg	1 410	1 500	—	2 300
发动机排量/L	1.8	1.5	1.5	1.2
发动机功率/kW	72	81	81	—
发动机扭矩/(N·m)	142	135	135	—
电机功率/kW	53	132	132	245
电机扭矩/(N·m)	163	316	316	455
电池容量/(kW·h)	10.5	8.32	8.3	40.5
最高车速/($km \cdot h^{-1}$)	—	—	—	172
百公里加速时间/s	—	7.9	8.5	6.5
纯电动续驶里程/km	—	55	—	155
百公里综合油耗/L	4.36	—	1.4	735

3. 插电式混合动力电动汽车技术路线

插电式混合动力电动汽车未来技术路线的发展主要集中在：一方面，未来研发插电式混合动力电动技术的车企仍需不断提高电池的能量密度，通过采取电池回收、寻找电池材料的替代品等方式降低电池成本；另一方面，车企应加大在动力系统领域的研究力度，致力于不断降低综合油耗，在此基础上，逐渐提升整车性能，给消费者更好的用车体验。表9-5为2020—2030年我国插电式混合动力电动汽车技术路线。

表9-5　2020—2030年我国插电式混合动力电动汽车技术路线

时间节点	2020年	2025年	2030年
应用领域	在紧凑型及以上乘用车的私人用车、公务用车以及其他日均行程较短的细分市场实现批量应用	在紧凑型及以上乘用车的私人用车、公务用车以及其他日均行程较短的使用领域实现批量应用	
关键指标	城市工况纯电动行驶加速性能接近传统汽车水平，混合动力模式油耗相比传统车型节油25%（不包括增程式电动汽车）	混合动力模式下整车油耗比2020年水平降低10%以上	混合动力模式下整车油耗比2020年水平降低20%以上
典型车型	乘用车：典型A级，混合动力模式下每百公里油耗不超过5 L（工况法）	用车：典型A级，混合动力模式下每百公里油耗不超过4.5 L（工况法）	乘用车：典型A级，混合动力模式下每百公里油耗不超过4 L（工况法）

续表

时间节点	2020 年	2025 年	2030 年
关键技术提升	结构紧凑、传动效率高的新型机电耦合机构	机电耦合机构与电机集成技术	节油效果更优、全工况使用、平台通用性好的混合动力总成
	整车匹配技术、总布置优化技术等底盘系统集成优化技术		
	以动力总成转矩控制为核心的整车控制技术	以能量管理为核心的整车控制技术	与智能化、信息化融合的整车智能控制技术
	电动汽车整车安全、振动噪声（NVH）、寿命等性能控制技术，轻量化技术		

9.2.3 燃料电池电动汽车

1. 燃料电池概念和分类

燃料电池主要由电解质、燃料、电极和氧化剂等几个部分组成，其工作原理是利用化学反应将燃料转化为电能，转化效率比较高。对于氢燃料电池，化学反应过程是将氢气和富含氧气的空气从储氢系统和辅助系统传送至电池内部，由电池的阴阳极进行化学反应。具体内部过程为氢气在阳极转化为 H^+ 和 e^-，氧气在阴极结合 H^+ 和 e^- 转化成水。其中，各种离子来回传输，会产生电能。

燃料电池是发电装置，但是其不能储存电能。氢燃料电池发生氧化还原反应，产生热能，生成物只有水。所以，氢燃料电池十分环保，被公认为未来最环保、节能的公共发电装置之一。图 9-4 为质子交换膜燃料电池工作原理。

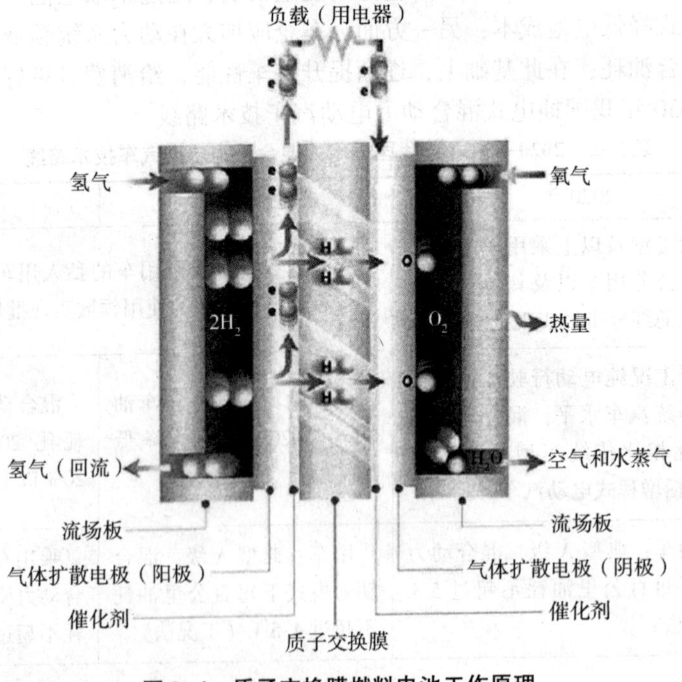

图 9-4 质子交换膜燃料电池工作原理

燃料电池主要根据电解质的种类来进行分类，另一种方式是按燃料电池工作温度来判断分类，分为低温燃料电池和高温燃料电池。低温燃料电池工作环境温度在 500 ℃以下，包括质子交换膜燃料电池和碱性燃料电池，它们适合的工作环境温度较低；还有磷酸燃料电池，工作环境温度在 200 ℃左右。高温燃料电池一般在 500 ~ 1 000℃下工作，主要分为两类，一类是熔融碳酸盐燃料电池，其工作环境温度在 600 ℃以上；另一类是固体氧化物燃料电池，其工作环境温度为 600 ~ 1 000 ℃。

通过比较各项指标，质子交换膜燃料电池综合优势明显，可以实现较低温度正常使用，且比功率较大，目前应用较多。表 9–6 为不同类型燃料电池的特性对比。

表 9–6　不同类型燃料电池的特性对比

类型	AFC	PAFC	MCFC	SOFC	PEMFC
电解质	强碱	磷酸	碳酸盐	二氧化锆	质子交换膜
电极材料	过度金属镍等	碳	镍及其氧化物	钙钛矿和金属陶瓷	石墨
催化剂	铂	铂	电极材料	电极材料	铂
连接材料	金属	石墨	不锈钢或镍	镍、陶瓷或钢	碳或金属
电荷载体	氢氧根	氢离子	碳酸根	氧离子	氢离子
反应温度/℃	50 ~ 200	180 ~ 220	600 ~ 700	700 ~ 1 000	20 ~ 100
比功率/(W · kg^{-1})	35 ~ 105	100 ~ 220	30 ~ 40	15 ~ 20	300 ~ 100
使用寿命/kh	3 ~ 10	30 ~ 40	10 ~ 40	8 ~ 40	10 ~ 100

2. 燃料电池电动汽车概念和典型参数

燃料电池电动汽车以氢气、甲醇等可再生能源为燃料，反应产物主要是水，同时伴有极少的 CO_2 和 NO_x，因此燃料电池电动汽车堪称新能源汽车中绿色环保之最。

基于燃料电池电动汽车清洁环保的特性，各国致力于对燃料电池技术的研究，希望能够改善汽车尾气带来的大气污染等问题。从技术发展的角度看，燃料电池电动汽车经过了最初的技术可行性验证阶段，正处于技术攻关与性能提升的阶段。全球多国汽车品牌已经初步将燃料电池电动车型应用于市场。虽然燃料电池电动汽车前景可观，但是现阶段尚未得到大规模的推广使用，2018 年燃料电池电动汽车销量仅占全球新能源乘用车总销量的 3%，其根本问题在于技术尚未成熟。

燃料电池电动汽车现阶段突出的问题主要存在以下几点：第一，燃料电池系统性能优势不突出；第二，电池系统成本较高，燃料电池动力成本占汽车总成本的 75% 以上，使燃料电池电动车型售价远高于同级别纯电动汽车和插电式混合动力电动汽车，在市场竞争中处于劣势地位；第三，基础设施尚未完善，以氢燃料电池为例，氢气的难获得性，使氢燃料电池的发电模式饱受争议，特斯拉的 Elon Musk 曾表示氢燃料电池的发电模式“非常愚蠢”。截至 2016 年，日本共建设了 100 座加氢站、北美建设了 68 座、欧洲建设了 50 座，我国仅有 6 座，难以实现氢燃料电池电动汽车的大规模商业推广。表 9–7 为典型燃料电池电动汽车车型参数对比。

表 9-7 典型燃料电池电动汽车车型参数对比

参数	车型				
	丰田 Mirai	现代 ix35	本田 Clarity	通用 Equinox	荣威 950
整备质量/kg	1 850	2 290	1 890	2 010	2 080
百公里加速性能/s	10	12.5	10	12	12
最高车速/($km \cdot h^{-1}$)	160	160	161	160	160
一次加氢续驶里程/km	650	415	750	320	430
燃料电池堆功率/kW	114	110	100	93	43
储氢质量/kg	5	5.64	—	4.2	4.2
动力系统构型	全功率型	全功率型	全功率型	全功率型	Plug-in

3. 燃料电池电动汽车技术路线

《中国氢能产业基础设施发展蓝皮书（2016）》分别从短期、中期和长期 3 个时间层面对我国燃料电池电动车辆发展提出相应要求，对我国燃料电池技术和性能指标提出产业规划。明确指出我国加氢站数量在 2030 年要达到 1 000 座，燃料电池电动汽车数量要超过 100 万辆。“十四五”规划更是将发展氢燃料电池提升到了战略高度，认为氢燃料电池将会对中国未来的“碳中和”和“碳达峰”产生显著而深远的影响。然而，现阶段国内的氢能产业基础和相应的氢能制造技术水平虽然拥有一定的规模，初具雏形，但是和日本、欧洲等地的先进技术水平相比仍然存在巨大的差距。表 9-8 为 2020—2030 年我国燃料电池电动汽车技术路线。

表 9-8 2020—2030 年我国燃料电池电动汽车技术路线

时间节点	2020 年	2025 年	2030 年
总体规划目标	全国范围内，加氢站超过 100 座；燃料电池电动汽车超过一万辆	燃料电池电动汽车在 2020 年基础上翻 10 倍，达到十万辆	燃料电池电动汽车在 2025 年基础上翻 10 倍，实现超过一百万辆的目标，加氢站数量在 2020 年基础上翻 10 倍，达到 1 000+座
性能目标	实现 -30 ℃低温起动技术，完成动力系统结构优化，整车成本得到降低	实现 -40℃低温起动，进一步优化整车结构，降低整车成本至同等内燃机汽车成本	整车性能与内燃机汽车一致，具有清洁无污染等产品优势
未来发展重点	燃料电池堆、膜、双极板、碳纸等核心材料、控制器设计，氢气生产制造、储存、运输，加氢站建设		

9.3 电动汽车的电池、电机和电控

电动汽车除了按技术路线可分为纯电动汽车、插电式混合动力电动汽车和燃料电池电动汽车以外，还可以按核心技术分为电池、电机和电控。

有别于日常生活中使用的碱性干电池，以及一般工业应用中使用的普通铅酸蓄电池，电动汽车中使用的电池是动力电池。动力电池具有能量密度高、质量轻、体积小的突出优点。

目前使用的动力电池主要有三元锂动力电池和磷酸铁锂动力电池两类，动力电池按照单体电池、模组电池、电池包依次成组。除了电化学电池，超级电容器和飞轮电池也可以作为能量存储装置。

汽车电机也被称为驱动电机，可作为驱动电机的有 4 种类型，分别是：直流电机、异步电机、永磁同步电机和开关磁阻电机。其中，目前主流的是异步电机和永磁同步电机。异步电机结构简单、成本较低、工作可靠，效率稍低。永磁同步电机因为永磁体，结构复杂、成本较高、控制简单、效率较高。永磁同步电机因为上述原因，市场份额相对较高。与驱动电机相配套的是电机驱动器，小功率的为功率场效应晶体管，大功率的为绝缘栅双极型晶体管（Insulate-Gate Bipolar Transistor，IGBT）。

电动汽车的电控装置一般指整车控制器或车辆控制器。传统内燃机汽车只有发动机控制器、变速箱控制器和车身控制器等，没有整车控制器的概念，而电动汽车要将驾驶员的油门信号或制动信号转化为驱动或制动力矩，所以需要整车控制器协调电池管理系统和电机控制器之间的能量流动，使得整车能量消耗最小从而延长续驶里程。

9.3.1　电动汽车动力电池

1. 动力电池概念及分类

铅酸电池自问世以来，各方面技术已经发展得十分完善，靠着使用性能好、可靠性高、使用成本低的优势，成为低速电动车的主要动力源，并在许多领域都发挥了不可或缺的作用。但是，由于功率密度、能量密度和循环寿命都相对较低，铅酸电池若应用到中高速电动汽车上将使电池体积以及质量非常大，并且在生产和回收时都会排放大量的铅，容易造成重金属污染，这与新能源汽车开发的初衷相悖。

镍氢电池属于镍基电池的一种，属于环保电池，无重金属排放，并且性能远高于铅酸电池，是 20 世纪 90 年代的主要车载电池之一。目前主流镍氢电池的功率密度已经达到 1 100 W/kg 以上，能量密度达到 60～80 W · h/kg。但是，镍氢电池的价格昂贵，充电时发热严重，有较强的记忆效应（放电不完全时会出现容量暂时性减少，导致车辆的续驶里程降低）。

锂离子电池是性能更加优越的新型电池，能量密度和功率密度比镍氢电池更高。目前锂离子电池功率密度可达 3 000 W/kg，能量密度可达 250 W · h/kg，且无记忆效应，安全环保。装载锂离子电池的汽车可以使车辆质量下降 40%～50%，体积减小 20%～30%，并且循环寿命更长，是综合性能最好的车用动力电池。目前，国内外大型汽车厂家如丰田、本田、宝马、特斯拉、比亚迪等均采用了锂离子电池作为动力电池。

随着锂离子电池的不断发展，其种类也是越来越多，常见的锂离子电池性能如表 9-9 所示。可以看出，LCO 和 LMO 电池热稳定性较差，安全性不高，不符合作为车载动力电池的标准；LFP 电池的功率密度高，安全性和热稳定性好，价格便宜，但是能量密度低，因此搭载LFP电池的汽车在轻量化和空间利用率方面会略有不足；与LFP电池相比，NCA和NMC电池的能量密度更高，但是钴属于贵金属，因此导致电池造价较高，并且镍钴电池在制备时也容易造成环境污染。

表9-9　常见锂离子电池正极材料及特点

电池名称	正极材料	电池特点
钴酸锂电池（LCO）	$LiCoO_2$	电压高，能量密度高，充电有起火隐患
锰酸锂电池（LMO）	$LiMn_2O_4$	电压、能量密度高，热稳定性差
磷酸铁锂电池（LFP）	$LiFePO_4$	功率密度高，能量密度较低，安全性好
镍钴铝三元锂电池（NCA）	$Li_{0.8}Co_{0.15}Al_{0.05}O_2$	功率密度和能量密度高，电压略低于LCO，安全性比LCO好，循环寿命长
镍钴锰三元锂电池（NMC）	$LiNi_{1-x-y}Co_xMn_yO_2$	性能与NCA类似，安全性介于NCA与LMO之间

2. 超级电容器概念

超级电容器是一种新型储能元件，既保留了传统电容器充放电速度快、耐受电流大的特点，又具有不错的储存电荷的能力。其储存电能的原理是：利用库仑力以及分子、原子之间的作用力形成稳定且极性相反的双层电荷，容量是普通电容器的几千倍，因此放电时间更长，可以作为动力源来使用。超级电容器充放电迅速、电流大，功率密度可达蓄电池的10倍以上，并且充电时内部产生的是电荷移动，并非蓄电池发生的化学反应，因此循环寿命可达几十万次。

现阶段，超级电容器的能量密度仍然很低，通常只有蓄电池的1/10左右，因此比较适合作为辅助储能元件，但是其高功率密度和耐受大电流的特性，能够很好地弥补其他储能元件功率密度上的不足。由超级电容器组成的复合电源系统能够降低蓄电池在大功率输出和制动能量回馈时受到的大电流冲击，减小蓄电池体积，增大电机的调速范围，极大地优化了电源的性能。表9-10为国内外主流超级电容器单体参数。

表9-10　国内外主流超级电容器单体参数

品牌	额定电压/V	额定容量/F	功率密度/（$W \cdot kg^{-1}$）	能量密度/（$W \cdot h \cdot kg^{-1}$）
Maxwell	2.7	3 000	6 000	6
IOXUS	2.85	3 150	10 100	6.3
集星	2.85	5 600	4 333	7.94
奥威	2.7	3 500	8 400	4.8
中车集团	2.7	12 000	19 010	11.65

3. 飞轮储能概念

飞轮储能属于物理储能装置，主要结构包括轴承、飞轮、电机和真空容器，其工作模式有 3 种：储能模式、待机模式、放电模式。储能时电机驱动飞轮旋转后切断离合，飞轮储存动能；放电时离合接合，飞轮带动电机转子旋转，储能系统向外输出电能。

由飞轮储能的工作原理可以看出，储能效率和储能密度是飞轮储能的重要指标。储能效率的提升依赖于降低飞轮旋转时的摩擦阻力，这对轴承技术的要求就较高；储能密度的提升则需要提高飞轮转速，使飞轮能够尽可能储存更多的机械能。其实，早在 20 世纪 80 年代飞轮储能技术就已经被应用到了汽车上，但是由于当时技术的限制，飞轮轴承处的摩擦损耗太大，再加上当时的材料强度不足，当飞轮转速过快时离心力会破坏飞轮，导致飞轮储能一直难以发挥出它的潜力。随着碳纤维材料的出现和超导磁悬浮技术的发展，飞轮的储能技术有了飞跃式的发展，超导轴承极大地降低了飞轮旋转时的损耗，提升了储能效率；碳纤维高强度材料制作的飞轮强度极高，能够承受高转速带来的巨大离心力，储能密度也得到提升。

目前，飞轮储能已经应用于航空航天、电力配置、车载电池等多个领域，在车载电池方面，飞轮储能凭借高功率密度和能量密度、充电快、寿命长、无污染等特点受到了广泛的关注。但是，飞轮储能大范围推广仍然面临着许多问题：首先，高速旋转的飞轮实车安装时存在极大的安全隐患，如果发生交通事故会产生难以估量的后果；其次，飞轮装置的成本过高，碳素纤维复合材料和超导磁悬浮装置还难以达到普及的地步，如若使用普通轴承，则摩擦损耗问题依然难以解决。因此，飞轮储能想要广泛地应用到汽车上，技术仍需要完善。图 9-5 为飞轮储能系统结构。

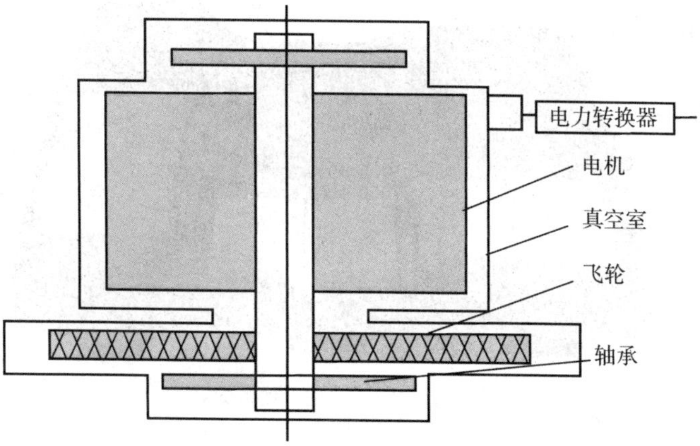

图 9-5　飞轮储能系统结构

4. 复合储能系统概念

通过对几种储能元件的特点及性能进行研究和分析，我们不难看出单一类型储能元件作为车辆动力源时都有很大的局限性，车辆性能难以媲美传统内燃机汽车。将两种及以上的储能元件组合到一起形成复合电源，可以实现优势互补，弥补单一储能元件的短板，这已经成为目前车载电源的研究大方向。

5. 电芯、模组、电池包

电池包内的模组由许多个单体电芯构成。使用串联增压和并联扩流的方式所构成的单个模组，可根据电池包外壳形状合理排布，使汽车空间利用率最高。模组是电池包中最重要的核心零部件。图 9-6 为电动汽车的动力电源系统。

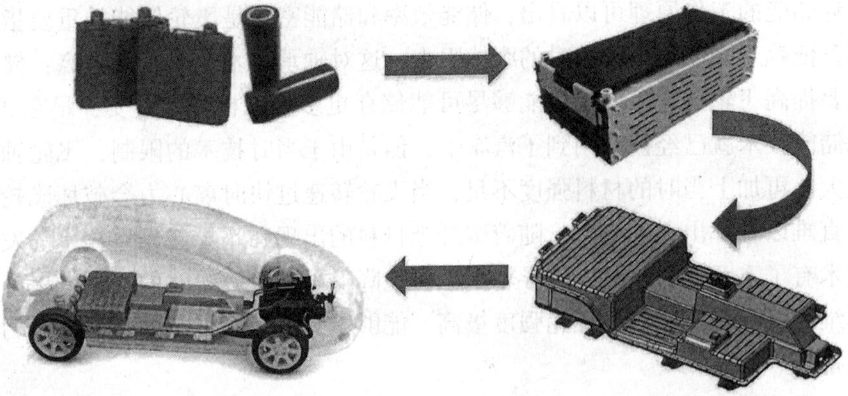

图 9-6　电动汽车的动力电源系统

当前，锂电池是电动汽车动力的主要来源，是新能源汽车主要的能源解决方案，一般安装在车辆底部和尾部，主要组成构件有：电池箱体、电芯及模组、冷却装置、高压控制及高压电子电路等。图 9-7 为动力电池包解剖图。

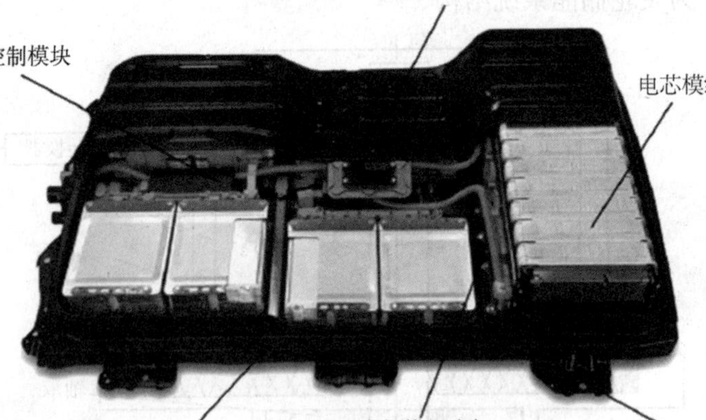

图 9-7　动力电池包解剖图

6. 电池管理系统

电动汽车与传统内燃机汽车最大的区别是用动力电池作为动力驱动，而作为衔接电池组、整车系统和电机的重要纽带，电池管理系统的重要性不言而喻。完善的电池管理系统能够有效提高电池的利用率，防止电池出现过充电和过放电，并且延长电池的寿命，监控电池组及各电池单芯的运行状态，有效预防电池组自燃，实现突发事件预警，为保障安全赢得时间。图 9-8 为电池管理系统软硬件基本框架。

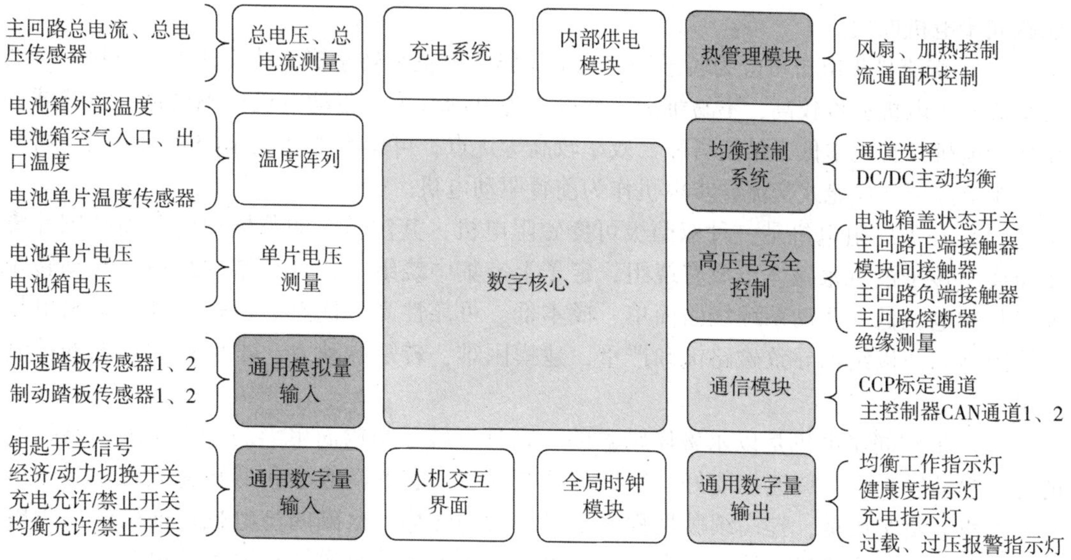

图 9-8　电池管理系统软硬件基本框架

7. 电池箱体

电池箱体承担着对电池模组及高压电控制和电子电器的安装和保护功能，是电动汽车“心脏”重要的保护外衣，是电动汽车安全性与可靠性的关键性因素。目前，汽车行业使用的动力电池对正常工作环境要求较苛刻，对温度、湿度、酸碱度都有要求。电池箱体必须具有足够的机械强度，能够抵抗壳体弯曲、抗外力冲击、抗异物挤压、抗车身底盘传递的振动并具备足够耐久可靠性。电池箱体具有足够力学性能的同时，还必须考虑其质量，如果电池箱体过重，能携带电池模组的数量将会减少，从而汽车续驶里程数变小。汽车行驶过程中会造成电池包振动、倾斜、翻转，在这些极限工况下，电池模组或电芯可能会脱落甚至窜到乘客舱内。电池模组都是由电芯组成，合理的模组安装和排布形式也非常重要。

9.3.2　电动汽车驱动电机

1. 驱动电机概念

驱动电机是电力驱动系统的核心部件，它的性能优劣直接影响到电动汽车是否具备优良的动力性能。驱动电机需要满足电动汽车的不同工况下的性能，包括频繁的起动和停车，能够承受较高的短时冲击力和制动力，还有低速时大转矩爬坡能力，高速时小转矩运行和调速范围广等要求。为了延长续驶里程，节省整车的空间，需要高效率和高功率密度的驱动电机。

2. 车用驱动电机分类及特点

新能源汽车用驱动电机主要有 4 种，分别是直流电机、交流异步电机、开关磁阻电机和永磁同步电机。

（1）早期的电动汽车普遍使用直流电机。直流电机具有操作简单的优点，但受制于换向器等自身结构的限制，可靠性低，设备维护起来困难。随着交流电机的研发和调速技术的进步，电动汽车所用的直流电机渐渐被性能更加卓越的交流异步电机、开关磁阻电机和永磁同步电机取代。

(2) 交流异步电机可分为转子绕线式交流异步电机和转子鼠笼式交流异步电机。绕线式交流异步电机造价较高，不易维护，所以作为电动汽车的驱动电机也不合适。鼠笼式交流异步电机具有成本低、结实可靠、效率较高等优点，可作为电动汽车的驱动电机。特斯拉汽车就选用了鼠笼式交流异步电机作为前置驱动电机。

(3) 开关磁阻电机是一种双凸极可变磁阻电机，其定转子的凸极均由普通硅钢片叠压而成，转子没有永磁体也没有绕组，定子上有集中绕组。它具有结构简单、起动转矩大、起动电流低、驱动系统线路简单、成本低、可靠性高等优点。但是，开关磁阻电机本体因为双凸极结构导致磁路饱和严重，建模困难，转矩脉动大，难以达到理想的控制效果。

(4) 永磁同步电机是以永磁体励磁的，它具有转子结构简单、高功率密度、高控制精度、起动转矩大、调速性能好、维护方便等优点。它的高效率和低转速大转矩对于电动汽车减轻整车质量，提高续驶里程来说有很大的优势。永磁同步电机目前已经成为电动汽车电机的主流选择。然而，在高温下永磁同步电机的永磁体有退磁的风险，且成本较高。

在新能源汽车驱动电机中，永磁同步电机和新能源汽车的要求具有良好的兼容性。永磁同步电机相比其他电机优点是较高的功率密度，同体型质量下输出转矩更高，起动转矩大，极限转速高和制动性能优秀，且转矩脉动小；缺点是弱磁增速运行时控制复杂，高温时存在永磁体退磁现象。高可靠性带来的更易批量生产使得永磁同步电机成为目前国际上新能源汽车应用电机技术的主流。表 9-11 为驱动电机性能对比。

表 9-11 驱动电机性能对比

参数	电机类型			
	直流电机	交流异步电机	开关磁阻电机	永磁同步电机
功率密度	低	中	较高	高
功率因素/(%)	—	82 ~ 85	60 ~ 65	90 ~ 93
负荷效率/(%)	80 ~ 87	90 ~ 92	78 ~ 86	85 ~ 97
过载能力/(%)	200	300 ~ 500	300 ~ 500	300
峰值效率/(%)	—	90 ~ 95	80 ~ 90	95 ~ 97
转速范围/($r \cdot min^{-1}$)	4 000 ~ 6 000	12 000 ~ 15 000	>15 000	4 000 ~ 10 000
恒功率区	—	1 : 0.5	1 : 0.3	1 : 0.2
可靠性	一般	较高	较高	高
体积	大	中	小	小
质量	重	中	轻	轻
调速控制性能	最好	中	好	好
电机成本	低	中	中	高
控制器成本	低	高	中	高
结构坚固性	差	高	高	较高

3. 电机驱动控制技术

电机驱动控制技术是新能源汽车最重要的技术之一，它决定了整车的性能和成本。而IGBT是电机驱动控制器的核心部件，其成本约占电控成本的41%。作为功率半导体的高精尖技术，IGBT的设计和生产技术长期被美国和日本相关企业所垄断，除比亚迪、中车时代等企业，绝大多数国内企业均使用进口IGBT模块。在IGBT部分，目前我国新能源汽车相关企业还集中于产业链中下游，在设计制造能力方面落后于先进国家，中车株洲所与比亚迪是为数不多的具备芯片研发制造能力的研究机构和企业，国产IGBT与国外相比仍有不小的差距。图9-9为电机驱动控制系统原理框图。

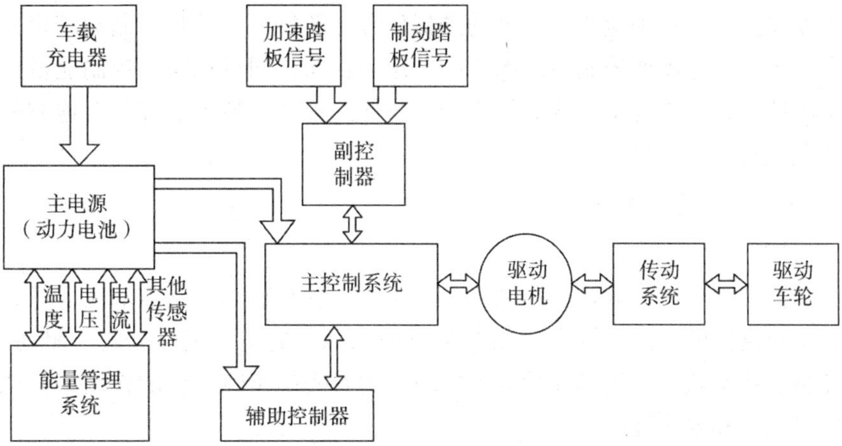

图9-9　电机驱动控制系统原理框图

常见的永磁同步电机驱动控制方法主要有磁场定向控制（Field-Oriented Control，FOC）和直接转矩控制（Direct Torque Control，DTC）两种。磁场定向控制又称为矢量控制（Vector Control），是德国达姆斯塔特工业大学的K. Hasse于20世纪60年代末提出，并在20世纪70年代初由德国不伦瑞克工业大学的西门子工程师F. Blaschke首次应用到感应三相电机定向磁场控制中。磁场定向控制的基本原理是通过转子磁场建立转子同步旋转坐标系的电机数学模型，利用Clark变换和Park变换将三相交流电信号转化为两相交直轴电信号以实现电机模型解耦并分别控制，从而实现电机的调速控制。磁场定向控制按照交直轴电流目标值计算方式可分为 $i_d=0$ 的控制、最大转矩电流比控制以及功率因数为1（$\cos\varphi=1$）的控制。磁场定向控制是永磁同步电机最为广泛应用的驱动控制方法之一。

直接转矩控制是德国鲁尔大学教授M. Depenbrock于20世纪80年代中期首先提出，同时期日本学者Isao Takahashi和Toshihiko Noguchi等从异步电机应用到永磁同步电机上的控制方法。传统的直接转矩控制通过采用滞环与查表相结合的方式对电磁转矩和磁链进行直接控制，无须计算大量的电机参数。直接转矩控制具有鲁棒性强、结构简单、转矩动态响应快以及无须电机位置传感器等优点；但仍有转矩、磁链脉动大，精确度不高和开关频率不固定的缺点。

9.3.3　电动汽车整车控制

1. 电动汽车三电概念

电动汽车三电是整车控制器、电机管理系统、电池管理系统的统称，是评价一辆电动汽车的最关键标准。电池管理系统负责控制提供电动汽车运行所需要动力的高压电池。电动汽车电池的优劣直接决定的车辆的续驶里程，目前电池容量、电池体积以及在极端环境下的抗干扰能力都是技术上需要突破的地方。众所周知，锂电池污染性高、化学性能活跃，因此有关电池安全的问题也值得进一步加强关注。电机管理系统负责控制为汽车提供扭矩的电机，一辆电动汽车可搭载多个电机，目前主要分为交流异步电机和永磁同步电机两种。永磁同步电机高效率更高，性能表现更加优秀。电机为电动汽车的运行提供动力，我们可以从输出扭矩能力、抗振性、耐久性、抗压强度等方面对它进行评估。整车控制器相对来说更加复杂，也更加重要，相当于汽车的“大脑”，起到了电动汽车中枢神经的作用。它的主要作用是采集加速踏板、制动踏板信号，解析加速踏板、制动踏板开度，并发出相应指令，此外，还需要控制驱动电机的转矩和转向，同时也需要控制能量回收的相应工作。整个电控系统非常复杂，犹如贯穿于人身体的神经，各个系统各个地方的信号都要经过电控系统进行接收和传递。

2. 整车控制器概念与功能

1）整车控制器的概念

整车控制器是整个汽车的核心控制部件，是为了满足整车控制需求应运而生的核心控制单元。整车控制器的功能主要分为驾驶员意图识别、能量管理与分配、驱动控制管理、辅助系统控制、状态监控及故障保护五大模块，起着控制车辆运行的作用，其优劣直接决定了车辆的稳定性和安全性。

2）整车控制器的功能

（1）驾驶员意图识别。整车控制器通过采集来自整车的制动踏板开度及加速踏板开度等信号，解析驾驶员操作意图。并综合整车运行状态发出相应的控制命令，再将指令发送至相应的系统。

（2）能量管理与分配：主要包括整车能量优化与制动能量回馈控制。整车能量优化是指通过对电动汽车电机驱动系统、电池管理系统、传统系统以及其他耗能部件的协调与管理，从而获得合理的能量利用率，延长寿命；制动能量回馈控制是指通过判断加速踏板与制动踏板信息、车辆行驶状态以及动力电池状态是否满足进入能量回收状态的要求，进而计算分配制动力矩，回收部分能量。

（3）驱动控制管理。整车运行模式主要有正常行驶模式、制动能量回馈模式以及滑行能量回馈模式3种方式。其中，能量回馈模式是区别纯电动汽车与传统内燃机汽车的重要标志。整车控制器通过判断整车运行状态来确定进入哪种运行模式。

（4）辅助系统控制。辅助系统的启/停也受到整车控制器的控制。整车控制器通过解析驾驶员操作以及综合整车行驶状态实现对包括空调系统、助力转向系统的控制，同时出于整车安全的考虑，在整车诊断出故障的时候，也会拒绝系统的某些请求。

（5）状态监控及故障保护。整车控制器作为整车运行的核心，故障诊断系统必不可少，各子系统通过CAN总线与整车控制器通信，因此整车控制器可以实时获取整车运行状态以及故障状态，整车控制器获取信息后会把整车状态发送给仪表，传达给驾驶员，并对故障信息进行紧急相应处理。图9-10为整车控制器主要功能模块。

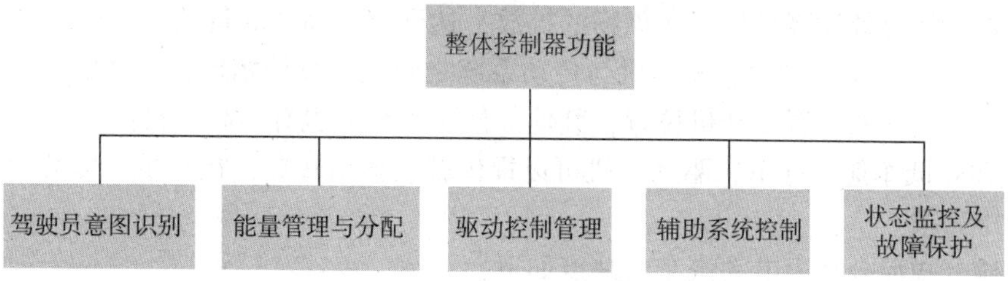

图 9-10　整车控制器主要功能模块

9.4　插电式混合动力电动汽车的串联、并联和混联

插电式混合动力电动汽车是指车辆动力系统具有两种或两种以上动力源，并且至少有一种提供电能的新能源汽车，其结合传统内燃机汽车的续驶里程大与纯电动汽车的高能量利用率的特点，将成为应用最广泛的新能源汽车。根据动力系统结构的不同，通常将插电式混合动力汽车分为串联插电式混合动力电动汽车（Series Hybrid Electrical Vehicle，SHEV）、并联插电式混合动力电动汽车（Parallel Hybrid Electrical Vehicle，PHEV）以及混联插电式混合动力电动汽车（Series-Parallel Hybrid Electrical Vehicle，SPHEV）3 类。

9.4.1　串联插电式混合动力电动汽车

串联插电式混合动力电动汽车由发动机、发电机、电池组、逆变器、驱动电机等主要部件组成，图 9-11 为串联插电式混合动力电动汽车动力系统结构图。

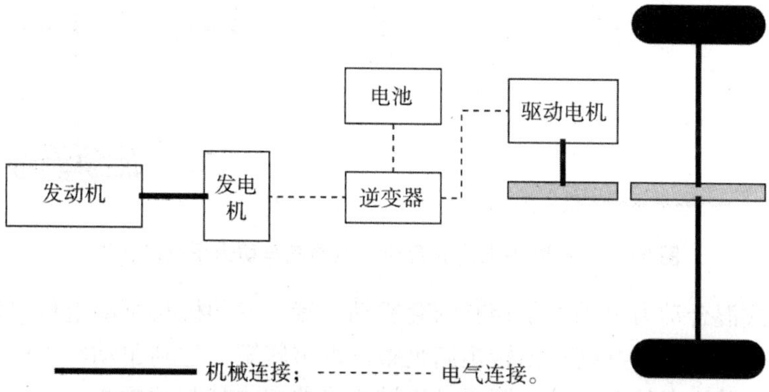

图 9-11　串联插电式混合动力电动汽车动力系统结构图

在串联插电式混合动力电动汽车中，与纯电动汽车相同的地方在于只有驱动电机直接连接驱动桥，驱动电机提供全部的整车需求转矩。发动机与发电机之间机械连接，发电机将发动机产生的机械能转化成电能，提供汽车行驶时消耗的能量，以此来增加续驶里程。当电池组的能量充足时，由电池组输出能量提供给驱动电机，由驱动电机提供整车需求转矩；当电池组的 SOC（State of Change，荷电状态）值降到某一限值时，起动发动机并带动发电机给电池组充电；驱动电机在制动工况下，通过逆变器可以实现制动能量回收，将能量储存在电池组，提高能量的利用效率。

串联插电式混合动力电动汽车的优点如下：

（1）发动机一直保持在低燃油消耗率、最优输出转矩、低污染的运行状态，可以提高燃油经济性并能有效地降低尾气污染物的排放，达到节能高效的目的。

（2）在动力系统结构上，发动机与传动系统之间没有直接相连，与纯电动汽车更加相近，可以更加灵活的布置发动机位置，其他部件布置起来也有很高的自由度。

（3）在较低车速工况下，驱动电机可以提供较大输出转矩，在起步和爬坡的工况下完美契合转矩需求。

串联插电式混合动力电动汽车的缺点如下：

（1）发动机的能量利用率低，来自发动机燃油的化学能通过多次转化之后才能传递到驱动轮上。

（2）仅有一个驱动电机驱动汽车，势必会选取大功率的驱动电机，导致电机的尺寸过大。

所以，串联插电式混合动力电动汽车多为公交车或大型客车，在频繁起步与爬坡等工况下，具有显而易见的优势，运行在纯电动模式下，高效节能。

9.4.2 并联插电式混合动力电动汽车

并联插电式混合动力电动汽车由发动机、电池组、逆变器、驱动电机等主要部件组成。图 9-12 为并联插电式混合动力电动汽车动力系统结构图。

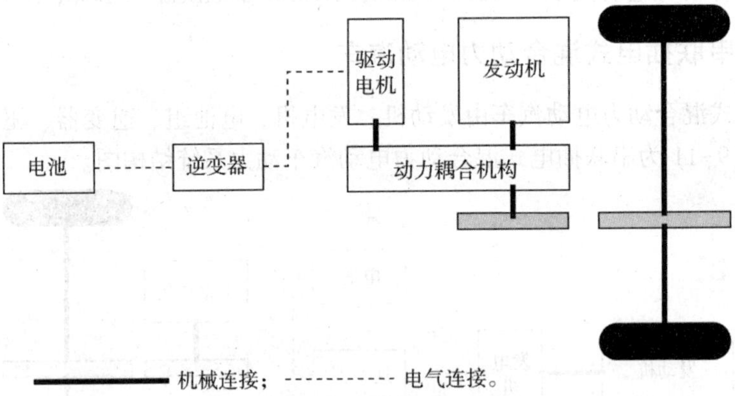

图 9-12　并联插电式混合动力电动汽车动力系统结构图

并联插电式混合动力电动汽车拥有两套驱动装置，发动机与驱动电机可以单独输出驱动力矩驱动汽车，也可以共同输出转矩满足整车需求转矩，达到驱动汽车的目的。并联插电式混合动力电动汽车的两个动力源通过机械相连的方式与驱动桥相连，两者可以组合成不同的工作模式。当驱动电机独立工作时，汽车进入纯电动工作模式，由电池组提供能量，汽车达到零排放；当发动机单独工作时，汽车进入纯发动机工作模式，即传统内燃机工作模式，此时发动机单独输出转矩提供整车需求转矩；当发动机与驱动电机共同驱动汽车时，汽车进入混合驱动模式，由驱动电机和发动机通过机械叠加的方式输出转矩提供整车的需求转矩。因此，并联插电式混合动力电动汽车需要复杂的控制策略合理调节驱动电机与发动机的输出扭矩，使得发动机尽可能地工作在高效率区域。

并联插电式混合动力电动汽车的优点如下：

（1）发动机与驱动桥之间进行机械连接，提高了输出能量的利用率。

（2）动力系统具有两个驱动动力源，势必会降低发动机与驱动电机的功率需求，可以相应地选取尺寸小的发动机与驱动电机。

(3) 发动机与驱动电机都可以单独提供整车的需求转矩，根据车速的改变切换不同的工作模式，可以有效地保证发动机工作在高效率区间，达到节能减排的目的。

并联插电式混合动力电动汽车的缺点如下：

(1) 发动机的工作模式受汽车行驶工况的影响较大，当汽车行驶工况较复杂时，发动机将会较多地工作在低效率区间，造成较严重的排放污染。

(2) 发动机与动力系统之间进行机械连接导致整车布置难度增大。

综上所述，并联插电式混合动力电动汽车多为小型汽车，行驶在工况稳定的道路上可以有效提高燃油经济性。在电池技术没有得到突破的情况下，它将会成为未来汽车行业的主流产品。

9.4.3 混联插电式混合动力电动汽车

混联插电式混合动力电动汽车是串联式和并联式的结合体，并且兼顾了两者的优势，拥有包括发动机与两个电机共3个动力源为整车需求转矩提供动力支撑。图9-13为混联插电式混合动力电动汽车动力系统结构图。

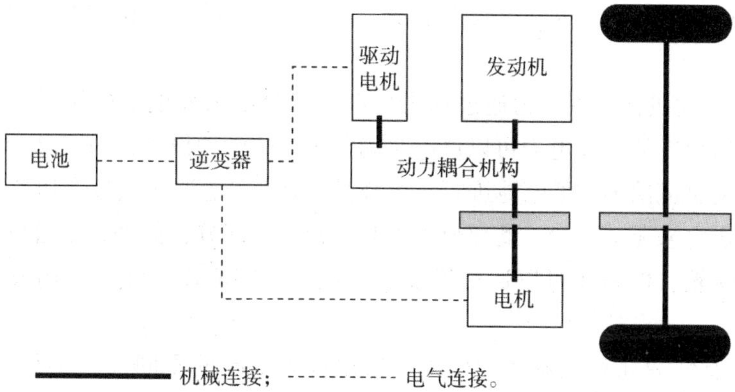

图9-13 混联插电式混合动力电动汽车动力系统结构图

混联插电式混合动力系统的结构形式相较于并联插电式混合动力系统，拥有两个电机，同一时间内可以充电和驱动同时进行，避免了单电机造成的性能局限；动力源的增加相应地也增加了工作模式的多样性，可以根据不同的驱动条件选取最优的工作模式，进一步改善燃油经济性以及排放特性。

混联插电式混合动力电动汽车的优点如下：

(1) 有发动机和两个电机共3个驱动源并且都参与整车驱动，因此具有比串联式和并联式更丰富的工作模式。

(2) 工作模式的多样性可以使发动机尽可能地工作在最优区间，可以有效降低燃油消耗以及尾气排放。

混联插电式混合动力电动汽车的缺点如下：

(1) 驱动源的增加导致动力系统更加复杂，为汽车布置增加了难度且制作成本也会相应增加。

(2) 动力源的增加，需要更好地协调各个动力源的能量输出，给控制策略的开发增加了难度。

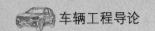

9.5 插电式混合动力电动汽车案例

1997 年，丰田公司实施了普锐斯插电式混合动力电动汽车的开发和销售，它是全球范围内的第一款大批量进行生产的，而且是用在商业上的插电式混合动力车型。这款汽车主要由汽油发动机和电动机等部件进行组合，采用丰田汽车公司自行开发的 THS（Toyota Hybrid System）混合动力系统。THS 的核心主要是使用了行星齿轮组等构成的功率分配模块，实现了对发电机、电动机等重要部件进行动力传递等。

1. 普锐斯插电式混合动力系统组成

普锐斯使用的是混联插电式混合动力系统，车辆在低速时仅靠 HV 蓄电池驱动，所以它的纯电里程较低。第二代丰田混联插电式混合动力系统（THS-Ⅱ）采用安装在驱动桥上的电动机/发电机以及镍-氢蓄电池，以提高内燃机输出。车辆制动时的再生能量被电动机回收，并给 HV 蓄电池充电。在重载下，发电机 MG1 的输出被送到电动机 MG2，以增加发动机的牵引功率。运行时，普锐斯的变速桥类似于传统内燃机汽车，但具有更好的加速性和增扭性。

THS-Ⅱ将发动机输出的动力通过动力分离装置分解为发电机的驱动力和车轮的驱动力，发电机中所形成的一些电力可以供给驱动车轮用的电动设备，另一部分可以通过变压设备把交流变为直流给 HV 蓄电池进行充电作业。HV 蓄电池又通过变压器把直流变成交流给驱动电机供电来驱动车轮，此部分为串联混合动力部分；另外，尽管发动机可以通过减速器来驱动车轮，但是还可以通过增加电动机来共同驱动，此部分构成并联混合动力部分。

THS-Ⅱ具有低油耗和低排放的效果。根据行驶工况的不同，它在不同的模式工作，最大限度地适应车辆的行驶工况，使系统达到最高的燃油经济性和最低的排放。图 9-14 为丰田普锐斯带转换器的变频器总成功能组成，图 9-15 丰田普锐斯的电池布置和结构。

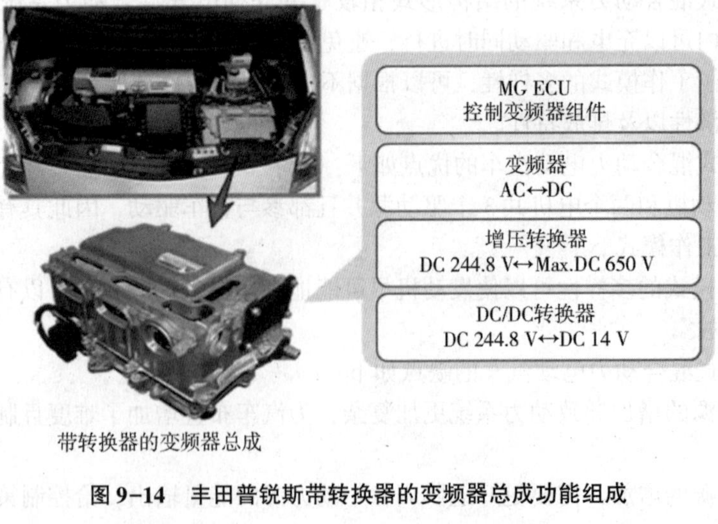

图 9-14　丰田普锐斯带转换器的变频器总成功能组成

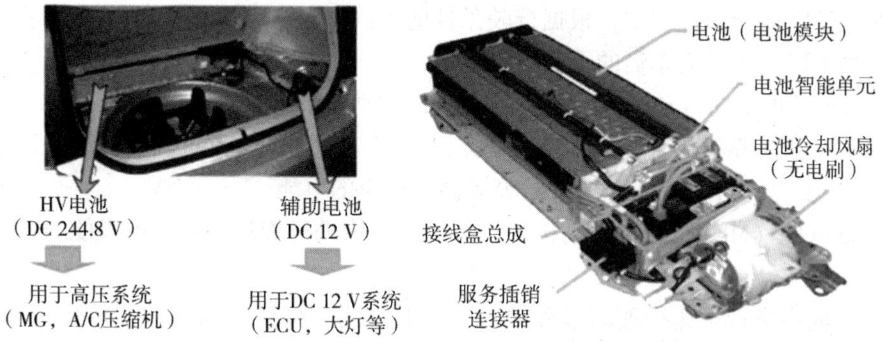

图 9-15　丰田普锐斯的电池布置和结构

2. 普锐斯混合动力系统传动分析

图 9-16 为普锐斯传动桥总成结构，可以看出行星齿轮组与发动机、MG1 和 MG2 的连接关系：发动机连接行星架，MG1 连接太阳轮，MG2 连接齿圈。图 9-17 为普锐斯动力分配模块。

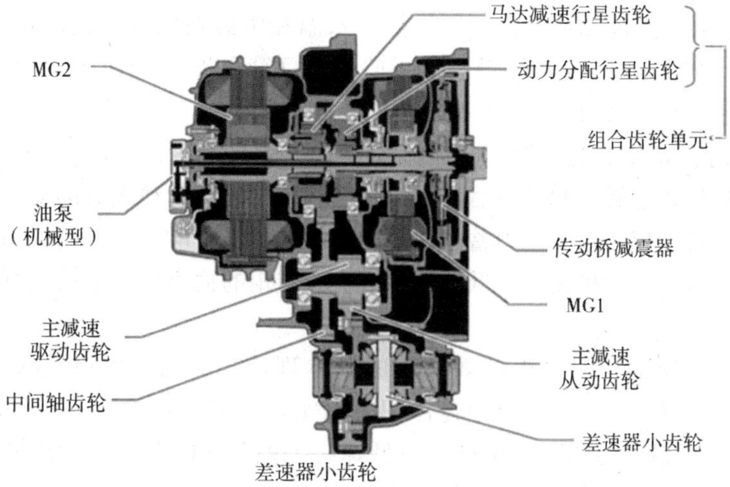

图 9-16　普锐斯传动桥总成结构

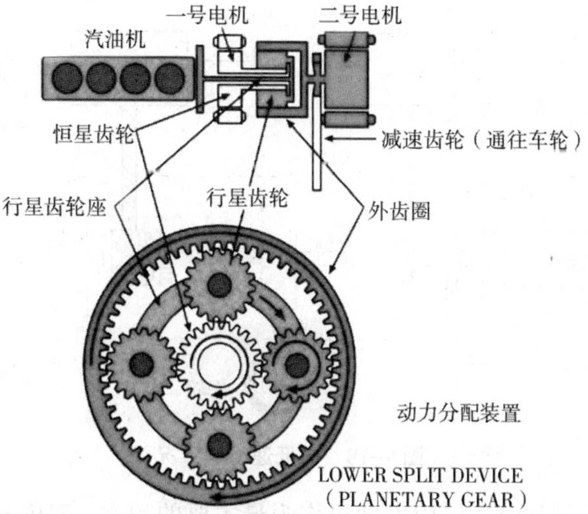

图 9-17　普锐斯动力分配模块

汽车在稳定运行的过程中，根据行驶条件的不同，混合动力系统可能处于不同的工作状态，以最大限度地适应车辆的行驶状况。

（1）HV 蓄电池向电动机（MG2）供电，以驱动车辆。

（2）发动机依靠行星齿轮机构来驱驶汽车，发动机借助行星齿轮机构来带动发电机（MG1）旋转发电，给电动机（MG2）等提供了相应的电能。

（3）发电机（MG1）通过发动机的行星齿轮机构进行旋转，而且可以使 HV 蓄电池得到充电。

（4）车辆在进行慢速行驶的过程中，车轮的动能将会被收回，并且转化为电能。HV 蓄电池根据车辆行驶状况在（1）、（2）、（3）、（1）+（2）+（3）或（4）工作模式间转换。但是，HV 蓄电池的 SOC 值较低时，发动机带动发电机（MG1）为 HV 蓄电池充电。

THS-Ⅱ使用发动机和电动机（MG2）等提供了相应的动力，并使用发电机（MG1）等作为其中的发电装置。系统可以结合车辆的行驶的情况，对这两种动力进行优化和组合。

HV 蓄电池始终监视 SOC、蓄电池温度、水温和电载荷状况。在“READY”指示灯亮，车辆处于“P”挡或车辆倒车时，如果监视项目符合条件，HV ECU 发出指令，起动发动机，驱动发电机（MG1），并为 HV 蓄电池充电。

（1）起动时，MG1 为起动机，电流流入 MG2，防止齿圈被转动；怠速运转时，MG1 发电，暖车以后停止运转。起动以后，可以全面利用电动机起动之后的低速转矩。当汽车开始运行之后，可以仅使用由动力蓄电池等给出的能量进行电动机的动力驱动，而发动机在这时并没有运转，发动机无法在低速区间进行大转矩的输出，而电动机可以更加快速地进行起动。

（2）低速-中速运作时，由高效利用的基本理论，电动机可以直接驱动车辆的行驶。而针对发动机来说，在低速-中速区间没有实现效率的最大化，而电动机在低速的情况下其性能处于最优的状况。所以，在低速-中速行驶的情况下，混联插电式混合动力系统可以利用 HV 蓄电池中的电力，驱动电动机进行行驶。图 9-18 为中低速行驶工况。

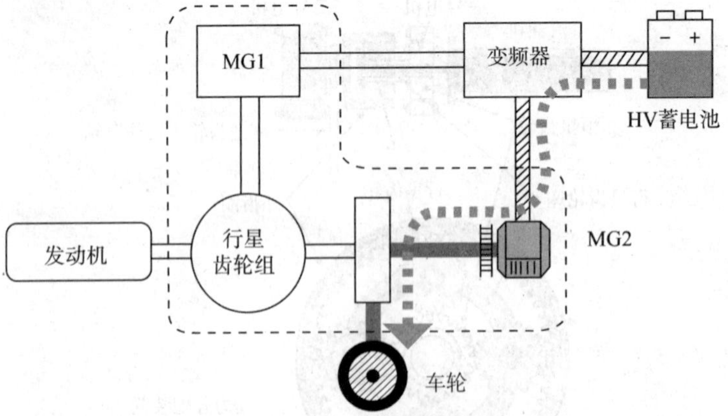

图 9-18　中低速行驶工况

（3）一般状况下行驶时，使用发动机作为最主要的动力。THS-Ⅱ系统主要是利用了发动机，使它可以在处于最高的功率的情况下以较快的速度区间行进。由发动机产生的动力能够直接驱动轮胎开始运转，根据驾驶情况，其剩余的一些动力能够分给发电机为 HV 蓄电池充电。利用发动机和电动机这一双重动力系统，发动机产生的动力可以以最低的消耗传递到相应的驱动轮之中。图 9–19 为正常行驶工况。

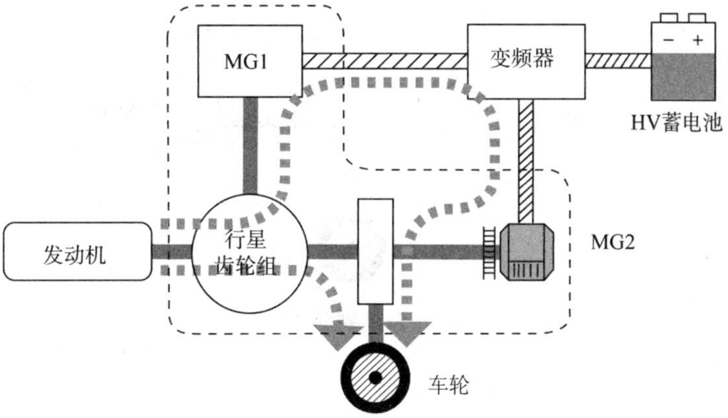

图 9–19　正常行驶工况

（4）一般行驶/剩余能量充电时，剩余能量主要用于针对 HV 蓄电池的充电。因为 TSH–Ⅱ在高速旋转的情况下，可以使用发动机等部件进行驱动，而发动机时常会产生剩余的能量。这时，剩余能量可以由发电机转化为电力，储存于相应的电池中。图 9–20 为发动机充电工况。

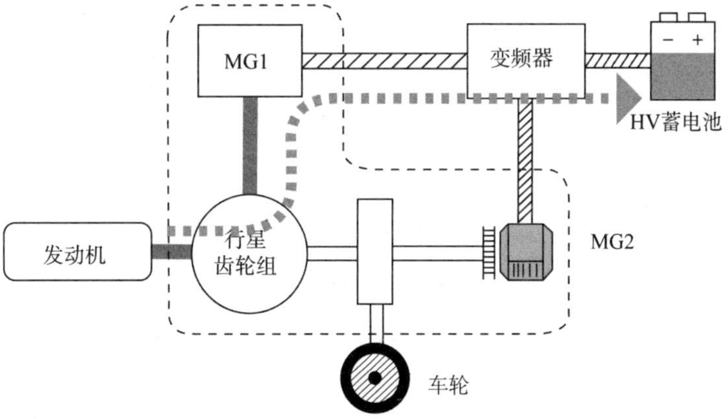

图 9–20　发动机充电工况

（5）全速行驶时，利用双动力等取得相应的加速。在加速强劲的情况下，HV 蓄电池等可以用于提供相应的电力，进而可以更好地增加电动机的驱动力。通过发动机和电动机等两种动力之间的混合使用，TSH–Ⅱ可以取得更高性能发动机的加速性能。

（6）减速/能量再生时，减速时的能量可以回收到 HV 蓄电池中，并且进行利用。在踩制动器和加速踏板时，TSH–Ⅱ可以通过车轮中的旋转力驱动电动机运转，而且最终可以转化成电能传递给发电机使用。减速时，一般情况下可以弥补摩擦热消耗的能量。

（7）停车时，所有的动力系统都已经停止。在停车时，发动机、电动机、发电机等都将会自动地停止运转，不会因怠速而浪费其中的能量。图 9–21 为制动工况。

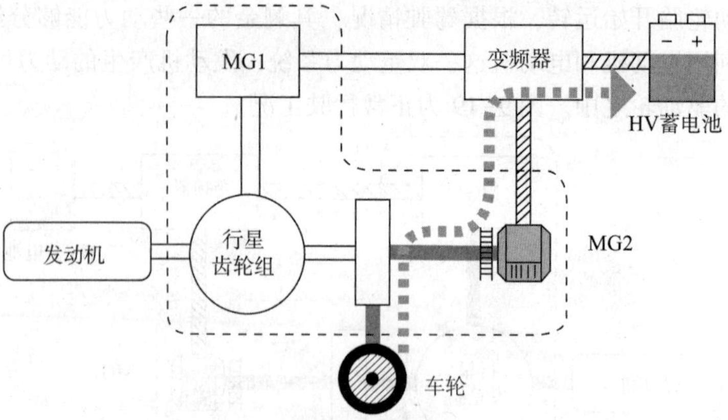

图 9-21　制动工况

第 10 章 智能网联汽车

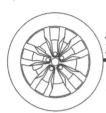

智能网联汽车是近年新兴的概念，也是汽车行业未来的发展趋势。智能网联汽车也称为自动驾驶汽车、无人驾驶汽车、无人车等。智能网联汽车由智能汽车和网联汽车共同组成，智能汽车由环境感知、导航定位、智能决策、控制执行 4 部分组成；网联汽车即车联网，由车内网络、车间网络、车云网络等有线网络和无线网络组成。

汽车原本是一个运输工具，随着科技的进步，汽车演变为一个运载平台，在这个平台上可以集成各种功能，如为了缓解开车过程中的枯燥，人们把收音机安装到车上，使得人们可以边开边听音乐；又如，为了人们更舒适地驾驶汽车，人们把空调也安装到车上，使得人们可以在炎炎夏日凉爽地驾驶汽车。如今，为了减少交通事故提升行车安全，以人工智能为基础，在技术的浪潮推动下，智能网联汽车顺势而生。

从更广阔的视野角度来看，智能汽车属于机器人技术的一个分支。人是地球上最聪明的物种，而机器人一直是人类科技努力的重要方向，机器人包括无人机、无人车、无人艇等。智能汽车属于无人车方向，可以借鉴无人车的研究。

现代科学技术使得人类社会进入万物互联时代，家用电器已经可以通过手机 APP 进行远程控制，物联网使得人类可以实时了解周边各个物体的即时状态，应用到汽车上就是网联汽车。物联网将汽车、道路、交通设施、云服务联接在一起，使得车辆更加智能化，将汽车接入到社会这个大系统中来，成为人类社会的一个终端。

所以，人工智能、机器人和物联网是智能网联汽车的技术背景，同学们可以通过自学多了解一些相关背景知识。

从产业上来看，智能网联汽车是一个新能源、IT、交通、通信、人工智能、互联网等产业的聚合体，也是一个物质流、能量流、信息流的聚合体，需要软硬件产业界深度整合和合作。智能网联汽车将会是工业皇冠上的一颗明珠。

本章将会分别阐述智能汽车和网联汽车的概念、结构和原理，并介绍其分类和主要技术，以宇通、特斯拉、百度 Apollo 为实例，说明智能网联汽车在实际中的应用。本章特色是介绍了人工智能、机器人和物联网相关概念，扩展了学科背景，并介绍了以 ROS 为基础，树莓派为上位机，STM32 为控制器，集成了激光雷达和深度相机的智能小车。同学们可以这个小车为基础，进行智能小车的实验，也可以参加各种智能车竞赛，以加深对智能小车的理解。

10.1 智能网联汽车概述

10.1.1 智能网联汽车概念

1. 智能汽车

根据2018年国家发改委印发的《智能汽车创新发展战略》，智能汽车是指搭载先进传感器、控制器、执行器等装置，运用信息通信、互联网、大数据、云计算、人工智能等新技术，具有部分或完全自动驾驶功能，由单纯交通运输工具逐步向智能移动空间转变的新一代汽车。

智能性和自主性是智能汽车相较于常规汽车最显著的特点。常规汽车需要驾驶员对其进行实时的操控，而智能汽车车体内置有常规汽车未有的智能驾驶系统，在行驶过程中不需要驾驶员无时无刻地操纵，起步、加速、减速、制动等实际操作均可由自动驾驶系统自主完成。在车载传感系统等智能系统的相互配合下，智能汽车自主预判路线、感知行驶路况，进行各种操作。

智能汽车又名机器人车辆（Robotic Vehicle），具体为室外移动型机器人，最早被应用于军事领域，后又被应用于高速公路和城市道路环境。在军事方面，自动驾驶技术较为发达的国家，如美、英、德等，对智能汽车的研发非常之早，约在20世纪70年代就开始了。1984年，美国企图通过“星球大战”战略计划将人工智能技术引入军事领域，智能汽车的应用就包括在此计划中。由此，各发达国家开始致力于智能汽车的研究。为了使智能汽车研发技术更上一层楼，2004年，美国又举办了智能汽车挑战赛，卡内基梅隆大学（Carnegie Mellon University，CMU）等知名学府带领自己的研发成果积极参赛并取得较好成绩。图10-1为智能汽车的组成。

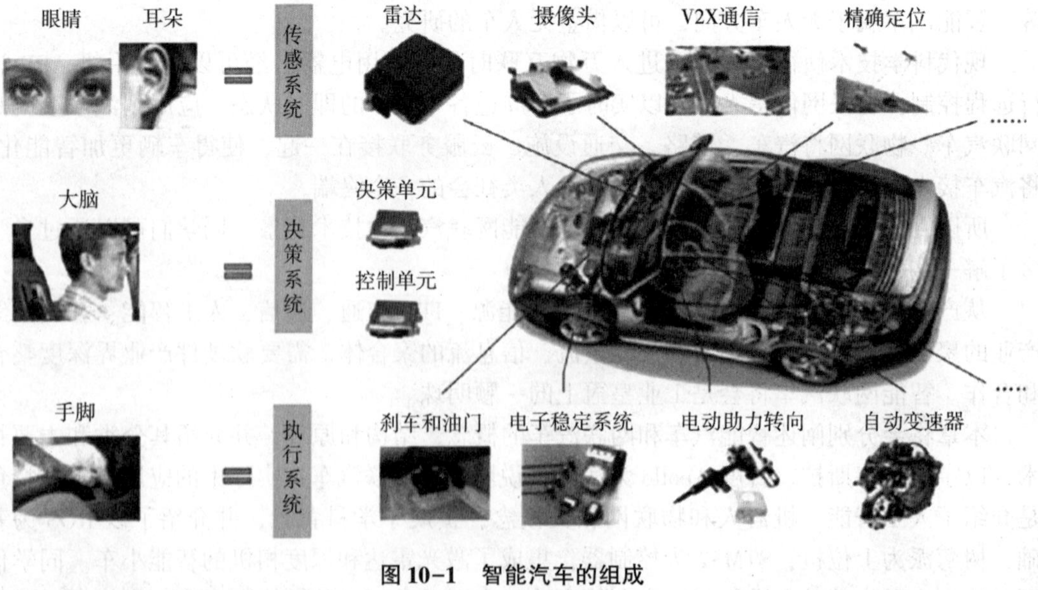

图10-1 智能汽车的组成

2. 车联网

车联网（Internet of Vehicles，IoV）属于物联网（Internet of Things，IoT）的一种，是

由车辆位置、速度和路线等信息构成的巨大交互网络。中国信通院对车联网的定义是“借助新一代信息和通信技术，实现车内、车与车、车与路、车与人、车与服务平台的全方位网络连接，提升汽车智能化水平和自动驾驶能力，从而提升交通效率，改善驾乘感受，为用户提供智能、舒适、安全、节能、高效的综合服务”。

车联网目前已经成为全球发展共识和创新技术必争之地。欧美和日本积极布局车联网发展战略，从政府、市场和科技等多层面发力，抢占车联网产业发展的快车道。我国政府也高度重视车联网产业的发展，2018 年颁布《智能汽车创新发展战略》，提出致力于推进蜂窝车联网技术（Cellular Vehicle-to-Everything，C-V2X）发展的战略规划。随着新一代通信技术革命到来，国际上两大主流的车联网标准（IEEE 802. 11p 和 LTE-V2X）进入激励的角逐阶段。一方面，美日政府和企业界大力支持 IEEE 802. 11p 通信标准。例如，恩智浦公司开发了 802. 11p 的商用芯片；Savari 公司设计了车载单元和路侧单元设备；部分汽车厂商（凯迪拉克、通用和丰田等）积极地研发和采用 802. 11p 通信技术相关的产品。另一方面，我国政府和企业在 LTE-V2X 标准化工作中发挥着引领作用，如华为在 2016—2018 年间发布 LTE-V2X 车载终端原型机和测试芯片。

3. 智能网联汽车

进入 21 世纪以来，传感技术、人工智能、大数据、芯片技术以及移动互联等领域发展速度明显加快，给汽车行业带来了深刻变革和影响，积极推动了汽车相关产业结构的优化升级。目前发展非常迅速的智能网联汽车就是其中之一。根据《国家车联网产业标准体系建设指南（智能网联汽车）（2017）》的定义：智能网联汽车（Intelligent & Connected Vehicles，ICV）是指搭载先进的车载传感器、控制器、执行器等装置，并融合现代通信与网络技术，实现车与 X（人、车、路、云端等）智能信息交换、共享，具备复杂环境感知、智能决策、协同控制等功能，可实现“安全、高效、舒适、节能”行驶，并最终可实现替代人来操作的新一代汽车。

基于目前的研究，智能网联汽车是汽车与电子通信、汽车与信息技术、汽车与通信技术等多领域融合的应用。因此，智能网联汽车是车联网和智能汽车的交集。图 10-2 为智能网联汽车关系图。

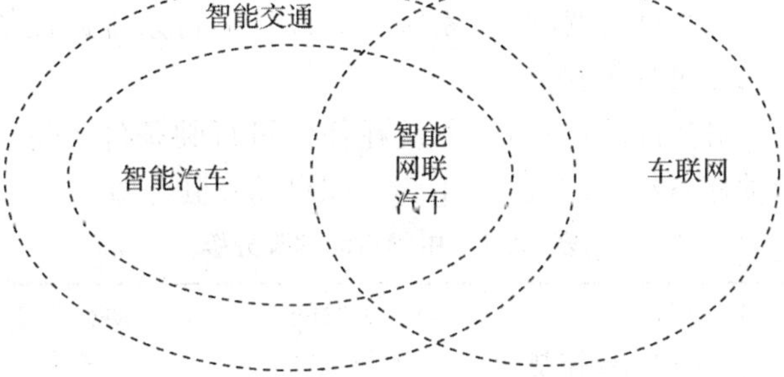

图 10-2　智能网联汽车关系图

10. 1. 2　智能网联汽车分级

1. 中国和美国自动驾驶分级

GB/T 40429—2021《汽车驾驶自动化分级》是中国智能网联汽车标准体系的基础类标准之一，由工业和信息化部于 2020 年 3 月 9 日报批公示，2021 年 3 月 1 日正式实施。

该标准的推出，将加速我国汽车智能化转型进程，对于我国智能网联汽车产业的发展具有推动、拉动和促进的作用。该标准明确了我国汽车驾驶自动化系统的术语和分级定义、分级原则、要素、划分流程及判定方法，以及各等级的技术要求。标准适用于 M 类（载客车）和 N 类（载货车）汽车。为保证国际协调性，标准参考 SAE J3016 的 L0 ~ L5 分级框架，并结合我国当前实际情况进行调整。

《汽车驾驶自动化分级》基于驾驶自动化系统能够执行动态驾驶任务的程度，根据在执行动态驾驶任务中的角色分配以及有无设计运行条件限制，将驾驶自动化分为 0 ~ 5 共 6 个等级。

分级主要基于以下 6 个要素进行划分：

（1）驾驶自动化系统是否持续执行动态驾驶任务中的目标和事件探测与响应；

（2）驾驶自动化系统是否持续执行动态驾驶任务中的车辆横向或纵向运动控制；

（3）驾驶自动化系统是否同时持续执行动态驾驶任务中的车辆横向和纵向运动控制；

（4）驾驶自动化系统是否持续执行全部动态驾驶任务；

（5）驾驶自动化系统是否自动执行最小风险策略；

（6）驾驶自动化系统是否存在设计运行范围限制。

具体分类如下。

0 级驾驶自动化（应急辅助）：系统具备持续执行部分目标和事件探测与响应的能力，当驾驶员请求驾驶自动化系统退出时，能够立即解除系统控制权。

1 级驾驶自动化（部分驾驶辅助）：系统具备与车辆横向或纵向运动控制相适应的部分目标和事件探测与响应的能力，能够持续地执行动态驾驶任务中的车辆横向或纵向运动控制。

2 级驾驶自动化（组合驾驶辅助）：系统具备与车辆横向和纵向运动控制相适应的部分目标和事件探测与响应的能力，能够持续地执行动态驾驶任务中的车辆横向和纵向运动控制。

3 级驾驶自动化（有条件自动驾驶）：系统在其设计运行条件内能够持续地执行全部动态驾驶任务。

4 级驾驶自动化（高度自动驾驶）：系统在其设计运行条件内能够持续地执行全部动态驾驶任务和执行动态驾驶任务接管。

5 级驾驶自动化（完全自动驾驶）：系统在任何可行驶条件下持续地执行全部动态驾驶任务和执行动态驾驶任务接管。表 10-1 为中国自动驾驶分级。

表 10-1　中国自动驾驶分级

分级	名称	车辆横向和纵向运动控制	目标和时间探测与响应	动态驾驶任务接管	设计运行条件
0 级	应急辅助	驾驶员	驾驶员及系统	驾驶员	有限制
1 级	部分驾驶辅助	驾驶员和系统	驾驶员及系统	驾驶员	有限制
2 级	组合驾驶辅助	系统	驾驶员及系统	驾驶员	有限制
3 级	有条件自动驾驶	系统	系统	动态驾驶任务接管用户（接管后成为驾驶员）	有限制

续表

分级	名称	车辆横向和纵向运动控制	目标和时间探测与响应	动态驾驶任务接管	设计运行条件
4 级	高度自动驾驶	系统	系统	系统	有限制
5 级	完全自动驾驶	系统	系统	系统	无限制

目前，国际公认的汽车自动驾驶技术分级标准分别由美国高速公路安全管理局（NHTSA）和国际自动机工程师学会（SAE，原译：美国汽车工程师学会）提出，其中SAE 提出的分级标准为主流常用标准，即最新修订版 SAE J3016（TM）《标准道路汽车驾驶 自动化系统分类与定义》。

按照 2014 年 SAE 制定的相关标准，将车辆分为 Level0 ~ Level5 共 6 个级别。它不仅被美国运输部采纳为联邦标准，而且还成为全球汽车行业评估智能车辆水平的通用标准。表 10-2 为美国自动驾驶分级。

表 10-2　美国自动驾驶分级

NHTSA、SAE 自动驾驶分级标准							
分级	NHTSA	L0	L1	L2	L3	L4	
	SAE	L0	L1	L2	L3	L4	L5
SAE 称呼		无自动化	驾驶支持	部分自动化	有条件自动化	高度自动化	完全自动化
SAE 定义		由人类驾驶员全权操作汽车，在行驶过程中可以得到警告和保护系统的辅助	通过驾驶环境对方向盘和加减速中的一项操作提供驾驶支援，其他的驾驶动作都由人类驾驶员进行操作	通过驾驶环境对方向盘和加减速中的多项操作提供驾驶支援，其他的驾驶动作都由人类驾驶员进行操作	由无人驾驶系统完成所有的驾驶操作，根据系统请求，人类驾驶员提供适当的应答	由无人驾驶系统完成所有的驾驶操作，根据系统请求，人类驾驶员不一定需要对所有的系统请求做出应答，限定道路和环境条件下	由无人驾驶系统完成所有的驾驶操作，人类驾驶员在可能的情况下接管，在所有的道路和环境条件下驾驶
主体	驾驶操作	人类驾驶者	人类驾驶员 & 系统	系统			
	周边监控	人类驾驶者		系统			
	支援（辅助）	人类驾驶者				系统	
	系统作用域	无	部分				全部

中国驾驶自动分级和美国驾驶自动分级对每个具体的驾驶自动化功能分级结果基本一致。大体而言，二者差别不大。不同点在于，SAE J3016 将 AEB 等安全辅助功能和非驾驶自动化功能都放在 0 级，归为“无自动化”，而中国《汽车驾驶自动化分级》则将其称之为“应急辅助”，与非驾驶自动化功能分开。此外，中国版标准在“3 级驾驶自动化”中明确增加了对驾驶员接管能力监测和风险减缓策略的要求，明确最低安全要求，减少实际应用安全风险。

2. 智能网联汽车功能等级结构

为全面实施“中国制造 2025”，深入推进“互联网+”，推动相关产业转型升级，大力培育新动能，发挥国家标准在车联网产业生态环境构建中的顶层设计和引领规范作用，工业和信息化部、国家标准化管理委员会共同组织制定了《国家车联网产业标准体系建设指南》系列文件，根据标准化主体对象和行业属性分为总体要求、智能网联汽车、信息通信、电子产品与服务等部分。

智能网联汽车技术的发展兼顾智能化、网联化两种路径，“智能化+网联化”融合发展，以系统最终替代人类实现全部驾驶任务为终极目标。

在智能化方面，以目前业内普遍接受的 SAE 分级定义为基础，并考虑中国道路交通情况的复杂性，分为驾驶辅助（DA）、部分自动驾驶（PA）、有条件自动驾驶（CA）、高度自动驾驶（HA）、完全自动驾驶（FA）5 个等级，如表 10-3 所示。

表 10-3 智能网联汽车智能化等级

智能化等级	等级名称	等级定义	控制	监视	失效应对	典型工况
1（DA）	驾驶辅助	通过环境信息对方向和加减速中的一项操作提供支援，其他驾驶操作都由人操作	人与系统	人	人	车道内正常行驶，高速公路无车道干涉路段，泊车工况
2（PA）	部分自动驾驶	通过环境信息对方向和加减速中的多项操作提供支援，其他驾驶操作都由人操作	人与系统	人	人	高速公路及市区无车道干涉路段，换道、环岛绕行、拥堵跟车等工况
3（CA）	有条件自动驾驶	由无人驾驶系统完成所有驾驶操作，根据系统请求，驾驶员需要提供适当的干预	系统	系统	人	高速公路正常行驶工况，市区无车道干涉路段
4（HA）	高度自动驾驶	由无人驾驶系统完成所有驾驶操作，特定环境下系统会向驾驶员提出响应请求，驾驶员可以对系统请求不进行响应	系统	系统	系统	高速公路全部工况及市区有车道干涉路段
5（FA）	完全自动驾驶	无人驾驶系统可以完成驾驶员能够完成的所有道路环境下的操作，不需要驾驶员介入	系统	系统	系统	所有行驶工况

在网联化方面，按照网联通信内容及实现的功能不同，划分为网联辅助信息交互、网

联协同感知、网联协同决策与控制 3 个等级，如表 10-4 所示。图 10-3 为中国智能网联汽车智能化、网联化分级与发展规划。

表 10-4　智能网联汽车网联化等级

网联化等级	等级名称	等级定义	控制	典型信息	传输要求
1	网联辅助信息交互	基于车-路、车-后台通信，实现导航等辅助信息的获取以及车辆行驶与驾驶员操作等数据的上传	人	地图、交通流量、交通标志、油耗、里程等信息	传输实时性、可靠性要求较低
2	网联协同感知	基于车-车、车-路、车-人、车-后台通信，实时获取车辆周边交通环境信息，与车载传感器的感知信息融合，作为自车决策与控制系统的输入	人与系统	周边车辆/行人/非机动车位置、信号灯相位、道路预警等信息	传输实时性、可靠性要求较高
3	网联协同决策与控制	基于车-车、车-路、车-人、车-后台通信，实时并可靠获取车辆周边交通环境信息及车辆决策信息，车-车、车-路等各交通参与者之间信息进行交互融合，形成车-车、车-路等各交通参与者之间的协同决策与控制	人与系统	车-车、车-路间的协同控制信息	传输实时性、可靠性要求最高

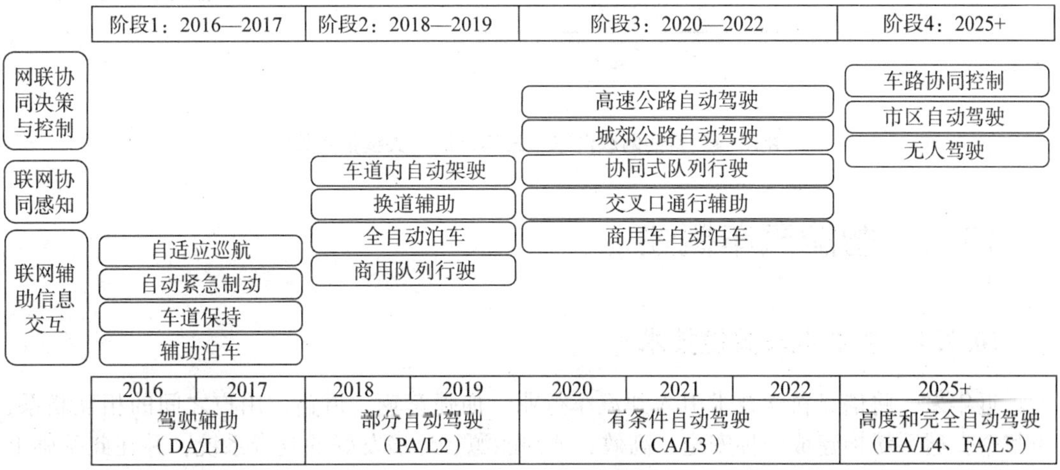

图 10-3　中国智能网联汽车智能化、网联化分级与发展规划

10. 1. 3　智能网联汽车技术体系

在 2020 世界智能网联汽车大会上，中国智能网联汽车创新中心首席科学家、清华大学李克强教授正式发布了《智能网联汽车技术路线图（2.0 版）》，其中将智能网联汽车接下来 15 年的发展划分为 3 个阶段，分别是发展期（2020—2025 年）、推广期（2026—2030 年）和成熟期（2031—2035 年），并对每个时期制定了阶段性的发展目标和技术攻关及法规标准体系建设重点。

智能网联汽车涉及汽车、信息通信、交通等多领域技术，其技术结构较为复杂，可划分为“三横两纵”式技术结构。“三横”是指智能网联汽车主要涉及的车辆、信息交互与基础支撑三大领域技术，它可再细分为第二层与第三层技术。“两纵”是指智能网联汽车涉及的车载平台和基础设施，其中基础设施是指除了车载平台外，支撑智能网联汽车发展的所有外部环境条件，如道路、交通、通信网络等。由于智能网联汽车需要车路协同、车路一体化，因此道路等基础设施将逐渐向电子化、信息化、智能化方向发展。图 10-4 为智能网联汽车“三横两纵”关键技术架构。

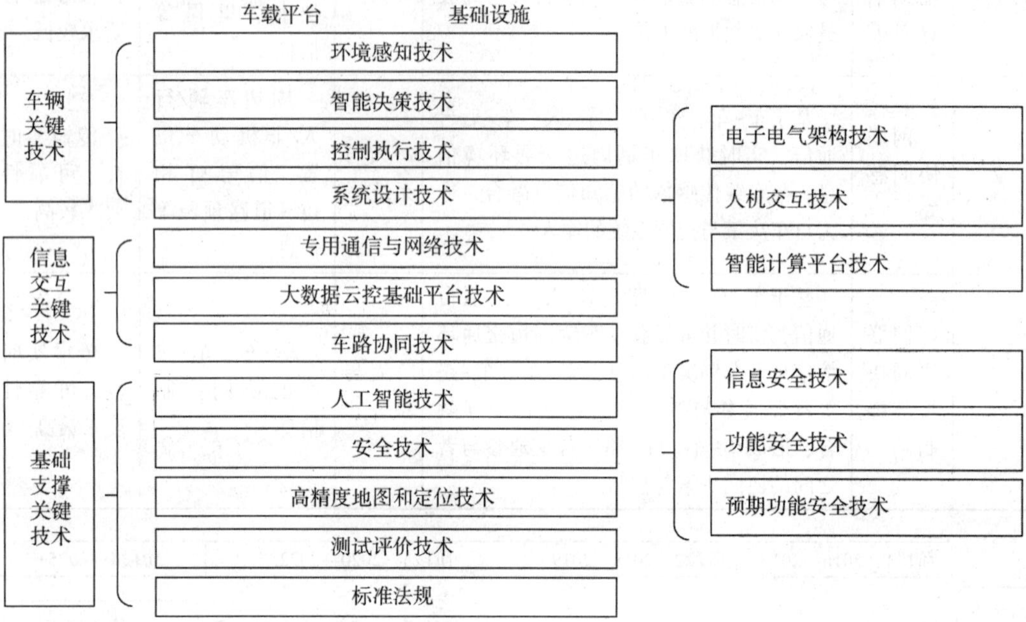

图 10-4　智能网联汽车“三横两纵”关键技术架构

10.2　智能汽车概述

10.2.1　智能汽车关键技术

近年来，将信息科学技术引入到汽车行业，加强车辆、道路、用户之间的相互联系，将整个交通系统构建成一种安全、高效、节约能源、环境友好的复合系统，并在此基础上提升汽车的安全性、舒适性和平稳性，成为现代信息科学技术研究在交通领域的一场轰动性革命。科研工作者将这种复合交通系统称为智能交通系统（Intelligent Traffic System）。随着各个国家信息化进程的不断发展，交通系统的智能化程度已经成为衡量一个国家的信息化水平和科技发展水平的重要标志。作为智能交通系统的重要组成部分，智能汽车成为近些年的重点研究方向。智能汽车的研究集成了多种技术，包括环境感知、导航定位、路径规划和决策控制等技术，涉及多领域学科，具有非常广泛的理论研究意义和应用价值。随着未来智能汽车的发展与推广，城市拥堵以及空气污染等情况也会大量减少，汽车舒适性会大大提高，符合我国经济与社会可持续发展战略的长远规划。

智能汽车依靠环境感知技术探测周围的交通环境信息，通过自身搭载的定位导航系统

（GNSS/INS）结合高精度地图，实时确定自身所处地理位置、行驶路线以及目标地点等信息。根据环境感知的结果，智能汽车通过路径规划技术寻找可通行的路径，并在所有可通行路径中找出最优的驾驶路线，最终通过决策控制技术控制运动。图 10-5 为智能汽车关键技术环节，表 10-5 为智能汽车关键技术特点。

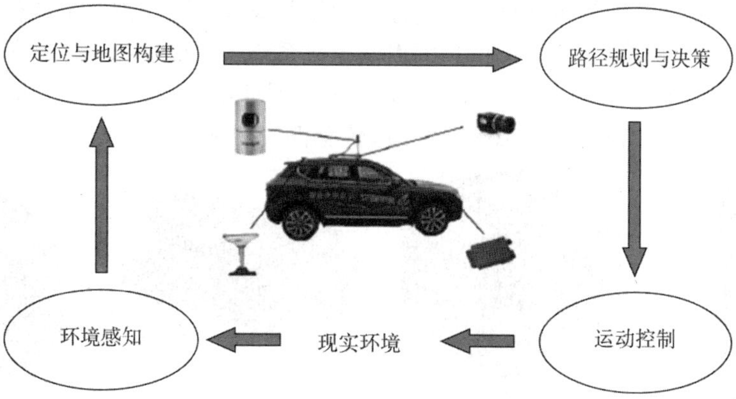

图 10-5　智能汽车关键技术环节

表 10-5　智能汽车关键技术特点

技术名称	关键技术特点
环境感知技术	依赖传感器（摄像头、雷达、激光雷达）尽可能精确地采集汽车本身信息（速度、位置），和车身周围的环境信息（道路线、交通标志、红绿灯、障碍物）
导航定位技术	依赖传感器（里程计、惯性测量元件、激光雷达）确定车辆的位置信息，为车辆提供方向信息
路径规划技术	根据环境感知技术得到环境地图，给车辆提供起点到终点的最佳的路径轨迹
控制执行技术	对环境感知技术获得的环境信息进行处理分析，从行车安全和舒适度考虑，为车辆的运动提供最佳决策

10.2.2　智能汽车环境感知

环境感知技术指的是智能汽车依靠自身携带的传感器，包括车载视觉传感器、激光雷达、毫米波雷达、全球定位系统（Global Positioning System，GPS）、INS 惯性导航系统以及超声波雷达等，探测周围的环境信息，并与存储在云端的环境数据进行匹配，描述周围环境状况的技术。环境感知作为整个智能驾驶系统的首要环节，是确保智能汽车对交通环境充分理解的关键步骤，该部分需要通过车载传感器获取大量的周围环境信息，并根据不同传感器提供的检测精度和范围对不同状态和位置的障碍物进行识别。只有环境感知技术准确、实时、可靠，才能保证汽车规划出正确的通行路径，进而安全地实现自动行驶。因此，环境感知技术是智能汽车实现安全驾驶的基础要求和前提条件。

随着交通场景复杂度的增加，借助单一传感器进行检测的模式已难以完成更精确的检测任务，而采用多传感器融合的方法则可以有效避免当某一传感器失效或由于遮挡造成目标丢失的问题，从而有效提高感知系统的可靠性。在对多传感器融合的研究过程中，如何正确地将不同传感器采集的信息进行关联匹配，以及如何对交通车辆的运动状态进行融合估计，仍是目前智能汽车技术研究中的难点。

环境感知系统主要由车载传感器和核心控制器组成，它的主要功能是采集并处理各个传感器的信息，并将其统一到车体坐标系下，以此为基础，绘制汽车周围的环境地图，为路径规划提供可靠的依据，保证汽车的行驶安全。因此，环境感知系统的探测范围需要尽可能地覆盖汽车周围，减小探测盲区，增大探测冗余，为多传感器信息融合提供可能性，进一步保证环境感知系统的可靠性和稳定性。常见的安装在智能汽车上的传感器主要包含以下几类：用于探测车辆自身姿态信息的惯性导航系统、陀螺仪和轮速计等；用于汽车定位的 GPS 和北斗定位系统等，以及用于采集汽车周围环境信息的激光雷达、毫米波雷达、超声波雷达以及车载相机等。图 10-6 为车载传感器实物图。

（a）　　（b）　　（c）　　（d）

图 10-6　车载传感器实物图

（a）激光雷达；（b）视觉相机；（c）毫米波雷达；（d）惯性导航系统

1. 基于激光雷达的环境感知

激光雷达功能强大，性能精良，在自适应巡航和自动紧急制动方面是无人驾驶的最佳技术路线。相对于其他自动驾驶传感器，激光雷达分辨率高，可以获取极高的角度、距离和速度分辨率，可以利用多普勒成像技术获得非常清晰的图像。三维激光雷达一般安装在车顶，可以高速旋转，以获得周围空间的点云数据，从而实时绘制出车辆周边的三维空间地图。同时，激光雷达还可以测量出周边其他车辆在 3 个方向上的距离、速度、加速度、角速度等信息，再结合 GPS 地图计算出车辆的位置，这些庞大丰富的数据信息传输给 ECU 分析处理后，以供车辆快速做出判断。用激光雷达进行识别可以完全排除光线的干扰，无论白天还是黑夜，无论是树影斑驳的林荫道，还是光线急剧变化的隧道出口，都不会影响识别的精度。此外，激光雷达还可以轻易获得深度信息，并且有效距离远在摄像头之上。

激光雷达由多个系统组成，主要包括激光发射系统、扫描系统、激光接收探测系统以及信息处理系统。其工作原理是：由自身携带的激光发射系统发射激光脉冲，通过扫描系统控制激光发射方向，实现对周围环境的扫描，之后由激光接收检测系统接收激光回波信号并完成信号的转换和放大，最后信息处理系统将处理后的回波信号解算并输出成用户方便理解的数据。

激光雷达的目标距离检测方法主要有 TOF（Time of Flight）和 AMCW（Amplitude Modulated Continuous Wave）两种方法。TOF 法基于光速、传输时间与距离的关系。由于激光在空气中的传播速度 $c=3\times10^{8}$ m/s，因此通过记录激光的往返时间就可以计算出目标和激光雷达之间的距离 D。具体的计算过程为

$$D=\frac{ct}{2}$$

式中，t 为激光的往返时间，即发射脉冲和回波之间的间隔时间。

通过激光雷达内部的计数器对发射和接收目标回波期间发射的脉冲个数 n 计数，可以

计算得到往返时间 t。计算过程为

$$\tau = \frac{1}{f}$$

$$t = n\tau$$

式中，τ 为脉冲宽度；f 为激光雷达的工作频率。

所以，通过以上 3 式，可以得到距离的最终计算公式

$$D = \frac{cn}{2f}$$

AMCW 法通过发射调幅连续波，并测量反射回波与发射的调制激光的相位差，间接地测量时间差，从而计算目标和激光雷达的距离。和 TOF 法相比，AMCW 法测量更加准确，距离精度更高，但是由于计算量较大，计算耗时相对更长，而且该方法容易受环境变化的影响。因此，常见的智能车辆使用的激光雷达均使用较为便捷的 TOF 法测量目标距离。

基于激光雷达的环境感知研究主要通过激光束扫描在目标上形成点云形式的数据点。因为点云数据具有稀疏不均匀的特点，所以需要对点云进行聚类才能进一步表达目标物体的轮廓特征。在此过程之前需要对大量的点云数据进行筛选，即滤除与检测任务无关的噪声，从而更好地完成不同目标的分割。激光雷达因其具有检测距离远、检测精度高和抗干扰能力强的优点实现了其他传感器难以实现的检测效果，成为智能车环境感知系统研究中的最主要传感器之一。图 10-7 为激光雷达扫描点云效果图。

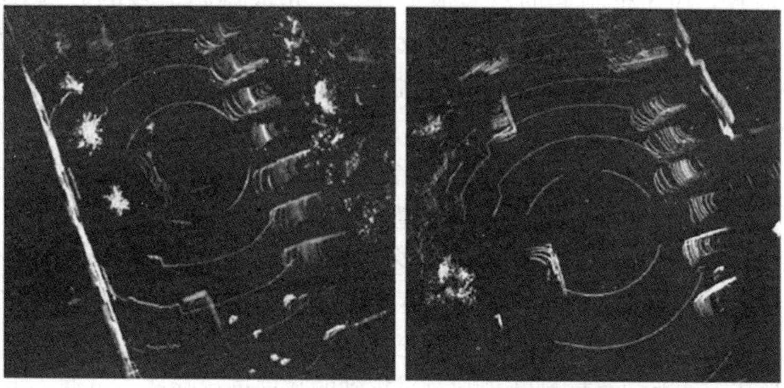

（a）　　　　　　　　（b）

图 10-7　激光雷达扫描点云效果图

（a）效果图一；（b）效果图二

目前，激光雷达因其检测的高度可靠性与准确性已经成为智能驾驶系统中不可缺少的传感器之一。但无论是基于传统方法还是深度学习方法的点云目标识别，由于点云数据自身解析度较低，在实践过程中仍会出现目标特征缺失导致分类不可靠的现象，而且激光雷达在大雨、雾天等天气条件下其检测精度也会受到很大程度影响。因此，在发挥激光雷达优势的同时需要融合其他传感器的优点，才能更好地完成环境感知。

2. 基于毫米波雷达的环境感知

毫米波雷达的波长为 1 ~ 10 mm，工作频率一般为 30 ~ 300 GHz，波束较窄，具有较强的抗干扰能力。由于波段特性，毫米波雷达具有较强的穿透能力，在雨雾等恶劣天气条件下有较好的表现。同时，基于多普勒效应，毫米波雷达可以探测目标的相对速度，为目标

追踪提供了很好的依据。毫米波雷达的缺点在于其精度较低，只能探测目标的相对位置，无法像激光雷达一样给出目标的具体形状，主要应用于汽车的主动安全系统，包括自动巡航和前方碰撞预警等。

毫米波雷达可以根据其发射电磁波的功率的不同划分为两大类，一类是脉冲体制雷达，另一类是连续波体制雷达。图 10-8 为毫米波雷达发射电磁波功率示意图。

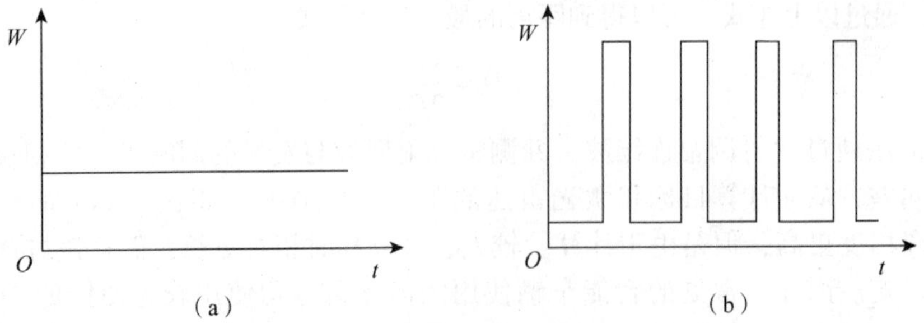

图 10-8　毫米波雷达发射电磁波功率示意图

(a) 脉冲体制雷达发射功率；(b) 连续波体制雷达发射功率

由于调频连续波式毫米波雷达使用的调制波较容易通过压控振荡器实现，且带宽大，因此具有更高的分辨率和准确度，在近距离测量中有着其他体制雷达难以比拟的精度优势。最重要的是调频连续波式毫米波雷达成本较低，十分符合车用毫米波雷达的使用需求。调频连续波式毫米波雷达有 3 种常用的调制信号波形，分别为锯齿波信号、正弦波信号以及三角波信号。在 3 种不同的信号波形中，三角波调制信号的数据处理方法较为简单，易于实现，且其可以在测距的同时完成测速功能，故其在车用毫米波雷达中应用较广。三角波调制信号发射频率会随时间周期性线性上升或下降，雷达可以对发射波与接收波的差频信号进行分析，进而得到前方目标的位置与速度信息。在车用毫米波雷达领域，按照雷达发射电磁波的频率可以将其分为两类，一类是频率为 24 GHz 的毫米波雷达，另一类是频率为 77 GHz 的毫米波雷达，两种毫米波雷达在实车上均有应用。

如图 10-9 所示，车前方道路两侧有较多静止障碍物，包括电线杆、树木、垃圾桶等，对向车道中还有运动的行人，而本车道中只存在一辆汽车，故对于这一时刻来说，毫米波雷达会采集到诸多非车辆目标，且其对本车的正常行驶并无影响，所以在实际选择数据的过程中，应依据毫米波雷达有效目标判断规则对采集到的数据进行筛选与过滤，得到有效目标。

图 10-9　前方交通环境示意图

图 10-10 为毫米波雷达数据可视化示意图。图 10-10（a）为该时刻未经过有效目标筛选毫米波雷达数据的可视化结果，其数据点较多，难以分辨得到本车前方车辆的位置信息。经过有效目标筛选后，该时刻毫米波雷达数据的可视化结果如图 10-10（b）所示，毫米波雷达在本探测周期内共有一个有效目标，其中 v 代表前方目标与本车的相对速度，括号中的第一个数据代表前方目标与本车的相对径向距离，第二个数据代表前方目标的偏航角，将垂直于雷达表面的方向设定为 0°方向，顺时针角度为正角度数据，逆时针角度为负角度数据。

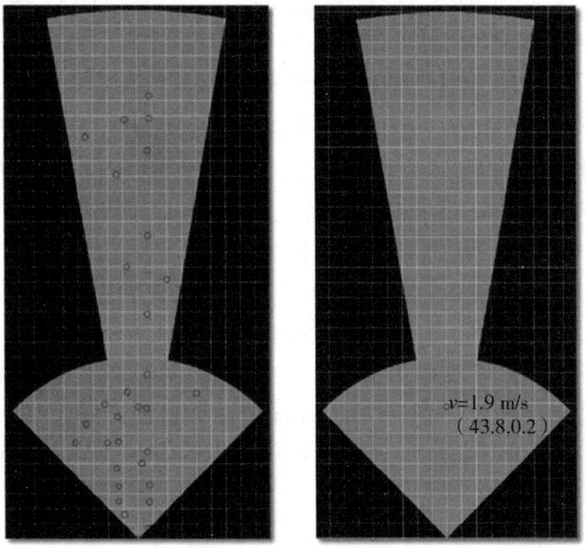

（a）　　　　　　　　（b）

图 10-10　毫米波雷达数据可视化示意图

（a）目标筛选前；（b）目标筛选后

3. 基于视觉的环境感知

相机作为一种视觉传感器可以获得图像信息，通过图像信息可以更好地确定目标的颜色和类型，同时通过视觉 SLAM 技术可以实现对智能汽车的及时定位和地图重建。基于视觉信息的环境感知主要依靠车载摄像头对目标进行检测，通常由相机采集道路环境中感兴趣区域的障碍物信息并对其轮廓及位置进行相应的标记，以达到对目标实时检测的目的。按照相机测距原理以及工作方式的不同可将其分为单目相机、双目相机和深度相机（RGB-D）。

目前，在视觉传感器目标检测与分类领域内，主要有两大类检测方法：一类是采用传统机器视觉检测方法进行检测，另一类是采用深度学习的方法进行检测。

传统的机器视觉检测方法的检测步骤大体相同，主要通过区域选择、特征提取、分类回归等步骤来实现对目标的检测与分类。首先，采用传统机器视觉的这一类目标检测方法会依据目标的阴影、边缘纹理以及颜色分布等局部特征生成目标检测的感兴趣区域；然后，该类方法会参考目标的总体特征（如对称性特征等）验证上一环节生成的感兴趣区域。在这个过程中，这类方法一般需要对图像进行灰度处理，然后对图片中阴影的边缘以及分割进行分析。目前，采用传统机器视觉进行车辆目标检测的方法一般使用 Haar-like 特征、SIFT 特征、加速稳健特征（SURF）或者方向梯度直方图梯度特征（HOG）等来实现对感兴趣区域的选择；之后，算法会利用提取出来的特征训练支持向量机（SVM）或者 Adaboost 等目标检测分类器，使之可以计算出待检图像的特征值；然后依据图像的特征值完成对前方车辆目标的判定，验证假设局域，最终完成前方车辆目标检测。当使用传统机器视觉方法进行目标检测时，其核心均为通过识别人工选择的特征来对待检测目标进行分类识别，这种方法在较为简单的场景中效果较好。但是，当场景变得较为复杂时，特征的数量会显著增加，这会降低该类方法对目标的识别率。对于复杂的交通环境来说，该类方法由于数据规模较小、泛化能力较差，因此只适合某一类特定场景下的目标检测。图10-11 为传统机器视觉方法目标检测流程。

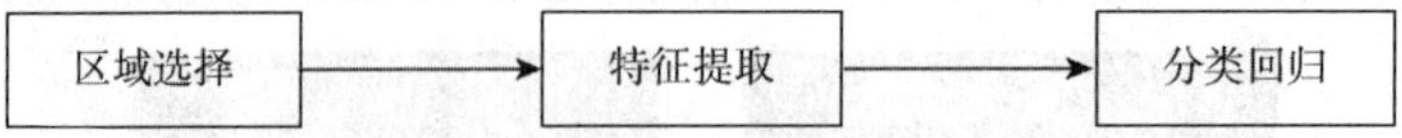

图 10-11　传统机器视觉方法目标检测流程

基于深度学习的目标检测方法在几何、光照以及形变方面具有较好的不变性，对于复杂多样的汽车外观来说具有很好的适应性。基于深度学习的目标检测神经网络通过在数据集中不断训练，调整自身参数，构建特征矩阵，对于光照以及场景的变化有更好的泛化能力，在实际应用场景中，这一特性可以大幅提高前方车辆的识别率。

近年来，随着深度学习的快速发展，深度学习算法在目标检测领域得到了广泛应用。依据解决问题的不同思路，可将基于深度学习的目标检测方法分为两大类，一类是两阶段（Two-Stage）检测算法，主要是以 R-CNN 为代表的 R-CNN 系列算法，包括 R-CNN、Fast R-CNN、Faster R-CNN 等。这一类算法需要先从目标图像的区域候选框中提取目标信息，然后再利用检测网络对候选框中的目标进行位置的预测以及类别的识别。从这一角度来看，两阶段检测算法的流程与传统机器学习目标检测算法相似。二者的不同点是基于深度学习的两阶段目标检测算法是通过网络模型的训练来提取特征的，而传统机器视觉目标检测算法提取的特征是人工设计的。基于深度学习的两阶段目标检测算法需要先使用启发式方法，如选择性搜索算法（Selective Search Algorithm）等或者 CNN 网络，利用 RPN 网络来生成候选框（Region Proposal），然后再运用算法在候选框上做进一步的目标分类与位置回归。在两阶段检测算法中，R-CNN 系列算法以及以 R-CNN 算法为基础的各个改进算法应用最广。另一类是一阶段（One-Stage）检测算法，这一类算法以 SSD 算法、YOLO 系列算法等为代表。一阶段检测算法仅使用一个 CNN 网络进行预测，减少了选取候选区的过程，将待检测图片输入网络后，网络将检测过程当作一个回归问题来解决，这会有效提高算法的检测速度，但相较于两阶段目标检测算法来说，准确性有所降低。图 10-12 为 YOLO 结构。

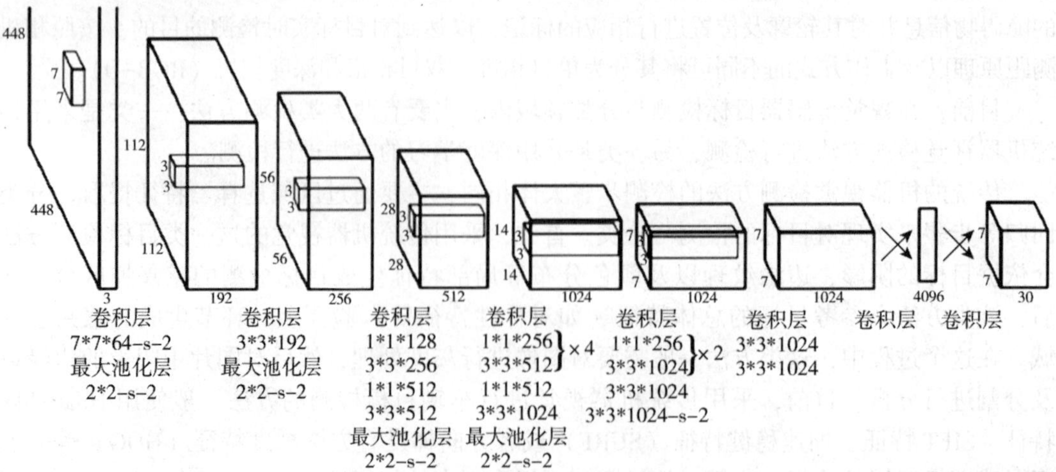

图 10-12　YOLO 结构

4. 基于多传感器融合的环境感知

环境感知系统是智能汽车的“眼睛”和“耳朵”，负责提供外部环境信息，以支持汽车实现自动驾驶。目前，有多种传感器可应用于智能汽车环境感知系统，如毫米波雷达、超声波雷达、红外线传感器、视觉摄像头以及激光雷达等，各种传感器的不同工作原理使得其有不同的功能特性。毫米波雷达的优点是性能比较稳定，而且不容易被天气状况所影响，它的探测距离最远可达 200 m，而且可以直接得到与被测物体的距离和与被测物体的相对速度，最重要的是它对于多个目标的跟踪能力比较强，且成本较低；但它也有一些缺点，如在图形识别方面性能较差等。激光雷达可以进行 360°扫描，最远的探测范围可以达到 150 m，它的优点是识别能力很强，侧向探测能力也比较强；而它的缺点就是适应环境的能力较差，其探测距离也有限；它与毫米波雷达最大的不同就是它并不能直接得到前方车辆的车速，且成本较高。视觉摄像头也分为单目与立体两种，单目的探测距离为 150 ~ 200 m，立体的探测距离为 40 ~ 50 m，它的优点是能够从环境获取更多的信息，而且可以识别到静态物体，成本较低等；它的缺点是在信息处理方面需要更多的时间，并且当天气情况比较恶劣时，精度会大幅度下降等。表 10-6 为传感器的性能对比。

表 10-6　传感器的性能对比

评价指标	传感器类别			
	摄像头	激光雷达	毫米波雷达	超声波雷达
探测距离	一般	远	远	近
雨雪天检测	弱	强	强	强
雾天检测	弱	一般	强	强
轮廓识别	强	强	弱	弱
路沿检测	强	强	弱	弱
目标跟踪	强	强	强	弱
目标分类	强	弱	弱	弱
设备成本	低	高	低	低

每种传感器都可以找到诸如上述内容的优缺点，因此通过单一种类的传感器往往在实际应用中无法得到满意的结果。如果在环境感知系统中，将不同种类的传感器组合到一起使用，就可以各取所长，综合发挥各个传感器的优势，更加准确地探测周围环境。在智能驾驶领域，激光雷达没有相机的高分辨率，但是它在测距方面和适应恶劣天气条件方面具有优势，而相机缺乏距离信息而且对应用环境有一定要求，同时，相机的高分辨率和色彩信息弥补了激光雷达的不足。

现阶段主要的车载传感器组合方案有激光雷达与相机、毫米波雷达与相机的组合。超声波雷达由于其探测距离较短，因此主要用于近距离的防碰撞预警。激光雷达与摄像头融合方案主要通过相机获取的高分辨率图像与点云数据信息匹配得到目标的具体位置及轮廓。基于毫米波雷达与相机的融合方案主要原理是借助毫米波雷达获取更为精确的距离和角度信息，然后与图像中的目标轮廓进行匹配，从而实现对目标的检测与跟踪。

现阶段在自动驾驶中的融合主要分为 3 个层级，分别是建立在数据层面、特征层面和目标层面的融合。数据层面的融合是在各个传感器获取的原始数据基础上直接进行融合，然后对融合后的数据进行相应处理。特征层面的融合首先要根据检测需求对目标的特征信息进行提取，在此基础进一步进行融合。该类融合方法主要依靠深度神经网络如 F-Point Net、MV3D 等完成特征提取，然后对不同传感器的数据特征值进行加权或上下采样等处理实现融合，通过特征级融合能够有效降低算法处理时间并实现更加准确的检测。目标层面的融合主要是根据不同传感器的数据特点各自进行检测，随后对不同传感器检测的目标进行匹配。该类方法能够充分发挥传感器各自的检测优势，在合适的判定准则下能够有效避免漏检的问题，但由于不同传感器数据结构类型的差异会对后期算法处理的速度产生一定影响。

不同层级的融合随着传感器性能的提升也得到了进一步发展，融合方法也从传统的贝叶斯方法、Dempster-Shafer 证据理论逐渐向以神经网络为基础的深度学习方法发展。通过对不同传感器数据的融合，能够在多种数据量化标准下对目标进行表述，从而进一步提高目标检测的精确度，并且可以有效避免在复杂环境条件下某一个传感器检测性能受影响而造成误检或漏检的问题。因此，在场景复杂度越来越高的自动驾驶环境感知研究中，多传感器融合以其明显的优势以及目前仍存在较大技术空白的特点已经受到国内外越来越多研究者的关注。

10.2.3 智能汽车导航定位

目前常见的三大导航模式有自主、星基和路基模式。其中，自主模式又称为惯性导航体系（Inertial Navigation System，INS），属于相对定位系统，在该体系中搭载了惯性的感知元件，通过它不断采集各种汽车基本速度，再根据牛顿定律演算出车辆的运行速度及路径，从而获取车辆的位置和姿态信息。自主模式一般包括陀螺仪、加速度测定等装置，并将其顺着三向轴线进行装配。陀螺仪负责收集车辆全方位的角速度，加速度测定装置负责平行方向上车辆的加速度。自主模式主要的特点在于，它的数据来源于配件本身，所以相对来说较稳定，一般惯性定位的传感元件就是通过这个模式执行指令。但是，数据需要经过积分演算，这个过程会带来时间的延迟，由于传感器经过数学积分得到速度、位置等信息，因此时间越长，数据的误差越大。星基模式又称为全球导航卫星系统（Global Navigation Satellite System，GNSS），属于绝对定位，单点定位精度约为 10 m，在该体系中，依靠卫星传递的数据对载体进行定位。在星历的辅助下，当采集到大于 4 颗卫星的数据情况下，就可以根据卫星的轨道数据演算出载体目前所在的位置信息，以达到即时定位的效果。卫星导航定位精度较高，但由于卫星信号易被遮挡，因此会产生误差，稳定性相比较而言就低一些。路基模式则是通过道路的磁场信号获得数据，必须在地下摆放磁钉，因此前期建设时间和经费巨大，普及起来很有难度。

若将导航和定位结合，则智能汽车常用的定位技术有 3 种：基于电子信号的定位、航迹推算（Dead-Reckoning，DR）定位和环境特征匹配定位。基于电子信号的定位有 GNSS 或 GPS、无线网络（Wi-Fi）、频率调制、超带宽（Ultra Wide Band，UWB）。基于航迹推算的定位有 INS、里程计。基于环境特征匹配的定位有激光雷达、雷达、相机。

自动驾驶汽车对定位技术的可靠性和准确性提出了较高的要求，采用单一定位导航手段很难满足长时间稳定的高精度定位需求。单一传感器无法获得多级别、多方位和多层次的观测信息，单一的定位导航技术存在更新频率低、会受到不同环境影响、存在累计误差等不足，因此融合多种定位技术的组合导航定位方式正在成为自动驾驶定位的发展趋势。通过对多种传感器及其观测信息的合理支配与使用，依据某种优化准则加以组合，产生对观测对象的一致性解释和描述，可以提高定位导航系统的有效性。同时，激光雷达和 GNSS

是两个在适用场景方面互补的传感器，二者互为冗余和补充；在 GNSS 信号受到干扰甚至完全阻挡的环境下，需要激光雷达对惯性导航系统进行修正，抑制累计误差的增长。每个传感器都有自己独特的性能和稳定的工作条件，根据各类传感器的技术特点，在不同的场景和需求下，采用多传感器融合是目前应用于无人驾驶汽车中最稳定也最精确的定位方式。

1. GNSS 工作原理

GNSS 泛指所有的卫星导航系统，主要包括全球四大导航卫星系统，即美国的 GPS、欧盟的 Galileo 卫星导航系统、中国的北斗卫星导航系统（BeiDou Navigation Satellite System，BDS）和俄罗斯的 GLONASS 卫星导航系统。

GNSS 的定位原理就是利用 3 个球面的交汇处确定一个点，根据地球上一个物体到 3 颗卫星的距离进行三角测定。信号传播速度时间差是卫星上原子钟和地面接收机的时间同步误差，信号的传播速度可近似为光速，因此对传播速度时间差的精度要求非常高。由于很小的偏差值与光速值相乘得出的测量值也会有巨大误差，因此需要另外一颗卫星提供时间同步功能，校正两个时钟的同步误差，这样就需要至少通过 4 颗可以观测到的卫星来确定卫地距离。

受诸多因素影响，手机的定位精度较低，一般能够维持在 6 ~ 8 m 范围内，车载 GNSS 的精度能达到 3 ~ 4 m，但是都不能满足无人驾驶车辆的定位精度要求，所以需要卫星实时动态差分技术提高定位的精度。差分技术是利用多个卫星发信号到基准站，根据基准站已知精确位置坐标，计算出基准站到卫星的距离修正数，用户实时接收修正数以修正错误的定位结果。

利用差分技术也无法消除接收机的固有误差，但是这种误差值一般比较小，往往可以忽略不计，只考虑前两种误差就可以。根据实效性，差分类型可以分为实时差分和事后差分，根据差分修正数可以分为位置差分和距离差分。通常，一般采用以下两种距离差分方法进行观测。

（1）伪距差分：伪距差分就是利用多个卫星发射测距码信号到基准站和接收站，多个位置之间把误差消除掉，如图 10-13 所示。

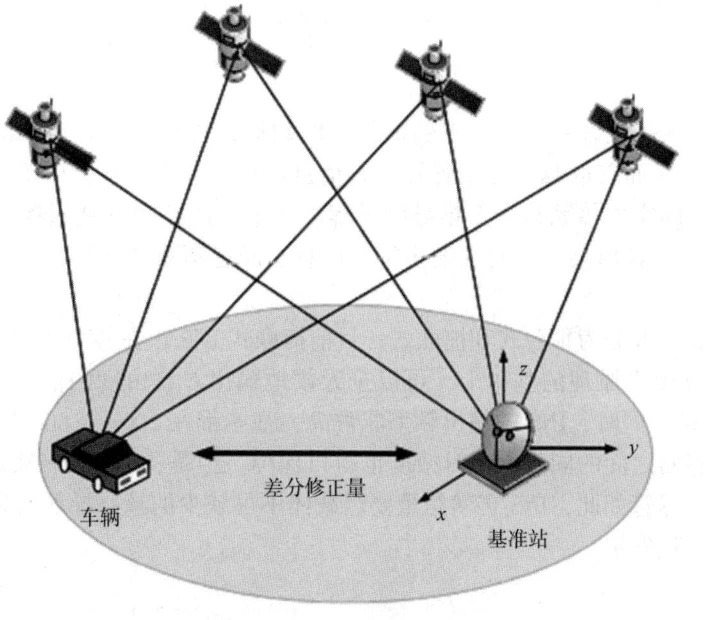

图 10-13　GNSS 伪距差分技术

（2）载波相位差分：载波相位就是系统在一个周期的震动或者波动中所处的相对位置，波长是固定的，系统需要估计载波相位的一个整周，需要固定整周模糊度。

2. BDS

BDS 是中国开发的全球卫星定位和通信系统，具备强大的服务功能，可在整个世界任何一个角落为所有类型的用户提供全天候高精度定位、导航和授时服务。不同的是，该系统采用了 RNSS（Radio Navigation Satellite System）和 RDSS（Radio Determination Satellite System）双模结构体制，具有独特的短报文通信能力，即可实现用户与用户之间、用户与地面监控站之间的通信服务。因此，BDS 是世界上第一个集定位、导航、授时和短报文通信于一体的卫星导航系统。这也正是 BDS 的核心优势所在。

空间星座部分按照规划设计，北斗卫星星座由 5 颗静止轨道卫星和 30 颗非静止轨道卫星组成。27 颗中轨道卫星平均分布在倾角为 55°的 3 个平面上，轨道间距为 120°，轨道高度为 21 500 km，卫星运行周期为 12 h 50 min。地面监控部分主要由主控站、注入站、监测站组成。这些站点分布在全球的不同位置，监测站既有可能是主控站，又有可能肩负着注入站的功能。主控站是 BDS 的“心脏”，它通过接收各个监测站监测传送来的数据并对其进行处理之后，控制协调整个地面监控部分的运行。卫星天线、用户接收机、输入输出设备、处理器和电源 5 个器件构成了用户设备部分。5 个器件分工协作、相互配合，最终计算得到用户的位置信息。图 10-14 为 BDS 构成。

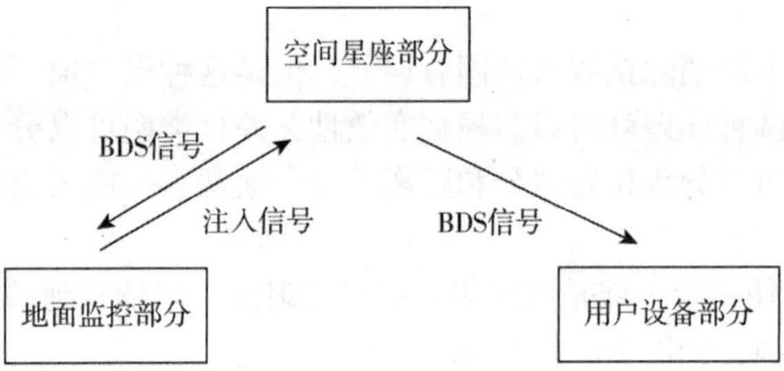

图 10-14　BDS 构成

3. INS

INS 通过不断采集各种汽车基本的加速度的数据，再根据牛顿定律演算出车辆的运行速度及路径，从而获取载体的位置和姿态信息。INS 体系一般包括陀螺仪、加速度测定装置等。INS 的定位体系是一个推导的过程，从某一固定坐标通过陀螺仪和加速度测定装置的数据，演算出某一时间的期望定位信息。经过不断地推导，从而获得车辆的即时坐标。

常见的 INS 一般分为平台式和捷联式，目前捷联式 INS 正在各个领域逐步替代平台式 INS。INS 建立在惯性原理的基础上，可以全天候地输出 6 自由度的信息，包括 x，y，z，roll、pitch 和 yaw。同时，INS 的输出频率非常高，基本都在 200 ~ 1 000 Hz 之间，高频的输出有助于传感器之间的同步，短时精度也得以保障。但是，INS 也有缺点，系统误差会随着时间累计。尽管如此，INS 仍然是重要运载体不可缺少的核心导航设备。图 10-15 为捷联式 INS 的流程框架。

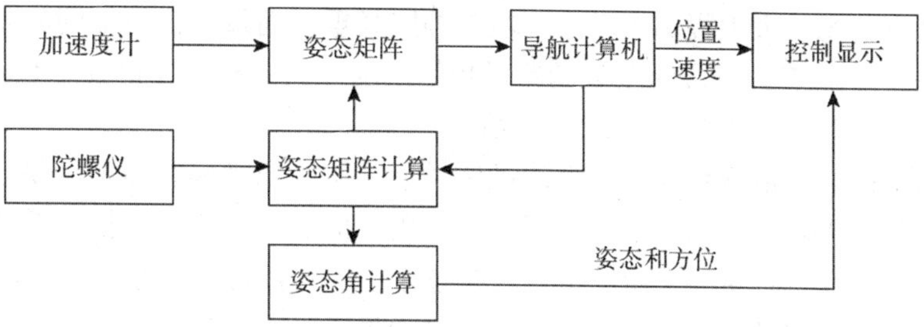

图 10-15　捷联式 INS 的流程框架

4. 组合定位系统

以上介绍的几种定位方式，有全局定位的 GNSS，有短时高精度的 INS，这些单一的定位导航手段有着不同的缺陷。GNSS 很容易受到信号阻塞；INS 短时定位精度非常高，但是定位误差随着时间会不断累积。因此，需要通过组合导航系统把几种单一的定位方法结合起来，共同对载体的位置、速度进行测量。组合的目的是为了做到优势互补，提高系统的稳定性。

在室外开阔场景，GNSS 和 INS 进行组合，在 GNSS 信号异常或者 GNSS 拒绝的场景，雷达与 INS 进行组合。通过卡尔曼滤波器估计位置、速度和姿态的误差，以及加速度计和陀螺仪的误差，将误差反馈对 INS 进行周期性的校正，从而抑制定位误差的发散，输出高精度的输出结果。

10.2.4　智能汽车路径规划

路径规划功能是智能汽车实现自主驾驶的基础。智能汽车自动驾驶的路径规划是指，在现有的城市道路或者实验道路上，按照现有既定的标准，不发生任何碰撞，寻找一条从起点至目标点的最优路径。现有的自动驾驶汽车路径规划研究主要基于目前对于机器人研究的一些成果。

目前比较常见的性能指标包括路径长度最短、行程时间最短等。根据环境信息的来源不同，路径规划又可以分为基于先验地图信息的全局路径规划和基于车载传感器信息的局部路径规划。实际上，全局路径规划和局部路径规划只是一个相对的概念，两者所使用的路径规划算法往往具有通用性。基于以上考虑，根据路径规划算法的智能化程度，将其划分为传统路径规划算法和智能路径规划算法两种类型。

1. 传统路径规划算法

1）基于栅格地图的图搜索路径规划算法

基于栅格地图的图搜索路径规划算法是在以栅格法表示的环境模型基础上进行路径规划操作的，目前比较常见的算法主要包括 Dijkstra 算法、A * 算法、LPA * 算法、D * 算法、D * Lite 算法等。其中，Dijkstra 算法是一种盲目式搜索算法，它能够通过一次规划获得从起始点到其他所有节点的最短路径，但搜索效率很低；A * 算法是在 Dijkstra 算法基础上，通过引入“以目标点为导向的启发值”概念提出的，其在规划路径时会优先拓展那些代价值更小的节点，从而使算法更快地收敛到目标点，大大缩小了算法的搜索范围，提高了算法的搜索效率，但是由于 A * 算法在外界环境发生变化时路径的重规划效率较低，因此其更多地应用在完全已知的静态环境中；LPA * 算法、D * 算法、D * Lite 算法均属于增量启发式路径规划算法，这类算法不仅继承了 A * 算法中的启发值思想，而且通过重复利用已有的路径规划信息，大大提高了动态环境下的路径重规划效率，但不同的是 LPA * 算法主要用于解决“定起点，定目标点”的路径规划问题，而 D * 算法和 D * Lite 算法解决的则是“变起点，定目标点”的路径规划问题。

基于栅格地图的图搜索路径规划算法虽然凭借其所用环境模型简单、易于实现、便于计算机处理和信息更新等优点已经得到了广泛应用，但仍然存在一些值得改进的地方。目前，该类算法的研究重点主要是解决节点状态过于单一和离散、所规划路径不满足车辆非完整性约束等方面的问题，并且已经取得了一定成果。

2）人工势场法

人工势场法最初由 Khatib 于 1986 年提出，其基本思想是通过定义势场函数将智能汽车的工作环境抽象为一个人工虚拟势场。在该虚拟势场中，目标点对智能汽车有引力作用且该引力随着车辆与目标点之间距离的增大而增大；障碍物对智能汽车有斥力作用且该斥力随着车辆与障碍物之间距离的减小而增大。智能汽车就是在这两种力的合力作用下不断向目标点运动，从而规划出一条从起始点到目标点的安全、无碰撞路径。

人工势场法凭借其计算量小、实时性好、规划的路径相对平滑等优点已在避障运动规划等领域中得到了广泛应用。目前，针对人工势场法的研究重点主要集中在解决势场函数本身的理论缺陷上，如局部极小值问题、目标不可达问题、障碍物附近或狭窄通道中的抖动问题等。

3）快速搜索随机树算法

快速搜索随机树算法是由 La Valle 于 1998 年提出的，其是一种基于均匀随机采样的增量式路径规划算法。该算法的基本实施步骤如下：首先，在路径搜索空间中随机选取一个状态点；然后，在搜索树中寻找距离该随机状态点最近的节点，并将其记为基准节点；之后，从基准节点开始，根据设定的约束条件以一定的步长向随机状态点进行扩展，并将扩展过程中产生的新节点添加到搜索树中；最后，不断重复上述步骤，直到目标节点也成为随机树上的新节点或达到最大迭代次数为止。

快速搜索随机树算法无须建立复杂的外部环境模型，搜索速度较快且能够结合车辆的非完整性约束生成期望路径。目前，针对该算法的研究主要集中在解决其规划路径振荡较大且无法保证最优性、收敛速度不确定等问题以及进一步提高算法的搜索速度上。

4）基于最优化曲线生成的路径规划算法

基于最优化曲线生成的路径规划算法主要应用于结构化环境中的局部路径规划，一般需要与全局路径规划算法配合使用，其实施步骤如下：首先，在预瞄距离范围内根据全局期望路径选取若干目标状态；然后，根据车辆当前状态和各目标状态确定边界条件，并以路径长度最短或者最大曲率尽可能小为优化目标对高阶曲线模型进行最优化求解，以获得车辆从当前状态到各目标状态的可行路径；最后，对所规划路径进行评价，选取性能最优的路径作为实际的跟踪路径。目前，比较常用的高阶曲线模型包括多项式曲线、贝塞尔曲线等。在实际应用中，为了保证所规划路径具有较好的平滑性和可控性，需要使生成的优化曲线至少二阶连续可导，因此所采用的高阶曲线模型至少是三次的。

这类算法计算简单、快速，所规划的路径满足车辆的运动微分方程且能反映车辆前轮偏角的变化过程，具有良好的可行性，但是其对车辆全局定位精度要求较高。目前，该算法的研究重点主要包括贝塞尔曲线最优控制点的选取问题、全局定位不精确情况下所规划路径的时间一致性问题等。

2. 智能路径规划算法

1）基于蚁群算法的路径规划

蚁群算法是一种模拟蚂蚁觅食过程中自组织行为的群智能随机搜索算法，其依据的生物学特性如下：蚂蚁在觅食过程中会在走过的路径上留下具有挥发性质的信息素。开始时，外界环境中的信息素相对较少，蚂蚁的运动也比较随机，但是随着时间的推移，由于长度较短的路径所需要的往返时间更少，因此该路径上相同时间内通过的蚂蚁数量会比长度较长的路径多。这就导致长度较短的路径上会留下更多的信息素，而蚂蚁本身又会更倾向于选择信息素较多的路径，于是就在路径长度短和信息素浓度高之间形成了正反馈机制。在这种正反馈机制的作用下，越来越多的蚂蚁会聚集在长度最短的路径上，从而得到路径规划问题的最优解。

蚁群算法因原理简单，易于实现，具有较好的环境适应性和稳定性、易于与其他算法结合并且能够采用并行搜索方式等优点，已经在全局路径规划方面得到了一定的应用。目前，该算法的研究重点主要是解决其收敛速度较慢和存在局部最优解的问题。

2）基于遗传算法的路径规划

遗传算法最初是由美国密歇根大学的 John Holland 教授于 20 世纪 60 年代提出的，其是一种模拟自然界中生物进化过程和遗传机制的自适应随机搜索算法。该算法的基本实施步骤如下：首先，参照遗传学中的基因形式对待求解问题进行编码；然后，根据预先设定的目标适应度函数对问题域中的每一个可能解进行评价，并通过复制、选择、交叉、变异等遗传学操作对所求问题的解群体进行迭代优化；最后，不断重复上述步骤，直到获得满足要求的全局最优解或达到最大迭代次数为止。

遗传算法是一种并行性算法，具有原理简单、易于实现、适应性和容错性强、参数设置合理时不易陷入局部最优解等优点，但也存在收敛速度较慢、参数较多且设置困难等问题。

3）基于人工神经网络的路径规划

人工神经网络是一种模拟人类神经网络结构和部分工作机制的分布式信息处理系统，其本质上是将大量简单的非线性单元通过一定的连接方式组织起来而得到的数学模型。该算法的基本原理就是通过大量数据样本的训练和学习，不断调整所搭建神经网络的内部结构和属性，得到一个描述待求解问题输入输出关系的非线性映射，进而再将其应用于这一类问题的处理。人工神经网络的类型众多，目前发展最为成熟、应用最为广泛的是三层感知器模型和基于反向传播算法的神经网络。

人工神经网络是一种高度并行性系统，其不依赖于精确的数学模型，具有较强的学习能力和非线性映射能力，自适应性、容错性和鲁棒性良好，目前已在局部路径规划和避障等领域得到应用，但其存在收敛速度慢、隐节点个数选取无相关理论指导、难以对网络中存在的某一缺陷进行有针对性的解决等问题。

10.2.5　智能汽车路径跟踪

路径跟踪作为自动驾驶系统中的关键执行层控制技术，是影响智能汽车安全性与舒适性的关键技术。常见的路径跟踪方法按照使用模型不同可分为基于几何/运动学模型的方法和基于动力学模型的方法，其中基于几何/运动学模型的方法，通常将汽车简化为四轮机器人刚性结构，由于相对简单、计算量小，因此已有较多实车应用，如名古屋大学的自动驾驶开源项目 Autoware 中使用的纯跟踪方法；基于动力学模型的方法，考虑汽车轮胎侧偏等动力学特性，通常结合最优控制理论。

实现汽车的智能驾驶需要汽车转向、油门/刹车等系统的协调配合，这一部分汽车将在确保安全性和有效避开障碍物的前提下，无偏差地跟踪规划好的期望路径行驶。跟随控制是智能汽车的最终执行机构，会涉及许多的控制算法，在控制过程中保证汽车行驶的稳定性、平顺性以及跟踪精度尤为重要。这些算法通常针对的是汽车的横向和纵向控制，主要存在：比例-积分-微分（Proportion Integration Differentiation，PID）控制、纯点跟踪控制、前馈-反馈控制、预瞄跟踪最优控制、线性二次型调节器 LQR 跟踪控制和模型预测控制（Model Predictive Control，MPC）等方法。

1. PID 控制

PID 控制器是一种在实际工程项目上广泛被应用的线性控制器。它的优点是无须建立数学模型，而且控制器参数可通过试凑法得出；缺点是试凑控制参数十分耗时，需进行大量的试验工作。其中，PI 控制策略一般应用于自动驾驶汽车的纵向轨迹跟踪控制研究。虽然 PID 控制器算法简单，但其控制参数对汽车的变化非常敏感。例如，当车速发生改变时，需要设置不同的 PID 参数。更一般地，如果汽车其他状态参数或者规划路径参数发生改变，这也会引起控制效果的变化。

2. 预瞄跟踪最优控制

预瞄跟踪最优控制主要是在 MacAdam 和我国郭孔辉院士等人提出的最优预瞄控制理论基础上进行设计的，其基本原理是在汽车前方一定距离处设置一个或多个预瞄点，并获得预瞄点处的位置偏差、期望路径曲率等信息，然后根据这些信息和智能汽车当前的运动状态进行控制，以实现对期望路径的有效跟踪。由于该理论比较准确地反映了驾驶员对汽车的控制过程且实际验证效果较好，因此已经得到了广泛的应用。不过，它是一种无约束的优化控制方法，较少考虑汽车本身以及环境中的约束问题，因而无法保证智能汽车在任何工况下都能够具有良好的适应性。基于预瞄理论的路径跟踪控制又可以大致分为以汽车运动学模型或动力学模型为基础的预瞄跟踪控制和基于模糊控制理论的预瞄跟踪控制两种。

以汽车运动学模型或动力学模型为基础的预瞄跟踪控制目前主要采用以下两种实施方案：一是直接将预瞄偏差作为控制量对智能汽车进行跟踪控制；二是根据汽车当前位置和预瞄点之间规划的期望行驶路径求解出与其相对应的期望运动学或动力学参数，从而将路径的跟踪控制问题转化为运动学或动力学参数的跟踪控制问题。目前，国内外的研究成果中普遍采用的运动学或动力学参数主要包括汽车横摆角速度、侧向加速度、质心侧偏角等。在具体的控制算法上，较为常用的是 PID 控制、自适应控制、最优控制、滑模控制等。基于运动学模型或动力学模型的预瞄跟踪控制器对汽车模型的依赖程度较高。当所建模型与汽车的实际行驶特性存在差异时，往往难以获得令人满意的跟踪控制效果。

模糊控制是一种以模糊集合、模糊语言变量及模糊逻辑推理等作为理论基础的智能控制技术，其核心思想是将专家或熟练工人的控制经验和知识表示成语言规则，从而实现对被控对象的有效控制。由于模糊控制不依赖于被控对象的数学模型，因此基于该理论的预瞄跟踪控制方法能够有效地弥补因所建汽车数学模型不够精确而导致的路径跟踪效果变差的问题。与基于汽车运动学模型或动力学模型的路径跟踪控制方法类似，基于模糊控制理论的路径跟踪控制方法也有“跟踪期望路径本身”和“跟踪运动学或动力学参数”两种实施方案，但目前比较常用的方案还是第一种，即将路径跟踪偏差及其变化率作为模糊控制器的输入，以前轮偏角或前轮偏角增量作为模糊控制器的输出。

3. 模型预测控制

模型预测控制又称为滚动时域最优控制，其最初主要应用于工业过程控制领域。从本质上来讲，该控制算法是一种基于目标函数的优化求解方法，具体的实施步骤可以分为以下 3 个阶段：①基于模型的状态预测，即以构建好的系统模型为基础，根据被控对象的当前状态信息预测未来一段时间内该系统可能出现的动态行为；②有限时域内带约束的优化，即在上一步所得到的预测信息基础上，根据设置的目标函数和约束条件对未来有限时域内的控制序列进行优化，并用优化后所得最优控制序列中的第一个控制量实施控制；③反馈校正，即将最优控制序列中第一个控制量的实际控制效果作为反馈信息，重新进行状态预测操作以修正预测值，然后进行新一轮的优化，如此循环往复。

基于模型预测理论的路径跟踪控制算法因其能够在线处理汽车的运动学和动力学约束，有效减小智能汽车的时变、不确定性以及外界环境干扰等因素对控制效果的影响而逐渐成为路径跟踪控制领域的研究热点，但其也存在求解速度慢、模型精度要求高等缺点。

10.3　网联汽车概述

10.3.1　网联汽车原理与类型

近些年来，随着无线通信技术的不断发展，网联汽车开始成为新宠，而其核心技术即车联网技术（Vehicle-to-Everything，V2X）为解决现有的道路交通问题提供了全新的思路。V2X 将具有通信能力的行驶汽车视为网络环境中移动的通信节点，形成一个融合汽车自身、车载通信设备、路侧基础设施等基本信息的移动式通信网络，同时利用高清摄像头、毫米波雷达传感器、GNSS、射频识别技术（Radio Frequency Identification，RFID）等多种软、硬件设备完成汽车状态及其周边交通环境信息的采集与传输。路侧单元（Road Side Unit，RSU）通过在本地处理或者利用网络服务器的方式汇聚各类交通信息，分析并处理汽车的行驶情况，及时为汽车播报实时路况和信号灯相位，同时安排最优的行驶路线，以保证汽车安全驾驶，进而实现交通调度与管理控制。

车联网无线通信技术是按照约定的通信协议和数据交互标准，实现车与周围的车、交通基础设施和云（平台）等全方位连接和通信的新一代信息通信技术，包括车与车间（Vehicle-to-Vehicle，V2V）、车与基础设施间（Vehicle-to-Infrastructure，V2I）、车与网络间（Vehicle-to-Network，V2N）等通信链路。V2X 最早起源于 20 世纪 80 年代美国交通部提出的智能交通系统（Intelligent Transport System，ITS）概念，专用短程通信技术（Dedicated Short Range Communications，DSRC）作为 ITS 的主要通信技术被率先提出。DSRC 主要基于 IEEE 802.11p 通信协议进行汽车车载单元（Onboard Units，OBD）和路侧单元之间的短距离通信。然而，随着车联网技术的进一步发展，DSRC 受传输距离短、路侧单元少、传输信息有限等限制，难以满足日趋多样的车联网服务需求。2013 年，基于第四代移动通信系统（The 4th Generation of Mobile Communication System，4G）长期演进技术（Long Term Evolution，LTE），我国首先提出了蜂窝通信和直通通信相融合的 LTE-V2X 关键技术，该技术基于现有的蜂窝通信链路，极大地扩展了汽车通信范围，有利于实现车联网通信的快速部署。同时，LTE-V2X 也伴随着 5G 通信的发展，向支持更高数据传输速率、更低时延、更高可靠性的 NR-V2X 演进。为了区分 IEEE 802.11p 与 LTE-V2X，5G 汽车协会（5G Automotive Association，5GAA）提出包含 LTE-V2X 和 NR-V2X 的蜂窝车联网（Cellular Vehicle-to-Everything，C-V2X）概念。

车联网技术旨在提供全球标准化的通信工具，以便在交通生态系统的所有参与者之间高效地传输信息。基于交通对象之间如此广泛的数据交换，车联网有助于创建一个称为协作智能交通系统（Cooperative Intelligent Transportation Systems，CITS）的先进交通领域。协作汽车应用/服务的规模不断扩大，有助于增强道路上的安全性和舒适性，并朝着全自动化方向发展未来的交通。随着车联网技术的发展，通过 V2X 通信，汽车可以与附近其他汽车和路边基础设施自主通信，获取实时路况、道路、行人等一系列交通信息，实现安全高效行驶，减少交通事故的发生，提高道路利用率，缓解交通压力，提供道路安全应急救援信息和丰富的娱乐信息，提升驾驶体验，为各种新的道路安全和驾驶辅助应用打开大门。按照美国高速公路安全管理局统计数据，车联网 V2X 技术将为消费者提供安全、效率、便捷三大方面优质服务：安全方面，中轻型车辆能避免 80% 的交通事故，重型车能避免 71% 的事故；效率方面，交通堵塞将减少 60%，短途运输效率提高 70%，现有道路通行能力提高 2 ~ 3 倍；便捷方面，停车次数可减少 30%，行车时间降低 13% ~ 45%，实现降低油耗 15%。

随着车联网技术不断发展，目前的车联网主流的两大标准分别是基于 IEEE 802.11p 的 DSRC 和基于蜂窝技术的 C-V2X 技术。

10.3.2 网联汽车 DSRC 技术

美国是第一个研究车联网的国家，在 2003 年将 5.9 GHz 频段分配给车联网使用，即 DSRC 车联网通信技术。美国关于 V2X 通信的研究几乎都是基于 DSRC 技术进行展开的。美国交通部通过 SafetyPilot、MCity 等项目对 DSRC 有效性进行了验证，同时在 2016 年推行了关于车联网安全的相关标准，对车联网通信协议的一些参数给出了建议；欧洲通过 Drive C2X、C-ITScorridor、simTD 等项目，也对车联网应用进行了一定的测试，发现车联网可以有效解决安全、效率、环保等问题；日本 2012 年发布了车联网安全应用的规范 ARIBSTD-T109，并对车辆防碰撞应用开始进行测试。

DSRC 是以 IEEE 802.11p 为基础的车联网通信协议，其通信频段为 5.850 ~ 5.925 GHz，经过十几年的发展，目前已经可以实现产业化。IEEE 802.11p 是以 IEEE 802.11a 为基础研究出的一种专用于车联网通信的正交频分复用无线通信网络，在其物理层数据包中包含短序列符和长序列符，用来进行信道选择、时间同步、频率误差估计等功能。图 10-16 为 IEEE 802.11p 所规定的物理层协议数据单元（Physical Protocol Data Unit，PPDU）帧结构。

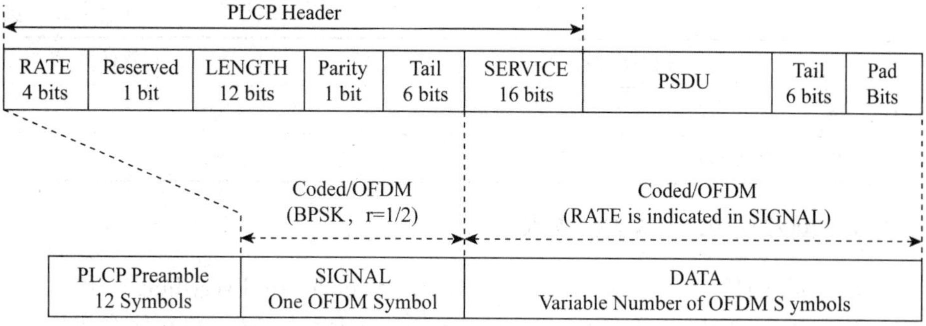

图 10-16　PPDU 帧结构

正交频分多路复用（Orthogonal Frequency Division Multiplexing，OFDM）是宽带数字通信的常用调制方案。物理层帧结构如上图所示，数据帧的最前端是 12 个前导码段，具体分为 10 段短训练序列和 2 段长训练序列，设置前导码的目的是为了支持 OFDM 系统数字基带处理的定时同步、载波偏移估计、自动增益控制、信道估计等与物理层相关的操作。

与前导码段邻接的数据是 SIGNAL 域，SIGNAL 域的前 24 个字节包含了此帧数据的卷积编码速率信息、调制方式信息、OFDM 符号的长度信息和符号段奇偶校验位。无论 OFDM 符号采用何种编码速率，符号段数据只采用卷积编码速率为 1/2 的 BPSK 调制编码方式。符号段后的首个 OFDM 符号中还包含有服务类型标识信息，其后则为物理层业务数据单元（PSDU）数据。在长训练序列数据、SIGNAL 域和 OFDM 符号前都利用该数据单元的结尾部分作为循环前缀，这样做主要是为了在载波偏移估计和定时同步估计中利用离散傅里叶变换的圆卷积特性。

DATA 域内容主要是 MAC 层协议数据单元（MPDU），实际上 IEEE 802. 11 MAC 层在接收到 MAC 业务数据单元（MSDU）后，通过添加 MAC 头部、CRC 校验、分帧、WEP 加密后形成 MAC 协议数据单元即 MPDU，MPDU 发送到物理层后就成为 PSDU，再添加了物理层会聚协议头部（PLCP Header）、补尾并添加 PLCP 前导后，即成为物理层协议数据单元（PPDU）。图 10-17 为 PPDU 帧结构详解。

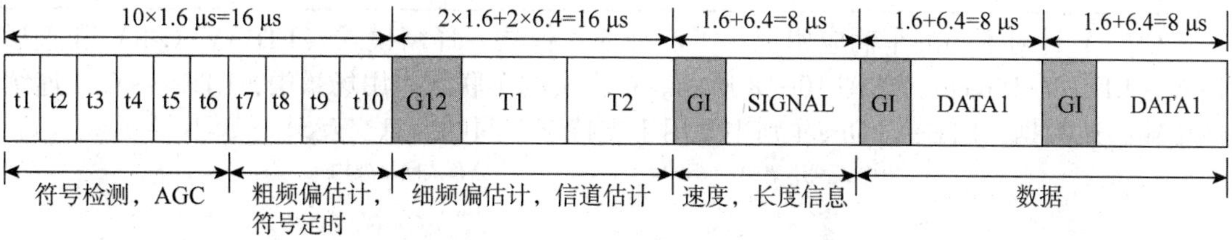

图 10-17　PPDU 帧结构详解

DSRC 关键指标如表 10-7 所示。

表 10-7　DSRC 关键指标

相关参数	具体数值
支持车速/(km·h^{-1})	210
反应时间/ms	110
平均数据传输速率/(Mbit·s^{-1})	12
最大数据传输速率/(Mbit·s^{-1})	27

续表

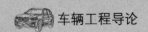

相关参数	具体数值
传输范围/km	1
车辆防碰撞应用时延要求/ms	<20

10.3.3 网联汽车 C-V2X 技术

C-V2X 包括 LTE-V（Long Term Evolution-Vehicle To Everything）和基于 5G 的 NR-V2X（New Radio Vehicle To Everything）技术。由于当前 NR-V2X 研究进展尚处于初级阶段，因此下文中提到的 C-V2X 都是基于 LTE-V 来进行介绍。

LTE-V 技术最初作为 LTE 系统向垂直行业新业务的延伸，由大唐电信科技产业集团在 2010 年率先开始研究，后于 2013 年首次被公开。LTE-V 能够在高速移动的环境中提供可靠的通信性能，是中国主要采用的车联网通信协议。3GPP 已经发布了对 LTE-V 定义的 27 个应用，如表 10-8 所示。

表 10-8 3GPP 对 LTE-V 定义的 27 个应用

序号	应用	序号	应用	序号	应用
1	前向碰撞	10	信号灯信息推送	19	限速预警
2	紧急刹车预警	11	红绿灯车速引导	20	寻找空闲停车位
3	车辆盲区/变道预警	12	闯红灯预警	21	历史违法多发路段
4	异常车辆提醒	13	路口排队状态	22	车辆动态信息上报
5	交叉路口防碰撞（V2V）	14	前方拥堵提醒	23	超视距路况预警
6	交叉路口防碰撞（摄像头）	15	道路危险状况提醒	24	道路危险状况提醒
7	左转辅助	16	公交车优先	25	绿波通行
8	电单车出没预警	17	匝道车辆汇入预警	26	开车前，出行信息早知道
9	V2P	18	车内标牌	27	展会信息推送（交通大脑）

LTE-V 针对不同的车辆应用定义了两种通信模式：蜂窝模式（LTE-V-Cell）和直通模式（LTE-V-Direct），如图 10-18 所示。在真实的车联网应用场景中，LTE-V-Cell 连续性传输高速数据，LTE-V-Direct 则主要用于支持车车间的信息交互。

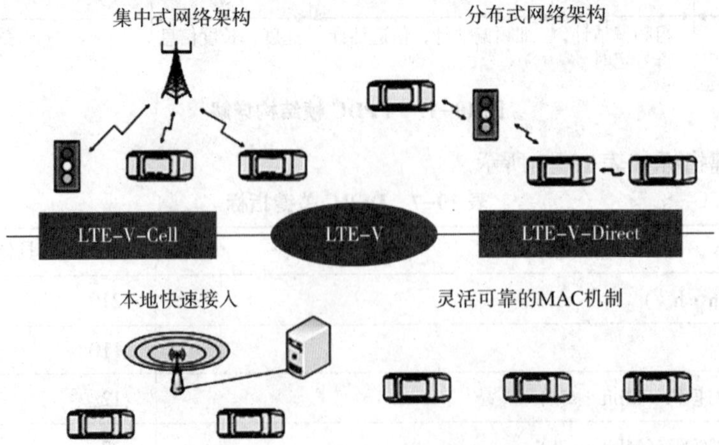

图 10-18 LTE-V 两种工作模式

LTE-V 中重用 LTE-D2D 的解调参考信号（Demodulation Reference Signal，DMRS）列结构设计，但是将 1 个子帧 1 ms 中的 2 列 DMRS 参考信号增加到 4 列，使得导频密度在时域上有所增加，这样 LTE-V 的 DMRS 参考信号时间间隔为 0.25 ms，能够有效处理典型高速场景高频段的信道检测、估计与补偿。图 10-19 为 LTE-V PC5 接口的控制与数据信道的子帧结构。

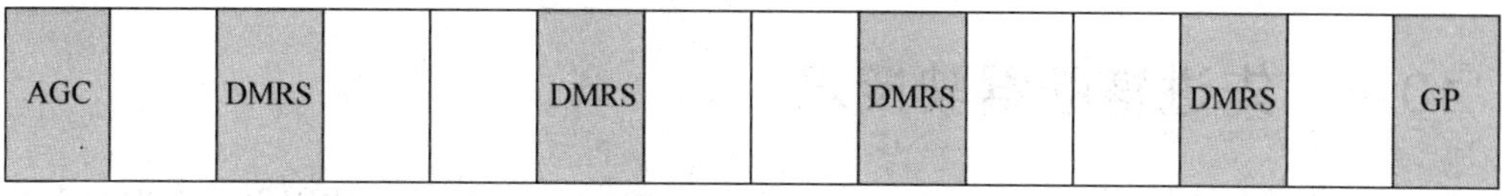

图 10-19　LTE-V PC5 接口的控制与数据信道的子帧结构

随着 5G 技术的日趋成熟，基于 5G 的 NR-V2X 技术的标准也正在制定中。在明确 5G NR-V2X 频谱资源的前提下，业界可以开展基于 NR-V2X 的自动驾驶类业务测试验证工作。相较于目前主流的车联网通信技术，NR-V2X 具有更高的峰值速度，在速度高达 500 km/h 时具有 20 bit/s 的高峰值速率，可以动态实时更新高精度地图，同时 NR-V2X 还具有更低的时延与高可靠性，速度高达 500 km/h 时仅有 1 ms 的超低时延，能够满足几乎所有 V2X 安全类应用的需求，而且 NR-V2X 在车辆密度极高的场景下仍然可以保持良好的通信性能。所以，NR-V2X 基本满足车联网应用与无人驾驶对网络的需求，将加速未来的智能交通建设。

10.3.4　网联汽车 C-V2X 与 DSRC 技术对比分析

与 DSRC 相比，C-V2X 的 LTE-V 具有的技术优势如表 10-9 所示。

表 10-9　DSRC 和 C-V2X 技术对比

指标	DSRC	C-V2X
传输距离/m	300～500	1 000
适应车速/($km \cdot h^{-1}$)	200	500
传输速率/($bit \cdot s^{-1}$)	27	500
时延/ms	50～100	50
网络部署	需要部署 RSU	基于基站
成熟度	高	低

除了上述技术优势外，C-V2X 的 LTE-V 在性能及网络部署等方面还具备如下优势。

（1）数据远距离传输的可达性更佳。DSRC 由于采用多跳中继的方式实现远距离传输数据，受中继节点的影响较大，导致数据传输的可靠性不高；而 LTE-V 通过 LTE 基站与云端服务器相连接，可高速率传输如高清影音等类型的数据。

（2）非视距传输可靠性更高。LTE-V 的蜂窝模式可支持非视距（Non-Line of Sight，NLOS）传输场景，由于蜂窝基站可在高处架设，从而提高了 NLOS 场景下信息传输的可靠性。

（3）便于网络建设与维护。虽然 DSRC 可以基于当下的 Wi-Fi 基础制定产业规划，但鉴于 Wi-Fi 网络接入节点的覆盖面不够广泛，且业务质量较低，因此基于 IEEE 802.11p 部署新建 RSU 需要大量的资金投入，同时与其相关的 V2X 通信安全设备、安全机制的维护也需要大量的人力、物力和财力；而 LTE-V 可基于现有 LTE 网络的基站设备和安全设备等进行扩展，进而实现车路协同，完善安全机制，并且能够以已有的LTE商用网络为基石，支撑网络安全证书的更新和智能网联路侧设备的日常运转与维护。

(4) 具备持续演进优势。相比于自从2010年后就不再更新的DSRC政策，LTE-V可以平滑演进至5G NR-V2X，能在更高带宽、更低时延下提供LTE-V不能满足的V2X业务能力。

10.4 先进辅助驾驶技术

高级辅助驾驶系统（Advanced Driver Assistant System，ADAS）使用安装在汽车上各种类型传感器，实时采集数据、感应汽车内外环境状况，并且判断出静态和动态物体，进行运算和分析并将有用的信息及时反馈给驾驶员或进行相应的辅助决策，从而降低行驶车辆存在的安全隐患，有效提高了汽车的安全性。

ADAS主要包括自适应巡航控制系统（Adaptive Cruise Control System，ACCS）、盲点检测（Blind Spot Detection，BSD）、车道偏离预警系统（Lane Departure Warning System，LDWS）、前撞预警系统（Forward Collision Warning System，FCWS）、自动泊车系统（Automatic Parking System，APS）、自动紧急制动（Autonanous Emergency Braking，AEB）等辅助系统。其中，ACCS、AEB、APS功用特点如下所示。

(1) ACCS：由本车的雷达、视觉等相关传感器探测出当前的道路情况，当传感器探测出前方有行驶汽车或旁边两车道的行驶汽车行驶到前方时，通过本车的雷达等传感器探测出与前方行驶汽车的相对距离、相对速度等有关信息，通过一系列的控制策略和算法计算，使该汽车自动控制其加速和制动系统，使汽车之间保持在安全距离的范围之内；当前方汽车不在当前车道时，本车会处于定速巡航状态。

(2) AEB系统：根据本车的雷达检测出与前车或障碍物的距离，然后根据检测出的距离与报警距离、安全距离进行比较。若检测距离小于报警距离，则进行报警提示驾驶员踩制动踏板；若检测距离小于安全距离，且驾驶员没及时或没有踩制动踏板时，AEB系统就会启动，使汽车自动制动。

(3) APS：在驾驶员不干预的情况下，通过本车中的雷达系统侦测周围环境等相关信息，进行一系列的计算，并依据车速实时转动转向盘，使汽车能够自动停入车位。

10.4.1 ACCS

ACCS由传统的定速巡航系统发展而来，利用车载雷达以及车上各种传感器采集到的前方汽车信息，经过整车ECU经过一系列计算分析，并通过执行机构调整本车的行驶速度，保证本车与前方目标汽车能够保持稳定的安全距离。所以，ACCS既能实现巡航，又能实现防止车头碰撞前车。ACCS分为采集信息单元、控制单元（具体可分为上层控制器和下层控制器）和执行单元。通过车载雷达及传感器实时采集信息，整车ECU处理并分析以上信息，判断出本车下一步的行驶状态，并发出指令给相应的驱动控制器或制动控制器，最后由相应的控制器来控制车辆的加速或制动。图10-20为ACCS结构。

ACCS主要分为分层式控制系统和直接式控制系统两大类。因为直接式控制系统在实际应用中鲁棒性较差，所以目前大多ACCS采用分层式控制系统。分层式控制系统即将整车ECU分为上层控制器和下层控制器，上层控制器负责计算传感器采集到的数据信息，进而得到汽车所需期望的加速度；下层控制器负责对上层控制器计算出的期望加速度进行运算处理，最终求得汽车期望的节气门开度及制动轮缸压力。

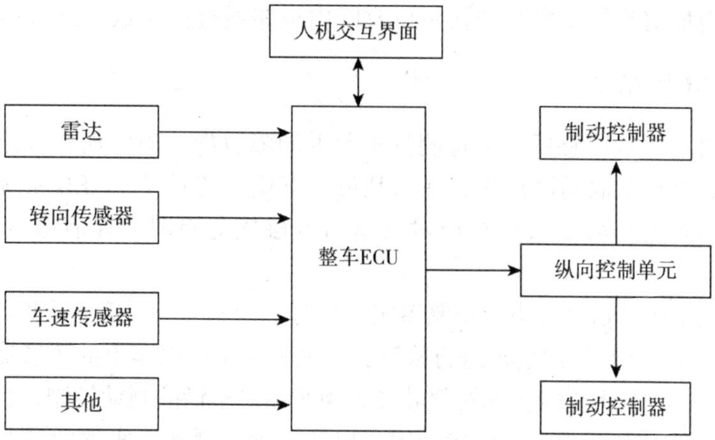

图 10-20　ACCS 结构

ACCS 的控制策略是保证汽车在有前车时，进行完全的自主控制策略切换，整个控制策略分为两个部分，巡航模式、跟车模式。而当驾驶员对加速踏板或制动踏板进行操作时，ACCS 随即被关闭，由驾驶员接管对汽车进行实时控制。ACCS 控制策略如图 10-21 所示。

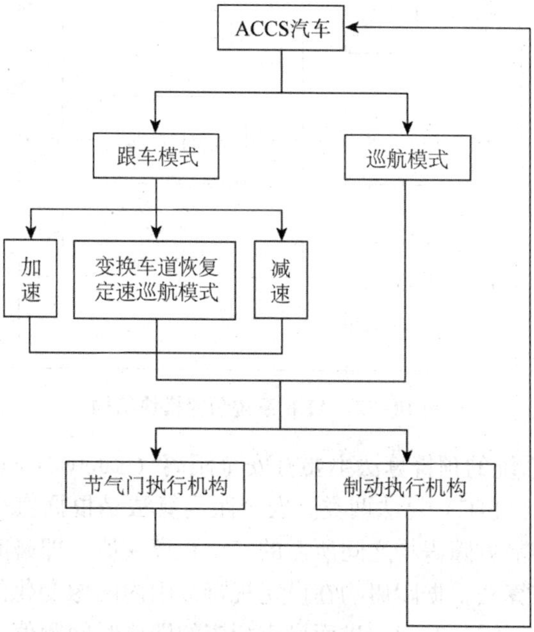

图 10-21　ACCS 控制策略

ACCS 应用到汽车上有很多优点，首先，最直接的就是可以减轻驾驶员的操作负担，汽车通过采集信息单元自动采集识别前车信息；其次，通过控制单元对采集信息进行计算，并通过执行单元来控制车距和车速进行跟车行驶；再次，可提高驾驶员及乘客的乘车舒适性，人为驾驶在紧急情况下很少能进行柔性制动或是柔性加速，这样不能保证乘客的乘坐舒适性，而 ACCS 可控制车速变化量在乘客可接受的范围内，保证乘客乘车舒适性；再者，可以提高行车安全性，车载雷达及传感器可以实时监测道路环境，并进行计算，在紧急情况下可对汽车进行制动控制，保证驾驶员的安全，避免发生交通事故；

同时，还可以增加道路使用率，使在单位时间内道路通过汽车数达到最多。

10.4.2 AEB 系统

AEB 系统通过车载传感器实时检测汽车前方的障碍物，当发现有碰撞危险时，通过预警功能提醒驾驶员采取避撞操作，在驾驶员没有反应的时候，AEB 系统会通过自动制动来避免碰撞的发生。AEB 系统在应对汽车前方碰撞危险时，能有效避免或减轻碰撞程度。

AEB 系统主要包括信息采集、控制系统、执行机构 3 部分。信息采集通过各类车载传感器来实现对汽车周围环境的信息进行检测，常见的应用在汽车上的传感器有摄像头和雷达。AEB 系统通过控制系统能实现对驾驶员的预警和对车辆的制动控制。目前，在市面上的 AEB 系统还有少数加了安全带收紧装置，以防止紧急制动造成驾驶员向前冲击而对驾驶员造成二次伤害，如 TRW 汽车集团的 ACR（安全带主动控制卷收器）技术。另外，本田公司的 CMBS 系统，除了预警提示驾驶员之外，还有剧烈伸缩安全带来提醒驾驶员注意前方碰撞的危险。AEB 系统的执行机构由电子节气门、预警机构和制动机构三部分组成。图 10-22 为 AEB 系统预警模块结构。

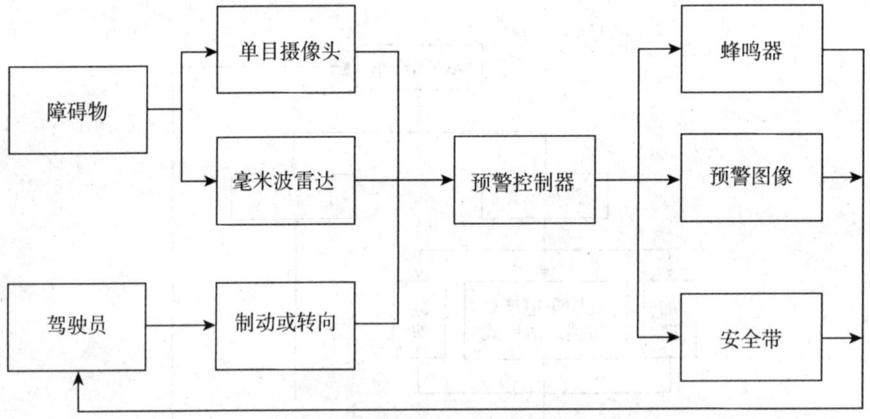

图 10-22 AEB 系统预警模块结构

目前，关于 AEB 系统的预警算法主要有安全距离（Safety Distance，AS）算法和即碰时间（Time to Collision，TTC）算法两类。安全距离算法是根据汽车和障碍物的相对速度和距离，来确定汽车和前方障碍物之间所需的安全距离阈值。即碰时间算法是通过摄像头获取障碍物的状态，该算法根据障碍物在设定视野范围内图像变化的快慢，从而得出汽车和前方障碍物发生碰撞所需的时间，进而设定相应的即碰时间阈值。当汽车行驶在前方有障碍物的路段时，二者的运动状态如果大于安全距离阈值或即碰时间阈值时，AEB 系统不会输出预警和制动；而当车辆和前方障碍物的运动状态等于预先设定的安全距离阈值或即碰时间阈值时，AEB 系统通过预警提醒司机注意前方碰撞危险，并在必要的时候输出制动避免碰撞。Euro-NCAP 的相关研究结果表明 AEB 系统可以避免 27% 的交通事故。并且有报告结果显示：在车速低于 50 km/h 时，如果车辆配备了 AEB 系统，将会减少 38% 的追尾事故。以上研究结果表明，装配了 AEB 系统的车辆，对于避免汽车前方碰撞的效果明显，值得推广。

AEB 系统在检测到汽车前方障碍物有碰撞危险时，通过预警提醒驾驶员采取避撞措施，在预警无效之后便会通过制动来避免碰撞。为使制动过程更为平顺，AEB 系统多采用两级制动，给驾驶员的感受更为舒适。除此之外，为使 AEB 系统能应对复杂交通情况，采用两级制动能够充分缓冲单级制动给车身带来的短时间顿挫感，也能减少急刹车给驾驶员可能带来的伤害。

车辆在检测到碰撞时首先会进行碰撞预警、然后是两级制动即部分制动和完全制动。碰撞发生前 2.6 s 开始预警，碰撞发生前 1.6 s 开始部分制动，预紧安全带，碰撞发生前 0.6 s 开始完全制动，收紧安全带。对于 AEB 系统进行完全制动时，有可能造成车辆侧滑或侧翻，所以要保证 AEB 系统工作的同时，能让车载 ABS 正常工作。ABS 对于避免因车轮抱死而出现的侧滑或侧翻有良好效果。

AEB 系统制动模块结构如图 10-23 所示，装配了该系统的汽车在车身的相应位置装配了单目摄像头和毫米波雷达，该系统能对汽车前方的障碍物进行实时检测，得到的相对速度和相对距离信号传递给 AEB 系统制动控制器进行处理，此时如果驾驶员在达到部分制动阈值时仍然没有采取制动或转向，控制器将对部分制动模块发出工作指令，通过部分制动来避免车辆发生碰撞。如果相对距离减小到了完全制动阈值，驾驶员仍无制动或转向操作，控制器将对完全制动模块发出制动指令，AEB 系统进行完全制动来避撞。

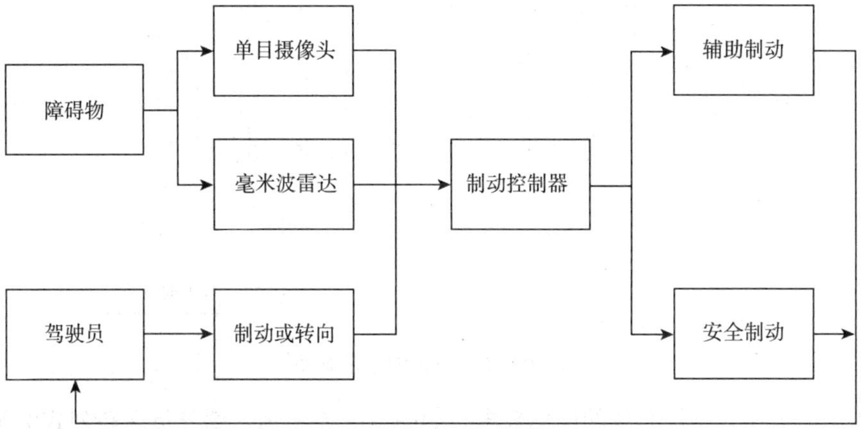

图 10-23　AEB 系统制动模块结构图

10.4.3　APS

APS 作为 ADAS 的一个重要子系统，可以将泊车过程中的不安全因素进行消除，降低驾驶员泊车过程中的紧张感，避免因过于复杂的操作而导致事故发生，从而大大提高泊车成功率。在我国机动车保有量如此庞大的基础上，APS 具有较为广泛的应用前景。

根据现有大多数泊车位规划，可将泊车情况分为 3 种：平行泊车、垂直泊车、斜列式泊车。平行泊车是指泊车位与车辆前进方向平行；垂直泊车是指泊车位与汽车前进方向垂直；斜列式泊车是指泊车位与车辆前进方向呈 30°、45°、60°等角度。

驾驶员在道路两侧泊车时，平行泊车应用最为广泛，也称为侧方位泊车，如图 10-24 所示。驾驶员在平行泊车时，需要先行寻找合适的泊车位，确定初始泊车位置，其次转动转向盘，待汽车进入泊车位一部分并在合适的时机向相反方向转动转向盘，直至车辆完全泊入车位，回正转向盘，完成平行泊车。

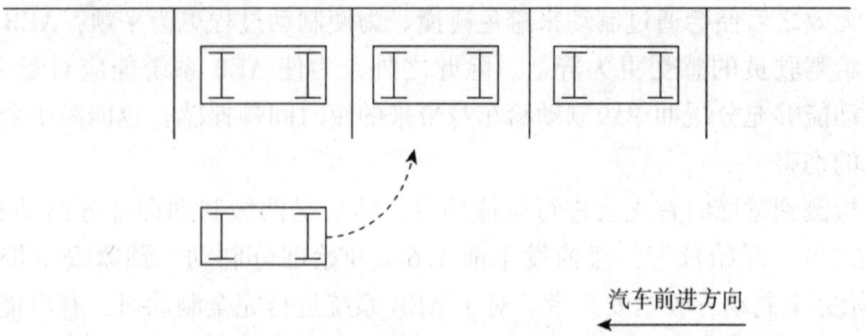

图 10-24　平行泊车示意图

垂直泊车在停车场、车库等场合应用较多，如图 10-25 所示。驾驶员在垂直泊车时，需要先行寻找合适的泊车位，确定初始泊车位置，汽车初始泊车位置与泊车位呈垂直状态，且不宜与泊车位距离太远；随后转动转向盘，增大前轮转角，这个阶段是为了使汽车进入车位；在汽车尾部接近泊车位时，根据实际情况减小前轮转角，即适当回正转向盘，继续泊车过程；当车身与泊车位呈水平状态时，在此状态下，驾驶员可以将转向盘回正，持续倒车，直至车辆完全泊入车位。

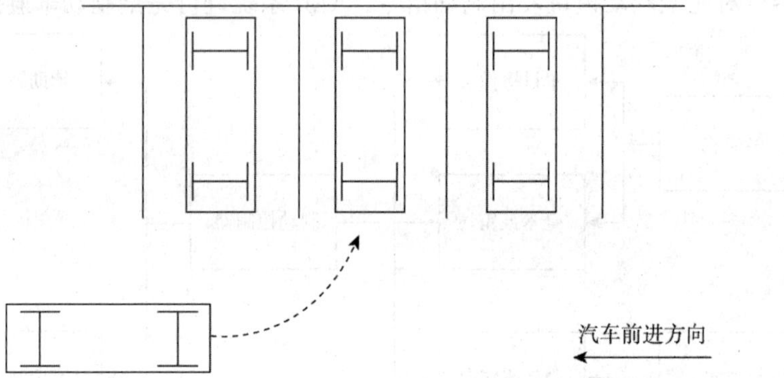

图 10-25　垂直泊车示意图

斜列式泊车在大型停车场的应用较多，如图 10-26 所示。驾驶员在斜列式泊车时，需要先行寻找合适的泊车位，确定初始泊车位置，随后转动转向盘，使车身与泊车位呈相应角；以 60°斜列式泊车位为例，驾驶员转动转向盘，当车身与泊车位平行，即与道路两侧呈 60°时，回正转向盘，进而持续倒车，直至汽车完全泊入车位。

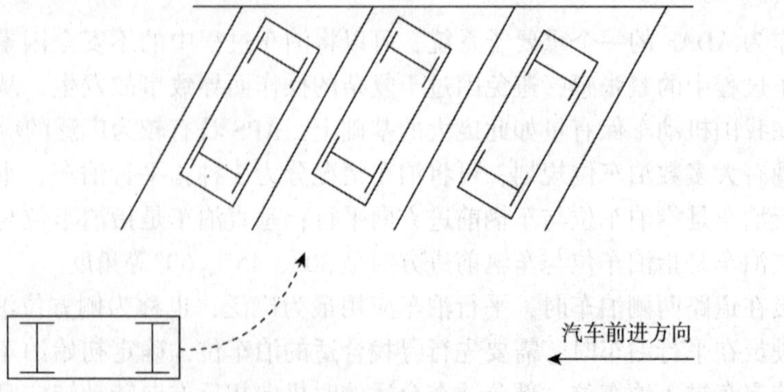

图 10-26　斜列式泊车示意图

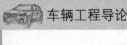

APS 主要由环境数据采集系统、中央处理器以及控制系统组成。

环境数据采集系统：环境数据采集系统就是对汽车周边环境进行分析，将分析结果采集到系统后以实时状态发送到中央处理器中。环境数据采集系统主要由各种传感器组成，包括雷达传感器、超声波传感器等，通过传感器对环境信息进行感知，完成环境数据采集。

中央处理器：中央处理器作为自动泊车系统最重要的组成部分，首先对环境数据采集系统所采集的信息进行分析，根据泊车位及道路情况，利用中央处理器内部的各项算法对整体泊车路径进行规划，在规划完成后将规划结果传递到控制系统。但现有中央处理器中的算法并不能完成所有工况下的自动泊车，会有很大概率导致规划泊车路径时间过长，或是泊车路径进行多次规划，导致汽车不能及时完成泊车。

控制系统：控制系统在接收到中央处理器处理得到的泊车路径后，需要对油门、制动、挡位等发送控制指令，根据泊车路径判断油门、制动、挡位所需的状态，并控制其进行操作，直至完成泊车。图 10-27 为自动泊车系统示意图。

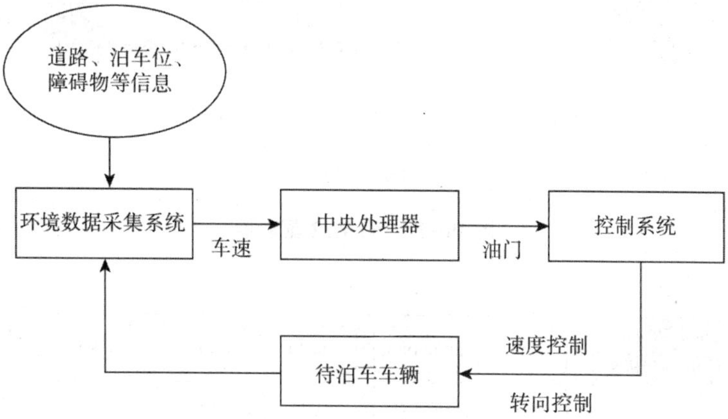

图 10-27　自动泊车系统示意图

10.5　智能小车案例

智能汽车是在智能机器人的理论基础上形成的。智能机器人与汽车的融合即为智能汽车。谷歌研发的自动驾驶汽车、百度的 Apollo 自动驾驶汽车、阿里的物流自主配送等既可以看作智能机器人，也可以看作智能汽车。

近年来，随着 ROS 的流行，一台采用树莓派作为上位机，STM32 作为下位机，拥有双目视觉摄像头，单线激光雷达，九轴陀螺仪和电机编码器作为传感器信号，直流电机及舵机作为输出信号的小车，成为了解智能小车很好的平台。图 10-28 为智能小车效果图，图 10-29 为 STM32 驱动板，图 10-30 为智能小车知识图谱，表 10-10 为智能小车参数。

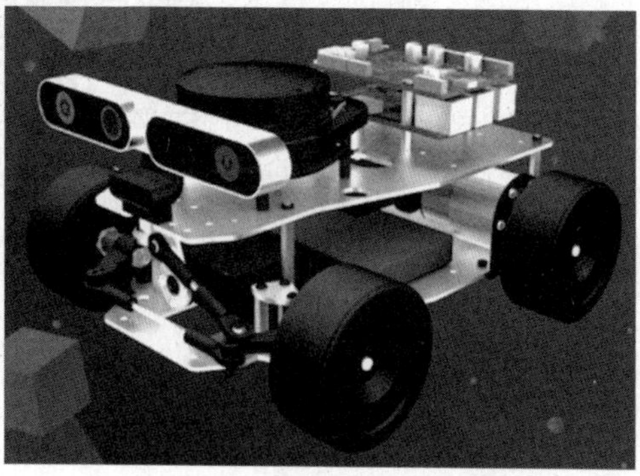

图 10-28　智能小车效果图

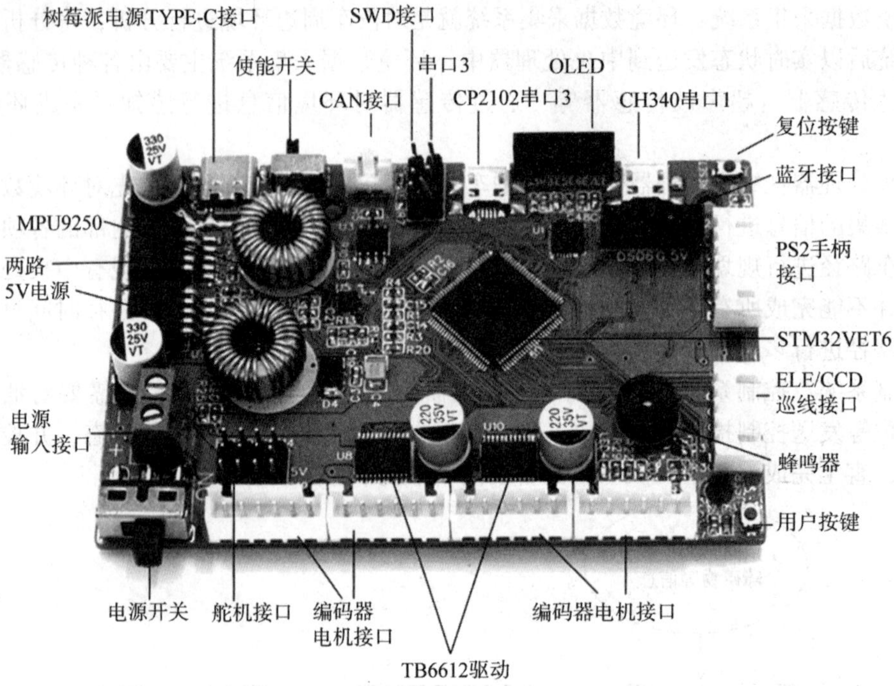

图 10-29　STM32 驱动板

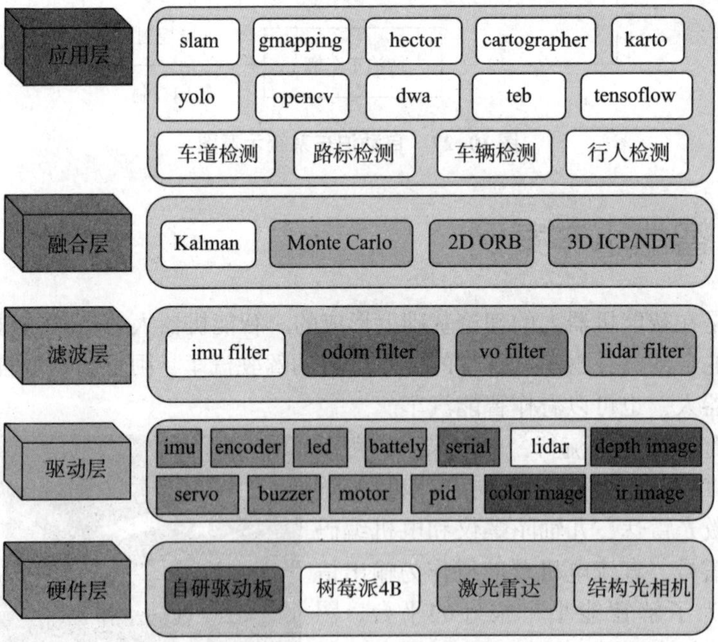

图 10-30　智能小车知识图谱

表 10-10　智能小车参数

项目	参数
ROS 版本	ROS melodic
ROS 主控操作系统	Ubuntu 18.04
软件编程语言	Python、C 语言
上位机	树莓派 4B
驱动板	STM32F103ZET6
电机	360 线自带霍尔编码器有刷电机
IMU	九轴陀螺仪传感器
雷达	Rplidar A1
摄像头	奥比中光深度相机
电池	6 000 mA 带充电保护锂电池
驱动模型	差速/阿克曼转向
速度	（Max）直线 1.2 m/s、旋转 6.6 rad/s
尺寸	200 mm×110 mm×150 mm
质量	约 1.79 kg

参考文献

[1] 李书江，解莉. 汽车文化与概论[M]. 1版. 西安：西安交通大学出版社，2014.
[2] 蔡兴旺. 汽车概论[M]. 3版. 北京：机械工业出版社，2019.
[3] 李育锡. 汽车概论[M]. 2版. 北京：机械工业出版社，2017.
[4] 徐晓美，孙宁. 汽车概论[M]. 北京：机械工业出版社，2020.
[5] 纪光兰. 汽车电器设备构造与维修[M]. 北京：机械工业出版社，2019.
[6] 陈家瑞，马天飞. 汽车构造[M]. 北京：人民交通出版社，2006.
[7] 陈刚，王良模，王冬良，等. 汽车电子控制技术[M]. 北京：机械工业出版社，2021.
[8] 王绍銑，李建秋，夏群生. 汽车电子学[M]. 北京：清华大学出版社，2011.
[9] 余志生. 汽车理论[M]. 北京：机械工业出版社，2016.
[10] 龚建伟. 无人驾驶车辆模型预测控制[M]. 2版. 北京：北京理工大学出版社，2020.
[11] 崔胜民. 智能网联汽车概论[M]. 北京：人民邮电出版社，2019.
[12] 曾晓平. 广东省新能源汽车产业竞争力分析[D]. 广东：广东财经大学，2018.
[13] 李林桐. 北汽新能源汽车发展战略研究[D]. 吉林：吉林大学，2020.
[14] 张宁. 中国电动汽车发展对能源需求结构影响研究[D]. 北京：中国地质大学（北京），2019.
[15] 任明. 氢燃料-光伏电池汽车动力系统分析与设计[D]. 沈阳：沈阳理工大学，2021.
[16] 陈浩. 燃料电池/锂电池混合动力系统优化管理[D]. 浙江：浙江大学，2021.
[17] 陈长磊. 基于复合电源的纯电动汽车能量控制策略[D]. 烟台：烟台大学，2021.
[18] 曹铭. 电池管理系统关键技术研究及测试系统构建[D]. 南昌：南昌大学，2020.
[19] 叶鹏. 电动汽车用PMSM无速度传感器控制研究[D]. 淮南：安徽理工大学，2020.
[20] 宋昱霖. 新能源汽车永磁同步电机驱动控制系统设计[D]. 北京：中国科学院大学，2021.
[21] 高国鹏. 某款纯电动汽车整车控制器控制策略开发及仿真验证[D]. 济南：山东大学，2020.
[22] 闫松. 混合动力汽车动态能量管理策略及硬件在环仿真研究[D]. 青岛：青岛大学，2020.

[23] 赵鹏. 车联网中基于不同应用 QoS 要求的 V2V 通信资源分配研究[D]. 济南：山东大学，2021.
[24] 郑国财. 智能网联汽车背景下中职汽车教师专业能力的研究[D]. 天津：天津职业技术师范大学，2020.
[25] 张琦. 基于组合惯导的多传感器车辆定位系统设计[D]. 郑州：河南大学，2020.
[26] 常昕. 基于多传感器信息融合的智能汽车目标检测和追踪[D]. 天津：天津大学，2018.
[27] 贾文博. 基于雷达与视觉融合的车辆检测方法研究[D]. 大连：大连理工大学，2021.
[28] 李恺. 激光与视觉信息融合的复杂交通环境感知方法研究[D]. 淄博：山东理工大学，2020.
[29] 赵珩. 基于 ROS 平台的北斗智能车定位导航技术研究[D]. 沈阳：沈阳航空航天大学，2020.
[30] 田园. 基于 GPS 与自主定位的智能车循迹算法研究与验证[D]. 芜湖：安徽工程大学，2020.
[31] 张思远. 智能汽车路径规划与跟踪控制仿真研究[D]. 吉林：吉林大学，2018.
[32] 刘丁贝. 典型应用场景下的车联网性能与功能测试研究[D]. 西安：长安大学，2020.
[33] 白杰文. V2X 车联网在环仿真平台关键技术的研究与设计[D]. 重庆：重庆邮电大学，2020.
[34] 张天，汤利顺，王彦聪，李长龙. C-V2X 标准演进及产业化综述[J]. 汽车文摘，2020（02）：22-28.
[35] 许广吉. ADAS 实验平台开发研究[D]. 锦州：辽宁工业大学，2020.
[36] 刘儒. 基于 ADAS 实验平台的自适应巡航仿真控制研究[D]. 锦州：辽宁工业大学，2020.
[37] 董旭阳. 基于 ADAS 实验平台的汽车 AEB 系统仿真研究[D]. 锦州：辽宁工业大学，2019.
[38] 张春洲. 基于 ADAS 实验平台的自动泊车仿真控制研究[D]. 锦州：辽宁工业大学，2020.
[39] 李伟勇，高光东. 从汽车的百年发展历史和趋势预测纺织染料的绿色发展前景[J]. 化纤与纺织技术，2021，50（03）：66-68+85.
[40] 赵平. 世界汽车工业发展的历程、模式及其启示[J]. 当代经济，2018（06）：13-16.
[41] 马符讯，刘彦. 中国汽车工业 70 年的成就、经验与未来展望[J]. 理论探索，2019（06）：108-113.
[42] 韩志玉，吴振阔，高晓杰. 汽车动力变革中的内燃机发展趋势[J]. 汽车安全与节能学报，2019，10（02）：146-160.
[43] 王树梁，郭化超，戴仲谋，李大鹏. 现代汽车新技术现状及发展趋势展望[J]. 汽车工程师，2021（09）：1-5.

[44] 伍赛特．汽车先进设计技术研究进展及未来发展趋势展望[J]．机电技术，2019（05）：112-116.
[45] 马符讯，刘彦．中国汽车工业70年的成就、经验与未来展望[J]．理论探索，2019（06）：108-113.
[46] 吴华伟，汪云，刘祯，等．以车类学科竞赛为载体的应用型车辆工程专业实践创新教学探讨[J]．中国现代教育装备，2020（13）：109-111.